Brent Weeks, né dans le Montana, passa quelques temps à parcourir le monde comme Caine, le héros de *Kung Fu,* à s'occuper d'un bar et à corrompre la jeunesse (mais pas en même temps), avant de commencer à écrire sur des serviettes en papier de restaurants. Enfin, un jour, quelqu'un décida de le payer pour ça. *L'Ange de la Nuit* est sa première trilogie, et elle est à couper le souffle.

Brent Weeks

Le Choix des ombres

L'Ange de la Nuit – 2

Traduit de l'anglais (États-Unis) par Olivier Debernard

Bragelonne

Milady est un label des éditions Bragelonne

Cet ouvrage a été originellement publié en France par Bragelonne

Titre original : *Shadow's Edge – The Night Angel Trilogy, Book 2*
Copyright © Brent Weeks 2008

Suivi d'un extrait de : *Beyond the Shadows –
The Night Angel Trilogy, Book 3*
Copyright © Brent Weeks 2008

© Bragelonne 2009, pour la présente traduction

Carte :
Cédric Liano d'après la carte de l'édition originale

ISBN : 978-2-8112-0520-1

Bragelonne – Milady
60-62, rue d'Hauteville – 75010 Paris

E-mail : info@milady.fr
Site Internet : www.milady.fr

Ce roman est dédié à Kristi, pour n'avoir jamais douté, même pas quand moi, je doutais, et à Kevin, car c'est le boulot d'un grand frère d'endurcir son petit frère. Ce que tu m'as enseigné, j'en ai eu besoin. (Mais je n'ai jamais plus eu raison après cet incident avec les mottes de terre.)

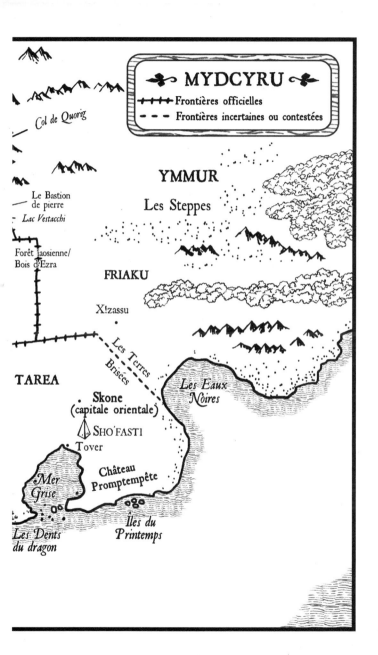

MYDCYRU

+++++ Frontières officielles
----- Frontières incertaines ou contestées

Col de Quorig

YMMUR

Les Steppes

Le Bastion
de pierre

Lac Vestacchi

Forêt iaosienne/
Bois d'Ezra

FRIAKU

X!zassu

Les Terres
Brisées

TAREA

Skone
(capitale orientale)

Les Eaux
Noires

SHO'FASTI

Tover

Château
Promptempête

Mer
Grise

Îles du
Printemps

Les Dents
du dragon

CHAPITRE PREMIER

— J'ai un contrat pour toi, annonça Mamma K.

Avec sa somptueuse robe immaculée et ses cheveux grisonnants impeccablement peignés, elle ressemblait – comme toujours – à une reine. Ce matin-là, des cernes noirs se dessinaient pourtant sous ses yeux. Les maîtres du Sa'kagué encore vivants n'avaient pas dû dormir beaucoup depuis l'invasion khalidorienne, songea Kylar.

— Je suis heureux de vous revoir, moi aussi, répliqua le jeune homme en s'installant dans la bergère du bureau du Shinga.

Mamma K ne tourna pas les yeux vers lui. Elle resta assise, très droite, et continua à regarder par la fenêtre. La pluie de la veille avait éteint la plupart des incendies de la cité, mais de nombreux foyers laissaient encore échapper une épaisse fumée qui baignait Cénaria dans une aube pourpre. Les eaux de la Plith qui séparaient le Dédale des riches quartiers étaient rouge sang. Kylar n'était pas certain que ce soit à cause des reflets du soleil. Au cours de la semaine qui avait suivi l'invasion, les Khalidoriens avaient massacré des milliers de personnes.

— Il y a un petit problème, poursuivit Mamma K. Le cadavreux sait qu'on en veut à sa vie.

— Comment cela se fait-il ?

En règle générale, le Sa'kagué se montrait plus discret.

— Nous l'avons averti.

Kylar se massa les tempes. Lorsque le Sa'kagué prenait la peine de mettre la victime en garde, c'était parce que celle-ci savait déjà qu'un danger planait au-dessus de sa tête. L'avertissement permettait d'écarter les soupçons si la tentative d'assassinat échouait. Cela ne pouvait signifier qu'une chose : le cadavreux était le conquérant de Cénaria, le Roi-dieu de Khalidor, Garoth Ursuul.

— Je suis venu chercher mon argent, rien de plus, dit Kylar. Tous les repaires de Durzo – tous *mes* repaires – ont brûlé. Il me faut juste de quoi soudoyer les sentinelles aux portes de la ville.

Depuis son enfance, il versait une partie de ses revenus à Mamma K pour qu'elle les fasse fructifier. Aujourd'hui, cela devait représenter une somme amplement suffisante pour inciter quelques gardes à fermer les yeux.

Sans un mot, Mamma K examina des feuilles en papier de riz posées sur son bureau. Elle en attrapa une et la tendit au jeune homme. Kylar y découvrit des chiffres qui le stupéfièrent. Il avait des intérêts dans la filière illégale d'importation d'herbe hystérique et d'une demi-douzaine d'autres drogues végétales ; il possédait des parts dans une brasserie, dans plusieurs commerces et dans un fonds d'usurier ; il était propriétaire d'un cheval de course et copropriétaire de diverses cargaisons : soie, gemmes… des chargements tout à fait légaux, sinon que le Sa'kagué préférait verser vingt pour cent de leur valeur en pots-de-vin au lieu de cinquante en taxes. La feuille contenait une liste d'investissements incroyables. Kylar ne comprit pas la moitié de ce qui était écrit.

— Je possède une maison ? demanda-t-il.

— Tu possédais une maison, rectifia Mamma K. Cette colonne récapitule les biens perdus dans les incendies et les pillages.

Toutes les entrées étaient suivies d'une croix, à l'exception d'une cargaison de soie et d'herbe hystérique. La plus grande partie de ses investissements avait disparu.

— Les deux chargements restants sont à bord de navires qui ne reviendront pas avant des mois – à supposer qu'ils reviennent un jour. Si les Khalidoriens continuent à confisquer les bateaux civils, ils ne s'approcheront plus de Cénaria. Bien sûr, si Garoth Ursuul venait à mourir, ce serait une autre histoire…

Kylar comprit où elle voulait en venir.

— Je lis ici que ma part représente entre dix et quinze mille gunders. Je vous la laisse pour mille. Il ne me faut pas davantage.

Mamma K ignora sa proposition.

— Les commanditaires souhaitent la présence d'un troisième pisse-culotte pour s'assurer que tout ira bien. Cinquante mille gunders pour un assassinat, Kylar. Avec une somme pareille, tu pourras emmener Élène et Uly où tu voudras, tu auras rendu un fier service à tout le monde et tu n'auras plus jamais besoin de travailler. C'est juste un dernier contrat.

Kylar n'hésita que quelques instants.

— Les derniers contrats, ça n'existe pas. J'ai abandonné le métier de pisse-culotte.

— C'est à cause d'Élène, n'est-ce pas ?

— Mamma K, croyez-vous qu'un homme puisse changer ?

Elle le regarda avec une profonde tristesse.

— Non. Et il finira par détester tous ceux qui lui demandent de le faire.

Kylar se leva et se dirigea vers la porte. Il sortit et faillit percuter Jarl dans le couloir. Son ami sourit comme il souriait lorsqu'ils étaient tous deux des enfants des rues et qu'ils s'apprêtaient à commettre un mauvais coup. Il portait les vêtements à la dernière mode : une longue tunique aux épaules trop bouffantes et un pantalon mince dont les jambes étaient rentrées dans ses hautes bottes. Il ressemblait un peu à un Khalidorien. Ses cheveux étaient rassemblés en fines tresses délicates et couronnées de perles dorées qui mettaient sa peau sombre en valeur.

—J'ai un travail qui te conviendrait à merveille, dit-il à voix basse.

Il venait d'être surpris alors qu'il écoutait à la porte, mais il n'était pas gêné le moins du monde.

—Il n'y a personne à tuer? demanda son ami.

—Pas vraiment.

—Votre Sainteté, les pleutres se tiennent prêts à se rédimer.

La voix du vürdmeister Neph Dada se répercuta au-dessus de la foule. C'était un vieil homme aux veines saillantes, au dos voûté et à la peau couverte de taches brunes. Il dégageait une étrange odeur, la puanteur de la mort tenue à l'écart par la magie. Il avait le souffle rauque après être monté sur l'estrade dressée dans la cour d'honneur de Château Cénaria. Douze cordelettes tressées pendaient sur les épaules de sa robe noire, symboles des douze *shu'ras* qu'il avait maîtrisés. Il s'agenouilla avec peine et offrit une poignée de paille au Roi-dieu.

Debout sur l'estrade, le Roi-dieu Garoth Ursuul observait les troupes rassemblées devant lui: près de deux cents Graavars des hautes terres – des géants au torse puissant, aux yeux bleus et sauvages, aux cheveux noirs coupés court et à la moustache impressionnante. À gauche et à droite s'alignaient les autres unités d'élite des hautes terres qui s'étaient emparées du château. Derrière eux se tenaient les détachements de l'armée régulière qui étaient arrivés à Cénaria depuis sa «libération».

De part et d'autre du château, des langues de brume montaient de la Plith et se glissaient sous les crocs rouillés des herses métalliques avant de venir transir les spectateurs. Les Graavars avaient été divisés en quinze groupes de treize hommes. Ils étaient les seuls à ne pas porter d'armes, d'armure ou de tunique. Vêtus de leur seul pantalon, le visage pâle et impassible, ils ne frissonnaient pas en dépit du froid de ce matin d'automne. Plus surprenant encore : ils transpiraient.

Il n'y avait jamais beaucoup de bruit lorsque le Roi-dieu inspectait ses troupes, mais, aujourd'hui, le silence était douloureux malgré les milliers de personnes qui observaient la scène. Garoth avait rassemblé tous les soldats disponibles et permis aux serviteurs, aux petites gens et aux nobles cénariens d'assister au spectacle. Enveloppés dans leur courte cape rouge et noir, les meisters côtoyaient les vürdmeisters en robes, les guerriers, les fermiers, les tonneliers, les nobles, les ouvriers agricoles, les servantes, les marins et les espions cénariens.

Le Roi-dieu avait rejeté sa grande cape blanche bordée d'hermine en arrière afin que ses larges épaules paraissent plus impressionnantes. Il portait une tunique sans manches et un pantalon ample, des vêtements immaculés qui conféraient un air fantomatique à sa peau pâle de Khalidorien et qui mettaient en valeur les virs qui sillonnaient son corps. Des vrilles d'énergie noires apparaissaient et disparaissaient sur ses bras. Les gros nœuds bardés d'épines ne se contentaient pas de glisser sous le derme, ils montaient des entrailles du Roi-dieu et se pressaient contre l'enveloppe de chair avant de s'effacer. Des griffes labouraient la peau de l'intérieur. Les virs ne couvraient pas seulement les bras de Garoth Ursuul, ils encadraient aussi son visage et envahissaient son crâne chauve. Ils avaient percé le cuir chevelu et tressaient une couronne de pointes noires et tremblantes. Des filets de sang coulaient sur ses tempes et le long de ses joues.

Beaucoup de Cénariens apercevaient le Roi-dieu pour la première fois. Ils le contemplaient, bouche bée, et frissonnaient lorsque son regard les effleurait. Exactement comme il l'avait prévu.

Il tira enfin un fétu de paille de la main de Neph Dada et le brisa en deux. Il en jeta une moitié et prit douze brins entiers.

—Ainsi en décidera Khali! déclara-t-il d'une voix impérieuse.

Il fit signe aux Graavars de monter sur l'estrade. Au cours de l'invasion, ces hommes avaient reçu l'ordre de tenir la cour du château et d'y enfermer les nobles cénariens jusqu'à ce qu'on les massacre. Pourtant, ils avaient dû se replier et Térah Graesin s'était échappée en compagnie de ses pairs. Une telle reculade était inacceptable, inexplicable et inhabituelle de la part de ces féroces guerriers. Comment un homme pouvait-il combattre avec vaillance un jour et s'enfuir le lendemain? Garoth l'ignorait.

Mais il savait comment exploiter la honte. Au cours de la semaine écoulée, les Graavars avaient nettoyé les écuries, vidé les pots de chambre et récuré les sols. On ne les avait pas laissé dormir et ils avaient passé leurs nuits à polir les armes et les armures de guerriers qui, contrairement à eux, n'avaient pas failli. Aujourd'hui, ils allaient expier leur faute et, au cours de la prochaine année, ils seraient prêts à tout pour prouver leur courage. Tandis qu'il approchait du premier groupe avec Neph à ses côtés, Garoth rétracta les virs qui sillonnaient ses mains. Quand les guerriers tireraient leur paille, ils ne devaient pas croire que c'était la volonté du Roi-dieu ou la magie qui allaient épargner l'un pour condamner l'autre. Il fallait les convaincre que ce n'était que le destin, que la conséquence inexorable de leur lâcheté.

Garoth leva la main et tous les Khalidoriens entamèrent la prière :

— *Khali vas, Khalivos ras en me, Khali mevirtu rapt, recu virtum defite.*

Les derniers mots s'évanouirent et le premier soldat approcha. Il avait à peine seize ans et on distinguait juste l'ombre d'une moustache au-dessus de ses lèvres. Ses yeux passèrent du visage glacial du Roi-dieu à la poignée de paille et il faillit s'effondrer. Sa poitrine nue brillait de sueur dans la lumière du petit matin. Ses muscles étaient parcourus de spasmes. Il tendit la main et tira un brin de paille – un long brin de paille.

Une partie de son angoisse s'évanouit, mais il resta contracté. Le guerrier suivant lui ressemblait trop pour ne pas être son frère aîné. L'homme approcha, passa la langue sur ses lèvres et choisit une paille. Il tira celle que Garoth avait coupée.

Un soulagement empreint de malaise s'abattit sur le reste du groupe, mais aussi sur les milliers de gens – les spectateurs étaient trop loin pour voir le fétu, mais la réaction des Graavars leur avait appris ce qui venait de se passer. Le malchanceux tourna la tête vers son jeune frère qui détourna aussitôt les yeux. Il regarda alors le Roi-dieu avec incrédulité et lui tendit la paille tronquée.

Garoth recula d'un pas.

— Khali a parlé ! déclara-t-il.

Les guerriers inspirèrent comme un seul homme et le monarque adressa un signe de tête aux autres membres du groupe.

Ceux-ci – y compris son jeune frère – se ruèrent sur leur camarade et une pluie de coups s'abattit sur le malheureux.

La mise à mort aurait été plus rapide si Garoth les avait autorisés à porter des gantelets, à frapper avec l'extrémité du manche des lances ou du plat de l'épée, mais le Roi-dieu préférait que l'exécution ait lieu à mains nues. Lorsque le sang se répandait et jaillissait sous les coups, il ne souillait pas les vêtements des guerriers, mais leur peau. Les coupables devaient sentir la chaleur vitale du condamné pendant son agonie, ils devaient apprendre le prix de la lâcheté. Les Khalidoriens ne fuyaient pas devant l'ennemi.

Les guerriers se déchaînèrent. Leur cercle se referma et le malheureux disparut derrière ses camarades. Des cris montèrent. Il y avait quelque chose de sensuel dans le martèlement de la chair nue contre la chair nue. On ne voyait plus que des coudes qui se levaient et s'abattaient au rythme des coups, que des pieds ramenés en arrière pour frapper. Le sang jaillit quelques instants plus tard. En tirant la paille la plus courte, le jeune homme était devenu la victime expiatoire de son unité. Khali avait fait son choix. Il avait cessé d'être un frère ou un ami pour incarner l'ensemble des fautes de ses compagnons.

Il mourut en l'espace de deux minutes.

Les guerriers reformèrent les rangs, couverts de sang et haletant sous le coup de l'effort et de l'émotion. Ils n'accordèrent pas un regard au cadavre gisant à leurs pieds. Garoth les regarda dans les yeux les uns après les autres et s'attarda sur le frère de la victime. Puis il approcha du corps et tendit la main. Les virs jaillirent de son poignet sous la forme d'une griffe anguleuse et se refermèrent sur la tête du mort. Les serres se contractèrent et le crâne explosa avec un bruit de succion. Dans la foule, de nombreux spectateurs vomirent.

— Votre sacrifice est accepté ! Vous êtes donc purifiés ! déclara Garoth en saluant les guerriers.

Ces derniers lui rendirent son salut avec fierté. Ils reprirent leur place au sein des troupes alignées dans la cour pendant qu'on tirait le cadavre sur le côté.

Garoth adressa un signe au groupe suivant. Les guerriers – y compris ceux qui avaient déjà été pardonnés – étaient encore tendus, car ils compteraient des parents et des amis parmi les prochaines victimes. Pourtant, les quatorze cérémonies d'absolution suivantes ne seraient que la répétition de la première et, aux yeux du Roi-dieu, elles avaient perdu tout intérêt.

—Neph, raconte-moi un peu ce que tu as appris à propos de cet homme, cet Ange de la Nuit qui a tué mon fils.

Château Cénaria ne faisait pas partie des endroits où Kylar rêvait de retourner. Le jeune homme s'était déguisé en tanneur. Une teinture lavable maculait ses mains et ses bras jusqu'au coude et il avait revêtu une tunique de commerçant en laine tachée. Il s'était aspergé d'un parfum spécial mis au point par feu son maître et il empestait de manière très convaincante. Durzo avait toujours privilégié les déguisements de peaussiers, d'éleveurs de cochons, de mendiants… Les gens respectables faisaient de leur mieux pour les ignorer parce qu'ils ne pouvaient pas s'empêcher de les sentir. Le parfum de Blint n'avait été appliqué que sur les vêtements dont Kylar pouvait se débarrasser en cas de besoin. L'odeur ne disparaîtrait pas complètement, mais tous les déguisements présentaient des inconvénients. Le véritable artiste tirait parti de ces inconvénients pour accomplir sa mission.

Le pont royal avait brûlé pendant l'invasion de Cénaria. Les meisters en avaient réparé la plus grande partie, mais l'ouvrage était toujours fermé à la circulation. Kylar emprunta donc le pont royal ouest. Les gardes khalidoriens lui accordèrent à peine un regard quand il passa devant eux. Tout le monde – y compris les sorciers – avait les yeux rivés sur l'estrade dressée au milieu de la cour du château et sur les guerriers des hautes terres qui se tenaient dessus, poitrine nue malgré le froid matinal. Kylar était le seul à ne pas les regarder : il cherchait à repérer d'éventuels dangers. Il ignorait si les meisters étaient capables de sentir son Don, mais il estimait que c'était peu probable tant qu'il ne l'employait pas. À la différence des mages, leurs talents semblaient reposer en grande partie sur l'odorat. C'était pour cette raison que Kylar s'était déguisé en tanneur. Si un sorcier approchait, le jeune homme espérait que les effluves rustiques du parfum de Blint couvriraient les odeurs magiques.

Quatre gardes se tenaient de part et d'autre de la porte, six sur les chemins de ronde de chaque côté du losange que dessinait la muraille du château. Mille guerriers des hautes terres étaient alignés dans la cour en compagnie de presque deux cents Graavars. Cinquante meisters étaient disposés à intervalles réguliers au sein d'une foule de plusieurs milliers de personnes. Au centre de ce rassemblement, sur l'estrade érigée pour l'occasion, Kylar aperçut plusieurs nobles cénariens, des cadavres mutilés et le Roi-dieu Garoth Ursuul qui parlait avec un vürdmeister. Malgré le nombre impressionnant de soldats et de meisters dans la cour, un pisse-culotte aurait saisi cette occasion pour frapper.

Mais Kylar n'était pas venu là pour tuer. Il était venu observer un homme afin d'accomplir la mission la plus étrange de sa carrière. Il scruta la foule à la recherche de la personne dont Jarl lui avait parlé et la repéra très vite. Kirof avait été un vassal des Gyre. Son suzerain étant mort et son domaine se trouvant aux portes de la cité, il avait fait partie des premiers nobles cénariens à prêter allégeance à Garoth Ursuul. C'était un homme replet avec une barbe rousse biseautée à la mode des Khalidoriens des basses terres. Il avait un gros nez crochu, un menton presque inexistant et de larges sourcils broussailleux.

Kylar se rapprocha. Le baron Kirof transpirait et s'essuyait les mains sur sa tunique. Il semblait inquiet et parlait avec les nobles khalidoriens qui l'entouraient. Le jeune homme essaya de contourner un grand forgeron qui sentait mauvais, mais l'homme lui décocha soudain un coup de coude au plexus.

Les poumons de Kylar se vidèrent. Tandis qu'il se pliait en deux, le ka'kari suinta dans sa main et se transforma en dague de poing.

—Si tu voulais être aux premières loges, y fallait arriver plus tôt, comme nous! lui lança le forgeron.

Il croisa les bras et ses manches remontèrent en dévoilant des biceps impressionnants.

Kylar se concentra et ordonna au ka'kari de réintégrer son corps. Il s'excusa auprès de l'artisan, les yeux baissés. L'homme laissa échapper un ricanement méprisant et se retourna vers l'estrade pour profiter du spectacle.

Kylar se contenta d'une vue passable sur le baron Kirof. Le Roi-dieu avait passé en revue la moitié des groupes de Graavars. Des soldats khalidoriens avaient remarqué que des sbires du Sa'kagué prenaient des paris sur les prochaines victimes. Le soir, affligés par la perte de leurs camarades et ulcérés par cet affront, ils écumeraient la cité en guise de représailles. Kylar se demanda combien de Cénariens allaient périr à cause du manque de compassion de ces preneurs de paris.

Il faut absolument que je quitte cette maudite ville!

Dix hommes de l'unité suivante s'étaient déjà présentés devant le Roi-dieu et aucun n'avait tiré la courte paille. Le spectacle devenait presque intéressant, car le désespoir des guerriers restants grandissait au fur et à mesure que leurs compagnons étaient épargnés et que leurs propres chances de survie s'amenuisaient. Le onzième soldat, un homme d'une quarantaine d'années tout en tendons et en cartilages, tira enfin la funeste paille. Il mordilla l'extrémité de sa moustache en la tendant au Roi-dieu, mais il resta impassible.

Neph observa la duchesse Jadwin et son mari qui faisaient partie des nobles assis sur l'estrade.

— J'ai examiné la salle du trône, dit-il au Roi-dieu. J'ai ressenti quelque chose que je n'avais jamais ressenti auparavant. L'odeur de la magie qui a tué tant de nos meisters est présente dans le château tout entier, mais, à certains endroits de la salle du trône, il n'y a… rien. C'est comme si un incendie s'était déclaré, mais qu'il n'y ait pas la moindre odeur de fumée dans une pièce.

Le sang jaillissait. Garoth était à peu près sûr que le condamné était mort, mais ses camarades frappaient encore et encore.

— Ces informations ne concordent pas avec ce que nous savons du ka'kari d'argent, dit-il.

— Non, Votre Sainteté. Je pense qu'il y a un septième ka'kari. Un ka'kari inconnu. Je crois qu'il neutralise la magie et qu'il est en possession de cet Ange de la Nuit.

Garoth réfléchit à cette hypothèse tandis que les Graavars reformaient les rangs derrière le cadavre. Le visage de celui-ci avait été pulvérisé. Le spectacle était horrible. Les guerriers l'avaient frappé avec une violence extrême pour prouver leur sens du devoir ou parce qu'ils détestaient le malheureux. Garoth hocha la tête, satisfait. Il tendit la griffe de virs et broya le crâne du mort.

— Votre sacrifice est accepté ! Vous êtes donc purifiés !

Deux gardes tirèrent le corps vers la pile de cadavres sanguinolents qui s'entassaient sur le bord de l'estrade. Les Cénariens ne pouvaient pas assister à l'exécution de chaque homme, mais ils verraient le résultat.

Le groupe suivant approcha.

— Un ka'kari caché depuis sept cents ans ? demanda Garoth. Quel pouvoir accorde-t-il ? La discrétion ? À quoi cela pourrait-il bien me servir ?

— Votre Sainteté, avec un tel ka'kari, vous – ou un de vos agents – pourriez vous glisser au cœur du Chantry et dérober tous les trésors qui s'y trouvent. Sans être vu. Un de vos hommes pourrait même pénétrer dans le bois d'Ezra et vous en rapporter les artefacts qui y dorment depuis sept siècles. Les armées et la stratégie deviendraient inutiles. Vous pourriez prendre Midcyru à la gorge d'un coup d'un seul.

Un de mes agents !

N'écoutant que son courage, Neph se porterait immédiatement volontaire pour accomplir cette mission périlleuse. Garoth songea aux perspectives qu'offrait un tel ka'kari pendant que mouraient un adolescent, deux hommes dans la force de l'âge et un vétéran blanchi sous le harnais. Ce dernier était un soldat dont le courage avait été récompensé par une des plus hautes décorations khalidoriennes, remise de la main même du Roi-dieu. Il fut le seul à exprimer un semblant de révolte.

— Tâchez d'en apprendre davantage ! dit Garoth.

Il se demanda si Khali connaissait l'existence de ce septième ka'kari. Dorian était-il au courant ? Dorian, le premier fils qu'il avait reconnu, Dorian qui aurait dû devenir son successeur, Dorian le prophète, Dorian le traître. Dorian était venu à Cénaria, Garoth en était certain. Qui d'autre aurait été capable d'apporter Curoch, la puissante épée de Jorsin Alkestes ? Un mage inconnu avait surgi de nulle part, brandi l'artefact pendant un instant et annihilé cinquante meisters ainsi que trois vürdmeisters avant de disparaître. Il était clair que Neph attendait les questions de Garoth à propos de cet événement, mais le Roi-dieu avait abandonné l'idée de récupérer Curoch. Dorian n'était pas un imbécile. Il n'aurait pas apporté l'Épée de Puissance à son pire ennemi s'il avait estimé qu'il risquait de la perdre. Comment berner un homme qui lit l'avenir ?

Le Roi-dieu plissa les yeux tandis qu'il broyait un autre crâne. Chaque fois qu'il procédait à cette opération, des gerbes écarlates souillaient ses vêtements blancs comme neige. C'était à dessein, mais cela n'en demeurait pas moins agaçant. En outre, recevoir des gouttes de sang dans les yeux n'avait rien de solennel.

— Votre sacrifice est accepté ! dit-il aux hommes qui se tenaient devant lui. Vous êtes donc purifiés !

Il avança au bord de l'estrade tandis que les guerriers reprenaient leur place parmi les autres unités alignées dans la cour. Puis il se tourna vers les nobles cénariens auxquels il n'avait pas prêté la moindre attention pendant la cérémonie.

Ses virs s'agitèrent tandis qu'il pivotait. Des vrilles sombres couvrirent son visage et coulèrent sur ses bras et ses jambes. Elles jaillirent même de ses pupilles. Il les laissa boire la lumière et, l'espace d'un instant, il se transforma en une inquiétante silhouette noire dans la lueur de l'aube. Puis il interrompit le spectacle : les nobles devaient le voir.

Ils avaient les yeux écarquillés. Ils étaient terrifiés par les virs et la majesté innée de Garoth, mais aussi par les taches de sang et les fragments de cervelle qui maculaient ses vêtements blancs, par les cadavres qui entouraient le Roi-dieu comme le cadre d'un tableau. Garoth rayonnait de puissance et d'autorité. Peut-être ordonnerait-il à la duchesse Trudana Jadwin de peindre cette scène – à condition qu'il la laisse en vie.

Le Roi-dieu regarda les nobles et les nobles regardèrent le Roi-dieu. Garoth se demanda si l'un d'eux avait remarqué qu'ils étaient treize.

Il tendit les brins de paille vers eux.

— Approchez ! dit-il. Khali va vous purifier.

Cette fois, il n'avait aucune intention de laisser le destin choisir la victime.

Le commandant Gher leva les yeux vers lui.

— Votre Sainteté, il doit y avoir une…

Il s'interrompit. Le Roi-dieu ne commettait jamais d'erreur. Gher blêmit. Il tira une longue paille et il lui fallut plusieurs secondes avant de songer à cacher son soulagement.

La plupart de ses compagnons étaient de petits nobles – les hommes et les femmes qui avaient fait partie de l'administration de feu le roi Aléine Gunder le Neuvième. Ils s'étaient laissé corrompre avec une facilité déconcertante. Le chantage était une arme si simple. Garoth n'avait aucun intérêt à tuer ces sous-fifres, même s'ils n'avaient pas été à la hauteur de ses espérances.

Cette pensée lui fit tourner la tête vers Trudana Jadwin. Elle était la douzième de la file, juste devant son mari qui occupait la dernière place. C'était son tour de tirer une paille et elle transpirait à grosses gouttes.

Garoth fit une pause et laissa les époux échanger un regard. Ils savaient, tous les spectateurs savaient que l'un ou l'autre allait mourir. Tout dépendrait de la chance de Trudana. Le duc déglutissait sans s'en rendre compte.

— De tous les nobles ici présents, duc Jadwin, déclara Garoth, vous êtes le seul qui ne m'ait pas servi. Par conséquent, vous ne m'avez jamais déçu non plus. Je ne peux pas en dire autant de votre femme.

— Quoi ? s'exclama le duc.

Il se tourna vers Trudana.

— Vous ignoriez qu'elle vous trompait avec le prince ? Elle l'a assassiné sur mon ordre.

Il y avait quelque chose de sublime à contempler un moment qui aurait dû être particulièrement intime. Le visage du duc, livide de peur, vira au gris. Il s'était montré moins perspicace que la plupart des cocus. Garoth vit le malheureux comprendre peu à peu. Les sombres soupçons qu'il avait écartés et les pauvres excuses qu'il avait crues resurgirent pour le frapper de plein fouet.

Étrangement, Trudana Jadwin semblait effondrée. Elle n'affichait pas l'expression hypocrite à laquelle Garoth s'était attendu. Il avait imaginé qu'elle pointerait un doigt accusateur sur son époux en affirmant que tout était sa faute. Mais les yeux de la duchesse n'exprimaient qu'une culpabilité intense. Le Roi-dieu devina que le duc avait toujours été un mari exemplaire et que sa femme le savait. Elle l'avait trompé sciemment et deux décennies de mensonges s'effondraient en cet instant.

—Trudana, dit Garoth avant qu'un des époux ait le temps de prendre la parole, vous m'avez servi, mais vous auriez pu le faire avec plus de diligence. Voici donc votre récompense et votre punition. (Il tendit la main vers elle.) Le brin le plus court est à votre gauche.

La duchesse fixa son regard sur les yeux assombris par les virs, puis sur les pailles, puis sur son mari. L'émotion était presque palpable. Le Roi-dieu sut que le regard éploré du duc hanterait cette femme jusqu'à la fin de ses jours. Garoth n'avait aucun doute quant au choix qu'elle allait faire, mais Trudana Jadwin se croyait apparemment capable d'abnégation.

Elle rassembla tout son courage et tendit la main vers la paille la plus courte, mais elle ne termina pas son geste. Elle regarda son mari, détourna les yeux et tira la paille la plus longue.

Le duc poussa un hurlement plaintif – *magnifique!* – qui transperça le cœur de tous les Cénariens présents dans la cour. Il illustrait à merveille le message du Roi-dieu : ce cri pourrait être le vôtre.

Les nobles – y compris Trudana – encerclèrent le duc à contrecœur. Ils avaient honte de ce qu'ils allaient faire, mais ils le feraient quand même. Le condamné se tourna vers sa femme.

—Je t'aime, Trudana. Je t'ai toujours aimée.

Puis il amena sa cape devant son visage et fut submergé par ses pairs dans le martèlement sourd des coups de poing et des coups de pied.

Le Roi-dieu ne put retenir un sourire.

Trudana hésitait et Kylar songea que le moment aurait été idéal s'il avait accepté le contrat de Mamma K. Tout le monde avait les yeux rivés sur l'estrade.

Le jeune homme se tourna vers Kirof et observa son visage en proie au choc et à l'horreur. Il remarqua alors qu'il n'y avait que cinq gardes sur le chemin de ronde, derrière le baron. Il les recompta rapidement. Ils étaient en réalité six, mais l'un d'entre eux tenait un arc et un carquois rempli.

Un craquement sec monta au centre de la cour. Kylar vit la partie arrière de l'estrade se briser et s'écrouler. Une boule multicolore fila dans les airs en clignotant et en scintillant. Tout le monde la suivit des yeux, à l'exception de Kylar qui se détourna aussitôt. La bombe lumineuse explosa presque sans bruit. Un immense éclair blanc aveugla des centaines de civils et de militaires qui se mirent à hurler. Kylar regarda en haut de la muraille et aperçut le sixième garde tirer une flèche de son carquois. Il reconnut Jonus Tranchant, un pisse-culotte avec une cinquantaine de contrats à son actif. Un trait à la pointe couverte d'or fila vers le Roi-dieu.

Garoth Ursuul avait plaqué les mains sur ses yeux, mais des bulles surgissaient déjà autour de lui pour faire office de boucliers. La flèche frappa celle qui était le plus à l'extérieur et s'enflamma tandis que le rempart magique éclatait. Le pisse-culotte décocha un deuxième trait qui s'engouffra dans la brèche et désintégra une sphère plus proche du Roi-dieu. La faille continua à se creuser tandis que Jonus

Tranchant tirait à une vitesse incroyable. Il utilisait son Don pour maintenir les flèches en suspension dans l'air et, dès qu'il décochait, l'une d'elles se glissait aussitôt entre ses doigts. Les boucliers se volatilisaient plus vite que le Roi-dieu les matérialisait.

Les gens hurlaient, aveuglés par l'éclair de la bombe. Dans la cour, les cinquante meisters invoquèrent des boucliers qui renversèrent les personnes à proximité.

Un pisse-culotte caché sous l'estrade grimpa dessus et s'approcha du Roi-dieu en profitant d'un angle mort. Il eut un moment d'hésitation alors qu'une bulle tremblante apparaissait à quelques centimètres seulement de Garoth Ursuul. Kylar s'aperçut alors que ce n'était pas un pisse-culotte, mais un enfant de quatorze ou quinze ans – l'apprenti de Jonus Tranchant. Le garçon était si concentré qu'il s'arrêta et oublia de se baisser. Kylar entendit le claquement d'une corde et vit le garçon s'effondrer au moment où le dernier bouclier du Roi-dieu éclatait.

Les spectateurs se précipitèrent vers les portes du château en piétinant leurs voisins. Plusieurs meisters aveuglés cédèrent à la panique et tirèrent des projectiles verdâtres sans faire de différence entre les civils et les guerriers. Un garde du corps essaya de saisir le Roi-dieu pour l'entraîner à l'abri. Hébété, Garoth Ursuul crut qu'on l'attaquait et un marteau de vir frappa le gigantesque guerrier et le projeta sur les nobles.

Kylar tourna la tête pour identifier l'assassin de l'apprenti. À quinze mètres de lui, il aperçut Hu Gibbet, le boucher qui avait massacré toute la famille de Logan Gyre, le meilleur pisse-culotte de la cité maintenant que Durzo Blint était mort.

Jonus Tranchant battit en retraite sans prendre le temps de pleurer la mort de son apprenti. Hu décocha son second trait et Kylar vit le projectile se planter dans le dos de

Tranchant. Celui-ci bascula en avant et disparut de l'autre côté de la muraille. Mort, Kylar en était persuadé.

Hu Gibbet avait trahi le Sa'kagué et il venait de sauver le Roi-dieu.

Kylar s'accroupit pour que le pisse-culotte ne voie pas son visage, puis il se joignit au flot des Cénariens affolés qui fuyaient en masse par les portes du château.

CHAPITRE 2

L e domaine des Jadwin avait résisté aux incendies qui avaient rasé une grande partie de la cité. De nombreux gardes en surveillaient l'entrée. Ils ouvrirent une petite porte et laissèrent entrer Kylar sans prononcer un mot. Après l'attentat, le jeune homme avait à peine pris le temps de se débarrasser de son déguisement de tanneur et de se frotter le corps avec de l'alcool pour chasser l'odeur nauséabonde. Il était certain que la duchesse n'était pas encore rentrée, mais la nouvelle de la mort du duc s'était répandue comme une traînée de poudre. Les gardes avaient noué des bandes de tissu noir autour de leurs bras.

—C'est vrai ? demanda l'un d'eux.

Kylar hocha la tête, puis se dirigea vers la masure des Cromwyll, derrière le manoir. Élène avait été la dernière orpheline adoptée par le couple et tous ses frères et sœurs travaillaient pour d'autres nobles ou avaient choisi une profession différente. Seule sa mère nourricière servait encore les Jadwin. Depuis l'invasion de Cénaria, Kylar, Élène et Uly demeuraient là. Ils n'avaient pas eu le choix : les repaires de Durzo avaient été détruits par les incendies ou étaient inaccessibles. On pensait que le jeune homme avait péri et il ne voulait pas se cacher dans un refuge du Sa'kagué de crainte qu'on le reconnaisse. De toute manière, tous abris étaient bondés. Personne n'avait envie de traîner dans les rues écumées par les guerriers khalidoriens.

La petite maison était déserte et Kylar gagna la cuisine du manoir. Uly, une fillette de onze ans, se tenait sur un tabouret et récurait des casseroles penchée au-dessus d'une bassine remplie d'eau savonneuse. Kylar approcha d'elle sans bruit et la saisit à bras-le-corps avant de la caler sous son bras. Il la fit tournoyer tandis qu'elle hurlait. Il la reposa enfin sur le tabouret et la regarda d'un air méchant.

— Tu as empêché Élène de se fourrer dans le pétrin, comme je te l'avais demandé ?

Uly soupira.

— J'ai fait de mon mieux, mais je crois que c'est un cas désespéré.

Kylar éclata de rire et la fillette l'imita. Uly avait été élevée par des domestiques de Château Cénaria. Pour sa sécurité, on lui avait raconté qu'elle était orpheline, mais, en vérité, elle était la fille de Mamma K et de Durzo Blint. Le pisse-culotte avait appris son existence peu avant sa mort et Kylar lui avait promis de prendre soin de l'enfant. Il y avait eu un moment de malaise lorsqu'il avait expliqué à Uly qu'il n'était pas son père, mais leurs relations étaient meilleures qu'il l'aurait imaginé.

— Désespéré ? Je vais t'en donner du désespéré ! tonna une voix.

Élène portait un énorme chaudron dont les bords étaient encore maculés du ragoût de la veille. Elle le posa près de la pile de plats qu'Uly devait laver.

La fillette laissa échapper un gémissement et Élène ricana d'un air mauvais. Kylar fut émerveillé de constater à quel point elle avait changé en une semaine, mais peut-être était-ce lui qui la voyait différemment ? Le visage de la jeune femme était toujours zébré par les profondes cicatrices que le Rat lui avait infligées quand elle était enfant : un X en travers de ses lèvres charnues, un autre sur une joue, un croissant reliant le coin de l'œil au coin de la bouche. Kylar les remarqua à peine. Il ne vit qu'une peau resplendissante, des yeux pétillants d'intelligence et de bonheur, un sourire en biais du fait de l'espièglerie et non des balafres. Comment une femme pouvait-elle être si ravissante avec de simples vêtements en laine et un tablier de domestique ? Un tel mystère le dépassait.

Élène décrocha une blouse d'une patère et regarda Kylar avec des yeux de prédateur.

— Oh non ! s'exclama le jeune homme. Pas moi !

Elle glissa le vêtement autour de la tête de Kylar et l'attira contre elle dans un mouvement lent et ensorcelant. Elle contempla sa bouche et il ne put s'empêcher de regarder ses lèvres tandis qu'elle passait la langue dessus.

Ses doigts descendirent le long des hanches du jeune homme et elle reprit la parole en murmurant :

— Je crois que…

Uly toussa avec ostentation, mais les deux amants ne lui prêtèrent pas attention.

Élène plaqua Kylar contre elle et posa les mains au creux de ses reins. Sa tête s'inclina légèrement vers lui et il sentit sa douce odeur.

— … c'est mieux ainsi !

Elle serra soudain les cordons de la blouse et les noua dans son dos. Puis elle le lâcha et recula hors de portée.

— Tu es maintenant prêt à m'aider. Tu préfères couper les pommes de terre ou les oignons ?

La jeune femme et la fillette éclatèrent de rire en contemplant son visage ulcéré.

Il bondit en avant et Élène essaya de l'éviter, mais il utilisa son Don pour l'attraper. Il avait consacré la semaine précédente à s'entraîner, mais il n'arrivait toujours pas à projeter son pouvoir au-delà d'un mètre cinquante. Dans le cas présent, ce fut amplement suffisant. Il attira la jeune femme contre lui et l'embrassa. Elle résista un instant, puis lui rendit son baiser avec une fougue égale à la sienne. Pendant un moment, l'univers se résuma à la douceur de ses lèvres et à son corps pressé contre le sien.

À mille lieues de là, Uly mima un vomissement à grand renfort de bruits éloquents. Kylar plongea la main dans la bassine et projeta une gerbe d'eau vers la source de son agacement. Les hoquets répugnants cédèrent la place à un jappement aigu. Élène s'écarta du jeune homme et tourna la tête pour ne pas éclater de rire.

Kylar avait fait mouche et le visage d'Uly était trempé. La fillette plongea à son tour une main dans la bassine et Kylar se laissa asperger. Il attrapa Uly et ébouriffa ses cheveux mouillés. Il savait qu'elle détestait cela.

— D'accord, petite peste, je méritais cette douche. Maintenant, faisons une trêve. Où sont ces pommes de terre ?

Ils se calmèrent et se lancèrent dans ces tâches de cuisine simples et répétitives. Élène demanda à Kylar ce qu'il avait fait. Le jeune homme craignait les oreilles indiscrètes, mais il lui raconta qu'il avait vu le baron et assisté, impuissant, à la tentative d'assassinat contre le Roi-dieu. Ce genre de conversation faisait sans doute partie des activités les plus ennuyeuses d'un couple, mais Kylar n'avait jamais connu la monotonie du quotidien. À ses yeux, ce partage, le récit de sa journée à la femme qu'il aimait, était inestimable. Durzo lui avait appris qu'un pisse-culotte devait être prêt à tout abandonner sur-le-champ. Il lui avait appris qu'un pisse-culotte était toujours seul.

C'était pour savourer ce simple moment de communion que Kylar avait décidé de quitter la voie des ombres. Il avait consacré plus de la moitié de sa vie à s'entraîner sans relâche pour devenir un tueur parfait, mais il n'avait plus envie de tuer.

— Ils auraient eu besoin d'un troisième homme pour terminer le travail, dit-il. Pour surveiller ce qui se passait et servir de renfort. Ç'aurait pu réussir. Le minutage de l'attaque était excellent. Ils ont échoué à une seconde près. Si j'avais accepté de les aider, Hu Gibbet et le Roi-dieu ne seraient plus de ce monde et nous aurions cinquante mille gunders en poche. (Une sombre pensée le traversa et il s'interrompit.) Des gunders. Je suppose qu'on ne les appellera plus longtemps ainsi maintenant que tous les Gunder sont morts.

Il soupira.

—Tu veux savoir si tu as fait le bon choix? demanda Élène.

—Oui.

—Kylar, il y aura toujours des gens si méchants qu'on voudrait les voir morts. Au château, quand Roth te... faisait du mal, j'ai été à deux doigts de le tuer. Si cela avait duré quelques secondes de plus... je ne sais pas. Mais je sais que tu m'as expliqué comment ces meurtres avaient blessé ton âme. Qu'importe si un assassinat apporte le bonheur au monde entier s'il te détruit par la même occasion? Je ne pourrais pas le supporter, Kylar. Je tiens trop à toi.

C'était la seule condition qu'Élène avait posée pour quitter Cénaria avec lui: il ne devait plus tuer. Kylar ne savait plus vraiment où il en était. Il ignorait si la philosophie de la jeune femme était correcte, mais il en avait vu assez pour comprendre que celle de Durzo et de Mamma K ne l'était pas.

—Tu crois vraiment que la violence engendre la violence? que, en fin de compte, il y aura moins de victimes si je ne tue personne?

—Oui, je le crois.

—Bien. Dans ce cas, j'ai un travail à accomplir ce soir. Nous devrions être en mesure de quitter la ville demain matin.

CHAPITRE 3

L e Trou du Cul de l'Enfer n'était pas un endroit digne d'un roi. Comme son nom le laissait entendre, c'était le point le plus profond de la prison que les Cénariens appelaient « la Gueule ». L'entrée de ce bagne ressemblait à un visage démoniaque taillé dans une masse déchiquetée de verre volcanique noir. Les prisonniers entraient par la bouche et descendaient une rampe d'ordinaire glissante, car la peur provoquait de nombreux relâchements de vessie. Dans le Trou proprement dit, les détenus découvraient des terreurs viscérales : la phobie des espaces confinés, de l'obscurité ou des endroits surélevés ; la crainte suscitée par le hurlement lugubre du vent montant des profondeurs ; l'angoisse à l'idée de côtoyer des prisonniers jugés indignes d'une exécution en bonne et due forme. La chaleur était implacable et il régnait une odeur pestilentielle, mélange de soufre et de déchets humains sous trois formes : excréments, cadavres et corps couverts de crasse. Une seule torche était accrochée à bonne hauteur au-dessus de la grille qui séparait les fauves des autres prisonniers de la Gueule.

Onze hommes et une femme partageaient le Trou avec Logan Gyre. Ils le détestaient à cause de son couteau, de son corps musclé et de sa voix distinguée. Au fond de cette ménagerie de monstres et de tarés, Logan était différent. Seul.

Le jeune homme s'assit dos au mur. Il n'y en avait qu'un, car le Trou était circulaire. Au milieu s'ouvrait un gouffre large de sept ou huit mètres aux parois de verre volcanique parfaitement verticales et parfaitement lisses. Il était impossible de deviner la profondeur de cet abîme. Quand les prisonniers y poussaient leurs déchets, ils ne les entendaient jamais toucher le fond. La seule chose qui s'échappait du Trou, c'étaient les émanations pestilentielles d'une soufrière infernale et les gémissements intermittents du vent, des spectres, des âmes tourmentées ou de tout ce qui pouvait bien produire ces bruits qui minaient la santé mentale des condamnés.

Au départ, Logan s'était demandé pourquoi ses compagnons de captivité déféquaient contre le mur et poussaient ensuite leurs excréments dans le vide – lorsqu'ils daignaient prendre cette peine. Il comprit dès qu'il eut envie d'aller à la selle : il fallait être fou pour s'accroupir près du gouffre. Dans le Trou, il était hors de question de se placer en position vulnérable. Quand un prisonnier devait passer à côté d'un autre, il se déplaçait avec rapidité et restait sur ses gardes. La manœuvre s'accompagnait de sifflements de chat en colère, de grognements et de chapelets d'injures débités si vite que les mots étaient inintelligibles. Le moyen le plus simple de se débarrasser d'un compagnon de captivité, c'était de le pousser dans le vide.

Le rebord rocheux ne mesurait que cinq mètres de large et était légèrement incliné en direction du gouffre. Cette pente étroite et glissante qui menait à la mort était tout l'univers des Morpions, les prisonniers du Trou. Logan n'avait presque pas dormi depuis sept jours, depuis l'attaque du château. Il cligna des yeux. Une semaine. L'épuisement le gagnait. Même Fin, qui avait eu la plus grosse part du dernier repas, n'avait pas mangé depuis quatre jours.

— Tu portes la poisse, Treizième ! lâcha Fin en lui décochant un regard mauvais de l'autre côté du gouffre. On nous a rien apporté à bouffer depuis que t'es arrivé.

Fin était désormais le seul à l'appeler « Treizième ». Les autres avaient accepté le nom dont Logan s'était affublé dans un moment de folie : Roi.

— Depuis que tu as dévoré le dernier garde, tu veux dire ? demanda le jeune homme. Tu crois qu'il y a un rapport ?

Les autres prisonniers ricanèrent à l'exception de Grincedent. Le simple d'esprit se contenta d'esquisser un sourire absent qui dévoila ses dents taillées en pointe. Fin ne répondit pas à la remarque de Logan. Il continua à mâcher et à étirer un bout de corde entre ses mains. Le reste était enroulé si serré autour de son torse qu'on ne voyait presque plus son corps maigre et musclé. Fin était le prisonnier le plus craint. Logan ne le considérait pas comme un chef, car cela aurait sous-entendu qu'il existait un ordre social au fond du Trou. Les détenus se comportaient comme des bêtes. Ils étaient hirsutes et si sales qu'il était impossible de deviner la couleur naturelle de leur peau. Ils avaient des yeux de fauve et les oreilles aux aguets. Tout le monde ne dormait que d'un œil. Ils avaient *dévoré* deux hommes le jour de l'arrivée de Logan.

Mon arrivée ? J'ai sauté au fond de ce trou. J'aurais pu rester là-haut et connaître une mort paisible. Maintenant, je suis coincé ici jusqu'à la fin des temps – ou jusqu'à ce qu'ils me mangent. Dieux ! ils vont me manger !

De l'autre côté du gouffre, un mouvement l'arracha au désespoir et à l'horreur qui montaient en lui. Lilly approchait. Elle était la seule à ne pas raser la paroi. Elle ne craignait pas de tomber. Elle ne manquait pas de courage. Un homme tendit le bras et agrippa sa robe.

— Pas maintenant, Jake, lança-t-elle au borgne.

Jake ne lâcha pas le vêtement sur-le-champ. Elle le regarda et fronça un sourcil. Il baissa aussitôt la main en proférant un juron. Lilly alla s'asseoir à côté de Logan. C'était une femme quelconque et il était difficile de se faire une idée de son âge. Elle aurait pu avoir cinquante ans, mais le jeune homme songea qu'elle était sans doute plus proche des vingt ans, car elle avait encore toutes ses dents.

Elle resta silencieuse pendant un long moment. Alors que Logan commençait à se désintéresser des raisons qui l'avaient poussée à venir s'installer près de lui, elle se gratta l'entrejambe et prit la parole d'un air absent :

— Qu'est-ce que tu vas faire ? demanda-t-elle d'une voix jeune.

— Je vais sortir d'ici et je vais reconquérir mon pays.

— Tu te prends encore pour le roi ? Avec tes histoires, ils croient tous que tu es dingue. J'te vois regarder tout autour de toi comme un môme perdu. Tu vis avec des fauves. Tu veux pas crever ? Deviens un monstre. Tu veux garder quelque chose à quoi te raccrocher ? Enfouis-le au plus profond de toi. Ensuite, fais ce que tu as à faire.

Elle lui tapota le genou, se leva et se dirigea vers Jake.

Quelques instants plus tard, le borgne était couché sur elle et la besognait. Les fauves ne leur prêtèrent pas attention. Ils ne les regardèrent même pas.

La folie montait en lui. Dorian ne restait en selle que par réflexe. Perdu dans la brume, le monde extérieur était désormais lointain, flou et insignifiant alors que ses visions étaient si proches, si nettes et si importantes. Le prophète voyait de plus en plus de choses. La partie se poursuivait et les pièces se déplaçaient. L'Ange de la Nuit fuyait vers Caernarvon. Ses pouvoirs grandissaient, mais il ne les utilisait pas.

Que fais-tu, mon garçon ?

Dorian se concentra sur ce destin et le remonta. Il avait rencontré Kylar une fois et avait prophétisé sa mort. Il comprenait désormais pourquoi il n'avait pas Vu que cet Ange de la Nuit périrait et survivrait. Durzo l'avait induit en erreur, car son destin avait interagi avec d'autres. Dorian avait Vu, mais il avait mal interprété sa vision.

Le prophète fut tenté de remonter jusqu'à la première identité de Durzo, jusqu'à l'époque où il avait reçu le ka'kari qui était maintenant en possession de Kylar. Et pourquoi ne pas chercher Ezra le Fou? La vie de ce mage exceptionnel devait briller d'un tel éclat qu'il était sans doute difficile de la manquer. Peut-être pourrait-il le suivre, apprendre ce qu'il avait appris et découvrir comment il l'avait appris. Ezra avait créé le ka'kari sept siècles auparavant et le ka'kari avait rendu Kylar immortel. Dorian avait l'occasion d'observer un des mages les plus respectés et les plus honnis de tous les temps. Il était tout proche! Se mettre en quête d'un personnage si illustre et mort depuis si longtemps… c'était tentant, mais cela prendrait du temps. Des mois peut-être… Il frissonna pourtant en songeant aux sommes de connaissances qui étaient à sa portée.

Tu veux t'intéresser au passé alors que le présent part en lambeaux? Concentre-toi, Dorian. Concentre-toi!

Il se focalisa de nouveau sur la vie de Kylar et la suivit à partir de sa jeunesse dans le Dédale. Il assista aux étapes marquantes de son existence: son amitié avec Jarl et Poupée, le viol de son ami, la mutilation de la fillette, le premier meurtre perpétré à onze ans, l'apprentissage de Durzo, l'enseignement de Mamma K, l'influence apaisante du comte Drake, le rapprochement avec Logan, les retrouvailles avec Élène, le vol du ka'kari, l'attaque du château, la mort de Blint, la découverte de l'identité de Roth Ursuul.

Mon petit frère, songea le prophète, *et un monstre aussi infâme que je le fus.*

Concentre-toi, Dorian!

Il crut entendre un cri et distinguer quelque chose dans le monde réel, mais il refusa de se laisser distraire une fois de plus. Il abordait enfin des événements importants.

Là! Il observa Kylar empoisonner Mamma K pour rendre justice et lui donner l'antidote par pitié.

Dorian pouvait voir les choix qu'un homme avait faits, mais s'il ignorait les motivations de ces choix, il serait incapable de deviner ce que Kylar allait devenir. Le jeune pisse-culotte avait déjà suivi des chemins improbables – voire impossibles. Confronté à la perspective de tuer son maître ou la femme de sa vie, il avait préféré se sacrifier. Le taureau avait présenté ses deux cornes, mais Kylar avait bondi par-dessus. C'était ce Kylar qu'il fallait comprendre. À cet instant, Dorian entraperçut l'âme nue du jeune homme.

Je t'ai eu, Kylar! Je sais maintenant qui tu es!

Le prophète ressentit une vive douleur au bras, mais il était enfin parvenu à découvrir le fil du destin de Kylar et il était hors de question de lâcher prise. Le jeune homme s'efforçait avec peine d'harmoniser les cruelles réalités de la rue avec les élans vertueux qu'il avait hérités du comte. Hérités? Non, Kylar considérait ces pulsions comme une contamination. Ainsi, à l'instar de son maître, il estimait que la pitié était une faiblesse.

Tu as décidé de me compliquer la vie, n'est-ce pas?

Dorian rit en voyant Kylar découvrir l'incompétence du Sa'kagué de Caernarvon, ramasser des herbes, acquitter des taxes, se disputer avec Élène, essayer de devenir une personne normale. *Le jeune homme ne s'en sort pas très bien.*

La pression est de plus en plus forte. Kylar sort sa tenue de pisse-culotte et grimpe sur un toit – c'est curieux, il agit sans tenir compte des choix qu'il a faits jusque-là. Et puis, une nuit, on frappe à la porte. Jarl fait son apparition et plonge son ami dans un nouveau dilemme. Kylar se retrouve écartelé entre la femme qu'il aime et la vie qu'il abomine, entre l'ami qu'il chérit et la vie qu'il devrait abhorrer, entre un devoir et un autre devoir, entre l'honneur et la trahison. Kylar est l'Ombre au Crépuscule, un colosse de plus en plus puissant, un être mi-diurne mi-nocturne. Mais les ombres sont des créatures éphémères et le crépuscule doit s'éclaircir ou s'assombrir pour céder la place au jour ou à la nuit. Kylar ouvre la porte à Jarl et les différents futurs se télescopent…

— Nom de nom! Dorian!

Feir administra une gifle à son ami. Le prophète songea que ce n'était sans doute pas la première, car sa mâchoire était douloureuse des deux côtés. Il y avait un problème avec son bras gauche. Il tourna la tête et essaya de se synchroniser avec le rythme temporel de la réalité tandis que le chaos se déchaînait sous son crâne.

Une flèche était plantée dans son bras, un trait identique à ceux des guerriers des hautes terres. La pointe était enduite d'une substance noire. Du poison.

Feir gifla son ami une fois de plus.

— Ça suffit! Ça suffit! s'écria Dorian en agitant les mains.

Le mouvement provoqua une vague de douleur qui lui traversa le bras. Il grogna et plissa les yeux, mais il avait regagné le monde réel. C'était de la folie!

— Que s'est-il passé? demanda-t-il.

— Des pillards, répondit Feir.

— Une bande d'imbéciles! dit Solon. Ils voulaient rapporter un souvenir pour se vanter auprès de leurs camarades.

Un souvenir qui aurait pris la forme des oreilles de Solon, de Feir et de Dorian. Un des cadavres en portait deux enfilées sur un collier et elles étaient fraîchement coupées.

— Ils sont tous morts? demanda Dorian.

Il était grand temps de s'occuper de cette flèche.

Solon hocha la tête d'un air lugubre et le prophète devina le déroulement du bref affrontement. Les guerriers avaient attaqué alors que Feir et Dorian établissaient le camp.

Ils avaient surgi des montagnes en pensant que le soleil niché dans une anfractuosité de la chaîne de Faltier aveuglerait leurs proies. Deux archers avaient couvert l'approche de leurs camarades, mais la pente était raide et les premiers traits avaient manqué leurs cibles.

La suite des événements avait suivi une logique implacable. Solon était un adversaire redoutable avec une épée à la main et Feir – un colosse aussi rapide que puissant – était un maître-lame du deuxième rang. Solon avait laissé son camarade s'occuper des guerriers. Il n'avait pas eu le temps d'empêcher une flèche de frapper Dorian, mais son sort avait tué les archers. La bataille n'avait sans doute pas duré deux minutes.

— Dommage qu'ils aient fait partie du clan de Churaq, dit Solon en retournant le cadavre d'un jeune homme à la peau constellée de tatouages noirs. Ils auraient été ravis de massacrer les bâtards du clan de Hraagl qui escortent la caravane que nous suivons.

— Je croyais que Vents Hurlants était infranchissable, remarqua Feir. Comment ces guerriers ont-ils franchi la frontière ?

Solon secoua la tête et quelque chose attira l'attention de Dorian. Lorsque le Séthi avait brandi Curoch et tué cinquante meisters, il avait invoqué une quantité d'énergie si énorme qu'il avait failli y laisser la vie. Les racines de ses cheveux étaient maintenant blanches. Elles n'étaient pas poivre et sel – une teinte normale pour une personne d'âge mûr –, mais d'une blancheur immaculée qui contrastait avec son beau visage d'homme dans la force de l'âge, ses traits burinés par une vie de militaire et sa peau olivâtre de Séthi. Tout de suite après avoir utilisé Curoch, Solon s'était plaint de voir en noir et blanc ou, au contraire, d'être aveuglé par des couleurs trop vives, mais ces problèmes semblaient avoir disparu.

—Infranchissable, mais pour une armée. Nous sommes à la fin de l'été et ces jeunes gens sont de redoutables alpinistes. Ils sont nombreux à perdre la vie dans ce genre d'expédition. Ils lâchent prise ou ils sont balayés par les tempêtes qui éclatent sans avertissement, mais ceux qui ont de la chance et qui sont assez endurants, rien ne les arrête. Tu es prêt à t'occuper de cette flèche, Dorian?

Les deux compagnons du prophète étaient aussi des mages, mais ils n'avaient pas l'intention d'intervenir, pas dans une telle situation. Dorian était un Hoth'salar et il avait atteint les sommets de la hiérarchie des guérisseurs dans l'espoir de vaincre sa folie grandissante.

De l'eau se matérialisa autour de la pointe.

—Qu'est-ce que c'est que ça? demanda Feir en pâlissant.

—Les humeurs du sang déjà contaminées par le poison. Elles devraient adhérer au trait quand tu vas le retirer.

—Moi? demanda Feir.

Son visage blême jurait étrangement avec sa carrure d'hercule.

—Tu es ridicule, Feir! s'exclama Solon.

Le Séthi tendit la main et arracha la flèche. Dorian laissa échapper un hoquet de douleur et Feir l'attrapa pour l'empêcher de tomber. Solon examina le trait. Un sort avait aplati les barbelures pour qu'elles ne déchirent pas la chair pendant l'extraction, un autre avait cristallisé le poison et le sang en une couche si épaisse que le fût avait triplé d'épaisseur.

Tandis que Dorian haletait, des flots de magie dansèrent dans les airs comme de minuscules lucioles ou d'innombrables araignées tissant des tapisseries de lumière. C'était l'étape la plus impressionnante. En théorie, rien n'empêchait un mage de se soigner, mais, en réalité, ce genre d'opération se passait généralement très mal et la guérison d'une simple écorchure provoquait des douleurs terribles. Le patient ressentait en quelques instants la souffrance, la gêne, l'irritation et les démangeaisons que la blessure aurait causées pendant un processus de cicatrisation normal. Lorsqu'un mage traitait une autre personne, il pouvait l'anesthésier. Quand il s'occupait de lui-même, une insensibilisation risquait de provoquer une erreur mortelle. Cette restriction ne s'appliquait qu'aux hommes et les magae – les mages femmes – se soignaient sans difficulté.

— Tu es incroyable ! dit Solon. Comment fais-tu cela ?

— Ce n'est qu'une question de concentration, répondit Dorian. J'ai beaucoup d'entraînement.

Le prophète sourit. Il s'ébroua comme pour chasser son épuisement et ses traits s'animèrent. Il était entièrement dans la réalité et ce phénomène était de plus en plus rare.

Une expression peinée se dessina sur le visage de Solon. La folie de Dorian était irréversible. Elle empirerait et le transformerait un jour en idiot babillant qui dormirait dans des granges ou à la belle étoile. Les gens le regarderaient avec mépris et il ne connaîtrait plus qu'un ou deux moments de lucidité par an. Ils surviendraient parfois quand il serait seul et il ne pourrait même pas raconter ce qu'il avait vécu.

— Arrête ! lui dit Dorian. Je viens d'avoir une révélation. (Il esquissa un petit sourire narquois qui signifiait qu'il ne mentait pas.) Nous faisons fausse route. (Il pointa un doigt sur Feir.) Enfin, surtout toi. Tu dois chercher Curoch et aller au sud, vers Ceura.

— Que veux-tu dire par là ? demanda le colosse. Je croyais que nous la cherchions ensemble. De toute manière, ma place est avec vous.

— Solon, nous devons tous les deux aller au nord, en direction de Vents Hurlants.

— Un instant, intervint Feir.

Mais les yeux de Dorian étaient redevenus vitreux. Il était déjà reparti.

—Magnifique! s'exclama le géant. Vraiment magnifique! Je suis sûr qu'il le fait exprès!

CHAPITRE 4

Il était minuit passé lorsque Jarl arriva à la masure des Cromwyll avec plus de une heure de retard. Kylar, Élène et Uly étaient assis dans la pièce principale, car la mère adoptive de la jeune femme était allée se coucher dans la chambre commune. La fillette s'était endormie contre Kylar, mais elle se redressa, terrifiée, quand Jarl entra.

Dans quelle histoire est-ce que je vais entraîner cette enfant? songea Kylar.

Mais il se contenta de la serrer contre lui. Uly se ressaisit et se calma, embarrassée par sa réaction.

—Désolé, dit Jarl. Les Blafards sont en train de... punir le Dédale en représailles de la tentative d'assassinat. Je voulais vérifier certaines choses, mais ils ont fermé les ponts. Les pots-de-vin ne suffisent pas aujourd'hui.

Kylar comprit que son ami évitait d'entrer dans les détails pour ne pas effrayer Uly. Le Dédale était déjà un véritable enfer avant l'attentat et le jeune homme n'osa pas imaginer ce qui s'y passait ce soir-là.

La situation aurait-elle été pire si le Roi-dieu était mort? La violence engendrait la violence, en effet.

—Est-ce que ça signifie que la mission est annulée? demanda-t-il avant qu'Élène ou Uly aient le temps de poser des questions sur les représailles dans le Dédale.

—Pas du tout, répondit Jarl. (Il tendit une bourse à Élène – une bourse qui semblait un peu trop légère.)

44

J'ai pris sur moi de prélever de quoi soudoyer les sentinelles aux portes de la cité. Leurs prix ont déjà augmenté et je suis certain qu'ils augmenteront encore demain. Tu as l'emploi du temps des gardes qui fermeront les yeux jusqu'à la fin de la semaine?

Jarl ouvrit son sac et en tira une tunique crème, un pantalon ainsi qu'une paire de bottes montantes noires.

— Je l'ai mémorisé, dit Kylar.

— Un moment, intervint Élène. Je sais que Kylar a l'habitude de faire des choses sans connaître les raisons pour lesquelles il les fait, mais moi, j'ai besoin de savoir. Pourquoi quelqu'un est-il prêt à payer cinq cents gunders pour que Kylar fasse semblant de mourir? C'est une véritable fortune!

— Pas aux yeux d'un duc khalidorien, dit Jarl. Voici ce que j'ai réussi à apprendre: à Khalidor, les ducs ne sont pas aussi puissants qu'à Cénaria. Ils sont socialement inférieurs aux meisters, mais ces derniers ont cependant besoin de personnes pour s'occuper du peuple et des affaires courantes. Le duc Vargun est donc un homme riche, mais il s'est battu pour gagner la moindre bribe de pouvoir. Il est venu à Cénaria dans l'espoir d'obtenir une promotion, mais le poste qu'il convoitait – le commandement de la garde royale de Cénaria – a été octroyé au lieutenant Hurin Gher – désormais le commandant Gher.

— Pour le récompenser d'avoir conduit les nobles dans un piège pendant l'attaque du château, lâcha Kylar. Le traître!

— Tout à fait. Un matin par semaine, le commandant Gher se rend aux quais en compagnie de quelques hommes de confiance. Il fait semblant d'accompagner une patrouille, mais, en fait, il va collecter les pots-de-vin du Sa'kagué. Demain, au cours de la prétendue patrouille, il va voir son rival, le duc Vargun, assassiner un noble cénarien sans importance, le baron Kirof. Il va se faire une joie d'arrêter le coupable, mais, dans quelques jours ou dans quelques semaines, feu le baron Kirof réapparaîtra en parfaite santé. Le commandant Gher tombera en disgrâce et le duc Vargun héritera probablement de son poste. Le plan n'est pas infaillible et c'est pour cette raison que Kylar ne touchera que cinq cents gunders. Mais si tout se passe bien, le duc Vargun rentrera dans ses frais en moins d'un mois grâce aux pots-de-vin.

— Ce plan me semble horriblement compliqué, dit Élène.

— Fais-moi confiance, répliqua Jarl. Quand il s'agit de politique khalidorienne, tout devient très simple.

— Comment le Sa'kagué va-t-il tirer profit de cette histoire ? voulut savoir Kylar.

Jarl sourit.

— Nous avons essayé de mettre la main sur le baron Kirof, mais il semblerait que le duc Vargun ne soit pas un imbécile. Kirof a déjà disparu.

— Ils l'auraient enlevé ? Mais pourquoi ? demanda Élène.

Kylar répondit.

— Si le Sa'kagué détenait Kirof, il ferait chanter le commandant Gher. Celui-ci saurait que la réapparition de Kirof signerait aussitôt sa perte. Le Sa'kagué cesserait donc de lui verser des pots-de-vin tout en étant certain qu'il obéirait à ses moindres désirs.

— Tu sais, dit Élène, j'essaie parfois d'imaginer à quoi ressemblerait la cité sans le Sa'kagué, mais je n'y parviens jamais. Je veux partir d'ici, Kylar. Est-ce que je peux t'accompagner, cette nuit ?

— Il n'y a pas assez de place pour un adulte, intervint Jarl. Ne t'inquiète pas, ils seront de retour à l'aube. Uly ? Kylar ? Vous êtes prêts ?

Kylar hocha la tête et la fillette l'imita, le visage sombre.

Deux heures plus tard, ils étaient sur les quais et se préparaient à se séparer. Uly se cacherait sous l'embarcadère, à bord d'un radeau camouflé en tas de bois à la dérive.

Lorsque Kylar tomberait à l'eau, elle lui tendrait une perche pour qu'il s'y accroche et remonte à la surface sans être vu par un éventuel témoin. L'embarcation de fortune serait tout juste assez grande pour dissimuler la fillette pelotonnée et la tête de Kylar. Quand celui-ci émergerait, le tas de « bois flotté » dériverait en suivant le courant et parcourrait quelques centaines de mètres avant d'atteindre un autre quai où le jeune homme et l'enfant sortiraient de leur cachette.

— Et s'il y a un problème ? demanda Uly. Un gros problème, je veux dire.

Le froid de la nuit lui avait rougi les joues et elle semblait encore plus jeune que son âge.

— Dans ce cas, tu diras à Élène que je suis désolé.

Kylar épousseta la tunique crème. Ses mains tremblaient.

— Kylar, j'ai peur.

— Uly. (Il fixa son regard sur les grands yeux marron de l'enfant.) Je voulais te dire… Enfin, je voudrais que… (Il détourna le regard.) Euh… Je voudrais que tu cesses de m'appeler par mon véritable nom quand nous sommes en mission.

Il lui tapota la tête. Elle détestait cela.

— De quoi j'ai l'air ?

— Je trouve que tu ressembles au baron Kirof… à condition que je plisse les yeux très fort.

Elle se vengeait des petites tapes sur le crâne, il le savait.

— Uly, est-ce que je t'ai déjà dit que tu étais une véritable peste ?

La fillette sourit.

Dans quelques heures, les quais seraient envahis par les ouvriers du port et les pêcheurs qui préparaient leur matériel ou leurs chargements pour le lever du jour, mais, pour le moment, tout était calme et on n'entendait que le ressac des vagues. Les gardes privés qui surveillaient l'embarcadère avaient été soudoyés. Le plus grand danger était la venue d'un groupe de guerriers khalidoriens en quête de sang. Par chance, la plupart d'entre eux écumaient le Dédale.

— Bon! nous nous retrouverons dans un monde meilleur, dit Kylar avec un petit sourire.

Ce n'était pas le genre de plaisanterie à adresser à une enfant et les yeux d'Uly se remplirent de larmes. Il reprit d'une voix plus douce :

— Allons, tout se passera bien.

La fillette s'en alla et quand il fut certain qu'elle ne pouvait plus le voir, son visage se mit à scintiller. Ses traits jeunes et émaciés se dilatèrent pour faire apparaître un double menton ; une barbe rousse taillée à la mode khalidorienne poussa sur ses joues ; son nez s'allongea et se bomba ; ses sourcils s'élargirent et devinrent plus touffus. Il ne ressemblait plus au baron Kirof, il était devenu le baron Kirof.

Il sortit un miroir de poche et examina son reflet. Il se renfrogna et le nez artificiel rétrécit un peu. Il ouvrit la bouche, sourit, fit la grimace et cligna des yeux en étudiant les réactions de son visage. Ce n'était pas très satisfaisant, mais il faudrait faire avec. Uly aurait pu l'aider à corriger les imperfections, mais il préférait qu'elle en sache le moins possible sur ses petits talents. Il rangea son miroir et descendit le quai.

— Dieux tout-puissants! s'exclama le duc Vargun quand le jeune homme s'approcha de lui. C'est vous ?

Le noble transpirait et son visage était blême malgré la lueur des torches disposées au bout de l'embarcadère.

— Duc Vargun, j'ai reçu votre message! dit Kylar d'une voix forte. (Il tendit le bras et saisit le poignet de Vargun avant de poursuivre plus bas.) Tout va bien se passer. Contentez-vous de faire ce qui a été prévu.

—Merci, baron Kirof, répliqua le duc avec un peu trop d'emphase. (Il baissa la voix à son tour.) Vous êtes donc l'acteur qui va me donner la repartie?

—Oui. Faites votre possible pour ne pas plomber ma représentation.

—Je n'ai jamais tué personne.

—J'espère que vous n'allez pas commencer aujourd'hui.

Kylar examina la dague sertie de joyaux glissée à la ceinture du noble. L'arme devait appartenir à la famille de Vargun depuis des siècles et sa perte inexplicable servirait à prouver que le duc avait assassiné le baron Kirof.

—Cette comédie va vous conduire droit en prison, dit Kylar. Et pas dans la plus confortable. Nous pouvons encore tout arrêter si vous le souhaitez.

Kylar agita les mains comme le faisait le vrai Kirof quand il était nerveux.

—Non, non. (Le jeune homme eut l'impression que Vargun cherchait à se convaincre.) Vous avez déjà participé à ce genre de mise en scène?

—Me déguiser pour piéger quelqu'un? Souvent. Faire semblant de me faire tuer? Plus rarement.

—Ne craignez rien, dit le duc. Je... (Ses yeux se posèrent derrière Kylar et sa voix se serra sous le coup de la peur.) Ils sont là!

Le jeune homme s'écarta du noble comme s'il était effrayé.

—Est-ce que vous me menaceriez? aboya-t-il.

L'imitation du baron était médiocre, mais un peu de sang pallierait ses maladresses d'acteur.

Le duc le saisit au bras.

—Vous ferez ce que je vous dis de faire!

—Ou sinon? Le Roi-dieu entendra parler de tout cela! Ils avaient attiré l'attention des gardes.

—Vous ne direz rien!

Kylar se libéra de la prise du noble.

—Vous n'êtes pas assez intelligent pour vous emparer du trône, duc Vargun. Vous êtes un lâche et… (Le jeune homme baissa la voix.) Un seul coup de couteau. La vessie remplie de sang est accrochée juste au-dessus de mon cœur. Je m'occupe du reste.

Kylar contracta les traits du baron Kirof pour qu'ils esquissent un sourire méprisant, puis il tourna le dos à Vargun.

Le duc attrapa de nouveau Kylar et le repoussa. Puis il tira son arme et le poignarda avec violence. Mais pas à hauteur de la vessie de mouton. Il frappa au ventre, une fois, deux fois, encore et encore. Kylar tituba en arrière et baissa les yeux. Sa tunique en soie crème se gorgeait de sang. Les mains du duc étaient écarlates et de petits points rouges constellaient sa cape bleue.

—Mais qu'est-ce que vous faites ? articula Kylar avec peine.

Il entendit à peine le coup de sifflet qui monta à l'extrémité du quai. Il vacilla et s'agrippa au garde-fou pour ne pas tomber.

Tenser Vargun transpirait à grosses gouttes. De grosses mèches noires étaient maintenant plaquées sur son crâne. Il ne ressemblait plus au noble hésitant et mal à l'aise qui s'était adressé à Kylar quelques instants plus tôt. Il ne répondit pas à la question et saisit le jeune homme par les cheveux. Il eut de la chance : s'il les avait empoignés deux centimètres plus bas, il aurait détruit les traits du baron Kirof.

Des bruits de pas résonnèrent sur le quai et le duc Vargun lâcha sa victime qui tomba à genoux. Malgré la douleur qui obscurcissait sa vue, le jeune homme distingua le commandant Gher qui accourait en brandissant son épée, deux gardes sur les talons. Le duc Vargun fit glisser sa lame en travers de la gorge de Kylar et une nouvelle gerbe de sang jaillit. Puis il lui enfonça la dague dans l'épaule avec la nonchalance d'un bûcheron qui plante sa hache dans une souche à la fin de sa journée de travail.

—Arrêtez! Arrêtez sur-le-champ ou vous mourez! rugit le commandant Gher.

Le duc appuya une botte en cuir de veau sur la poitrine de Kylar et sourit. D'une détente du pied, il poussa le jeune homme dans le fleuve.

L'eau était si froide que Kylar resta paralysé – mais peut-être avait-il perdu trop de sang? Il avait inspiré avant de heurter la surface, mais un poumon refusait de remplir ses fonctions. Au bout de quelques secondes, des bulles d'air jaillirent de sa bouche et – c'était plus curieux – de sa gorge.

La douleur éclata quand il respira l'eau épaisse et immonde de la Plith. Il se débattit avec mollesse pendant quelques instants. Puis le calme l'envahit et la souffrance se transforma en lancination lointaine. Quelque chose le tapota à plusieurs reprises et Kylar essaya de l'attraper par réflexe. Ne devait-il pas s'agripper à quelque chose? N'y avait-il pas une vague histoire de perche?

Si ses mains bougèrent, il ne s'en rendit pas compte. Le monde ne s'assombrit pas et ne plongea pas dans les ténèbres. Tout devint blanc. Son cerveau chercha en vain de l'air tandis que le sang jaillissait de sa gorge. Quelque chose le heurta une fois de plus. Il espéra que cela ne durerait pas longtemps. L'eau était tiède. Il avait l'impression d'être dans un cocon.

Le duc Tenser Vargun s'arracha à la contemplation du fleuve avide. Il leva les mains et se tourna avec lenteur.

—Je ne suis pas armé, dit-il. Je me rends. (Il esquissa un sourire, comme s'il ne pouvait pas s'en empêcher.) Bien le bonjour à vous, *commandant*.

CHAPITRE 5

Ce Roi-dieu veut-il me fouetter ou me fourrer ?

Vi Sovari était assise dans le salon de réception attenant à la salle du trône de Château Cénaria. Elle s'efforçait d'entendre la voix de Garoth Ursuul tandis qu'elle s'amusait avec le garde qui la dévorait des yeux. Le moindre renseignement sur les raisons de sa convocation pouvait lui sauver la vie. Son maître, Hu Gibbet, venait juste de faire entrer le duc Tenser Vargun – un des nobles khalidoriens qui avaient pour mission d'intégrer Cénaria à l'empire du Roi-dieu. D'après les rumeurs, le duc avait assassiné un baron cénarien.

Ce crime poserait un problème intéressant à ce roi qui prétendait être un dieu. Tenser Vargun était un vassal loyal, mais il serait difficile de le pardonner. Une telle décision risquait de pousser à la révolte les aristocrates cénariens qui avaient juré fidélité à Garoth et qui avaient conservé une partie de leurs terres au moins. De plus, elle fournirait aux rebelles une nouvelle preuve de la brutalité khalidorienne et rallierait davantage de gens à leur cause.

Mais pourquoi maître Gibbet est-il là ?

Hu avait arboré une expression d'autosatisfaction malicieuse que Vi ne connaissait que trop bien.

La jeune femme croisa les jambes pour attirer de nouveau le regard du garde. En termes militaires – les termes que lui avait enseignés Hu Gibbet –, il s'agissait d'une feinte.

Elle focalisait l'attention du militaire en entrouvrant les cuisses, elle le rassurait en tournant la tête sur le côté et en faisant semblant de ne rien remarquer, puis elle lui offrait un spectacle splendide en se penchant en avant. Elle n'osa pas invoquer son pouvoir de séduction si près du Roi-dieu, mais c'était sans importance. Son décolleté possédait un charme redoutable.

Elle portait une robe céruléenne assez moulante et si fine qu'elle était presque transparente. Elle avait expliqué en détail ce qu'elle souhaitait à maître Piccun et le tailleur avait donc conçu un vêtement simple : il y avait très peu de broderies, juste quelques anciennes runes khalidoriennes autour des poignets et de l'ourlet – une citation tirée d'un vieux poème érotique. Pas de dentelles, pas de volants, juste des lignes et des courbes épurées. Maître Piccun était un pervers impénitent et il avait affirmé que nulle autre robe n'était digne du Roi-dieu.

— Ursuul a des dizaines d'épouses, avait-il lâché avec mépris. Laisse le monopole de la soie à ces truies. L'éclat de ta chair chantera la plus belle des mélodies.

Si cet homme était représentatif de son sexe, il la reluquerait pendant deux à quatre secondes, vérifierait que personne ne l'observait, puis reprendrait son observation. Il fallait donc agir… *maintenant!*

Vi leva soudain la tête. Son regard croisa celui du garde et le crucifia au mur. Une expression coupable se peignit sur le visage du guerrier avant qu'il ait le temps de prendre un air effronté ou de détourner les yeux. Vi se leva aussitôt et se dirigea droit vers lui.

C'était un Khalidorien, bien entendu, et elle agit en conséquence. Ce peuple avait une notion d'espace personnel plus réduite que celle des Cénariens. Pénétrer cette bulle intime – avec toutes les connotations que cela supposait – signifiait s'approcher assez près pour qu'il sente son parfum, mais aussi son souffle. Elle envahit son domaine et soutint son regard une seconde de plus, jusqu'à ce qu'il essaie de prendre la parole.

—Excusez-moi, dit-elle sans détourner les yeux, une expression intense sur le visage. Est-ce que je peux m'asseoir ici ?

—Je ne regardais pas… je veux dire…

Elle s'installa sur la chaise du garde, à quelques centimètres des portes de la salle du trône. Les épaules en avant, le visage levé, elle ressemblait à un ange. Ses cheveux blonds étaient tressés en nattes élaborées qui ne cachaient rien de ses traits.

Comment le soldat aurait-il pu résister ? Ses yeux quittèrent ceux de la jeune femme et plongèrent un bref instant dans son décolleté.

—S'il vous plaît ? demanda Vi.

Elle esquissa un petit sourire sans équivoque : oui, elle l'avait vu faire, non, cela ne la dérangeait pas.

L'homme s'éclaircit la voix.

—Je… euh… ne pense pas que ça pose de problème.

Vi ne lui prêta plus la moindre attention. Elle se concentra sur les bruits venant de la salle du trône.

—… Ne peux pas aller tout de suite au Trou, cela réduirait nos efforts à néant, déclara une voix aiguë.

Il devait s'agir du duc Vargun. Il s'exprimait avec assurance.

C'est étrange. Comment peut-il parler ainsi dans de telles circonstances ?

Hu Gibbet dit quelque chose, Vi entendit mal. Puis le Roi-dieu prit la parole, mais elle ne comprit que :

—… Cellules des roturiers en attendant le procès… le Trou ensuite…

—Bien, Votre Sainteté, dit le duc Vargun.

Vi tourna la tête. Elle ignorait ce qui se préparait, mais la voix du duc khalidorien ne ressemblait pas à celle d'un prisonnier implorant la clémence. Il s'exprimait comme un vassal obéissant, un homme investi d'une mission cruciale qui serait récompensé avec générosité en cas de succès.

Elle n'eut pas le temps d'expliquer ce mystère. Les portes s'ouvrirent et son maître sortit en escortant le duc Vargun comme un prisonnier. Malgré ce qu'elle venait d'entendre, le noble semblait abattu tant sur le plan physique que sur le plan moral. Il portait des vêtements sales et chiffonnés, son regard était rivé au sol.

Hu Gibbet se tourna vers son apprentie. Le pisse-culotte avait des traits si délicats qu'il était impossible de ne pas le trouver séduisant. Il avait de magnifiques cheveux blonds qui descendaient jusqu'aux épaules, de grands yeux et un visage de statue. Il devait avoir près de trente-cinq ans, mais c'était encore un homme d'une beauté remarquable. Il adressa un sourire reptilien à la jeune femme.

— Le Roi-dieu va te recevoir.

Un frisson parcourut Vi, mais elle se leva et pénétra dans la salle du trône. C'était dans cette pièce que feu le roi Gunder l'avait engagée pour assassiner Kylar Stern. Vi et Kylar étaient les élèves des deux meilleurs pisse-culottes de la cité, mais Durzo Blint avait été plus respecté, moins haï et tout aussi craint que son maître. Le meurtre de Kylar aurait dû être le chef-d'œuvre de Vi, son dernier contrat en tant qu'apprentie. Il aurait dû lui offrir l'indépendance, la liberté de ne plus travailler sous les ordres de Hu.

Par malheur, elle avait échoué et, quelques heures plus tard, l'Ange de la Nuit avait massacré trente guerriers khalidoriens, cinq sorciers et le propre fils du Roi-dieu dans cette salle. Vi songea qu'elle était sans doute la seule à soupçonner que Kylar et l'Ange de la Nuit n'étaient qu'une seule et même personne.

Daenysos! Kylar est devenu une légende le jour où j'avais un couteau sur sa gorge. J'aurais pu tuer cette légende dans l'œuf.

Aujourd'hui, il n'y avait plus trace de la bataille. On avait nettoyé les traces de sang et réparé les dégâts causés par les flammes et les sortilèges. La salle du trône était immaculée. À gauche et à droite, sept colonnes supportaient la voûte du plafond et d'épaisses tapisseries khalidoriennes couvraient les murs pour chasser le froid automnal. Le Roi-dieu était assis sur le trône, entouré de gardes, de conseillers, de serviteurs et de vürdmeisters en robes noir et rouge.

Cette convocation n'était pas une surprise. Vi s'y attendait, mais elle ignorait encore pour quelle raison Garoth Ursuul avait demandé à la voir. Savait-il que Kylar était l'Ange de la Nuit? Voulait-il la punir pour la mort de son fils? Est-ce que le monarque avait envie de baiser une autre jolie fille malgré ses dizaines d'épouses? Souhaitait-il juste rencontrer la seule femme pisse-culotte de la cité?

— T'estimes-tu intelligente, Viridiana Sovari? demanda le Roi-dieu.

Il était plus jeune qu'elle s'y attendait – une cinquantaine d'années – et c'était un homme encore vigoureux. Son corps et ses bras étaient épais, son crâne aussi lisse qu'un œuf. Son regard pesait sur les épaules de la pisse-culotte comme une chape de plomb.

— Je vous demande pardon, Votre Sainteté… (Elle voulut poser une question, mais se ravisa.) Oui! Et on m'appelle Vi.

Il lui fit signe d'approcher et elle grimpa les quatorze marches menant au trône. Garoth Ursuul l'examina de la tête aux pieds, mais, à la différence de la plupart des hommes, il le fit sans se cacher, sans lubricité et sans effronterie. Il l'observa comme s'il regardait un tas de grain et cherchait à en déterminer le poids.

— Ôte ta robe! dit-il.

Aucune inflexion ne vint trahir ses intentions. Il aurait pu s'agir d'un simple commentaire sur le temps. Voulait-il qu'elle le séduise ? Que Garoth Ursuul la baise, Vi n'en avait cure, mais il ne devait pas compter sur sa coopération et son enthousiasme. Devenir l'amante de cet homme était beaucoup trop dangereux. Elle réchauffait déjà le lit d'un monstre depuis la puberté et elle n'avait aucune envie de l'échanger contre un autre. Mais qu'il s'agisse d'un dieu, d'un roi ou d'une abomination, il était préférable de ne pas contrarier Garoth Ursuul.

Vi obtempéra sur-le-champ et, deux secondes plus tard, la robe de maître Piccun glissa sur le sol. La jeune femme ne portait pas de sous-vêtements, juste un peu de parfum derrière les genoux. Elle avait obéi à la lettre et il ne pouvait rien lui reprocher, mais elle savait que ce déshabillage soudain n'était pas aussi excitant qu'un effeuillage langoureux ou que l'entrebâillement d'une guêpière. Il pouvait bien penser qu'elle était une piètre aguicheuse, il pouvait bien penser qu'elle n'était qu'une pute, il pouvait bien penser ce qu'il voulait tant qu'il restait à distance ! Et puis, il était hors de question qu'un homme – n'importe quel homme ! – la voie hésiter. Elle sentit les regards des courtisans, des conseillers, des vürdmeisters, des serviteurs et des gardes glisser sur elle. Elle resta de marbre. Sa nudité était son armure. Quand les idiots contemplaient son corps en bavant, ils ne voyaient rien d'autre.

Garoth Ursuul l'examina une fois de plus et il ne cilla pas un instant.

— Tu ne me divertirais pas, lâcha-t-il. Tu es déjà une catin.

Vi aurait été incapable d'expliquer pourquoi, mais, dans la bouche de ce monstre, ces paroles la blessèrent au plus profond d'elle-même. Elle resta nue devant lui, mais il ne lui prêta plus attention. C'était la réaction qu'elle avait espérée, alors pourquoi avait-elle si mal ?

— Toutes les femmes sont des catins, dit-elle. Qu'elles vendent leur corps, leur sourire, leurs charmes ou leurs années de fécondité et leur soumission à un homme. Le monde transforme les femmes en catins, mais ce sont elles qui posent leurs conditions. Votre Sainteté.

Cette réplique enflammée sembla amuser Garoth Ursuul, mais cela ne dura pas.

— Croyais-tu que je ne remarquerais pas ton petit manège avec le garde ? Croyais-tu pouvoir m'espionner *moi* ?

— Bien sûr que je le croyais ! répliqua-t-elle.

Mais son aplomb n'était qu'une façade.

Il m'a vue ? À travers le mur ?

Elle devait refréner ses provocations si elle ne voulait pas avoir de gros – de très gros – ennuis. Pour gagner contre le Roi-dieu, il fallait faire semblant de mépriser la vie. Mais certains joueurs avaient appris à leurs dépens que cette attitude n'était pas un gage de victoire et Vi ne l'ignorait pas.

Garoth Ursuul ricana et ses courtisans l'imitèrent.

— Bien sûr que tu le croyais. Je t'aime bien, moulina. Je ne te tuerai pas aujourd'hui. Rares sont les femmes qui osent lancer des piques à un roi, et à plus forte raison à un dieu.

— Je ne ressemble pas à celles que vous avez déjà rencontrées, déclara Vi avant de pouvoir s'en empêcher.

Le sourire de Garoth Ursuul s'effaça aussitôt.

— Tu as une trop haute opinion de toi-même et pour cela, je te briserai. Mais pas aujourd'hui. Ton Sa'kagué nous cause quelques ennuis. Va voir tes petits amis de la pègre et découvre l'identité du Shinga – le vrai, pas un imposteur. Trouve-le et tue-le.

Vi se sentit nue pour la première fois depuis qu'elle avait ôté sa robe. Son armure se fendit. Dieu ou mortel, Garoth Ursuul avait une confiance en lui inébranlable.

Il avait promis de la briser, mais il ne doutait pas un seul instant de sa loyauté. Ce n'était pas un jeu, ce n'était pas de l'arrogance, ce n'était que le simple exercice des prérogatives de son immense pouvoir. Les courtisans fixaient maintenant leurs yeux sur la jeune femme comme des chiens sur un savoureux morceau de viande tombé de la table royale. Vi se demanda si le Roi-dieu allait la livrer à l'un d'eux – voire à tous.

—Sais-tu que tu es une sorcière-née? déclara Garoth Ursuul. Ou, comme vous autres, gens du Sud, préférez dire, que tu as le Don? Je vais donc te donner une bonne raison d'accomplir ta mission. Si tu parviens à tuer le Shinga, nous décréterons qu'il s'agit de ton chef-d'œuvre. Tu deviendras un maître pisse-culotte, mais aussi mon élève. Je t'accorderai un pouvoir plus grand que tout ce que Hu Gibbet peut imaginer – et même un pouvoir sur lui si tu le souhaites. Mais si tu échoues, eh bien…

Il écarta les doigts. Ses mains, son cou et son visage s'assombrirent. Les virs s'agitèrent à la surface de sa peau comme des ronces noires et semblèrent boire la lumière. Un fin sourire se dessina sur les lèvres de Garoth Ursuul.

—Ne me déçois pas. Maintenant, laisse-nous.

Vi se dirigea vers les portes de la salle. Son cœur battait à tout rompre. Si elle voulait réussir, il lui faudrait trahir son monde. Il lui faudrait trahir le Sa'kagué de Cénaria, c'est-à-dire les criminels les plus redoutés de Midcyru. Il lui faudrait tuer leur chef dans l'espoir d'une récompense qu'elle n'était pas certaine de convoiter. Devenir une sorcière sous la tutelle du Roi-dieu en personne? Pendant qu'il parlait, elle avait eu l'impression que ses mots étaient des cordes qui l'entouraient et la serraient de plus en plus fort. La sensation était presque tangible: un sortilège planait au-dessus d'elle comme un filet menaçant et la mettait au défi de se rebeller. Elle sentit la nausée monter en elle. Elle n'avait pas d'autre choix que d'obéir. La réussite n'offrait peut-être pas de perspectives réjouissantes, mais il était hors de question d'échouer. Elle n'avait aucune envie de vérifier la véracité de certaines rumeurs.

—Vi! appela le Roi-dieu.

La jeune femme s'arrêta à mi-chemin des portes de la salle du trône. Un frisson la traversa en entendant ce monstre prononcer son nom. Mais le Roi-dieu souriait. Il l'observait maintenant comme les hommes le faisaient d'habitude. Quelque chose fila vers elle et elle attrapa la boule de tissu d'un geste instinctif.

—Tu oublies ta robe.

Chapitre 6

—J'ai l'impression d'avoir respiré de la sciure pendant une semaine, dit Kylar.

—N'exagérons rien, répliqua Uly d'un ton sec et morveux. Tu as juste respiré l'eau du fleuve pendant cinq minutes.

Kylar essaya d'ouvrir les yeux. Quand il y parvint enfin, il ne distingua rien.

—C'est donc toi qui m'as sorti de l'eau. Où sommes-nous, Uly?

—Respire un peu et tu devineras.

Elle agissait avec froideur, sans doute parce qu'elle avait eu la peur de sa vie.

Est-ce que c'est un comportement de petite fille?

Il voulut inspirer un grand coup, mais la puanteur le fit tousser avant que ses poumons soient à moitié remplis. Ils se trouvaient sur la péniche aménagée de Mamma K qui était ancrée sur la Plith.

—Rien ne vaut la tiédeur des ordures par une nuit froide, pas vrai? dit Uly.

Kylar roula sur le côté.

—J'ai cru que c'était ton haleine.

—Mon haleine n'est peut-être pas terrible, mais ce n'est rien comparé à ton état.

—Tu devrais te montrer plus respectueuse envers tes aînés.

—Et toi, tu devrais être mort, alors dors!

— Tu te crois jolie quand tu joues les tyranneaux ?

— Il faut que tu dormes et je ne vois pas le rapport avec les traîneaux !

Kylar rit et la douleur l'interrompit.

— Tu vois ?

— Tu as récupéré la dague ?

— Quelle dague ? (Kylar saisit la fillette par sa tunique.) Oh ! tu parles de celle que j'ai extraite de ton épaule avec un pied-de-biche ?

Pas étonnant que son bras soit douloureux. Kylar n'avait jamais vu Uly agir avec autant de désinvolture et de morgue. Il devait mesurer ses paroles ou elle allait fondre en larmes. Se sentir dans la peau d'un parfait idiot, ce n'était déjà pas agréable, mais ce n'était pas une raison pour jouer le rôle jusqu'au bout.

— Je suis resté… inconscient… pendant longtemps ?

— Un jour et une nuit.

Il jura tout bas. C'était la deuxième fois qu'Uly voyait son cadavre lardé de blessures. Elle n'avait sans doute jamais douté qu'il reviendrait d'entre les morts et il en fut heureux. Il le lui avait promis, mais il aurait pu se tromper. Il avait ressuscité une fois de plus, mais le Loup, l'étrange personnage aux yeux jaunes qu'il avait rencontré dans un endroit situé entre la vie et la mort, ne lui avait pas fourni d'explication sur ce phénomène. D'ailleurs, il ne l'avait pas vu cette fois-ci. Kylar aurait voulu lui poser des questions, à propos du nombre de vies dont il disposait, par exemple. Et si on ne lui en avait accordé que deux ?

— Et Élène ?

— Elle est allée chercher le chariot. Les gardes que Jarl a soudoyés quitteront leur poste dans une heure.

Élène était partie chercher le chariot ? Kylar était épuisé. Il comprit qu'Uly était sur le point d'éclater en sanglots. Quel genre d'homme pouvait infliger une telle épreuve à une fillette? Il ne valait certes pas grand-chose comme père adoptif, mais un père incompétent était préférable à pas de père du tout.

— Tu devrais dormir, dit l'enfant en s'efforçant de reprendre un ton bourru.

— Assure-toi que…

Il avait si mal qu'il n'arriva pas au bout de sa pensée et, *a fortiori*, de sa phrase.

— Ne t'inquiète pas. Je vais prendre soin de toi.

— Uly?

— Oui?

— Tu as fait du bon travail. Tu as fait de l'excellent travail. Je te dois une fière chandelle. Merci. Je suis désolé de tout ce qui est arrivé.

Kylar eut l'impression de sentir la fillette rayonner. Il laissa échapper un grognement. Il voulut lancer une remarque spirituelle et acerbe comme l'aurait fait Durzo Blint, mais il ne trouva pas les mots. Il dormait déjà.

CHAPITRE 7

Lorsque Kaldrosa Wyn se glissa dans la file qui s'étendait derrière *La Jupe Légère*, il était près de midi et deux cents femmes attendaient déjà devant la porte de la maison de passe. Deux heures plus tard, quand la file commença enfin d'avancer, elles étaient trois fois plus nombreuses. Il aurait été impossible de trouver un groupe plus disparate dans tout le Dédale. On apercevait des rats de guilde de dix ans à peine ; les fillettes savaient très bien que Mamma K ne les engagerait pas, mais le désespoir les poussait à tenter leur chance. Il y avait des femmes qui, un mois plus tôt, habitaient encore les riches quartiers est ; elles avaient perdu leur demeure dans les incendies et avaient été rassemblées dans le Dédale ; certaines d'entre elles pleuraient, d'autres avaient le regard vide et serraient leur châle autour de leurs épaules. Il y avait aussi des Lapins – ainsi appelait-on les habitants du Dédale – de longue date qui riaient ou plaisantaient avec des amies.

Pour les filles vivant de leurs charmes, travailler dans un établissement de Mamma K était un gage de sécurité. Les Lapins échangeaient des histoires à propos de la manière dont la Maîtresse des Plaisirs traitait les nouveaux clients khalidoriens. Certaines racontaient que si un malade vous frappait, il devait vous verser assez de pièces d'argent pour couvrir les hématomes. L'une d'elles affirma qu'il s'agissait de pièces d'or, mais personne ne la crut.

Le vieux duc Graesin avait été tué pendant l'invasion et sa fille, Térah, avait quitté la cité à la tête des résistants. Avant de s'enfuir, les rebelles avaient incendié leurs boutiques et leurs maisons. Bien entendu, les incendies ne s'étaient pas cantonnés à la propriété des rebelles. Des milliers de Cénariens restés en ville s'étaient retrouvés sans abri. La situation avait été particulièrement terrible dans le Dédale, car les pauvres y étaient entassés comme du bétail. Des centaines de personnes avaient péri et les incendies avaient fait rage pendant plusieurs jours.

Les Khalidoriens voulaient que les quartiers redeviennent productifs aussi vite que possible. Ils avaient estimé que les sans-logis ne feraient que ralentir leurs projets et des guerriers avaient déporté les malheureux dans le Dédale. Les nobles et les artisans démunis avaient sombré dans le désespoir, mais le désespoir n'avait rien changé à leur sort. L'exil dans le Dédale, c'était une véritable condamnation à mort.

Depuis un mois, le Roi-dieu avait autorisé ses guerriers à faire ce que bon leur semblait dans ce quartier. Les soldats y descendaient en bande pour satisfaire toutes leurs envies. Ils assassinaient et violaient en psalmodiant leurs maudites prières à Khali, ils riaient en jetant les misérables biens des Lapins dans le fleuve. De l'avis général, la situation ne pouvait pas être pire. Les gens comprirent qu'ils s'étaient trompés après la tentative d'assassinat contre le Roi-dieu.

Les Khalidoriens investirent le Dédale avec ordre et méthode, pâté de maisons après pâté de maisons. Ils obligèrent les mères à choisir les enfants qui vivraient et passèrent les autres au fil de l'épée. Des femmes furent violées devant leur famille. Les sorciers se livrèrent à d'horribles jeux en démembrant les cadavres à coups de projectiles magiques. À la moindre tentative de résistance, les guerriers rassemblaient des dizaines de personnes et les exécutaient en public.

D'après certaines rumeurs, il existait des abris souterrains au cœur du Dédale, toutefois, seuls les proches du Sa'kagué y avaient accès. Tout le monde avait une cachette où se réfugier, mais les Khalidoriens venaient chaque nuit et parfois même dans la journée. On finissait tôt ou tard par tomber entre leurs mains. La beauté était devenue une malédiction et de nombreux amants ou frères protecteurs payèrent leur courage de leur vie. Tout acte de résistance était puni de mort.

Les femmes se tournèrent donc vers les maisons de passe de Mamma K parce qu'il n'y avait pas d'autres endroits sûrs dans le Dédale. Elles étaient nombreuses à estimer que, quitte à se faire violer, autant le faire contre un peu d'argent. Les affaires des bordels étaient encore florissantes : certains Khalidoriens avaient peur de se risquer dans le Dédale, d'autres voulaient être certains de coucher avec une partenaire propre et jolie.

Les places étaient chères et lorsqu'un lupanar embauchait une nouvelle fille, personne ne posait de questions sur ce qui était arrivé à la précédente.

Kaldrosa avait résisté aussi longtemps que possible. Cela n'aurait pas dû se passer ainsi. Ce vürdmeister, Neph Dada, l'avait engagée pour son passé de pirate séthie et pour sa connaissance du Dédale – elle y vivait depuis des années. Elle n'avait pas pris la mer depuis dix ans et, contrairement à ce qu'elle avait affirmé au sorcier, elle n'avait jamais été capitaine. Mais elle était bien séthie et elle avait juré qu'elle était capable de piloter un navire khalidorien à travers l'archipel des Contrebandiers, puis de remonter la Plith jusqu'au château. En échange de ses services, elle devait garder le bateau.

La récompense était alléchante pour une tâche si simple. Kaldrosa n'avait aucune raison de se montrer loyale envers

Cénaria, mais n'importe qui aurait eu la chair de poule à l'idée de travailler pour les Khalidoriens.

Mais peut-être que le vürdmeister aurait respecté le marché. Peut-être qu'il lui aurait donné cette barge pourrie. Peut-être que Kaldrosa aurait pu rassembler un équipage… Par malheur, un enfant de pute avait coulé le navire au cours de l'invasion.

Kaldrosa était parvenue à nager jusqu'à la rive. Ses passagers – deux cents guerriers des hautes terres en armure – n'avaient pas eu cette chance : ils nourrissaient maintenant les poissons du fleuve. Après quatre viols et deux raclées qui avaient laissé Tomman à demi mort, elle en était arrivée là.

— Ton nom ? demanda la jeune fille qui se tenait à la porte.

Elle devait avoir dix-huit ans – au moins dix de moins que Kaldrosa – et était armée d'une plume et d'une feuille de papier. Elle était d'une beauté saisissante : une chevelure irréprochable, une dentition parfaite, de longues jambes, des hanches étroites et des lèvres charnues. En sentant son parfum musqué et sucré, la Séthie songea qu'elle devait empester. Le désespoir s'abattit sur elle.

— Kaldrosa Wyn.

— Profession ou talents particuliers ?

— J'étais pirate.

La prostituée leva les yeux de sa feuille.

— Séthie ?

Kaldrosa hocha la tête et fut envoyée au premier étage. Une demi-heure plus tard, elle entra dans une chambre minuscule.

Une autre jeune fille ravissante l'y attendait. Elle était blonde et menue, mais non dépourvue de rondeurs ; elle avait de grands yeux et portait des vêtements incroyables.

— Je m'appelle Daydra, dit-elle. Tu sais t'occuper d'un gaillard ?

—Je suppose que tu ne parles pas de l'extrémité d'un navire ?

Daydra s'esclaffa. Même son rire était ravissant.

—Tu es une vraie pirate, hein ?

Kaldrosa posa un doigt sur ses anneaux claniques, quatre petites boucles qui longeaient sa pommette gauche en dessinant un arc de cercle.

—Du clan Tetsu, au large de l'île d'Hokkai.

Elle désigna ensuite sa chaîne de capitaine. Elle se l'était accrochée toute seule dès qu'elle avait été engagée par les Khalidoriens. Elle en avait choisi une à mailles de serpent en argent, la plus chère possible. Le bijou pendait entre le lobe de l'oreille gauche et l'anneau clanique le plus bas. C'était la chaîne d'un capitaine marchand d'origine modeste. Les capitaines militaires et les capitaines pirates les plus audacieux accrochaient une extrémité à chaque oreille et la faisaient passer derrière la nuque pour qu'elle ne soit pas arrachée pendant une bataille.

—Une capitaine pirate, mentit Kaldrosa. Et jamais capturée. Si tu es faite prisonnière, on te pend, ou bien on te retire tes anneaux claniques et on te condamne à l'exil. Personne ne sait quel châtiment est le pire.

—Pourquoi as-tu arrêté ?

—Je me suis colletée avec un chasseur royal de pirates séthis quelques heures avant une tempête. Nous rendions presque coup pour coup, mais les bourrasques nous ont drossés sur les récifs de l'archipel des Contrebandiers. Depuis, j'ai tout fait pour survivre.

Kaldrosa ne précisa pas que ce « tout » incluait un mariage et une mission pour le compte de Khalidor.

—Montre-moi tes seins. (Kaldrosa défit les lacets de son corsage et se tortilla pour dénuder sa poitrine.) Par tous les dieux ! C'est parfait. Je pense que tu feras l'affaire.

— Mais, protesta Kaldrosa, il n'y a que des filles ravissantes ici.

Elle aurait dû garder cette remarque pour elle, mais elle ne parvenait pas à croire que sa chance tournait enfin. Daydra sourit.

— Les beautés, ce n'est pas ce qui manque. Toutes les filles de Mamma K doivent être mignonnes. Tu l'es aussi et tu as une touche d'exotisme en plus. Regarde-toi : des anneaux claniques, une peau olivâtre et même tes seins sont bronzés !

À bord du navire, Kaldrosa avait refusé de se couvrir la poitrine afin que les soldats khalidoriens la dévorent des yeux. Elle se félicita de son entêtement. Elle avait récolté un mauvais coup de soleil, mais sa peau avait bruni et n'avait pas encore perdu son hâle.

— Je ne sais pas comment tu as fait pour avoir les seins cuivrés à ce point, dit Daydra, mais il faudra continuer. Il faudra aussi que tu parles comme une pirate. Si tu veux travailler pour Mamma K, tu dois te comporter en pirate séthie. Tu as un mari ou un petit ami ?

Kaldrosa hésita.

— Un mari, avoua-t-elle. Mais la dernière raclée qu'il a reçue l'a laissé à demi mort.

— Si tu choisis de travailler ici, tu le perdras pour toujours. Un homme peut pardonner à une femme qui part parce qu'elle refuse de se prostituer pour lui, mais il ne pardonnera jamais à une femme qui part se prostituer pour lui.

— Le jeu en vaut la chandelle, dit Kaldrosa. Si ça lui sauve la vie, le jeu en vaut la chandelle.

— Une dernière chose, car tu poseras cette question un jour ou l'autre. Nous ignorons pourquoi les Blafards nous tapent dessus. Dans chaque pays, il y a toujours des tarés qui aiment faire mal aux prostituées, mais avec eux, c'est différent. Certains prennent d'abord leur plaisir et te cognent après, comme si ça les gênait. D'autres ne te frappent pas du tout, mais se vantent de l'avoir fait et paient sans sourciller les dédommagements exigés par Mamma K. Mais quoi qu'ils fassent, ils prononcent toujours les mêmes mots. Tu les as entendus ?

Kaldrosa hocha la tête.

— *Khali vas* je ne sais quoi ?

— C'est une prière, un sortilège ou un truc de ce genre en khalidorien ancien. N'y pense pas. Ne leur trouve pas d'excuses. Ce sont des animaux. Nous ferons de notre mieux pour te protéger et tu gagneras bien ta vie, mais tu devras les affronter tous les jours. Tu t'en sens capable ?

La réponse resta coincée dans la gorge de Kaldrosa. Elle se contenta de hocher la tête une fois de plus.

— Dans ce cas, va voir maître Piccun et dis-lui que tu veux trois costumes de fille pirate. Oblige-le à prendre toutes tes mesures avant de le laisser te baiser. (Kaldrosa haussa les sourcils.) Ça te pose un problème ?

— Nous n'aurons pas d'ennuis, n'est-ce pas ? demanda Élène.

Allongés sous le chariot, ils passaient leur dernière nuit à la belle étoile après trois semaines de voyage. Le lendemain, ils arriveraient à Caernarvon et commenceraient une nouvelle vie.

— Les ennuis, je les ai laissés à Cénaria. Enfin, à l'exception des deux que j'ai eu la faiblesse d'emmener, déclara Kylar.

— Hé ! s'exclama Uly.

La fillette était douée d'une intelligence aussi redoutable que celle de sa véritable mère, Mamma K, mais elle n'avait que onze ans et réagissait sur-le-champ aux taquineries.

—Qui emmène qui? intervint Élène en se redressant sur un coude. Si mes souvenirs sont exacts, ce chariot m'appartient.

Ce n'était pas entièrement vrai. Jarl leur avait fourni le véhicule et Mamma K l'avait fait charger de plantes qui permettraient à Kylar d'ouvrir une herboristerie. La plupart d'entre elles étaient même légales, peut-être pour ménager la sensibilité d'Élène.

—Si quelqu'un a décidé d'emmener quelqu'un d'autre, c'est moi, pas toi.

—Toi? demanda Kylar.

—Tu étais pathétique et tu m'as fait pitié. Tes supplications me fatiguaient.

—Ça alors! Et dire que je te prenais pour une pauvre petite…

—Eh bien! Tu as enfin compris que tu t'étais trompé, déclara Élène d'un ton satisfait.

Elle se réinstalla sous sa couverture.

—C'est vrai, soupira Kylar. Tu es si redoutable qu'un homme se considérerait comme chanceux parmi les chanceux s'il parvenait à coucher avec toi une fois tous les mille ans.

Élène laissa échapper un hoquet indigné et se redressa d'un coup.

—Kylar Thaddéus Stern!

Le jeune homme éclata de rire.

—Thaddéus? Elle est bien bonne! J'ai connu un Thaddéus dans le temps.

—Moi aussi et c'était un fieffé idiot!

—Tiens donc? (Les yeux de Kylar étincelèrent.) Celui que je connaissais était célèbre pour la taille de son…

—Kylar! l'interrompit Élène en faisant un geste en direction d'Uly.

—La taille de son quoi? demanda la fillette.

— Bravo, Kylar ! lâcha Élène. Alors, il était célèbre pour la taille de son quoi ?

— De son nez. Et tu sais ce qu'on raconte sur les gens qui ont un grand nez.

Il adressa un clin d'œil égrillard à la jeune femme.

— Qu'est-ce qu'on raconte sur les gens qui ont un grand nez ? demanda Uly.

— Ils ont de grands mouchoirs, répondit Kylar.

Il se glissa sous sa couverture avec un air aussi suffisant qu'Élène quelques instants plus tôt.

— Je ne comprends pas, dit Uly. Explique-moi, Élène.

Kylar laissa échapper un ricanement sardonique.

— Je te le dirai quand tu seras plus grande, répondit la jeune femme.

— Je ne veux pas attendre d'être plus grande ! Je veux savoir tout de suite !

Élène resta silencieuse, mais elle donna un coup de poing dans le bras de Kylar. Celui-ci grogna.

— Vous allez vous battre, maintenant ? demanda Uly. (Elle s'était levée et était venue s'asseoir entre eux.) Parce que vous finissez toujours par vous embrasser. C'est dégoûtant !

Elle grimaça des baisers en faisant des bruits de succion.

— Peut-on imaginer plus charmante méthode de contraception ? soupira Kylar.

Il adorait la fillette, mais il était encore vierge après trois merveilleuses semaines de voyage en compagnie de l'élue de son cœur et il était convaincu qu'Uly en était la seule responsable.

Élène regarda l'enfant en riant.

— Tu peux me refaire ça ? lui demanda-t-elle pour contrer une éventuelle question à propos de la contraception.

Uly s'exécuta. Les trois compagnons s'esclaffèrent et la situation dégénéra bientôt en bataille de chatouillements.

Un peu plus tard, Kylar écouta la respiration de la jeune femme et de l'enfant, les côtes encore douloureuses d'avoir trop ri. Élène avait le don de s'endormir dès qu'elle posait la tête sur un oreiller et Uly n'avait pas grand-chose à lui envier. Ce soir-là, Kylar ne maudit pas son insomnie. Il débordait d'amour. Élène roula vers lui et se nicha contre son torse. Il respira l'odeur printanière de ses cheveux. Il n'avait pas souvenir de s'être senti si bien. Il savait que la jeune femme lui baverait dessus pendant son sommeil, mais il n'en avait cure. Venant d'Élène, cela ne le dérangeait pas.

Pas étonnant qu'Uly soit dégoûtée. Il était *pathétique*, en effet. Pourtant, il avait l'impression d'être un homme respectable pour la première fois de sa vie. Il avait toujours excellé dans ses activités : le crochetage de serrures, l'escalade, le camouflage, le combat, l'empoisonnement, le déguisement et l'assassinat, mais cela ne lui avait jamais apporté le bien-être qu'il ressentait avec Élène. Dans les yeux de la jeune femme, il ne voyait pas le reflet d'un être méprisable et d'un assassin. Il voyait un père adoptif qui devait satisfaire aux séances de chatouilles d'une enfant de onze ans. Il voyait l'amoureux qui répétait à Élène qu'elle était ravissante et qui parvenait enfin à l'en convaincre. Il voyait un homme qui avait quelque chose à offrir.

C'était ainsi qu'Élène le voyait. Elle le parait de tant de qualités qu'il se demandait toujours si elle avait raison ou si elle avait perdu l'esprit. Mais c'était merveilleux lorsqu'elle parvenait à le convaincre.

Le lendemain, ils atteindraient Caernarvon et, dans un premier temps, ils s'installeraient chez Méa, une tante d'Élène. C'était une sage-femme qui connaissait les plantes et, avec son aide, Kylar monterait une petite herboristerie. Puis il vaincrait les dernières réticences de la jeune femme envers la fornication et il en aurait alors terminé avec la voie des ombres.

CHAPITRE 8

Combien de temps s'était-il écoulé quand Logan céda enfin au sommeil? Douze jours? Quinze jours? Avait-il seulement eu l'impression de résister si longtemps? Dans son rêve, il entendit des voix. Ce n'étaient que des murmures, mais, dans le Trou aux parois de pierre, le moindre chuchotement se répercutait.

— Il a un couteau.

— Si on lui tombe tous dessus, ça posera pas de problème. Regarde un peu le tas de viande qu'ça représente.

— Chut!

Logan savait qu'il devait bouger, qu'il devait attraper son arme, qu'il devait se réveiller, mais il était si fatigué. Il ne pouvait pas résister au sommeil jusqu'à la fin des temps, c'était trop difficile.

Il crut entendre une femme hurler malgré la main plaquée contre sa bouche. Le cri fut interrompu par une gifle bientôt suivie d'une autre, et d'une autre…

— Calme-toi, Fin. Si tu tues Lilly, on te fera ta putain de peau. On n'a pas d'autre chatte sous la main.

Fin lança une insulte à Renifle avant de grogner:

— Si tu cries encore une fois, espèce de salope, je t'arrache les cheveux et les ongles. Y te servent à rien pour baiser. T'as pigé?

La voix, la chaleur, le hurlement du vent et la puanteur s'estompèrent et Logan s'enfonça vraiment dans le monde des songes. Il rêva de sa nuit de noces. Il venait de se marier avec une jeune fille de quinze ans qu'il connaissait à peine. Ils étaient dans la chambre, aussi mal à l'aise l'un que l'autre, et ils se parlaient. Peu à peu, Logan sentit l'espoir naître en lui. Jénine était devenue sa conjointe par un étrange concours de circonstances mais, malgré son âge, il pouvait l'aimer. Elle serait son épouse et, un jour, sa reine. Il allait l'aimer.

Arrête! Jénine est morte!

Il vit dans les grands yeux de la jeune fille qu'elle l'aimerait aussi. Il sut que leur couche ne serait pas un endroit réservé au devoir conjugal, mais dédié au plaisir. Sa femme rougit tandis que le regard de son mari prenait possession d'elle, sans arrogance, avec douceur et confiance. Il la contempla et savoura sa beauté. Il la tira vers lui et elle se nicha contre son torse. Ses lèvres étaient chaudes.

Logan eut l'impression que ce moment ne dura qu'une seconde. Ils s'embrassaient et se déshabillaient mutuellement lorsque des bruits de bottes retentirent dans l'escalier et approchèrent de la chambre. Le jeune homme s'écarta de Jénine au moment où la porte s'ouvrait à toute volée. Des soldats khalidoriens firent irruption dans la pièce…

Logan ouvrit soudain les yeux. Des silhouettes se jetèrent sur lui et il frappa sans retenue.

Ce fut un affrontement pathétique. Logan n'avait pas mangé depuis deux semaines et était aussi faible qu'un nourrisson. Mais en dehors de la viande humaine dont ils s'étaient gorgés une quinzaine de jours auparavant, les autres prisonniers vivaient de pain et d'eau depuis des mois ou des années. Ils n'étaient plus que les reflets décharnés et émaciés des personnes qu'ils avaient jadis été. Le combat se déroula avec maladresse et lenteur.

Logan repoussa un premier adversaire et frappa un deuxième à la mâchoire, mais deux autres surgirent aussitôt. La crasse et la sueur rendaient les corps glissants et poisseux.

Fin atterrit sur les hanches de Logan et Jake balafra le visage du jeune homme avec ses longs ongles. Logan se débarrassa d'un assaillant, parvint à se relever et projeta Jake loin de lui.

Le prisonnier tomba dans le gouffre et disparut.

La bataille se termina brusquement.

— Pourquoi t'as fait ça ? demanda Renifle. On aurait bien eu besoin de cette viande. Pourquoi t'as balancé toute cette barbaque, espèce de connard ?

Pendant un moment, la colère des Morpions se focalisa sur Logan et celui-ci pensa qu'ils allaient l'attaquer de nouveau. Il porta la main à sa ceinture pour tirer son arme. Elle avait disparu.

Fin le regarda de l'autre côté du gouffre et glissa la pointe du couteau entre ses gencives ensanglantées par le scorbut pour les récurer. Le temps jouait désormais en sa faveur.

Logan avait cru que les Morpions vivaient dans une anarchie totale. Il s'était trompé. Ici aussi il y avait des clans. Les prisonniers se divisaient en deux groupes : les animaux et les monstres, les faibles et les forts. Fin dirigeait les animaux dont le rang dépendait avant tout de la nature de leurs crimes : les assassins étaient au sommet de l'échelle sociale, puis venaient les violeurs, les esclavagistes et les pédophiles. Les monstres étaient trois : Yimbo, un Ceuran aux cheveux roux, aux os épais et à la langue coupée ; Tatts, un Lodricarien pâle et couvert de tatouages qui ne parlait jamais bien qu'il ne soit pas muet ; Grincedent était un faible d'esprit difforme avec de larges épaules, une colonne vertébrale tordue et des dents taillées en pointe. Les monstres ne devaient leur survie qu'à la peur qu'ils inspiraient aux animaux et à leur promptitude à se battre.

Mais la famine avait conduit cette société instable au bord de la rupture. Logan n'avait pas d'amis, pas de place attitrée et plus d'arme. Aux yeux des animaux, il était devenu un loup sans meute. Aux yeux des monstres, il était un chien ayant perdu son croc d'acier.

Il avait essayé de considérer les prisonniers comme des êtres humains – des hommes avilis, humiliés et profondément mauvais, mais des êtres humains. Il s'était efforcé de distinguer une lueur de bonté en eux, un reflet furtif du ou des dieux qui les avaient créés. Mais dans les ténèbres du Trou, il n'y avait que des animaux et des monstres.

Logan s'assit près de Grincedent et le simple d'esprit lui adressa un sourire que ses dents effilées transformèrent en vision de cauchemar.

Un bruit se fit entendre et tout le monde s'immobilisa. Des pas résonnaient dans le couloir menant au Trou du Cul de l'Enfer. Logan se glissa sous l'étroit surplomb – la seule cachette capable de le dissimuler. Un visage éclairé par une torche apparut au-dessus du Trou.

— Que je sois damné ! s'écria le garde.

Il avait les cheveux noirs, la peau pâle, un corps massif et un nez écrasé. Aucun doute n'était possible : c'était un Khalidorien.

L'homme ouvrit la grille, mais ne cessa pas un instant de surveiller les prisonniers, cinq mètres plus bas. Fin ne prit même pas la peine de dérouler sa corde.

— Je suppose que quelques-uns d'entre vous ont dû crever depuis ma dernière visite. Je me suis dit que vous deviez avoir une sacrée dalle.

Il plongea la main dans un sac et en tira un gros pain rond. Les prisonniers fixèrent leurs yeux sur lui avec une telle avidité qu'il éclata de rire.

— Tenez ! Voilà !

Il lança la miche, mais celle-ci disparut dans l'abîme.

Les Morpions se récrièrent en pensant que le garde avait commis une maladresse, mais le Khalidorien sortit un autre pain et le jeta au même endroit. Les détenus se rassemblèrent au bord du gouffre, y compris Lilly et Fin. La troisième miche rebondit sur le bout des doigts de Renifle qui faillit la suivre au fond du précipice.

Le garde éclata de rire. Il referma et verrouilla la grille, puis s'éloigna en sifflant un air joyeux. Plusieurs prisonniers se mirent à pleurer.

Il ne revint pas et les jours se succédèrent dans la souffrance. Logan ne s'était jamais senti si faible.

Le terme de « nuit » n'avait aucun sens dans le Trou, mais Logan l'employait pour désigner le moment où la plupart des Morpions dormaient. De leur côté, les prisonniers estimaient qu'il était midi lorsque le hurlement du vent était à son comble.

Ce fut donc quatre nuits après la venue du garde que Fin trancha la gorge d'un pédophile. En quelques instants, tout le monde se réveilla et commença de se battre pour récupérer un morceau du cadavre. Renifle frappa Grincedent pour l'obliger à lâcher un bout de chair sanguinolent que Logan préféra ne pas identifier. Les deux hommes s'empoignèrent. Renifle essaya de se dégager, mais il ressemblait à un enfant face au simple d'esprit. Celui-ci écarta les bras de son adversaire et lui planta ses dents effilées dans le cou.

Au cours de la mêlée qui s'ensuivit, quelqu'un jeta une jambe entière qui atterrit près de Logan. Le jeune homme s'en empara d'un geste brusque lorsque Croûte se précipita pour la récupérer. À sa grande horreur, Logan fixa ses yeux dans ceux du Morpion jusqu'à ce que celui-ci fasse demi-tour et s'éloigne.

Il emporta son trophée près du mur et éclata en sanglots : malgré tous ses efforts, il ne voyait dans cette jambe qu'un simple morceau de viande.

CHAPITRE 9

Caernarvon était un paradis comparé à Cénaria. Les gens n'erraient pas dans les rues avec le regard vide et désespéré. Il n'y avait pas de Dédale, pas de séparation brutale entre les riches et les pauvres, pas d'armée d'occupation, pas d'odeur de brûlé ou de mort. La capitale de Waeddryn avait prospéré sous le règne ininterrompu d'une dynastie de vingt-deux reines.

Vingt-deux reines. Kylar trouva cela curieux, puis il se rappela que Mamma K avait dirigé le Sa'kagué et les rues de Cénaria pendant plus de vingt ans.

Aux portes de la ville, un garde examina le chariot.

— Quelles sont les raisons de votre visite ? demanda-t-il.

Les gens de cette région étaient plus grands que les Cénariens et Kylar n'avait jamais vu autant d'yeux bleus et de cheveux clairs, du roux enflammé à un blond presque blanc.

— J'achète et je vends des plantes médicinales. Je suis venu dans l'intention de m'installer comme apothicaire.

— D'où venez-vous ?

— De Cénaria.

Le garde prit un air pensif.

— J'ai entendu dire que ça allait très mal là-bas. Si vous ouvrez votre commerce sur la rive sud, prenez garde. Le quartier n'est pas des plus tranqui…

Il s'interrompit en apercevant les cicatrices d'Élène.

Kylar ne se serait jamais cru capable de se mettre en colère si vite. Ces balafres étaient les seuls défauts d'un visage à la beauté par ailleurs parfaite. La jeune femme avait un sourire radieux et, contrairement aux idées reçues, ses yeux bruns n'avaient rien de banal ou de terne. Il aurait fallu un poète pour les décrire et une légion de bardes pour les louer. La peau d'Élène donnait envie de la caresser et les rondeurs de son corps transformaient cette envie en obsession.

Comment peut-il remarquer les cicatrices au milieu de cette débauche de charmes ?

Mais cette remarque n'aurait fait que provoquer une dispute. Le garde cligna des yeux.

— Euh… C'est bon ! Passez !

— Merci.

Le Sa'kagué de Caernarvon n'inquiétait pas Kylar, car il gérait des affaires sans envergure : des agressions de passants, des vols à la tire, un peu de prostitution dans les rues, des paris sur les combats entre des meutes de chiens et des taureaux. Il existait même des maisons de passe et de jeu qui n'y étaient pas affiliées. À Caernarvon, le Sa'kagué était moins bien organisé que la guilde où Kylar avait passé une partie de son enfance.

Le chariot s'enfonça dans la cité tandis que ses passagers observaient les habitants et les édifices en béant comme des péquenauds. Caernarvon avait été bâtie au confluent de trois fleuves : le Wy, le Rouge et le Mûr. Les rues étaient le théâtre d'un commerce frénétique où s'activait une multitude de gens avides de gagner de l'argent. Kylar, Élène et Uly croisèrent des personnes à la peau olivâtre ; des Séthis aux traits marqués qui portaient une tunique blanche avec un pantalon court et ample. Ils aperçurent aussi des Ceurans avec deux épées et des mèches de couleurs différentes accrochées à leurs cheveux – une coutume de leur pays –, quelques Ladéshiens et même un Ymmurien aux yeux en amande. Cette diversité ethnique les amena à jouer à un petit jeu : un des trois compagnons choisissait quelqu'un et les deux autres essayaient de deviner sa nationalité.

—Lui ! demanda Uly.

La fillette désignait un homme quelconque portant des vêtements en laine. Kylar se renfrogna.

—Excellent choix, dit Élène avec un sourire espiègle. Alors, Monsieur Je Sais Tout, nous t'écoutons. Uly, on ne montre pas les gens du doigt.

L'homme n'avait aucun signe distinctif : il n'était pas tatoué, il n'avait pas un nez de praticien modinien, il était habillé comme la plupart des habitants de la ville, ses cheveux bruns étaient coupés court et sa peau à peine hâlée aurait pu être celle d'un ressortissant de cinq ou six pays différents. Il était tout à fait banal.

—Ah ! lâcha Kylar. Un Alitaeran.

—Prouve-le, exigea Élène.

—Il n'y a qu'un Alitaeran pour afficher une morgue pareille.

—Je ne te crois pas.

—Va lui demander.

Élène secoua la tête et se recroquevilla avec timidité.

—Hé ! maître ! cria Uly tandis que le chariot passait devant l'inconnu. Vous êtes d'où ?

—Uly ! s'écria Élène, morte de honte.

L'homme se tourna et se redressa avec fierté.

—Je suis natif d'Alitaera, la plus grande nation de tout Midcyru par la grâce de Dieu.

—Vous voulez dire « des dieux », rectifia le Waeddrynien avec qui il marchandait.

—Certainement pas ! Contrairement à vous autres, chiens de Waeddryniens, les Alitaerans ne mentent jamais.

Les deux hommes oublièrent Uly et entreprirent de se quereller à propos de politique et de religion.

—Je suis extraordinaire, remarqua Kylar.

—Tu es sûrement alitaeran, toi aussi, grogna Élène.

Kylar éclata de rire, mais ce «sûrement» lui laissa un goût doux-amer dans la bouche. *Sûrement* parce qu'il avait été un rat de guilde, un orphelin né esclave. Il était incapable de dire d'où venaient ses parents. Il était incapable de dire pourquoi ils n'avaient pas voulu de lui. Étaient-ils encore en vie? Étaient-ils morts? S'agissait-il de personnes extraordinaires comme le rêvent tous les orphelins? Pendant que Jarl amassait pièce après pièce pour s'affranchir de la guilde, Kylar imaginait les raisons qui avaient pu pousser des nobles à l'abandonner. C'était inutile, c'était idiot et il croyait avoir perdu cette habitude depuis longtemps.

À ses yeux, Durzo avait été la personne qui avait le plus ressemblé à un père. Et Kylar était devenu le pire criminel qui soit: un parricide. Qui était-il aujourd'hui? Un homme sans passé et sans avenir.

Non, c'était faux: il avait Élène et Uly. Il avait aussi la liberté d'aimer. Cette liberté avait un coût, mais elle en valait la peine.

—Tu vas bien? demanda Élène avec une lueur d'inquiétude dans ses yeux bruns.

—Non, répondit Kylar. Tant que nous sommes ensemble, je me sens bien mieux que ça.

Quelques minutes plus tard, ils quittèrent les marchés nord pour s'enfoncer dans le quartier du port. La plus grande partie des bâtiments était en pierre, là aussi. C'était très différent de Cénaria où ce matériau était si cher qu'on lui préférait le papier de riz et le bois. De jeunes voyous traînaient sur le perron des entrepôts, des maisons et des moulins en affichant l'expression immuable des adolescents qui ont quelque chose à prouver. Ils observèrent le véhicule d'un air maussade.

—Tu es sûre que c'est la bonne route? demanda Kylar. (Élène grimaça.) Non?

Le chariot avançait toujours, mais Kylar regardait désormais six adolescents qui venaient de se lever. Ils furent imités par un homme aux dents noires et à la chevelure épaisse, noire et grasse. Les sept voyous allèrent récupérer quelque chose sous les marches et derrière des piles d'ordures. Des armes de rue: des gourdins, des couteaux et une longue chaîne. L'homme qui était leur chef se plaça devant le chariot et attrapa la bride du cheval.

—Mon amour, dit Kylar, je crois que c'est le moment de faire connaissance avec nos gentils voisins du Sa'kagué.

—Kylar, tu n'as pas oublié ta promesse? demanda Élène en lui saisissant le bras.

—Tu ne penses quand même pas que je vais les laisser…

Une lueur passa dans le regard de la jeune femme et il ne termina pas sa question.

—Bien le bonjour, lança l'homme en faisant claquer un gourdin dans sa paume.

Il affichait un large sourire dévoilant deux incisives noirâtres.

Kylar ne lui prêta aucune attention.

—Chérie, poursuivit-il. La situation est différente. Tu t'en rends bien compte.

—D'autres personnes affrontent ce genre de problème sans que personne meure.

—Personne ne sera tué si je règle cette affaire à ma façon.

L'homme aux cheveux graisseux se racla la gorge. La crasse tatouait son visage de manière indélébile et ses deux incisives proéminentes, incurvées et noires éclipsaient le reste de ses traits.

—Excusez-moi, les tourtereaux. Je ne voudrais pas vous déranger, mais…

—Une minute! lança Kylar d'un ton qui ne souffrait aucune réplique. (Il se tourna vers Élène.) Chérie.

—Soit tu tiens ta promesse, soit tu fais ce que tu as toujours fait.

—Ce n'est pas vraiment une permission.

—Non, ce n'en est pas une.

—Excusez-moi, répéta l'homme. Je…

—Laisse-moi deviner, dit Kylar en imitant l'accent et le ton fanfaron du chef de bande. Nous sommes sur une route privée et nous devons nous acquitter d'une taxe si nous voulons continuer notre chemin.

—Euh… C'est ça.

—Je suis un vrai génie.

—J'allais vous demander… hé! ferme ton clapet! Je suis Tom le Gris et cette rue…

—… T'appartient. Bien sûr. Combien?

Tom le Gris se renfrogna.

—Treize pièces d'argent.

Kylar compta les sept hommes à haute voix.

—Attends un peu. Tu ne vas pas me dire que tu refiles une seule pièce à tes cogneurs et que tu en gardes six pour toi? Ça ne vous fout pas en rogne, les gars?

Tom blêmit et ses sbires le regardèrent avec colère. Kylar avait deviné juste. Il avait affaire à des voyous sans envergure.

—Je vous en donne une, leur proposa-t-il. (Il tira une petite bourse et lança une pièce à chaque adolescent.) C'est une somme correcte puisque vous n'avez rien à faire pour la gagner, vous n'êtes pas d'accord? Pourquoi prendre le risque de se battre? De toute façon, Tom ne vous donnera pas davantage.

—Une minute! intervint ledit Tom. S'il est prêt à nous filer autant, c'est qu'il lui en reste beaucoup. Faisons-lui son affaire!

Mais les adolescents refusèrent de lui obéir. Ils haussèrent les épaules, secouèrent la tête et retournèrent s'asseoir sur les marches d'un pas traînant.

—Qu'est-ce que vous foutez ? s'écria Tom. Hé !

Kylar fit claquer les rênes et les chevaux reprirent leur route. Tom sauta sur le côté pour les éviter, se tordit la cheville et s'effondra. Kylar retroussa les lèvres pour se moquer des dents en avant de Tom et leva les mains en signe d'impuissance. Les adolescents et Uly éclatèrent de rire.

Chapitre 10

Kylar, Élène et Uly passèrent la nuit dans une auberge. Tante Méa vint les chercher tôt le lendemain et les conduisit chez elle en les guidant à travers un labyrinthe de ruelles. C'était une femme aux traits quelconques, aux yeux brillants et aux épaules de débardeur qui travaillait comme sage-femme et guérisseuse. Elle avait quarante ans, en paraissait cinquante et était veuve depuis presque vingt ans. Son mari – qui était mort peu après la naissance de leur fils, Braen – avait été un marchand de tapis prospère et Méa habitait donc une grande maison. Elle affirma à Kylar et à Élène qu'ils pourraient y séjourner aussi longtemps qu'ils le souhaiteraient.

— Alors, demanda-t-elle après un petit déjeuner composé d'œufs et de jambon. Depuis combien de temps êtes-vous mariés, tous les deux ?

— Cela fait à peu près un an, répondit Kylar.

Il avait lancé cette histoire en espérant qu'Élène parviendrait à entrer dans son jeu. Il jeta un coup d'œil dans sa direction : comme il s'y attendait, elle avait rougi. Elle était incapable de mentir.

Tante Méa crut qu'il s'agissait de timidité et s'esclaffa.

— Je me doutais bien que tu étais un peu jeune pour être la mère de cette demoiselle. Quand as-tu trouvé tes nouveaux parents, Uly ?

Kylar s'appuya contre le dossier de sa chaise et fit un gros effort pour se taire. S'il répondait à la place de tout le monde, il ne passerait pas seulement pour un mufle, il attirerait aussi les soupçons. Parfois, il fallait laisser les événements s'enchaîner à leur guise.

— Quand les Khalidoriens nous ont attaqués, dit la fillette.

Elle déglutit, fixa les yeux sur son assiette et demeura silencieuse. Elle n'avait pas menti et l'émotion qui se lisait sur son visage n'était pas feinte. La bonne d'enfants qui l'avait élevée était morte au cours de l'attaque de Cénaria. Il arrivait encore qu'Uly pleure en songeant à elle.

— Uly était à Château Cénaria lorsque l'invasion a commencé, dit Élène.

Tante Méa posa son couteau et sa cuillère – les Caernarvonniens n'utilisaient pas de fourchettes, au grand agacement de Kylar.

— Je vais te dire une chose, Uly. Nous allons bien nous occuper de toi. Ici, tu seras en sécurité et tu auras ta propre chambre.

— Avec des jouets? demanda la fillette.

Ses traits exprimaient un espoir démesuré et Kylar sentit son cœur se serrer. Il était normal que les petites filles jouent avec des poupées. Pourquoi ne lui en avait-il pas offert une au lieu de l'emmener à la pêche aux cadavres sur le fleuve?

Tante Méa rit.

— Avec des jouets, dit-elle.

— Tante Méa, intervint Élène, nous te causons assez de dérangement comme cela. Nous avons de l'argent pour acheter des jouets et Uly peut très bien dormir avec nous. Tu as déjà…

— Je ne veux rien entendre de tout cela! dit Tante Méa. En outre, vous êtes de jeunes mariés et vous avez besoin de toute l'intimité possible. Encore que! Le ciel m'en est témoin, Gavin et moi ne nous gênions pas pour jouer à la bête à deux dos lorsque nous vivions dans une masure d'une pièce en compagnie de ses parents. (Élène devint écarlate, mais Tante Méa poursuivit.) Mais une enfant de onze ans ne doit pas être aussi douée que des beaux-parents pour ignorer certains bruits nocturnes. Je me trompe ?

Kylar rougit à son tour. Tante Méa le regarda, puis se tourna vers Uly qui était perplexe.

— Vous n'allez quand même pas me dire que vous vous êtes retenus depuis votre départ de Cénaria ? Vous avez bien dû vous éloigner de temps en temps, le matin, quand la petite dormait encore ? Non ? Et vous avez voyagé pendant trois semaines ? C'est une éternité pour des jeunes gens de votre âge ! Bon ! cet après-midi, Uly et moi irons faire une longue promenade. Le lit de votre chambre grince un peu, mais si vous attachez trop d'importance à ce genre de détail, ce n'est pas demain la veille que la petite aura un petit frère, hein ?

— Je vous en prie, supplia Kylar en secouant la tête.

Élène était morte de honte.

— Bah ! (Tante Méa fixa les yeux sur la jeune femme.) Bien ! si vous avez terminé de manger, pourquoi n'iriez-vous pas faire la connaissance de mon fils ?

Braen Smith travaillait dans une boutique attenante à la maison familiale. Il avait hérité des traits massifs et quelconques de sa mère ainsi que de ses larges épaules. Tandis que les trois compagnons approchaient, il jeta le feuillard qu'il venait de terminer sur une pile de cerceaux identiques, puis il ôta ses gants.

— Bonjour, lança-t-il.

Ses yeux se posèrent aussitôt sur Élène. Il observa son visage balafré pendant un bref instant et examina avec un peu trop d'intérêt les rondeurs de son corps. Il ne se contenta pas du rapide coup d'œil de haut en bas dont les hommes gratifient généralement les femmes – cela n'aurait pas dérangé Kylar. Non, Braen se lança dans un examen approfondi et lorgna sans vergogne la poitrine d'Élène.

— C't'un plaisir d'vous rencontrer, dit-il.

Il observa ensuite Kylar et essaya de le jauger. Il lui tendit la main et, comme prévu, chercha à lui broyer les doigts.

Un soupçon de Don régla le problème. Kylar serra l'énorme battoir sans que le moindre muscle de son visage ou de son bras se contracte. Il s'interrompit alors que les os de Braen étaient sur le point de se briser. Il attendit un petit moment, puis relâcha un peu son étreinte. Il continua à exercer une pression égale à celle de la main qu'il serrait – le fils de Méa le dépassait pourtant d'une tête et pesait vingt kilos de plus que lui. Kylar soutint son regard et vit la panique quitter les yeux de Braen. Celui-ci se demandait maintenant s'il n'avait pas imaginé la terrible force qui lui avait presque brisé les os.

— Kylar, grommela Élène en serrant les dents, comme pour lui reprocher de se donner en spectacle.

Kylar ne quitta pas Braen des yeux. Il devait régler ce problème sur-le-champ. C'était peut-être barbare, animal, ridicule et mesquin, mais cela n'en demeurait pas moins important.

Élène n'aimait pas beaucoup qu'on l'ignore.

— Je suppose que vous allez ensuite comparer la taille de vos…

Elle s'interrompit, gênée.

— Excellente idée! déclara Kylar alors que le colosse lâchait enfin sa main. Qu'est-ce que tu en dis, Braen?

Il entreprit de déboucler sa ceinture.

Par chance, Braen éclata de rire et tout le monde l'imita. Mais Kylar se méfiait toujours de lui – et il savait que c'était réciproque.

— C't'un plaisir d'vous rencontrer, répéta le fils de Méa. J'ai une grosse commande à terminer.

Il dodelina de la tête et ramassa un marteau en pliant et dépliant discrètement ses doigts endoloris.

Tante Méa leur fit visiter Caernarvon pendant le reste de la journée. La cité était plus grande que Cénaria, mais elle ne dégageait pas cette impression chaotique. La plupart des rues étaient pavées et larges. Deux chariots pouvaient s'y croiser sans écraser les nombreux piétons qui marchaient sur les côtés. Lorsque cela arrivait, de brusques mouvements de foule jetaient les gens les uns contre les autres. Les Caernarvonniens avaient eu le temps de s'y habituer : les véhicules parcouraient la ville depuis si longtemps que leurs roues avaient creusé des sillons de quinze centimètres dans la chaussée. Des vendeurs installaient parfois leurs échoppes sur la voie publique, mais ils étaient punis si rapidement qu'ils étaient peu nombreux à tenter leur chance. Des canalisations faisaient office d'égouts et des grilles étaient disposées à intervalles réguliers afin de collecter les eaux usées.

Château Caernarvon dominait le nord de la ville. On l'appelait parfois le Géant Bleu en raison de la couleur de son granit. Ses murailles étaient aussi lisses et plates que du verre, sans la moindre faille à l'exception des innombrables meurtrières et mâchicoulis à proximité des portes. Tante Méa leur expliqua que, deux cents ans plus tôt, dix-huit hommes avaient tenu la forteresse pendant six jours face à une armée de cinq cents soldats.

Les manoirs étaient bâtis autour du château, bien entendu. La cité devenait de plus en plus sale et de plus en plus dense au fur et à mesure qu'on approchait des quais. Comme partout ailleurs, les riches et les nobles voulaient vivre à l'écart des autres et les autres voulaient vivre aussi près que possible des riches et des nobles. À Cénaria, la loi imposait aux pauvres de demeurer à l'ouest de la Plith ; à Caernarvon, la situation était très différente. Les gens qui devenaient assez riches pour déménager étaient en droit de le faire et les perspectives de progression sociale stimulaient le zèle des habitants de la ville.

Caernarvon offrait un espoir aussi merveilleux qu'illusoire. L'avidité y régnait sans partage et chaque marchand de la cité se voyait déjà à la tête du prochain empire commercial. Cénaria, elle, était un cloaque d'amertume étouffant et puant. Seule la convoitise motivait ses habitants : ils n'avaient pas envie de bâtir un empire, ils rêvaient juste de s'emparer de celui de quelqu'un d'autre.

— Tu es bien silencieux, remarqua Élène.

— Tout est différent ici, dit Kylar. Cénaria était malade avant même l'invasion des Khalidoriens. Cette cité est meilleure. Je crois que nous pourrons y vivre.

Par tous les dieux ! il était sur le point de devenir un de ces marchands qu'il avait tant méprisés. Il n'avait pourtant pas de grandes ambitions : s'il abandonnait la profession de pisse-culotte, que pouvait-il faire sinon herboriste ou apothicaire ? Ce n'étaient pas ces métiers qui le feraient rêver. Et d'ailleurs, de quoi rêverait-il ? D'ouvrir une seconde boutique ? De monopoliser le commerce des plantes médicinales à Caernarvon ? Il avait tenu le destin d'une nation entre ses mains, il aurait pu changer le cours de l'Histoire avec une trahison, avec le meurtre d'un homme qu'il avait quand même fini par tuer.

Si j'avais agi autrement, Logan serait encore en vie…

Tandis que Tante Méa les ramenait chez elle, Kylar s'efforça de penser en marchand. Dans le chariot, il y avait une fortune en plantes ainsi qu'une petite réserve d'or cachée. S'ils avaient été attaqués pendant le voyage, qu'est-ce que les voleurs auraient pu dérober ?

— Ah ! la maison est juste au bout de cette rue, déclara Tante Méa. Braen est allé acheter des fournitures. Uly et moi allons faire le tour des confiseries pour vous laisser le temps de refaire connaissance.

Elle adressa un clin d'œil à Kylar et Élène rougit. Puis le visage de la sage-femme s'assombrit soudain.

—Qu'est-ce que c'est que ça?

Kylar tourna la tête vers la maison : des volutes de fumée de plus en plus épaisses s'en échappaient.

Il se joignit à la foule qui courait vers la demeure de Tante Méa. Dans une cité, un incendie représentait un terrible danger et tout le monde se précipitait pour aider à l'éteindre. Lorsqu'il arriva, la grange finissait de brûler et il était trop tard pour récupérer quoi que ce soit. Les personnes présentes arrosèrent les maisons voisines tandis que Kylar serrait Élène et Uly sans un mot.

Le bâtiment avait été rasé par les flammes. Les deux chevaux de trait et la vieille jument de Tante Méa avaient été transformés en tas de chair fumants et puants. Il ne restait presque rien du chariot. L'incendiaire avait découvert et volé le coffre caché, la cargaison d'herbes était partie en fumée.

Une seule chose avait résisté aux flammes : une boîte longue et étroite attachée contre un essieu du véhicule. La serrure n'était pas abîmée. Kylar ouvrit l'étui. À l'intérieur, il y avait sa tenue grisâtre de pisse-culotte ainsi que son épée, Châtiment. Elles étaient intactes et ne sentaient même pas la fumée. Elles semblaient se moquer de lui.

CHAPITRE 11

— J'apporte de mauvaises nouvelles, Votre Sainteté, annonça Neph Dada en entrant dans la chambre du Roi-dieu.

Une jeune noble cénarienne du nom de Magdalyn Drake était attachée sur le lit et un bâillon étouffait ses gémissements. Garoth Ursuul et la malheureuse étaient encore habillés.

Le Roi-dieu était assis à côté d'elle. Il caressait un mollet dénudé avec la lame d'un couteau.

— Oh! De quoi s'agit-il?

— Une de vos espionnes au Chantry, Jessie al'Gwaydin, est morte. Elle a été vue pour la dernière fois au village de Torras Bend.

— Le Chasseur Noir l'a tuée?

— Je le pense. Notre informateur a dit que Jessie avait l'intention d'étudier la créature.

— Elle a donc pénétré dans le bois et n'en est jamais ressortie.

— Oui, Votre Sainteté.

Neph massa son dos voûté comme s'il était douloureux. Ce stratagème visait à rappeler au Roi-dieu que le vürdmeister n'était plus tout jeune, mais qu'il ne ménageait pas sa peine pour le servir.

Garoth Ursuul plongea sa lame dans le matelas d'un geste rageur. Il abattit le couteau entre les jambes de la jeune fille – si haut que Neph crut un instant qu'il l'avait poignardée au ventre. Magdalyn Drake cria à travers son bâillon et se cabra pour essayer de se libérer. Le Roi-dieu ne lui prêta pas attention. Il ramena la lame vers lui et fendit la robe jusqu'à l'ourlet tandis que des plumes s'envolaient du matelas éventré.

Garoth Ursuul recouvra son calme aussi soudainement qu'il l'avait perdu. Il laissa le couteau planté dans la couche, replia le vêtement déchiré et posa sa main avec douceur sur la cuisse nue de la jeune femme. Des tremblements incontrôlables secouèrent Magdalyn.

—Il est *si* difficile de trouver des espions au Chantry. Pourquoi tiennent-ils tant à mourir, Neph ?

—Pour la même raison qui les a poussés à travailler pour nous, Votre Sainteté : l'ambition.

Garoth regarda son vürdmeister d'un air las.

—C'était une question purement rhétorique.

—Je vous apporte aussi de bonnes nouvelles. (Neph Dada oublia son prétendu mal de dos et se redressa un peu.) Nous avons capturé un barde ladéshien du nom d'Aristarchos. Je pense que vous voudrez l'interroger en personne.

—Pourquoi donc ?

—Je l'ai Vu et il a assisté à des choses remarquables.

Garoth plissa les yeux.

—Tu ferais bien de t'expliquer sans tarder.

—Il semblerait qu'il connaisse le possesseur d'un ka'kari. D'un ka'kari noir.

—Cesse de me regarder ! s'écria Stephan.

Stephan était un marchand de tissu, un homme vindicatif et replet qui prétendait que le Shinga avait été son amant et qu'il l'avait abandonné. Il affirmait aussi être en mesure de révéler sa véritable identité à Vi. Soit le Shinga était une femme, soit Stephan n'avait pas de préférence quant au champ qu'il labourait, car il avait demandé à Vi de coucher avec lui en guise de paiement.

La jeune femme était étendue sous lui et bougeait son corps avec la dextérité d'une athlète et le savoir-faire d'une courtisane éduquée par Mamma K en personne, mais ses yeux demeuraient parfaitement froids. Elle ne gémissait et ne grimaçait pas. Elle refusait de mimer le plaisir et cela posait quelques problèmes à son partenaire. Comme la plupart des hommes, Stephan se résumait à trois doses de frime pour une dose de pine – et même un peu moins à ce moment précis.

Il se retira en maudissant son manque d'ardeur. Il était en sueur et ses huiles raffinées ne parvenaient pas à couvrir l'odeur de la transpiration. Vi ne put retenir un sourire condescendant.

—Je croyais que tu devais me bourrer comme jamais.

Stephan devint écarlate. Vi se demanda pourquoi elle l'humiliait. Il n'était ni pire ni meilleur que les autres et elle avait encore besoin du renseignement qu'il détenait. Les moqueries ne feraient que prolonger son attente.

—Défais tes cheveux! demanda-t-il.

—Touche-les et je te crève!

Daenysos! Fallait-il vraiment qu'ils posent leurs sales pattes sur tout?

Elle roula sur lui, ondula des hanches et projeta son Don pour saisir son sexe. Puis elle fit en sorte qu'il oublie ses cheveux.

Lorsqu'elle avait quinze ans, maître Gibbet l'avait emmenée chez Mamma K et l'avait tringlée devant la courtisane. Celle-ci avait déclaré:

—Ma petite, tu baises comme si tu ne ressentais rien du tout. C'est le cas?

Il était inutile de mentir à Mamma K et Vi avait avoué la vérité: son vagin était totalement insensible.

— Ah! avait dit la courtisane. Tu ne deviendras jamais la meilleure dans ce domaine, mais tu peux très bien surmonter ton problème. La magie la plus ancienne est celle du sexe. Avec ta poitrine et la puissance de ton Don, je peux quand même t'apprendre quelque chose de spécial.

Vi avait maintenant recours à ses talents et elle insultait le connard impuissant dans un murmure – elle pouvait dire n'importe quoi, mais les femmes possédant le Don devaient parler lorsqu'elles utilisaient leurs pouvoirs.

Stephan gémit comme un animal stupide et termina sa petite affaire en quelques secondes. Vi profita de sa torpeur postcoïtale pour s'essuyer sur la belle cape du marchand – une manière d'exprimer son mépris. Puis elle s'assit en tailleur sur le lit, seulement vêtue de son armure de nudité.

— Maintenant, dis-moi ce que je veux savoir, gros lard, dit-elle.

Elle fixa les yeux sur ses bourrelets pâles avec un tel dégoût que le marchand eut honte. Il se couvrit et se détourna.

— Par tous les dieux! faut-il vraiment que je…?

— Parle!

Stephan se cacha les yeux d'une main.

— Il recevait parfois des messagers – ils savaient où j'habitais. Il m'arrivait d'entendre des bribes de conversations, mais il se montrait très prudent. Il brûlait tout de suite les rares lettres qu'on lui apportait et sortait toujours pour s'entretenir avec les coursiers. Mais la nuit de l'inva… de la libération, il a écrit cette note.

Stephan attrapa une robe de chambre et l'enfila. Il se leva et se dirigea vers son bureau. Il prit une feuille de papier de riz ceuran et la tendit à Vi. La page était blanche.

— Regarde-la à la lumière, dit-il.

Vi la plaça devant une lanterne et distingua des marques en relief. Les lettres étaient minuscules, mais parfaitement nettes.

Sauve Logan Gyre et, si possible, l'enfant et la fille balafrée. Je te récompenserai au-delà de tes espérances les plus folles.

En guise de signature, il y avait deux symboles : un œil à lourde paupière entourant une étoile – dessiné d'un seul trait de plume – et, à côté, une autre étoile, à neuf branches. Le premier était la marque du Sa'kagué ; le second, celle du Shinga. L'apposition des deux signifiait que toutes les ressources du Sa'kagué devaient être mises à la disposition du porteur de la lettre.

— Il est parti tout de suite après, dit Stephan. Il n'est jamais revenu. Je lui ai dit que je l'aimais, mais il n'a plus voulu me voir.

— Son nom, gros lard. Son nom.

— Jarl, lâcha Stephan. Oh ! dieux ! pardonnez-moi. Jarl est le Shinga.

C'était un des repaires les plus misérables de Mamma K, un trou obscur rempli de rats et de cafards, comme le reste du Dédale. Jarl et la courtisane avaient rendez-vous avec un mort. Celui-ci sourit en entrant dans la pièce. Sa jambe droite était prisonnière d'une attelle qui lui interdisait de plier le genou. L'homme avait une béquille, mais il ne pouvait pas s'en servir à cause de son bras droit qui était en écharpe. À hauteur du coude, le bandage était taché de sang. Il avançait donc en sautillant plutôt qu'en boitillant. Il avait des cheveux gris coupés court et un corps fin, mais solide et musclé. Il avait le visage terne et les traits tirés, mais il souriait.

— Gwinvere, dit-il. Je suis heureux de constater que les ans n'ont pas eu de prise sur toi.

La courtisane sourit à son tour et s'abstint de tout commentaire sur l'apparence du nouveau venu : il semblait avoir dormi dans les égouts, il puait et ses beaux vêtements étaient d'une saleté repoussante.

— Je suis heureuse de voir que tu n'as rien perdu de ta galanterie.

Brant Agon sautilla jusqu'à une chaise et s'assit.

— Il se trouve qu'on m'a enterré un peu trop vite.

— Brant, je te présente Jarl, le nouveau Shinga. Jarl, voici le baronnet Brant Agon, ancien seigneur général de Cénaria.

— Que puis-je faire pour votre service, seigneur général ? demanda le jeune homme.

— Vous êtes trop aimable. Ainsi que mon apparence le laisse deviner, je ne représente plus grand-chose. J'ai l'allure d'un mendiant et je suis venu mendier, mais je peux encore me montrer utile. Je me suis battu sur toutes les frontières de ce pays. J'ai participé à des duels. J'ai commandé des unités de deux hommes et conduit des armées de cinq mille. Vous allez devoir combattre. Khalidor a éparpillé nos troupes, mais le véritable pouvoir, à Cénaria, c'est le Sa'kagué. Le Roi-dieu ne l'ignore pas. Il vous détruira si vous ne le détruisez pas en premier. Vous avez besoin de guerriers et il se trouve que j'en suis un. Les pisse-culottes ont leur utilité, mais ce ne sont pas des dieux. Il leur arrive même d'envenimer la situation, ainsi que vous avez pu vous en rendre compte il y a quelques semaines. Pour ma part, je peux rendre vos hommes plus efficaces, plus disciplinés et plus redoutables. Engagez-moi et confiez-moi un commandement.

Jarl se laissa aller contre le dossier de sa chaise, joignit les doigts et fixa son regard sur Brant Agon pendant un long moment. Mamma K s'efforça de rester silencieuse. Elle avait occupé le poste de Shinga pendant trop longtemps et il lui était difficile de ne pas intervenir au moment où le jeune homme devait prendre une décision lourde de conséquences. Mais elle avait fait un choix. Jarl était le nouveau Shinga. C'était à lui d'exercer le pouvoir et de se faire des cheveux blancs. Elle se contenterait de lui apporter son aide jusqu'à ce qu'il soit capable de voler de ses propres ailes.

— Pourquoi êtes-vous ici, seigneur Agon ? demanda le jeune homme. Pourquoi êtes-vous venu me voir ? Térah Graesin dispose d'une armée. Si on vous avait laissé faire, vous auriez éradiqué le Sa'kagué depuis des années.

— Nous avons entendu dire que tu avais été tué dans une embuscade, intervint Mamma K.

— Roth Ursuul m'a épargné, dit Agon d'un ton amer. Pour me récompenser de ma bêtise. L'idée de marier Logan Gyre et Jénine Gunder venait de moi. Si la succession du roi était assurée, je pensais que le coup n'aurait pas lieu. Mon plan a juste entraîné la mort de ces deux jeunes gens.

— Khalidor ne les aurait jamais laissés en vie, dit Mamma K. En fait, cette mort est même une bénédiction pour Jénine. Elle aurait pu être choisie pour distraire le Roi-dieu, et d'après les rumeurs que j'ai entendues…

— Bref ! l'interrompit Agon qui n'avait aucune envie d'une absolution. Je me suis enfui en rampant. Quand je suis arrivé chez moi, on avait arrêté ma femme. J'ignore si elle est morte ou si elle fait partie des «distractions» de Garoth Ursuul.

— Oh ! Brant ! Je suis désolée !

Agon poursuivit sans regarder la courtisane. Son visage était un masque de pierre.

— J'ai décidé de vivre et de me rendre utile, Shinga. Les nobles veulent mener une guerre classique. La duchesse Graesin essaiera de s'asseoir sur le trône à force de flatteries et de séduction. Ces gens-là n'ont pas la détermination nécessaire pour remporter la victoire. Moi, je l'ai et je pense que vous l'avez aussi. Je veux gagner et, cela mis à part, je veux tuer autant de Khalidoriens que possible.

— Proposez-vous de me servir ou de devenir mon associé ? demanda Jarl.

— Mon statut m'importe autant que le trou du cul d'un rat, déclara Brant. (Il resta silencieux pendant un instant.)

Et aujourd'hui, il se trouve que j'en connais un rayon sur le trou du cul des rats. Pour tout vous dire, je n'aurais jamais cru en apprendre autant à ce sujet.

— Et que se passera-t-il si nous remportons la victoire ? poursuivit Jarl. Vous essaierez de nouveau de nous éliminer ?

— Si nous gagnons, vous estimerez sans doute que je suis trop dangereux et vous me ferez assassiner. (Brant esquissa un mince sourire.) Pour le moment, cette perspective ne me dérange pas le moins du monde.

— Je vois. (Jarl glissa une main entre ses fines tresses noires d'un air songeur.) Les gens qui me servent ne servent que moi, Brant. Je serai votre seul maître. Cela vous pose-t-il un problème ?

— Tous ceux à qui j'avais juré fidélité sont morts. (Brant haussa les épaules.) À l'exception de ma femme, peut-être. Mais j'ai quelques questions à poser. Si vous êtes le nouveau Shinga, qui était l'ancien ? Est-il encore vivant ? Sur combien de fronts faudra-t-il se battre ?

Jarl resta silencieux.

— Je suis l'ancien Shinga, déclara Mamma K. Je cède ma place – de mon plein gré. Je le forme depuis des années, mais les événements récents m'ont obligée à précipiter ma succession. Le Dédale est le centre de notre pouvoir, Brant, et il est moribond. La famine pose déjà un problème, mais les épidémies ne vont pas tarder à aggraver la situation. Le Roi-dieu ne se soucie pas de ce qui se passe dans ce quartier. Il l'a laissé à l'abandon. Si nous voulons survivre – et par « nous », j'entends le Sa'kagué, mais aussi Cénaria et les malheureux habitants du Dédale –, il faut que tout cela change. Les chariots et les navires arrivent encore. Les soldats khalidoriens vérifient qu'ils ne transportent pas d'armes et exigent des pots-de-vin, mais nous pouvons faire avec. Par contre, nous ne survivrons pas au pillage systématique des cargaisons de nourriture. Les gens sont affamés et il n'y a plus de gardes pour arrêter les voleurs. Il suffirait qu'un seul chargement soit pillé pour que cette attaque fasse tache d'huile. Les marchands cesseront alors de commercer avec nous et les habitants du Dédale mourront. Nous n'en sommes pas encore à ce point, mais nous n'en sommes pas loin.

—Alors, qu'allez-vous faire? demanda Agon.

—Nous allons gouverner avec discrétion, répondit Mamma K. Tout le monde me connaît. Je peux engager des cogneurs pour surveiller les chariots. Je peux trancher les différends. Je peux ordonner la construction d'abris.

—Cela va faire de toi une cible.

—Je suis déjà une cible. Nous avons perdu certains de nos pisse-culottes – et pas forcément parce qu'ils sont morts. Un serment d'obéissance magique les lie au Shinga, mais le Roi-dieu l'a brisé. J'ai appris que Hu Gibbet avait révélé mon identité à Ursuul. Garoth ne croit pas qu'une femme puisse être le Shinga et il est à la recherche du vrai. Mais il peut changer d'avis d'un jour à l'autre, que j'agisse en plein jour ou que je reste tapie dans l'ombre. Je n'y peux rien, alors autant que je me rende utile.

Mamma K était aussi calme qu'un vétéran à la veille d'une bataille. Elle savait qu'Agon Brant avait été stupéfait d'apprendre qu'elle avait dirigé la pègre de Cénaria.

—Dites-moi ce que je dois faire, dit-il en se tournant vers Jarl.

—Choisissez parmi mes hommes ceux qui vous conviennent et faites-en des chasseurs de sorciers. Ensuite, je veux que vous organisiez des défenses que nous pourrons employer si les Khalidoriens attaquent le Dédale en force. Ils ont des meisters, des guerriers et certains de nos meilleurs éléments dans leurs rangs. Si je suis encore en vie, c'est uniquement parce qu'ils ignorent mon identité. Bienvenue parmi nous.

—Merci.

Agon s'inclina avec maladresse du fait de ses blessures, puis sortit en suivant un gigantesque garde du corps.

Lorsqu'il fut parti, Jarl se tourna vers Mamma K.

—Vous ne m'aviez pas dit que vous vous connaissiez.

—Je ne crois pas connaître le Brant Agon que nous venons de voir.

—Ne cherchez pas à noyer le poisson.

Un léger sourire passa sur les lèvres de la courtisane. Elle était amusée et assez fière que Jarl agisse en chef.

—Il y a trente ans, Agon est tombé amoureux de moi. J'étais naïve. J'ai cru que je l'aimais, moi aussi, et j'ai causé sa perte.

—Vous l'avez aimé ? demanda Jarl sans l'interroger sur les détails de l'affaire.

Sa question prouvait que Mamma K avait choisi le bon successeur. Jarl était à l'affût du moindre point faible. Mais c'était une chose d'admirer son talent et une autre de le subir.

Elle esquissa un sourire, mais ses yeux demeurèrent froids. Jarl ne se laisserait pas abuser une seule seconde, mais, après tant d'années, ce masque était devenu un véritable réflexe.

—Je ne sais pas. Je ne m'en souviens pas. Cela a-t-il de l'importance ?

Chapitre 12

— On raconte que Gaelan Feu du Ciel a jeté le ka'kari bleu dans la mer et a ainsi créé le Maelstrom de Tlaxini, dit Neph. Si c'est la vérité, il est fort possible que la pierre soit encore là-bas, mais je n'ai pas la moindre idée quant à la manière de la récupérer. Le blanc a disparu depuis six siècles. Nous avons jadis pensé qu'il était au Chantry, mais votre grand-mère a démontré que c'était une erreur. Le vert a été emporté à Ladesh par Hrothan Courbacier et on a perdu sa trace. D'après mes recherches, Hrothan est bien arrivé à Ladesh il y a environ deux cent vingt ans, mais je n'ai rien découvert d'autre. Celui d'argent a disparu pendant la guerre de Cent Ans et pourrait être n'importe où entre Alitaera et Ceura – à moins que Garric Ombrefuneste soit parvenu à le détruire. Ferric Flammecœur a jeté le rouge dans le cœur de la montagne Ventdecendre – qu'on appelle aujourd'hui le mont Tenji à Ceura. Certaines rumeurs affirment que le brun se trouve à l'École des Créateurs d'Ossein, mais j'en doute.

— Pourquoi ? demanda Garoth Ursuul.

— Ils n'auraient pas résisté à l'envie de s'en servir. Grâce à la maîtrise de la terre, ces petits Créateurs seraient soudain devenus cent fois plus puissants. On aurait fini par découvrir une de leurs Œuvres et on se serait aperçu que l'un d'eux avait Créé à un niveau de puissance inégalé depuis les temps anciens. Or cela n'est pas arrivé. Soit les membres de cette école sont moins ambitieux que je le crois possible, soit le ka'kari brun est ailleurs. Une autre rumeur prétend qu'il a été dissimulé au Géant Bleu de Caernarvon – le château. À mon avis, ce n'est qu'une hypothèse prétentieuse se fondant sur certains faits réels. Cette forteresse n'est pas vraiment l'endroit idéal pour cacher un ka'kari.

— Mais nous avons une piste sérieuse à propos du rouge ?

— Lorsque le vürdmeister Quintus a traversé Ceura, il a dit que les explosions du mont Tenji étaient causées par la magie – en partie, du moins. Il n'en reste pas moins un problème de taille avec le ka'kari bleu et le ka'kari rouge. Même si nous arrivons à les récupérer, il n'est pas certain qu'ils fonctionnent encore : ils ont été soumis à des forces terribles pendant plusieurs siècles.

— Tu n'as pas appris grand-chose, Neph.

— C'est que la tâche est fort difficile.

Neph avait parlé d'une voix mielleuse et cela l'irrita au plus haut point.

— Quelle perspicacité ! (Garoth soupira.) Et qu'en est-il du noir ?

— Pas la moindre trace. Pas même dans les ouvrages les plus anciens. Si ce que j'ai Vu est vrai et si le Ladéshien n'a pas eu d'hallucinations, je n'ai jamais eu vent d'un secret si bien gardé.

— N'est-ce pas là le but d'un secret ? demanda Garoth.

— Pardon ?

— Amène-moi ton rossignol ladéshien. J'aurai besoin de Poussière.

Élène voulait qu'il vende l'épée. Au cours des dix dernières nuits, ils avaient répété cette scène comme des marionnettes, mais il arrivait que les marionnettes veuillent changer de rôle.

—Tu ne la regardes même pas, Kylar. Tu la gardes dans ce coffre, sous le lit.

Les sourcils sombres de la jeune femme se rapprochèrent et dessinèrent les petites rides inquiètes qu'il commençait à connaître si bien.

Il s'assit sur le matelas et se massa les tempes. Il en avait assez de ces conversations. Il en avait assez de tout. Pensait-elle vraiment qu'il lui répondrait? Bien sûr que oui. Ce n'étaient que des paroles, qu'une perte de temps. Les femmes étaient persuadées qu'il suffisait de parler d'un problème pour le résoudre. Certaines questions ressemblaient à des cadavres : au contact de l'air chaud, elles suppuraient, pourrissaient et répandaient leurs miasmes tout autour d'elles. Il valait mieux les laisser reposer en paix et passer son chemin.

Comme Durzo qui servait maintenant de repas aux vers.

—C'était l'épée de mon maître. Il me l'a donnée, dit Kylar avec un peu de retard.

—Ton maître t'a donné beaucoup de choses – dont bon nombre de raclées. C'était un homme mauvais.

Cette remarque fit bouillir Kylar.

—Tu ne sais rien de Durzo Blint! C'était un homme exceptionnel! Il est mort pour me laisser une chance…

—D'accord, d'accord! Parlons de ce que je connais.

Élène était prête à éclater en sanglots, une fois de plus. Et merde! Elle était aussi frustrée que lui. Et ce n'était même pas une comédie destinée à le faire changer d'avis.

—Nous sommes dans une misère noire. Nous avons tout perdu et, à cause de nous, Tante Méa et Braen ont perdu beaucoup, eux aussi. Nous avons le moyen de les dédommager. Ils le méritent. C'est pour se venger que ces scélérats ont incendié la grange.

—Tu veux dire que c'est ma faute, remarqua Kylar.

Il entendit Uly pleurer dans sa chambre. Leurs cris n'avaient aucun mal à traverser le mur.

S'il s'était occupé de Tom le Gris à sa manière, ce voyou aurait tremblé d'effroi à l'idée d'approcher à moins de cinq cents mètres de la demeure de Tante Méa. Kylar connaissait les mœurs de la rue. Il savait parler le langage des coups, il savait effleurer les cordes subtiles de l'intimidation et faire vibrer la peur dans le cœur des hommes. Oui, il connaissait cette musique et il l'adorait. Mais les compositions que Durzo lui avait enseignées n'étaient pas construites sur la logique. Elles ne comprenaient pas de retombé, de thème en contrepoint ni d'harmonisation finale. Elles étaient différentes des autres. La musique de la raison était trop patricienne et trop subtile pour la rue. Elle n'exprimait pas les subtilités nécessaires.

Le rythme préféré du pisse-culotte, c'était la souffrance. C'était un air brutal parce que tout le monde comprenait la douleur. Une musique violente, mais non dépourvue de nuances. Kylar aurait pu s'occuper des six voyous et de Tom le Gris sans révéler son Don. Les adolescents seraient repartis sans comprendre ce qui leur était arrivé, couverts de bleus. Leur chef ne s'en serait pas tiré à si bon compte, mais les limites de la souffrance n'auraient dépendu que de lui. Pourtant, à supposer qu'Élène l'ait laissé faire, Kylar aurait-il eu la force de lui montrer un tel spectacle ? N'aurait-il pas eu peur qu'elle remarque le plaisir que cette musique lui procurait ?

Il observa le visage de la jeune femme. Elle était si belle qu'il cligna des yeux pour refouler ses larmes.

Mais que se passait-il donc ?

— Pourquoi ne ferions-nous pas l'économie du passage où je dis que cette arme est inestimable ; où tu réponds que nous en tirerions de quoi ouvrir notre herboristerie ; où je dis que j'en suis incapable, mais que je ne peux pas t'expliquer pourquoi ; où tu affirmes que c'est parce que au fond de moi je voudrais redevenir un pisse-culotte et que tu m'en empêches ? C'est à ce moment-là que tu te mets à pleurer. Alors pourquoi tu ne commencerais pas tout de suite ? Je te prendrais dans mes bras et nous nous embrasserions pendant une heure, puis tu m'interdirais d'aller plus loin. Ensuite, tu t'endormirais comme une masse et je resterais étendu avec les testicules au bord de l'explosion. Tu ne voudrais pas passer directement aux baisers ? Parce que le seul moment que j'apprécie dans cette putain de vie, c'est quand je pense que tu es aussi heureuse que moi et que j'ai l'impression que, le soir, je parviendrai peut-être à te convaincre de faire l'amour. Qu'est-ce que tu en dis ?

La jeune femme se contenta d'écouter. Il vit ses yeux gonfler, mais elle ne pleura pas.

— J'en dis que je t'aime, Kylar, répondit-elle à voix basse. (Son visage se fit plus calme et les rides inquiètes disparurent.) Je crois en toi et je resterai avec toi quoi qu'il arrive. Je t'aime, tu entends ? Je t'aime. Je ne comprends pas pourquoi tu ne veux pas vendre cette épée, mais… (Elle inspira un grand coup.) Mais j'accepte ta décision. D'accord ? Je ne t'en parlerai plus.

Eh bien voyons ! Il était donc le dernier des salauds. Il était assis sur une fortune, mais il refusait d'entretenir sa femme et son enfant, de rembourser les personnes qui avaient souffert par sa faute. Mais Élène l'acceptait comme il était. Comme c'était noble de sa part ! Par malheur, il lisait en elle comme dans un livre ouvert. Merde ! Il savait qu'elle ne recourait pas à la morale dans la simple intention de le blesser. Elle faisait ce qui lui semblait juste et cette attitude soulignait un peu plus leurs différences.

Elle ignore qui je suis. Elle croit me connaître, mais elle se trompe. Elle m'a accepté en pensant que Kylar n'était qu'une version plus âgée et un peu salie d'Azoth. Je ne suis pas sale, je suis une ordure. Je tue parce que j'aime ça.

— Viens te coucher, mon chéri, dit Élène en se déshabillant.

Il admira les courbes de ses hanches, ses longues jambes et le bombement de sa poitrine tandis qu'elle ôtait sa robe. Le spectacle embrasa Kylar comme il l'embrasait toujours. La peau de la jeune femme luisait à la lueur de la chandelle et Kylar observa la pointe d'un sein pendant qu'elle soufflait la flamme. Il était déjà en sous-vêtements et il avait envie d'elle. Il la désirait tant qu'il en fut effrayé.

Il s'allongea, mais il ne la toucha pas. Kylar maudit le ka'kari qui lui permettait de voir la nuit. Il lut la tristesse sur le visage de la jeune femme. Le désir était une chaîne et il en était prisonnier. Cette constatation le remplit de dégoût pour lui-même. Quand Élène se tourna vers lui et le toucha, il ne réagit pas. Il roula sur le dos et fixa le regard sur le plafond.

J'ai sauté la dispute, mais aussi les baisers. On dirait qu'il ne me reste que les testicules au bord de l'explosion.

Je ne devrais pas être ici. Qu'est-ce que je fais ? Les assassins n'ont pas droit au bonheur. Comment pourrais-je changer ce que je suis ? Je suis un moins-que-rien. Un déchet. Un herboriste sans plantes. Un père sans enfant. Un mari sans épouse. Un assassin sans l'envie de tuer.

Cette épée est mon âme, c'est la raison pour laquelle je ne peux pas m'en séparer. Elle est ce que je suis. Une arme inestimable qui dort dans son fourreau au fond d'un coffre. Je ne suis même pas un moins-que-rien. Je possède des talents extraordinaires et je ne m'en sers pas.

Il se redressa et se leva. Il passa une main sous le lit et tira le coffre étroit vers lui.

Élène s'assit tandis qu'il enfilait sa tenue de pisse-culotte.

— Chéri ? appela-t-elle.

Il s'habilla en quelques instants dans l'obscurité – Blint l'avait entraîné à cet exercice. Il attacha les couteaux à ses bras et à ses jambes, fixa une petite trousse de crochets de serrurier à un poignet et un grappin pliant au creux des reins. Il ajusta les plis de ses vêtements pour qu'ils ne bruissent pas, glissa Châtiment dans son dos et enfila un loup en soie noire.

— Chéri, répéta Élène d'une voix serrée. Qu'est-ce que tu fais ?

Il ne sortit pas dans le couloir et ne descendit pas l'escalier. Non, pas ce soir-là. Ce soir-là, il ouvrit la fenêtre. L'air sentait bon l'odeur de la liberté. Il inspira un grand coup pour enfermer cette liberté en lui. Ce paradoxe le fit sourire. Il vida ses poumons d'un coup et regarda la jeune femme.

— Je fais ce que j'ai toujours fait, mon amour, répondit-il enfin. Je fous tout en l'air.

Il invoqua son Don et disparut dans la nuit.

La corvée de latrines avait été confiée une fois de plus à Ferl Khalius. Son unité avait été massacrée pendant l'invasion de Cénaria et, depuis la fin des combats, on lui attribuait les besognes les plus désagréables : ramasser les cadavres qui jonchaient un pont branlant et à demi consumé pour les jeter dans le fleuve, rentrer les provisions au château avec les cuisiniers, aider les meisters à bâtir la nouvelle enceinte que le Roi-dieu faisait ériger autour de la ville… En outre, il était de garde deux ou trois fois plus souvent que ses camarades – et jamais à un bon poste ! jamais sur le pont Vanden où les sentinelles touchaient l'équivalent d'une semaine de solde pour laisser traverser quelques escrocs.

Et aujourd'hui, ça !

Il regarda le prisonnier avec dégoût. L'homme était gros. Il avait les mains lisses d'un noble du Sud, mais une barbe rousse taillée à la mode khalidorienne. Son nez était crochu et ses sourcils touffus. Il observait Ferl avec inquiétude.

Ferl n'était pas censé lui parler ni même connaître son identité, mais il avait eu un mauvais pressentiment lorsqu'un capitaine lui avait annoncé que les vürdmeisters voulaient le voir. Ils avaient donné son nom et Ferl devait se présenter à eux sur-le-champ.

C'était le genre de convocation que tous les Khalidoriens craignaient de recevoir. Ferl pensa d'abord que c'était à cause du petit souvenir qu'il avait récupéré sur le pont, l'épée à la garde en forme de dragon. Il se trompait. Il avait failli perdre le contrôle de sa vessie en se présentant devant le vürdmeister lodricarien Neph Dada. Les vürdmeisters n'étaient pas des gens normaux, mais Neph était encore plus inquiétant que ses pairs. Pendant qu'il parlait, Ferl avait gardé les yeux rivés sur les douze cordelettes tressées, symboles des *shu'ras* que Neph Dada avait maîtrisés. Il avait eu si peur qu'il n'avait pas osé regarder le visage du sorcier.

Neph lui avait confié la garde du prisonnier, à lui et à lui seul. Ferl avait interdiction d'en parler aux autres soldats, il n'avait même pas le droit de voir ses camarades pendant la durée de sa mission. Le noble et lui devraient rester dans la demeure d'un marchand du quartier est. Des meisters avaient hâtivement transformé une partie de la maison en prison. S'ils avaient eux-mêmes effectué les travaux, c'était pour des raisons évidentes : l'affaire était de la plus haute importance, elle devait être réglée dans les plus brefs délais et dans le plus grand secret. Avant de partir, ils lui avaient laissé des provisions pour plusieurs mois et lui avaient intimé l'ordre de ne pas bouger de la demeure.

Cette histoire n'était pas claire. Ferl Khalius n'était pas un imbécile. Ce n'était pas par hasard qu'il était devenu le sous-chef de son unité – et même le chef tout court, maintenant qu'il était le seul survivant. Il avait parlé avec le noble et appris qu'il s'agissait du baron Kirof. Le baron déclarait ignorer les raisons de son emprisonnement, il affirmait ne rien avoir à se reprocher et jurait être fidèle à Khalidor. Il se donnait beaucoup de mal pour convaincre un simple soldat et Ferl comprit qu'il n'était pas très intelligent.

Le guerrier désobéit aux ordres et sortit de la maison sans se faire remarquer. Il apprit très vite que le baron avait prétendument été assassiné. En ce moment même, le bon duc khalidorien Tenser Vargun croupissait dans la Gueule pour le meurtre d'un noble cénarien qui était toujours vivant.

Ferl comprit qu'on l'avait berné. Il imagina mille hypothèses, mais aucune d'elles ne tournait à son avantage. Pourquoi confier cette mission à un homme sans unité ? Parce que sa mort passerait inaperçue. Le moment venu, le baron Kirof serait tué ou libéré. Si on le gardait en vie alors qu'il était censé être mort, il avait encore un rôle à jouer. Mais Ferl ? Ferl pouvait révéler les mensonges des meisters.

J'aurais dû rentrer au pays.

On lui avait proposé un poste de gardien de troupeau dans la caravane qui rapportait le butin à Khalidor. Il avait hésité. S'il avait accepté, il serait en route vers son village et son clan. Mais les guerriers chargés d'escorter le trésor étaient fouillés avec soin à la fin de leur mission et Ferl ne voulait pas perdre sa précieuse épée. Il était donc resté à Cénaria, persuadé qu'il récupérerait une petite fortune pendant le pillage de la cité.

Ben voyons, mon con !

—Je devrais te tuer, dit-il au prisonnier. Je devrais te tuer rien que pour les emmerder ! (Le noble replet pâlit un peu plus en comprenant que Ferl ne plaisantait pas.) Dis-moi, gros lard, si les vürdmeisters te proposaient de rester en vie à condition que tu mentes sur l'identité de ton ravisseur, tu accepterais ?

—Votre question est idiote ! s'exclama Kirof.

Les meisters savaient qu'il accepterait.

—T'es vraiment un brave, pas vrai, gros lard ?

— Comment ? Je ne comprends pas votre accent. Pourquoi m'appelez-vous gueulard ?

— Gros lard. Gros lard !

— Mais je ne crie pas ! Je vous assure que je parle tout à fait normalement.

Ferl passa une main à travers les barreaux et lui pinça le ventre aussi fort que possible. Kirof écarquilla les yeux, cria et essaya de se dégager, mais Ferl le maintenait contre la grille en tirant sur ses bourrelets de graisse.

— Gros lard ! Gros lard !

Il attrapa le baron par la joue avec l'autre main. Kirof se débattit, mais il était trop faible pour se libérer. Il poussa un cri plaintif.

— Gros lard ! lui hurla Ferl au visage.

Puis il le lâcha.

Le baron recula et se laissa tomber sur le lit de la cellule. Il se frotta la joue et les poignées d'amour avec des yeux pleins de larmes.

— Gros lard ? demanda-t-il d'un ton blessé.

Si Ferl avait eu une lance sous la main, il aurait commis un geste irréparable.

— Bouge ton gros cul ! On se tire d'ici !

CHAPITRE 13

Kylar se contenta de vagabonder, de bondir d'un faîtage à l'autre et de voler au-dessus du monde. Cette excursion le combla. À Cénaria, les bâtiments s'inspiraient à la fois des demeures ceuranes en papier de riz, des huttes en bambou avec des toits pentus aux tuiles en argile et des chaumières en bois. Il était rare qu'on puisse sauter de l'un à l'autre. Caernarvon se trouvait à des centaines de kilomètres de la première rizière et le climat était trop chaud pour qu'il y neige. Les demeures étaient donc surmontées d'une solide charpente en bois supportant une terrasse plate en argile. Pour une personne possédant les compétences de Kylar, c'était une véritable avenue aérienne.

Le jeune homme s'en délecta. Il se délecta de sa puissance, de la saveur de l'air nocturne et du talent secret qui lui permettait de filer à travers la nuit comme une ombre. Il n'y avait pas la moindre fausse note. Aucun habit n'épousait le corps comme la tenue de travail des pisse-culottes. Conçue par le meilleur tailleur de la pègre, maître Piccun, cette tenue accompagnait harmonieusement les mouvements et ses marbrures sombres estompaient sa silhouette. Même un individu normal était difficile à repérer lorsqu'il portait un tel vêtement.

Kylar s'immobilisa au bord d'une terrasse. Il étira son cou et fit rouler ses épaules en reculant. Sept mètres le séparaient du toit de l'entrepôt. Il expira une partie de l'air contenu dans ses poumons et s'élança en faisant crisser l'argile sous ses pieds. Il bondit, pédala dans le vide et atterrit avec une marge de sécurité de deux mètres.

Kylar poursuivit sa course vers le petit bâtiment qu'on avait construit sur la terrasse. Le sommet était trop haut pour qu'il s'y accroche en sautant. Le jeune homme profita de son élan et remonta le mur à la verticale avant de bondir. Il tendit les bras vers une poutre saillante, mais manqua sa cible. Ses doigts passèrent une quinzaine de centimètres trop bas.

Des mains fantomatiques surgirent de nulle part et saisirent la poutre. Kylar fit un rétablissement et atterrit sur la pièce de bois large de sept centimètres. Il vacilla un instant, reprit son équilibre et avança sur le toit.

Il leva les bras au ciel et poussa un cri de triomphe. Il avait réussi au troisième essai. Pas mal. Pas mal du tout. La prochaine fois, il essaierait en restant invisible. Son maître lui avait affirmé un jour qu'il aurait beaucoup à apprendre lorsque son Don se réveillerait. Kylar commençait à comprendre ce qu'il avait voulu dire. Ce soir-là, il avait utilisé son pouvoir pour sauter et, aussitôt après, pour invoquer les mains fantômes. Cet enchaînement avait exigé toute sa concentration, alors, recommencer à pleine vitesse et en étant invisible… Bah! il n'avait rien d'autre à faire, non?

Mais dans quelle intention? Pourquoi voulait-il s'entraîner?

Ces questions empoisonnèrent la saveur de l'air nocturne qui soufflait des trois fleuves. Son sentiment de liberté fut balayé comme une nappe de brouillard. Il s'entraînait pour rien. Il s'entraînait parce qu'il était incapable de rester allongé près d'Élène tandis que ses pensées, ses émotions et son désir s'affrontaient. Il songeait tour à tour à arracher les vêtements de la jeune femme, à la prendre sauvagement, à la secouer et à hurler après elle. Il était effrayé par la violence de ces émotions et par leurs débordements. Ce n'était pas ainsi qu'on faisait l'amour. Ces pensées le rendaient malade.

Il bondit au-dessus d'un vide impressionnant et survola deux amoureux qui se promenaient enlacés. Il entendit leurs questions surprises : quelque chose ne venait-il pas de passer au-dessus de leurs têtes ? Il éclata de rire et ses pensées fondirent dans la sensation enivrante de l'action, du mouvement et de la liberté.

Kylar exultait lorsqu'il approcha sans bruit de quatre coupe-jarrets qui avaient tendu une embuscade dans une ruelle et qui attendaient qu'un ivrogne vienne s'y jeter. Le jeune homme n'eut pas besoin d'employer ses pouvoirs. Il était présent, ses sens étaient aussi affûtés qu'un poignard, ses muscles étaient tendus et prêts à l'action. Si un malfrat le remarquait, Kylar invoquerait son Don pour fuir, attaquer, sauter, se baisser, se cacher… réagir. Il passa près d'un brigand qui tenait un couteau dans une main, une outre dans l'autre. Kylar était si près qu'il sentit son odeur. Il calqua sa respiration sur celle de l'inconnu pour ne pas être entendu ; il fit attention à chacun de ses pas ; il surveilla les changements de lumière tandis que la lune jouait à cache-cache avec les nuages ; il observa le visage des jeunes voyous pendant qu'ils échangeaient des plaisanteries, bavardaient et se passaient une pipe d'herbe hystérique.

— Hé ! fermez un peu vos gueules ! lança celui qui était tout près de Kylar. On chopera jamais personne si vous continuez à faire un tel raffut. Pauvres cons !

Les malfrats se turent. Celui qui venait de parler se retourna et son regard glissa sur Kylar. Celui-ci laissa presque échapper un hoquet de stupeur. Il y avait une lueur étrange dans les yeux de ce voyou, un éclat sombre et inquiétant qui lui rappelait quelque chose, mais il était incapable de dire quoi.

Un peu plus loin, un homme sortit d'une taverne en titubant. Il s'appuya contre un mur, puis se tourna et remonta la ruelle vers l'embuscade.

Qu'est-ce que je suis en train de faire?

Kylar réalisa soudain qu'il n'avait pas de plan.

Je suis fou! Il faut que je me tire d'ici.

Il n'avait pas rompu le serment qu'il avait fait à Élène – pas encore. Après tout, il n'avait jamais promis de ne plus sortir la nuit, juste de ne plus tuer.

Il devait partir. Tout de suite. Si ces hommes commençaient de frapper l'ivrogne, Kylar ne savait pas comment il réagirait – ou peut-être qu'il le savait trop bien et qu'il ne voulait surtout pas assister à une telle scène.

Le ka'kari suinta des pores de sa peau comme une huile noire aux reflets iridescents. Il couvrit sa chair et ses vêtements en une fraction de seconde, miroita et disparut.

De l'autre côté de la ruelle, un coupe-jarret fronça les sourcils et ouvrit la bouche, puis se ravisa et secoua la tête. Il avait cru voir… Non, il avait été le jouet d'une hallucination, c'était certain.

Kylar bondit à la verticale et attrapa le rebord du toit, un mètre cinquante plus haut. Il fit un rétablissement et s'enfuit. Quand il entendit un cri – n'avait-il pas été suivi par le bruit sourd d'un gourdin frappant la chair? –, il ne regarda pas en arrière.

Il s'était éloigné de quatre pâtés de maisons et se dépêchait de regagner la demeure de Tante Méa lorsqu'il aperçut une jeune fille poursuivie par trois hommes.

Que foutait-elle dehors à une heure pareille? Tout le monde savait que ce quartier était malfamé. Il fallait être idiote pour s'y promener seule, surtout quand on était une jolie blonde.

Ce ne sont pas mes affaires.

Boucle-d'Or regarda par-dessus son épaule et Kylar aperçut son visage sillonné de larmes.

Cette petite dinde émotive avait décidé de jouer les victimes jusqu'au bout. Merveilleux !

Le jeune homme s'arrêta.

Putain de merde ! Tu ne peux pas sauver le monde entier, Kylar ! Tu n'es pas vraiment l'Ange de la Nuit. Tu n'es qu'une ombre, et les ombres sont immatérielles.

Il jura de nouveau – à haute voix. Dans la ruelle, en contrebas, les quatre acteurs du petit mélodrame levèrent la tête, mais ils ne virent que le ciel nocturne, bien entendu. Ils ne remarquèrent pas la silhouette sombre qui se laissa tomber du toit pour les suivre.

Si les malfrats attrapaient la jeune fille, Kylar devrait les tuer. Il ne pourrait pas se contenter de les frapper en restant invisible. S'il les laissait en vie, ils raconteraient leur étrange aventure et, tôt ou tard, quelqu'un ferait le lien entre cette histoire et l'Ange de la Nuit. Le risque était trop grand. Non ! si ces voyous capturaient leur proie, Kylar devrait rompre sa promesse et les tuer tous. S'il ne voulait pas en arriver là, il fallait à tout prix que Boucle-d'Or leur échappe.

La jeune fille prit enfin une décision judicieuse – sans doute la première depuis la tombée de la nuit : elle se mit à courir. Les coupe-jarrets se séparèrent et se lancèrent à ses trousses. Kylar attrapa Châtiment sans la tirer de son fourreau. Il rattrapa un malfrat, calqua ses pas sur les siens et planta l'épée entre ses jambes. Déséquilibré entre deux foulées, l'homme trébucha et s'effondra lourdement. Son camarade eut à peine le temps de regarder par-dessus son épaule : il heurta le sol avec plus de force qu'il l'aurait souhaité.

Les deux larrons jurèrent, mais ce n'étaient pas des lumières. Ils se relevèrent d'un bond et se remirent en chasse sans se poser de questions. Ils ne tardèrent pas à gagner du terrain sur Boucle-d'Or. Kylar poussa le premier sur son compagnon, et les deux hommes s'affalèrent en une masse indistincte de bras et de jambes. Ils échangèrent des insultes et quelques coups, puis se relevèrent, mais la jeune fille avait disparu.

Kylar perdit la fuyarde et le dernier coupe-jarret de vue. Il sauta sur un toit et courut vers l'endroit où Boucle-d'Or avait le plus de chances de se trouver. Il abandonna son manteau d'invisibilité pour concentrer le Don sur sa vitesse. Il bondit de terrasse en terrasse et repéra enfin la fuyarde. Un pâté de maisons plus loin, dans une ruelle sombre, une unique lanterne brillait à une fenêtre. Il s'agissait probablement du logis de la malheureuse.

Kylar vit le troisième larron. L'homme arriva à une intersection et aperçut la jeune fille qui approchait par une autre rue. Il recula et se tapit dans l'ombre.

Il n'y avait pas de temps à perdre. Kylar était loin derrière eux. Il courut jusqu'au coin d'un bâtiment et bondit au-dessus de Boucle-d'Or sans qu'elle le voie. Il dégaina Châtiment avant d'atterrir dans la ruelle, juste devant le dernier larron.

Celui-ci avait tiré un couteau. Kylar observa les taches noires au fond de ses yeux. Il y lut une haine profonde et irraisonnée née d'un vague affront. Cet homme avait déjà tué et il avait l'intention d'ajouter Boucle-d'Or à la liste de ses victimes. Kylar ignorait pourquoi, mais il était sûr de ne pas se tromper. Il réalisa alors qu'il connaissait ces ténèbres avides de sang : il les avait vues dans les yeux du prince Ursuul, mais, par la suite, il s'était dit qu'il avait été le jouet d'une hallucination.

Un silence abasourdi s'installa tandis que le coupe-jarret et l'Ange de la Nuit se dévisageaient.

— Mère ? Père ? cria la jeune fille en passant dans l'autre ruelle.

L'homme attaqua et Châtiment jaillit. La lame le frappa au plexus, vida l'air de ses poumons et le plaqua contre le mur.

Un peu plus loin, une porte s'ouvrit à toute volée. Des bras saisirent Boucle-d'Or et l'entraînèrent à l'intérieur dans un concert d'excuses plaintives, de pardons et de pleurs. Kylar songea que la jeune fille s'était sans doute enfuie de la maison après une dispute insignifiante avec ses parents.

Un spasme secoua le coupe-jarret. Il essaya de respirer, mais Châtiment avait écrasé ses côtes avant de les comprimer contre son diaphragme. Il avait les jambes flasques. Kylar avait dû lui sectionner la colonne vertébrale, car seule la lame qui le clouait au mur l'empêchait de tomber.

Le malfrat était mort, mais il ne s'en était pas encore rendu compte.

Putain de merde ! Mais qu'est-ce que j'ai fait ?

Kylar dégagea Châtiment. Le coupe-jarret s'effondra et le jeune homme lui planta la lame dans le cœur d'un geste mécanique. Maintenant qu'il avait tué, il ne pouvait pas abandonner le corps dans la ruelle. Cela aurait manqué de professionnalisme et la découverte d'un cadavre aurait sûrement mis à mal les éclats du fragile bonheur qu'il entendait par la fenêtre ouverte de la petite maison. Il y avait un peu de sang sur le mur et Kylar le nettoya avec la cape du malfrat, puis il couvrit les traînées restantes de terre.

Dans la chaumière, l'atmosphère était à la joie et à la réconciliation. La mère apporta une bouilloire d'ootai et expliqua en gloussant que son mari et elle avaient craint le pire. La jeune fille leur raconta qu'elle avait été suivie. Elle s'était enfuie, terrifiée, et ses poursuivants n'avaient cessé de trébucher – elle se demandait bien pourquoi.

Kylar éprouva une pointe de fierté, puis la mièvrerie de la scène l'écœura.

Mais c'était faux. Il ne ressentait pas du dégoût, mais une profonde émotion et un grand sentiment de solitude. On ne l'avait pas invité à partager ce moment de bonheur. Il restait dehors, seul avec le cadavre. Il poussa un peu de terre de la pointe du pied pour couvrir les taches de sang dans la ruelle, puis glissa des bouts de tissu dans la blessure du mort.

— Que Dieu soit loué, dit la mère. Ton père et moi n'avons cessé de prier pour toi en attendant ton retour.

Elle parle de moi, songea Kylar en chargeant le corps sur son épaule. *Je réponds aux prières de tout le monde – sauf à celles d'Élène.*

— Pour quelle raison une personne détruirait-elle un ka'kari, Neph ? demanda le Roi-dieu en faisant les cent pas dans un salon.

— Il n'est pas rare que les gens du Sud fassent preuve d'un comportement illogique, Votre Sainteté.

— Mais ces héros qui ont prétendument détruit des ka'karis, ces Garric Ombrefuneste, Gaelan Feu du Ciel et Ferric Flammecœur, ils étaient sans doute nés avec des pouvoirs de sorcier. Ils n'avaient pas reçu un enseignement de meister, bien entendu, mais ils possédaient le Don. De tels guerriers auraient pu fusionner avec le ka'kari et ils ne l'ont pas fait ? Au moins trois d'entre eux auraient détruit des artefacts capables de décupler leur pouvoir ? Les grands hommes ne sont pas si désintéressés.

— Votre Sainteté, dit Neph, vous essayez de suivre le cheminement de pensée d'un peuple qui célèbre les vertus de la faiblesse. Ces gens privilégient la compassion à la justice, la pitié à la force. Leur philosophie est gangrenée. C'est une race de fous. Dans ces conditions, il n'est guère étonnant que leurs actes nous soient incompréhensibles. Regardez avec quelle hâte Térah Graesin court à sa perte.

Le Roi-dieu récusa cet argument d'un geste.

—Térah Graesin est une imbécile, mais les gens du Sud ne sont pas tous comme elle. Si c'était le cas, mes ancêtres auraient envahi ce pays depuis des siècles.

—Ils l'auraient sans doute fait s'il n'y avait pas eu ces incursions venant de la région des Glaces.

Garoth secoua la tête. Les meisters avaient toujours été plus puissants que les mages et ils étaient aussi plus nombreux – sans compter que leur ordre n'était pas divisé en une pléthore d'écoles éparpillées sur la moitié de Midcyru et consacrant le plus clair de leur temps à se quereller entre elles. Quant aux armées khalidoriennes, elles n'étaient peut-être pas les meilleures du monde, mais elles n'en demeuraient pas moins redoutables. Pourtant, malgré ces atouts, les ambitions des Rois-dieux avaient été déjouées à maintes reprises.

—J'ai l'impression que... l'on s'oppose à moi, dit Garoth.

—Que l'on s'oppose à vous, Votre Sainteté ?

Neph toussa et respira bruyamment.

—Peut-être que ces gens du Sud sont sincères. Peut-être croient-ils vraiment qu'il faut se montrer charitable et protéger les faibles – même si nous avons constaté *de visu* qu'ils n'appliquent pas ces principes. Pourtant, il est difficile de résister à l'appel du pouvoir, Neph. Je veux bien croire qu'un saint adepte de leur foi ait détruit un ka'kari dont il aurait pu se servir. Mais comment six ka'karis auraient-ils pu disparaître et rester cachés si longtemps ? Il aurait fallu des générations de saints, il aurait fallu que chaque nouveau gardien soit aussi vertueux que son prédécesseur. C'est inimaginable. L'un d'eux aurait fini par succomber à la tentation.

—Il *est arrivé* que les ka'karis refassent surface.

—Certes, mais c'est de plus en plus rare. La dernière apparition a eu lieu il y a cinquante ans. Quelqu'un essaie de les détruire ou, du moins, de les cacher. C'est la seule explication plausible.

— *Quelqu'un* s'efforcerait de rassembler les ka'karis depuis sept siècles? demanda Neph d'un air impassible.

—Non. Pas quelqu'un. Disons plutôt une... organisation. J'estime qu'une petite conspiration est plus crédible qu'une conjuration vieille de sept cents ans et impliquant tous les saints des terres du Sud. (Il fit une pause et approfondit l'idée.) Réfléchis un peu: Garric Ombrefuneste, Gaelan Feu du Ciel, Ferric Flammecœur... Ce ne sont pas des surnoms, mais des noms d'emprunt. Si je ne me trompe pas, ces hommes ont peut-être été les principaux acteurs de la conspiration, ses représentants.

—Et qui serait son représentant aujourd'hui?

Garoth sourit.

—Aujourd'hui, il a un nom. Ce matin, mon petit barde a chanté. Je sais qui a pénétré dans ce château avec un ka'kari et qui a tué mon fils. Il s'agissait du légendaire Durzo Blint ou de son apprenti, Kylar Stern. Blint est mort et si Kylar Stern est le représentant de cette organisation... (Garoth s'interrompit soudain.) Cela expliquerait pourquoi ces héros étaient prêts à détruire un ka'kari. Parce qu'ils avaient déjà fusionné avec l'un d'eux et ne pouvaient pas en utiliser d'autres. Ces hommes détenaient le ka'kari noir.

—Votre Sainteté, ne pensez-vous pas que cette organisation cherche à les rassembler plutôt qu'à les détruire?

Garoth réfléchit à cette hypothèse.

—C'est envisageable. Et Kylar n'a peut-être aucun lien avec tout cela.

—Dans ce cas, ces gens vont vouloir ajouter le ka'kari noir à leur collection, remarqua Neph.

— Nous l'ignorons. Nous n'apprendrons rien tant que nous n'aurons pas capturé Kylar Stern. Mon petit oiseau chanteur fera un parfait assassin. En attendant, Neph, contacte tous nos meisters et agents des terres du Sud. Ordonne-leur d'ouvrir l'œil. Qu'importe si cela me coûte ce royaume, trouve-moi Kylar Stern. Mort ou vif, cela m'est égal. Rapporte-moi ce maudit ka'kari.

CHAPITRE 14

Les premières semaines au fond du Trou du Cul de l'Enfer furent les plus éprouvantes, car Logan n'était pas encore devenu un monstre. Il avait pactisé avec le diable et avec son propre corps. Il avait mangé de la chair humaine le jour où Grincedent avait égorgé Renifle et il avait récidivé quand Fin avait assassiné Croûte. Puis le jeune homme avait tué Grand Tom pour obtenir davantage de viande et ce meurtre avait fait de lui un monstre. Ce nouveau statut le protégeait, mais Logan ne se satisfaisait pas de cette sécurité. Il ne voulait pas se contenter de survivre. Il tolérait ses pulsions primitives et sauvages, mais il refusait d'en devenir esclave.

Il ne gardait pas toute la viande qu'il récupérait. Il en donnait un peu à Lilly – pas en échange de ses faveurs, comme faisaient les autres Morpions, juste par décence. Elle lui avait prodigué des conseils pour conserver son humanité. Il partageait aussi avec les trois monstres : Tatts, Yimbo et Grincedent. Il se réservait les morceaux de choix – enfin, ceux qu'il parvenait à avaler. Un bras et une jambe ne lui posaient pas trop de problèmes, mais il était incapable de manger le cœur, le cerveau ou les yeux d'un homme, il refusait de briser les os pour sucer la moelle. Ces barrières morales étaient fragiles et il savait qu'elles finiraient par céder si la situation empirait. Il avait déjà commis des actes horribles, alors il partageait sa nourriture pour atténuer son dégoût et pour satisfaire à la noblesse de son rang.

Ce fut la première étape dans la reconquête de son humanité. Fin le tuerait dès qu'il en aurait l'occasion. Les monstres ne s'intéressaient pas à leur querelle, mais il était encore possible d'en faire des alliés. Ils ne lui seraient pas fidèles, mais le moindre avantage pouvait faire pencher la balance dans un sens ou dans un autre.

Grincedent était différent. Logan ne s'éloignait pas de lui, car il estimait peu probable que l'idiot le trahisse. Il avait vite appris l'origine de son surnom : chaque nuit, le simple d'esprit limait ses crocs effilés à grand bruit et avec une telle énergie qu'il était étonnant qu'il lui reste encore des dents.

Trois semaines après son arrivée, le jeune homme se réveilla lorsque les coups de lime de Grincedent s'interrompirent. L'idiot écoutait quelque chose dans l'obscurité. Logan tendit l'oreille, mais son ouïe ne devait pas égaler celle de son compagnon, car il s'écoula plusieurs secondes avant qu'il entende un bruit de pas.

Deux gardes khalidoriens apparurent au-dessus des barreaux et regardèrent au fond du Trou avec une expression de dégoût. Le premier soldat était l'homme que tous les prisonniers haïssaient. Comme d'habitude, il ouvrit la grille, sortit des miches de pain et entreprit de les lancer. Tout le monde savait qu'il allait les jeter dans le gouffre, mais les animaux et les monstres – Logan y compris – se levèrent et se rassemblèrent autour de l'abîme dans l'espoir d'attraper quelque chose. Ce n'était arrivé qu'une fois ou deux, mais cela suffisait à entretenir leurs espoirs.

—Regarde ça, dit le garde.

Il fendit la dernière miche, urina dessus et la lança au fond du Trou.

Logan était le plus grand et ce fut lui qui l'attrapa. Il la dévora sans prêter attention à l'odeur infecte, au liquide tiède qui coulait sur son menton et à la honte qu'il éprouvait.

Le premier garde s'esclaffa. Son camarade rit sans conviction.

Le jour suivant, le deuxième Khalidorien revint seul. Il avait apporté des miches qui n'étaient pas souillées et il en lança une à chaque prisonnier en prenant soin de ne pas croiser leur regard. Il expliqua avec un fort accent qu'il leur distribuerait du pain chaque fois qu'il serait de faction sans Gorkhy.

Cette nouvelle redonna force et courage aux Morpions. En outre, ils avaient maintenant un nom à associer à l'homme qu'ils détestaient plus que tous les autres.

Les bases de leur société se remirent en place petit à petit. La première nuit, ils étaient tellement abasourdis d'avoir du pain qu'ils ne songèrent même pas à voler celui de leurs camarades. Mais les affrontements reprirent quand ils recouvrèrent des forces. Quelques jours plus tard, Fin se battit avec Yimbo le muet et le tua. Logan observa la scène dans l'espoir de se débarrasser de Fin, mais la bagarre se termina trop vite. Avec son couteau, Fin avait un avantage déterminant.

Lorsque le Khalidorien revint leur distribuer du pain, Logan en récupéra plus que les autres pour consolider son statut, mais également ses forces. Son dernier gramme de graisse avait disparu et c'étaient maintenant ses muscles qui fondaient. Le corps du jeune homme était désormais sec et dur, mais toujours aussi grand. Logan avait besoin de sa force, mais il partageait autant de nourriture que possible avec Lilly, Grincedent et Tatts.

Deux mois après son arrivée, Logan était devenu nerveux et il se méfiait de plus en plus de Fin et de sa maudite corde en tendons qui s'allongeait sans cesse. Il dormait et se réveillait au gré des démons qu'il tenait maintenant pour responsables des mystérieux hurlements montant de l'abîme. Il ne s'agissait pas du bruit du vent, le jeune homme en était persuadé. Non, c'étaient les cris des démons ou les plaintes des malheureux qu'on jetait au fond du gouffre depuis des siècles. Une migraine lancinante s'empara de Logan et palpita en rythme avec les hurlements. Sa mâchoire était douloureuse. Il grinçait des dents pendant son sommeil.

Il recouvra alors son humanité.

—Grince, viens ici.

Le colosse le regarda sans comprendre.

Logan s'approcha et – avec beaucoup de lenteur – posa les mains sur les mâchoires de l'idiot. Si celui-ci lui arrachait un doigt, le jeune homme avait de grandes chances de développer une infection mortelle, mais cela ne l'arrêta pas. Grincedent eut l'air perplexe, mais il se laissa masser le bas du visage. Au bout de quelques instants, l'expression de l'idiot changea. Ses traits se détendirent alors que Logan avait toujours pensé que son rictus était le fait d'une difformité.

Lorsque les caresses s'interrompirent, Grincedent rugit et le saisit à bras-le-corps. Logan crut que sa dernière heure était arrivée, mais l'idiot se contenta de le serrer contre lui. Quand il le relâcha, le jeune homme comprit qu'il s'était fait un ami pour la vie, même si la vie était violente, affreuse et courte au fond du Trou. Il aurait pleuré s'il avait encore été capable de verser des larmes.

Elle devait tuer Jarl.

Vi se tenait à l'extérieur du repaire de Hu Gibbet, la tête appuyée contre le chambranle de la porte. Il lui fallait absolument entrer, voir son maître, se préparer et aller éliminer Jarl. C'était d'une simplicité enfantine. Si elle remplissait sa mission, elle ne serait plus une apprentie et elle n'aurait plus jamais à supporter Hu Gibbet. Le Roi-dieu avait même promis qu'elle pourrait le tuer si elle en avait envie.

Au cours de l'année qu'elle avait passée chez Mamma K pour apprendre le métier de prostituée, Vi n'avait pas eu d'autre ami que Jarl. Celui-ci avait fait tout son possible pour l'aider, surtout pendant les premières semaines, quand elle ne savait rien faire. La beauté du garçon, ses traits ladéshiens si exotiques, son sens de la repartie, son intelligence et sa gentillesse lui valaient l'affection de tous et pas seulement des nombreux hommes et femmes qui attendaient devant sa porte pour profiter de ses services – une file d'attente imaginaire, bien sûr, car Mamma K n'aurait jamais toléré une telle vulgarité au *Sanglier Bleu*. Pourtant, Vi avait toujours eu l'impression de partager une relation particulière avec lui.

La pisse-culotte mit un terme à ses réflexions. Elle avait un travail à accomplir. Elle examina la porte de nouveau, chercha d'éventuels pièges et n'en trouva pas. Son maître devenait imprudent quand il était en galante compagnie. Elle poussa le battant avec lenteur, resta sur le côté et glissa ses mains ouvertes par l'entrebâillement. Lorsque Hu avait abusé des champignons, il lui arrivait de frapper d'abord et de réfléchir ensuite. Personne n'attaqua et la jeune femme entra.

Hu était assis sur une chaise à bascule dans un coin du salon en désordre. Il avait la poitrine nue et les yeux clos. Son siège était immobile, mais le pisse-culotte ne dormait pas. Vi connaissait trop bien les habitudes de son maître, elle savait comment il respirait lorsqu'il était assoupi. Hu tenait des aiguilles à tricoter et un bonnet de bébé tout blanc qui n'était pas encore terminé.

Un bonnet de bébé maintenant! Quel taré!

Vi fit semblant de le croire endormi et jeta un coup d'œil dans la chambre. Deux femmes étaient étendues sur le lit. Elle les ignora et entreprit de rassembler ses affaires.

Elle n'aurait aucun mal à trouver Jarl. Il lui suffirait de lui faire savoir qu'elle souhaitait le rencontrer. Il la recevrait avec plaisir. Ses gardes du corps vérifieraient qu'elle n'était pas armée, mais, au bout d'un moment, ils relâcheraient leur surveillance ou Jarl leur donnerait congé. Elle était capable de le tuer à mains nues. Certes, mais le problème consistait plutôt à trouver un moyen de ne pas le tuer.

Il était hors de question qu'elle l'assassine. Que Garoth Ursuul aille se faire foutre ! Mais si elle voulait obtenir son pardon, elle devait faire quelque chose qui le satisferait davantage que la mort de Jarl.

Vi déverrouilla un large meuble et ouvrit le tiroir contenant sa collection de perruques – les meilleures qui soient. Elle était devenue experte dans l'art de les entretenir, de les coiffer, de les enfiler et de les fixer en un instant pour qu'elles tiennent en place malgré les exigences de son métier. Elle éprouvait un sentiment de sécurité en sentant ses cheveux rassemblés en queue-de-cheval et tirés en arrière – parfois au point de lui donner la migraine – sous une perruque. Au cours de son séjour chez Mamma K, on lui avait présenté un courtisan possédant le Don. Il lui avait affirmé qu'il pouvait lui apprendre à changer de coiffure et de couleur de cheveux grâce à son pouvoir, mais la proposition n'avait pas intéressé la jeune femme. Elle donnait son corps – ou Hu le prenait –, mais ses cheveux étaient un trésor qui n'appartenait qu'à elle. Elle n'était pas à l'aise quand des hommes caressaient sa perruque, mais elle était capable de le supporter. Quand elle se prostituait, elle en portait une en guise de déguisement modeste – les rousses incendiaires étaient plutôt rares en dehors de Ceura. Mais lorsqu'elle remplissait un contrat, elle rassemblait encore ses cheveux en queue-de-cheval. C'était une coiffure logique et efficace, tout comme Vi. Elle ne libérait sa chevelure que quelques minutes par jour, avant de se coucher, et seulement si elle était seule et en sécurité.

Elle choisit une perruque aux cheveux lisses et courts, puis une seconde, aux cheveux noirs, longs et ondulés. Elle prit les pots de crème pour se teindre les sourcils et les produits de maquillage pour assombrir son teint, puis alla préparer ses armes.

Elle fermait ses sacoches de selle quand une main se referma sur un de ses seins et le serra avec méchanceté. Vi laissa échapper un hoquet de surprise et de douleur – un signe de faiblesse qu'elle se reprocha aussitôt avec colère. Hu pressa son corps contre celui de la jeune femme et gloussa à son oreille.

— Salut, beauté. Où étais-tu ? demanda-t-il tandis que ses mains glissaient sur les hanches de son apprentie.

— Je travaillais, vous ne vous en souvenez pas ? répondit-elle en se tournant tant bien que mal.

Il la laissait faire et elle comprit qu'il était encore sous l'emprise des champignons.

Le pisse-culotte se lova contre elle. Pendant un instant, la répulsion et la haine de la jeune femme se rebellèrent contre sa passivité habituelle, mais elles finirent par rendre les armes. Vi laissa Hu lui pencher la tête sur le côté pour qu'il puisse se blottir contre son cou. Il l'embrassa avec tendresse, puis s'interrompit.

— Tu ne portes pas le parfum que j'aime.

La voix du pisse-culotte était encore caressante, mais elle trahissait une pointe de surprise : comment la jeune femme pouvait-elle être assez idiote pour oublier les désirs de son maître ?

Vi le connaissait assez bien pour savoir qu'il était prêt à basculer dans la violence.

— Je travaillais. Pour le Roi-dieu.

Il n'y avait pas la moindre trace de crainte dans sa voix. Montrer sa peur à Hu Gibbet, c'était jeter un morceau de viande fraîche à une meute de chiens sauvages.

— Oooh ! lâcha le pisse-culotte.

Il redevint câlin. Ses pupilles étaient dilatées.

— J'ai organisé une petite fête. (Il fit un geste en direction du lit.) J'ai eu une comtesse et une… Merde ! je me rappelle pas, mais l'autre est une sacrée affaire. Tu veux pas te joindre à nous ?

— Qu'est-ce que vous fêtez ?

— Durzo !

Hu lâcha soudain son apprentie et se mit à danser en décrivant de petits cercles. Il attrapa un champignon sur la table et le fourra dans sa bouche. Il essaya d'en prendre un autre, mais ses doigts se refermèrent dans le vide.

— Durzo Blint est mort !

Il s'esclaffa.

Vi récupéra le champignon qui avait échappé à son maître.

— Vraiment ? C'est ce qu'on raconte, mais est-ce que vous en avez eu la preuve ?

Hu avait toujours détesté Durzo Blint. Les noms des deux pisse-culottes étaient souvent prononcés de pair dans la cité, mais celui de Blint venait généralement en premier. Hu avait tué des hommes qui avaient osé dire que Durzo était le meilleur, mais il ne s'en était jamais pris directement à son rival. Vi avait deviné pourquoi : Hu avait toujours su qu'il n'était pas de taille.

— Mamma K était son amie. Elle ne croyait pas à sa mort, alors elle a envoyé quelqu'un à l'endroit où il est enterré. C'est sûr et certain ! Il est mort, mort, mort !

Hu éclata de rire et attrapa le champignon que Vi tenait. Puis il cessa de danser.

— Mais c'est pas le cas de son apprenti – le contrat que t'as foiré. (Il saisit une flasque contenant une boisson à base de pavot et la porta à ses lèvres.) J'avais l'intention de le tuer, tu sais, rien que pour faire chier le fantôme de Blint. J'ai dépensé une centaine de gunders en pots-de-vin et j'ai appris qu'il avait quitté la cité. Ouah! (Il vacilla.) C'est pas un imbécile, lui. Aide-moi à m'asseoir.

Vi sentit sa poitrine se contracter. Elle venait de trouver la solution. Kylar Stern était l'Ange de la Nuit et il avait tué le prince Ursuul. Sa mort comblerait le Roi-dieu et il pardonnerait la désobéissance de la jeune femme. Vi attrapa Hu par le bras et le guida jusqu'à sa chaise. Elle s'assura qu'il ne se blesse pas sur le bonnet de bébé garni de lames de rasoir.

— Où est-il, maître? Où est-il allé?

— Tu sais, tu ne viens pas assez souvent. Après tout ce que j'ai fait pour toi, espèce de salope! cracha-t-il d'un air mauvais

Il attira Vi sur ses genoux avec brutalité. Il allait s'effondrer quelques minutes plus tard, mais, en attendant, il restait très dangereux. Ses gestes étaient affaiblis par la drogue et cela l'agaçait. S'il invoquait soudain son Don pour compenser son manque de vigueur, il risquait de blesser ou de tuer la jeune femme sans même s'en rendre compte. Vi se laissa donc tomber entre ses bras sans résister et demeura passive. Hu ne prêta attention qu'à son corps. Il essaya de la caresser, mais sa main se prit dans les plis de la tunique.

— Où est l'apprenti de Blint, maître? demanda Vi. Où est-il allé?

— Il est parti à Caernarvon. Il a abandonné la voie des ombres. Et qui est le meilleur, maintenant? hein?

— C'est vous, dit Vi en se levant d'un mouvement fluide. Vous l'avez toujours été.

— Viridiana!

Vi se figea. Hu ne l'appelait jamais par son prénom entier. Elle se retourna avec angoisse. Avait-il absorbé des champignons sans danger ? La fiole de vin de pavot ne contenait-elle que de l'eau ? Ce n'aurait pas été la première fois qu'il simulait les effets de la drogue pour s'assurer de sa loyauté. Pourtant, il était toujours affalé sur la chaise et ses paupières étaient à demi fermées.

— Je t'aime, bafouilla Hu. Ces putes n'ont aucun…

Il ne termina pas sa phrase. Il respirait comme il le faisait toujours lorsqu'il dormait.

Vi ressentit une furieuse envie de prendre un bain. Elle attrapa ses sacoches de selle et son épée, puis s'immobilisa.

Hu était inconscient, elle en était certaine. La jeune femme n'avait besoin que d'une seconde pour tirer son arme et la lui planter dans le cœur. Il méritait cent fois la mort. Il méritait cent fois pis. Les doigts de Vi se refermèrent autour de la poignée de son épée et elle dégaina avec lenteur et sans un bruit. Elle se tourna et observa son maître en se remémorant mille humiliations qu'il lui avait fait subir, mille avilissements pour la briser. Elle faillit suffoquer.

Elle pivota sur les talons, rengaina et jeta les sacoches de selle sur son épaule. Elle atteignit la porte, s'arrêta, puis retourna à la chambre. Les deux femmes s'étaient réveillées. Le regard de la première était parfaitement vide ; la seconde avait les dents en avant et une poitrine généreuse.

— Hu s'ennuie vite, dit Vi. Chaque jour passé avec lui, c'est jouer à pile ou face avec la Mort. Si vous voulez partir, c'est le moment : il dort.

— Tu es juste jalouse, cracha la femme aux dents en avant. Tu voudrais le garder pour toi toute seule.

— L'espoir fait vivre, lâcha Vi avant de sortir.

Chapitre 15

— Le Sa'kagué est-il en guerre, oui ou non ? demanda Brant Agon.

Jarl s'agita sur son siège et Mamma K resta silencieuse. Elle laissait son protégé se débrouiller tant qu'il était capable de se tirer d'affaire.

Une chose était sûre : le refuge ressemblait désormais à une salle d'état-major. Brant avait apporté des cartes ; il rassemblait des informations sur les forces khalidoriennes ; il notait l'endroit où chaque unité était stationnée ainsi que la position des centres de distribution de nourriture et de matériel ; il établissait un organigramme de la chaîne de commandement ennemie ; il recoupait les renseignements avec ceux des informateurs du Sa'kagué en tenant compte de la crédibilité et des sources desdits informateurs.

— Il est plus difficile de répondre à cette question que…, commença Jarl.

— Non ! répliqua Brant. C'est faux.

— J'ai l'impression que nous sommes plus ou moins en guerre…

— Vous avez *l'impression* ? Vous êtes un chef ou un poète ? Cessez un peu de jouer les chochottes !

— Les chochottes ? répéta Jarl. Qu'est-ce que vous entendez par là ?

Mamma K se leva et les deux hommes réagirent de conserve :

— Reste assise!

— Restez assise!

Brant et Jarl échangèrent un air mauvais. Mamma K renifla avec mépris et se réinstalla dans son fauteuil.

— J'attends une réponse, déclara Jarl au bout d'un certain temps.

— Vous avez une queue ou vous vous contentez de les sucer? demanda Brant.

— Pourquoi? Je vous plais?

— Mauvaise réplique! (Brant secoua la tête.) Un bon chef ne donne pas dans le sarcasme…

Jarl lui assena un coup de poing au visage et le général s'effondra. Le jeune homme s'approcha et tira son épée.

— C'est de cette manière que je commande, Brant. Mes ennemis me sous-estiment et j'en profite pour les frapper au moment où ils s'y attendent le moins. J'écoute vos conseils, mais vous êtes sous mes ordres. La prochaine fois que vous faites une remarque à propos de queues, je vous fais bouffer la vôtre. (Le visage de Jarl était calme, mais il guida la pointe de son épée entre les jambes de Brant.) Ce n'est pas une menace en l'air.

Brant récupéra sa béquille, se leva avec l'aide de Jarl et brossa ses vêtements neufs.

— Eh bien! nous venons de vivre un moment riche d'enseignements. Je suis ému. Je pense que je vais en faire un poème. Et votre réponse?

Le jeune homme faillit réagir en entendant la remarque sur le poème, mais il vit Mamma K esquisser une petite moue: il s'agissait d'une plaisanterie.

C'est donc ça, l'humour militaire.

Jarl secoua la tête. Il allait lui falloir tout son courage pour supporter ce genre de blagues.

Dieux! cet homme était un véritable bouledogue.

— Nous sommes en guerre, dit Jarl en éprouvant un désagréable sentiment de défaite.

— Est-ce que vous contrôlez le Sa'kagué ? Parce que j'ai de gros problèmes de hiérarchie – enfin, *vous* avez de gros problèmes.

— Je suis loin de le contrôler aussi bien que je le souhaiterais, répondit Jarl. Les Khalidoriens ont renforcé les liens entre nos membres, mais les revenus sont en baisse très nette et la chaîne de commandement se désagrège. Les subalternes ne font plus de rapports à leurs supérieurs, ce genre de choses. Les gens pensent que l'occupation va bientôt s'assouplir. Ils veulent que les affaires reprennent comme avant.

— On ne peut pas le leur reprocher. Qu'est-ce que vous avez prévu de faire contre les Khalidoriens ?

Jarl fronça les sourcils. Il n'avait rien prévu du tout et la remarque de Brant le faisait apparaître comme le roi des imbéciles.

— Nous... enfin, j'avais l'intention de les observer pendant un moment. Je voulais en apprendre davantage sur eux, puis les combattre par tous les moyens que j'aurais jugés nécessaires.

— Vous croyez que c'est une bonne idée de laisser vos ennemis préparer une attaque contre vous et d'attendre d'être en position de faiblesse pour réagir ?

— Votre remarque ressemble davantage à un coup de pied aux fesses rhétorique qu'à une question, général.

— Merci, répondit Brant.

Mamma K retint un sourire.

— Que proposez-vous ? demanda Jarl.

— Gwinvere dirigeait le Sa'kagué sans que personne le sache, en se servant de doublures, n'est-ce pas ? (Jarl hocha la tête.) Qui se fait passer pour le Shinga depuis l'invasion khalidorienne ?

Jarl grimaça.

— Je… euh… Je n'ai pas vraiment choisi de remplaçant.

— Pas vraiment ?

Brant haussa un sourcil grisonnant et broussailleux.

— Brant, intervint Mamma K. Ne sois pas si brutal.

Le vieux militaire ajusta l'écharpe qui soutenait son bras blessé et grimaça.

— Considérez la situation du point de vue de la rue, Jarl. Depuis plus d'un mois, vos hommes n'ont plus de chef. Il n'y a personne à leur tête, pas même un incapable. Le petit gouvernement mis en place par Gwinvere aide les habitants du Dédale et, pour le moment, tout va bien de ce côté-là. Mais vos voyous – pardon, vos hommes – se retrouvent dans le même bateau que les autres Lapins, alors pourquoi continueraient-ils à payer les taxes ? Gwinvere a pu devenir un Shinga fantôme parce qu'elle n'a jamais affronté une telle crise. C'est la guerre. Vous avez besoin d'une armée. Une armée a besoin d'un chef. Vous devez devenir ce chef, mais vous ne pouvez pas le faire en restant dans l'ombre.

— Si je révèle mon identité, les Khalidoriens m'élimineront.

— Ils essaieront. Et ils réussiront si vous ne parvenez pas à réunir un noyau de personnes compétentes et dévouées. Des gens prêts à tuer et à mourir pour vous.

— Nous ne disposons pas de soldats de bonne famille élevés dans le culte de la loyauté, du courage et du devoir, dit Jarl. Nos membres sont des voleurs, des prostituées, des gens qui ne pensent qu'à eux et qu'à leur survie.

— Et ils ne changeront pas. (Mamma K avait parlé si bas que Jarl l'avait à peine entendue.) Sauf si tu prends conscience de leur potentiel et que tu le leur fais découvrir.

— Quand j'étais général, mes meilleurs soldats venaient du Dédale, dit Brant. Ils devenaient les meilleurs parce qu'ils avaient tout à gagner et rien à perdre.

— Que proposez-vous exactement ? demanda Jarl.

— Je propose que vous changiez de métier, répondit Brant. Faites rêver vos escrocs. Débrouillez-vous pour qu'ils aspirent à une vie plus agréable, à une profession honorable pour leurs enfants et à une chance de devenir des héros. Quand vous y serez parvenu, vous aurez votre armée.

Le cœur de Jarl martelait sa poitrine et son cerveau était en ébullition. Le projet était audacieux et ne manquait pas de panache. C'était l'occasion d'utiliser son pouvoir pour changer les choses au lieu de protéger les structures en place. Les prémices d'un plan se dessinaient dans sa tête. Le jeune homme cherchait quelles personnes il placerait à quel poste. Des fragments de discours s'assemblaient. Oh! comme c'était tentant! Brant ne lui demandait pas seulement de faire rêver les escrocs des rues, il offrait aussi à leur chef un nouvel espoir. Jarl pouvait devenir un Shinga différent. Un Shinga chevaleresque et vénéré. S'il réussissait, il pouvait même espérer une reconnaissance officielle. Il recevrait des terres de la part de la famille noble qu'il placerait à la tête du pays. Dieux! comme c'était tentant.

Mais pour cela, il devait révéler son identité et s'investir. Aux yeux de tous, il n'était qu'un prostitué qui s'était retiré des affaires. Seules une dizaine de personnes savaient qu'il était le Shinga de Cénaria. Il lui suffisait de cesser toute communication avec elles pour disparaître. S'il ne tentait rien, sa sécurité était assurée.

— Jarl, dit Mamma K d'une voix douce. Ce n'est pas parce que c'est un rêve que c'est un mensonge.

Le jeune homme se demanda jusqu'à quel point Mamma K et Brant Agon pouvaient lire en lui. Son regard passa de l'un à l'autre. La courtisane était probablement capable de deviner la moindre de ses pensées. C'était effrayant. Il n'avait pas remarqué son silence, il n'avait pas réalisé ce qui se préparait. Pourtant, il ne lui en voulait pas : elle lui avait témoigné davantage de patience qu'il en méritait.

Changer de métier.

Élène avait dit qu'elle n'imaginait pas Cénaria sans l'influence corruptrice du Sa'kagué, mais Jarl en était capable, lui. Ce serait une cité où naître sur la rive ouest ne serait pas forcément synonyme de désespoir, d'exploitation, de service obligatoire dans les guildes, de pauvreté et de mort. Jarl avait eu de la chance de travailler pour Mamma K. Dans le Dédale, les emplois honnêtes étaient rares et ils n'étaient jamais destinés aux orphelins. Le Sa'kagué se nourrissait du renouvellement constant des miséreux, des prostituées et des voleurs qui abandonnaient leurs enfants comme ils avaient eux-mêmes été abandonnés. Était-il possible de briser ce cercle infernal ? Était-ce possible ?

Ce n'est pas parce que c'est un rêve que c'est un mensonge.

On lui proposait de faire naître l'espoir dans le Dédale.

— Très bien, dit-il. Mais à une condition, Brant : si quelqu'un – n'importe qui – me tue, je veux que vous écriviez un poème pour mes funérailles.

— D'accord, répondit le général avec un petit sourire. N'ayez crainte, je vous garantis qu'il sera très émouvant.

CHAPITRE 16

Kylar s'assit au bord du lit et observa Élène dans l'obscurité. Elle faisait partie de ces gens incapables de veiller tard malgré leurs efforts. À la vue de sa silhouette endormie, un sentiment presque insupportable de tendresse et de souffrance l'envahit. Elle avait promis de ne plus lui demander de vendre Châtiment et elle avait tenu parole, ce qui n'était guère étonnant de sa part. Elle n'y avait pas fait la moindre allusion.

Il l'aimait, mais il n'était pas digne d'elle.

Il avait toujours cru qu'on finissait par ressembler aux gens qu'on fréquentait, mais il aimait Élène pour tout ce qu'il n'avait pas : sa franchise, sa pureté, sa compassion. Elle n'était que sourires et rayons de soleil, il était une créature de la nuit. Il voulait devenir un homme respectable et il faisait de son mieux pour y arriver, mais certaines personnes naissaient peut-être meilleures que d'autres.

Après le sauvetage de Boucle-d'Or, Kylar s'était juré de ne plus tuer. Il continuerait de s'entraîner pour rien et de parfaire des talents qu'il avait promis de ne plus utiliser, mais il ne tuerait plus. L'entraînement n'était qu'un pâle reflet d'un véritable combat, mais il s'en contenterait.

Sa résolution avait duré six jours. Lors d'une promenade sur les quais, il avait aperçu un pirate qui rouait un mousse de coups. Kylar s'était approché pour les séparer, mais les yeux du marin réclamaient du sang. Châtiment avait exaucé son souhait. La nuit suivante, il s'était entraîné à se cacher près d'une taverne du centre-ville. Il avait évité tous les endroits susceptibles de le mettre en contact avec des souteneurs, des voleurs, des violeurs ou des assassins. Un homme était passé dans la rue. C'était le chef d'un gang d'enfants qui vidaient les poches pour son compte, un tyran qui se faisait obéir à grand renfort de coups. Châtiment lui avait traversé le cœur avant même que Kylar ait le temps de retenir son bras. La huitième nuit, il s'était rendu dans un quartier chic en espérant qu'il n'y rencontrerait pas de criminels. Il avait entendu un cri de femme et vu un noble qui rossait sa maîtresse. L'Ange de la Nuit s'était approché dans son manteau d'invisibilité et avait cassé les deux bras de la brute.

Kylar avait posé Châtiment sur ses genoux. Il regardait Élène. Chaque jour, il se promettait de ne plus tuer. Il avait résisté pendant six nuits, mais il savait que la chance l'avait aidé à tenir si longtemps. Le plus terrible était qu'il n'éprouvait aucune culpabilité pour les assassinats qu'il avait commis à Caernarvon. Il avait eu la nausée chaque fois qu'il avait exécuté un contrat pour le compte de Durzo, mais ces derniers meurtres le laissaient froid. Il regrettait seulement de mentir à Élène.

Devenait-il comme Hu Gibbet? Avait-il désormais *besoin* de tuer? Se transformait-il en monstre?

Chaque jour, il travaillait en compagnie de Tante Méa. Durzo était avare de compliments et le jeune homme n'avait donc jamais réalisé tout ce qu'il avait appris sous sa tutelle. Mais au fur et à mesure qu'il cataloguait les herbes, qu'il refaisait des paquets pour qu'elles se périment moins vite, qu'il jetait celles qui avaient perdu leurs vertus curatives et qu'il en étiquetait d'autres en indiquant la date et leur origine, Kylar prit conscience de l'étendue de ses connaissances. Il était loin d'avoir atteint le niveau de Durzo, mais son maître avait eu plusieurs siècles pour se perfectionner.

Kylar devait se montrer prudent, car Tante Méa employait de nombreuses plantes qu'il avait déjà utilisées pour fabriquer du poison. Un jour, elle rangea des racines de feuilles-d'argent en déclarant qu'elles étaient trop dangereuses et qu'il fallait les jeter. Sans réfléchir, Kylar dessina un tableau indiquant les doses mortelles des feuilles, des racines et des graines sous diverses formes – teinture, poudre, pâte ou infusion. Il précisa les données en fonction du poids, du sexe et de l'âge du... Il faillit écrire « cadavreux », mais se ravisa au dernier moment et remplaça le terme par « patient ». Quand il eut terminé, il leva les yeux et s'aperçut que Tante Méa le regardait fixement.

— Je n'ai jamais vu un tableau si détaillé, dit-elle. C'est... très impressionnant, Kylar.

Par la suite, le jeune homme resta sur ses gardes, mais il rencontrait toujours les mêmes problèmes. Au cours de sa carrière, Durzo avait fait des milliers d'expériences avec toutes sortes de plantes. Lorsqu'il acceptait un contrat sans date limite, il essayait cinq ou six préparations sur la victime. Kylar comprit que son maître avait sans doute été le meilleur herboriste de tous les temps. Par malheur, le travail de Durzo consistait à éliminer des personnes en excellente santé et certaines recettes pouvaient se révéler embarrassantes pour son apprenti.

Un jour, un homme au bord du désespoir se présenta dans la boutique. Son maître était mourant et quatre médecins n'étaient pas parvenus à le guérir. Tante Méa était avant tout une sage-femme et le serviteur venait la voir en dernier recours. Elle était absente et Kylar était trop mal à l'aise pour rendre visite au malade. Il posa des questions au domestique et prépara une potion. Il apprit plus tard que l'homme s'était rétabli et il ressentit une étrange satisfaction. Il avait sauvé une vie. C'était donc si facile ?

Kylar éprouvait une certaine gêne à profiter de la générosité de Tante Méa. En dépit d'un talent indéniable pour les relations humaines, la sage-femme avait un sens de l'organisation déplorable et Kylar avait passé plusieurs semaines à ranger sa boutique. Pourtant, ses efforts n'avaient pas rapporté le moindre argent. Élène avait trouvé un emploi de servante, mais son salaire couvrait à peine les frais de bouche. Braen affichait une mine de plus en plus revêche et maudissait tout bas les parasites. Kylar le comprenait.

Le jeune homme caressa Châtiment du bout des doigts. Chaque fois qu'il accrochait l'épée dans son dos, il se transformait en juge et en bourreau. L'arme était devenue le symbole de son parjure.

Mais pas ce soir-là. Kylar la rangea dans son coffre, puis invoqua son Don et bondit par la fenêtre. Il sauta de toit en toit jusqu'à la chaumière de Boucle-d'Or et fit le vide dans sa tête. Il s'inquiétait tout au long de la journée, mais il avait l'intention de profiter de ses nuits.

Toute la famille était présente et dormait dans la seule pièce de la masure. Kylar se préparait à partir quand quelque chose retint son attention. La fille et le père étaient assoupis, mais les lèvres de la mère bougeaient. Kylar crut d'abord qu'elle marmonnait en rêvant, mais la femme ouvrit les yeux et se leva.

Elle n'alluma pas de chandelle. Elle jeta un bref regard par la fenêtre étroite derrière laquelle Kylar l'épiait, invisible. Elle semblait avoir peur, si peur que le jeune homme vérifia par deux fois que personne ne pouvait le voir. Mais ce n'était pas lui que cette femme regardait. Ses yeux le traversaient pour se fixer sur la ruelle déserte. Elle frissonna et alla s'agenouiller près du lit.

Elle priait ! Putain de merde ! Kylar ressentit un mélange de gêne et de colère en assistant à un acte si intime. Il aurait été incapable d'expliquer pourquoi. Il lâcha un juron silencieux et se retourna pour partir.

Il remarqua alors que trois hommes armés descendaient la ruelle. Deux d'entre eux avaient fait partie des poursuivants de Boucle-d'Or quelques nuits auparavant.

— Je vous dis que c'est une sorcière! souffla un des voyous à celui que Kylar ne connaissait pas.

— C'est vrai, Shinga! Je vous le jure! renchérit l'autre.

Impossible! Le Shinga de Caernarvon se déplaçait en personne pour vérifier les dires de quelques malfrats qui affirmaient avoir rencontré une sorcière? Une sorcière! Pourquoi une sorcière aurait-elle fait trébucher ses poursuivants alors qu'elle pouvait les tuer?

Kylar entendit un bruit dans la chaumière et tourna la tête vers la fenêtre. La femme avait réveillé son mari et ils priaient maintenant tous les deux. C'était étrange: de leur lit, il était pourtant impossible de voir les malfrats du Sa'kagué. La mère de Boucle-d'Or possédait-elle un certain Don?

Ils priaient pour qu'on les protège. Kylar esquissa un sourire méprisant. Une petite voix lui souffla de partir. Que Dieu résolve ses problèmes tout seul! Kylar parvint à tourner le dos à la fenêtre, mais ne trouva pas la force de s'éloigner.

— Barush, murmura un malfrat au Shinga. Qu'est-ce qu'on fait?

Le troisième homme lui administra une gifle.

— Désolé! désolé! couina le voyou. Shinga Sniggle, qu'est-ce qu'on fait?

— On les tue!

Par tous les dieux! c'était incroyable. Le Sa'kagué de cette ville n'était qu'un ramassis de bouffons. C'était si ridicule que Kylar eut envie de rire. Pourtant, la situation n'avait rien de drôle. Le Shinga giflait ses hommes pour se faire respecter? À Cénaria, les criminels endurcis avaient tremblé en apercevant l'ombre d'un soupçon dans le regard de Pon Dradin – et celui-ci n'avait été qu'une doublure.

Une vague de dégoût submergea le jeune homme. Des incapables !

Mais les envies de meurtre étaient à la portée des pires imbéciles, les pisse-culottes étaient bien placés pour le savoir.

Pouvait-on imaginer un dilemme plus amusant ? Kylar était le meilleur assassin du monde et il était prêt à frapper. Il était capable de tuer ces trois voyous sans leur laisser le temps de réagir, mais… il était dans l'impossibilité de leur faire le moindre mal. La lie de la pègre allait assassiner une famille sous ses yeux et il avait les mains liées. C'était à mourir de rire !

Les trois hommes n'étaient plus qu'à une trentaine de mètres.

—Et si… Et si elle fait encore des trucs de sorcière, Shinga ?

Ces minables n'avaient aucun plan, bien entendu. Seul un professionnel se donnait la peine de réfléchir à l'avance.

Barush Sniggle grogna en approchant de l'entrée de la masure.

—J'ai pas peur de ces conneries !

Kylar observa les yeux de l'homme et sa main glissa dans son dos. Châtiment avait disparu ! La surprise lui fit oublier son envie de tuer pendant un instant. Il avait promis. Putain de merde ! il avait promis ! Il devait y avoir une autre solution que le meurtre. Ce soir, il y aurait une autre solution.

Kylar se matérialisa devant le Shinga – enfin, certaines parties. Il laissa un peu de lumière filtrer du manteau d'invisibilité du ka'kari et apparut dans une transparence éthérée. La courbe d'un biceps noir et iridescent comme une nappe d'huile se dessinait et s'effaçait avec lenteur. Puis ce fut le tour de larges épaules, d'un torse en V, des reliefs de pectoraux puissants. Kylar agrandissait les formes pour rendre le spectacle plus impressionnant. Des fragments de corps palpitaient entre réalité et néant comme des fantômes.

Barush Sniggle s'immobilisa et Kylar décida de frapper un grand coup : le ka'kari se solidifia à hauteur de ses yeux et les fit briller comme des bijoux noirs et métalliques suspendus dans les airs. Puis le jeune homme fit apparaître un masque de ténèbres aux reflets d'acier chatoyants. Il reproduisait ses traits dans les moindres détails et affichait une expression terrible. C'était le visage même du Jugement, l'incarnation du châtiment. Kylar distingua quelque chose dans les yeux du Shinga : haine-envie-avidité-meurtre-trahison. Le masque noir et brillant se fit plus féroce encore. Le jeune homme s'enfonça les ongles dans les paumes pour résister à l'envie de tuer Barush Sniggle.

Le Shinga laissa tomber son gourdin et resta pétrifié. Kylar n'en fut pas surpris : il savait ce que cet homme voyait parce que… Eh bien ! parce qu'il s'était entraîné à ce petit numéro devant un miroir.

Il prit la parole d'une voix aussi douce qu'une patte de chat effleurant un drap de soie.

— Cette famille est sous ma protection.

Il leva la main gauche et la plia. Le ka'kari sortit de son poignet avec un sifflement et se matérialisa sous la forme d'une dague de poing. Une flamme bleu clair apparut dans les yeux du jeune homme – une illusion totalement gratuite, car elle gênait sa vision nocturne et provoquait une sensation désagréable. Mais le résultat en valait la peine.

Barush Sniggle se mit à trembler de peur. Sa bouche béa et Kylar remarqua qu'une tache grandissait entre les jambes de son pantalon tandis qu'une flaque se formait à ses pieds.

— Fuyez ! dit le jeune homme en faisant apparaître une boule de feu bleuté au fond de sa gorge.

Et voilà ! je vais avoir l'impression de manger du carton pendant une semaine !

Les malfrats se retournèrent et s'enfuirent à toutes jambes en abandonnant leurs armes. Kylar n'en tira aucune satisfaction. Au moment même où il pensait avoir atteint le fond, il démontrait avec brio qu'il pouvait encore sombrer plus profondément. Que Blint lui avait-il dit une dizaine d'années plus tôt ? « Une menace est une promesse, mon garçon. Dans la rue, tu peux mentir autant que tu veux, mais respecte toujours les menaces que tu lances. Une menace en l'air, c'est déjà une défaite. »

Au bord de la nausée, Kylar jeta un coup d'œil à l'intérieur de la masure. Le couple était toujours à genoux. Ils n'avaient rien vu, rien entendu. Pourtant, lorsque Kylar regarda plus attentivement, il vit que la femme serrait la main de son mari.

— Tout ira bien pour nous, dit-elle à haute voix. J'en suis certaine. Je me sens mieux maintenant.

Je suis content pour toi, songea Kylar. *Parce que en ce qui me concerne…*

— Il n'y a pas si longtemps, lança Jarl, vous étiez encore des épouses, des mères, des potiers, des brasseurs, des couturières, des capitaines de navire, des souffleurs de verre, des importateurs ou des agents de change.

C'était son sixième discours, mais ce n'était pas plus facile pour autant. Il regarda les filles à louer et les cogneurs du *Dragon Peureux* qui s'étaient rassemblés devant lui avant d'aller travailler. Leurs visages exprimaient un certain malaise. Les femmes n'étaient pas devenues des prostituées par choix et la plupart n'aimaient pas qu'on leur rappelle qu'elles avaient eu une autre vie. C'était trop dur.

— Il n'y a pas si longtemps, poursuivit Jarl, j'étais un penche-toi-là.

Certaines personnes haussèrent les sourcils en entendant cet aveu, mais Jarl songea que personne ne devait déjà être au courant. Il avait choisi ce terme insultant à dessein, pour montrer que son passé n'avait pas de prise sur lui. Dans le monde de la prostitution, les hommes qui vendaient leur corps étaient des êtres de seconde zone. Les filles les adoraient peut-être, mais les clients les méprisaient. Une putain était certes une putain, mais elle n'en demeurait pas moins une femme. Un penche-toi-là, lui, n'était plus un homme. Personne ne s'attendait que le nouveau Shinga avoue qu'il avait exercé cette profession et encore moins qu'il le proclame haut et fort.

— Il n'y a pas si longtemps, les occupations principales du Sa'kagué consistaient à faire de la contrebande d'herbe hystérique, de tabac et d'alcool.

Depuis l'invasion de Cénaria, Jarl et Mamma K avaient ouvert de nombreuses maisons de passe. La majorité d'entre elles était à peine rentable, mais c'était sans importance. Ces lupanars servaient juste à protéger autant d'hommes et de femmes que possible. Pourtant, *Le Dragon Peureux* faisait partie des établissements qui dégageaient du bénéfice, car il satisfaisait des goûts exotiques. Une des prostituées, Daydra, aurait pu se faire passer pour la sœur jumelle d'Élène Cromwyll, les cicatrices en moins ; elle recevait les clients qui fantasmaient sur une fille vierge et chaste. Sa compagne de chambre, Kaldrosa Wyn, jouait les pirates séthies. Parmi les femmes rassemblées devant Jarl, il y avait aussi des Ladéshiennes vêtues de soie, des Modiniennes aux paupières lourdement fardées de khôl et des danseuses ymmuriennes portant une clochette.

— Aujourd'hui, continua Jarl, vous êtes des prostituées, je suis le Shinga et le Sa'kagué passe toujours les mêmes saletés en contrebande. On pourrait croire que rien n'a changé. Mais je vais vous dire une chose : moi, j'ai changé ! Je suis sorti de l'ombre. Je suis différent. J'ai saisi la deuxième chance qui s'offrait à moi et je ne l'ai pas lâchée. Et vous pouvez faire de même.

Il n'était pas certain que ce soit vrai, mais c'était la seule partie du discours dont il doutait.

Il en avait fait la remarque à Mamma K.

— Pourquoi les gens ne dissertent-ils pas avec passion pour savoir si la Terre est ronde ou plate ? lui avait-elle demandé.

— Parce que tout le monde sait qu'elle est ronde.

— Précisément. Les questions propres à enflammer les esprits sont les sujets dont on ignore la réponse.

— Ah ! comme les dieux.

— Que tu doutes de la véracité de tes propos, c'est sans importance. L'important, c'est que tu sois disposé à y croire de toutes tes forces. C'est à cette condition que tu fascineras ton auditoire. Au bout du compte, il n'est pas nécessaire que les filles croient ce que tu leur dis, il faut qu'elles croient en toi.

C'était le genre d'argument que Jarl n'aurait pas été surpris d'entendre dans la bouche de l'ancienne Mamma K. Le jeune homme se sentit un peu déçu. La courtisane avait changé après l'invasion de la cité, après que Kylar l'avait empoisonnée et lui avait donné l'antidote. Elle était maintenant confrontée au mal à l'état pur, aux Khalidoriens, et cette épreuve minait peut-être ses espoirs. Pourtant, son pragmatisme avait les accents de la vérité et Jarl avait continué à prononcer des discours dans des maisons de passe.

Jarl n'avait pas fait l'amour depuis son accession au poste de Shinga. Il n'avait pas couché avec un homme – ou une femme – depuis qu'il avait quitté la demeure de Stephan, la nuit de l'invasion. Toute sa vie, il avait survécu en faisant ce qu'il devait faire, en tissant un réseau d'amis et d'influence.

Il avait toujours regardé vers l'avenir, vers le jour où il ne serait plus obligé de se prostituer.

Ce jour était arrivé de manière si soudaine qu'il ne savait pas comment réagir. Il tenait la liberté entre ses mains, mais il ignorait quoi en faire. Il était comme les taureaux de fer de Harani. Il n'en avait jamais vu, bien sûr, mais on racontait que les veaux, une fois capturés, étaient attachés à un poteau avec une lourde chaîne. À l'âge adulte, ils mesuraient plus de cinq mètres au garrot et étaient assez puissants pour briser leurs liens, mais ils ne le faisaient pas. Un piquet et une cordelette suffisaient à les retenir, car ils avaient acquis la certitude qu'ils ne parviendraient pas à se libérer et ils ne se donnaient même plus la peine d'essayer.

Le sexe et le devoir de satisfaire ses clients avaient trop longtemps enchaîné Jarl et il se sentait désormais asexué. Ses préférences n'étaient jamais entrées en ligne de compte. La plupart de ses habitués avaient été des hommes, mais il y avait aussi eu quelques femmes, des plus jolies aux plus laides. Il était maintenant libre de faire un choix, mais il en était incapable. S'il n'avait pas été obligé de se prostituer depuis son plus jeune âge, il ignorait s'il aurait préféré les hommes ou les femmes.

Les filles des maisons de passe ne le traitaient plus comme avant. Elles le regardaient différemment. Elles essayaient de gagner ses faveurs.

C'était terrifiant. Ces tentatives de séduction véhiculaient des demandes auxquelles il existait des réponses appropriées et des réponses inconvenantes. Jarl ne connaissait rien aux règles du sexe à l'extérieur des lupanars. Ses clients réguliers lui avaient toujours affirmé que les rapports sexuels non rémunérés étaient sans intérêt. Cette opinion était sans doute partiale, car – jusqu'à preuve du contraire – tout le monde ne fréquentait pas les maisons de passe.

Jarl se rendit compte qu'il se déconcentrait. Ce n'était ni le moment ni le lieu de penser à ce genre de choses. L'espoir ne se vendait pas au détail.

—De toutes les femmes du Dédale, vous êtes les plus chanceuses. Vous avez eu la chance de devenir prostituées ici. (Il secoua la tête.) Vous avez eu la chance de devenir prostituées. Il y a encore six mois, la plupart d'entre vous auraient traversé la rue plutôt que de croiser une prostituée. Vous êtes maintenant des prostituées, je suis le Shinga et le Sa'kagué se livre toujours à ses mêmes petites affaires.

» Le roi Ursuul vous croit déjà mortes. Il a l'intention de laisser l'hiver tuer la plupart des habitants et des réfugiés du Dédale. Il pense que, lorsque les émeutes éclateront pour réclamer de la nourriture, nous serons si faibles que ses soldats nous balaieront sans difficulté. Il a l'intention de nous diviser et de nous pousser les uns contre les autres en nous offrant les restes de ses repas. Il estime que le Sa'kagué est trop mou et trop cupide pour se mettre en travers de son chemin. Et le plus drôle, c'est qu'il a raison. Nous avons appris qu'au printemps il fera venir une nouvelle armée et plusieurs milliers de colons – rien que des hommes. Il a l'intention de tuer tous les habitants et tous les réfugiés du Dédale sauf vous. Une fois de plus, vous aurez de la chance. On vous mariera au premier Khalidorien qui ouvrira sa bourse pour vous acheter.

» Maintenant, peut-être que ces hommes changeront soudain de comportement une fois mariés. Peut-être qu'ils cesseront de vous battre et de vous humilier. Ursuul pense que vous êtes si lâches que vous vous cramponnerez à cet espoir répugnant. Il pense que cet optimisme malsain vous paralysera jusqu'à ce qu'il soit trop tard, jusqu'à ce que vos hommes soient morts, jusqu'à ce que vos amis soient dispersés, jusqu'à ce que le Sa'kagué soit brisé. Un an plus tard, vous donnerez un fils à votre nouveau mari et vous aurez le grand plaisir de le voir grandir pour se transformer en monstre qui traite sa femme comme son père vous traite. Comment pourrait-il en être autrement? Vous donnerez naissance à des filles qui trouveront normal qu'on les frappe à coups de pied, qu'on leur crache dessus et qu'on les force à… Bon! nous savons tous à quoi elles seront forcées. Elles ne résisteront pas. Vous leur aurez montré votre lâcheté et elles penseront que c'est ainsi qu'une femme doit se comporter. Comment pourrait-il en être autrement? Voilà le plan du roi Ursuul et, pour le moment, il se déroule sans accroc.

Jarl avait éveillé l'attention de son auditoire. Il lut l'horreur dans les yeux des prostituées. La majorité d'entre elles ne songeait même pas au lendemain. Elles n'étaient pas idiotes. Elles savaient qu'elles ne pourraient pas travailler éternellement dans un lit, mais leur avenir était si sombre qu'elles préféraient ne pas y penser. C'était trop difficile.

Elles se contentaient de survivre. Pourtant, la perspective de donner naissance à des filles qui connaîtraient une vie aussi misérable que la leur les poussa à réfléchir au-delà de leurs limites, au-delà de la fin de la journée. Et Jarl ne mentait pas. Elles feraient malgré tout partie des plus chanceuses. S'il parvenait à convaincre les femmes qui avaient le plus à perdre, il avait déjà remporté la moitié de la victoire.

— Les choses ont changé au cours des derniers mois. Elles ont changé pour chacun de nous, pour chacune de vous et pour moi. Je dis qu'il est temps qu'elles changent une fois de plus pour nous tous. Je dis qu'il est temps que le Sa'kagué change. Nous sommes en guerre et nous sommes en train de perdre. Et savez-vous pourquoi? Parce que nous ne nous battons pas. Les Khalidoriens veulent que nous mourions sans faire de bruit? Qu'ils aillent se faire foutre! Nous les combattrons comme jamais ils n'ont été combattus. Les Khalidoriens veulent nous affamer? Qu'ils aillent se faire foutre! Si nous pouvons passer de l'herbe hystérique en contrebande, nous ferons passer du blé. Les Khalidoriens veulent tuer nos hommes? Nous les cacherons. Ils veulent lancer des attaques-surprises? Nous saurons où ils frapperont avant même qu'ils l'aient décidé. Ils veulent jouer? Nous tricherons. Ils veulent boire? Nous pisserons dans leur bière.

— Que pouvons-nous faire? demanda une fille.

La question était complexe.

Jarl sourit.

— Maintenant? Je veux que vous rêviez. Je veux que vous songiez à l'avenir – mais pas à un avenir ressemblant à ce qu'était la vie avant l'invasion khalidorienne, non, à un avenir meilleur. Je veux que vous rêviez au jour où un enfant pourra naître dans le Dédale sans être assuré d'y mourir. Je veux que vous rêviez à une seconde chance, à ce qui se passera si tous les habitants de cette ville et de ce pays obtiennent cette seconde chance. Je veux que vous rêviez de voir vos enfants grandir dans une ville où la peur n'est pas omniprésente, une ville sans juges corrompus, une ville sans extorsions du Sa'kagué, une ville où vous pourrez traverser la Plith en empruntant une dizaine de ponts sans un garde pour vous en empêcher. Je veux que vous rêviez d'une ville différente, d'une ville que *nous* aurons changée.

» Je sais que vous avez peur en ce moment. Vous partirez travailler dans quelques minutes et vous devrez affronter ces enfoirés une fois de plus. Je le sais. Vous avez le droit d'avoir peur, mais je vous en prie : soyez braves au fond de vous. Bientôt, vous aurez un rôle important à jouer. Si les nobles veulent gagner cette guerre et redevenir maîtres du pays, ils devront faire appel à nous et nous ne les aiderons pas sans contreparties. Nous voulons une cité différente et nous voulons décider en quoi elle sera différente. Vous et moi avons ce pouvoir. Aujourd'hui, nous pouvons continuer de vivre comme nous le faisions ou nous pouvons rêver en nous préparant à jouer notre rôle. De tous les habitants du Dédale, c'est vous, mesdames, qui avez le plus à perdre. (Il s'approcha de la prostituée pirate, Kaldrosa Wyn, et lui caressa la joue sous son œil enflé.) Dis-moi, est-ce que c'est pour ça que tu as abandonné ton mari ? pour gagner une couronne en dédommagement d'un œil au beurre noir ? Une couronne de plus si on vous frappe si fort que vous ne pouvez pas travailler le lendemain ? Est-ce le sort que vous méritez ? (Des larmes roulèrent sur les joues de Kaldrosa.) Je dis : certainement pas ! Vous êtes venues ici parce que vous n'aviez pas d'autre endroit où aller. Vous recevez une couronne pour un œil au beurre noir parce que Mamma K n'a pas réussi à obtenir mieux. Je suis votre Shinga et je suis venu vous dire que le mieux ne suffit pas. Nous avons baissé la tête trop vite, nous nous sommes efforcés de survivre. Pour ma part, j'en ai assez de survivre. Le prochain cri de douleur, je veux l'entendre sortir de la gorge d'un Khalidorien.

— Putain, que oui ! murmura une prostituée.

Jarl vit la passion qui brûlait dans les yeux de ces femmes. Dieux ! elles ressemblaient maintenant à des guerrières.

Il leva la main.

— Pour le moment, contentez-vous d'observer et d'attendre. Tenez-vous prêtes. Soyez braves. Quand viendra notre tour de lancer les dés, nous tricherons et nous tirerons trois six.

— Chéri, dit Élène en secouant Kylar avec douceur. Chéri, lève-toi.

— Mon cul.

— Pardon ?

— Mon cul !

La jeune femme éclata de rire.

—C'est vrai que tu y ressembles un peu, dit-elle en le prenant dans ses bras. (Elle renifla et grimaça.) Sans parler de l'odeur...

—Idiote, dit-il, vexé.

—Chéri, nous devons aller faire des courses, tu te souviens?

Il s'enfouit la tête sous un oreiller. Élène se pencha et essaya de le lui arracher, mais Kylar refusa de lâcher prise. Elle chanta alors la chanson du matin qui ne comportait que les mots «bon» et «jour» répétés trente-sept fois. C'était une des préférées de Kylar.

—Bon jour, bon JOUR, bon jour, BON jour...

—MON cul, mon CUL, mon cul..., reprit le jeune homme sous son oreiller.

Élène tira le coussin d'un coup sec. Kylar la prit dans ses bras et la renversa près de lui. Il était si fort et si rapide que toute résistance était inutile. Il se débarrassa de l'oreiller, roula sur Élène et l'embrassa.

—Hmm... Hmmm, protesta-t-elle.

Oh! ses lèvres étaient si douces.

—Qu'est-ce qu'il y a? demanda-t-il, trente secondes plus tard.

—Tu as une haleine de requin! dit-elle avec une grimace.

C'était un mensonge, bien sûr. De toute manière, cela n'aurait pas arrêté la jeune femme: les lèvres de Kylar étaient trop savoureuses. Et puis c'était un mensonge. Il n'avait jamais mauvaise haleine. D'ailleurs, il n'avait pas d'haleine du tout: il pouvait mâcher des feuilles de menthe ou manger du fromage moisi, aucune odeur ne subsistait dans son souffle. Il en allait de même avec le reste de son corps. S'il se parfumait, la fragrance disparaissait sur-le-champ. Le jeune homme supposait que c'était un effet du ka'kari.

Il esquissa un sourire prédateur.

—Je vais t'en donner, de l'haleine de requin.

Élène essaya de le repousser, mais il se joua de ses efforts et l'embrassa dans le cou, puis un peu plus bas. Ses mains dénudèrent la poitrine de la jeune femme qui cessa de se débattre. Elle sentit ses lèvres…

— Ah! les courses! s'écria-t-elle.

Elle s'arracha à lui et il ne la retint pas.

Il se laissa retomber sur le dos et elle fit semblant d'arranger sa chemise de nuit tout en observant les muscles de son torse. Tante Méa s'occupait d'Uly pour la journée. La maison était déserte. Kylar était si séduisant lorsque ses cheveux étaient encore ébouriffés par une nuit de sommeil. Il était superbe et il n'existait rien de plus délicieux que ses baisers – et que dire de ses caresses? Elle avait envie de sentir sa peau contre la sienne. Elle avait envie de poser ses mains sur sa poitrine, et *vice versa*.

Le matin, il arrivait qu'ils restent blottis l'un contre l'autre tandis qu'il émergeait lentement des brumes du sommeil. Ce moment était le préféré d'Élène. Sa chemise de nuit remontait parfois au cours de la nuit et elle se réveillait nue contre lui, son corps lové contre le sien. Bon! le vêtement ne remontait peut-être pas tout seul… Et elle aurait sans doute été moins audacieuse si elle avait ignoré que Kylar était trop épuisé pour se réveiller après ses escapades nocturnes.

Ce simple souvenir lui provoqua des bouffées de chaleur. *Et pourquoi pas?* demanda une petite voix dans un coin de sa tête. Il y avait les motifs religieux. Un loup et un mouton pouvaient-ils cohabiter? Elle ne savait même pas si Kylar croyait en Dieu. Il semblait mal à l'aise quand elle abordait le sujet. La mère d'Élène disait toujours qu'il fallait prendre une décision avant de laisser parler ses sentiments, mais la jeune femme s'en était souvenue trop tard. Uly avait besoin d'elle. Kylar avait besoin d'elle et jamais elle n'avait eu autant d'importance aux yeux de quelqu'un. Il la rendait belle et généreuse. Près de lui, elle avait l'impression d'être une dame. Il la transformait en princesse. Il l'aimait.

Il était pratiquement son époux. Ils se prétendaient mariés, ils vivaient ensemble, ils dormaient dans le même lit, ils traitaient Uly comme leur fille. Ils n'avaient pas encore fait l'amour, mais il y avait une bonne raison à cela : quand le jeune homme commençait de la caresser – presque toutes les nuits –, elle était tellement épuisée qu'elle pouvait à peine bouger. S'il s'était montré aussi entreprenant le matin que le soir, elle aurait renoncé à sa virginité au bout de cinq secondes. Elle avait l'impression de sentir son souffle dans son oreille. Elle s'imagina faisant ces choses que Tante Méa évoquait de manière si grivoise – des choses qui l'avaient fait rougir de honte, mais qui semblaient très agréables. Elle se sentait si audacieuse qu'elle savait même par laquelle elle aurait commencé.

Les Saintes Écritures ne disaient-elles pas : « Que ton oui soit un oui et que ton non soit un non » ? Elle affirmait être la femme de Kylar. Il affirmait être son mari. Elle le conduirait à l'annellerie dont Tante Méa lui avait parlé et ils se mettraient en règle avec les formalités waeddryniennes plus tard. Une fois le mariage consommé.

Kylar s'assit sur le lit et elle se pencha dans son dos. Ses doigts défirent les cordons du corsage et ouvrirent le mince vêtement.

— Dieux ! s'exclama Kylar. (Il déposa un petit baiser sur la joue de la jeune femme, mais ne tourna pas la tête assez loin pour voir sa poitrine dénudée.) Faut que j'aille pisser ou je vais noyer la cité.

Il se leva et entreprit de s'habiller. Pendant un moment, Élène demeura paralysée, la chemise de nuit béante, le corps exposé.

— Qu'est-ce que nous devons acheter ? demanda Kylar en enfilant sa tunique.

Sa tête émergea du vêtement. Élène avait à peine eu le temps de refermer son vêtement.

—Élène?

—Hein?

La jeune femme eut l'impression de recevoir un seau d'eau glacée sur la tête.

—Oh! c'est l'anniversaire d'Uly, c'est ça? On va lui acheter une poupée ou quelque chose dans ce genre?

—Oui, c'est ça, répondit Élène.

Mais que lui était-il donc passé par la tête?

Chapitre 17

T enser joua son rôle de manière crédible, ce fut du moins l'avis du vürdmeister Neph Dada. Il parvint même à cracher du sang. Pour le moment, le duc arborait une expression de défi et de calme, mais lorsqu'il aurait été disculpé, son attitude serait interprétée comme un mélange de fierté et de courage.

Tenser était accusé du meurtre d'un noble cénarien, le baron Kirof, mais le cadavre n'avait pas été retrouvé. Il avait cependant été condamné sans délai sur le témoignage d'un capitaine cénarien qui avait assisté à l'assassinat. L'annonce du châtiment – de la bouche du Roi-dieu en personne – provoqua des hoquets de surprise. Les nobles de la cité s'attendaient à une amende, peut-être à une peine de prison incluant le temps que Tenser avait déjà passé derrière les barreaux et, éventuellement, une expulsion vers Khalidor. Mais être jeté au fond du Trou, c'était une condamnation pire que la mort. C'était d'ailleurs l'intérêt de la chose, bien entendu.

Tenser ne pouvait pas vraiment infiltrer le Sa'kagué s'il était mort ou dans un autre pays. Son séjour dans la plus infâme prison de Cénaria lui apporterait une crédibilité sans pareille auprès de la pègre. Lorsque le baron Kirof referait son apparition, bien en vie, Tenser serait disculpé et recouvrerait son titre de duc khalidorien, mais, plus important encore, il ferait semblant de détester le Roi-dieu du fond de son cœur.

Il offrirait au Sa'kagué tout ce que celui-ci lui demanderait. Comment le Shinga résisterait-il à cette aubaine ?

Le Roi-dieu, comme à son habitude, gardait plusieurs plans en réserve. En punissant un duc khalidorien avec tant de sévérité, il apparaissait aussi comme un souverain juste. Les Cénariens qui ne savaient pas encore quelle attitude adopter vis-à-vis de l'occupant trouveraient une nouvelle excuse pour choisir la soumission. Ils reprendraient leur ancienne vie et le collet se serrerait un peu plus autour du cou des rebelles abandonnés par leurs amis.

Dans le même temps, l'emprisonnement de Tenser éclipserait toutes les autres nouvelles. Aujourd'hui, le Roi-dieu allait donc ordonner la libération de dizaines de criminels incarcérés à la Gueule et l'arrestation de centaines d'opposants présumés. Personne n'allait y prêter attention.

Après l'annonce du verdict, Neph accompagna Tenser et les gardes jusqu'au Trou.

Le duc le regarda d'un air méfiant. Les Lodricariens avaient été vaincus depuis très longtemps par les armées des Rois-dieux et n'étaient pas tenus en très haute estime par leurs voisins khalidoriens. Pourtant, Tenser semblait cristalliser l'antipathie en tant que Lodricarien et en tant qu'individu.

— Qu'est-ce que vous voulez ?

— Juste vous faire part de nouvelles importantes. (Neph ne parvenait pas à cacher son plaisir.) Le baron Kirof a disparu. Il a été enlevé, dirait-on.

Tenser devint livide. Sans le baron, il ne ressortirait jamais du Trou.

— Nous allons le trouver, affirma le vürdmeister. Mais si nous ne découvrons que son cadavre…

Il ricana.

Si Kirof était mort, Vargun l'était aussi. Neph invoqua son pouvoir et ouvrit la grille en fer qui séparait les tunnels du château de ceux de la Gueule.

— Seigneur? Votre cellule vous attend.

Jarl se massa les tempes. Il avait passé la journée à interroger les prisonniers récemment libérés. Ceux-ci avaient appris l'invasion du pays après coup, lorsque des sorciers avaient fouillé la Gueule en quête de quelque chose. Ils étaient repartis les mains vides et l'objet de leurs recherches semblait donc sans importance.

L'important, c'était qu'un ancien directeur de lupanar du nom de Whitney s'était réveillé quand deux gardes avaient conduit un géant blond tout nu vers le Trou du Cul de l'Enfer. L'homme avait surveillé le couloir et il était prêt à jurer que ni le prisonnier ni son escorte n'étaient remontés vers la sortie.

En outre, Whitney avait reconnu un garde, un sale type à la solde de Jarl. Celui-ci l'avait envoyé au château pour remplir une mission précise. Les sorciers étaient allés jusqu'au Trou, mais on n'avait pas entendu de bruits de lutte et, selon toute apparence, ils n'avaient trouvé personne. C'était impossible et Whitney ne parvenait pas à expliquer ce qui s'était passé.

Jarl lui donna congé, puis se tourna vers Mamma K.

— Comment est-ce possible?

— Qu'en penses-tu? demanda la courtisane d'un ton affirmatif.

— De quoi parlez-vous? intervint Brant Agon.

— Cela prouve qu'il est resté en vie plus longtemps que nous le pensions, dit Jarl.

— Nous savons également que la tête qu'ils ont fichée sur la pique n'était pas la sienne, ajouta Mamma K. Tout cela est révélateur.

—Dieux ! souffla Jarl.

—De quoi vous parlez ? Mais de quoi vous parlez ? demanda Brant.

—De Logan Gyre, répondit Jarl.

—Comment ? Mais il a été tué dans la tour nord.

—Imaginez la situation, dit Jarl. Vous tuez un garde au fond de la Gueule et vous enfilez son uniforme. À ce moment, vous apercevez six meisters qui se dirigent vers vous. Il n'y a qu'une seule sortie et elle est bloquée par des sorciers.

—Vous ne pensez quand même pas que Logan a sauté dans le Trou ? s'exclama Brant.

L'ancien général y était descendu, une fois. Comment Logan aurait-il pu être dans cet endroit infernal ?

—Je dis simplement que Logan Gyre n'est peut-être pas mort, rectifia Jarl.

—Une minute, dit Mamma K. (Elle se leva et examina une pile de documents sur son bureau.) Si mes souvenirs sont exacts… Ah ! c'est ici ! Jarl, rappelle-moi de donner une prime à cette fille. Un de ses clients réguliers adore se vanter. « Gorkhy jette du pain au fond du Trou en regardant les prisonniers qui se rassemblent au bord du précipice pour essayer de l'attraper. Il dit qu'au moins trois d'entre eux… » (La courtisane se racla la gorge, mais continua d'une voix égale.) « Trois d'entre eux ont été dévorés par les autres depuis que Gorkhy les affame. » Elle décrit « un géant mesurant plus de deux mètres vingt qui est parvenu plusieurs fois à attraper une miche de pain alors que Gorkhy visait le gouffre. Gorkhy déteste tout particulièrement ce détenu que les autres appellent Roi. » (Mamma K leva les yeux.) Ce rapport date de trois jours.

—Aucun prisonnier correspondant à cette description n'a été jeté dans le Trou depuis dix ans, dit Brant à voix basse.

Le vieillard, la courtisane et le Shinga se laissèrent aller contre le dossier de leur chaise.

—Si ce Gorkhy signale à ses supérieurs qu'il y a un géant du nom de Roi…, commença Mamma K.

—Logan mourra avant que le soleil soit couché, termina Jarl.

—Nous devons le sauver, dit Brant.

Jarl et Mamma K échangèrent un regard.

—Il faut d'abord voir ce que cela nous apportera, dit la courtisane.

—Vous n'allez quand même pas le laisser croupir là-bas? (Mamma K examina ses ongles rouge sang.) C'est hors de question. C'est le seul homme capable de rallier tout le pays derrière lui. Jarl, si vous avez vraiment l'intention de faire ce que vous avez dit, c'est une chance unique. Si vous sauvez Logan, il vous offrira des titres, des terres et un pardon. Ne me dites pas que vous allez laisser votre roi pourrir au fond de cet enfer?

—Tu as fini? demanda Mamma K. (Le vieux militaire resta silencieux, mais ses mâchoires se contractèrent.) Nous réfléchissons à la question. Nous y réfléchissons parce que nous réfléchissons sur tout ce que nous allons faire. C'est pour cette raison que nous gagnons. Je réfléchis même à un moyen de le sauver si nous décidons de le faire. Est-ce que tu y réfléchis aussi ou est-ce que tu vas nous rebattre les oreilles à propos du courage et de la noblesse?

—Un peu, que je vais vous rebattre les oreilles!

Mais un sourire lui échappa.

Mamma K secoua la tête et le lui rendit malgré elle.

—Où en sont vos hommes, Brant? demanda Jarl.

—J'en ferai de bons soldats, d'ici à dix à vingt ans.

—Combien en avez-vous?

—Cela n'est pas à l'ordre du jour, dit Mamma K.

—Cent. Une trentaine se révéleraient peut-être utiles pendant une bataille. Dix ont un potentiel impressionnant. Il y a quelques archers convenables. L'un d'eux ferait un pisse-culotte de troisième ordre. Ils sont indisciplinés, ils ne se font pas confiance et ils combattent en tant qu'individus, pas en tant que groupe.

— Nous n'avons pas encore abordé ces questions, insista Mamma K.

— Considérez que c'est chose faite, répliqua Jarl. Nous sommes en plein dedans.

La courtisane ouvrit la bouche pour dire quelque chose. Jarl soutint son regard jusqu'à ce qu'elle baisse les yeux.

— Comme vous le souhaitez, Shinga, dit-elle.

— Je suppose que notre source de renseignements ne parviendra pas à convaincre ce Gorkhy de nous aider ?

Mamma K se replongea dans le rapport, mais elle ne le lut même pas.

— Pas dans ce cas-là.

Brant et Mamma K évoquèrent différents moyens de s'infiltrer dans la Gueule. Pendant ce temps, Jarl réfléchit. Deux semaines plus tôt, il avait révélé son identité et il prêchait depuis devant des auditoires fébriles. Le peuple du Dédale – les Lapins, comme on les avait baptisés pour se moquer de leur nombre, de leur lâcheté et de leurs ruelles labyrinthiques –, les Lapins étaient avides d'espoir. Les paroles de Jarl étaient de l'eau qui coulait dans la gorge assoiffée de ceux qui n'avaient rien à perdre. Mais ces discours avaient aussi permis à des espions du Roi-dieu de l'approcher.

Le jeune homme avait déjà été la cible d'une tentative d'assassinat et il y en aurait d'autres. S'il ne trouvait pas quelques pisse-culottes pour assurer sa protection, les Khalidoriens le tueraient tôt ou tard.

— Je pars pour Caernarvon, déclara Jarl.

— Vous fuyez ? demanda Brant.

— Si je me dépêche, je serai de retour dans un mois.

— Certes, mais à quoi cela vous avancera-t-il ?

—À vivre un mois de plus ? dit Jarl en esquissant un sourire.

—Tu crois qu'il va revenir ? demanda Mamma K.

Brant était perdu. Mais de qui parlaient-ils donc ?

—Pour aider Logan ? Il n'hésitera pas l'ombre d'un instant.

—Si quelqu'un peut tirer Logan du Trou, c'est bien lui, dit Mamma K.

—Qui donc ? demanda Brant.

—Et quand Hu Gibbet et les autres pisse-culottes apprendront qu'il te protège, je ne serais pas surprise qu'ils renoncent au contrat sur ta tête.

—De qui parlez-vous ? Mais dites-moi de qui vous parlez, bon sang !

—Sans doute du meilleur pisse-culotte de la cité depuis que Durzo Blint est mort, répondit Jarl.

—Sauf qu'il a quitté la cité, intervint Mamma K.

—Soit, le meilleur de sa profession, alors.

—Il a aussi décidé de quitter sa profession.

—Il va changer d'avis.

—Tu vas emmener quelqu'un ? demanda Mamma K.

—Vous cherchez à me mettre en colère, c'est ça ? fulmina Brant.

—Non, dit Jarl en ignorant le vieux militaire. J'attirerai moins l'attention si je quitte Cénaria tout seul. (Il se tourna vers Brant.) Brant, j'ai une mission à vous confier pendant mon absence.

—Vous parlez de Kylar Stern, n'est-ce pas ?

Jarl sourit.

—Oui. Êtes-vous un honnête homme, général ?

Brant soupira.

—Toujours, sauf sur un champ de bataille.

Jarl lui assena une claque sur l'épaule.

— Dans ce cas, je veux que vous imaginiez un plan pour que l'armée de Logan Gyre écrase celle du Roi-dieu.

— Logan n'a pas d'armée, remarqua le vieux militaire.

— Ne vous occupez pas de ce problème. Mamma K va se charger de le régler.

— Pardon ? demanda la courtisane.

— Térah Graesin a une armée. Trouvez un moyen pour que ses soldats obéissent à Logan.

— Quoi ? s'écria Mamma K.

— Maintenant, si vous voulez bien m'excuser, j'ai rendez-vous à Caernarvon.

CHAPITRE 18

— E st-ce que je serais mort sans m'en apercevoir? demanda Kylar.

Il avançait à travers le brouillard de l'au-delà et avait encore la curieuse sensation de se déplacer tout en restant immobile. Une silhouette enveloppée dans une cape se tenait à la limite de la nappe brumeuse et se confondait avec la brume, mais Kylar était certain qu'il s'agissait du Loup. Comment était-ce possible? Il n'était pas mort, n'est-ce pas? Quelqu'un l'avait-il assassiné pendant son sommeil? Il s'était juste allongé…

— Que se passe-t-il? demanda-t-il. Est-ce que c'est un rêve?

L'homme à la cape se tourna et la tension de Kylar disparut sur-le-champ. Ce n'était pas le Loup, mais Dorian Ursuul.

— Un rêve? s'interrogea le prophète. (Il plissa les yeux et regarda Kylar à travers le brouillard.) Je suppose que oui, bien qu'il s'agisse d'un songe très particulier.

Il sourit. C'était un homme gracieux qui dégageait une aura intense. Il avait des cheveux noirs et ébouriffés, des yeux bleus luisant d'intelligence et un visage aux traits réguliers.

— Pour quelle raison les rêves ne nous effraient-ils pas, mon cher Arpenteur de l'Ombre? Nous perdons conscience, nous perdons tout contrôle, des événements s'enchaînent sans logique apparente et en faisant fi de toutes règles.

Des amis surgissent et se transforment en parfaits étrangers, nous sommes soudain transportés d'un endroit à l'autre, mais nous songeons rarement à nous demander pourquoi. Les rêves ne nous inquiètent pas, alors que la folie nous effraie et que la mort nous terrifie.

— Mais qu'est-ce qui se passe? interrogea Kylar.

Dorian esquissa un petit sourire narquois. Il examina le jeune homme de la tête aux pieds.

— Je suis stupéfait! Tu sembles être le même, mais tu es totalement différent.

Dieux! il ne s'était écoulé que deux mois depuis sa première rencontre avec Dorian?

— Tu es devenu un personnage formidable, Kylar. Tu as mûri. Tu es désormais une force avec laquelle il faut compter, mais ton esprit est toujours en retard sur ton pouvoir, n'est-ce pas? Tu as besoin de temps pour réformer ta personnalité. C'est compréhensible. Rares sont les personnes qui doivent tuer la figure paternelle et devenir immortelles le même jour.

— Et si vous en veniez au but?

Dorian en savait toujours trop et cela le rendait agaçant.

— Nous sommes dans un rêve, ainsi que tu l'as fait remarquer. C'est moi qui t'ai attiré ici – un joli tour de magie que je viens tout juste de découvrir. J'espère que je ne l'aurai pas oublié quand je me réveillerai – à condition que je me réveille un jour. En fait, je ne sais pas trop si je dors. Je suis dans une de mes petites rêveries. J'y erre depuis un certain temps maintenant. Mon corps se trouve à Vents Hurlants. Khali approche. La garnison va tomber. Je survivrai, mais je vais devoir affronter des jours difficiles. Il est très dangereux de lire son avenir, Kylar, mais je l'ai fait et j'ai découvert des choses effrayantes qui m'ont découragé d'aller voir plus loin. Et pendant que je rassemblais mon courage, je t'ai suivi. J'ai vu que tu avais besoin d'une personne avec qui tu pouvais te montrer honnête. Le comte Drake ou Durzo Blint auraient rempli ce rôle à merveille, mais ils ne peuvent pas venir ici, bien entendu. Alors, me voici. Même les assassins ont besoin d'amis.

— Je ne suis plus un assassin. J'ai abandonné la profession.

Dorian poursuivit comme s'il ne l'avait pas entendu.

— Dans mes visions, je me vois arriver dans un endroit où mon bonheur dépend d'un seul mensonge. Je regarderai dans les yeux de la femme que j'aime et qui m'aime et je verrai si je mens ou si je suis sincère. Cela la plongera dans le désespoir. En cela, nous sommes frères, Kylar. Il n'y a qu'aux petites gens que Dieu impose de petites épreuves. Je suis ici parce que tu as besoin de moi.

Le jeune homme sentit l'accablement le gagner. Il observa le brouillard. Cet endroit était à l'image de sa vie : coincé entre lumière et obscurité, intangible, changeant et sans point de repère.

— J'essaie de changer, dit-il, mais je n'y arrive pas. J'ai cru que je parviendrais à rompre avec mon passé et à l'oublier. Quand j'entre dans une pièce, je l'examine dans les moindres recoins. Je cherche une issue de secours, je calcule la hauteur du plafond, j'évalue les dangers éventuels, je vérifie si le sol est glissant. Lorsqu'un homme me regarde d'une ruelle, je réfléchis à la meilleure manière de le tuer. Et j'aime ça ! J'ai l'impression de maîtriser la situation.

— Combien de temps cela dure-t-il ?

Kylar hésita.

— Jusqu'à ce que je me souvienne. Je m'oblige à penser que mes réflexes sont mauvais. Je déteste ce que je suis devenu.

— Qu'es-tu devenu ?

— Un assassin.

— Tu as menti et tu as tué, Kylar, mais tu n'es pas un assassin.

— Ouais, merci.

— Qui est l'Ange de la Nuit, Kylar ?

—Je l'ignore. Durzo ne me l'a jamais expliqué.

—Nom de nom! tu ne crois pas assez en toi! Pourquoi ne demandes-tu pas à Élène de te faire confiance? Pourquoi ne lui accordes-tu pas la tienne en lui disant la vérité?

—Elle ne comprendrait pas.

—Comment le sais-tu?

Et si elle comprenait? Et si elle le rejetait en découvrant *vraiment* qui il était? Comment réagirait-il?

—Vous êtes tous les deux si jeunes. Vous faites à peine la différence entre vos coudes et vos fesses. Pourtant, *tu* commences à comprendre qui tu es. L'arrogance de la jeunesse la pousse à croire qu'elle sait tout ce qu'il y a à savoir sur Dieu. Élène considère la foi comme une petite boîte où l'Ange de la Nuit n'a pas sa place. Elle t'aime et elle voudrait que tu partages ses croyances, mais son univers est trop étriqué pour toi. Tu ne peux pas accepter un Dieu miséricordieux qui ne rend pas la justice. Un Dieu si gentil ne survivrait pas deux minutes dans le Dédale, n'est-ce pas? Je suis désolé de te le dire, mais Élène a dix-huit ans et elle ne sait pas grand-chose sur Dieu.

» Kylar, je ne crois pas que Dieu te considère comme un être immonde. Ce qui est détestable, c'est de posséder un immense pouvoir et le sens du devoir, mais de ne jamais savoir sur quel pied danser. Voilà deux mois que tu t'efforces d'accepter les conclusions morales d'Élène alors que tu en rejettes les prémisses. Et tu trouves qu'elle n'est pas logique? Que veux-tu, Ombre du Crépuscule?

» Tu as des choix à faire et je vais te révéler une autre vérité désagréable: tu ne peux *pas* être tout ce que tu voudrais être. La liste de ce que tu ne seras jamais est interminable et elle le restera même si tu vis jusqu'à la fin des temps. Et sais-tu ce que tu ne deviendras jamais? Un gentil petit herboriste. Tu es aussi doux qu'un loup, Kylar. C'est ce qu'Élène aime et craint en toi. Tu lui répètes sans cesse que c'est sans importance et que tu as changé. C'est un mensonge. Pourquoi ne lui fais-tu pas confiance ? Pourquoi ne lui demandes-tu pas d'aimer l'homme que tu es vraiment ?

— Parce que je déteste cet homme ! rugit Kylar. Parce qu'il adore tuer ! Parce qu'Élène est l'innocence même et qu'il est le mal incarné ! Parce qu'il se réjouit lorsque je suis couvert de sang ! Parce que c'est un virtuose de l'épée et que j'admire ses talents. Parce qu'il est l'Ange de la Nuit, qu'il vit dans l'obscurité et que l'obscurité fait partie de moi. Parce qu'il est l'Ombre qui Marche. Parce qu'il estime que certaines personnes sont au-delà de toute rédemption et qu'il faut simplement les éliminer. Parce que quand il tue un homme mauvais, je ne ressens pas seulement le plaisir d'un travail bien fait, j'ai aussi l'impression que le monde entier salue ce châtiment. Un être malfaisant est une aberration, une tache que j'efface. Je rétablis l'équilibre et il adore ça. Pour comprendre un tel homme, il faudrait qu'Élène perde l'innocence que j'aime tant en elle.

Dorian tapota la poitrine de Kylar du bout du doigt.

— Cet homme (il lui tapota ensuite le front) et celui-ci vont finir par sombrer dans la folie – et je sais de quoi je parle.

— Je peux changer, dit Kylar sans conviction.

— Un loup peut faire un chien de garde redoutable, mais il ne deviendra jamais un chien de compagnie.

— Nous sommes en guerre ! lança l'Oratrice Istariel Wyant d'une voix nasillarde à l'accent haut alitaeran.

Elle adorait ce genre d'envolée.

Ariel était parvenue à glisser sa masse dans le fauteuil trop étroit. Le bureau de l'Oratrice se trouvait au sommet du Séraphin Blanc et elle avait encore le souffle court après avoir gravi l'escalier.

Tu vas me faire le plaisir de ne prendre qu'un repas par jour jusqu'à ce que tu puisses monter ici sans souffler comme un bœuf. Un repas et un seul.

Il arrivait à Ariel de haïr la chair, de haïr sa dépendance envers ce corps si faible et si exigeant. Il demandait une attention constante, des soins à n'en plus finir et une dévotion servile. Il l'empêchait de se consacrer à des tâches importantes, comme celle que l'Oratrice allait lui confier.

Istariel Wyant était grande et autoritaire ; elle avait un nez de patricienne et des sourcils épilés qui ne dessinaient plus que deux traits fins ; ses articulations noueuses lui donnaient un air plus dégingandé que svelte ; son visage tiré était celui d'une femme mûre, mais ses longs cheveux blonds étaient magnifiques – les plus beaux qu'Ariel ait jamais vus. Istariel en était folle et de nombreuses sœurs murmuraient qu'elle avait sans doute redécouvert une trame oubliée pour les rendre si épais et si brillants. Il s'agissait de ragots : Istariel ne possédait pas un Don assez puissant pour lancer un tel sort. Elle avait hérité de la chevelure de sa mère, cette chevelure qui avait séduit le père d'Ariel et qui l'avait décidé à se remarier après la mort de sa femme.

— Cette guerre n'est pas seulement due à une divergence d'opinions quant au rôle des majas, mais quant au rôle des femmes.

Istariel aperçut un petit sourire ironique glisser sur les lèvres d'Ariel. Elle décida de changer de tactique.

— Comment vas-tu, ma sœur ?

On s'adressait à une maja confirmée en employant le titre de « sœur », mais Istariel prononça ce mot avec chaleur. Il était censé évoquer leur jeunesse prétendument heureuse, quand elles vivaient sous le même toit, cinquante ans plus tôt. Le doute n'était plus permis : elle avait un service à lui demander.

— Je vais bien.

Istariel repartit à l'assaut avec vaillance.

— Et comment progressent tes recherches ?

— Les deux dernières années de ma vie ont sans doute été une perte de temps.

— Chère Ariel, tu n'as pas changé.

Istariel avait essayé de prendre un ton badin et amusé, mais ses efforts manquèrent de conviction. Pourquoi se donner du mal ? Ariel était incapable d'apprécier les réprimandes subtiles. La preuve : elle n'en faisait jamais.

Au cours de leur jeunesse, Ariel avait éprouvé beaucoup d'affection pour sa petite sœur noble alors que celle-ci lui avait à peine prêté attention. Cet amour s'était révélé d'une ironie amère. Istariel comprenait sur-le-champ les gens de son entourage, à l'exception d'Ariel. Malgré les années qu'elles avaient passées ensemble, Istariel n'était jamais parvenue à découvrir sa sœur. Lorsqu'elle la regardait, elle voyait seulement un manque d'élégance mondaine et un désintérêt évident pour les sujets aussi importants que les privilèges, le pouvoir ou le rang social. Elle voyait un large visage et des membres épais. Elle voyait une paysanne. Istariel avait décrété qu'il n'y avait rien au-delà et elle avait cessé de s'intéresser à sa sœur. Aujourd'hui, elle se donnait tout juste la peine de la regarder.

— J'ai grossi, lâcha Ariel.

Istariel rougit.

Devant moi, elle a l'impression de redevenir une enfant. Elle doit détester cela, songea Ariel.

— Ah ! dit-elle. Je… Je pense que tu as pris quelques petits kilos, en effet, mais…

— Et comment vas-tu, Oratrice ?

Comment Ariel pouvait-elle réciter les quatre-vingt-quatre variations de la trame de Symbeline sans commettre la moindre erreur de rythme, de structure ou d'intonation, mais être incapable d'échanger quelques mots avec quelqu'un ? Les conversations quotidiennes devaient se résumer à deux ou trois cents questions usuelles qui se développaient en schémas de discussion précis fondés sur les réponses de l'interlocuteur, sur les événements en cours, sur le degré d'intimité des deux personnes engagées dans ladite conversation et sur leurs positions sociales respectives.

Il faudrait étudier l'enchaînement des questions et la longueur des réponses, mais de nombreuses trames exigeaient elles aussi une synchronisation parfaite et Ariel possédait un sens du rythme incomparable. Il ne faudrait pas négliger le cadre géographique : on ne s'exprimait pas de la même façon dans le bureau de l'Oratrice et dans une taverne. Des chapitres analyseraient la manière de gérer les silences, les degrés appropriés de contact visuel et physique selon les cultures et, bien entendu, les différences entre s'adresser à un homme ou à une femme – subdivisées en plusieurs sous-catégories en fonction du sexe de l'énonciateur. Il serait intéressant d'inclure une partie sur les enfants et une autre sur les personnes envers qui on éprouvait de l'amour, de la sympathie, de l'intérêt ou autre chose. Était-ce vraiment indispensable ? S'adressait-on de la même manière à une femme dont on voulait se rapprocher et à une femme qui vous laissait indifférent ? Existait-il des solutions socialement acceptables pour abréger les discussions fastidieuses ?

Cette dernière pensée fit sourire Ariel. Pour sa part, elle aurait été ravie d'apprendre à couper court aux conversations ennuyeuses.

Par malheur, tout cela n'avait qu'un lointain rapport avec la magie – à supposer qu'il y en ait un. Ariel songea donc qu'elle gaspillerait son talent en s'attelant à ce projet, pourtant très utile.

— Tu n'écoutes pas vraiment ce que je te dis, n'est-ce pas ?

Ariel s'aperçut que sa sœur parlait depuis un certain temps. Istariel n'avait débité que des banalités, mais Ariel avait oublié de feindre un minimum d'attention.

—Excuse-moi, dit-elle.

Istariel lui signifia d'un geste que c'était sans importance.

Elle était presque soulagée : Ariel avait recouvré un comportement normal : elle était redevenue un génie distrait, l'alliance d'un cerveau exceptionnel et d'un Don plus exceptionnel encore, mais une personne insignifiante par ailleurs. L'Oratrice savoura un sentiment de supériorité.

—Je t'ai fait penser à quelque chose, n'est-ce pas ? (Sa sœur acquiesça.) À quoi donc ?

Ariel secoua la tête, mais Istariel fixa ses yeux sur elle en haussant un sourcil. *N'oublie pas qui je suis !* La sœur de l'Oratrice esquissa une grimace.

—Je songeais que je n'étais pas très douée pour les conversations mondaines et je me demandais pourquoi.

Istariel sourit. Les deux femmes avaient recouvré leur comportement d'adolescentes.

—Et tu envisageais les grandes lignes d'une étude à propos de la question ?

Sa sœur fronça les sourcils.

—Je suis arrivée à la conclusion que je n'étais pas la candidate idéale pour conduire de telles recherches.

Istariel laissa échapper un petit ricanement méprisant.

—Que disais-tu ? demanda Ariel en s'efforçant de paraître intéressée.

Istariel était sans doute pompeuse et agaçante, mais c'était aussi l'Oratrice.

—Oh ! Ariel ! tu te moques de ce que j'ai dit et tu n'es pas assez bonne actrice pour prétendre le contraire.

—En effet. Mais il semblerait que cela te tienne à cœur et je pourrais t'écouter poliment.

Istariel secoua la tête comme si elle ne parvenait pas à croire ce qu'elle venait d'entendre. Pourtant, elle se calma et, par bonheur, elle cessa de rire.

— Oublions cela. Bien ! à propos de la guerre dont je parlais… Certaines sœurs parmi les plus jeunes ont l'intention de créer un nouvel ordre.

— Encore des idiotes qui voudraient révoquer l'Accord alitaeran et devenir des mages de guerre ?

Quelle bêtise ! Elles consacraient leur temps à essayer de changer les règles au lieu de les ignorer et de les rendre caduques.

— Ces dames souhaitent prendre le nom de Chambrières.

— Tiens donc !

Les Tyros n'avaient pas le droit de se marier, mais de nombreuses sœurs passaient outre à cette interdiction. La plupart repartaient chez elles ou s'en allaient vivre avec leur époux, certaines restaient au Chantry, mais rares étaient celles à atteindre un poste important dans la hiérarchie de l'Ordre. Ce n'était souvent qu'une question de choix : avec un mari, des enfants et une maison, beaucoup de femmes s'occupaient davantage de leur famille que de leur travail.

Des sœurs ambitieuses refusaient cependant de faire des sacrifices et épousaient à la fois le Chantry et un homme. Elles n'atteignaient pourtant jamais le poste qu'elles méritaient, car, à partir d'un certain rang, on ne promouvait que des sœurs entièrement dévouées à l'Ordre. Celles qui renonçaient au mariage et à la procréation estimaient normal d'occuper des responsabilités plus élevées que celles qui travaillaient à temps partiel – même si ces dernières faisaient de l'excellent travail. Le mépris des traditionalistes visait aussi les sœurs mariées sans enfants, car on pensait qu'elles finiraient par quitter le Chantry pour se consacrer à un homme et à des moutards – comme de vulgaires paysannes. Dans leur dos, on les appelait des « chambrières » – des servantes volontaires et des reproductrices dévouées aux hommes. Les sœurs intégristes affirmaient que ces femmes étaient une perte de temps, d'argent et de talent pour l'Ordre.

Ces commentaires acerbes étaient monnaie courante, car, au Chantry, la majorité des maîtresses et des élèves était célibataire. Il était impoli de s'adresser à une sœur mariée en l'appelant «chambrière», mais cela arrivait.

Si les dissidentes formaient un nouvel ordre – et Ariel ne voyait pas comment on aurait pu le leur interdire –, elles auraient un pouvoir énorme. Elles représentaient la moitié des effectifs totaux de l'Ordre et leur coalition risquait de changer radicalement l'équilibre du pouvoir.

— Ce n'est qu'une menace, bien entendu, poursuivit l'Oratrice. La plupart des sœurs mariées ne sont pas assez engagées pour se rassembler sous un tel nom. Ce n'est qu'un coup de semonce pour nous montrer qu'elles ne plaisantent pas.

— Que veulent-elles? demanda Ariel.

Istariel se massa un œil soudain agité de tics.

— De nombreuses choses, mais une de leurs revendications principales exige la création d'une nouvelle école de magie au Chantry. Une école qui romprait avec nos traditions.

— À quel point?

— Elles veulent une école pour les hommes, Ariel.

Ce n'était plus une rupture avec les traditions, c'était la fin du monde!

Istariel poursuivit:

— Nous pensons que certaines d'entre elles sont déjà mariées à des magiciens.

— Et que veux-tu de moi? demanda aussitôt Ariel.

— À ce propos? Rien du tout, dieux merci! Excuse-moi, ma sœur, mais tu es la dernière personne susceptible de nous aider dans cette affaire. Il nous faut quelqu'un de particulièrement subtil. Non, j'ai autre chose pour toi. Les sœurs mariées sont menées par Eris Buel. Je ne peux pas m'opposer directement à elle. J'ai besoin de quelqu'un d'ambitieux, de jeune et de respecté pour représenter nos valeurs.

Ce qui, bien entendu, excluait Ariel.

— Un tiers de nos sœurs répondent à ces critères, à condition de rajouter «dépourvu du moindre scrupule».

Les yeux de l'Oratrice s'enflammèrent avant de devenir glacés. Ariel comprit qu'elle avait dépassé les bornes, mais on ne lui en tiendrait pas rigueur, car on avait besoin d'elle. Ariel n'avait pas seulement exprimé une opinion personnelle, elle voulait aussi observer la réaction de sa sœur.

Istariel prit l'air coupable pendant une fraction de seconde.

— Ari, même toi, tu n'as pas le droit de parler ainsi en ma présence.

— Que veux-tu? demanda Ariel.

— Je veux que tu ramènes Jessie al'Gwaydin au Chantry.

Ariel réfléchit. Jessie al'Gwaydin était l'arme idéale pour se débarrasser d'Eris Buel. Elle incarnait tous les idéaux du Chantry : elle était belle et intelligente, elle parlait d'une voix douce, elle était née au sein d'une famille d'aristocrates et elle était prête à payer le prix exigé pour gravir les échelons jusqu'au sommet. Son Don n'était pas extraordinaire, mais elle deviendrait une excellente responsable si on parvenait à lui inculquer un peu de bon sens.

— Elle étudie le Chasseur Noir à Torras Bend. Je sais que c'est dangereux, mais j'ai pris soin de la mettre en garde et je suis certaine qu'elle ne fera rien d'inconsidéré. (Istariel gloussa.) En fait, je l'ai menacée de t'envoyer la chercher si elle ne se tenait pas à carreau. Je suis sûre qu'elle sera ravie de te voir.

— Et si elle est morte? demanda Ariel.

Le sourire d'Istariel fondit comme neige au soleil.

— Trouve quelqu'un de sûr que les Chambrières ne pourront pas ignorer. Quelqu'un qui soit prêt à faire le nécessaire.

Cette remarque ambiguë offrait une terrible liberté, mais la liberté pouvait s'employer de diverses manières et Ariel préférait le rôle d'actrice à celui de spectatrice.

Oh! oh! ma sœur! tu joues avec un feu qui risque de te dévorer. Pourquoi me demandes-tu de faire cela?

— C'est d'accord.

Istariel lui donna congé d'un geste et Ariel se dirigea vers la porte.

— Oh! s'exclama Istariel comme si elle venait de se rappeler un détail. Et qui que tu ramènes, arrange-toi pour qu'elle soit mariée.

CHAPITRE 19

Kylar se tenait devant la boutique et s'apprêtait à fermer lorsqu'il eut l'impression d'être observé. Sans s'en rendre compte, il passa les mains sur ses avant-bras pour toucher les couteaux dissimulés sous ses manches. Il n'en portait plus. Il rabattit les gros panneaux en bois au-dessus du comptoir où s'étalaient les marchandises et les cadenassa en se sentant soudain très vulnérable.

Il n'était pas sans défense, car un pisse-culotte était lui-même une arme. Non, il se sentit vulnérable à cause de sa promesse. Plus de violence, plus de morts. Que lui restait-il ?

L'espion se tenait dans l'ombre d'une ruelle proche de la boutique. Kylar fut certain qu'il attendait qu'il se dirige vers l'entrée principale et passe à quelques mètres de lui. Avec son Don, le jeune homme pouvait se précipiter à l'intérieur et verrouiller la porte derrière lui, mais il révélerait alors son pouvoir. Il pouvait aussi s'enfuir, mais Uly était à l'intérieur de l'herboristerie et elle se retrouverait seule et sans défense.

Quel casse-tête ! La vie était si simple quand il était encore célibataire.

Kylar se dirigea vers la porte et aperçut un Ladéshien. Il avait les cheveux ébouriffés et portait des haillons ; ses yeux injectés de sang et ses dents manquantes trahissaient le toxicomane consommateur d'herbe hystérique. Ses couteaux, en revanche, étaient en parfait état. L'inconnu jaillit de la ruelle et se précipita sur Kylar.

Le jeune homme pensa qu'il allait exiger sa bourse, mais il se trompait. Le Ladéshien se rua sur lui en hurlant comme un dément.

—Ne me tue pas! Ne me tue pas! semblait-il crier.

Kylar fit un pas de côté et son agresseur s'affala. Le jeune homme s'adossa contre un volet et observa le toxicomane, intrigué. Celui-ci se releva tant bien que mal et repartit à l'attaque. Kylar attendit. Il attendit jusqu'au dernier moment et s'écarta soudain. Le Ladéshien percuta le mur et tomba de nouveau.

Kylar éloigna les dagues du bout du pied, puis retourna l'inconnu.

—Ne me tue pas encore! bafouilla l'homme à demi étouffé par le sang qui jaillissait de son nez pour maculer ses vêtements. Je t'en prie, immortel, ne me tue pas encore!

—Je t'ai apporté un cadeau, dit Gwinvere.

Agon leva les yeux du document qu'il rédigeait – la liste des atouts et des faiblesses de leurs positions tactiques dans le Dédale. Jusque-là, le résultat était plutôt déprimant. Il suivit Gwinvere dans la pièce voisine et s'efforça de ne pas remarquer le parfum de la courtisane. Il eut l'impression que son cœur était dans un étau.

Sur une grande table, une nappe recouvrait plusieurs objets longs et fins.

—Tu n'ouvres pas? demanda Gwinvere.

Agon la regarda en haussant un sourcil et elle éclata de rire. Il tira le rectangle de tissu et laissa échapper un hoquet de surprise.

Dix arcs courts débandés étaient posés devant lui. Les branches étaient décorées de gravures simples, pour ne pas dire simplistes, représentant des hommes et des animaux – surtout des chevaux.

—Gwinvere, c'est de la folie.

— Mes comptables m'ont fait la même réflexion.

Agon attrapa un arc et essaya de le plier.

— Fais attention, dit-elle. La personne qui m'a... procuré ces armes a dit qu'il fallait les chauffer près d'un feu pendant une demi-heure avant de les bander. Sinon, elles risquent de se briser.

— Ce sont de vrais arcs ymmuriens, souffla Agon. Je n'en avais jamais vu auparavant.

Les arcs étaient de véritables merveilles et seuls les Ymmuriens connaissaient le secret de leur fabrication. Agon s'aperçut très vite que ce n'étaient pas de simples bouts de bois taillés : il y avait aussi de la corne et de la colle obtenue en faisant fondre des sabots de cheval. Ces armes pouvaient décocher une flèche qui traverserait une cotte de mailles à trois cents mètres. Un arc long alitaeran était à même d'égaler un tel exploit, mais les arcs ymmuriens étaient assez petits pour être utilisés à cheval. Agon avait entendu des récits sur la manière de combattre des seigneurs cavaliers : vêtus d'une armure légère, ils pouvaient harceler et massacrer des compagnies entières de fantassins lourds en restant hors de portée d'un arc conventionnel. Chaque fois que les lanciers chargeaient, les Ymmuriens s'enfuyaient sur leurs petits poneys en continuant à décocher des flèches. Personne n'avait encore imaginé le moyen de contrer cette tactique. Par chance, les Ymmuriens étaient divisés en tribus et aucun chef n'était parvenu à les unir, sinon, ils auraient conquis Midcyru.

Ces arcs seraient l'arme idéale pour les chasseurs de sorciers d'Agon. Le vieillard caressa celui qu'il tenait. Il était aussi heureux qu'un enfant recevant un nouveau jouet.

— Tu sais toucher le cœur d'un homme, Gwinvere, dit-il.

Elle esquissa un sourire et il le lui rendit. Il aurait voulu que cet instant ne se termine jamais. Gwinvere était belle, intelligente et compétente. Elle était extraordinaire, mais l'ancien général découvrit une certaine fragilité dans son regard. La mort de Durzo, l'homme qu'elle avait aimé pendant quinze ans, l'avait ébranlée. La courtisane était une femme complexe et mystérieuse. Brant s'estimait trop vieux pour y être sensible, mais la beauté de Gwinvere ne cessait jamais de l'émouvoir. Et son parfum – dieux! était-ce toujours celui qu'elle portait à cette époque? Un frisson le secoua de part en part, mais l'image qui s'imposa à lui fut celle de son épouse. Il ne découvrirait peut-être jamais si elle était morte ou vivante. Il ne pourrait jamais la pleurer, l'oublier et cesser d'espérer sans avoir l'impression de l'abandonner et, en un sens, de la trahir.

Son sourire pâlit et Gwinvere s'en aperçut. Elle posa la main sur son bras.

—Je suis heureuse qu'ils te plaisent. (Elle se dirigea vers la porte, puis se retourna.) Rappelle à tes hommes que chacun de ces arcs vaut davantage que ce qu'ils gagneront au cours de leur vie.

Elle sourit de nouveau – un sourire destiné à rétablir une atmosphère plus légère, un sourire pour lui dire qu'elle avait vu, qu'elle savait. Elle ne partageait pas les sentiments de Brant, mais elle ne les utiliserait pas contre lui.

Agon s'esclaffa, vaincu.

—Je le leur ferai entrer dans le crâne.

Le visage de l'agresseur surprit Kylar plus que ses paroles incohérentes. Le jeune homme était certain de l'avoir entraperçu d'une fenêtre du manoir des Drake le jour où Vi avait essayé de l'assassiner.

Kylar lui fit boire un peu de vin de pavot et le conduisit dans un établissement qui se chargeait de désintoxiquer les drogués – les drogués issus de familles riches, bien entendu. Le traitement était simple : il faisait surtout appel à la patience. Les employés servaient du thé et d'autres infusions aux vertus thérapeutiques plus que douteuses, immobilisaient le patient, nettoyaient les vomissures ainsi que les selles diarrhéiques et attendaient. Des murs épais étouffaient les cris montant des chambres individuelles. Les gardes ne posèrent pas de questions. Ils lancèrent un regard au compagnon de Kylar, reconnurent un toxicomane et s'écartèrent.

—S'il te plaît, attache-moi, dit le Ladéshien lorsqu'ils entrèrent dans une cellule minuscule.

À l'intérieur, il y avait un petit bureau, une chaise, une bassine, un pichet et un lit, mais les murs de brique étaient nus. L'endroit était spartiate à dessein : moins il y avait d'objets, moins le patient avait de chances de se suicider.

—Je pense que tu resteras encore lucide pendant quelques heures, dit Kylar.

—N'en sois pas si sûr.

Kylar l'attacha donc sur le lit avec d'épaisses sangles en cuir et l'homme sembla s'apaiser. Il esquissa un rictus qui dévoila sa dentition incomplète de toxicomane. Le spectacle retourna le cœur de Kylar. Il eut l'impression que le sourire de cet homme était jadis éclatant.

—Qui es-tu ? demanda-t-il. Et que crois-tu savoir de moi ?

—Je sais que tu possèdes un ka'kari, Kylar Stern. Je connaissais Durzo Blint. Je sais que tu as été son apprenti et je sais que tu as eu une autre incarnation avant celle-ci. Tu te nommais alors Azoth.

L'estomac de Kylar se contracta.

—Qui es-tu ?

L'homme sourit de nouveau. Un large sourire qu'il devait esquisser jadis pour montrer ses dents magnifiques. Il n'avait pas encore pris conscience des ravages de la drogue. Curieusement, il semblait plus arrogant maintenant qu'il était ligoté.

— Je suis Aristarchos ban Ebron, shalakroi de Benyurien dans la province de la Soie de Ladesh.

— Est-ce que le shalakroi est le terme par lequel on désigne un toxicomane accro à l'herbe hystérique ?

Le masque hautain s'effondra comme un vieux mur de brique.

— Non. Je suis désolé. Et je suis désolé d'avoir essayé de te tuer. Je ne me contrôlais plus.

— J'ai cru le remarquer.

— Je ne pense pas que tu comprennes.

— Ce n'est pas la première fois que j'ai affaire à un drogué.

— Je ne suis pas un simple drogué, Kylar. (Un sourire désabusé et bancal dévoila un peu plus ses dents pourries.) C'est ce que disent tous les drogués, n'est-ce pas ? J'ai essayé de fuir Cénaria quand la cité est tombée, mais ma carnation de Ladéshien m'a trahi. Les Khalidoriens m'ont arrêté et interrogé sur le commerce de la soie. Comme tous les habitants de Midcyru, ils ne supportent pas que nous ayons le monopole de ce tissu. Tout se serait passé sans encombre si un vürdmeister du nom de Neph Dada ne m'avait pas remarqué. Il possède le Don de Vue. Je ne sais pas ce qu'il a lu en moi, mais les soldats ont alors commencé de me torturer. (Les yeux d'Aristarchos se perdirent dans le vague.) Ce fut terrible. Pis encore : ils m'obligeaient à avaler des graines après chaque séance. Elles faisaient disparaître la douleur et me donnaient l'impression que tout n'allait pas si mal. Je ne savais pas de quoi il s'agissait. Les Khalidoriens ne me laissaient pas dormir. Ils me torturaient, me faisaient avaler des graines et me torturaient encore. Ils ne m'ont pas posé la moindre question avant qu'il arrive.

— Il ? demanda Kylar en sentant une boule d'angoisse dans son ventre.

— Je… J'ai peur de prononcer son nom, souffla Aristarchos.

Il avait honte de ses craintes, mais refusa néanmoins d'en dire plus. Ses doigts pianotèrent sur la paillasse.

— Le Roi-dieu ? demanda Kylar.

Aristarchos hocha la tête.

— C'était un cycle sans fin. Au bout d'un certain temps, il ne fut plus nécessaire de me forcer à avaler les graines. Je les suppliais de m'en donner. À sa deuxième visite, il lança des sortilèges sur moi… Il est fasciné par les contraintes. «La chimie, la magie et le mélange des deux», a-t-il dit. À ses yeux, je n'étais qu'une expérience de plus. Au bout d'un certain temps, j'ai… j'ai livré ton nom, Kylar. Il a alors lancé une contrainte et m'a ordonné de te tuer. On m'a donné une boîte contenant les fameuses graines, mais elle ne s'ouvrira qu'une fois ma tâche accomplie. (Il frissonna.) Tu vois ? J'ai essayé de prendre de l'herbe hystérique et du vin de pavot pour combler mon manque. Rien n'y a fait. Je suis venu à Caernarvon aussi vite que possible en espérant que j'aurais le temps de t'avertir avant de sombrer. Je ne leur ai pas tout dit. Ils ignorent que tu es revenu d'entre les morts. Ils ne savent rien de la confrérie et de tes autres incarnations.

Kylar était sidéré par les révélations d'Aristarchos. Mille questions se bousculaient sous son crâne.

— De quelle confrérie parles-tu ? demanda-t-il.

L'incrédulité se peignit sur le visage d'Aristarchos. Ses doigts cessèrent même de pianoter sur la paillasse.

— Durzo ne t'a rien dit à propos de la confrérie ?

— Pas un mot.

— La confrérie de la Deuxième Aube.

— Jamais entendu parler.

— La confrérie de la Deuxième Aube se consacre à l'étude des gens réputés immortels et à la description de leurs pouvoirs. Elle veille aussi à ce que lesdits pouvoirs n'échoient pas à des personnes qui soient tentées d'en abuser. Nous formons une société secrète qui a des ramifications dans le monde entier. C'est pour cette raison que je suis parvenu à te retrouver. Elle a été fondée il y a quatre siècles. À cette époque, nous pensions qu'il existait des dizaines d'immortels. Au fil du temps, nous sommes arrivés à la conclusion qu'il n'y en avait probablement qu'un seul. L'homme que tu connaissais sous le nom de Durzo Blint était aussi Ferric Flammecœur, Vin Craysin, Tal Drakkan, Yric le Noir, Hrothan Courbacier, Zak Fissaterre, Rebus le Svelte, Qos Delanoesh, X! rutic Ur, Mir Graggor, Pips McClawski, Garric Ombrefuneste, Dave le Furtif et sans doute bien d'autres que nous ignorons.

— Tu viens de citer la moitié des personnages légendaires de Midcyru.

Aristarchos s'était mis à frissonner et à transpirer, mais il poursuivit d'une voix égale.

— Il était capable d'endosser au moins dix nationalités différentes, et sans doute vingt. Il parlait des langues dont je n'avais jamais entendu parler. Une trentaine, sans compter les dialectes. Et sans le moindre accent. À certains moments de sa vie, il disparaissait pendant vingt, trente, quarante, voire cinquante ans. Nous ne savons pas s'il passait ces périodes seul ou s'il se mariait et s'installait dans une région reculée. Il est apparu dans tous les conflits majeurs des six derniers siècles, et pas toujours du côté où on s'attendait à le voir. Il y a deux cents ans – il s'appelait alors Hrothan Courbacier, il a combattu avec les troupes d'invasion alitaerannes au cours des trente premières années de la guerre de Cent Ans. Puis il est «mort» et s'est battu contre son ancien camp sous le nom d'Oturo Kenji, kensai dans l'armée ceurane.

Ce fut au tour de Kylar de frissonner. Il se souvint du jour où sa guilde avait essayé de détrousser Durzo. Quand les rats avaient découvert à qui ils avaient affaire, ils avaient reculé, terrifiés par le pisse-culotte légendaire. Le pisse-culotte légendaire ! S'ils avaient su. Si Kylar avait su. Le jeune homme ressentit une étrange amertume.

Comment Durzo avait-il pu lui cacher tout cela ? Il avait été comme son fils, plus proche de lui que quiconque… Mais Blint ne lui avait rien révélé de son passé et Kylar n'avait vu qu'un personnage amer et superstitieux. Il avait même pensé qu'il valait mieux que lui.

Sans le savoir, Kylar avait tué le héros de légende – de dizaines de légendes. Il avait tué un être dont il n'avait jamais soupçonné l'importance. Il ignorait tout de son maître et il était désormais trop tard pour apprendre à le connaître. Il sentit une boule au creux de son ventre. Il était tout à la fois assommé, indifférent, furieux et au bord des larmes. Durzo était mort et Kylar n'aurait jamais imaginé qu'il lui manquerait à ce point.

Le visage d'Aristarchos s'était couvert de sueur. Ses poings contractés serreraient les draps du lit.

— Si tu as des choses à me demander à propos de ses incarnations, des tiennes ou sur quelque chose d'autre, je te prie de le faire au plus vite. Je ne me sens pas… très bien.

— Pourquoi parles-tu d'incarnations comme si j'étais une sorte de dieu ?

Ce n'était certes pas le plus intéressant, mais les bonnes questions étaient à peine concevables et le jeune homme ne savait pas comment les formuler.

— Tu es vénéré dans certaines régions reculées où ton maître a eu l'imprudence de montrer toute la puissance de ses pouvoirs.

— Quoi ?

— La confrérie emploie le terme d'« incarnation » parce que le mot « vie » prête trop à confusion. En outre, nous ignorons encore si les êtres tels que toi disposent ou non d'un nombre illimité de vies, ou bien s'ils ont une seule vie qui ne s'achève jamais. Aucun de nos membres n'a jamais assisté à la mort d'un immortel. Certaines personnes jugent qu'«incarnation» ne convient pas non plus, mais ce sont surtout les séparatistes modiniens qui croient à la réincarnation. Je vais te dire quelque chose : ton existence les plonge dans des abîmes d'interrogations religieuses. (Les jambes d'Aristarchos étaient maintenant agitées de spasmes de plus en plus violents.) Je suis désolé. Il y a tant de choses que je voudrais te dire, tant de choses que je voudrais te demander.

Soudain, Kylar cessa de penser aux grandes questions à propos de son maître, de ses propres pouvoirs, du Roi-dieu, de ce qu'il savait et de ce qu'il ignorait. Il ne vit plus que l'homme qui transpirait sur le lit : un homme qui avait perdu ses dents et sa beauté pour le protéger ; un homme qui avait été torturé et transformé en toxicomane ; un homme qu'on avait ensorcelé pour qu'il le tue ; un homme qui avait lutté de toutes ses forces pour résister au sortilège. Aristarchos avait enduré toutes ses souffrances pour une personne qu'il ne connaissait même pas.

Kylar ne posa aucune question à propos de la confrérie, de la magie ou de l'aide qu'Aristarchos était susceptible de lui apporter. Cela viendrait en son temps, si les deux hommes survivaient jusque-là.

— Aristarchos, dit Kylar. Qu'est-ce qu'un shalakroi ?

La question surprit le malheureux.

— Je… C'est un titre un peu inférieur à celui d'un duc de Midcyru, mais il ne se transmet pas par le sang. Lors de l'examen du service civil, j'ai été plus brillant que dix mille candidats. Seules une centaine de personnes ont été meilleures que moi dans tout Ladesh. J'avais la charge d'une province qui avait à peu près la taille de Cénaria.

— Cénaria ? Tu parles de la cité ?

Aristarchos sourit malgré les spasmes et la transpiration.

— Non. Du pays.

—Je suis honoré de faire ta connaissance, Aristarchos ban Ebron, shalakroi de Benyurien.

—L'honneur est mien, Kylar ban Durzo. S'il te plaît, accepterais-tu de me tuer?

Kylar se retourna.

La fierté et l'espoir d'Aristarchos s'évanouirent dans un souffle. Il resta avachi sur le lit et sembla soudain tout petit.

—Ton geste ne relève pas de la générosité, seigneur.

Un spasme le secoua et les lanières en cuir retinrent ses membres. Les veines de son front et de ses avant-bras décharnés saillaient.

—Je t'en prie! (Une nouvelle convulsion le saisit.) Je t'en prie, si tu refuses de me tuer, peux-tu au moins ouvrir ma boîte? Donne-moi une graine. Une seule? S'il te plaît?

Kylar sortit. Il emporta la boîte et la brûla. Elle ne contenait qu'un mécanisme tirant un dard empoisonné.

CHAPITRE 20

— Votre Sainteté, notre assassin est mort, déclara Neph Dada en se présentant sur le balcon du Roi-dieu. Je suis désolé de vous informer de cet échec, mais souvenez-vous que j'avais recommandé…

— Il n'a pas échoué, dit Garoth Ursuul sans cesser de contempler la cité.

Neph ouvrit la bouche, se rappela à qui il s'adressait et la referma. Il se voûta un peu plus.

— Je lui ai confié une tâche à laquelle il pouvait se soustraire afin qu'il accomplisse une mission plus importante. (Le Roi-dieu se massa les tempes sans se retourner.) Il a trouvé Kylar Stern. Notre ka'karifeur est à Caernarvon. (Il glissa la main dans une poche et en tira un papier.) Transmets ce message à notre agent sur place pour qu'il le remette à Vi Sovari. Elle devrait arriver d'un jour à l'autre.

Neph cligna des yeux avec nervosité. Il avait cru avoir deviné tous les plans du Roi-dieu, il avait cru maîtriser le vir presque aussi bien que lui. Garoth Ursuul venait de lui démontrer avec désinvolture que ce n'était pas le cas. Cette révélation portait un coup terrible à l'ambition de Neph et anéantissait des mois d'efforts. Des mois! Oh! comme il haïssait cet homme! Garoth était-il capable de voir à de grandes distances grâce à la magie? Le vürdmeister n'avait jamais entendu parler d'un tel pouvoir. Mais alors, le Roi-dieu avait-il appris ce qui se passait à la Brouette Noire ? Savait-il que les meisters de Neph enlevaient des civils pour satisfaire aux expériences de leur maître ? Non ! C'était trop loin et toutes les précautions avaient été prises. Non, c'était impossible !

Mais le Roi-dieu le mettait en garde : il le surveillait. Il surveillait tout. Il en savait toujours plus qu'il le disait – même à son vürdmeister – et Neph ne découvrirait jamais l'étendue de ses pouvoirs. Compte tenu de la manière dont le Roi-dieu donnait ses avertissements, celui-ci était d'une rare amabilité.

—Autre chose ? demanda Garoth Ursuul.

—Non, Votre Sainteté, répondit Neph d'une voix qu'il parvint à garder calme.

—Dans ce cas, tu peux disposer.

Kylar avait toutes les raisons d'être agacé, mais il était difficile de maugréer quand Élène était de bonne humeur. Après un rapide petit déjeuner et une tasse d'ootai pour chasser les brumes du sommeil, les deux amoureux se promenèrent dans les rues, main dans la main. La jeune femme portait une robe couleur crème avec un corsage en taffetas du même brun que ses yeux. Ses vêtements étaient délicieux de simplicité. Élène était ravissante quelle que soit sa tenue, mais elle rayonnait quand elle était heureuse.

—C'est mignon, non ? demanda-t-il en prenant une poupée sur l'étal d'un marchand.

Pourquoi Élène était-elle de si bonne humeur ? Il ne se rappelait pas avoir été particulièrement tendre ou gentil.

Depuis qu'il avait repris ses sorties nocturnes, il s'attendait à avoir une autre discussion avec elle. Mais une nuit, elle avait soudain saisi sa main – il avait fait un bond de trente centimètres dans le lit, bravo pour le flegme légendaire des pisse-culottes – et lui avait dit : « Je t'aime, Kylar, et j'ai confiance en toi. »

Depuis, elle n'était pas revenue sur le sujet et il s'était bien gardé de prendre l'initiative. Que pouvait-il dire ? « Euh… En fait, il m'est arrivé de tuer quelques personnes, mais toujours par accident. Et rien que des voyous. »

— On ne peut pas dépenser beaucoup, dit Élène. Je voulais juste passer la journée avec toi.

Elle sourit. S'agissait-il d'une saute d'humeur ? Il devait bien arriver que les sautes d'humeur poussent à l'optimisme, non ?

— Oh !

Il se sentait un peu mal à l'aise en lui tenant la main. Au départ, il avait eu l'impression que tout le monde les observait. Maintenant, il s'apercevait que seules quelques personnes leur accordaient davantage qu'un simple regard et le spectacle semblait ravir la plupart d'entre elles.

— Ah ! ah ! leur lança un petit homme replet. Parfait ! Parfait ! Tout à fait ravissant ! Vous êtes merveilleux ! Si, si. Entrez donc dans mon magasin.

Kylar fut tellement surpris qu'il faillit bondir sur l'inconnu pour lui refaire le portrait. Élène éclata de rire et tapota le biceps contracté du jeune homme.

— Du calme, mon colosse chéri. Nous nous promenons en faisant les boutiques. Nous nous amusons.

— Nous nous amusons ? dit-il tandis qu'elle l'entraînait dans le petit magasin bien éclairé.

Le marchand replet les confia bientôt aux soins d'une jolie jeune fille. Elle devait avoir dix-sept ans ; elle était menue et svelte ; elle avait des yeux bleus magnifiques et une large bouche qui esquissait un grand sourire. Kylar dévisagea Boucle-d'Or. Son monde diurne et son monde nocturne venaient de se télescoper.

— Bonjour, dit Boucle-d'Or. (Elle inclina la tête et regarda les alliances à leurs doigts.) Je m'appelle Capricia. Est-ce que c'est la première fois que vous entrez dans une annellerie ?

Kylar resta silencieux un long moment et Élène finit par lui donner un petit coup de coude dans les côtes.

— Oui, dit-elle.

Kylar cligna des paupières. Élène le regarda en secouant la tête. Elle pensait sans doute qu'il dévorait Capricia des yeux. Pourtant, elle n'était pas en colère, elle semblait même amusée. Kylar récusa l'accusation d'un geste.

Non, ce n'est pas ça du tout !

Elle haussa un sourcil soupçonneux.

Soit.

— Bien. Dans ce cas, nous allons commencer par le commencement, dit Capricia.

Elle ouvrit un grand tiroir bordé de velours noir et le posa sur le comptoir. Il était rempli de minuscules paires d'anneaux. Il y en avait en or, en argent et en bronze. Plusieurs étaient ornés de rubis, de grenats, d'améthystes, de diamants ou d'opales. Certains avaient été colorés, d'autres non.

— Vous avez vu beaucoup de Caernarvonniens avec de tels bijoux, n'est-ce pas ?

Élène hocha la tête. Kylar la regarda sans comprendre, puis se tourna vers Capricia. Celle-ci ne portait pas d'anneaux – enfin, pas à première vue. Les enfilait-on aux orteils ? Il se pencha discrètement au-dessus du comptoir pour observer les pieds de la jeune fille.

Capricia surprit son regard et éclata de rire – un rire qui donnait envie de s'y joindre même s'il se moquait de vous.

— Non, non ! dit-elle. Je n'en porte pas ! Je ne suis pas mariée. Pourquoi regardez-vous mes pieds ?

Élène se plaqua la main sur le front.

— Mon Dieu ! les hommes !

— Oh! dit Kylar. Ce sont des boucles d'oreilles! (Capricia rit de nouveau.) Quoi? Dans mon pays, les femmes portent des boucles d'oreilles de tailles identiques. Celles-ci sont toutes de tailles différentes.

Élène et Capricia s'esclaffèrent plus fort encore et Kylar comprit. Ces bijoux n'étaient pas destinés à une personne, mais à un couple. Un pour le mari, l'autre pour la femme.

— Oh!

Voilà qui expliquait pourquoi tant d'hommes portaient une boucle d'oreilles. Il se renfrogna. Il était capable de repérer les gens qui cachaient des armes sous leurs vêtements et de deviner s'ils savaient ou non s'en servir! Que lui importaient les babioles accrochées à leurs oreilles?

— Oooh! regarde ceux-là! dit Élène en montrant deux anneaux brillants en or pâle qui étaient sans doute hors de prix. Tu ne les trouves pas magnifiques? (Elle se tourna vers Capricia.) Pourriez-vous nous parler de ces boucles d'oreilles? Nous ne, euh… Nous ne connaissons pas bien cette tradition.

Les deux femmes évitèrent ostensiblement de regarder Kylar.

— Ici, en Waeddryn, lorsqu'un homme désire se marier, il achète une paire d'anneaux et l'offre à l'élue de son cœur. C'est une cérémonie qui a lieu en public, bien entendu, mais le mariage proprement dit se déroule en privé. Vous êtes déjà mariés, n'est-ce pas?

— En effet, répondit Kylar. Nous venons d'arriver en ville.

— Eh bien, si vous voulez vous marier à la mode waeddrynienne, mais que vous n'ayez pas beaucoup d'argent ou que vous ne vouliez pas d'une grande cérémonie, c'est très simple: vous vous en passez. Le mariage est valide dès que vous êtes tringlés.

Les yeux de Kylar s'écarquillèrent.

—Tringlés?

Capricia rougit.

—Enfin, dès que vous avez apposé le sceau de votre amour, lorsque vous portez les anneaux. Euh… La plupart des gens emploient le mot « tringlé ».

—Je suppose qu'il ne fait pas partie du baratin habituel que vous servez aux clients.

—Kylar! intervint Élène tandis que la jeune fille rougissait un peu plus. Pourriez-vous nous montrer les stylets de mariage? demanda-t-elle avec douceur.

Capricia ouvrit un deuxième tiroir bordé de velours noir rempli de dagues décorées. La pointe des lames était minuscule.

Kylar esquissa un mouvement de recul.

Capricia et Élène gloussèrent.

—Nous allons aborder un passage plus effrayant, dit Capricia avec son grand sourire. En général, juste avant que… Euh… le mariage soit consommé… (Elle essayait de parler en professionnelle, mais elle avait rougi jusqu'à la pointe des oreilles.) Excusez-moi, je n'ai jamais expliqué tout cela. Je… D'habitude, c'est maître Bourary qui… Enfin bref! c'est sans importance. Lors du mariage, la femme sacrifie une grande partie de sa liberté.

—Tiens donc? demanda Kylar.

Élène le gratifia d'un regard beaucoup moins amusé que le précédent et le jeune homme jugea préférable de ne pas éclater de rire.

—Le tringlage – enfin, l'apposition du sceau ou le port des anneaux…

—Continuons avec le tringlage, dit Kylar.

—Ma langue a fourché. Je ne devrais pas parler de… (Elle vit l'expression sur le visage de Kylar.) D'accord. Quand le couple se retire dans sa chambre, l'homme offre les bijoux et le stylet à sa femme. Puis il doit ensuite se soumettre à elle. En règle générale, elle...

Capricia rougit de nouveau jusqu'aux oreilles et cligna des yeux. Elle s'éclaircit la voix.

—En règle générale, elle excite le marié pendant un certain temps. Puis elle se perce le lobe gauche à l'endroit choisi et accroche son anneau. Elle enfourche ensuite son mari allongé sur le lit nuptial et fait de même avec lui. (La bouche de Kylar béa.) Ce n'est pas si terrible que cela. Tout dépend de l'endroit où votre femme va... (elle lança un regard en direction de son patron)... poser le sceau. Dans le lobe, ce n'est pas très douloureux, mais certaines épouses – comme celle de maître Bourary – préfèrent percer plus haut.

Kylar se tourna vers le petit homme replet et souriant. Une boucle d'oreille brillante en or incrusté de rubis était accrochée au sommet de son oreille gauche.

—Ça fait un mal de chien, déclara maître Bourary. On appelle cela «dépuceler le mari».

Un petit gémissement s'échappa des lèvres de Kylar.

—Pardon?

Élène rougit, mais une flamme étrange dansait dans ses yeux. Pendant un instant, Kylar aurait juré qu'elle s'imaginait déjà lui perçant l'oreille.

—Ce n'est que justice, vous ne croyez pas? poursuivit maître Bourary. Si la femme doit affronter la douleur et le sang au cours de sa nuit de noces, pourquoi n'en irait-il pas de même pour l'homme? Je peux vous assurer une chose : cela vous rend plus prévenant pour la suite des événements. Surtout si elle vous tord l'oreille pour vous reprocher votre manque de délicatesse. (Il s'esclaffa.) Voilà les traditions d'un pays gouverné par des reines depuis vingt générations.

Il rit d'un air contrit, mais il ne semblait pas mécontent de son sort.

Ces gens sont des fous furieux, songea Kylar.

Capricia s'aperçut que l'intérêt du jeune homme périclitait dangereusement et elle reprit la parole :

— Nous abordons ensuite la partie magique. Quand la femme accroche l'anneau à l'oreille de son mari, elle projette tout son amour, toute sa dévotion et tout son désir de se marier pour qu'il se ferme. Si elle hésite, il restera ouvert.

— Mais une fois scellé, précisa maître Bourary, ni le ciel ni l'enfer ne pourront le rouvrir. Regardez. (Il tendit la main et ôta l'alliance du doigt de Kylar d'un geste habile.) Votre peau est à peine plus claire sous la bague. Vous avez convolé depuis peu, n'est-ce pas ?

— Vous pourriez fabriquer des cottes de mailles à la chaîne avec une dextérité pareille, déclara Kylar en essayant de s'épargner un long discours. La matière première ne vous coûterait pas cher.

— Oh ! mon chéri ! Quel esprit ! Je me pâme, dit Élène en tirant sur les cordons de son corsage comme si elle avait trop chaud. Tu es si romantique.

— Il se trouve que les premiers praticiens de notre art étaient en effet des armuriers, dit maître Bourary. Mais regardez. (Il se tourna vers Élène, devinant en elle une cible plus réceptive à ses explications.) On peut retirer une alliance ou celle-ci peut glisser du doigt. Votre mari entre dans une taverne et il y croise une prostituée. À ce moment, la bague tombe au fond de sa poche – d'elle-même, bien entendu. Comment cette femme pourrait-elle savoir qu'elle braconne sur les terres d'une autre ? Je ne dis pas que vous feriez une telle chose, monsieur, mais, dans notre pays, un homme marié ne peut pas prétendre qu'il ne l'est pas. C'est un gage de sécurité pour les femmes : elles savent à quoi s'en tenir lorsqu'elles flirtent.

» Et si un des époux demande le divorce, eh bien ! il faut arracher l'anneau de votre oreille. Je vous garantis que les gens y réfléchissent à deux fois. Mais le sceau n'est pas apposé par souci de fidélité, pour empêcher un conjoint de sombrer dans l'adultère. C'est beaucoup plus profond. Quand un homme et une femme sont scellés, leur union active une ancienne magie contenue dans ces anneaux, une magie qui grandit en même temps que leur amour. Elle aide à ressentir les émotions de l'autre ; elle fortifie les sentiments ; elle permet de se comprendre ; elle évite des malentendus ; elle...

— Et laissez-moi deviner, l'interrompit Kylar. Plus les boucles d'oreilles sont chères, plus la magie qu'elles contiennent est puissante.

Élène lui administra un second coup de coude – beaucoup moins tendre que le premier.

— Kylar ! murmura-t-elle entre ses dents.

Maître Bourary cligna des yeux.

— Laissez-moi vous rassurer, jeune maître. Tous les bijoux que je fabrique contiennent de la magie. Un article bon marché en cuivre sera tout aussi efficace qu'un autre. Mais il est exact que je consacre plus de temps et d'énergie aux anneaux en or et en mithril. Ce n'est pas seulement parce qu'ils se vendent plus cher, mais parce que ces matériaux conservent la magie plus efficacement que le cuivre, le bronze ou l'argent.

— Ben voyons ! dit Kylar. Merci de nous avoir accordé votre temps.

Il attrapa Élène par la main et sortit de la boutique.

La jeune femme était furieuse. Elle s'arrêta dans la rue.

— Kylar, tu n'es qu'un sale con !

— Chérie, tu as entendu ce qu'il a dit ? Il y a bien longtemps, un armurier avait le Don pour souder des bagues en métal. Dans sa profession, c'était le pouvoir fantastique : il fabriquait des cottes de mailles en quelques jours alors qu'il faut normalement plusieurs mois. Et puis, il eut une idée : pourquoi ne pas vendre un anneau plusieurs centaines de pièces d'or au lieu de vendre une armure pour dix fois moins ? Et voilà ! Une industrie était née. Ces histoires ne sont qu'un ramassis de conneries. Une magie qui va nous apprendre à nous comprendre et je ne sais quoi encore ? Tous les gens qui se marient apprennent à se comprendre ! Oh ! et n'oublions pas que les anneaux en or contiennent davantage de magie… Tu ne t'en serais pas doutée ? As-tu remarqué que les gens ont des boucles en or ? Bourary et sa clique doivent convaincre les neuf dixièmes des imbéciles qu'il vaut mieux économiser pour acheter un bijou au-dessus de leurs moyens. Quelle femme serait heureuse avec une boucle d'oreille en cuivre qui « conserve mal la magie » ?

— Moi, dit Élène à voix basse.

Sa réponse lui coupa le souffle. Il venait de se comporter comme le dernier des salauds.

La jeune femme se cacha le visage dans les mains.

— Je croyais que si tu acceptais de te marier pour de vrai, nous pourrions… tu sais. C'était un moyen d'officialiser notre situation. Si nous le voulions. Enfin, je sais que nous ne sommes pas prêts à le faire. Je ne suggérais pas de le faire tout de suite, je t'assure.

Pourquoi est-ce que c'est toujours moi qui me retrouve dans le rôle du salaud ?

Parce qu'elle est trop bien pour toi.

— Tu savais donc ce qu'on vendait dans cette boutique ? demanda-t-il d'une voix plus douce.

Il était encore furieux, mais il aurait été incapable de dire si c'était contre lui ou contre elle.

— Tante Méa m'en avait parlé.

— C'est pour ça que tu me tripotes les oreilles pendant la nuit depuis quelque temps ?

— Kylar !

— C'est pour ça ?

— Tante Méa dit que ces anneaux font des miracles.

Élène évita son regard. Elle était mortifiée.

— Ouais, avec les tarés, je veux bien le croire !

— Kylar !

Elle fixa ses yeux sur lui en haussant les sourcils, comme pour dire : *Nous sommes au milieu d'un marché bondé ! Tais-toi donc !*

Kylar regarda autour de lui. Il n'avait jamais vu autant de boucles d'oreilles de sa vie. Comment avait-il fait pour ne pas le remarquer plus tôt ? Il ne s'était pas trompé : la plupart étaient en or et tout le monde était coiffé de manière que l'oreille gauche reste dégagée.

— J'ai déjà vu la fille qui travaillait dans cette boutique.

— Capricia ?

— Une nuit où j'étais sorti, des voyous sont venus pour lui faire du mal. Jadis, je les aurais tués. Je me suis contenté de leur flanquer la frousse.

La jeune femme était perplexe : pourquoi lui disait-il cela maintenant ?

— Tu as fait le bon choix. Tu vois ? La violence ne résout…

— Chérie. L'un d'entre eux était le Shinga. C'est un type qui a la rancune tenace et je lui ai fait si peur qu'il a pissé dans son pantalon. Cette fille risque d'avoir des ennuis encore pires que si je n'étais pas intervenu. (Il marmonna un juron.) Pourquoi m'as-tu entraîné dans cette boutique ? Nous n'avons même pas les moyens d'acheter un cadeau d'anniversaire à Uly. Comment pourrions-nous nous offrir ces bijoux ?

— Je suis désolée, d'accord ? dit Élène. Je voulais juste voir à quoi cela ressemblait.

— C'est l'épée, n'est-ce pas ? Tu veux encore que je vende l'épée.

— Ça suffit ! Je n'ai pas parlé de l'épée. Je suis désolée. Je pensais que la visite t'intéresserait peut-être. Je ne te demande pas de m'acheter quoi que ce soit.

Elle ne le regardait plus et elle n'avait sûrement plus envie de se promener main dans la main. C'était mieux qu'une crise de larmes, non ?

Il marcha à côté d'elle pendant qu'elle faisait semblant de regarder les marchandises des étals, qu'elle prenait un article, qu'elle tâtait un vêtement, qu'elle s'intéressait à des poupées qu'ils n'avaient pas les moyens d'acheter.

— Bon ! dit-il enfin. Puisque nous nous disputons déjà…

Élène se tourna et le regarda sans sourire.

— Je ne veux pas entendre parler de sexe, Kylar.

Le jeune homme leva les mains comme s'il se rendait. Il essayait de faire de l'humour, comme d'habitude. Sans succès, comme d'habitude.

— Kylar, est-ce que tu te rappelles ce qu'on ressent quand on tue ?

Il n'avait pas à fournir un gros effort pour s'en souvenir. C'était une sensation exaltante, un plaisir terrible de domination. Puis une impression de désolation, un vide sordide envahissait sa poitrine tandis qu'il songeait qu'un criminel endurci était capable de changer, mais que lui n'aurait pas cette chance. Comprenait-elle à quel point il aimait cela ?

— Chéri, notre vie est courte et nous avons tant de talents. Tu en as davantage que la plupart des gens et je sais que tu veux les employer pour faire le bien. Tu es passionné et j'aime cette partie de toi. Mais regarde ce qui se passe quand tu décides de sauver le monde en brandissant une épée. Ton maître a essayé et c'est devenu un vieil homme amer. Je ne veux pas que tu connaisses le même sort. Tu as été riche, tu as fait des choses extraordinaires et je sais que la petite vie d'un herboriste doit te paraître bien terne. Mais tu te trompes, Kylar. C'est une vie admirable. Un bon père, un bon mari et un bon herboriste fera mille fois plus de bien qu'un assassin. Crois-tu que Dieu a commis une erreur en t'accordant le don de soigner ? Il est prêt à remplacer ce que nous avons détruit par des choses nouvelles et magnifiques. C'est ainsi qu'il gère le monde.

» Regarde-nous. Qui aurait imaginé que nous parviendrions à nous échapper du Dédale et à nous retrouver ? Qui aurait imaginé que nous adopterions Uly ? Elle a une chance de connaître une vie convenable bien qu'elle soit née d'un assassin et d'une courtisane. Seul Dieu était capable de faire cela, Kylar. Je sais que tu ne crois pas encore en lui, mais c'est sa main qui nous guide. Il nous a offert cette chance et je ne veux pas la laisser passer. Ne me quitte pas. Oublie ton ancienne vie. Tu n'étais pas heureux, alors pourquoi redevenir ce que tu étais ?

— Je ne veux pas redevenir ce que j'étais, dit-il.

Mais était-ce la vérité ? Élène se blottit dans ses bras et, tandis qu'il la serrait contre lui, il comprit qu'il n'était qu'un menteur.

CHAPITRE 21

La chaleur de l'après-midi commençait de se faire sentir lorsque Kylar s'arrêta devant une boutique située dans le quartier des nobles. Il s'engagea dans une ruelle et, trente secondes plus tard, en ressortit avec un visage qui ressemblait de façon assez convaincante à celui du baron Kirof. Il regretta de ne pas avoir enfilé une tunique de meilleure qualité, mais, après l'incendie, il ne lui en était plus resté que deux et la seconde était dans un état lamentable. Il était sans doute possible de modifier l'apparence de ses vêtements comme il modifiait l'apparence de son visage, mais le jeune homme était encore incapable de maîtriser une technique prenant autant de paramètres en compte. Il imagina les efforts nécessaires pour faire onduler une robe illusoire de manière crédible en fonction de ses déplacements et décida que sa tunique ferait l'affaire. Il glissa la longue boîte sous son bras et se dirigea vers la porte.

La boutique du grand maître Haylin était un immense bâtiment carré et aplati. L'intérieur était bien éclairé et mieux aménagé que les forges que Kylar avait déjà visitées. Des armures étaient disposées le long des murs et des râteliers d'armes sillonnaient la salle. L'endroit était propre et sentait à peine la fumée. Le grand maître Haylin avait sans doute imaginé un ingénieux système d'aération, car l'atelier n'était pas séparé de la boutique. Un noble choisissait le minerai dont on ferait son arme avec l'aide d'un assistant. Un autre observait des apprentis marteler l'acier qui deviendrait sa cuirasse. Les clients traversaient l'atelier en suivant des tapis bleus de manière à ne pas gêner les commis et les artisans. L'idée était excellente et valait sans doute son pesant d'or. Restait encore à savoir quel était le principal intérêt de cet endroit : y venait-on pour acheter de bonnes armes et de solides épées ou pour visiter une forge ? Kylar l'ignorait.

Près de la porte, les armes et les armures alignées n'avaient rien d'extraordinaire. Elles étaient sans nul doute l'œuvre d'aides ou d'apprentis. Ce n'était pas ce que le jeune homme cherchait. Il regarda vers le fond de la boutique et aperçut enfin le propriétaire

Le grand maître Haylin était à peu près chauve et seule une couronne de cheveux gris ornait encore son crâne bosselé. Il portait un tablier de cuir criblé de trous et taché par le travail de la forge. Il était maigre, voûté et visiblement myope, mais ses bras et ses épaules musclés auraient pu appartenir à un homme beaucoup plus jeune. Il guidait la main d'un apprenti et montrait au garçon le bon angle pour frapper le métal. Kylar se dirigea vers lui.

— Excusez-moi ? Bien le bonjour, seigneur. En quoi puis-je vous être utile ? demanda un jeune homme en lui barrant le chemin.

Il arborait un grand sourire, un peu trop grand au goût de Kylar.

— Je dois m'entretenir avec le grand maître, dit Kylar.

Il sentit une boule se former dans son ventre : il ne suffirait pas de traverser la boutique pour rencontrer Haylin.

— Je crains qu'il soit occupé, mais je serais heureux de pouvoir vous aider, quoi que vous souhaitiez.

Sourire jeta un bref regard aux vêtements de son interlocuteur et décida aussitôt qu'il n'avait pas affaire à un client important. C'était tout à fait ce dont Kylar avait besoin : un crétin borné.

Kylar regarda par-dessus l'épaule de Sourire et laissa échapper un hoquet de surprise. Il n'avait jamais esquissé une telle expression avec les traits du baron Kirof, mais le résultat fut sans doute satisfaisant, car son interlocuteur se tourna pour regarder derrière lui.

Kylar invoqua son manteau d'invisibilité. Il se sentit dans la peau d'un garnement lorsque Sourire se retourna et constata que le client avait disparu.

— Qu'est-ce que… ? commença-t-il. (Il se frotta les yeux et s'adressa à l'homme qui se tenait derrière le comptoir.) Hé! tu as vu le gros type à barbe rousse avec qui j'étais en train de parler?

Son collègue lui fit signe que non.

— T'as encore des hallucinations, Wood?

Sourire secoua la tête et retourna vers le comptoir en jurant tout bas.

Kylar traversa la boutique en restant invisible, évita les commis qui filaient dans tous les sens et se glissa à côté de Haylin. Celui-ci se tenait devant une table où des épées forgées par des apprentis attendaient son verdict.

Kylar apparut derrière le grand maître.

— La troisième n'a pas été chauffée comme il faut, remarqua-t-il. Il y a une faiblesse juste au-dessus de la garde. La suivante a été mal trempée.

Haylin pivota et regarda les pieds de Kylar – qui étaient à trois mètres du tapis bleu le plus proche. Puis il se tourna vers la table et attrapa la troisième épée. Il l'examina un instant et la jeta dans une caisse rouge.

— Werner! dit-il à un apprenti qui houspillait un jeune commis. C'est la troisième fois que tu ne donnes pas satisfaction depuis le début du mois. La prochaine sera la dernière.

Le dénommé Werner blêmit et cessa aussitôt de sermonner le garçon.

—Quant à celle-ci... (Le grand maître montra l'épée mal trempée à Kylar.) Savez-vous ce qu'on obtient en semant des diamants devant des poulets ?

—Des poulets de dix mille carats ?

—On obtient des gésiers hors de prix. C'est du gaspillage, monsieur. Cette arme fait partie d'une commande pour l'armée. Une commande de cent lames payées deux cent cinquante souveraines d'or. À ce tarif, que m'importe si le paysan qui va la manier passe deux heures au lieu d'une pour l'affûter ? Vous avez l'œil en matière d'épées, mais je suis un homme occupé. Que voulez-vous ?

—Cinq minutes. En privé. Vous ne regretterez pas le temps que vous m'accorderez.

Le grand maître haussa un sourcil, mais accepta. Il conduisit Kylar vers un escalier qui menait à une pièce spéciale. Ils croisèrent le dénommé Wood qui s'avança vers eux.

—Vous ne pouvez pas... Vous ne pouvez pas...

Haylin le toisa et le sourire du jeune homme fondit comme neige au soleil.

—Ne lui prêtez pas attention, dit-il à Kylar. C'est mon cinquième fils. Il n'est pas très affûté, hein ?

Kylar ne comprit pas l'allusion, mais il hocha la tête.

—À votre place, je l'aurais jeté dans la caisse des rebuts.

Haylin éclata de rire.

—J'aimerais pouvoir le faire avec sa mère. Ma troisième femme est la réponse aux malédictions lancées par les deux premières.

Il était évident que ce salon était utilisé le moins souvent possible. Une magnifique table en noyer et des chaises étaient disposées au centre, mais des vitrines occupaient le reste de la salle. De superbes épées et des armures hors de prix formaient une garde d'honneur. Kylar les regarda de plus près. Plusieurs avaient été forgées par le grand maître : il s'agissait de chefs-d'œuvre destinés à montrer l'étendue de son talent. D'autres étaient anciennes et témoignaient de périodes et de styles différents. Parfait !

Haylin regarda Kylar en plissant les yeux.

—Il ne vous reste que trois minutes, remarqua-t-il.

—Je possède des talents assez particuliers, dit Kylar en s'asseyant devant l'armurier.

Le grand maître haussa de nouveau un sourcil – il avait des sourcils terriblement expressifs.

Kylar glissa une main dans ses cheveux roux qui virèrent soudain au blond sale. Il la passa sur son nez qui devint plus long et plus pointu. Il se frotta le visage comme s'il se lavait : ses yeux se firent perçants et sa barbe disparut pour dévoiler des joues légèrement grêlées. Tout cela n'était qu'un spectacle : Kylar n'avait pas besoin de toucher sa chair pour modifier son apparence, mais le grand maître semblait apprécier la mise en scène.

Haylin était livide et sa bouche béait. Il cligna très vite des yeux et essaya de dire quelque chose, mais ne laissa échapper qu'un croassement. Il s'éclaircit la voix.

—Maître Feu du Ciel ? Gaelan Feu du Ciel ?

—Vous me connaissez ? demanda Kylar, stupéfait.

Gaelan Feu du Ciel était le héros d'une dizaine de ballades chantées par les bardes, mais le jeune homme arborait les traits de Durzo Blint.

—J'étais… Je n'étais qu'un enfant lorsque vous êtes entré dans la boutique de mon grand-père. Vous avez dit… Vous avez dit que, si vous reveniez, ce serait bien après qu'on aurait cessé de vous attendre. Oh ! seigneur Feu du Ciel ! Mon grand-père disait que mon père ou moi-même serions peut-être témoins de votre prochaine visite, mais nous ne l'avons jamais cru.

Décontenancé, Kylar s'efforça de réfléchir avec calme. Gaelan Feu du Ciel et Durzo Blint n'avaient été qu'une seule et même personne ? Le jeune homme savait que son maître avait porté différents noms pendant sept siècles, mais *Gaelan Feu du Ciel* ? Aristarchos n'avait pas mentionné ce héros lorsqu'il avait cité diverses identités de Durzo.

Le chagrin frappa Kylar comme un coup de couteau. Que savait-il de l'homme qui l'avait élevé, de l'homme qui s'était sacrifié pour lui ? Il le connaissait moins bien qu'un forgeron de Caernarvon. Durzo était déjà un être amer quand il l'avait rencontré. Quel genre de personne avait-il été lorsqu'il s'appelait Gaelan Feu du Ciel, cinquante ans plus tôt ? Kylar songea qu'il se serait bien entendu avec un tel homme.

— Nous avons gardé le secret, je vous le jure ! dit le grand maître Haylin.

Kylar était encore déconcerté. Ce forgeron au sommet de sa gloire était assez vieux pour être son grand-père, mais il le traitait comme… comme un être immortel, un dieu.

— Je ne… Je ne… Je vous en prie, dit-il enfin. Ce n'est pas parce que j'ai connu le père de votre père qu'il vous faut changer d'attitude envers moi. Mon petit numéro était juste destiné à vous montrer que je n'allais pas vous faire perdre votre temps. Pour tout dire, je ne m'attendais pas que vous me reconnaissiez. D'ailleurs, je ne me souvenais pas de vous. Vous avez sacrément changé.

Il esquissa un sourire pour parfaire le mensonge.

— Mais vous, vous êtes resté le même, dit Haylin, éberlué. Heu… bien. (Ses sourcils se haussaient et s'abaissaient sur un rythme effréné tandis qu'il essayait de rassembler ses esprits.) Euh… en quoi puis-je vous être utile ?

— Je cherche à vendre une épée.

Kylar tira Châtiment de son fourreau et la posa sur la table.

Haylin prit la grande épée de ses grosses mains calleuses et l'examina d'un air admiratif. Puis il la reposa soudain.

Il fixa les yeux sur la garde en clignant des paupières. Il fit glisser les doigts dessus et ses yeux s'écarquillèrent.

—Vous ne l'avez jamais fait tomber, n'est-ce pas?

Kylar haussa les épaules. C'était une question idiote.

Le grand maître se demandait encore s'il ne rêvait pas. Il cracha dans sa paume et reprit l'épée.

—Qu'est-ce que vous…

Une goutte de salive perla de la garde et tomba sur la table. Haylin posa l'arme et regarda sa paume : elle était parfaitement sèche. Il laissa échapper un petit gémissement, mais fut incapable de détacher son regard de l'épée. Il se pencha de plus en plus près, jusqu'à ce que son nez touche presque le métal. Il tourna Châtiment pour observer le fil de la lame.

—Par les dieux! s'exclama-t-il. C'est donc vrai!

—Quoi? demanda Kylar.

—Les molécules de carbone. Elles sont parfaites. Je serais prêt à parier mon bras droit que chaque atome est lié à quatre autres, n'est-ce pas? Cette lame est le plus pur des diamants, seigneur. Elle est si fine qu'on la voit à peine, mais il serait impossible de la briser. On peut couper la plupart des diamants avec d'autres diamants parce qu'ils contiennent des impuretés, mais cette lame est parfaite. Elle est indestructible. Et il en va de même pour la garde. Mais, seigneur, je croyais que votre épée était noire…

Kylar effleura Châtiment et le ka'kari surgit de sa peau pour la recouvrir. Le mot «pitié», gravé sur la lame, fut remplacé par le mot «justice», tracé en lettres de nuit.

Le grand maître Haylin eut l'air attristé.

—Oh! seigneur… Mon grand-père nous avait dit… Je n'avais pas compris. J'ai l'impression d'être aveugle et cette cécité me soulage presque.

—De quoi parlez-vous?

— Je ne possède pas le Don, seigneur Feu du Ciel. Je n'entrevois même pas les pouvoirs fantastiques de cette épée. Ce n'était pas le cas de mon grand-père. Il affirmait que le souvenir de cette puissance hantait chacun de ses jours. Il savait quel Don il avait fallu pour fabriquer cette arme, il le sentait, mais il savait qu'il ne parviendrait jamais à l'égaler. Il disait qu'en comparaison les pièces qu'il forgeait étaient banales, médiocres. C'était pourtant un forgeron réputé. Je n'aurais jamais pensé que je verrais Châtiment de mes yeux. Seigneur, vous ne pouvez pas la vendre.

— Pour tout dire, je ne la vends pas dans sa version noire, dit Kylar d'un ton désinvolte. (Ses mains aspirèrent le ka'kari.) Il est possible que cela réduise quelque peu sa valeur.

— Seigneur, vous ne comprenez pas. Même si je pouvais vous offrir ce que vaut cette arme… Et il faudrait déjà que je parvienne à en estimer le prix, ce qui est impossible ! Elle vaut plus que ce que j'aurai gagné au cours de ma vie. Mais même si je pouvais l'acheter, je ne pourrais jamais la vendre. Elle est trop précieuse. Il n'y a sans doute qu'un ou deux collectionneurs assez riches et assez connaisseurs pour s'intéresser à une telle arme. Et quand bien même, seigneur. Cette épée n'est pas faite pour reposer dans une vitrine. Elle est faite pour être brandie par un héros. Elle est faite pour vous. Regardez cette poignée ! Votre main ne glissera pas dessus, même si elle est mouillée ou couverte de sang. L'humidité glisse sur le métal. Le travail est magnifique, mais le forgeron a aussi pensé à l'aspect pratique. Cette arme n'est pas un bibelot de salon, c'est un chef-d'œuvre. La perfection dans l'art de tuer. Tout comme vous.

Il leva les mains en l'air et se laissa tomber sur une chaise. La simple vue de Châtiment l'avait épuisé.

— C'est curieux. Mon grand-père disait que l'inscription était en hyrillique… Oh !

Sur la lame, les lettres du mot « pitié » se changèrent en caractères que Kylar ne connaissait pas. Le jeune homme resta suffoqué. C'était la première fois que cela arrivait.

Un serpent s'agita dans son ventre et serra ses anneaux autour de son estomac. Il eut l'impression d'avoir perdu quelque chose d'inestimable. Il éprouvait toujours ce malaise lorsqu'il pensait à son maître, à cet homme dont il n'avait pas mesuré la grandeur.

—C'est sans importance, dit-il, la gorge serrée. Je dois la vendre.

S'il gardait Châtiment, il tuerait de nouveau. Il en était certain. Entre ses mains, cette arme dispensait une justice implacable. Il devait s'en séparer s'il voulait respecter la promesse faite à Élène. Tant qu'il possédait cette épée, il resterait prisonnier de son ancienne vie.

—Seigneur, avez-vous besoin d'argent ? Je vous donnerai tout ce que vous voulez.

Kylar envisagea cette solution. Le forgeron était sans doute assez riche pour lui verser une somme suffisante.

—Non ! Je dois la vendre ! C'est… C'est à cause d'une femme.

—Vous vendez un artefact dont le prix suffirait à acheter un royaume à cause d'une femme ? Mais vous êtes immortel ! Le plus long des mariages ne représentera qu'une fraction de votre existence !

Kylar grimaça.

—C'est vrai.

—Vous ne vendez pas seulement cette arme, n'est-ce pas ? Vous abandonnez tout. Vous abandonnez la voie de l'épée.

Kylar hocha la tête, les yeux rivés sur la table.

—Ce doit être une femme exceptionnelle, soupira le forgeron.

—En effet. Que pouvez-vous m'offrir pour Châtiment ?

—Cela dépend. Quand vous faut-il l'argent ?

Sa détermination ne risquait-elle pas de mollir ? Kylar savait que sa précipitation allait sans doute lui coûter plusieurs milliers de pièces d'or, mais il ne voulait pas courir le risque de perdre Élène. Et puis, il n'avait jamais éprouvé une grande attirance pour l'argent.

— Donnez-moi ce que vous pourrez rassembler.

— Avant que vous quittiez la ville ?

— Non, avant que je quitte votre boutique.

Kylar déglutit, mais sans parvenir à chasser la boule qui lui obstruait la gorge.

Le grand maître ouvrit la bouche pour protester, mais comprit que son interlocuteur ne se laisserait pas fléchir.

— Trente et un mille reines, lâcha-t-il. Peut-être quelques centaines de plus, en fonction de notre chiffre d'affaires de la journée. Six mille en or, le reste en billets à ordre. Mais pour les monnayer, il vous faudra rendre visite à la moitié des agents de change de la cité ou vous rendre au Géant Bleu.

Kylar écarquilla les yeux en entendant la somme. Elle suffirait à acheter une maison, à rembourser Tante Méa, à ouvrir une boutique avec un fonds de commerce important et à offrir une garde-robe complète à Élène. Sans compter qu'il en resterait sans doute, même après l'achat de la plus jolie paire d'anneaux de mariage de toute la ville. Et Haylin affirmait que ce n'était pas assez ?

C'est un bon prix pour ton héritage, tu ne crois pas ?

Cette pensée lui coupa presque le souffle. Il se redressa soudain.

— Topez là !

Il se dirigea vers la porte et saisit la poignée.

— Euh… seigneur, dit le grand maître.

Il montra son propre visage.

— Oh !

Kylar se concentra et ses traits s'empâtèrent, ses cheveux virèrent au roux.

L'affaire fut réglée en moins de cinq minutes. Sourire, toujours abasourdi, remplit un coffre de souveraines d'une valeur de vingt reines chacune et observa son père glisser une épaisse liasse de billets à ordre sur les pièces. Le tout représentait une somme de trente et un mille quatre cents reines. Le coffre n'était pas grand, mais il pesait plus lourd que deux colosses réunis. Haylin demanda qu'on amène un cheval, mais Kylar lui affirma que deux grosses lanières en cuir feraient l'affaire. Les aides et les apprentis s'arrêtèrent pour regarder la scène, mais Kylar ne leur prêta pas attention. Haylin attacha les courroies en personne, un petit sourire aux lèvres.

—Seigneur, dit-il une fois qu'il eut terminé. Le jour où vous souhaiterez la récupérer, il vous suffira de venir ici.

—Qui sait ? Lorsque vos petits-fils dirigeront cette boutique, peut-être.

Le grand maître Haylin sourit de toutes ses dents.

Kylar songea qu'il n'aurait pas dû faire cette remarque à voix haute. Il n'aurait pas dû refuser un cheval non plus, mais il s'en moquait. Il avait plaisir à parler avec Haylin, même si celui-ci croyait avoir affaire à Durzo Blint. Le forgeron connaissait plus ou moins l'étendue de ses pouvoirs, mais il n'éprouvait ni crainte ni dégoût. C'était tellement agréable de se sentir reconnu et accepté… Au diable l'imprudence ! Et puis, dans le rôle de Gaelan Feu du Ciel, Kylar était sans doute meilleur que Durzo Blint l'avait jamais été.

Kylar invoqua son pouvoir et souleva le coffre sur son dos. Des cris de surprise remplirent la forge. En vérité, le fardeau était si lourd qu'il était presque impossible de le transporter, même avec le Don. Kylar adressa un signe de tête au grand maître Haylin et sortit.

Tandis qu'il s'éloignait, il entendit la voix de Sourire :

— Mais qui diable était cet homme ?

Son père lui répondit :

— Un jour, lorsque tu seras prêt, je te le dirai peut-être.

CHAPITRE 22

— **B**onjour, dit Kylar en entrant dans l'annellerie.
— Bonjour, répondit Capricia, un peu surprise.

Elle était seule et fermait la boutique.

— Le connard est revenu. (Il grimaça.) Je suis désolé pour… la dernière fois.

— Pardon ? Oh ! non ! Vous êtes tout excusé. Je comprends que cette coutume paraisse un peu curieuse aux étrangers. Les hommes ne l'ont jamais beaucoup aimée. Pourtant, les femmes doivent bien se percer les oreilles et elles ne s'en plaignent jamais.

Elle haussa les épaules.

— Oui, bien sûr…

Kylar s'aperçut qu'il n'avait rien à dire. Pourquoi était-il mal à l'aise dès lors qu'il était question de bijoux ?

— Eh bien ! voilà, conclut-il avec un manque total de conviction.

— Pour dire la vérité, poursuivit Capricia, la majorité des hommes ne sent rien ou presque. Enfin ! Leurs femmes s'arrangent pour qu'ils pensent à autre chose au moment crucial. En théorie, le mariage doit être consommé après le tringlage, mais peu de gens respectent ce principe.

Kylar toussa. Il avait envisagé cette solution.

— Euh… Est-ce que vous vous souvenez des anneaux que mon épouse regardait ?

— Bien sûr ! (Capricia rit.) Mais je crains qu'il s'agisse d'une paire qui conserve très bien la magie.

Ses yeux pétillèrent et Kylar rougit.

— J'ai le malheur d'avoir une femme qui a un excellent goût.

— Cette qualité se reflète sur d'autres de ses choix, remarqua Capricia en lui adressant son grand sourire.

Kylar fut heureux de lui être venu en aide, même si les conséquences de son intervention risquaient d'attirer de gros ennuis à la jeune fille. Capricia ouvrit le tiroir contenant les boucles d'oreilles et le posa devant lui. Elle en examina le contenu, se renfrogna et attrapa une paire d'anneaux.

— Je vous demande un instant, dit-elle. (Elle s'agenouilla derrière le comptoir, rangea les bijoux qu'elle venait de prendre et se releva.) Je crois que le modèle qui plaisait à votre femme était par ici.

Elle pointa un doigt vers la rangée du haut, celle des anneaux tressés en fils d'or et sertis de mithril.

— Combien valent-ils ?

— Deux mille quatre cents, deux mille huit cents et trois mille deux cents. (Kylar ne put retenir un sifflement.) Nous avons des modèles identiques plus abordables en or blanc et jaune. C'est à cause du mithril qu'ils atteignent des prix si fous.

Durzo lui avait un jour affirmé que Jorsin Alkestes avait possédé une épée en mithril avec un noyau d'or renforcé. Il fallait une forge spéciale pour travailler le mithril, parce qu'il fondait à une température trois fois plus élevée que l'acier. Une fois qu'il avait atteint cette température, il la conservait pendant des heures alors que les autres métaux devaient être réchauffés à maintes reprises. Les forgerons éprouvaient un mélange de pure joie et de pure terreur à le travailler : ils n'avaient que quelques heures pour lui donner sa forme définitive, car le mithril ne fondait qu'une seule fois et il était impossible de corriger une erreur. Un artisan devait posséder un Don substantiel pour forger des objets de grande taille avec ce métal.

— Est-ce qu'il y a des gens qui portent des anneaux en mithril massif? demanda Kylar en examinant les trois paires de boucles d'oreilles les unes après les autres.

Il était certain que les yeux d'Élène avaient étincelé en regardant l'une d'elles, mais laquelle?

Capricia secoua la tête.

— «Même si vous en aviez les moyens, vous ne le feriez pas», dit toujours maître Bourary. Il dit que l'or conserve mieux les sorts les plus simples. Même les anneaux les plus anciens sont composés de deux métaux. Maître Bourary en possède une paire qui a été forgée par son arrière-arrière-arrière-grand-père ou quelque chose comme ça. À première vue, on dirait qu'ils sont en mithril massif, mais ils contiennent un noyau d'or jaune et de diamant. C'est assez incroyable. Le mithril est bordé de trous minuscules qui laissent entrevoir les reflets des diamants et de l'or sous le bon éclairage.

Kylar se demanda si ces histoires de sorts relevaient vraiment de la supercherie. Soit maître Bourary n'était pas un charlatan, soit il avait appris à parler de magie comme un professionnel.

Le jeune homme songea qu'il devait être fou. Comment pouvait-il regarder des bijoux qui valaient entre deux et trois mille pièces d'or? Il aurait dû interroger le grand maître Haylin à propos de ces anneaux, cet après-midi-là. Le forgeron devait savoir s'ils contenaient vraiment de la magie. Pourtant, Kylar se sentait soulagé. Il avait vendu son héritage (de pisse-culotte). Il avait pris sa décision. Maintenant, il ne lui restait plus qu'à trouver l'anneau parfait qui comblerait la femme de sa vie, la femme qui l'empêchait de sombrer dans la déchéance et l'amertume comme Durzo Blint.

Au fond, peu importait que ces anneaux soient magiques ou non. L'important, c'était de montrer à Élène combien il tenait à elle.

— Il y avait une autre paire dans ce tiroir, j'en suis certain, dit Kylar. Pourquoi en avez-vous retiré une tout à l'heure ?

— Il s'agissait seulement d'un modèle d'exposition… Enfin, non, pas tout à fait. Il y a dix ans, un joaillier a refusé de céder certains bijoux à la reine. Furieuse, Sa Majesté a décrété qu'un marchand n'aurait plus le droit d'exposer un objet qui n'était pas à vendre. D'un point de vue légal, ce n'est donc pas un modèle d'exposition, mais maître Bourary ne tient pas vraiment à s'en séparer. Je peux vous montrer le contenu d'autres tiroirs. Celui que vous cherchez est peut-être dans l'un d'eux.

— Je voudrais examiner les anneaux que vous avez rangés tout à l'heure, dit Kylar.

Il se sentit soudain sceptique. La jeune fille n'essayait-elle pas de l'appâter ? Il avait vu des hommes tomber dans ce genre de piège : une jolie vendeuse écartait un article hors de prix pour en présenter un autre bon marché. Elle disait : « Regardez celui-ci, il est ravissant » et le client rétorquait aussitôt : « Montrez-moi les autres » pour prouver qu'il n'était pas n'importe qui.

Pourtant, Capricia semblait honnête et Kylar ne la croyait pas capable de recourir à de tels stratagèmes. Elle sortit les anneaux et les posa devant Kylar. Celui-ci les regarda et ses hésitations fondirent comme neige au soleil.

— Ce sont ceux-là !

Les bijoux étaient élégants et d'une sobriété plaisante. Kylar prit le plus grand et le souleva. L'arc de cercle en métal argenté se colora de reflets dorés à la lumière.

Capricia hoqueta et tendit la main comme si elle craignait que le jeune homme casse l'anneau. Kylar approcha le bijou de son oreille gauche et se regarda dans un miroir. Il estima que cela lui donnait un petit air efféminé, mais, de toute évidence, des milliers de Caernarvonniens ne partageaient pas son avis.

—Hmm.

Il fit glisser la boucle plus haut et trouva le résultat un peu plus viril.

—Quand une femme s'apprête à percer l'oreille de son mari, quel est le point le plus douloureux qu'elle puisse choisir ?

—Juste ici, dit Capricia.

Elle se pencha en avant et tendit le doigt. Kylar ne vit pas l'endroit qu'elle montrait. Il tourna donc la tête et la jeune fille lui effleura le lobe.

—Oh ! s'exclama-t-elle. Je suis vraiment désolée. Je n'avais pas l'intention de vous toucher…

—Pardon ? (Il se souvint alors des coutumes de Caernarvon.) Oh ! non ! c'est ma faute ! Là d'où je viens, les oreilles n'ont pas de signification particulière. Vous avez dit ici ? L'anneau passe donc au-dessus ?

Il regarda le résultat dans le miroir. Oui, c'était plus viril, aucun doute là-dessus, mais l'opération lui ferait souffrir le martyre. Pour une raison inconnue, cette pensée le rasséréna.

Il attrapa le bijou le plus petit et le tint tout près du lobe de Capricia – en prenant soin de ne pas la toucher. C'était magnifique.

—Je les prends.

—Je suis désolée, dit la jeune fille. Nous n'avons rien qui ressemble à ce modèle, mais maître Bourary pourrait en fabriquer un presque identique.

—Vous avez dit qu'il n'y avait plus de modèles d'exposition, dit Kylar.

—Pas d'un point de vue légal. Pas après que la reine a proclamé la loi sur… Tout est à vendre, mais les marchands exigent des prix démentiels pour les articles qu'ils souhaitent conserver.

— Et ces anneaux font partie de cette catégorie ?

La boutique sembla rapetisser.

— Il se trouve qu'il s'agit de ceux dont je vous parlais tout à l'heure. Ceux qui ont été fabriqués par l'arrière-arrière-arrière-arrière-grand-père de maître Bourary. Ceux en mithril avec un noyau d'or et de diamant. Vous vous souvenez ? (Elle esquissa un faible sourire.) Je suis désolée. Je n'essaie pas de vous mettre dans l'embarras. Ils n'auraient pas dû se trouver dans ce tiroir.

— Vous parlez de prix démentiel. Pouvez-vous me donner une idée de ce prix ?

— Un prix démentiel, répondit la jeune fille.

— J'entends bien, mais à quel point ?

— À un point démentiel.

Capricia grimaça.

— Dites-moi combien, soupira Kylar.

— Trente et un mille quatre cents reines. Je suis désolée.

La réponse frappa Kylar à l'estomac comme un coup de poing. C'était une coïncidence, bien entendu, mais… Élène aurait affirmé qu'il s'agissait d'une intervention divine : la vente de Châtiment couvrirait juste les frais de son mariage.

Il ne resterait plus rien ? Élène, si c'est ainsi que ton Dieu se mêle de la vie des gens, c'est un sacré grippe-sou. Merde ! il n'aurait même plus de quoi acheter un stylet nuptial !

Capricia se força à rire.

— La bonne nouvelle, plaisanta-t-elle, c'est que nous offrons un stylet nuptial pour l'achat de ces bijoux.

Kylar eut l'impression que ces entrailles se changeaient en glace.

La jeune fille se méprit sur la nature de son expression affolée.

— Nous avons cependant de très jolis…

— Vous touchez une commission sur vos ventes ? demanda Kylar.

— Un dixième sur les objets dont le prix est supérieur à mille reines.

— Si vous vendiez ces boucles d'oreilles, que feriez-vous avec ces… attendez… un peu plus de trois mille reines ?

— Je l'ignore. Pourquoi me posez-vous…

— Que feriez-vous ?

Elle haussa les épaules, commença de répondre, puis s'interrompit avant de reprendre :

— Je déménagerais avec ma famille. Nous vivons dans un quartier difficile et nous avons sans cesse des ennuis avec… Oh ! quelle importance ? Croyez-moi, je rêve d'une nouvelle maison depuis que je travaille ici. J'ai pensé à ce que la vente de ces anneaux changerait pour mes parents et pour moi. Pendant un moment, je priais même tous les soirs pour qu'un acheteur se présente. De toute façon, ma mère affirme que nous ne risquons rien. Et puis, Dieu ne répond pas aux prières égoïstes.

Le cœur de Kylar se figea. La famille déménagerait et serait alors à l'abri de ce petit Shinga bouffi d'arrogance et assoiffé de vengeance. Kylar n'aurait pas à tuer pour protéger Capricia.

— Vous vous trompez, dit-il. (Il glissa les boucles d'oreilles en mithril dans sa poche et attrapa un stylet nuptial.) Dieu y répond ainsi.

Il hissa le coffre sur le comptoir et l'ouvrit. Capricia hoqueta de surprise. Ses mains tremblaient tandis qu'elle dépliait les billets à ordre les uns après les autres. Puis elle regarda Kylar. Ses yeux étaient remplis de larmes.

— Dites à vos parents que votre ange gardien veut que vous déménagiez. Pas dans une semaine. Pas demain. Ce soir. Quand je vous ai aidée, j'ai dû humilier le Shinga et il a juré de se venger.

Les yeux de la jeune fille étaient toujours écarquillés, mais elle hocha la tête presque imperceptiblement. Sa main surgit comme celle d'un automate.

— Pour mettre le cadeau ? demanda-t-elle d'une voix étranglée. Je vous l'offre.

Elle lui tendait un coffret décoré. Kylar le prit, sortit et verrouilla la porte derrière lui. Il rangea les boucles d'oreilles dans la boîte avant de la glisser dans une poche. Il était maintenant aussi pauvre qu'un mendiant. Il avait vendu son héritage de pisse-culotte. Il avait abandonné un des derniers objets qui le rattachaient à Durzo. Il avait troqué une épée magique contre deux anneaux en métal et il n'avait plus un sou en poche. Trente et un mille quatre cents reines et il ne lui restait pas de quoi acheter un cadeau d'anniversaire à Uly.

Dieu ! nous sommes foutus ! À partir de maintenant, tu répondras tout seul à tes putains de prières !

Chapitre 23

— Est-ce que tout se passe bien entre Élène et toi? demanda Uly.

La fillette et Kylar travaillaient ensemble ce soir-là. Uly allait chercher les ingrédients tandis que Kylar préparait une décoction qui calmait les fièvres.

—Bien sûr. Pourquoi me poses-tu cette question?

—Tante Méa dit que ce n'est pas grave si vous vous criez toujours après. Elle dit que si ça me fait peur, je n'ai qu'à écouter les grincements du lit après votre dispute et que je comprendrai que tout va bien. Elle dit que ça voudra dire que vous vous êtes réconciliés. Mais je n'entends jamais le lit grincer.

Kylar sentit ses joues devenir écarlates.

—Euh… Eh bien! je pense que… Tu sais, c'est le genre de question que tu devrais poser à Élène.

—Je l'ai fait. Elle m'a dit de te la poser à toi. Elle avait l'air gênée, elle aussi.

—Je ne suis pas gêné! répliqua aussitôt Kylar. Passe-moi les baies de mai.

—Tante Méa dit que c'est mal de mentir. J'ai déjà vu des chevaux qui s'accouplaient au château, mais Tante Méa dit qu'avec les gens ça fait moins peur.

—C'est faux, marmonna Kylar en écrasant les baies à l'aide d'un pilon. En un sens, c'est tout aussi effrayant.

—Qu'est-ce que tu dis?

— Uly, tu es trop jeune pour avoir ce genre de conversation. Va me chercher les racines de mille-feuille.

— Tante Méa a dit que tu dirais sans doute ça. Elle a dit qu'elle m'expliquerait si vous étiez trop gênés pour le faire. Elle m'a juste fait promettre de vous demander en premier.

Uly lui tendit une racine brune et noueuse.

— Tante Méa pense un peu trop au sexe, marmonna Kylar.

— Hum…, dit quelqu'un derrière lui.

Le jeune homme tressaillit.

— Je sors pour voir comment se porte maîtresse Vatsen, dit Tante Méa. Est-ce que tu as besoin de quelque chose?

— Euh… Eh bien… non, répondit Kylar.

Elle n'avait rien entendu! Elle n'aurait jamais conservé ce visage impassible si elle avait entendu.

— Kylar, est-ce que tu vas bien? demanda l'herboriste. (Elle posa une main sur sa joue brûlante.) Tu es tout rouge.

Elle se mit à fouiller sur les étagères qu'il venait de ranger – curieusement, elle semblait trouver les produits plus vite quand tout était sens dessus dessous – et glissa quelques pots dans son panier. Le jeune homme resta penché sur sa potion comme si sa préparation exigeait une grande concentration. Tante Méa passa derrière lui et lui pinça les fesses.

Kylar étouffa un cri et sursauta si haut qu'il faillit se cogner la tête au plafond. Uly le regarda d'un air interrogateur.

— Tu as peut-être raison, dit Tante Méa en atteignant la porte. Mais ne va pas te faire des idées. Je suis trop vieille pour toi.

Kylar rougit un peu plus et la sage-femme s'esclaffa. Il entendait encore son rire quand elle descendit la ruelle.

— Vieille folle, marmonna-t-il. Graines de noranton!

Uly lui tendit une fiole remplie de graines plates et pourpres. Le visage de la fillette se contracta et ses lèvres se serrèrent.

—Kylar, si ça ne marche pas avec Élène, est-ce que tu voudras bien te marier avec moi ?

Le jeune homme laissa tomber le récipient en verre dans la préparation.

—QUOI ?

—J'ai demandé ton âge à Élène. Elle a dit que tu avais vingt ans. Tante Méa m'a dit que son mari avait neuf ans de plus qu'elle, c'est plus qu'entre toi et moi. Je t'aime, tu m'aimes et tu n'arrêtes pas de te disputer avec Élène alors que tu ne le fais jamais avec moi…

Kylar ne comprenait pas. Élène et lui ne s'étaient pas querellés depuis plus d'une semaine. Puis il se rappela qu'Uly dormait chez une de ses nouvelles amies depuis quelque temps – sans doute parce que les disputes du jeune couple la rendaient très malheureuse. La fillette affichait maintenant une expression impatiente et craintive. Kylar comprit qu'il devait répondre avec tact sous peine de lui briser le cœur. La première réplique qui lui vint à l'esprit : *Je ne t'aime pas comme ça* était probablement à prescrire.

Comment est-ce que je me suis fourré dans ce pétrin ? Je dois être le seul père de tout Midcyru à expliquer le sexe à sa fille alors que je suis encore vierge.

Qu'était-il censé répondre ?

Je ne suis pas vraiment marié avec Élène alors, quand nous nous disputons, nous ne pouvons pas nous réconcilier comme je le voudrais. D'ailleurs, si je le pouvais, il est probable que nous ne nous disputerions pas.

Kylar était impatient de régulariser sa situation avec la jeune femme. Leurs querelles liées au sexe ne seraient plus qu'un souvenir. Quel soulagement !

Il remarqua alors qu'Uly le regardait toujours avec des yeux écarquillés. Elle attendait, inquiète. Oh non ! les lèvres de la fillette tremblaient.

La porte de la boutique s'ouvrit et sauva Kylar d'une situation inextricable. Un homme bien habillé entra. Grand et mince, il affichait une expression pincée qui le faisait ressembler à un rat. Le blason d'une noble maison était brodé sur la poitrine de sa tunique.

— Je suis bien chez Tante Méa ? demanda-t-il.

— Tout à fait, répondit Kylar. Mais je crains qu'elle soit absente pour le moment.

— Oh ! c'est sans importance. Vous êtes son assistant, Kyle ?

— Kylar.

— Ah ! oui. Vous êtes plus jeune que je m'y attendais. Je viens solliciter votre aide.

— Mon aide ?

— C'est vous qui avez sauvé le seigneur Aevan, n'est-ce pas ? Il répète à qui veut l'entendre qu'une seule de vos potions a réussi là où dix médikers ont échoué malgré des mois de traitement. Je suis le premier intendant du haut seigneur Garazul. Mon maître souffre de crises de goutte.

Kylar se frotta la mâchoire, puis fixa son regard sur les fioles alignées le long des murs.

— Je peux revenir plus tard si vous le souhaitez, déclara l'intendant.

— Non, c'est inutile. Cela ne prendra qu'une minute.

Kylar attrapa divers flacons et donna des instructions à Uly. La fillette était une assistante parfaite, rapide et silencieuse. Le jeune homme mélangea des produits dans quatre bols. Il en fit chauffer deux et termina ses préparations moins de trois minutes plus tard. L'intendant fut impressionné. Kylar songea alors que Haylin avait sans doute eu une excellente idée en proposant à ses clients de découvrir l'envers d'une forge. Il décida que, s'il devenait un jour propriétaire d'une grande herboristerie, il agencerait sa boutique de la même manière pour que ses patients aient droit à un petit spectacle en venant chercher leurs potions. Il constata avec surprise que ce rêve modeste le comblait de satisfaction.

—Voici ce dont vous avez besoin, dit-il. Donnez-lui deux cuillerées de ceci toutes les quatre heures. Je suppose que votre maître est gros et qu'il sort rarement ? qu'il aime bien boire ?

—Il a sans doute quelques kilos… Ah ! pour tout vous dire, il est gras comme un phoque et boit comme un trou.

—Cette potion calmera ses douleurs aux pieds et aux articulations. Elle combattra un peu la goutte, mais tant qu'il sera trop gros et qu'il consommera trop de vin, son état de santé ne s'améliorera pas. Il lui faudra acheter cette potion à chaque crise jusqu'à la fin de ses jours. Dites-lui que s'il veut guérir, il doit cesser de boire. S'il refuse – et je parie que ce sera le cas –, assurez-vous de mettre deux gouttes de ceci dans ses verres de vin. (Kylar tendit une autre fiole à l'intendant.) Ce produit déclenchera une terrible migraine. Et tant que vous y êtes, faites-lui prendre ceci chaque matin et chaque soir pour ses problèmes d'estomac. Rationnez-le sur la nourriture et donnez-lui ceci au moment des repas, cela devrait l'aider à se sentir rassasié plus vite.

—Comment savez-vous qu'il a des problèmes d'estomac ?

Kylar esquissa un sourire énigmatique.

—Et supprimez tous les médicaments et tous les traitements des médikers – surtout les saignées et les sangsues. Il sera en pleine forme dans six semaines si vous parvenez à lui faire perdre du poids.

—Combien ?

—Cela dépend de son poids actuel.

L'intendant éclata de rire.

—Je ne vous demande pas combien de kilos il doit perdre, je veux savoir combien je vous dois.

Kylar réfléchit. Il calcula le coût des ingrédients, multiplia par deux et annonça le prix des médicaments.

Le serviteur discret le regarda avec des yeux ronds.

— Je vais vous donner un conseil, jeune homme, dit-il enfin. Vous devriez ouvrir une boutique dans le quartier nord, parce que si vos affaires marchent, vous aurez de nombreux nobles parmi votre clientèle. Et voici un autre conseil : si votre potion apportait le moindre soulagement à mon maître, vous devriez exiger deux fois plus cher, dix fois plus si elle est aussi efficace que vous le prétendez. Si vous demandez trop peu, les nobles penseront que vos remèdes ne valent rien.

Kylar sourit, heureux d'entendre quelqu'un lui parler comme s'il s'adressait à un professionnel – ce qui était d'ailleurs le cas.

— Eh bien ! dans ce cas, vous me devez dix fois la somme que j'ai annoncée.

L'intendant rit de nouveau.

— Si l'état de santé du seigneur Garazul s'améliore, je ferai mieux que cela. En attendant, voici tout ce que j'ai sur moi. (Il lança deux pièces d'argent à Kylar.) Bonne journée, jeune maître.

En regardant le domestique s'éloigner, Kylar fut étonné par la satisfaction qu'il ressentait. Était-il plus agréable de guérir que de tuer ou savourait-il juste les compliments de l'intendant ? Comment Durzo avait-il fait ? Il avait incarné une – voire plusieurs – dizaine de héros à travers les siècles. N'avait-il jamais éprouvé l'envie d'agir en son nom, de révéler sa véritable identité, de voir les gens lui témoigner la crainte mêlée de respect qui lui était due ? C'est moi, aimez-moi !

Non, Durzo n'avait jamais envisagé de faire cela. Kylar avait grandi près de lui, mais il n'avait jamais soupçonné que son maître était l'Ange de la Nuit – et encore moins le héros de tant de légendes. L'homme n'était pourtant pas un modèle d'humilité. Au cours de sa vie, il avait parfois témoigné d'une certaine arrogance. Il avait méprisé la plupart des pisse-culottes et des membres du Sa'kagué, mais il ne s'était jamais comparé aux grandes figures de l'histoire de Midcyru.

Kylar ressentit de nouveau une terrible douleur en songeant à sa disparition. Dieux! Durzo était mort depuis trois mois, mais le jeune homme ne parvenait pas à faire son deuil.

Il sentit la petite boîte à bijoux dans sa poche.

Durzo est mort pour que je puisse vivre avec Élène.

Kylar se concentra sur cet argument pour chasser son ancien maître de ses pensées.

Fêtons l'anniversaire d'Uly et ensuite, je demanderai Élène en mariage. Ah! la petite veut entendre des grincements de lit? Eh bien! je vais lui en donner, moi!

—Kylar, dit Uly en le tirant de ses sombres réflexions. Tu veux bien répondre à ma question?

Merde!

—Uly, dit-il avec douceur, je sais que tu ne vois pas les choses ainsi et que tu es très intelligente pour ton âge, mais tu es encore… (Il comprit que la suite ne se passerait pas sans mal et il fronça les sourcils.) Mais tu es encore une enfant.

Et merde! C'était la vérité, après tout.

—C'est pas vrai!

—Mais si.

—J'ai eu mon premier sang menstruel cette semaine et Tante Méa a dit que c'était parce que j'étais devenue une femme! D'abord, ça a fait vraiment mal et j'ai eu peur. J'avais mal au ventre, et puis au dos, et puis…

—D'accord!

Kylar leva les mains pour lui demander de se taire.

— Quoi ? Tante Méa a dit qu'on pouvait en parler sans se sentir gênée.

— Tante Méa n'est pas ton père.

— Et qui est mon père ? répliqua la fillette. (Kylar ne répondit pas.) Et qui est ma mère ? Tu le sais, pas vrai ? Mes nourrices ne me traitaient jamais comme les autres enfants. La dernière avait toujours peur quand les autres me faisaient du mal. Un jour, je me suis coupée au visage et elle n'a pas dormi pendant des semaines de peur que je garde une cicatrice. Parfois, une dame venait me regarder jouer dans les jardins, mais elle portait tout le temps une cape et une capuche. Est-ce que c'était ma mère ?

Kylar hocha la tête sans dire un mot. Ce genre de visite ne le surprenait pas de la part de Mamma K. Elle était restée loin de sa fille pour ne pas la mettre en danger, mais il lui était arrivé de céder à ses élans maternels.

— C'est une personne importante ? demanda Uly.

C'était le rêve de tous les orphelins et Kylar ne l'ignorait pas.

Il acquiesça de nouveau.

— Pourquoi elle m'a abandonnée ?

Kylar vida l'air de ses poumons.

— Tu mérites une réponse à cette question, Uly, mais je ne peux pas te la donner. Cela fait partie des secrets que je connais, mais qui ne m'appartiennent pas. Je te promets que je te le dirai quand je le pourrai.

— Est-ce que tu vas m'abandonner ? Si on se mariait, je resterais toujours avec toi.

S'il existait des gens persuadés que les enfants ne peuvent pas souffrir autant que les adultes, Kylar aurait voulu qu'ils voient le visage d'Uly à ce moment précis. Malgré tout l'amour qu'il lui portait, il n'avait pas imaginé ses craintes. Au court de sa brève existence, la fillette avait été victime d'une longue série d'abandons : son père, sa mère, ses nourrices, les unes après les autres. Uly voulait un point d'ancrage dans sa vie.

Kylar la prit dans ses bras et la serra contre lui.

—Je ne t'abandonnerai pas, jura-t-il. Jamais. Au grand jamais.

CHAPITRE 24

V i et sa monture franchirent les portes de Caernarvon alors que le soleil se couchait. Au cours des semaines passées sur la route, la jeune femme avait mis sa stratégie au point. Le Sa'kagué local connaissait certainement Kylar. Si celui-ci ressemblait un tant soit peu à Hu Gibbet, il n'aurait pas attendu longtemps avant de tuer quelqu'un. S'il avait accepté des contrats, le Shinga aurait entendu parler de lui. Un pisse-culotte si talentueux ne passait pas inaperçu.

S'il n'avait pas loué ses services, il était encore envisageable que les yeux et les oreilles du Sa'kagué l'aient remarqué, mais c'était peu probable. Vi n'avait pas entendu beaucoup de compliments sur l'efficacité de la pègre locale et si Kylar s'était efforcé de ne pas attirer l'attention, elle ne le retrouverait jamais. Il vivait cependant à Caernarvon depuis trois mois. Les criminels ne résistaient pas longtemps à l'appel du crime, même s'ils n'avaient pas besoin d'argent. Après tout, ils ne savaient rien faire d'autre. Pouvait-on imaginer un pisse-culotte renonçant à tuer ?

Toutes les boutiques étaient fermées. Les gens convenables avaient regagné leur maison pour la nuit. Les tavernes et les bordels se réveillaient à peine tandis que Vi s'enfonçait dans le quartier sud. Elle portait un pantalon d'équitation blanc en cuir de faon et une ample tunique d'homme en coton. Ses cheveux roux étaient tirés en arrière et attachés en une simple queue-de-cheval haut sur son crâne. À Cénaria, la saison des pluies avait commencé, mais, ici, l'été n'était pas fini. Elle enfilerait des vêtements plus élégants quand le besoin s'en ferait sentir. Pour le moment, elle préférait le confort à la mode. Et en parlant de confort, elle songea qu'elle ne refuserait pas un bon bain après ces deux semaines à cheval.

Elle s'engagea dans une rue malfamée – la quatrième d'affilée – en se demandant pourquoi on ne l'avait pas encore attaquée. Elle avait caché toutes ses armes et paraissait donc vulnérable. Mais qu'est-ce que ces gens avaient dans la tête ?

Vingt minutes plus tard, une silhouette se détacha enfin de l'ombre.

— C'est une bien belle nuit, hein ? demanda l'inconnu.

C'était un homme débraillé, sale et ivre. Parfait !

Il tenait un gourdin dans une main et une outre dans l'autre.

— Tu veux me détrousser ? demanda Vi.

Cinq ou six adolescents sortirent à leur tour de l'ombre et encerclèrent la jeune femme.

— Eh bien... (L'homme sourit en dévoilant deux incisives noires.) Vous êtes sur une route à péage et il va falloir...

— Si tu n'as pas l'intention de me détrousser, tire-toi vite fait. À moins que tu sois un parfait demeuré ?

Le sourire de l'homme disparut.

— Si, si. C'est ce que je vais faire, dit-il enfin. Te détrousser, je veux dire. Tom le Gris ne va pas s'en laisser conter par une petite salope.

Il confondit le gourdin avec l'outre et porta le bout de bois à ses lèvres. Il faillit se donner un coup sur la tête et les adolescents éclatèrent de rire, mais l'un d'entre eux songea à attraper les rênes de la jument noire de Vi.

— Je dois voir le Shinga, déclara la jeune femme. Est-ce que vous pouvez me conduire jusqu'à lui ou est-ce que je dois attendre de me faire attaquer par des gens plus compétents ?

— Tu bougeras pas d'ici tant que tu m'auras pas donné treize…

Un adolescent toussa.

— Euh… quatorze pièces d'argent. (Ses yeux s'attardèrent sur le corsage de Vi.) Et il y aura peut-être un petit supplément.

— Et si tu me conduisais tout de suite au Shinga, dit la jeune femme. Ça te permettrait de garder ta pauvre virilité intacte.

Le visage de Tom s'assombrit. Il lança son outre à un garçon et avança vers Vi en levant son gourdin. Il attrapa la jeune femme par une manche et la tira d'un coup sec pour la faire tomber de cheval.

Vi mit à profit la force de traction. Elle se laissa glisser de la selle et administra un coup de pied au visage de l'homme. Elle atterrit avec la légèreté d'une plume tandis que Tom s'effondrait.

— Est-ce que le reste d'entre vous peut me conduire au Shinga ? dit-elle sans prêter attention à sa victime.

Les adolescents restèrent interloqués : Tom était allongé de l'autre côté de la rue avec le visage en sang. Un garçon décharné avec un gros nez finit par prendre la parole :

— Le Shinga Sniggle ne nous laisse pas le voir quand on veut. Mais Tom est copain avec lui.

— Sniggle ? (Vi pouffa.) Ce n'est quand même pas son vrai nom ?

Tom se releva tant bien que mal, poussa un grognement et se rua sur la jeune femme.

Celle-ci ne lui accorda même pas un regard. Quand il arriva à moins d'un mètre, elle lui porta un coup de pied rentrant aux hanches alors qu'il était entre deux foulées. Lorsque sa botte ne toucha pas le sol comme il s'y attendait, Tom s'effondra sur les pavés et glissa jusqu'aux pieds de Vi. Celle-ci n'avait pas quitté le garçon décharné des yeux.

—Je… euh… si. Barush Sniggle, dit l'adolescent en regardant Tom. (Apparemment, il estimait que ce nom n'avait rien de drôle.) Vous êtes qui ? (Vi plia les doigts pour faire le signe des voleurs.) Nous, on le fait pas tout à fait comme ça. Vous êtes d'où ?

—De Cénaria.

Tous les garçons firent un pas en arrière.

—Sans déconner ? demanda l'adolescent décharné. Vous êtes du Sa'kagué cénarien ?

—Maintenant, dit Vi en attrapant Tom par ses cheveux graisseux, est-ce que tu vas me conduire au Shinga ou est-ce que je dois te casser quelque chose ?

Le chef de bande lui lança un juron.

Vi lui brisa le nez.

Tom cracha une gerbe de sang et proféra une autre insulte.

—Tu es plutôt long à la détente, hein ?

Vi frappa le nez cassé et saisit le crâne du malfrat. Elle enfonça ses doigts dans les points sensibles, juste derrière les oreilles, et le releva. L'homme hurla avec une puissance étonnante. La jeune femme avait commis l'erreur de lui briser le nez en premier et elle fut bientôt couverte de sang. Cela ne la dérangeait pas. Daenysos était le dieu des fluides importants : le Sang, le Vin et la Semence. Elle ne lui avait pas fait d'offrande depuis des semaines. Cette modeste contribution l'apaiserait peut-être en attendant qu'elle trouve Kylar.

Elle continua à écraser les points nerveux et laissa Tom hurler. Le sang du chef de bande jaillissait sur la tunique et sur le visage de la pisse-culotte. Les adolescents reculèrent avec effroi et se préparèrent à s'enfuir.

—Ça suffit ! lança une voix dans les ténèbres.

Vi écarta les mains et Tom s'effondra.

Une silhouette petite et carrée s'avança.

—Je suis le Shinga.

— Barush Sniggle ? demanda Vi.

Le Shinga Barush Sniggle avait un ventre rond, une bouche cruelle, des yeux minuscules et des cheveux blonds, raides et ternes. Malgré sa taille, il marchait comme s'il ne craignait rien ni personne – sans doute parce qu'il était accompagné par un garde du corps massif.

— Qu'est-ce que tu veux, gueuse ?

— Je chasse. Mon cadavreux est le seigneur Kylar Stern. Il mesure à peu près la même taille que moi, il a des yeux bleu clair, des cheveux noirs, il est musclé et il a une vingtaine d'années.

— Un cadavreux ? répéta le Shinga. Tu serais un pisse-culotte ? Une pisse-culotte ?

— Il s'appelait pas Kylar le type qui a pété les côtes de Tom il y a quelques semaines ? demanda le garçon au gros nez en se tournant vers ses camarades.

— Ça doit être lui, dit un autre adolescent. J'crois qu'il habite toujours chez Tante Méa. Mais c'est pas un seigneur.

— La ferme ! aboya Barush Sniggle. Plus un mot, vous m'entendez ? Tom, lève ton cul des pavés et ramène cette salope par ici.

C'était incroyable. Kylar n'aurait pas pu lui simplifier davantage la tâche. Il avait estimé qu'il ne courait plus de danger si loin de Cénaria, il avait pensé qu'on le croyait mort. Vi disposait maintenant de toutes les informations nécessaires. Ce serait un jeu d'enfant de le trouver et guère plus difficile de le tuer. Elle frissonna sous le coup de l'excitation. C'était à cause de lui si une cicatrice de cinq centimètres lui zébrait encore l'épaule malgré les soins prodigués par une de ces saloperies de sorciers.

— Je crois que je vais te ramener chez moi, dit Barush Sniggle. Nous allons t'aider à changer de culotte puisqu'elle est mouillée.

— Quel humour ! Je ne l'avais jamais entendue, celle-là, lâcha Vi.

Le garde du corps lui avait saisi un bras et Tom lui immobilisait l'autre.

— C'est une sacrée garce, hein ? dit le chef de la bande d'adolescents en lui attrapant un sein.

Vi n'y prêta même pas attention.

— Ne m'obligez pas à faire quelque chose que vous allez regretter, dit-elle au Shinga.

— Je pourrai me la faire quand t'auras terminé ? demanda Tom.

Il pétrit le sein, puis passa la main dans les cheveux de la jeune femme.

— NE TOUCHE PAS MES CHEVEUX ! hurla Vi.

Tom et le garde du corps sursautèrent, surpris par cet accès de rage. Après quelques secondes de silence, Barush Sniggle laissa échapper un petit ricanement forcé.

— Espèce de merde d'égout ! Écume de caniveau ! Tu retouches à mes cheveux et je te jure que je te réduis en charpie ! dit Vi en tremblant.

Tom cracha une insulte et arracha le bout de cuir qui maintenait la queue-de-cheval. Une cascade rousse se répandit sur les épaules de la jeune femme pour la première fois depuis des années. Elle se sentit nue et terriblement vulnérable tandis que les trois malfrats riaient.

Elle bascula alors dans la folie. Elle jura et le Don la traversa avec tant de force que c'en fut douloureux. Ses bras se libérèrent et ses poings défoncèrent les côtes des deux hommes. Tom n'eut pas le temps de se plier en deux. Vi l'attrapa par les cheveux d'une main, glissa deux doigts sous ses yeux et les arracha d'un coup sec. Elle se retourna vers les adolescents qui hurlaient et couraient dans tous les sens. En proie à la confusion et à la rage, elle ne parvint pas à choisir une cible.

Vi assouvit sa fureur et sa honte en s'acharnant sur Tom et le garde du corps. Elle aurait été incapable de dire combien de temps cela dura.

Quand elle reprit ses esprits, elle était assise sur un perron et ses cheveux étaient poisseux de sang. Le Shinga et les adolescents s'étaient enfuis. La rue était déserte à l'exception de sa jument immobile – Vi l'avait entraînée à ne pas bouger et à attendre qu'on l'appelle – et des deux formes vaguement humaines qui gisaient sur les pavés.

La jeune femme se dirigea d'un pas mal assuré vers sa monture et passa devant ce qui avait été Tom le Gris et un garde du corps. Les cadavres étaient dans un état horrible. Elle… Daenysos! elle avait fait *ça* sans même dégainer une arme. Son estomac se contracta et elle vomit dans la rue.

C'est un contrat facile. Le Roi-dieu me pardonnera de ne pas avoir tué Jarl. Je deviendrai un maître et je n'aurai plus à me plier aux quatre volontés de Hu Gibbet, que ce soit dans un lit ou ailleurs. Plus jamais. Je tue Kylar et je suis libre. Tu y es presque, Vi. Tu y es presque. Tu vas y arriver.

Ariel était certaine que Jessie al'Gwaydin était morte. Les villageois ne l'avaient pas vue depuis deux mois et son cheval était encore à l'écurie de l'auberge. Sœur Jessie n'était pas du genre à disparaître sans raison, mais elle adorait prendre des risques. Sœur Jessie n'était qu'une idiote.

Sœur Ariel entra et s'agenouilla dans le bosquet de chênes – non pas pour prier, mais pour affûter ses sens. Aucun villageois de la région n'acceptait de s'enfoncer plus loin dans la forêt iaosienne. Les habitants de Torras Bend étaient fiers de leur pragmatisme : leurs ancêtres avaient accordé de vastes territoires au Chasseur Noir et ils ne voyaient rien de superstitieux ou d'idiot à respecter leur décision. Les histoires qu'ils avaient racontées à sœur Ariel n'étaient pas de folles rumeurs, elles étaient d'autant plus crédibles qu'elles manquaient de précision.

Ceux qui pénétraient dans la forêt n'en ressortaient jamais. C'était aussi simple que cela.

Les habitants de la région allaient donc pêcher dans les méandres du fleuve Rouge et ramassaient leur bois jusqu'à la lisière du bosquet, mais ils n'allaient jamais au-delà. Leur comportement modelait le paysage de façon curieuse. Des chênes plusieurs fois centenaires bordaient des champs nus ; à certains endroits, des arbres relativement jeunes avaient été abattus, mais dès qu'ils atteignaient un certain âge, les villageois refusaient d'y toucher. Le bosquet grandissait petit à petit au fil des siècles.

Sœur Ariel ne ressentit rien de particulier. Il n'y avait que la fraîcheur d'une forêt et l'odeur de l'humidité. Elle se releva et, les sens aux aguets, elle avança avec lenteur parmi les petites broussailles. Elle s'arrêtait et se baissait dès qu'elle croyait sentir la plus infime vibration dans l'air. Ces précautions la ralentissaient beaucoup, mais sœur Ariel Wyant Sa'fastae était célèbre pour sa patience, même chez les sœurs. En outre, Jessie al'Gwaydin était morte parce qu'elle avait voulu aller trop vite – enfin, sans doute.

Le bosquet de chênes mesurait moins de deux kilomètres de large, mais il lui fallut longtemps pour le traverser. Chaque après-midi, Ariel marquait le chemin parcouru et regagnait l'auberge. Elle y dormait et y prenait son seul repas de la journée. Elle perdait du poids, mais par tous les dieux ! il ne fallait pas être pressée ! À la tombée de la nuit, elle retournait au bosquet pour vérifier si les éventuels sortilèges placés là étaient affectés par la lumière du soleil.

Au troisième jour, Ariel arriva en vue de la forêt proprement dite. La frontière avec le bosquet de chênes était nette et sans nul doute d'origine magique. Ariel se garda bien de se hâter. Elle procéda au contraire avec encore plus de lenteur et de précautions. Au cinquième jour, sa patience paya enfin.

Elle était à une cinquantaine de mètres de la lisière quand elle *le* sentit. Elle s'arrêta si brusquement qu'elle faillit perdre l'équilibre. Elle s'assit sans se soucier de salir ses vêtements et croisa les jambes. Elle passa l'heure suivante à essayer d'effleurer la trame, de palper sa texture et de mesurer sa résistance sans employer la magie.

Puis elle entonna un chant à voix basse. Elle travailla jusque tard dans la nuit, vérifiant encore et encore qu'elle ne se trompait pas et qu'elle n'avait rien oublié. Les trames étaient simples. La première donnait l'alerte si un humain traversait la frontière. La seconde, un peu plus complexe, marquait la position de l'intrus ; c'était un sortilège ténu qui s'accrochait aux vêtements ou à la peau et qui se dissipait au bout de quelques heures –, Ezra – ce n'était qu'une hypothèse de la part d'Ariel, mais elle était à peu près sûre que c'était lui qui avait conçu ce système de protection. Ezra, donc, avait eu la bonne idée de placer la trame très près du sol de manière qu'elle s'accroche aux chaussures de l'intrus et qu'elle reste cachée par les broussailles.

Le véritable trait de génie, c'était l'agencement des défenses. Combien de mages avaient repéré la frontière bien nette à une cinquantaine de mètres de distance et s'étaient jetés dans le piège avant même d'avoir invoqué des barrières de protection ?

Maintenant qu'elle avait découvert le stratagème, sœur Ariel aurait pu contourner le danger, mais elle ne le fit pas. Elle nota ses découvertes dans son journal, puis fit demi-tour et rentra à Torras Bend. Elle avança avec prudence, car si elle commettait la moindre erreur, elle ne regagnerait jamais l'auberge. Le chemin du retour fut donc tendu. Ariel bouillait d'impatience à l'idée de démanteler les anciens sortilèges d'Ezra, mais la sœur ne céda pas à la tentation de l'arrogance.

Les lettres de l'Oratrice étaient de plus en plus véhémentes. Istariel exigeait qu'Ariel ramène Jessie au Chantry ou qu'elle trouve une solution pour prévenir la crise imminente avec les Chambrières. Ariel cherchait toujours une femme correspondant aux desiderata de sa sœur, mais les villageois prenaient soin d'envoyer les enfants montrant une prédisposition au Don dans d'autres villages ou dans d'autres villes. Ce n'était pas à Torras Bend qu'Ariel trouverait la personne dont Istariel avait besoin.

Elle ignora donc les lettres de sa sœur. Il y avait un temps et un lieu pour la précipitation. Ce n'était pas ici, ce n'était pas maintenant.

CHAPITRE 25

— Viridiana Sovari?

En entendant son nom, Vi s'immobilisa net au milieu du marché bondé. Un petit homme sale hocha la tête avec nervosité et tendit un message à la jeune femme, mais celle-ci ne le prit pas. L'inconnu restait à distance prudente et il ne la reluquait pas comme la plupart des hommes, il devait donc savoir qui elle était. Il esquissa un sourire obséquieux, jeta un bref regard à sa poitrine, puis baissa les yeux et contempla ses pieds.

— Qui êtes-vous? demanda-t-elle.

— Une personne sans importance, mademoiselle. Je suis juste un humble scrviteur de… notre maître commun.

Il regarda autour de lui pour vérifier que personne ne les écoutait. Vi sentit un étau glacé lui serrer le cœur. Non! c'était impossible! Le petit homme tendit de nouveau le message. La jeune femme le prit et l'inconnu se fondit aussitôt dans la foule.

« Moulina,

Nous sommes impatients de savoir comment tu as appris que Jarl se rendait à Caernarvon, mais tes actes nous prouvent que tu es bien la meilleure. Nous souhaitons maintenant que tu t'occupes de Kylar Stern. Nous préférerions l'avoir vivant, mais si cela est impossible, nous voulons récupérer son corps ainsi que tout ce qu'il possédait – jusqu'aux objets les plus insignifiants. Apporte-les-nous sur-le-champ. »

Vi replia le bout de papier. Comment le Roi-dieu avait-il appris où elle était ? Comment son message était-il arrivé si vite ? Comment Jarl pouvait-il être ici ? Personne ne devait connaître sa véritable identité. Vi avait fui Cénaria pour lui sauver la vie, elle ne pouvait pas remplir la mission que lui avait confiée le Roi-dieu. Mais avait-elle le choix ? Elle était prisonnière. Elle était l'esclave de Garoth Ursuul. Il n'y avait pas d'échappatoire.

Kylar avait été chargé du repas d'anniversaire d'Uly. Tante Méa avait déclaré qu'un homme ne devait pas se sentir intimidé dans une cuisine. Élène avait affirmé qu'en comparaison des potions qu'il préparait à longueur de journée la confection d'un plat et d'un dessert serait un jeu d'enfant. Uly avait juste gloussé lorsqu'on avait affublé le malheureux d'un tablier en dentelle à frou-frou et qu'on lui avait saupoudré le nez de farine.

Les manches relevées jusqu'aux coudes, Kylar essayait donc de déchiffrer un livre de cuisine et de comprendre des termes aussi abscons que « roux », « blanchissement » ou « glaçage ». En entendant les gloussements d'Uly, il devina qu'on lui avait demandé de réaliser la recette la plus difficile. Il décida néanmoins de jouer le jeu.

— Qu'est-ce que je dois faire maintenant que la viande est… euh… escalopée ?

Uly et Élène s'esclaffèrent. Le jeune homme prit une pose en brandissant la spatule et les éclats de rire redoublèrent.

La porte de la forge s'ouvrit et Braen entra, sale et puant. Il lança un regard morne à Kylar qui baissa la spatule, cessa de bomber le torse, mais refusa d'essuyer la farine qui lui maculait le nez. Braen tourna les yeux vers Élène et l'examina de la tête aux pieds.

—Quand est-ce qu'on mange? lui demanda-t-il.

—Nous t'apporterons le repas dans ta caverne quand il sera prêt, répondit Kylar.

Braen grogna.

—Tu devrais te trouver un homme, un vrai, dit-il à Élène.

Il retourna à la forge d'un pas traînant et Kylar se tourna vers la jeune femme.

—Tu sais, murmura-t-il, je connais un pisse-culotte qui serait ravi de rendre une petite visite à ce connard.

—Kylar! s'exclama Élène.

—Je n'aime pas la façon dont il te regarde. Il t'a fait des avances?

Elle hocha la tête en direction d'Uly.

—Kylar, pas ce soir, d'accord?

Le jeune homme se rappela la boîte à bijoux au fond de sa poche et acquiesça. Il prit une expression sérieuse et se rua sur la fillette qui hurla. Il la saisit à bras-le-corps et la fit glisser sur une de ses épaules. Puis il se remit à cuisiner sans lui prêter attention.

Uly poussa des glapissements, donna des coups de pied dans le vide et s'accrocha au dos de la tunique de Kylar avec l'énergie du désespoir.

Tante Méa entra dans la cuisine en gloussant.

—Je ne parviens pas à y croire: nous n'avons plus de farine, mon petit.

—Oh non! dit Kylar. Comment vais-je préparer la cinquième sauce primaire?

Il posa sa spatule, se pencha et passa les mains entre ses jambes. Uly comprit ce qu'elle devait faire. Elle se laissa glisser la tête la première et lui saisit les poignets. Kylar se redressa et la tira devant lui. Quand la fillette regagna le sol, elle était hors d'haleine et riait aux éclats.

—Est-ce qu'on fêterait un anniversaire? demanda le jeune homme.

—Le mien! Le mien! s'exclama l'enfant.

Il glissa les doigts sur les oreilles d'Uly et fit apparaître deux pièces d'argent tandis que la petite fille gloussait. Deux pièces d'argent. C'était la prime offerte par l'intendant du seigneur Garazul. Une fois de plus, Élène et lui se retrouvaient sans un sou vaillant, mais le sacrifice en valait la peine. Il posa les deux pièces dans la paume d'Uly et les yeux de celle-ci s'écarquillèrent.

—C'est pour moi? demanda-t-elle comme si elle ne parvenait pas à le croire.

Il lui adressa un clin d'œil.

—Tu iras t'acheter quelque chose de joli avec Élène, d'accord?

—On peut y aller maintenant? demanda la fillette.

Kylar regarda Élène qui haussa les épaules.

—Nous pouvons y aller avec Tante Méa.

—De toute façon, il faut que je… euh… pèle les haricots, dit Kylar.

Élène et Uly éclatèrent de rire. Kylar sourit à la jeune femme et fut émerveillé une fois de plus par sa beauté. Il l'aimait tant qu'il crut que sa poitrine allait exploser.

Uly caracola jusqu'à la porte et montra ses deux pièces à Tante Méa. Élène effleura discrètement le bras de Kylar.

—Est-ce que nous allons nous en sortir? demanda-t-elle.

—Dès demain, tout ira mieux.

—Qu'est-ce que tu veux dire par là?

—Tu verras.

Il resta impassible. Il ne voulait pas lui donner le moindre indice et il dut faire un effort pour retenir un sourire béat. Il était impatient de voir le visage d'Élène quand il lui expliquerait. Il était également impatient de voir autre chose. Il secoua la tête et se concentra sur la recette. En fait, le repas n'était pas si difficile à préparer, mais c'était salissant. Il fit glisser l'anneau de son doigt et le posa sur un coin de la table avant d'attraper la viande crue – l'odeur de vache morte n'avait rien de romantique.

Élène, Uly et Tante Méa étaient parties depuis trente secondes lorsqu'on frappa à la porte. Kylar reposa sa spatule et se dirigea vers l'entrée.

—Qu'est-ce que tu as encore oublié, Uly?

Il attrapa un torchon et ouvrit la porte.

Jarl.

Kylar eut l'impression que ses poumons se vidaient d'un coup. Il ne parvenait pas à en croire ses yeux. Pourtant, il ne se trompait pas. Jarl se tenait bel et bien devant lui, mince, athlétique, vêtu avec soin et beau comme un dieu. Il affichait un petit sourire hésitant qui dévoilait des dents d'une blancheur impeccable.

—Hello, Azo!

Pourquoi le saluait-il ainsi? Par gentillesse, mais aussi pour lui rappeler leur enfance dans les rues du Dédale… Oui, cela ne faisait aucun doute. Les deux hommes se regardèrent pendant un long moment, immobiles. Jarl ne venait pas lui rendre une visite amicale, ce n'était pas son genre. Par tous les dieux! cet homme était le Shinga. Un vrai Shinga, le chef du Sa'kagué le plus redouté de tout Midcyru.

—Par les neuf enfers! comment as-tu fait pour me retrouver, Jarl? s'exclama Kylar en décidant de faire preuve de gentillesse, lui aussi.

—Tu ne veux pas me laisser entrer?

—Je t'en prie.

Jarl s'installa près d'une fenêtre. Kylar lui servit une tasse d'ootai et s'assit en face de lui.

—J'ai un travail à…, commença Jarl.

—Pas intéressé! le coupa Kylar.

Jarl accepta la réponse sans sourciller. Il fit la moue et examina l'humble pièce d'un air étonné.

—Je… euh… Tu peux m'expliquer ce qui te plaît tant dans cette vie ?

—Mamma K ne t'a pas appris ce que c'est que le tact ?

—Je ne plaisante pas.

—Moi non plus. Tu surgis de nulle part alors que je t'ai dit que j'abandonnais la profession et la première chose que tu fais, c'est dénigrer l'endroit où je vis ?

—Logan est vivant. Il est dans le Trou.

Kylar regarda son ami sans comprendre. Les paroles de Jarl se télescopèrent et volèrent en éclats. Les fragments avaient la couleur de la vérité, mais ils étaient si tranchants qu'il était impossible de les toucher.

—Tous les pisse-culottes travaillent désormais pour Khalidor. Les nobles qui résistent à l'envahisseur se sont réfugiés sur les terres des Gyre. Plusieurs postes frontaliers ont toujours leur garnison, mais nous n'avons pas de chef capable de réunir tout le monde. Le Roi-dieu a quelques problèmes à régler dans la région des Glaces et il n'a pas encore eu le temps de consolider son pouvoir à Cénaria. Il pense que les familles nobles vont s'entre-déchirer. Sans Logan, c'est exactement ce qui va se passer.

—Logan est vivant ? demanda Kylar d'un air hébété.

—Le Roi-dieu a ordonné à nos anciens pisse-culottes de me traquer. C'est une des raisons de ma venue ici. Je devais quitter Cénaria en attendant de faire savoir que je suis protégé par Kagué en personne.

—C'est hors de question.

—Les chances qu'on découvre Logan augmentent un peu plus chaque jour. Apparemment, aucun prisonnier ne l'a encore reconnu, mais les Khalidoriens ont commencé à y enfermer beaucoup de gens. Tu seras peut-être heureux d'apprendre que le duc Vargun en fait partie. Considère cela comme une petite prime. En sauvant Logan, tu pourrais liquider ce salaud par la même occasion.

— Quoi ? (Les nouvelles s'enchaînaient trop vite.) Jarl, Tenser n'est pas Tenser Vargun. Tu ne comprends pas ? Il s'est fait jeter dans le Trou pour en baver. Ensuite, le baron Kirof réapparaîtra – en vie – et Tenser sera libéré. Un mois plus tard, il prendra contact avec le Sa'kagué en jurant qu'il veut se venger parce qu'on l'a emprisonné à tort. Il vous expliquera qu'un duc khalidorien peut vous apporter une aide inestimable, et qu'est-ce que vous ferez ?

— Nous l'accepterons parmi nous, souffla Jarl. Comment pourrions-nous refuser une telle proposition ?

— Et cela vous conduira à votre perte parce que ce n'est pas Tenser Vargun, mais Tenser Ursuul.

Jarl se laissa aller en arrière, stupéfait.

— Tu comprends enfin la situation, Kylar ? demanda-t-il une minute plus tard. Voilà pourquoi j'ai besoin de toi. Ce n'est pas seulement pour tes talents, mais aussi pour ton intelligence. Si Tenser est dans le Trou en ce moment même, il va y rester assez longtemps pour que son emprisonnement soit crédible, pas davantage. Ensuite, il s'empressera de raconter à son père que Logan y est enfermé. Nous devons agir. Maintenant !

Kylar eut l'impression que la boîte à bijoux s'était changée en charbon ardent : elle lui brûlait la cuisse à travers l'étoffe du pantalon. Il resta tourné vers la fenêtre ouverte tandis que Jarl parlait. Il regardait la cité où il avait espéré vivre jusqu'à la fin de ses jours. Il aimait cette ville ; il aimait l'espoir qu'il y avait trouvé ; il aimait guérir et aider les gens ; il aimait le plaisir simple de recevoir un compliment sur son travail ; il aimait Élène. Elle lui avait prouvé qu'il ferait plus de bien en soignant plutôt qu'en assassinant. Il en était maintenant convaincu et pourtant... et pourtant...

—C'est impossible, dit-il enfin. Élène ne comprendrait pas. Je suis désolé.

Jarl se recula et se balança sur sa chaise.

—Azo, ne te méprends pas sur mes intentions. J'ai grandi avec Élène, moi aussi, et je l'adore, mais dis-moi un peu : qu'est-ce que tu en as à foutre de ce qu'elle pense ?

—Va te faire foutre, Jarl.

—Eh ! je voudrais juste savoir.

Il laissa la question produire son effet. Ses yeux ne quittèrent pas un seul instant le visage de Kylar. Le fils de pute ! Il avait été l'élève de Mamma K pendant des années et il avait bien appris ses leçons.

—Je l'aime.

—Cela entre en ligne de compte, c'est certain.

Jarl continua à dévisager son ami.

—Elle est généreuse, Jarl. Je veux dire : les gens qui viennent de l'endroit d'où on vient ne peuvent pas être si généreux. Elle ne l'est pas par calcul, par intérêt. Elle ne l'est pas parce qu'on la regarde et qu'elle veut faire bonne impression. Elle l'est vraiment, c'est tout. Au départ, j'ai cru qu'elle était née ainsi, comme toi avec ta peau noire ou moi avec mon charme irrésistible. (Jarl haussa un sourcil, mais ne rit pas.) Mais je sais maintenant qu'elle a fait des efforts pour y parvenir. Et elle continue d'en faire. Elle a commencé il y a des années, au moment où, moi, j'apprenais à tuer.

—C'est donc une sainte. Cela ne répond pas à ma question.

Kylar resta silencieux pendant une minute entière. Il gratta le bois de la table du bout de l'ongle.

—Mamma K disait qu'on devient le masque qu'on porte. Qu'y a-t-il sous notre masque à nous, Jarl ? Élène me connaît comme personne. J'ai changé de nom, j'ai changé de vie, j'ai abandonné les endroits et les personnes que je fréquentais.

Je ne suis qu'un tissu de mensonges, Jarl, mais si Élène sait qui je suis, peut-être que j'existe vraiment. Tu comprends?

— Tu sais, dit Jarl. Je me suis trompé à ton sujet. Quand tu t'es fait tuer en sauvant Élène et Uly, je t'ai pris pour un héros. Je me suis trompé. Tu n'es qu'un pauvre type qui se déteste.

— Hein?

— Tu es un lâche. Tu as fait des trucs dégueulasses, et alors? Bienvenue au club. Tu sais quoi? Je suis content que tu les aies faits. Tes crimes te placent un peu au-dessus des saints.

— Tu dis qu'un assassin est meilleur qu'un saint? Qu'est-ce que c'est que cette putain de logique à la mode Sa'kagué?

— Tu as été *utile*. Tu sais ce qui se passe à Cénaria en ce moment? Tu ne me croirais pas si je te le racontais. Je ne suis pas venu ici pour chercher un assassin, je suis venu chercher l'Assassin, l'Ange de la Nuit, l'homme qui est davantage qu'un simple pisse-culotte. Je suis venu le chercher parce que nous sommes face à des problèmes qu'un simple pisse-culotte ne peut pas résoudre. Il n'y a qu'une personne capable de nous aider, Kylar, et c'est toi. Crois-moi, tu n'étais pas le premier sur ma liste…

Jarl s'interrompit net.

— Qu'est-ce que tu veux dire par là? demanda Kylar.

Jarl évita son regard.

— Je ne voulais pas…

— Explique-toi, grogna Kylar d'un ton menaçant.

— Nous devions être sûrs, Kylar. Nous avons procédé avec tout le respect dû, je tiens à ce que tu le saches. C'était une idée de Mamma K. Il était immortel, alors nous devions nous assurer que…

— Vous avez déterré mon maître?

— Nous l'avons remis à l'endroit où tu l'avais enterré. (Jarl grimaça.) Cela s'est passé une semaine après l'invasion...

— Vous l'avez déterré alors que j'étais encore à Cénaria ?

— Nous ne pouvions pas te le dire à l'avance et il ne servait à rien de te le dire après. Mamma K savait que le corps était là, elle savait que Durzo t'avait offert son immortalité, mais quand elle a découvert le corps... Ce fut un moment atroce. Cette femme m'a pratiquement élevé et je ne l'avais jamais vue ainsi. Elle était hystérique. Elle pleurait et criait... Nous avions choisi de partir une nuit où le ciel serait couvert de nuages. Nous avions pagayé jusqu'à l'île de Vos avec des rames enveloppées de laine. Et la voilà qui se met à gémir comme une folle ! J'étais sûr qu'une patrouille allait arriver. J'ai exigé qu'on parte sur-le-champ, mais elle n'a pas voulu bouger tant que le corps n'avait pas été remis dans la tombe que tu avais creusée.

Kylar se fichait bien qu'on laisse Durzo sur ce maudit caillou. D'ailleurs, quitte à le déterrer, ils auraient dû le ramener...

Où ça ? Chez lui ? Durzo Blint avait-il seulement eu un chez-lui ?

— Comment était-il ? demanda Kylar.

— Dégueulasse. Il ressemblait à un corps enterré depuis une semaine. Qu'est-ce que tu espérais ?

Évidemment.

Putain de merde, maître Blint ! Pourquoi m'avez-vous donné votre immortalité ? Est-ce que vous étiez fatigué de vivre ? Pourquoi ne m'avez-vous rien dit ?

— Tu veux que je m'introduise dans le Trou et que je sauve Logan ?

— As-tu entendu parler des concubines du Roi-dieu ? Il s'agit de jeunes nobles. Des vierges de préférence. Garoth Ursuul cherche à savoir quelle dose d'humiliation et d'avilissement elles sont capables de supporter. Il les enferme dans les chambres de la tour. Les rambardes des balcons ont été démolies de manière qu'elles soient toujours tentées de sauter. C'est un jeu pour lui.

Kylar s'efforça de garder une voix cassante.

— Viens-en au fait.

— Il a capturé Sérah et Mags Drake. Sérah s'est suicidée dès la première semaine. Mags est encore enfermée là-bas.

Sérah et Mags étaient pratiquement les sœurs de Kylar. Mags avait toujours été son amie. Elle avait le rire facile et ne se départissait jamais de son sourire. Depuis l'invasion de Cénaria, le jeune homme s'était tant préoccupé de sa petite personne qu'il avait presque oublié les filles du comte Drake.

— Je veux que tu sauves Logan, reprit Jarl, et je veux que tu assassines le Roi-dieu.

— C'est tout? demanda Kylar d'un ton froid et amusé – un ton que Durzo employait souvent. Laisse-moi deviner. Il faut que je commence par Logan parce que, contre le Roi-dieu, mes chances de gagner ne sont pas terribles.

— Exactement! répliqua Jarl avec colère. C'est ainsi que je dois raisonner, Kylar! Je livre une guerre et, chaque jour, on compte des gens meilleurs que nous parmi les victimes. Et toi, tu restes le cul rivé sur une chaise parce que tu as peur de ce que pense une fille?

— Je t'interdis de parler d'Élène comme ça!

— Ou sinon? Tu vas me postillonner dessus? C'est toi le connard qui a renoncé à la violence. Oui, je suis au courant. Laisse-moi te dire quelque chose: Roth a pourri la vie de bon nombre de personnes et je suis heureux que tu l'aies tué, d'accord? Il m'en a fait baver, mais c'est un ange de miséricorde comparé à son père. (Il lâcha un juron.) Regarde-toi! Je sais que ce contrat est irréalisable. Je t'envoie affronter un dieu. Mais si quelqu'un a une chance de réussir, c'est toi. Tu as été élevé pour cela. Tu crois que tu as supporté ton putain d'apprentissage pour vendre des remèdes contre la gueule de bois ? Il y a des choses plus importantes que ton bonheur, Kylar. Tu peux rendre l'espoir à toute une nation.

— Et, en échange, je perdrai tout ce à quoi je tiens, murmura le jeune homme.

Son visage était devenu gris.

— Tu es immortel. Tu rencontreras d'autres femmes. (Kylar lui adressa un regard chargé de dégoût.) Désolé. Je suppose qu'il y aura aussi d'autres Rois-dieux et d'autres Shingas. C'est juste que… nous avons besoin de toi. Logan mourra si tu ne viens pas. Logan, Mags et bien d'autres personnes que tu ne connaîtras jamais.

Kylar songea que la situation aurait été plus facile s'il n'avait pas été d'accord avec les arguments de Jarl.

— Soit. J'accepte le contrat.

Jarl sourit.

— Je suis heureux de te revoir parmi nous, mon ami.

— Le plaisir n'est pas réciproque.

— Je ne voulais pas en parler avant, mais… tu n'aurais pas fait quelque chose qui aurait déplu au Shinga local ? demanda Jarl. (L'expression de Kylar suffit à répondre à sa question.) Un de mes informateurs m'a raconté qu'il avait lancé un contrat contre un pisse-culotte cénarien. Je n'ai pas eu d'informations plus précises, mais, euh… je suppose qu'il n'y a pas une foule de pisse-culottes cénariens à Caernarvon. Plus tu t'attarderas ici, plus Élène et Uly seront en danger.

Durzo avait appris à Kylar que le meilleur moyen d'enterrer un contrat, c'était d'enterrer la personne qui l'avait lancé. Pour la sécurité d'Élène, d'Uly, de Tante Méa et même de Braen, Barush Sniggle devait mourir.

Kylar se leva et monta à l'étage. Il revint une minute plus tard. Son expression était aussi sombre que la tenue de pisse-culotte qu'il avait revêtue.

Vi regarda l'arc qu'elle tenait dans les mains et essaya de se convaincre de le bander. Elle était installée sur un toit et surveillait une petite boutique d'apothicaire. Elle était là depuis une heure, adossée contre une cheminée, enveloppée par les ombres. Accroupie dans la lumière du crépuscule avec le soleil derrière elle, elle était presque invisible.

Elle était venue à Caernarvon pour éviter cette situation. Elle avait cru qu'en tuant Kylar elle épargnerait Jarl sans subir la colère du Roi-dieu. Elle avait espéré que, pendant son absence, Jarl s'enfuirait ou qu'il serait assassiné par un autre pisse-culotte.

Pourquoi était-il venu ici ?

Elle avait envie de tirer à côté, de viser Kylar en ignorant Jarl, d'agir comme si elle n'avait pas reçu le message du Roi-dieu. Mais sa ligne de tir ne lui permettait pas d'abattre Kylar et des mensonges ne la sauveraient pas de Garoth Ursuul. Jarl était assis devant la fenêtre – ouverte, qui plus est. Vi tenait un arc si puissant que seule une personne possédant le Don pouvait le bander. La flèche rouge et noir réservée aux traîtres aurait pu traverser une vitre et des persiennes sans difficulté, mais elle n'aurait pas à le faire.

Jarl était assis là, vulnérable. Il n'aurait jamais commis une telle erreur à Cénaria, mais, ici, il se sentait en sécurité. Il s'était précipité dans les bras de la Mort.

Mais Vi attendait. Elle maudit le jeune homme. Mais pourquoi diable était-il venu à Caernarvon ? Si elle l'épargnait, le Roi-dieu l'apprendrait et il lui ferait payer sa désobéissance.

Maudit sois-tu, Jarl ! Maudit soyez-vous, toi et ta stupidité !

Hu Gibbet aimait torturer ses cadavreux avant de les tuer, mais il le faisait seulement quand il était sûr de ne pas être interrompu. Il terminait toujours le travail qu'on lui confiait. Il était inutile d'attendre le moment idéal pour tuer : il ne venait jamais. Il fallait frapper à la première occasion.

Vi jura tout bas pour invoquer son Don. Elle se leva et tira la flèche jusqu'à ce que l'empennage vienne lui caresser la joue. La pointe se détacha de l'ombre de la petite cheminée dans les derniers rayons du soleil. Vi tremblait, mais la cible était à quarante-cinq mètres à peine.

— Putain de merde, Jarl ! Mais tire-toi de là !

Et si elle s'enfuyait ? Le Roi-dieu ne la retrouverait jamais à Gandu ou à Ymmur. En était-elle sûre ? Non, elle se mentait. Elle n'avait révélé à personne qu'elle partait pour Caernarvon, elle n'avait laissé aucune trace derrière elle, mais Ursuul avait découvert sa destination. Si elle fuyait, il lancerait Hu Gibbet à ses trousses et son maître remplissait toujours ses contrats. La beauté de Vi lui offrait d'innombrables avantages, mais elle ne l'aiderait pas à passer inaperçue, bien au contraire. La jeune femme ne s'était jamais intéressée aux déguisements. Elle n'avait jamais songé que son physique pouvait lui nuire. Aujourd'hui, elle avait changé d'avis.

— Allez, Kylar, approche, murmura-t-elle. Viens devant cette fenêtre. Juste un petit instant.

Ses tremblements empiraient et ce n'était pas seulement parce que le Don coulait dans ses veines ou parce qu'elle tendait la corde de l'arc depuis trop longtemps. Pourquoi tenait-elle tant à tuer Kylar ?

Elle aperçut une jambe, la jambe d'un pantalon de pisse-culotte, mais pas davantage. Malédiction ! Si Kylar sortait, elle allait avoir de gros ennuis. Certaines rumeurs racontaient qu'il pouvait se rendre invisible, mais tous les pisse-culottes affirmaient la même chose. Ils exagéraient leurs pouvoirs de manière à gonfler leurs honoraires. Tout le monde voulait devenir le nouveau Durzo Blint.

Mais Kylar avait été l'apprenti de Durzo Blint. Kylar avait tué Durzo Blint. La jeune femme sentit la peur l'envahir.

Le visage de Jarl était empreint de compassion et de tristesse. Cette expression, elle l'avait déjà vue quand il était venu la réconforter. Hu Gibbet avait tenu à vérifier si les leçons de Mamma K portaient leurs fruits. Il avait été déçu. Il avait battu son apprentie jusqu'à ce qu'elle perde connaissance et l'avait violée de toutes les manières imaginables. À la vue de cette expression, les yeux de Vi se voilèrent. Elle cligna des paupières, encore et encore, refusant de croire qu'elle était au bord des larmes. Elle n'avait pas pleuré depuis cette nuit où Jarl l'avait tenue dans ses bras, où il l'avait bercée, où il l'avait aidée à rassembler les fragments de sa personnalité brisée.

Le jeune homme se leva et approcha de la fenêtre. Il observa les toits et aperçut Vi – ou plutôt une ombre bordée par la lumière du soleil. Un éclat de surprise passa dans ses yeux, puis il la reconnut. Après tout, combien de pisse-culottes avaient une silhouette de femme ? Vi crut le voir prononcer son prénom. Ses doigts mollirent et la corde de l'arc leur échappa.

La flèche rouge et noir réservée aux traîtres fila pour franchir la distance la plus courte qui soit : celle qui sépare un pisse-culotte de son cadavreux. Le projectile traça une ligne rouge dans les airs, comme s'il fendait la chair du crépuscule.

CHAPITRE 26

« É lène, je suis désolé, écrivit Kylar d'une main tremblante. J'ai essayé. Je te jure que j'ai essayé, mais il y a des choses plus importantes que mon bonheur, des choses que je suis le seul à pouvoir accomplir. Vends ces bijoux à maître Bourary et fais déménager tout le monde dans un quartier plus agréable. Je t'aimerai toujours. »

Il plongea la main dans sa poche et en sortit le coffret offert par Capricia. Il le posa sur le parchemin.

— Qu'y a-t-il à l'intérieur ? demanda Jarl.

Kylar ne regarda pas son ami.

— Mon cœur, murmura-t-il. (Il écarta lentement les doigts de la boîte pour la lâcher.) De simples boucles d'oreilles, dit-il d'une voix plus forte.

Il se tourna.

Jarl comprit.

— Tu allais demander sa main ?

Kylar sentit une boule se former dans sa gorge. Il était incapable de parler. Il détourna les yeux.

— Tu as entendu parler du crucifiement ? dit-il enfin.

Jarl secoua la tête.

— C'est ainsi que les Alitaerans exécutent les rebelles. Ils les allongent sur une charpente en bois et leur clouent les poignets et les chevilles. Pour respirer, un condamné doit prendre appui sur les clous afin de soulager la pression exercée sur sa cage thoracique. Il se passe parfois une journée entière avant qu'il meure asphyxié par son propre poids.

Il ne termina pas la comparaison, mais il avait l'impression d'étouffer lui aussi. Il se rebellait contre le destin dans un monde mauvais où on piétinait le bien. Il était partagé entre Logan et Élène, cloué à chacun d'entre eux par la loyauté. Il suffoquait sous le poids écrasant de son personnage. Il n'était pas seulement tiraillé entre Élène et Logan, mais entre deux vies, deux chemins : la voie des ombres et la voie de la lumière. Était-il un loup ou un chien de garde ? un chien de garde ou un chien de compagnie ?

Il avait cru qu'il pourrait changer. Il avait cru qu'il pourrait tout avoir. Il était passé d'un chemin à l'autre sans en choisir aucun. Ce n'étaient pas les machinations d'un dieu fourbe ou un destin implacable qui l'avaient conduit au crucifiement, c'étaient ses propres hésitations. Il avait dû affronter des choix de plus en plus extrêmes, mais il avait résisté jusqu'à ne plus pouvoir respirer. Une seule question importait maintenant :

Qui suis-je donc ?

—Allons-y ! dit Kylar le chien de garde.

Jarl se tenait devant la fenêtre, l'air pensif.

—J'ai aimé une fille, jadis. Enfin, je crois. Elle était ravissante et presque aussi brisée que moi.

—Qui était-ce ?

—Elle s'appelait Viridiana. Elle était belle, si belle. (Jarl leva les yeux et sursauta.) Vi ?

La flèche lui traversa la gorge et il partit en arrière dans une gerbe de sang. Il s'effondra lourdement sur le plancher et cligna des paupières. Son regard n'exprimait ni peur ni colère. Seule la résignation se lisait sur son visage.

Tu t'attendais à un truc pareil, toi ? demandèrent ses yeux en se tournant vers Kylar.

Et puis ils s'éteignirent.

—Je peux aller la montrer à Kylar? demanda Uly.

Elle serrait la poupée que Kylar avait examinée quelques jours plus tôt. Élène sourit. Le jeune homme était meilleur père qu'il le croyait.

—Oui, répondit-elle. Mais tu cours tout droit à la maison. C'est promis?

—Promis! dit Uly en filant à toute allure.

Élène la regarda s'éloigner avec une pointe d'angoisse, mais elle s'inquiétait toujours pour un rien. Caernarvon ne ressemblait pas au Dédale et la maison était deux rues plus loin

—Nous avons besoin de parler, tu ne crois pas? demanda Tante Méa.

Il se faisait tard. Le soleil bas éclairait les commerçants qui remballaient leurs marchandises avant de rentrer chez eux. Élène déglutit avec peine.

—J'ai promis à Kylar. Nous avons juré de ne rien dire à personne, mais…

—Dans ce cas, ne dis rien.

Tante Méa sourit et prit le bras de la jeune femme.

—Je ne peux pas, dit Élène en arrêtant sa tante. Je n'en peux plus.

Et elle raconta tout: qu'ils n'étaient pas mariés, qu'ils se disputaient sans cesse à propos du sexe, que Kylar était un pisse-culotte et qu'il essayait de faire une croix sur son passé. Tante Méa ne fut même pas étonnée.

Elle saisit les mains de la jeune femme.

—Élène, est-ce que tu aimes vraiment Kylar ou est-ce que tu restes avec lui parce qu'Uly a besoin d'une mère?

Élène prit le temps de se défaire de son orgueil avant de répondre. Elle voulait être certaine de ne pas se mentir.

—Je l'aime, dit-elle. Uly est importante, mais j'aime Kylar.

— Dans ce cas, contre quoi cherches-tu à te protéger ?

Élène leva la tête vers sa tante.

— Je ne cherche pas à...

— Tu ne peux pas être honnête avec moi tant que tu n'es pas honnête avec toi.

Élène regarda ses mains. Un chariot passa devant les deux femmes dans un concert de grincements et de cliquetis. Il était conduit par un fermier et contenait les invendus de la journée. La lumière faiblissait et l'obscurité commençait d'envahir la rue.

— Rentrons, dit Élène. Le dîner va être froid.

— Tu es encore une enfant, dit Tante Méa.

Élène s'arrêta.

— C'est un assassin. Enfin, je veux dire qu'il a tué des gens.

— Non, tu as raison : c'est un assassin.

— Non ! c'est un homme bien. Il peut changer. J'en suis sûre.

— Enfant ! Sais-tu pourquoi tu me parles alors que tu as promis à Kylar de ne pas le faire ? Parce que tu as accepté quelque chose qui n'est pas dans ta nature. Tu es une piètre menteuse, mais tu as fait de ton mieux pour respecter ta promesse. Kylar n'a-t-il pas fait de même ?

— Qu'est-ce que vous voulez dire ?

— Si tu ne peux pas aimer Kylar pour l'homme qu'il est, si tu ne l'aimes que pour la personne que – selon toi – il peut devenir, tu ne fais que le mutiler.

Kylar était si malheureux. Quand il avait commencé à sortir la nuit, elle n'avait pas posé de questions, elle n'avait pas voulu apprendre ce qu'il faisait au cours de ses expéditions.

— Que dois-je faire ? demanda-t-elle.

— Tu penses être la première femme que l'amour effraie ?

Ces mots la frappèrent comme un coup de couteau. Ils éclairaient leurs caresses et leurs disputes nocturnes sous un angle nouveau. Elle avait cru qu'elle se refusait à Kylar par respect de la parole divine, mais elle était juste terrifiée. Elle était déjà dépassée par les événements et elle se serait sentie trop vulnérable si elle avait renoncé à sa virginité.

— Est-ce que je peux l'aimer sans le comprendre ? Est-ce que je peux l'aimer en détestant ce qu'il fait ?

— Enfant. (Tante Méa posa sa grosse main sur l'épaule d'Élène.) Aimer est un acte de foi, tout autant que croire en Dieu.

— Kylar ne croit pas en Dieu. Comment un loup et un mouton pourraient-ils s'unir ? demanda la jeune femme en comprenant qu'elle était acculée dans ses derniers retranchements.

— En parlant d'union, est-ce que tu penses aux anneaux de mariage ou à l'acte sexuel ? Tu n'as pas besoin de le comprendre, Élène, tu as besoin de l'aimer jusqu'à ce que tu le comprennes. (Tante Méa entraîna la jeune femme.) Viens. Allons manger.

Tandis qu'elle marchait, Élène se sentit plus légère qu'elle l'avait été depuis des mois. Elle devrait avoir une conversation sérieuse avec Kylar, mais un nouvel espoir l'habitait.

Elle ouvrit la porte en grand, mais la maison était vide et silencieuse.

— Kylar ? appela-t-elle. Uly ?

Pas de réponse. Sur la table de la cuisine, les plats étaient froids. La gelée que Kylar avait préparée un peu plus tôt était figée et craquelée. Élène sentit son cœur cesser de battre. Elle avait le plus grand mal à respirer. Tante Méa avait l'air terrorisée. La jeune femme se précipita à l'étage. Elle ouvrit à la hâte le coffre contenant l'épée et la tenue de pisse-culotte. Il était vide. Tout avait disparu.

Élène redescendit, comprenant peu à peu ce qui se passait.

— Est-ce que nous allons nous en sortir ? avait-elle demandé.

— Dès demain, tout ira mieux, avait-il répondu sans un sourire.

L'alliance de Kylar était posée près du fourneau. Il n'avait pas laissé de message, il n'avait rien laissé du tout. Même Uly avait disparu. Kylar en avait eu assez. Il était parti.

Vi jeta l'enfant qui se débattait sur son épaule. Elle entra dans l'écurie de l'auberge miteuse où son cheval attendait. Près de la porte, le jeune palefrenier gisait inconscient et perdait son sang. Il survivrait sans doute. C'était sans importance. Il n'avait pas eu le temps de la voir avant qu'elle l'assomme avec le pommeau de son épée courte.

La fillette cria à travers son bâillon. Vi s'agenouilla, saisit l'enfant à la gorge d'une main et ôta le bout de tissu de l'autre.

— Comment t'appelles-tu ? demanda-t-elle.

— Va au diable !

Les yeux de la fillette brillèrent de défi. Elle ne devait pas avoir plus de douze ans.

Vi la gifla avec violence, puis recommença, encore et encore. Elle le fit avec détachement, comme Hu Gibbet lorsqu'il la frappait pour tromper son ennui. Quand sa prisonnière essaya de se libérer, les doigts de Vi se refermèrent sur sa gorge. La menace était claire : plus tu t'agites, moins tu respires.

— Bien, tu veux que je t'appelle Va Au Diable ou tu préfères autre chose ?

L'enfant cracha une insulte. Vi la fit pivoter, la plaqua contre elle et posa une main sur sa bouche. De l'autre, elle chercha un point sensible près du coude. Elle le trouva et y enfonça les doigts.

La fillette hurla contre la paume de la jeune femme.

Pourquoi est-ce que je ne l'ai pas encore tuée ?

Tout s'était déroulé sans le moindre accroc : Kylar avait emporté le corps de Jarl après avoir pris ses armes pour se mettre en chasse. Vi avait entrevu les brefs reflets des lames qui disparaissaient en glissant dans leur fourreau. Elle avait sans doute été abusée par la distance et par des effets de lumière. Kylar ne pouvait pas avoir le Don d'invisibilité. Quoi qu'il en soit, il avait fini par emporter le corps de Jarl et elle était entrée dans la maison.

Elle avait d'abord eu l'intention de poser des pièges – elle possédait un excellent poison de contact pour la poignée de la porte de la chambre et un lance-aiguille idéal pour le coffre que Kylar gardait sous son lit. Mais elle n'en avait rien fait. Encore abasourdie par le meurtre de Jarl, elle avait exploré la maison comme une vulgaire cambrioleuse.

Elle avait trouvé un parchemin et une paire de boucles d'oreilles de valeur – c'était du moins ce que le message sous-entendait. Elles avaient pourtant un défaut : elles n'étaient pas de la même taille. Vi les avait glissées dans sa poche, mais n'avait pas touché à la fine alliance posée près du fourneau. Elle n'était pas venue pour dérober des bijoux de famille ! Le message n'était pas clair : Kylar avait essayé ? Essayé quoi ? Essayé de protéger Jarl ?

Puis les portes s'étaient soudain ouvertes en prenant la pisse-culotte au dépourvu. La fillette était entrée et Vi l'avait aussitôt ligotée et bâillonnée. Elle avait alors réalisé qu'elle était dans les ennuis jusqu'au cou.

Elle était perdue. Elle ne pouvait pas tuer cette enfant. Elle ne pouvait même pas tuer Kylar. Non, c'était un mensonge. Elle se sentait encore capable de supprimer l'apprenti de Durzo Blint. Le seul moyen d'échapper au Roi-dieu et de rester en vie, c'était de remplir la mission qu'il lui avait confiée. Oui, il serait ravi si elle lui livrait Kylar en vie. Si elle accomplissait cet exploit, Garoth Ursuul ne saurait jamais qu'elle avait eu un moment de faiblesse. Elle gagnerait assez de temps pour réparer ce qui s'était brisé en elle lorsqu'elle avait vu Jarl mourir dans une gerbe de sang.

Soudain galvanisée, Vi retourna à la chambre de Kylar et, d'une main habile et légère, grava le symbole du Sa'kagué cénarien sur la table de chevet. Puis elle inscrivit en dessous : « J'ai l'enfant. » En rentrant, Kylar ne trouverait pas sa fille et il fouillerait dans toute la maison. Il découvrirait le message et il suivrait Vi jusque dans les griffes du Roi-dieu.

Encore fallait-il imaginer un moyen de sortir discrètement de la ville avec une fillette hurlante sous le bras.

— Essayons encore une fois, dit la pisse-culotte. Comment t'appelles-tu ?

— Uly, répondit l'enfant.

Les larmes avaient rougi son visage.

— Très bien, sale gamine. Nous allons faire un petit voyage. Je me fiche que tu sois morte ou vivante. Tu n'es plus indispensable. Je vais t'attacher les mains à la selle et tu pourras sauter de cheval quand bon te semblera, mais il te piétinera et te traînera derrière lui jusqu'à ce que mort s'ensuive. Tu es libre de choisir. Ouvre la bouche.

Uly obéit et Vi la bâillonna.

— Ne fais pas de bruit. (Elle regarda le bout de tissu et fronça les sourcils.) Dis quelque chose.

— Mmm ?

— Merde ! (Vi se concentra sur son Don.) Recommence.

Les joues d'Uly se gonflèrent, mais aucun son ne sortit de sa gorge. Vi ôta le bâillon. Il était inutile. Elle avait employé un petit tour qu'elle avait découvert par hasard quelques années plus tôt. Ce n'était pas parfait, mais il serait plus facile de quitter la ville avec une enfant silencieuse plutôt qu'avec une enfant bâillonnée. Vi sella sa monture et le meilleur cheval de l'écurie.

Une demi-heure plus tard, Caernarvon disparaissait derrière la pisse-culotte et sa prisonnière. Il restait un long chemin à parcourir avant d'atteindre la liberté.

CHAPITRE 27

En proie à une rage glacée, Kylar ne percevait plus le monde que sous la forme d'un décor blanc tandis qu'il filait à travers la nuit, bondissant d'un toit à un autre. Il franchit sans difficulté les sept mètres qui le séparaient de la terrasse suivante et profita de son élan pour grimper en haut d'un mur. Il prit appui et se détendit. Il attrapa le bout d'une poutre et se rétablit dessus. Il ne vacilla même pas.

Il avait accompli cet enchaînement en restant invisible. Cet exploit l'aurait ravi quelques jours plus tôt, mais, ce soir-là, il ne ressentit aucun plaisir. Ses yeux fouillèrent les rues sombres.

Avant de partir, il avait nettoyé le sang de Jarl sur le sol – il n'allait quand même pas laisser Élène se charger de cette corvée. Il avait ensuite emporté le corps de son ami au cimetière. Jarl ne pourrirait pas au fond d'un égout, comme un simple mendigot. Kylar n'avait même pas assez d'argent pour engager un fossoyeur. Merci beaucoup, Dieu! Il laissa le cadavre et se promit de revenir.

Jarl était mort. Une partie de lui ne parvenait pas encore à l'accepter – la partie qui avait cru qu'il pourrait mener la vie confortable d'un guérisseur waeddrynien. Comment avait-il pu se montrer si naïf? L'Ange de la Nuit n'avait pas droit au confort. L'Ange de la Nuit n'avait droit à rien. C'était un assassin. La mort se répandait sur son passage comme la boue dans le sillage d'un bâton qui racle le fond d'un étang paisible.

Là! deux minables s'en prenaient à un ivrogne. Dieux! était-ce celui qu'il avait abandonné à son destin l'autre nuit? Kylar se laissa tomber sur une terrasse inférieure et atterrit dans la rue dix secondes plus tard.

L'ivrogne était déjà à terre et saignait du nez. Un de ses agresseurs arrachait la bourse accrochée à sa ceinture tandis que le second montait la garde, un long couteau à la main.

Kylar laissa apparaître une partie de son corps dans des reflets moirés : des muscles dégageant une lueur noire et irisée, des sphères de ténèbres à la place des yeux, un masque de rage en guise de visage. L'homme au couteau le regarda bouche bée. Kylar avait seulement l'intention de l'effrayer, mais il aperçut un éclat si vil au fond de ses pupilles qu'il ne put se contenir.

Avant même qu'il comprenne ce qu'il faisait, son épée avait traversé le cœur du malfrat et s'abreuvait de son sang. L'homme laissa tomber son couteau.

—Qu'est-ce que tu fous, Terr? demanda son compagnon en se retournant.

Un instant plus tard, Kylar l'avait saisi à la gorge et plaqué contre le mur. Il dut faire un effort surhumain pour résister à l'envie frénétique de tuer.

—Où est le Shinga? siffla-t-il.

Terrifié, le voyou se débattit et hurla.

—Qui êtes-vous?

Kylar saisit une main qui cherchait à le repousser et la serra. Un os se cassa. L'homme cria. Kylar attendit, puis serra plus fort et brisa un nouvel os.

Le malfrat lança un chapelet de jurons qui ne lui fut d'aucune aide. Kylar broya sa main, puis la lâcha et attrapa l'autre. Le voyou gémit en contemplant ce qui restait de la première :

— Oh ! putain ! Oh ! putain ! Oh ! putain ! Ma main !

— Où est le Shinga ? C'est la dernière fois que je te pose la question.

— Espèce de… Arrêtez ! Il est dans le troisième entrepôt du quai numéro trois ! Oh ! putain ! Mais qui êtes-vous ?

— Je suis le châtiment, répondit Kylar.

Il trancha la gorge de l'homme et le lâcha. L'ivrogne le regarda, bouche bée. Il devait se croire fou.

L'entrepôt était bien le repaire du Shinga, mais Barush Sniggle n'était pas là. Kylar songea que cela aurait été trop facile. Une dizaine de gardes attendaient en embuscade à l'intérieur du bâtiment. Kylar les observa des poutres du plafond et chercha si l'un d'eux était susceptible d'en savoir plus que les autres.

Un tel déploiement de force prouvait que Barush Sniggle était responsable de la mort de Jarl. Comment avait-il appris que Kylar était celui qui l'avait effrayé au point d'uriner dans son pantalon ? Le jeune homme l'ignorait, mais Barush Sniggle était tout à fait le genre d'incapable à commanditer un meurtre et à se tromper de cible.

Kylar se laissa tomber derrière le garde qui semblait être le chef. Il lui brisa le bras droit et le délesta de son arme.

La moitié des malfrats moururent avant de comprendre qu'ils se faisaient massacrer par un adversaire invisible. Ceux qui réagirent étaient de piètres combattants. Pour transformer un voyou en soldat, il ne suffisait pas de lui donner une armure et de remplacer son gourdin par une épée, on obtenait juste un voyou maniant une lame comme un bâton. La Mort les faucha en quelques instants.

Kylar se pencha sur le dernier survivant. Ses yeux et son visage redevinrent visibles. Il appuya un pied sur le bras cassé du chef des gardes et la pointe de son épée contre sa gorge.

—Vous êtes le pisse-culotte!

L'homme jura. Il transpirait à grosses gouttes, il avait les traits terreux, son épaisse barbe noire tremblait tandis qu'il parlait.

—Il a dit que vous étiez une fille!

—Il s'est trompé.

—Le Shinga a dit qu'il avait mis en rogne un pisse-culotte cénarien. On devait vous tuer si vous veniez ici.

—Où est-il?

—Si je vous le dis, vous me laisserez en vie?

Kylar plongea ses yeux dans ceux du garde. Chez ses victimes précédentes, il avait senti – ou imaginé, ou autre chose encore – une noirceur qui exigeait la mort. Il ne perçut rien de tel dans le regard de cet homme.

—D'accord, dit-il malgré la rage de tuer qui le tiraillait toujours.

Son prisonnier lui parla d'un repaire, d'un nouveau guet-apens, d'une pièce souterraine avec une seule entrée et de dix gardes supplémentaires.

Les dents de Kylar grincèrent sous le coup d'une haine glacée.

—Dis-leur que l'Ange de la Nuit est en marche. Dis-leur que la Justice approche.

CHAPITRE 28

L a grille s'ouvrit en grinçant et le visage de Gorkhy apparut à la faible lueur de la torche. Il semblait de bonne humeur. Logan détestait cet homme du fond de son cœur.

— De la viande fraîche, mes petits. De la bonne viande fraîche.

Derrière lui, des prisonniers se mirent à sangloter. C'était pure méchanceté que de les amener là à cette heure de la journée. Il était midi et, à cette heure-là, les détenus criaient de toutes leurs forces pendant qu'un air chaud et fétide jaillissait de l'abîme. Ce pet monstrueux et sans fin faisait vaciller la flamme des torches. Sur les parois, les silhouettes des Morpions bondissaient et se tortillaient tandis que leur peau couverte de sueur brillait dans l'obscurité.

Depuis que Logan avait sauté dans le Trou, quatre-vingt-deux jours plus tôt, un seul prisonnier avait été jeté dans cet enfer. Gorkhy s'en était chargé. Le visage de sa malheureuse victime avait heurté le rebord du gouffre avec un bruit flasque et son corps avait disparu dans les profondeurs. Les Morpions avaient retenu la leçon. Aujourd'hui, ils s'étaient rassemblés autour de l'abîme comme ils le faisaient lorsque Gorkhy lançait du pain. Ils n'avaient pas l'intention de sauver le prisonnier, ils voulaient juste obtenir de la viande.

— Alors, mes chéris, dit Gorkhy. Qui veut passer en premier?

Logan ne s'approcha pas trop près du gouffre. Fin et lui se surveillaient du coin de l'œil. Logan avait une grande allonge, mais il y avait une différence entre attraper une miche de pain et bloquer la chute d'un corps. En outre, Fin avait déroulé sa corde en tendons.

Une certaine agitation éclata au-dessus de leurs têtes. Une jeune fille se jeta par l'ouverture de la grille. Gorkhy essaya de l'intercepter, mais elle l'esquiva et plongea la tête la première. Elle s'immobilisa soudain dans le vide : Gorkhy avait réussi à saisir un bout de sa robe.

La jeune fille se débattit et hurla. Elle était juste au-dessus de Logan et celui-ci bondit vers elle. Il attrapa un de ses bras et tira dessus, mais sa main glissa. La prisonnière bascula en avant et resta suspendue trois mètres au-dessus du sol rocailleux. Gorkhy dut se pencher pour ne pas lâcher prise.

— Fin ! cria Lilly. Chope-le !

Gorkhy avait dû s'agenouiller. Il tenait la robe d'une main et un barreau de l'autre. Sa tête se détachait sur l'ouverture de la grille. Pour Fin, qui s'entraînait sans cesse avec son lasso, c'était une cible facile.

Le garde laissa échapper un juron, mais c'était un homme musclé. Logan bondit de nouveau et essaya d'attraper la main de la prisonnière, mais sans succès. Fin se précipita avec sa corde. Les autres Hurleurs crièrent et bombardèrent Gorkhy d'étrons. Logan sauta pour la troisième fois et saisit la jeune fille par le poignet.

La robe se déchira et sa propriétaire s'effondra sur Logan. Celui-ci eut le plus grand mal à bloquer la chute de la malheureuse. Il parvint cependant à la pousser sur le côté pour qu'elle ne tombe pas dans le précipice.

Il se releva en chancelant et aperçut le visage livide de Gorkhy à la lueur des torches. Sa tête se découpait toujours dans l'ouverture de la grille. Le garde était vulnérable. D'un instant à l'autre, la corde de Fin allait s'enrouler autour de son cou. Elle l'entraînerait au fond du Trou et les Morpions le dépèceraient. Logan se tourna et vit Fin à moins de deux mètres de lui. Il avait lâché son lasso. Le jeune homme eut à peine le temps de distinguer le reflet de l'acier dans sa main. Fin frappa.

Logan cherchait à esquiver le coup, mais la lame trancha la chair le long de ses côtes et de son bras gauche. Le poignet de Fin se retrouva coincé entre le corps et le bras de son adversaire. Le jeune homme pivota et entendit le couteau rebondir sur le sol rocheux. Il lança son poing en direction du visage de Fin, mais celui-ci se baissa. Il se laissa glisser à terre et s'éloigna précipitamment à quatre pattes. Logan décida de le poursuivre. Il devait le tuer pendant qu'il en avait la possibilité. Il fit un pas en avant et entendit alors les Hurleurs derrière lui. Ils se rassemblaient déjà autour de la prisonnière qu'il venait de sauver.

Il ne pouvait pas l'abandonner. Il savait ce que ces monstres voyaient en contemplant la malheureuse à moitié nue et étourdie par sa chute. Il avait entendu les violeurs évoquer leurs bons souvenirs et raconter combien de jolies filles ils avaient baisées. Certains d'entre eux ne touchaient même pas Lilly : une salope consentante ne les excitait pas.

Logan rugit de douleur et de frustration. Les animaux reculèrent.

La jeune fille ramassa le couteau et se releva avant de se plaquer dos au mur. Elle avait du mal à tenir debout. À en juger par sa posture, elle s'était foulé la cheville en heurtant le sol.

— En arrière ! lança-t-elle en agitant son arme de manière peu convaincante. En arrière !

Ses yeux passèrent de Logan au précipice, du précipice à Grincedent.

Elle tremblait de tous ses membres. Elle avait des traits fins et de longs cheveux ; elle était plutôt jolie malgré son aspect gracile. Elle n'était pas en prison depuis longtemps, car elle était presque propre. Mais Gorkhy – qu'il pourrisse dans le neuvième cercle des enfers ! – n'était pas du genre à perdre du temps : du sang frais tachait la robe déchirée à hauteur de l'entrejambe.

Logan tendit la main.

—Du calme, dit-il. Je ne vais pas vous faire de mal, mais il faut bouger ou nous allons recevoir les autres prisonniers sur la tête.

La jeune fille regarda en l'air, puis se mit à longer la paroi circulaire.

Les condamnés promis au Trou avaient été rassemblés devant l'ouverture. Les gardes – qui avaient tiré Gorkhy à l'écart de la grille – poussèrent le premier, qui refusait de sauter.

Le pauvre homme se brisa les deux jambes en heurtant le sol de pierre, cinq mètres plus bas, et les Hurleurs se précipitèrent sur lui. Logan constata avec un certain désarroi que Grincedent s'était joint à eux. Le simple d'esprit écarta ses concurrents et plongea ses dents effilées dans la chair vivante.

Le prisonnier suivant se figea en entendant les bruits du carnage qu'il distinguait à peine. Les gardes lui administrèrent une bourrade dans le dos et il connut le même sort que son prédécesseur. La plupart de ses compagnons d'infortune se glissèrent d'eux-mêmes dans l'ouverture et se suspendirent à la grille pour ne pas se briser les jambes en atterrissant au fond du Trou.

Logan n'avait pas le temps de s'occuper d'eux. En d'autres circonstances, il se serait sans doute joint à la curée, mais il ne mangerait pas aujourd'hui, pas en présence de cette jeune fille. Elle lui rappelait son ancienne vie et il eut soudain envie de pleurer.

—Dieux ! s'exclama-t-il. Natassa Graesin !

Les mots lui échappèrent. Il n'aurait pas dû prononcer son nom, mais il fut tellement surpris de voir une noble qu'il ne put résister. Natassa avait dix-sept ans et elle était la deuxième fille de la famille Graesin. C'était une cousine de Logan.

Natassa Graesin le dévisagea. Ses yeux écarquillés par la peur examinèrent le gigantesque corps émacié qui avait été si imposant et si musclé. Logan n'était plus que l'ombre de lui-même, mais malgré sa maigreur, il était toujours aussi grand. Personne n'était aussi grand que lui.

Il tendit les mains pour empêcher Natassa de parler, mais trop tard.

—Logan? Logan Gyre?

Le jeune homme sentit son univers s'écrouler. Depuis son arrivée dans le Trou, il avait seulement été Roi ou Treizième. Rendu fou par la faim, il s'était joint aux autres qui se rassemblaient autour du gouffre pour attraper du pain. Son allonge lui avait assuré plus de réussite que ses compagnons de captivité et Gorkhy avait fini par remarquer ce colosse blond. Mais Logan n'avait jamais révélé son véritable nom.

Il jeta un coup d'œil par-dessus son épaule. Les nouveaux prisonniers tombaient toujours avant de s'affaler lourdement sur le sol pierreux. Dans l'obscurité presque totale, ils étaient aveugles et terrifiés. Ils gémissaient, hurlaient, juraient et pleuraient en entendant les Hurleurs déchirer la chair fraîche. Les animaux et les monstres se battaient entre eux. Gorkhy riait. Il les encourageait et prenait des paris sur le sort que connaîtrait chaque prisonnier livré en pâture à ces monstres. Et les Hurleurs hurlaient. Dans le vacarme, la mêlée et la confusion, le cri de Natassa Graesin était peut-être passé inaperçu.

Pourtant, un des nouveaux venus ne gémissait pas. Il avait gardé son sang-froid et sa présence d'esprit. Malgré le bruit, la chaleur, la puanteur, les ténèbres et la violence, Tenser Vargun n'avait pas peur. Il avait penché la tête et plissé les yeux pour observer Logan et Natassa dans l'obscurité. Il était pensif.

CHAPITRE 29

É lène ne parvenait plus à respirer. Kylar ne s'était pas contenté de l'abandonner, il avait emmené Uly. La répudiation était complète. Et dire qu'elle avait pensé que tout irait bien.

Comment avait-elle pu se tromper à ce point ? Elle ne parvenait pas à y croire. Elle ne voulait pas y croire. Elle fouilla dans la cuisine à la recherche d'un indice et découvrit une tache foncée sur le plancher sombre, une tache qu'on avait essuyée à la hâte. Elle ne ressemblait pas aux divers ingrédients dont Kylar s'était servi en cuisinant. La jeune fille fut incapable de trouver de quoi il s'agissait. Elle aperçut ensuite une entaille fine, mais profonde, dans une latte voisine.

Elle remonta dans la chambre pour en avoir le cœur net. Châtiment et la tenue de pisse-culotte avaient bel et bien disparu. Élène glissa le coffre sous le lit et remarqua alors le symbole du Sa'kagué cénarien gravé sur la table de chevet. Il y avait aussi un message tracé par une main sûre et habile.

« J'ai l'enfant. »

Le cœur de la jeune femme cessa de battre.

Quelqu'un avait enlevé Uly et Kylar était parti à sa recherche. Cette découverte remplit Élène d'un mélange de peur et de joie. Kylar ne l'avait pas abandonnée, mais Uly était entre les mains d'une personne qui connaissait la véritable identité du jeune homme. Quelqu'un tendait un piège à Kylar. Mais pourquoi celui-ci n'était-il pas à la maison quand on avait enlevé Uly? Si la fillette avait été surprise dans la rue, les ravisseurs auraient laissé leur message sur le perron. Élène songea qu'ils n'auraient jamais osé se faufiler à l'intérieur alors que Kylar était dans la cuisine.

Un cri monta du rez-de-chaussée, aussitôt suivi de coups puissants contre la porte.

— Ouvrez! Au nom de la reine, ouvrez!

La peur paralysa Élène lorsqu'elle vit Tante Méa faire entrer les gardes de la cité. À Cénaria, ces derniers étaient si corrompus que personne ne leur faisait confiance. Mais la jeune femme remarqua que sa tante semblait soulagée.

Il fallut presque une heure pour clarifier la situation. Un voisin avait aperçu Kylar quitter la maison en portant un corps sur ses épaules – celui d'un beau jeune homme à la peau sombre, avec de fines tresses au bout desquelles étaient accrochées des perles dorées. Élène comprit sur-le-champ qu'il s'agissait de Jarl. Après le départ de Kylar, le témoin s'était précipité à la caserne la plus proche. Il revenait en compagnie d'une escouade de gardes lorsque son épouse était arrivée à leur rencontre. Elle raconta qu'une femme armée d'un arc s'était introduite dans la maison une minute avant le retour d'Uly et était ressortie avec la fillette. Grâce à Dieu, le capitaine estima que cette inconnue avait probablement assassiné la victime à la peau sombre, mais il avait néanmoins la ferme intention de poser quelques questions à Kylar.

Allongée sur son lit, Élène pleura Jarl jusque tard dans la nuit. Elle essaya de comprendre ce qui s'était passé. Pourquoi Jarl était-il venu ici? Parce qu'il était menacé? Parce qu'il voulait confier une mission à Kylar? Pour leur rendre visite? La deuxième hypothèse était sans doute la bonne. Jarl était un homme trop important pour quitter Cénaria sur un coup de tête et s'il avait été en danger, il aurait voyagé en compagnie de gardes du corps. Il avait donc été tué – par accident ? – alors qu'il essayait d'engager Kylar. Celui-ci avait accepté sa proposition ou il était parti venger son ami. Quoi qu'il en soit, il était sorti quand on avait enlevé Uly. Il ignorait peut-être même que la fillette était en danger.

Le lendemain, à midi, Kylar n'était pas encore rentré. On frappa à la porte et Élène se précipita pour ouvrir. Il s'agissait d'un des gardes de la veille.

— Je pensais juste que vous deviez le savoir, dit le jeune homme. Dès que nous en avons eu le temps, nous avons interrogé les sentinelles postées aux entrées de la cité, mais avec les relèves il n'a pas été facile de voir tout le monde. Une jeune femme correspondant à la description de la meurtrière a quitté la ville hier pour se diriger vers le nord. Elle avait une petite fille avec elle. Nous avons envoyé des hommes à sa poursuite, mais elle a une avance considérable. Je suis désolé.

Le garde s'en alla. Tante Méa et Braen regardèrent Élène en pensant qu'elle allait éclater en sanglots.

— Je pars à la recherche d'Uly, déclara la jeune femme.

— Mais…, commença Tante Méa.

— Je sais, croyez-moi, je sais que je suis la dernière personne qui devrait faire cela, mais que puis-je faire d'autre ? Si Kylar revient, dites-lui où je suis partie. Il me rattrapera, c'est certain. S'il est déjà à la poursuite de cette femme, je croiserai son chemin quand il rentrera à Caernarvon. S'il n'est pas au courant de l'enlèvement, je suis peut-être la seule à pouvoir sauver Uly.

Tante Méa ouvrit de nouveau la bouche pour protester, mais la referma sans rien dire.

— Je comprends.

Élène rassembla ses maigres affaires dans un petit sac. Quand elle redescendit, Tante Méa lui avait préparé assez de nourriture pour une semaine.

— Braen ne veut pas me dire au revoir ? demanda la jeune femme.

Tante Méa la conduisit dehors.

— Braen te dit au revoir à sa manière.

Un cheval sellé attendait devant la boutique. Il était robuste et semblait très doux. Élène sentit les larmes lui monter aux yeux. Elle s'était préparée à faire le voyage à pied.

— Il dit qu'il peut se le permettre parce qu'il a reçu de grosses commandes ces derniers temps, déclara Tante Méa avec fierté. Maintenant, pars, mon enfant. Et que Dieu soit avec toi.

Kylar était penché sur la tombe qu'il avait creusée et faisait de son mieux pour se soûler. L'aube ne se lèverait pas avant deux heures et le cimetière était silencieux. On entendait seulement le bruissement des feuilles dans le vent et la complainte des insectes nocturnes. Le jeune homme avait choisi cet endroit parce que c'était le plus chic sur le chemin qui le conduisait aux portes de la ville. Après avoir tué le Shinga, il avait récupéré sa bourse et il ne manquait plus d'argent. Si le fossoyeur tenait parole, une dalle funèbre viendrait recouvrir la tombe une semaine plus tard.

Jarl et lui formaient une sacrée paire : le Ladéshien était allongé près de la fosse tandis que ses membres se raidissaient peu à peu ; sa blessure dessinait une marque noire sur sa peau sombre. Kylar était criblé de taches rouges – bien plus que le corps de son ami ; le sang avait séché au creux de ses articulations ; il se fragmentait lorsque le jeune homme bougeait et reprenait sa forme liquide au contact de la sueur. Il semblait suinter des pores de sa peau.

La fosse était creusée et Kylar devait maintenant prononcer quelques paroles graves.

Il avala une nouvelle gorgée de vin. Il avait apporté quatre outres et en avait déjà bu deux. Un an plus tôt, cela aurait suffi à le terrasser. Aujourd'hui, il était à peine éméché. Il termina la troisième et vida consciencieusement la quatrième à longues gorgées.

Ses yeux revenaient toujours se poser sur le corps. Il essaya d'imaginer que la blessure de Jarl se refermait comme les siennes l'avaient fait plusieurs mois auparavant. En vain. Jarl était mort. Il était vivant et, une fraction de seconde plus tard, il ne l'était plus. Kylar comprit enfin la signification du regard narquois de son ami.

Jarl avait avoué son amour pour Vi au moment même où celle-ci décochait le trait qui allait le tuer. Il avait estimé que cette mort ne manquait pas de piquant. Ce n'était guère étonnant de sa part.

Le Shinga Sniggle avait commandité l'assassinat d'un pisse-culotte cénarien, mais il ne s'agissait pas de Kylar. Le contrat visait Vi Sovari et c'était elle qui avait abattu Jarl avec la flèche rouge et noir réservée aux traîtres.

— Merde! cracha Kylar.

Il n'existait pas de mots assez forts pour décrire l'étendue du désastre. Jarl était mort. Kylar était assis à côté d'un tas de viande. Il regretta de ne pas avoir la foi d'Élène. Il avait envie de croire que Jarl et Durzo étaient dans un monde meilleur, mais il était assez honnête pour savoir que ce n'était rien d'autre qu'un souhait, qu'un vague sentiment charitable. Si Élène avait raison et si son Dieu existait, Jarl et Durzo n'avaient pas vraiment respecté ses commandements et, en toute logique, ils devaient donc rôtir au fin fond des enfers.

Kylar descendit dans la fosse et attrapa Jarl. Le corps de son ami était froid et la rosée matinale se condensait sur sa peau en la rendant moite. C'était étrange. Kylar l'allongea dans la tombe avec le plus grand soin, puis sortit du trou. Il n'était même pas ivre.

Il s'assit sur un monticule de terre meuble près de la fosse. Il comprit que le ka'kari était responsable de sa lucidité.

Son corps traitait l'alcool comme un poison et le neutralisait aussitôt. Le système était si efficace que Kylar aurait dû absorber des quantités incroyables de vin ou de bière pour être soûl. C'était pour cette raison que Durzo buvait autant.

Et dire que je le prenais pour un ivrogne.

Une fois de plus, il s'était trompé sur son maître, une fois de plus, il l'avait condamné sans savoir. Cette constatation raviva sa douleur.

— Je suis désolé, mon frère...

Au moment où il prononça ces paroles, il comprit que c'était exactement ce que Jarl avait été : un grand frère qui n'avait jamais cessé de le surveiller. Kylar découvrait toujours trop tard ce que les gens représentaient pour lui.

— Je te jure que tu ne seras pas mort en vain.

Mais pour donner un sens à la disparition de Jarl, il devait quitter Élène, Uly et la vie qu'il aurait pu mener. Il avait promis à la fillette qu'il ne l'abandonnerait pas comme les autres adultes qu'elle avait connus. Il allait pourtant le faire.

Est-ce que vous avez ressenti la même chose, maître ? Est-ce ici que commence cet océan d'amertume ? Est-ce que je dois sacrifier mon humanité à mon immortalité ?

Il n'y avait rien d'autre à faire, il n'y avait rien d'autre à ajouter. Kylar ne réussit même pas à pleurer. Les premiers oiseaux du matin gazouillèrent pour saluer la splendeur de l'aube et Kylar reboucha la tombe.

Chapitre 30

Uly ne parla pas, ne mangea pas et ne but pas pendant deux jours. Vi conduisit les chevaux à un train d'enfer le long de la route de la Reine qui menait vers l'ouest, puis vers le nord. Au cours de la première nuit, elles passèrent à proximité des grands domaines des nobles waeddryniens et s'arrêtèrent quelques heures avant l'aube dans le bocage. Les champs étaient nus et, sur les collines arrondies, des lignes irrégulières indiquaient qu'on moissonnait déjà l'épeautre.

Le premier jour, Uly attendit que la respiration de Vi devienne régulière. Elle patienta dix minutes de plus et se précipita vers son cheval. La pisse-culotte l'attrapa avant même qu'elle ait le temps de le détacher. Le lendemain, la fillette attendit une heure, puis se leva si doucement que Vi faillit ne pas s'en apercevoir. Elle libéra sa monture et faillit hurler de peur quand elle se tourna pour prendre les rênes : Vi se tenait derrière elle, les poings sur les hanches.

La pisse-culotte lui administra une correction à chaque tentative d'évasion, mais elle prit soin de ne pas blesser la fillette. Il était hors de question de briser un os ou de laisser une cicatrice à cette gamine. Elle se demanda si elle n'était pas un peu trop indulgente, mais elle n'avait jamais battu d'enfant. Elle savait tuer un homme, elle était capable d'invoquer son Don pour obtenir une force surhumaine et elle n'avait pas l'habitude de se soucier de ses victimes.

Si elle ne faisait pas attention, la fillette mourrait et cela contrarierait ses plans.

Le troisième jour, Uly était très faible. Elle n'avait pas bu depuis leur départ de Caernarvon et refusait tout ce que Vi lui proposait. Ses forces l'abandonnaient rapidement, ses yeux étaient rouges, ses lèvres étaient sèches et craquelées. Vi ne put s'empêcher de ressentir de l'admiration.

La fillette faisait preuve d'un courage étonnant. Vi résistait mieux à la douleur que la plupart des gens, mais elle ne supportait pas la privation de nourriture. Lorsqu'elle avait douze ans, Hu avait l'habitude de la rationner et de ne lui servir qu'un repas par jour. « Pour qu'elle ne grossisse pas. » Il avait changé d'avis et avait rétabli une alimentation normale quand il avait décidé que « tout allait dans les nibards ». Mais elle avait connu pis que la faim. Hu la privait d'eau lorsqu'il estimait qu'elle ne faisait pas assez d'efforts.

Le concept de crampes menstruelles n'avait jamais effleuré l'esprit de ce connard.

Elle avait fait comme si la soif ne la gênait pas – si elle avait montré l'étendue de sa souffrance, Hu en aurait fait sa punition favorite.

—Écoute, macaque, dit-elle en montant le camp dans une petite vallée alors que le soleil se levait. Je me contrefous que tu meures. Tu m'es plus utile vivante que morte, mais la différence est minime. De toute façon, Kylar me suivra jusqu'à Cénaria. Toi, en revanche, tu as sûrement envie de le revoir, non ? (Uly fixa sur elle ses yeux enfoncés et remplis de haine.) Et, à mon avis, il te botterait sacrément le cul s'il voyait que tu te laisses mourir sans raison. Si tu veux continuer à jeûner, tu ne survivras pas longtemps. Ce soir, je t'attacherai à la selle pour que tu ne tombes pas, mais tu ne tiendras peut-être pas jusqu'à demain matin. Ça me dérange un peu, mais c'est surtout Kylar qui va en baver. Si tu préfères mourir comme un chaton sans défense plutôt que de vivre et de te battre contre moi, je t'en prie. Tu n'impressionnes personne.

Vi posa une outre remplie d'eau devant la fillette et s'en alla vérifier que les chevaux étaient bien attachés. Uly ne risquait pas de s'enfuir dans cet état, elle était trop faible, mais la pisse-culotte invoqua néanmoins son Don pour renforcer le nœud des cordes retenant les montures.

Merde! De toute façon, elle n'arriverait pas à dormir.

Les collines arrondies étaient couvertes de forêts parsemées ici et là de quelques champs au milieu desquels se dressait un hameau. Les routes restaient cependant larges et très fréquentées. Vi et sa prisonnière étaient allées bon train, mais il était impossible d'évaluer l'avance qu'elles avaient sur Kylar. La pisse-culotte avait évité les villages et elle était certaine que le jeune homme en avait profité pour rattraper de précieuses heures. La veille, elle avait changé de chevaux. Si Kylar avait réussi à retrouver leur trace au milieu de toutes celles qui sillonnaient les routes, ce stratagème l'embrouillerait.

Vi et Uly avançaient vite, mais de nombreuses personnes avaient pu les remarquer. La pisse-culotte s'était certes enveloppée dans un manteau informe qui dissimulait son sexe et son identité, mais il était impossible de cacher qu'Uly était une enfant. De plus, elles venaient de traverser des collines arides sur lesquelles il était facile de passer inaperçu. Vi préférait suivre la piste et se hâter lorsqu'elle devait croiser des chariots de marchands et des charrettes de fermiers. Le compromis était difficile: elle avançait plus vite par la route, mais elle courait plus de risques d'être identifiée.

Elle n'avait rencontré Kylar qu'une seule fois, quand elle avait essayé de l'assassiner au manoir des Drake. Par une étrange ironie, le roi Gunder avait engagé Vi – qui avait cherché à tuer son fils, le prince – pour se débarrasser de Kylar – qui s'était efforcé de protéger ledit prince.

Elle avait tenu Kylar à la pointe de son couteau le jour même où elle avait accepté le contrat. Elle l'avait trouvé sympathique. Il avait fait preuve d'un calme étonnant pour une personne dans sa situation. Il s'était même montré charmant – à supposer que «charmant» puisse décrire ses pathétiques traits d'humour face à la mort.

Elle aurait pu le tuer, mais elle avait hésité. Non, non, ce n'était pas de l'hésitation. Ce n'était pas un manque de volonté qui avait arrêté sa main, mais plutôt la fierté d'avoir accompli si vite une tâche si difficile. Hu ne la félicitait jamais et les compliments de Kylar – même si leur seul but était de gagner du temps – avaient eu l'accent de la sincérité. En outre, ce n'était pas tous les jours qu'un pisse-culotte rencontrait quelqu'un avec qui parler boutique. Kylar l'avait soumise à la tentation avec un manque de subtilité affligeant et elle n'avait pas trouvé la force d'y résister.

Ce petit saint de comte Drake avait alors fait irruption dans la chambre. Kylar en avait profité pour lancer un couteau dans le dos de Vi tandis qu'elle s'enfuyait. La jeune femme s'était aussitôt rendue chez le sorcier qui soignait Hu, mais plusieurs mois après, son épaule était encore raide et la faisait toujours souffrir.

La prochaine fois, elle n'hésiterait pas.

Elle aurait dû se réjouir de la mort de Jarl. Elle était maintenant libre. Elle était devenue une maîtresse pisse-culotte. Hu allait disparaître de sa vie et s'il refusait de la laisser en paix, elle pourrait le tuer sans se soucier des répercussions auprès du Sa'kagué. Mais encore fallait-il que le Sa'kagué survive aux plans du Roi-dieu.

J'ai tué Jarl.

Cette pensée la harcelait sans répit depuis deux jours.

J'ai tué l'homme qui était sans doute le seul ami que j'aie jamais eu.

Le meurtre en lui-même se passait de commentaire. Un enfant aurait été capable de grimper sur un toit et de décocher une flèche. Elle avait fait tout son possible pour rater sa cible, n'est-ce pas ? Elle aurait pu la manquer. Elle aurait pu ne pas tirer. Elle aurait pu entrer dans la maison et se joindre à Kylar et à Jarl pour combattre le Roi-dieu. Elle ne l'avait pas fait.

Elle avait tué et elle se retrouvait seule une fois de plus. Elle se dirigeait vers un endroit où elle n'avait aucune envie d'aller, elle emmenait une enfant contre sa volonté et elle tendait un piège à un homme qu'elle respectait.

Tu es un dieu cruel, Daenysos. Tu ne peux donc pas m'offrir autre chose que du sang et des cendres ? Je te sers pourtant avec fidélité. De mon couteau et de mon ventre coulent des fleuves de sang et de semence. Je ne mérite pas de récompense ? Je ne mérite pas un seul ami ?

Elle toussa, cligna plusieurs fois des yeux et se mordit la langue presque jusqu'au sang.

Je ne pleurerai pas. Daenysos peut avoir le sang et la semence que je fais couler, mais jamais il n'obtiendra mes larmes. Va au diable, Daenysos !

Elle se garda cependant de maudire le dieu à haute voix – elle le servait depuis trop longtemps pour prendre le risque de s'attirer ses foudres.

Elle avait accompli un pèlerinage – enfin, une sorte de pèlerinage, car le véritable but de son voyage était de retrouver un cadavreux. Elle avait visité une petite ville séthie dans une région viticole qui était sacrée aux yeux de Daenysos. La fête des Vendanges lui était dédiée. Le vin coulait à flots et les femmes étaient censées s'abandonner à toutes les passions qui les animaient. On y trouvait même un curieux genre théâtral : les hommes montaient sur une estrade avec un masque et jouaient la comédie. Les spectateurs assistaient à un cycle en trois parties qui évoquait sans cesse les souffrances des mortels et l'intervention indispensable des dieux pour y mettre un terme. Venait ensuite une farce grivoise et acerbe qui se moquait apparemment de tous les habitants de la ville, y compris de l'auteur de la pièce. Tout le monde raffolait de ce spectacle. Les gens applaudissaient, criaient, chantaient ivres morts de saintes chansons et baisaient comme des lapins. Pendant sept jours, personne ne pouvait refuser des rapports sexuels. Vi crut qu'elle ne verrait jamais la fin de la semaine. Ce fut un des rares moments de sa vie où elle avait regretté d'être si belle. Elle s'était même affublée de vêtements trop amples dans l'espoir de décourager quelques hommes.

J'ai tant fait pour toi, Daenysos. Et pourquoi ? Pour avoir le droit de vivre ? Hu a presque quarante ans et même s'il affirme te servir, il n'emploie le mot « dieu » que dans ses jurons.

Quand Vi retourna vers les sacs de couchage, Uly avait vidé l'outre et était au bord de la nausée.

—Vomis sur les couvertures si tu veux, mais tu dormiras dedans quoi qu'il arrive.

—Kylar te tuera, cracha l'enfant. Même si tu es une fille !

—Je ne suis pas une fille, je suis une salope et tu n'as pas intérêt à l'oublier. (Elle lança la besace de nourriture à la fillette qui la laissa tomber.) Mange peu et sans te presser ou tu vomiras et tu mourras.

Uly suivit son conseil et ne tarda pas à s'allonger sur son sac de couchage. Elle s'endormit quelques secondes plus tard. Vi resta debout. Elle était fatiguée, exténuée, éreintée. Quand elle réfléchissait autant, cela signifiait qu'elle était au bord de l'épuisement. Ce n'était pas bon de trop réfléchir. Cela ne servait à rien. Elle s'occupa en camouflant leur présence. Vi s'était arrêtée non loin de la route, mais dans un petit creux. Un ruisseau descendait des collines de l'Ours d'Argent en faisant assez de bruit pour couvrir les éventuels hennissements des chevaux cachés derrière un fourré. Vi n'avait pas allumé de feu et il était presque impossible de repérer le campement, d'autant que la matinée était brumeuse. La jeune femme s'adossa à un arbre, s'accroupit et essaya de se convaincre qu'elle était abrutie de fatigue.

Elle entendit un martèlement au loin. Le bruit était étouffé par le brouillard, mais aucun doute n'était possible : il s'agissait de chevaux. Elle dégaina une épée, puis un poignard qu'elle glissa dans le fourreau empoisonné. Elle regarda Uly et envisagea un instant d'invoquer son Don pour la réduire au silence, mais cela risquait de signaler sa présence et, de toute façon, elle n'était pas certaine de réussir. La jeune femme se radossa donc à l'arbre et scruta la brume en direction des bruits de sabots.

Kylar apparut quelques secondes plus tard. Il chevauchait à la tête de deux chevaux de rechange et passa à moins de trente mètres du campement. Selon toute apparence, il ne s'était pas arrêté depuis son départ de Caernarvon, sinon pour changer de monture. Il ralentit à peine en approchant de la rivière. La jument de Vi frappa le sol et un des coursiers de Kylar hennit.

Le jeune homme poussa un juron et tira sur ses rênes. Uly roula sur sa couche tandis que son père adoptif franchissait le gué dans des gerbes d'eau. Ses chevaux remontèrent sur l'autre rive et le martèlement de leurs sabots s'évanouit au loin. Il n'avait même pas tourné la tête vers le campement.

Vi gloussa et s'allongea. Elle dormit comme un charme.

Quand elle se réveilla, à la tombée de la nuit, Uly était encore assoupie. C'était parfait. Vi n'avait pas le temps de courir après la fillette. N'importe quel autre ravisseur l'aurait ligotée et ne s'en serait plus soucié. Mais il existait des entraves plus solides que les cordes. L'arme de Vi, c'était le désespoir, pas le chanvre. Uly tisserait elle-même les cordes qui l'entraveraient à jamais.

Tisser ses propres liens… J'en connais un bout sur la question, hein ?

Elle assena un coup de pied à l'enfant pour la réveiller, mais moins fort qu'elle s'y attendait. La liberté était passée à deux doigts de la fillette et celle-ci ne le saurait jamais.

CHAPITRE 31

Dorian avait découvert de nombreuses astuces, mais la plus utile était une des plus simples : il avait trouvé le moyen de boire et de manger sans interrompre ses visions. Il n'avait désormais plus besoin que Solon le surveille et guette les inévitables signes de déshydratation avant de le réveiller. Il pouvait rester en transe pendant des semaines d'affilée.

Il était totalement déconnecté de la réalité et il en était conscient, mais il était aussi omniprésent. De sa petite chambre du fort de Vents Hurlants, Dorian observait tout, et rien ne lui échappait. Vents Hurlants avait été contourné par les armées khalidoriennes qui avaient envahi Cénaria. Celles-ci avaient emprunté le col de Quorig, à une semaine de marche vers l'est. À la mort du duc Régnus Gyre, le père de Logan, le commandement de la garnison était revenu à un jeune noble du nom de Lehros Vass. C'était un officier plein de bonnes intentions, mais incapable d'agir sans consignes précises.

Solon lui donnait des conseils qui, au fil des jours, ressemblaient de moins en moins à des suggestions et de plus en plus à des ordres. Si Khalidor attaquait Vents Hurlants maintenant, elle le ferait du côté cénarien. À la demande de Solon, les hommes s'étaient repliés à l'intérieur du fort avec le matériel et les défenses avaient été réorientées. Pourtant, tout le monde pensait qu'une offensive était peu probable, car, en vérité, Vents Hurlants était devenu inutile. Garoth

Ursuul pouvait désormais attendre que sa garnison meure de vieillesse. Il se privait juste d'une route commerciale que plus personne n'empruntait depuis des siècles.

Feir s'en tirait moins bien que Solon. Il cherchait Curoch avec minutie et brio, mais il avait un dur chemin à parcourir et Dorian ne pouvait pas faire grand-chose pour lui faciliter la tâche. Le prophète en était parfois malade. Il avait vu Feir mourir de cent manières différentes – certaines si abjectes que le prophète avait pleuré pendant sa transe. Dans le meilleur des cas, son ami avait une vingtaine d'années à vivre avant de connaître une fin héroïque.

Comme toujours, Dorian ne s'éloignait pas de son propre destin. Il avait découvert un moyen de lire son avenir sans sombrer dans la folie : il observait le futur des personnes aux moments où elles croisaient sa route. Cette méthode n'était cependant pas très efficace. Il voyait comment un homme ou une femme pouvaient interagir avec lui de cinq ou six manières différentes et comment ces choix influençaient leur rencontre, mais pas sa vie. Il était témoin de ce qu'il ferait, mais il ne découvrait jamais les raisons qui conduisaient à telle ou telle situation. Il lui était impossible de suivre le déroulement d'un de ses choix et de voir où cela le menait. Parfois, il apercevait son visage et devinait ce qu'il pensait, mais ces visions étaient brèves et rares. En outre, cette technique exigeait trop de temps. Dorian pouvait rester en transe pendant un mois, mais pendant qu'il reconstituait son avenir avec patience, le présent changeait autour de lui.

Il se concentra donc sur son propre destin et il récolta aussitôt de nombreuses informations.

Moins d'un an plus tard, il deviendrait une source d'espoir ou de désespoir pour des dizaines de milliers de personnes.

Ensuite, il remarqua qu'un gouffre s'étendait entre ses différents futurs. Il en chercha l'origine et découvrit que, dans certaines réalités, il choisirait de renoncer à son pouvoir de prophétie. Il fut abasourdi. Il avait déjà envisagé cette possibilité, bien entendu. Il avait suivi l'enseignement des guérisseurs et il n'avait pas trouvé d'autre solution pour mettre un terme à sa folie de plus en plus pressante. Mais son Don pouvait aussi éviter des catastrophes et aider les gens. Dorian en avait donc accepté les contreparties avec sérénité.

Enfin, il vit que Khali approchait de Vents Hurlants.

Le cœur de Dorian cessa de battre. Si la déesse franchissait ce col, elle se rendrait à Cénaria et s'installerait dans l'infernale prison qu'on appelait la Gueule. Garoth Ursuul demanderait à deux de ses fils de construire des féralis. Puis il lancerait un de ces monstres contre l'armée rebelle et ce serait un massacre.

Khali et sa suite étaient encore à deux jours de marche. Dorian avait le temps. Il se reconcentra sur sa propre vie et chercha un moyen d'empêcher un tel désastre. Un instant plus tard, il fut entraîné par le courant. Des visages passèrent près de lui et se transformèrent en un tourbillon qui avala le prophète. Il aperçut sa jeune épouse qui pleurait ; une jeune fille pendue ; un petit village dans le nord de Waeddryn où il habiterait peut-être avec la famille de Feir ; un garçon aux cheveux roux qui, quinze ans plus tard, serait comme un fils pour lui. Il se vit assassiner ses frères ; trahir sa femme ; lui révéler la vérité et la perdre ; il vit un masque en or représentant son propre visage et pleurant des larmes mordorées. Il marchait à la tête d'une armée. Neph Dada apparaissait. Il quittait une armée. La solitude, la folie et la mort, de dix manières différentes. Chaque chemin le conduisait à la souffrance. Dès qu'il s'accordait un instant de plaisir, le malheur s'abattait sur les gens qui lui étaient chers.

—Tu étais au courant? demanda sa femme. Tu l'étais depuis le début?

—Non! s'écria Dorian.

Il se réveilla en se redressant d'un bond sur sa couche.

Solon s'agita sur la chaise disposée en face du lit. Il esquissa un geste et les lampes s'allumèrent.

—Dorian? Tu es de retour parmi nous? Je ne sais pas ce que tu étais en train de faire, mais j'espère que c'était important. Je me suis retenu une bonne centaine de fois pour ne pas te réveiller.

Dorian souffrait d'une migraine épouvantable. Quel jour était-on? Combien de temps était-il resté en catatonie?

La réponse était presque palpable. Khali était proche. Il la sentait.

—Il me faut de l'or, dit-il.

—Quoi?

Solon se frotta les yeux. Il était tard.

—De l'or, mon grand! Il me faut de l'or!

Solon pointa un doigt vers sa bourse posée sur la table, puis enfila ses bottes.

Dorian étala les pièces dans ses mains. Elles fondirent dès qu'elles effleurèrent ses paumes. La masse dorée refroidit sur-le-champ et s'enroula autour de son poignet.

—Encore! Il en faut davantage! Il n'y a pas de temps à perdre, Solon!

—Combien?

—Autant que tu peux en porter. Retrouve-moi dans la cour. Et réveille les soldats. Tous. Mais ne fais pas sonner la cloche de l'alarme.

—Nom de Dieu! mais que se passe-t-il? demanda Solon.

Il attrapa le ceinturon de son épée et le passa autour de ses hanches.

—Je n'ai pas le temps de t'expliquer.

Il se précipita dehors. L'odeur de Khali était une émanation purement magique, mais elle était beaucoup plus forte dans la cour. La déesse n'était pas à plus de trois kilomètres. Il était minuit et Dorian songea qu'elle frapperait sans doute une heure avant l'aube – l'heure des sorciers, lorsque les gens sont le plus vulnérables aux terreurs nocturnes et aux illusions. Dorian essaya de démêler ce qu'il avait vu. Il savait que les soldats seraient balayés et que s'il tombait entre les mains de Khali, les conséquences seraient terribles, pour lui et pour le monde entier. Un prophète, servi sur un plateau ? Il songea aux différents chemins qu'il s'était vu emprunter pendant sa transe. Était-ce si difficile de se priver de ces visions qui l'emportaient comme un fétu de paille ? Sans elles, il deviendrait aveugle, il serait perdu et incapable de venir en aide à qui que ce soit. De plus, il ne s'agissait pas d'une opération bénigne. Il l'avait décrite à Solon et à Feir en leur expliquant que cela revenait à écraser son cerveau avec un caillou pointu afin de mettre un terme aux crises. Dans l'idéal, il pouvait brûler une partie de son Don de manière qu'elle se régénère plus tard, mais la guérison demanderait des années. S'il tombait entre les mains de Khali, elle penserait peut-être que son talent de prophète avait disparu et elle le tuerait.

Il avait déjà commencé de préparer le sortilège quand il réalisa qu'il avait pris une décision. Il faisait encore nuit et il ne pouvait pas recharger son glore vyrden, mais c'était sans importance, car il n'allait pas employer une grande quantité de magie. Il agença les trames avec dextérité, en affûta certaines avant de les mettre de côté et brandit celles qui étaient prêtes comme des épées. Tandis qu'elles fusionnaient, il constata que ses longues transes divinatoires – tout le temps passé à jongler avec les courants temporels ou à maintenir des marqueurs aux points de décision – avaient eu des effets bénéfiques sur sa magie. Cinq ans plus tôt, il avait tissé la même trame pour vérifier qu'il était capable de maîtriser sept liens en même temps. L'expérience avait été brutale. Si une seule d'entre elles lui échappait, il risquait l'amnésie, le crétinisme ou la mort. Aujourd'hui, l'exercice lui sembla facile. Solon arriva et l'horreur se peignit sur ses traits, mais sa crainte ne parvint pas à distraire Dorian.

Le prophète trancha, plia, brûla et étouffa une partie de son Don.

La cour paraissait étrangement silencieuse, nue et étroite.

— Mon Dieu! lâcha Dorian.

— Quoi? demanda Solon avec un regard angoissé. Qu'est-ce que tu as fait?

Dorian était décontenancé. Il ressemblait à un homme qui essaie de se lever alors qu'on vient de l'amputer d'une jambe.

— Solon, il a disparu. Mon pouvoir a disparu.

Chapitre 32

Kylar franchit les collines de l'Ours d'Argent et poursuivit sa route au nord. Trois jours plus tard, il arriva au village de Torras Bend. Il avait cheminé à un train d'enfer au cours des six derniers jours. Il avait à peine pris le temps de reposer ses montures et il était resté si longtemps en selle que tout son corps était douloureux. Torras Bend se dressait au pied des montagnes de Fasmeru, près du col de Forglin, à mi-chemin entre Caernarvon et Cénaria. Les chevaux avaient besoin de repos et leur cavalier aussi. Au sud de la ville, le jeune homme dut se soumettre à un contrôle de Lae'knaughtiens à la recherche de mages. Selon toute apparence, la reine de Waeddryn n'avait pas le pouvoir ou la volonté de se débarrasser de ces chevaliers, elle non plus.

Kylar arrêta un fermier et lui demanda où se trouvait l'auberge de la ville. Il pensait découvrir un établissement banal qui empestait l'alcool éventé et la transpiration, mais, quelques minutes plus tard, il pénétra dans une salle bien chauffée où se mêlaient les odeurs de tourtes à la viande et de bière fraîche. Les habitants du nord de Waeddryn étaient des gens simples, mais soigneux. Il n'y avait pas de mauvaises herbes dans leurs jardins, pas de trous dans leurs clôtures et peu de taches sur les vêtements de leurs enfants. Ils étaient fiers de leur diligence et faisaient attention au moindre détail. Même Durzo Blint aurait été impressionné par leur rigorisme. Cette auberge était l'endroit idéal où se reposer.

Kylar commanda une telle quantité de nourriture que la maîtresse de maison haussa les sourcils. Le jeune homme alla ensuite s'asseoir à une table vide. Ses jambes et ses fesses étaient parcourues de douleurs lancinantes. La simple idée de remonter à cheval le fit frissonner. Seules les savoureuses odeurs émanant de la cuisine l'empêchèrent de se précipiter dans sa chambre pour s'effondrer sur son lit.

Au fil de la soirée, une bonne moitié des hommes du village se réunirent à l'auberge pour prendre un verre avec leurs amis avant de rentrer chez eux. Il s'agissait sans doute d'une coutume locale. Kylar ne prêta pas attention aux autres clients ni à leurs regards inquisiteurs. Une femme d'une cinquantaine d'années approcha. Elle était solidement bâtie et son visage était quelconque. Kylar ouvrit les yeux quand elle posa deux énormes tourtes à la viande et une chope impressionnante devant lui.

— Je pense que la bière de maîtresse Zoralat vous plaira autant que sa cuisine, dit-elle. Puis-je me joindre à vous ?

Le jeune homme bâilla.

— Ah !... Excusez-moi. Bien sûr. Je m'appelle Kylar Stern.

— Et quelle profession exercez-vous, maître Stern ? demanda l'inconnue en s'asseyant.

— Je suis, euh... soldat. C'est ça ! je suis soldat.

Il bâilla de nouveau. Il devenait trop vieux pour ce genre de comédie. Il avait envisagé de répondre : « Je suis pisse-culotte », rien que pour voir la réaction de cette grosse vache.

— Au service de qui ?

— Qui êtes-vous ? demanda Kylar.

— Répondez à ma question et je répondrai à la vôtre, dit-elle comme si elle s'adressait à un enfant difficile.

Soit.

— Au service de Cénaria.

— J'avais cru comprendre que ce pays n'existait plus.

—Tiens donc?

—Vous ne vous rappelez pas? Des brutes khalidoriennes, des meisters, un Roi-dieu, une invasion, des viols, des pillages, une occupation implacable?

—Certaines personnes renonceraient à leur nationalité pour moins que ça, en effet.

Il sourit et secoua la tête pour lui-même.

—Vous faites peur à beaucoup de monde, n'est-ce pas, Kylar Stern?

—Rappelez-moi votre nom…

—Ariel Wyant Sa'fastae. Vous pouvez m'appeler sœur Ariel.

Toute trace de fatigue se volatilisa sur-le-champ. Kylar effleura le ka'kari caché à l'intérieur de lui et s'assura qu'il répondrait sans délai à son appel.

Sœur Ariel cligna des yeux. Avait-elle senti quelque chose ou avait-elle simplement vu ses muscles se contracter?

—Je croyais que cette région était fort dangereuse pour les personnes telles que vous? dit Kylar.

Il ne se souvenait pas des détails, mais des rumeurs évoquaient la mort de nombreux mages à Torras Bend.

—En effet, dit Ariel. Une jeune sœur un peu trop intrépide a disparu ici. Je suis venue la chercher.

Kylar se rappela enfin.

—Le Chasseur Noir.

Dans la salle, toutes les conversations s'interrompirent et des visages glacés se tournèrent vers Kylar. À en juger par l'expression des villageois, le sujet était déplacé plutôt que tabou.

—Désolé, marmonna-t-il avant de s'attaquer à une tourte.

Sœur Ariel le regarda manger en silence. Le jeune homme ressentit un vague soupçon. Comment aurait réagi Durzo s'il avait appris que son apprenti avait accepté un plat servi par une maja? Mais Kylar était déjà mort deux fois – peut-être trois – et il pouvait encore ressusciter, alors pourquoi s'inquiéter? En outre, les tourtes étaient délicieuses et la bière exquise.

Le jeune homme se demanda une fois de plus si Durzo avait fait les mêmes expériences que lui. Son maître avait vécu sept cents ans, mais était-il mort et avait-il ressuscité, lui aussi? Sans doute. Alors pourquoi prenait-il toujours autant de précautions? Le ka'kari l'avait-il déjà abandonné lorsque Kylar avait fait sa connaissance? Le jeune homme se demandait parfois s'il n'y avait pas une contrepartie à son pouvoir. Il pouvait vivre pendant des siècles, il était impossible de le tuer, mais il ne se sentait pas immortel. Il ne ressentait même pas la puissance que, enfant, il pensait éprouver en devenant pisse-culotte. Aujourd'hui, il était un pisse-culotte et bien plus encore, mais il avait juste l'impression d'être Kylar Stern. Azoth, cet enfant craintif et ignorant, était toujours en lui.

—Ma sœur, auriez-vous vu une jolie jeune femme traverser la ville à cheval? demanda-t-il.

Vi savait qu'il s'était réfugié à Caernarvon. Elle le révélerait au Roi-dieu et celui-ci détruirait tout ce qui était cher à Kylar. C'était sa manière de procéder.

—Non. Pourquoi me posez-vous cette question?

—Si vous la croisez, tuez-la.

—Pour quelle raison? S'agit-il de votre femme? demanda sœur Ariel avec un sourire narquois.

Il la foudroya du regard.

—Dieu ne me déteste pas à ce point. C'est une meurtrière.

—Donc, vous n'êtes pas un soldat, mais un chasseur de meurtrière.

—Je ne la chasse pas. Je n'en ai malheureusement pas le temps. Il est possible qu'elle passe par ici.

—Qu'y a-t-il de si important pour que vous renonciez à rendre justice?

—Rien, répondit-il sans réfléchir. Il se trouve que justice attend d'être rendue ailleurs depuis trop longtemps.

—Où donc?

—Je me contenterai de dire que je suis en mission pour le roi.

—Il n'y a plus de roi à Cénaria, à l'exception du Roi-dieu.

—Pas tout à fait.

Ariel haussa un sourcil.

—Aucun homme ne peut réunir Cénaria, même contre Garoth Ursuul. Térah Graesin est peut-être capable d'un tel exploit, mais on ne peut pas vraiment dire que ce soit un homme, n'est-ce pas?

Kylar sourit.

—Vous autres, sœurs, aimez croire que rien ne vous échappe, hein?

—Savez-vous que vous êtes un jeune ignare particulièrement agaçant?

—Savez-vous que vous n'êtes qu'une vieille peau?

—Vous pensez vraiment que je tuerais quelqu'un pour vous?

—Non, pas vraiment. Excusez-moi, je suis fatigué. J'ai oublié que, lorsque le Séraphin daigne intervenir au-delà de ses couloirs immaculés, c'est seulement pour s'emparer de ce qu'il convoite.

Un fin sourire se dessina sur les lèvres de sœur Ariel.

—Jeune homme, je supporte mal l'impudence.

—Vous avez succombé aux sirènes du pouvoir, ma sœur. Vous aimez qu'on vous craigne. (Amusé, il haussa un sourcil avec insolence.) Eh bien! faites-moi peur.

Sœur Ariel resta immobile.

—Il est une autre tentation du pouvoir qui consiste à punir les insolents. Et je vous trouve très insolent, Kylar Stern.

Kylar bâilla. Il ne s'agissait pas d'un faux-semblant, mais il n'aurait pas pu choisir meilleur moment. Sœur Ariel devint écarlate.

— On dit que la vieillesse est une deuxième jeunesse, ma sœur. Cela dit, je vous tuerai à l'instant même où vous invoquerez votre pouvoir.

Par les dieux! mais qu'est-ce que je raconte? Est-ce que je vais m'aliéner la moitié des mages de la planète parce que cette vieille peau me porte sur les nerfs?

Le visage de sœur Ariel n'exprima aucune colère, il se fit juste pensif.

— Vous seriez capable de sentir le moment où j'invoquerai ma magie?

Il n'allait pas se laisser entraîner sur ce terrain.

— Il existe un bon moyen de le vérifier, mais je n'ai pas envie de cacher votre corps et d'inventer une histoire crédible pour expliquer votre disparition. Surtout avec autant de témoins autour de nous.

— Et comment expliqueriez-vous ma disparition? demanda-t-elle à voix basse.

— Allons, nous sommes à Torras Bend. À votre avis, de tous les mages qui se sont volatilisés dans les environs, combien ont vraiment été «victimes du Chasseur Noir»? Ne soyez pas naïve. Il est probable que cette créature n'existe même pas.

Sœur Ariel se renfrogna et il comprit qu'elle n'avait jamais envisagé cette hypothèse. Après tout, c'était une maja. Comment aurait-elle pu penser en pisse-culotte?

— Il se trouve que vous avez tort sur un point, dit-elle enfin. Le Chasseur Noir existe.

— Si tous les gens qui sont entrés dans le bois n'en sont jamais ressortis, comment pouvez-vous l'affirmer?

— Eh bien! voici l'occasion de prouver que les sœurs ne sont qu'un ramassis de folles.

—En pénétrant dans le bois ?

—Vous ne seriez pas le premier à essayer.

—Je serais le premier à réussir.

—Je vous trouve bien présomptueux quant aux choses que vous feriez si vous en aviez le temps.

—Un point pour vous, sœur Ariel. J'accepte votre scepticisme – jusqu'au jour où Cénaria retrouvera son roi. Maintenant, si vous voulez m'excuser…

—Un instant, dit-elle alors qu'il se levait. Je vais invoquer mon pouvoir, mais je jure sur le Séraphin Blanc que je ne m'en servirai pas contre vous. Si vous essayez de me tuer, je ne chercherai pas à me défendre.

Elle n'attendit pas sa réponse. Une aura pâle et iridescente l'enveloppa avant de prendre les couleurs de l'arc-en-ciel dans un ordre précis. Certains tons étaient plus marqués que d'autres. Cette disparité indiquait-elle la puissance de la sœur dans différentes disciplines de la magie ? Kylar ne réagit pas, mais il était prêt à neutraliser un éventuel sortilège offensif avec le ka'kari. Il espéra qu'il n'avait pas oublié comment faire. Il n'en était pas certain.

Sœur Ariel Wyant se contenta de respirer par le nez et l'aura immobile s'évanouit. Elle hocha la tête d'un air satisfait.

—Les chiens doivent se méfier de vous, n'est-ce pas ?

—Pardon ?

C'était la vérité, mais il ne s'était jamais interrogé sur la question.

—Pourriez-vous m'expliquer pourquoi vous ne sentez ni la sueur ni la poussière ni le cheval alors que vous avez chevauché sans relâche pendant des jours ? Vous ne dégagez pas la moindre odeur.

—Vous délirez, dit-il en s'éloignant. Au revoir, ma sœur.

—À bientôt, Kylar Stern.

Chapitre 33

Mamma K se tenait sur une plate-forme dominant l'entrepôt. Les chiens d'Agon, ainsi qu'ils s'étaient baptisés, s'entraînaient sous l'œil vigilant de leur maître. L'unité ne comptait plus que cent hommes, mais Mamma K était certaine que tout le monde en avait entendu parler.

— Penses-tu qu'ils soient prêts ? demanda-t-elle à Agon qui gravissait tant bien que mal l'escalier en s'aidant de sa canne.

— Un entraînement plus long les rendrait meilleurs. Les batailles les feront progresser plus vite, mais certains y laisseront la vie.

— Et tes chasseurs de sorciers ?

— Ce ne sont pas des Ymmuriens. Un Ymmurien sur un cheval au galop peut cribler un homme de flèches à cent cinquante mètres. Le mieux que je puisse espérer, c'est de former dix archers capables d'arriver à portée de tir, de s'arrêter, de décocher et de faire demi-tour avant de recevoir une boule de feu. Mes chasseurs ne sont pas dignes des arcs qu'ils portent, mais ils sont quand même mille lieues au-dessus des autres.

Mamma K sourit. Elle savait qu'Agon minimisait le talent de ses hommes : elle les avait vus tirer.

— Et qu'en est-il de tes filles ? demanda le vieux général. Tout le monde ne sortira pas vivant de cette opération. Est-ce qu'elles se sont faites à cette idée ?

Il s'arrêta près de la courtisane et ils regardèrent les hommes s'entraîner.

— Tu aurais été stupéfait en voyant leur réaction, Brant. On aurait dit que je leur rendais leur âme. Elles se laissaient mourir à petit feu et elles ont ressuscité d'un coup.

— Tu as des nouvelles de Jarl ? demanda Agon d'une voix tendue.

Mamma K comprit que, malgré leur altercation, le vieux militaire était inquiet pour le Shinga.

— Il n'a pas eu le temps d'en donner. Pas encore.

Elle posa les mains sur la rambarde et effleura celles d'Agon par inadvertance.

Brant contempla les doigts de Mamma K. Il leva les yeux, croisa le regard de la courtisane et tourna la tête.

Mamma K grimaça et lâcha la rambarde. Quelques dizaines d'années plus tôt, Agon avait été un jeune homme arrogant. Il ne s'était jamais montré odieux, mais il était bouffi de cette assurance qui pousse les jeunes gens à se croire meilleurs que les autres. Il avait changé. Il était aujourd'hui conscient de ses forces et de ses faiblesses. Le passage des ans l'avait bonifié. Gwinvere avait vu des hommes brisés par leur épouse – de petites femmes inquiètes qui harcelaient leur mari jusqu'à ce qu'il perde toute confiance en lui. C'étaient elles qui avaient fait la fortune de Mamma K. La courtisane connaissait certes des hommes heureux en ménage qui fréquentaient ses établissements et qui étaient incapables de s'en passer. Pourtant, la plupart de ses clients souffraient d'un manque de considération, ils voulaient avant tout qu'on les voie comme des êtres virils, forts, nobles et habiles au lit.

Curieusement, ils se rendaient dans des lupanars pour combler cette carence.

Mamma K estimait que les hommes étaient des créatures trop simples pour rester insensibles aux tentations des maisons de plaisir. Son travail avait consisté à multiplier ces tentations et elle s'était révélée habile à cet exercice. Ses lupanars n'étaient pas de vulgaires bordels : on y trouvait des salles de réunion, des fumoirs et des salons luxueux ; on y donnait des conférences sur tous les sujets à même d'intéresser un homme ; la nourriture et les boissons y étaient plus raffinées et moins chères que chez ses concurrents ; des chefs et des sommeliers originaires de tout Midcyru officiaient dans les maisons de plaisir les plus huppées. En tant que restauratrice, Mamma K aurait fait faillite en quelques mois : cette activité était toujours déficitaire, mais les clients de ses établissements s'attardaient pour dépenser leur argent d'une autre manière.

Les hommes tels que Brant Agon ne fréquentaient pas les filles de Mamma K pour deux raisons : ils étaient heureux chez eux et ne franchissaient jamais les portes de ses lupanars. La courtisane était certaine qu'Agon avait essuyé de nombreuses railleries du fait de son comportement. Les clients des maisons de passe aimaient se moquer de ceux qui ne partageaient pas leurs habitudes.

Brant était intègre et inébranlable dans ses convictions. Il était comme Durzo.

Mamma K sentit une lance lui traverser le ventre. Durzo était mort depuis trois mois. Dieux ! comme il lui manquait. Elle avait été éperdument amoureuse de lui. Il avait été le seul homme capable de la comprendre. Cela l'avait terrifiée au point qu'elle avait étouffé les sentiments qu'elle éprouvait pour lui. Elle avait été lâche. Elle avait caché la vérité et, comme une plante abandonnée dans un pot trop petit, leur amour n'était pas parvenu à éclore. Durzo était le père de sa fille, mais il ne l'avait appris que quelques jours avant sa mort.

Mamma K avait maintenant cinquante ans – bientôt cinquante et un – et tout le monde estimait que l'âge s'était montré clément avec elle. Lorsqu'elle ne souffrait pas de dépression, on lui donnait quinze ans de moins – enfin, au moins dix. Si elle faisait un effort, elle était encore capable de séduire Agon.

Une pute reste une pute, pas vrai, Gwin ?

Elle avait toujours détesté les femmes vieillissantes qui s'accrochaient à leur jeunesse perdue du bout de leurs ongles vernis. N'était-ce pas ce qu'elle faisait aujourd'hui ? Une partie d'elle voulait séduire Agon pour se prouver qu'elle en était encore capable, mais elle refusait de se rassurer aux dépens de son vieil ami. Elle n'avait pas invité un homme dans son lit depuis des années. Elle avait accepté des milliers d'étreintes pour de l'argent, mais elle avait admiré ou apprécié certains de ses clients. Et puis Durzo était arrivé. Au cours de la nuit où ils avaient conçu Uly, le pisse-culotte avait ingurgité tant de champignons hallucinogènes qu'il ne s'était guère montré brillant, mais Gwinvere avait partagé sa couche avec celui qu'elle aimait et cela l'avait comblée au-delà de toute attente. Elle avait ressenti une telle émotion et une telle douleur qu'elle avait pleuré sans interruption pendant qu'ils faisaient l'amour. Malgré les effets de la drogue, Durzo s'était arrêté pour lui demander s'il lui faisait mal. Il avait été si choqué que Mamma K avait dû déployer tout son talent pour l'amener à l'orgasme. Durzo était un être sensible quand il s'agissait de plaisir.

Maintenant, leur enfant était élevée par Kylar et Élène. C'était le seul mensonge que Mamma K ne regrettait pas. Uly serait heureuse avec de tels parents.

Mais la courtisane était lasse de jouer la comédie, lasse de prendre sans jamais donner. Elle ne voulait pas séduire Brant. Elle savait qu'il avait envie d'elle et son épouse était probablement morte. Probablement, mais ce n'était pas sûr. Le vieux militaire n'apprendrait sans doute jamais ce qu'elle était devenue. Combien de temps un homme tel que lui attendrait-il la femme qu'il aimait ?

Il l'attendra toujours. J'en suis sûre.

Environ trente ans plus tôt, ils s'étaient rencontrés lors d'une fête – la première à laquelle elle assistait chez un noble. Il avait eu le coup de foudre et elle s'était laissé courtiser. Elle ne lui avait jamais révélé sa profession et son identité. Agon était alors un jeune homme galant, sûr de lui et décidé à conquérir le monde. Il lui avait fait la cour avec tant de charme et de délicatesse qu'il avait attendu un mois avant de lui demander un baiser.

Elle avait succombé à la tentation. Il l'épouserait et elle échapperait à ce destin qui lui faisait horreur. Elle n'avait pas encore beaucoup d'aristocrates parmi ses clients. Il n'était pas trop tard pour changer de vie, n'est-ce pas ?

La nuit de leur premier baiser, un noble avait aperçu Gwinvere et avait déclaré qu'elle était « la meilleure catin avec qui il ait couché ». Brant avait entendu la remarque. Il avait défié l'homme en duel et l'avait tué. Gwinvere s'était enfuie, bien décidée à ne plus jamais revoir son amant. Le lendemain, Agon avait appris sa véritable identité. Il s'était engagé dans l'armée dans l'espoir de trouver une mort honorable sur la frontière ceurane.

Mais Brant Agon était un homme trop exceptionnel pour mourir ainsi. Malgré son mépris de la flatterie et de la basse politique, il avait gravi les échelons de la hiérarchie. Il avait épousé une femme quelconque issue d'une famille de marchands, mais, selon toute apparence, il avait été heureux en ménage.

—Combien de temps faudra-t-il avant que tout soit prêt ? demanda-t-elle.

Elle espérait que son amour pour elle n'était plus qu'un souvenir. Dans le cas contraire, elle l'aiderait à tromper la réalité. Dans ce domaine, au moins, elle excellait.

—Gwin.

Elle se tourna vers lui et le regarda en face. Elle avait enfilé son masque et ses yeux étaient glacés.

—Oui ?

Agon poussa un grand soupir.

—Je t'ai aimée pendant des années, Gwin. Même après…

—Ma trahison ?

—Ton manque de sincérité. Tu avais quoi ? Seize ans ? Dix-sept ? C'est surtout toi que tu as trompée et je pense que tu as été la première à en souffrir. (Gwinvere renifla avec mépris.) Quoi qu'il en soit, je ne t'en tiens pas rigueur. Tu es une femme magnifique, Gwin. Tu es plus belle que ma Liza l'a jamais été. Tu es si intelligente que je me sens idiot en m'entendant parler. J'ai le sentiment inverse quand je suis avec Liza. Tu… ne me laisses pas indifférente.

—Mais ?

—Il y a un « mais », en effet. J'aime Liza et elle m'a aimé malgré les mille épreuves que nous avons traversées. Elle mérite tout ce que je peux lui offrir. Que tu aies ou non des sentiments pour moi, tant que je garde l'espoir que ma femme est en vie, je te demande… je te supplie de m'aider à lui rester fidèle.

—Tu as choisi un dur chemin.

—Ce n'est pas un chemin, c'est un combat. La vie est parfois un champ de bataille. Nous devons faire ce que nous savons faire, pas ce que nous avons envie de faire.

Gwinvere soupira, mais elle se sentit le cœur plus léger. En voulant éviter de réveiller les sentiments de Brant, elle aurait peut-être fini par éviter Brant lui-même alors qu'elle avait besoin de travailler en étroite collaboration avec lui.

Est-il si facile d'être honnête ? Est-ce que j'aurais pu dire : « Durzo, je t'aime, mais j'ai peur que tu me détruises » ?

Brant venait de lui offrir sa vulnérabilité, de reconnaître le pouvoir qu'elle avait sur lui, mais il ne semblait pas affaibli pour autant – bien au contraire.

Comment est-ce possible ? La vérité est-elle si puissante ?

À ce moment, elle se jura qu'elle ne tenterait pas cet homme pour satisfaire sa vanité. Elle ne se servirait pas de sa voix, elle ne le frôlerait pas par inadvertance, elle ne se présenterait pas devant lui avec des robes affriolantes, elle déposerait toutes les armes de son arsenal. En prenant cette résolution, elle se sentit étrangement… respectable.

—Merci, dit-elle. (Elle lui adressa un sourire complice.) Dans combien de temps tes hommes seront-ils prêts ?

—Dans trois jours.

—Alors, préparons-nous à la fête !

Chapitre 34

S olon laissa tomber les deux sacs en cuir contenant cinq cents pièces d'or chacun et attrapa Dorian qui chancelait. Il ne comprit pas tout de suite ce que disait le prophète.

— Mais qu'est-ce que tu racontes ?

Dorian écarta le bras secourable de son ami. Il enfila sa cape, boucla le ceinturon où était accrochée son épée et ramassa deux paires de menottes.

— Par ici, dit-il.

Il attrapa un sac et se dirigea vers l'entrée du fort.

La route conduisant à Vents Hurlants était assez large pour accueillir vingt hommes de front, mais d'innombrables bottes et roues de chariots avaient creusé des ornières plus ou moins profondes. Elle traversait une bande aride et rocailleuse large de cent cinquante mètres sur laquelle tous les arbres avaient été abattus.

— Khali arrive, déclara Dorian avant que Solon puisse reposer sa question. J'ai renoncé à mon Don de prophétie au cas où elle me capturerait.

Solon resta sans voix.

Dorian s'arrêta derrière un chêne noir qui se dressait sur un affleurement rocheux surplombant la route.

— Elle est ici. À moins d'une lieue. (Il ne quitta pas l'arbre des yeux.) J'espère que mon plan va réussir. Fais attention ! Ne pose pas le pied ailleurs que sur la roche. Si les Khalidoriens repèrent des traces, ils me trouveront.

Solon resta immobile. Dorian avait enfin sombré dans la folie. Il semblait pourtant lucide, alors que, les fois précédentes, le contrecoup de ses visions l'avait plongé dans un état catatonique.

—Allons, Dorian, dit-il. Retournons au fort. Nous reparlerons de tout cela demain matin.

—Le fort n'existera plus demain matin. Khali frappera à l'heure des sorciers. Cela te laisse cinq heures pour évacuer les soldats. (Dorian se hissa sur la saillie rocheuse.) Envoie-moi les sacs.

—Khali? Dorian, ce n'est qu'un mythe. Tu es en train de me dire qu'une déesse se trouve à une lieue d'ici?

—Ce n'est pas une déesse. Il s'agit peut-être d'un ange rebelle chassé du paradis et qui parcourt désormais la Terre en attendant la fin des temps.

—Bien sûr. Et je suppose qu'il chevauche un dragon? Nous reparlerons de tout cela…

—Les dragons évitent les anges. (La déception se lut sur le visage de Dorian.) Vas-tu m'abandonner au moment où j'ai besoin de toi? T'ai-je déjà menti? Tu croyais aussi que Curoch était un mythe avant que nous la trouvions. J'ai besoin de toi. Quand Khali arrivera au pied de ces murailles, je deviendrai fou. Tu étais présent lorsque j'ai voulu utiliser le vir pour faire le bien. Imagine que cette expérience était un verre contenant une dose de vin pour neuf d'eau. Aujourd'hui, il sera rempli d'alcool pur. Je serai sans défense. Sa simple présence va faire surgir ce qu'il y a de plus mauvais en moi: mes pires craintes, mes pires souvenirs, mes pires péchés. La quintessence de mon arrogance va se manifester. Si je choisis d'affronter Khali, je perdrai, ou bien la soif de puissance me terrassera et je me rangerai à ses côtés. Elle me connaît. Elle me brisera.

Solon détourna la tête, incapable de supporter la lueur qui brillait dans les yeux de Dorian.

— Et si tu fais erreur ? Et si tu avais sombré dans la folie dont tu nous parles depuis si longtemps ?

— Si les murailles sont toujours debout à l'aube, tu auras la réponse à tes questions.

Solon lança les sacs à Dorian et grimpa sur la saillie en prenant soin de ne marcher que sur la pierre et de ne pas laisser d'empreintes de pas.

— Que fais-tu ? demanda-t-il.

Dorian répandait les pièces d'or sur le sol en lui souriant. Il prit ensuite les entraves et leurs chaînes en fer se brisèrent comme des anneaux de papier. Il lâcha une menotte qui tomba sur la pile d'or et s'y enfonça comme dans une mare. Les trois autres suivirent et le tas de pièces se contracta un peu plus chaque fois. Dorian plongea la main à l'intérieur et en retira les bracelets maintenant dorés. Il en accrocha un à chacun de ses poignets, puis il agrandit les deux autres et les referma autour de ses cuisses, juste au-dessus du genou.

C'était stupéfiant. Dorian avait toujours affirmé que son pouvoir sur le vir affaiblissait son Don, mais il modelait l'or et l'acier avec élégance et désinvolture.

Il rassembla le reste des pièces et façonna en quelques instants quatre pointes effilées et un objet ressemblant à un bol. Il s'interrompit, puis se concentra. Solon sentit le flux du sort couler devant lui et s'insinuer dans le métal. Deux minutes plus tard, le prophète s'arrêta et marmonna quelque chose à l'adresse du chêne noir.

— Elle vient avec une compagnie de guerriers. Les féaux de l'âme. Ces hommes ont abandonné la plus grande partie de leur humanité pour servir Khali, mais ce ne sont pas eux les plus dangereux. C'est elle. Solon, je ne pense pas que tu sois capable de la vaincre. Je crois que tu ferais mieux d'emmener les soldats cénariens loin d'ici. Conduis-les là où leur mort pourra être utile à quelque chose. Mais… si Khali atteint Cénaria, les fils de Garoth Ursuul fabriqueront deux féralis qui anéantiront les rebelles. Je l'ai vu.

—Tout à l'heure, tu plaisantais, hein ? demanda Solon. Tu n'as quand même pas détruit ton pouvoir ?

—Si nous ne devons plus nous revoir, mon ami, que Dieu soit avec toi.

Dorian souda les piques en or aux bracelets des menottes et s'agenouilla derrière l'arbre. Il enfonça les pointes dans le tronc avec une facilité surnaturelle, les bras écartés et tendus vers le ciel. Il se préparait à prier pour affronter l'épreuve qui l'attendait. Solon ressentit une pointe de jalousie, mais pas envers le pouvoir fantastique, les origines ou la probité sans prétention de son ami. Ce jour-là, il envia son assurance. Le monde de Dorian était limpide. Pour lui, Khali n'était pas une déesse, un produit de l'imagination des Khalidoriens ou une créature ancienne qui avait abusé un peuple pour qu'il la vénère. C'était un ange chassé du paradis.

Dans le monde de Dorian, chaque chose avait une place. Il y avait une hiérarchie. Il y avait une harmonie. Un homme aussi puissant que lui savait se montrer humble, car il connaissait des êtres qui lui étaient mille fois supérieurs, même s'il ne les avait jamais vus. Dorian évoquait la malfaisance sans peur et sans rancœur. Il affirmait que telle ou telle personne était abjecte ou corrompue, mais il ne la haïssait pas pour autant. Solon n'avait jamais rencontré une personne comme lui – à l'exception du comte Drake, peut-être. Qu'était devenu le noble cénarien ? Avait-il péri au cours de l'invasion ?

—À quoi tout cela va-t-il servir ? demanda Solon.

Il ramassa ce qui avait été un bol en or. Le récipient ressemblait désormais à un casque seulement percé de deux petits trous à hauteur du nez. Solon le tourna vers lui et découvrit une reproduction parfaite des traits de Dorian pleurant des larmes d'or.

—Cela m'empêchera de la voir, de l'entendre, de lui crier après et de m'éloigner de cet arbre. Il me permettra également de résister à la tentation ultime : celle de me croire assez puissant pour l'affronter. Il m'interdira aussi d'utiliser le vir, enfin, je l'espère. Je ne peux plus me lancer une entrave magique. J'ai besoin que tu le fasses à ma place. Quand Khali aura franchi le col, je rechargerai mon glore vyrden et je m'enfuirai au lever du soleil. Ne t'inquiète pas pour moi. Et si tu veux récupérer ton or, il sera ici.

—Tu vas partir, quoi qu'il arrive.

Dorian sourit.

—Ne me demande pas où.

—Bonne chance.

Une boule amère obstrua la gorge de Solon et lui rappela combien il avait été heureux de retrouver Dorian et Feir. Il aurait préféré faire la guerre avec ses amis plutôt que de vivre en paix loin d'eux.

—Tu as été un frère pour moi, Solon. Je suis certain que nos chemins se croiseront de nouveau avant que tout cela finisse. Et maintenant, dépêche-toi !

Le Séthi glissa le casque en or sur la tête de Dorian et projeta une entrave avec toute la magie qu'il était capable d'invoquer. L'effort vida son glore vyrden : il ne pourrait plus lancer d'autres sorts avant l'aube. Cette perspective n'était guère réjouissante dans sa situation. Il descendit de la saillie rocheuse et fut certain de voir de l'écorce du chêne pousser sur les bras nus de Dorian.

De la route, son ami était invisible.

—Au revoir, mon frère, dit Solon.

Il se tourna et se dirigea à grands pas vers le fort. Il ne lui restait plus qu'à convaincre Lehros Vass que, oui, il fallait évacuer Vents Hurlants sur-le-champ et que, non, il n'avait pas sombré dans la folie furieuse.

CHAPITRE 35

L e Roi-dieu était installé sur le trône en verre volcanique noir qu'il avait fait tailler dans un bloc provenant de l'entrée de la Gueule. Cette masse sombre aux angles saillants permettait à Garoth Ursuul de se souvenir, de se motiver et de ressentir un certain bien-être.

Son fils se tenait devant lui – son premier fils et non pas quelque vague rejeton issu de sa chair. Le Roi-dieu ensemençait des femmes partout dès qu'il en avait l'occasion, mais il ne considérait pas les fruits de ses accouplements comme ses fils. Il s'agissait juste de bâtards auxquels il n'accordait aucune attention. Il s'intéressait seulement aux garçons qui avaient l'étoffe de vürdmeisters. La formation était cependant difficile et la plupart n'y survivaient pas. Sur les dizaines et les dizaines d'enfants nés avec un talent de sorcier, une poignée avait triomphé des épreuves et avait atteint le statut d'héritier potentiel. Chacun d'entre eux avait reçu un *uurdthan*, un Calvaire pour prouver sa valeur. Jusqu'à présent, seul Moburu avait réussi le sien. Il était l'unique enfant que le Roi-dieu reconnaissait comme fils, mais pas encore comme héritier.

En vérité, Moburu le mettait mal à l'aise. Il lui rappelait sa mère, une princesse originaire d'une île quelconque que Garoth Ursuul avait conquise avant que l'Empire séthi écrase son embryon de flotte. Cette prisonnière l'avait intrigué et il s'était efforcé de la séduire – en continuant de coucher avec d'innombrables femmes, nobles ou roturières, consentantes ou récalcitrantes. Elle était aussi passionnée qu'il était calculateur, aussi brûlante qu'il était froid. Il l'avait trouvée exotique, excitante. Avec elle, il avait tout essayé sauf la magie. Il était encore un jeune homme persuadé qu'aucune femme ne pouvait lui résister très longtemps.

Au bout d'un an, elle n'avait pourtant pas changé d'avis et elle le considérait toujours avec morgue. Elle le méprisait. Une nuit, il avait perdu patience et il l'avait violée. Il avait ensuite envisagé de la faire étrangler, mais une honte inexplicable l'avait arrêté. Plus tard, Neph l'avait informé qu'elle était enceinte. Il ne s'était pas soucié de l'enfant avant que son vürdmeister lui apprenne qu'il avait surmonté les épreuves et qu'il attendait son *uurdthan*. Garoth avait choisi une tâche irréalisable, mais Moburu l'avait accomplie sans difficulté, comme toutes les missions que le Roi-dieu lui avait confiées par la suite.

Pis encore : l'héritier présumé du trône de Khalidor ne ressemblait pas à un Khalidorien. Il avait hérité des yeux, de la voix rauque et – surtout – de la peau de sa mère. Cette peau sombre de Ladéshienne.

C'était agaçant au plus haut point. Pourquoi Dorian avait-il échoué ? Garoth avait placé tant d'espoir en lui. Il avait aimé ce garçon, mais celui-ci l'avait trahi après avoir accompli son *uurdthan*.

Roth n'avait jamais eu le potentiel de Moburu et Garoth Ursuul n'avait jamais attendu de miracles de sa part, mais, au moins, il ressemblait à un Khalidorien !

Moburu portait l'uniforme d'apparat des officiers de la cavalerie alitaeranne, en brocart rouge et or, avec un insigne en forme de tête de dragon. C'était un jeune homme intelligent, vif et sûr de lui – un peu trop, peut-être. Il était plutôt beau garçon malgré sa peau de Ladéshien – Garoth Ursuul le reconnaissait à contrecœur. Il avait la réputation d'être un des meilleurs cavaliers de l'armée et d'être impitoyable. Évidemment. Il se tenait comme un fils du Roi-dieu devait se tenir. Il affichait une expression d'humilité avec le naturel d'un homme qui enfile une robe.

Garoth se sentit agacé, mais il était le seul responsable de cet état de fait. Il avait façonné la vie de ses rejetons pour que les survivants soient à l'image de Moburu. Par malheur, il avait conçu un ensemble d'épreuves de manière à choisir un héritier parmi plusieurs candidats. Il avait espéré que les frères comploteraient les uns contre les autres pour s'attirer les faveurs de leur père. Mais Dorian était parti, Roth était mort et leurs benjamins n'avaient pas accompli leur *uurdthan*. Moburu était seul. Le jeune homme était dévoré par l'ambition et il ne tarderait pas à briguer le trône du Roi-dieu – à supposer qu'il ne le convoite pas déjà.

— Quelles nouvelles de la région des Glaces ? demanda Garoth Ursuul.

— Votre Sainteté, la situation est aussi mauvaise que nous le craignions. Voire pire. Les clans ont déjà envoyé des ordres de rassemblement. Ils ont conclu des trêves pour attendre la fin de l'hiver près des frontières et se joindre aux pillages dès l'arrivée du printemps. Ils fabriquent des kruls, et peut-être même des zels et des féralis. S'ils sont capables de faire cela, leur population va augmenter au cours des neuf prochains mois.

— Par Khali ! où ont-ils trouvé un site de reproduction dans la région des Glaces ? Sous le pergélisol ?

Garoth lança un juron.

— Seigneur, poursuivit son fils, nous pouvons neutraliser cette menace très facilement. J'ai pris la liberté d'ordonner qu'on conduise Khali à Cénaria. Elle passera par Vents Hurlants. C'est le chemin le plus court.

— Tu as fait quoi ? gronda le Roi-dieu d'une voix glacée et menaçante.

—Elle va massacrer une des forteresses cénariennes les mieux défendues et vous épargnera bien des ennuis. Elle arrivera dans quelques jours. Il y a un site de reproduction idéal sous ce château. Les habitants de la cité l'appellent la Gueule. Avec Khali à Cénaria, vous pourrez engendrer une armée comme le monde n'en a jamais vu. Cette terre est gorgée de souffrance. Voilà sept cents ans que l'on mine les cavernes de Khaliras. Les kruls de nos vürdmeisters seront ridicules en comparaison de ceux que nous produirons ici.

Les muscles du Roi-dieu s'étaient contractés, mais son visage demeura impassible.

—Mon fils. Mon fils. Tu n'as jamais fabriqué de kruls. Tu n'as jamais façonné de féralis ni créé de férozis. Tu n'as aucune idée du coût que cela entraîne. Il y a une raison si j'ai vaincu les guerriers des hautes terres, les clans du Fleuve, les Tlanglang et les Grosth avec des armées humaines. J'ai consolidé notre pouvoir au sein de l'Empire et étendu nos frontières par quatre fois sans employer de kruls. Sais-tu comment les gens se battent quand ils savent qu'en cas de défaite toute leur famille sera dévorée ? Ils se battent jusqu'au dernier. Ils donnent des arcs à leurs enfants. Leurs femmes s'arment de couteaux de cuisine ou de tisonniers. J'ai vu cela dans ma jeunesse et mon père n'a rien gagné en employant cette tactique.

—Votre père ne possédait pas un vir tel que le vôtre.

—Ce n'est pas une simple question de vir. Cette conversation est terminée.

C'était la première fois que Moburu osait lui parler ainsi. Et il avait ordonné qu'on amène Khali sans sa permission !

Mais Garoth avait l'esprit ailleurs. Il n'avait pas tout dit. Il avait bel et bien engendré des kruls, des férozis et même des féralis. Ceux-ci avaient tué ses deux derniers frères et Garoth avait alors juré qu'il n'en créerait plus. Il avait tenu parole, ou presque : il avait travaillé sur des couples reproducteurs de férozis en espérant qu'il pourrait un jour les envoyer chercher les trésors d'Ezra dans la forêt iaosienne. Mais il avait déjà payé pour ces créatures et elles n'exigeaient plus rien de lui.

Le plus agaçant était que Moburu avait peut-être raison. Garoth avait pris l'habitude de le considérer comme un partenaire et de le traiter comme les autres pères traitaient leurs fils.

Le Roi-dieu avait commis une erreur. Il avait montré de l'hésitation. Moburu complotait sans doute déjà pour s'emparer de son trône. Garoth pouvait le supprimer, mais son fils était un outil trop utile pour qu'on s'en débarrasse à la légère. Qu'il soit maudit! Pourquoi ses frères avaient-ils tous échoué? Moburu avait besoin d'un rival.

Le Roi-dieu leva un doigt.

—J'ai changé d'avis. Dis-moi ce que tu as derrière la tête, mon fils. Argumente ta décision.

Moburu resta interloqué, puis se gonfla d'orgueil.

—Je reconnais que notre armée pourrait sans doute contrer les sauvages de la région des Glaces. Même si les clans maintenaient leurs alliances, nos vürdmeisters arriveraient probablement à faire pencher la balance en notre faveur. Mais pour cela, il nous faudrait envoyer tous les meisters compétents au nord. J'estime que ce serait dangereux étant donné les circonstances actuelles. Les sœurs ont des soupçons et elles ont peur. Certaines pensent qu'il serait préférable de nous affronter avant que nous devenions trop puissants. De leur côté, les Ceurans profiteront de notre moindre faiblesse pour envahir ce pays. Ils convoitent Cénaria depuis des centaines d'années.

—Les Ceurans sont divisés.

—Dans le nord de Ceura, de nombreux guerriers se rassemblent sous la bannière d'un jeune et brillant général du nom de Lantano Garuwashi. Il n'a jamais perdu un duel ou une bataille. Si nous envoyons nos armées et nos meisters au nord, il pourrait saisir cette occasion et nous attaquer afin d'unifier Ceura contre nous. C'est peu probable, mais ce n'est pas impossible.

—Continue.

Garoth Ursuul savait tout ce qu'il y avait à savoir sur Lantano Garuwashi et les sœurs ne l'inquiétaient pas – il était d'ailleurs l'artisan de la crise politique à laquelle elles étaient confrontées.

—Il semblerait également que le Sa'kagué soit mieux implanté et mieux dirigé que nous le pensions. C'est certainement l'œuvre du nouveau Shinga, Jarl. Je crois que cette efficacité démontre qu'il est passé à une étape de…

—Jarl est mort, dit Garoth.

—C'est impossible! Je n'ai reçu aucune information sur…

—Jarl est mort depuis une semaine.

—Mais, il n'y a pas eu la moindre rumeur à ce sujet et avec le degré d'organisation que nous avons découvert… Je ne comprends pas…

—Et tu n'as pas à le faire. Continue.

Ah! ah! Moburu était moins sûr de lui maintenant. Parfait. Il mourait d'envie d'en savoir plus sur la mort de Jarl, mais il n'osait pas poser de questions. Il resta décontenancé pendant un moment, puis reprit la parole.

—Certaines rumeurs affirment que le Sho'cendi a envoyé une délégation pour enquêter sur ce que les mages appellent «la menace khalidorienne».

—Tes informateurs appellent cela une «délégation?»

Garoth Ursuul esquissa un mince sourire.

Moburu hésita, puis céda à la colère.

—Ou… oui! Si ces mages estimaient que nous sommes dangereux, ils pourraient rentrer au Sho'cendi et rassembler une armée. Ils seraient de retour au printemps, au moment où les autres menaces risquent de se concrétiser.

— Ces délégués sont des mages de guerre. Six mages de guerres expérimentés. Les Sa'seurans pensent avoir découvert Curoch, l'épée de Jorsin Alkestes, mais ils l'ont perdue. Ils croient qu'elle est peut-être ici, à Cénaria.

— Comment avez-vous appris cela ? demanda Moburu, partagé entre la crainte et le respect. Mon informateur siège aux portes mêmes du Grand Sa'seuran.

— Un de tes frères m'en a parlé, déclara le Roi-dieu, ravi du tour que prenait la conversation.

Il était revenu sur son domaine de prédilection. Il maîtrisait la situation. Il débordait d'énergie. Il faisait tourner le monde autour de son petit doigt.

— Il fait partie de la délégation.

— Un de mes frères ?

— Oui. Enfin, ce n'est pas encore un de tes frères, mais il ne va pas tarder à le devenir. Tu as compris qu'il accomplissait son *uurdthan*. Sa tâche est somme toute plus difficile que le fut la tienne.

Moburu digéra l'insulte, mais Garoth remarqua qu'elle l'avait frappé de plein fouet.

— Doit-il récupérer Curoch ? demanda Moburu.

Garoth esquissa un autre sourire. Il devinait les pensées qui s'agitaient dans le crâne de Moburu : celui qui rapporterait l'épée de Jorsin Alkestes obtiendrait les faveurs du Roi-dieu et deviendrait très puissant, car Curoch avait toujours inquiété Garoth Ursuul. Mais si un fils du Roi-dieu retrouvait cette arme et la gardait pour lui, il serait en mesure de défier son père. Moburu avait sans doute envisagé cette hypothèse sur-le-champ. Garoth s'était préparé à cette menace. Il avait conçu de nombreux plans, des plus simples – les pots-de-vin et le chantage – aux plus désespérés – un sortilège *post mortem* qui projetterait sa conscience dans le corps de son assassin. Cependant, il n'était pas facile de vérifier l'efficacité de ce sort et il était donc préférable que Curoch ne tombe pas entre les mains de ses fils.

— Tes arguments sont néanmoins solides, mon fils. Tu m'es devenu fort utile. (Oh! c'était horripilant de débiter de tels compliments à ce métèque.) Je vais donc accéder à ta requête: tu as la permission de créer un férali.

Les yeux de Moburu s'écarquillèrent.

Il n'avait aucune idée de ce qui l'attendait.

— Bien, Votre Sainteté.

— Moburu? (Garoth Ursuul laissa le silence peser jusqu'à ce que son fils déglutisse.) Impressionne-moi.

CHAPITRE 36

— Vous voulez que nous fuyions, mais vous ne voulez pas me dire pourquoi ? Est-ce que tout cela est censé m'impressionner ? demanda le seigneur Vass.

Un mince croissant de lune brillait dans le ciel nocturne parsemé d'étoiles. Trois cents soldats étaient rassemblés dans la cour obscure ; trois cents soldats en tenue de combat et blottis les uns contre les autres pour lutter contre le froid mordant qui s'était abattu sur les montagnes alors que le printemps régnait encore à Cénaria ; trois cents soldats et leur commandant – qui n'était pas Solon ; trois cents soldats qui écoutaient la discussion entre Lehros Vass et le Séthi.

— Je reconnais, dit Solon à voix basse, que mes arguments ne sont pas très convaincants. Mais je vous demande de partir pendant une journée. Nous rentrerons demain. Si je fais erreur, des pilleurs ne viendront pas jusqu'ici pour dérober vos affaires. Il n'y a que nous dans cet endroit oublié des dieux. Nous et des guerriers des hautes terres qui n'ont pas lancé d'attaque depuis trois ans.

— Votre proposition équivaut à un abandon de poste, répliqua le jeune seigneur. Nous avons juré de tenir ces murailles.

— Nous n'avons plus de poste, aboya Solon. Nous n'avons plus de roi. Nous n'avons plus de seigneur. Nous avons seulement trois cents soldats et un pays occupé. Nos serments, nous les avons prêtés à des hommes qui sont morts.

Notre devoir consiste à maintenir ces soldats en vie pour qu'ils livrent bataille le jour où le vent tournera en notre faveur. Il ne s'agit pas d'une guerre où on charge les lignes ennemies en bombant le torse et en brandissant son épée.

Le seigneur Vass était assez jeune pour rougir de colère et d'embarras. Il n'avait jamais imaginé qu'on puisse se battre autrement qu'avec panache et Solon avait commis une erreur en brisant ses fantasmes. Depuis combien de temps le Séthi avait-il perdu ses illusions sur la guerre ?

Les soldats étaient parfaitement immobiles. La colère empourprait le visage de leur commandant et la lueur des torches rendait ses joues plus rouges encore.

— Si vous souhaitez que nous quittions le fort, j'exige d'en connaître les raisons, déclara le seigneur Vass.

— Un détachement d'élite de l'armée khalidorienne va arriver. Les féaux de l'âme. Ils escortent Khali, la déesse khalidorienne, jusqu'à Cénaria. Ils donneront l'assaut à l'heure des sorciers.

— Et vous voulez que nous partions ? demanda le seigneur Vass, incrédule. Imaginez-vous ce qui se passera quand nous aurons capturé cette déesse ? Les Khalidoriens ne s'en remettront pas et nos compatriotes recouvreront l'espoir. Nous deviendrons des héros. Cet endroit est idéal pour les arrêter. Nous avons de solides murailles, des pièges, des soldats. C'est notre chance. C'est l'occasion que nous attendions.

— Mon garçon, cette déesse... (Solon grinça des dents.) Ce n'est pas une statue que vous vous proposez d'attaquer. Je crois que c'est une véritable déesse.

Lehros Vass regarda Solon avec indulgence.

— Si vous voulez vous enfuir, allez-y. Vous savez où est la route. (Il gloussa, enivré par sa propre magnanimité.) Mais avant de partir, vous devrez rendre l'or que vous avez emprunté.

Si Solon lui révélait où se trouvaient les pièces, Vass enverrait des hommes les récupérer et Dorian se retrouverait sans défense.

—Allez au diable ! dit Solon. Et moi avec. Nous mourrons ensemble.

Sœur Ariel Wyant s'assit à huit mètres de la première frontière magique entre la forêt iaosienne et le bosquet de chênes. Au cours des six derniers jours, elle avait surveillé ce qui ressemblait à une plaque posée dans le bois, à sept mètres de la lisière. Elle devait être là depuis peu, car les mousses n'avaient pas encore eu le temps de la recouvrir.

Pendant ses observations, Ariel avait songé qu'Ezra avait érigé cette barrière sept siècles auparavant. Elle avait espéré que, après tant d'années, le sortilège aurait perdu une partie de son pouvoir. Les trames finissaient toujours par s'affaiblir et par disparaître. Mais Ezra n'était pas un mage ordinaire et certaines règles ne s'appliquaient pas à lui. Ariel en avait la preuve devant elle : une lueur brillait à la limite de la perception visuelle d'un simple mortel.

La sœur avait ensuite songé qu'Ezra avait peut-être érigé cette barrière pour repousser les mages de son époque – bien plus puissants que ceux d'aujourd'hui. Ariel n'avait pas l'arrogance de se prétendre l'égale des personnes qu'Ezra voulait repousser. Elle espéra donc que son examen des trames avait été assez discret pour ne pas être remarqué. Les termites étaient minuscules, mais ils venaient à bout des maisons les plus solides.

Pendant six jours, elle avait examiné et réexaminé le canevas magique entre la forêt iaosienne et le bosquet de chênes. Le réseau était aussi élégant que la toile d'une veuve noire. Certaines trames avaient été conçues de manière à se rompre au moindre contact ; d'autres, pour être défaites ou pour résister à une force deux fois supérieure à celle d'Ariel. Chacune d'entre elles contenait un piège.

Ariel devina la tactique que sœur Jessie avait adoptée : la jeune femme s'était sans doute efforcée de dissimuler son Don. Le premier jour, ce plan paraissait idéal et il aurait fonctionné si Ezra avait été idiot. Le Don de Sœur Jessie était assez faible pour qu'elle le rende invisible aux yeux des autres sœurs et des devins de sexe masculin.

Une pensée étrange traversa alors l'esprit d'Ariel : combien de femmes avaient employé ce stratagème pour échapper aux recruteuses du Chantry ? Ariel secoua la tête. Ce n'était pas le moment de se laisser distraire.

Après maintes déductions et suppositions – car le travail d'Ezra était si complexe et si délicat qu'elle n'était pas parvenue à tout analyser –, Ariel arriva à la conclusion que les trames ne se contentaient pas de réagir au Don, elles détectaient aussi le corps des mages.

Tout le monde savait que les mages n'étaient pas des personnes comme les autres, mais même les guérisseurs contemporains étaient incapables de décrire les effets de la magie sur la chair de ses utilisateurs. Le phénomène était indéniable : les mages vieillissaient à un rythme différent – souvent avec une lenteur proportionnelle à la puissance de leur Don, mais pas toujours. Quoi qu'il en soit, leur corps subissait de subtils changements au contact permanent de la magie. Selon toute apparence, Ezra connaissait les règles de ces mutations. Cette découverte ne fut pas une surprise pour sœur Ariel. Cet homme exceptionnel avait été un Sa'salar, un seigneur guérisseur et bien d'autres choses. Il avait créé le Chasseur Noir. Il avait fabriqué un être vivant !

Oh ! sœur Jessie ! Est-ce que tu t'es précipitée tête baissée contre ce rempart magique ? Est-ce que tu as vraiment cru que tu étais plus intelligente que le grand Ezra ? Combien de cadavres de mages parsèment cette maudite forêt ?

Ariel laissa son esprit s'écarter du problème. Elle était encore en vie. Elle était parvenue à franchir la première barrière et elle avait maintenant besoin de tirer profit de cet exploit. Elle devait récupérer cette satanée plaque dorée. Elle était posée sept mètres plus loin, au sommet d'une petite butte. Elle était toute proche, mais Ariel s'estimait incapable de s'en emparer. Elle en avait acquis la certitude après avoir examiné les pièges d'Ezra. Il lui aurait fallu des années – voire des siècles – pour les désamorcer. Et même si le temps n'avait pas posé de problème, comment aurait-elle pu être sûre de ne pas en avoir oublié un ? Elle ignorait le nombre de barrières de protection qu'il lui restait à franchir. Ezra n'avait-il pas érigé cette ligne de défense pour que des mages de bas niveau réussissent à la traverser ? Il ne lui avait peut-être fallu que quelques jours pour la concevoir, mais sœur Ariel pouvait passer sa vie à démanteler les pièges sans jamais découvrir les véritables secrets de leur créateur.

Si elle avait été plus jeune, elle aurait sans doute relevé le défi malgré les risques encourus. Elle avait jadis été une idéaliste. Elle avait cru au Chantry avec la foi idiote que la plupart des gens réservent à la religion. Si Ezra avait vraiment possédé des artefacts dévastateurs, était-elle prête à les remettre à l'Oratrice ? Avait-elle assez confiance en Istariel pour lui confier des objets qui décupleraient sa puissance ?

Ça suffit ! Ariel, tu laisses ton esprit vagabonder une fois de plus.

Elle regarda la plaque, puis éclata de rire. La solution lui crevait les yeux. Elle se leva, fit demi-tour et regagna le village.

Elle revint une heure plus tard, l'estomac plein, avec une corde à la main. Maître Zoralat avait eu la gentillesse de lui montrer comment faire un lasso et comment s'en servir. Elle avait cherché un moyen de récupérer la plaque pendant deux jours, mais avait toujours envisagé une solution magique. Idiote ! Idiote ! Idiote !

Les heures suivantes révélèrent toute l'étendue de sa maladresse. Au cours de sa vie, combien de fois avait-elle ricané avec mépris en observant les hommes qui entretenaient les écuries de l'Ordre ? Chaque sœur devrait être obligée de s'essayer au lasso – devant les palefreniers du Chantry.

Lorsque le jour déclina, elle n'avait pas encore récupéré la plaque. Elle lança un chapelet de jurons et rentra à l'auberge. Le lendemain, son bras et son épaule droits la faisaient souffrir. Elle poursuivit ses efforts pendant trois heures au cours desquelles elle ne cessa de se maudire, de maudire cette fichue corde, de maudire Ezra, de maudire son manque d'exercice et de maudire le monde entier – mais toujours en silence.

Lorsque le lasso s'enroula enfin autour de sa cible, Ariel fut certaine de voir la plaque briller un bref instant. Elle voulut projeter ses sens pour découvrir ce qui venait de se passer, mais elle était trop loin. Elle ne pouvait rien faire sinon tirer sur la corde.

La plaque refusa d'abord de bouger – elle devait être coincée. Ariel tira de plus belle et une partie du monticule trembla et s'effondra sur le côté. Lorsque le bout de métal doré se libéra, Ariel comprit qu'il s'était dégagé du cadavre de sœur Jessie. Elle était morte depuis des semaines. Des mousses avaient recouvert sa robe brillante et caché les taches de sang. Un terrible coup de griffe semblait lui avoir arraché la moitié de la tête. Depuis sa mort, aucun animal ne s'était approché du corps. Dans le bois d'Ezra, il n'y avait pas d'ours, de coyotes, de corbeaux ou d'autres charognards. Les vers, en revanche, ne ménageaient pas leur peine.

Sœur Ariel détourna les yeux et se permit un instant de réagir comme une femme face au cadavre mutilé d'une personne qu'elle avait connue. Elle respira avec lenteur, heureuse que le corps soit à distance respectable. Elle avait passé des heures à quelques mètres de lui, mais elle n'avait jamais senti la moindre odeur de putréfaction. Était-ce à cause du vent ou d'un sortilège ?

C'étaient les mains de sœur Jessie qui avaient retenu la plaque.

Sœur Ariel rassembla méticuleusement toutes les émotions qu'elle ressentait et les enferma dans un coin de son esprit. Elle s'en occuperait plus tard. Elle se permettrait même de pleurer si les larmes se présentaient à ses yeux. Pour le moment, elle était peut-être en danger. Elle observa la plaque. Elle était encore trop loin pour déchiffrer d'éventuels symboles gravés dessus, mais son aura glaça la sœur jusqu'aux os.

Il s'agissait d'un carré hérissé de crochets auxquels la corde s'était accrochée. Ils semblaient avoir surgi de nulle part pour offrir une prise au lasso et permettre à Ariel de la récupérer.

Ariel tira la tablette vers elle, mais ne lui fit pas traverser la barrière. Il était impossible de prédire ce qui se passerait si un objet – peut-être magique – franchissait les défenses d'Ezra. Les inscriptions étaient en gamatique et Ariel constata qu'elle se souvenait fort bien de ce langage.

« Si c'est le quatrième jour, prends ton temps. Si c'est le septième, tire cette plaque sans te soucier de la barrière. »

Les runes ne s'arrêtaient pas là, mais Ariel s'interrompit et se renfrogna. Ce n'était pas le genre de message auquel elle s'attendait. Elle se demanda à qui il s'adressait. S'agissait-il d'une ancienne épreuve ? d'un rite de passage destiné aux mages ? Qu'avait imaginé sœur Jessie ? Pourquoi avait-elle cru que cet objet était important ?

Elle poursuivit sa lecture.

« Voilà des jours que tu marines devant la barrière, Haridelle. Au fait, tu ferais bien d'apprendre à lancer une corde. »

Ladite corde s'échappa des doigts pétrifiés d'Ariel. On l'avait surnommée Haridelle quand elle était tyro. Elle chercha une autre traduction des runes gamatiques, mais aucun doute n'était possible : il s'agissait d'un nom propre, d'une insulte, d'une insulte qui lui était destinée.

La sœur observa la manière dont la corde avait accroché la plaque et eut soudain l'impression que c'était *la plaque* qui avait accroché la corde, comme une créature douée d'intelligence. Les crochets n'étaient pas disposés à intervalles réguliers. Ils semblaient avoir poussé au contact du lasso.

Le rectangle de métal brilla et Ariel recula, terrifiée.

C'était une erreur. Son pied s'enroula dans la corde et, en tombant, elle tira la plaque de l'autre côté de la barrière.

Ariel se releva aussi vite que ses membres dodus le lui permirent. Le carré de métal ne brillait plus. Elle le ramassa.

Les runes gamatiques se volatilisèrent au contact de ses doigts et se transformèrent en runes classiques.

« Prophétie, lut-elle. Aucune conscience. »

Ariel déglutit en se demandant si elle ne rêvait pas. Le message continua à apparaître comme si une plume invisible l'écrivait au fur et à mesure.

« Si c'est le septième jour, cherche deux stadiae au sud. »

Stadiae ? Peut-être que les unités de distance ne se traduisaient pas. À quoi deux stadiae correspondaient-elles ? Quatre cent cinquante mètres ? Six cents mètres ?

Ariel était paralysée par la peur. Elle ne s'était jamais senti une âme d'aventurière. Elle était avant tout une érudite – une excellente érudite. Elle était une des sœurs les plus puissantes de l'Ordre, mais elle n'aimait pas se précipiter tête baissée dans des affaires qui lui échappaient. Elle retourna la plaque.

« Des barrières dans les arbres. Ne pas lui faire confiance. »

Sœur Jessie avait écrit cette ligne d'une main tremblante. Ariel resta pétrifiée.

De mieux en mieux!

Cet avertissement avait été gravé en employant la magie, mais sœur Jessie n'aurait jamais invoqué son pouvoir dans la forêt. Cela aurait été du suicide.

Et elle était morte.

S'agissait-il d'un traquenard? La plaque avait peut-être activé un système de défense en franchissant la barrière. On lui conseillait de se diriger au sud, mais si elle obéissait, n'allait-elle pas tomber dans un piège tendu entre des branches? Ne ferait-elle pas mieux de regagner l'auberge et de résumer ses découvertes sur un parchemin? Devait-elle ignorer le message et poursuivre ses recherches à son rythme?

Elle ne rentra pas à Torras Bend pour relater son aventure dans son journal. Si Ezra avait préparé un piège, elle l'avait déjà amorcé.

Il y avait un temps et un lieu pour la précipitation. Selon toute apparence, c'était ici et maintenant.

Chapitre 37

— **D**is donc, tu es vraiment la dernière des chieuses. Je me demande pourquoi Kylar te garde avec lui, déclara Vi.

La jeune femme et la fillette voyageaient depuis une semaine. Uly n'était pas d'excellente compagnie, mais elle était plus intéressante que les chevaux, les arbres et les petits villages à éviter. Vi ne cherchait pas à la distraire, elle rassemblait autant d'informations que possible. Kylar était à ses trousses et il avait l'intention de la tuer.

— Il me garde avec lui parce qu'il m'aime! répondit Uly avec son air de défi habituel. Un jour, il se mariera avec moi!

Ce n'était pas la première fois que l'enfant tenait ce discours et cela avait tout de suite éveillé les soupçons de la pisse-culotte. Elle avait posé quelques questions qui avaient déconcerté la fillette. Vi avait compris qu'elle faisait fausse route : Kylar n'était pas un pédophile.

— Ouais, ouais, je sais. Mais il ne pouvait pas t'aimer avant de te connaître, hein? Tu m'as dit que tu l'avais rencontré le jour où il t'a fait sortir de la Gueule.

— Au départ, j'ai cru que c'était mon vrai père.

— Hmm…, lâcha Vi comme si le sujet l'ennuyait. Et c'est qui, tes vrais parents?

— Mon père s'appelait Durzo, mais il est mort. Kylar ne veut pas me parler de lui. Je crois que ma mère s'appelle

Mamma K. Elle me regardait toujours d'un drôle d'air quand nous étions avec elle.

Vi s'agrippa à la selle pour ne pas tomber de cheval.

Daenysos! C'est donc ça!

Uly lui rappelait vaguement quelqu'un. Elle était la fille de Durzo Blint et de Mamma K! Il n'était guère étonnant qu'on ait cherché à cacher son existence. Cela expliquait aussi pourquoi Kylar l'avait emmenée à Caernarvon.

Pour une raison étrange, cette découverte lui tordit le ventre. Jamais elle n'aurait protégé un bâtard de Hu Gibbet et elle n'imaginait pas le pisse-culotte protéger ses propres enfants.

Uly était devenue deux fois plus précieuse pour le Roi-dieu. Grâce à la fillette il allait se débarrasser de Kylar et s'assurer la collaboration de Mamma K.

Vi songea que cela suffirait peut-être à obtenir sa liberté, mais elle savait que ce n'était qu'un rêve. Garoth Ursuul récompensait ses serviteurs avec générosité. Il permettrait à Vi de satisfaire tous ses vices jusqu'à satiété ; il lui offrirait de l'or, des tissus rares, des esclaves, tout ce qu'elle souhaitait… mais il la garderait toujours en laisse. Elle s'était montrée trop précieuse pour qu'il la laisse partir.

Plus la jeune femme en apprenait sur Kylar, plus elle sombrait dans le désespoir. Il fallait qu'elle fasse parler Uly pour rassembler un maximum d'informations sur son ennemi. Ces renseignements étaient sujets à caution, car ils provenaient d'une fillette de douze ans amoureuse de Kylar, mais Vi était redoutable lorsqu'il s'agissait de distinguer le vrai du faux. Pourtant, le portrait qui se dégageait du jeune homme était de plus en plus… Merde!

Elle n'allait pas repenser à tout cela. Les ruminations ne faisaient que la déprimer un peu plus.

Maudite route! Maudit voyage!

Encore une semaine et elle pourrait oublier toute cette histoire. Peut-être n'irait-elle pas réclamer sa récompense – et pourtant, les dieux savaient à quel point elle la méritait. Elle déposerait la fillette à Château Cénaria avec une note résumant son voyage à Caernarvon. Puis elle disparaîtrait. Elle avait tué Jarl. Elle allait livrer Mamma K et Kylar au Roi-dieu. Celui-ci ne consacrerait ni son temps ni son énergie à la retrouver. Et s'il le faisait, il ne la traquerait pas avec la rage qui l'aurait animé si elle l'avait trahi. Vi avait de bonnes chances de lui échapper. Les personnes qu'elle craignait étaient peu nombreuses et trop précieuses pour qu'on les lance à ses trousses.

L'une d'entre elles était Kylar, mais l'apprenti de Durzo allait bientôt rejoindre son maître. Il avait peut-être tué Roth Ursuul, trente guerriers d'élite des hautes terres et une poignée de sorciers – Uly en savait beaucoup sur ce sujet –, mais il ne survivrait pas à sa rencontre avec le Roi-dieu.

Vi se dirigerait vers Seth ou Ladesh, ou bien elle s'enfoncerait dans les montagnes de Ceura où ses cheveux roux n'attireraient pas l'attention. Elle n'écarterait plus jamais les jambes devant un homme et elle n'exécuterait plus jamais un contrat. Elle ne savait pas à quoi ressemblait une vie normale, mais elle s'accorderait le temps de le découvrir. Dès que cette affaire serait terminée.

Elle tira le morceau de parchemin qu'elle avait récupéré dans la maison de Kylar et le lut une fois de plus.

« Élène, je suis désolé. J'ai essayé. Je te jure que j'ai essayé, mais il y a des choses plus importantes que mon bonheur, des choses que je suis le seul à pouvoir accomplir. Vends ces bijoux à maître Bourary et fais déménager tout le monde dans un quartier plus agréable. Je t'aimerai toujours. »

—Petite! dit Vi. Pourquoi Kylar et Élène se disputaient tout le temps?

—Je crois que c'est parce que le lit ne grinçait pas.

Vi fronça les sourcils.

Qu'est-ce que c'était que cette histoire?

Puis elle comprit et éclata de rire.

—Ah! oui! c'est plutôt normal. Autre chose?

—Comment ça, normal? Qu'est-ce que ça veut dire?

—Ça veut dire qu'ils ne baisaient pas. Les hommes et les femmes se disputent toujours à propos de la baise.

—C'est quoi, la baise? demanda Uly.

Vi le lui expliqua de manière aussi crue que possible. Une horreur grandissante se peignit sur les traits de la fillette.

—Ça fait mal?

—Parfois.

—Ça a l'air dégueulasse.

—Ça l'est. C'est sale, c'est poisseux, ça baigne dans la sueur, ça pue et c'est dégueulasse. Parfois, ça te fait même saigner.

—Pourquoi les filles se laissent faire?

—Parce que les hommes les y obligent. C'est pour ça que Kylar et Élène se disputaient.

—Kylar ne ferait pas une chose pareille! déclara Uly. Il ne ferait pas de mal à Élène.

—Alors pourquoi ils se disputaient?

Uly eut l'air écœurée.

—Il ne ferait pas ça. Il ne le ferait pas. De toute façon, je crois qu'ils ne l'ont pas fait parce que le lit ne grinçait jamais et que Tante Méa disait que ça viendrait. Mais Tante Méa disait aussi que c'était agréable.

Le lit ne grinçait jamais?

—Bref! ils se disputaient pour autre chose?

—Élène voulait qu'il vende son épée, celle que Durzo lui avait donnée. Kylar ne voulait pas, mais elle disait que c'était parce qu'il voulait rester un pisse-culotte. Mais ce n'était pas vrai. Il voulait rester avec nous. Il était furieux quand Élène lui disait ça.

Tiens donc ! il voulait quitter le métier, lui aussi. Il devait faire référence à cela en écrivant qu'il avait essayé. Il avait essayé de changer.

Daenysos ! Kylar ignorait peut-être qu'elle avait enlevé Uly. Vi ne savait pas si elle devait s'en réjouir ou s'en inquiéter, mais cela expliquait pourquoi il était passé tout près de leur campement en fonçant dans le brouillard, quelques jours plus tôt. Il pensait sans doute que sa proie cherchait à regagner Cénaria aussi vite que possible.

La pisse-culotte remarqua un changement à quelques centaines de mètres devant elle. La forêt. D'ailleurs, ce n'était pas un simple changement, mais une véritable métamorphose. La jeune femme eut l'impression qu'une gigantesque hache s'était abattue au milieu du bois. D'un côté, les arbres étaient normaux ; de l'autre, il n'y avait que d'énormes séquoias qui se dressaient vers le ciel. Les deux voyageuses devaient approcher de Torras Bend. Cela ne signifiait pas grand-chose pour Vi. Elle songea juste qu'il serait plus facile de chevaucher sous ces arbres géants, car il n'y avait pas de broussailles dans les forêts très anciennes.

Elles étaient à moins de cent mètres des séquoias lorsqu'une vieille femme jaillit de la lisière, presque en face des deux cavalières. L'inconnue parut aussi surprise que Vi. Elle tenait une plaque en or luminescente dans les mains.

De l'or luminescent. Il s'agissait sans nul doute d'un objet magique. Cette femme était une maja.

— Stop ! hurla la vieillarde.

Vi se pencha en arrière et attrapa les rênes du cheval d'Uly. Elle se redressa, donna un coup de talon à sa monture et regarda la maja. Celle-ci courait avec lourdeur et maladresse, mais pas en direction des deux voyageuses.

Elle avait jeté la plaque en or et s'éloignait aussi vite que possible de la forêt de séquoias.

Que se passait-il ? C'était étrange, mais pas assez pour que Vi s'arrête. De tous les êtres vivants, elle ne craignait que les pisse-culottes, les sorciers et les mages.

Les chevaux s'élancèrent vers les arbres et Uly faillit tomber de selle.

La maja était à moins de cinquante mètres maintenant, presque en face des deux cavalières. Elle courut quelques mètres de plus et Vi eut l'impression de la voir traverser une gigantesque barrière invisible.

L'inconnue joignit les mains et se mit à marmonner. Quelque chose crépita et jaillit avec un claquement sec. La jeune femme se coucha sur le flanc opposé de sa monture pour se protéger du mieux possible. Une explosion toute proche ébranla l'air et Uly fut arrachée de sa selle.

Vi ne prit pas le temps de vérifier si la fillette allait bien. Elle tira le couteau du fourreau fixé à son mollet, se redressa et lança son arme. La cible était à plus de trente mètres et Vi l'avait juste entraperçue avant de détendre son bras, mais elle cherchait seulement à faire diversion. Elle regarda derrière elle.

Uly gisait sur le sol, inconsciente.

Vi n'eut pas une seconde d'hésitation. Un pisse-culotte n'hésitait jamais. Un pisse-culotte agissait, quitte à faire une erreur. La jeune femme ne pouvait pas rester immobile, elle aurait fait une cible facile. Elle éperonna son cheval. Sa jument s'élança…

Et s'effondra aussitôt, les jambes avant tranchées.

Vi dégagea ses pieds des étriers. Elle se prépara à se rouler en boule pour s'éloigner de l'animal au moment où elle toucherait le sol. Elle dégainerait ensuite ses autres couteaux de lancer et… Le cheval s'abattit plus vite qu'elle s'y attendait. La jeune femme tomba lourdement et glissa sur le dos avant de rouler sur elle-même. Sa tête frappa une racine aussi dure qu'une enclume et une nuée de points noirs apparut devant ses yeux.

Debout, nom de Dieu! Debout!

Elle se mit à quatre pattes et essaya de se relever. Sa vue était brouillée par les larmes et son crâne résonnait comme une cloche.

— Je suis désolée, dit la maja. (Elle semblait sincère.) Mais je ne peux pas vous laisser faire cela.

Non! ça ne peut pas se terminer comme ça!

L'inconnue leva une main et psalmodia quelque chose. Vi essaya de se jeter sur le côté, trop tard.

CHAPITRE 38

I l y avait deux petites coupures. La première longeait les côtes et la seconde, identique, lui traversait l'intérieur du bras. Toutes deux étaient superficielles. Le couteau avait tranché la peau, mais pas le muscle. Un bandage propre et un peu d'air pur les auraient guéries en quelques jours.

Mais au fond du Trou, il n'y avait rien de propre et l'air pur n'était qu'un lointain souvenir.

Logan reconnut les symptômes de l'infection, mais que pouvait-il faire ? Il avait froid, il avait chaud, il tremblait et transpirait. Selon toute probabilité, il ne parviendrait pas à se défaire de cette fièvre. Après les semaines passées dans cet enfer, il n'était plus que l'ombre de lui-même. Il avait les joues creuses, les yeux brillants, le visage émacié et son grand corps n'était plus qu'une toile de peau tendue sur une charpente en os.

S'il survivait, il savait que la situation risquait de s'aggraver. Il n'avait pas mangé à sa faim depuis longtemps, mais il n'avait pas encore l'apparence famélique et squelettique des prisonniers de longue date. Son corps s'accrochait à sa force avec un entêtement qui le surprenait, mais la fièvre n'en avait cure. Il faudrait des jours – au moins – pour la vaincre. Des jours où il serait sans défense.

—Natassa, dit-il. Parlez-moi de la résistance.

La benjamine des Graesin avait le regard d'un animal traqué. Elle ne répondit pas. Elle observait Fin qui mâchait des tendons pour sa corde de l'autre côté du gouffre.

—Natassa?

Elle se redressa.

—Oh! oui! Elle se déplace. De nombreux domaines l'accueillent dans l'est du pays. Surtout celui des Gyre. Même les Lae'knaughtiens lui apportent un certain soutien.

—Les salauds!

—Des salauds qui sont les ennemis de nos ennemis.

Elle fit cette remarque sur le ton où elle l'avait faite un peu plus tôt.

Merde! Elle l'avait bien faite plus tôt, non?

—Et nos effectifs? Est-ce qu'ils augmentent?

—Oui, ils augmentent. Nous avons mené des raids. De petits groupes de combattants circulent et font tout ce qui est en leur pouvoir pour frapper les Khalidoriens. Mais ma sœur refuse de nous laisser monter des opérations de grande envergure. Elle estime qu'il n'est pas encore temps. Le comte Drake a posté des informateurs dans tous les villages de l'est de Cénaria.

—Le comte Drake? Attendez un peu, je vous ai déjà posé ces questions, n'est-ce pas?

Elle ne répondit pas. Elle observait toujours Fin. Celui-ci avait tué quatre des nouveaux prisonniers au cours des trois derniers jours. Les trois derniers? Cela ne faisait-il pas quatre maintenant?

Le comte Drake faisait partie de la résistance. C'était une excellente nouvelle. Avant l'arrivée de Natassa, Logan ignorait s'il était mort ou vivant.

—Je suis heureux que Kylar ne l'ait pas tué, lui aussi.

—Qui cela? demanda Natassa.

—Le comte Drake. Il m'a trahi. C'est à cause de lui si je suis ici.

— Le comte Drake vous a trahi ?

— Non, Kylar m'a trahi. Il était habillé en noir. Il se faisait appeler l'Ange de la Nuit.

— Kylar Stern est l'Ange de la Nuit ?

— Il travaillait pour Khalidor depuis le début.

— Non, c'est faux. Si la résistance existe, c'est grâce à l'Ange de la Nuit. Les Khalidoriens nous avaient rassemblés dans les jardins et il nous a sauvés. Térah lui a offert tout ce qu'il voulait pour qu'il nous escorte hors du château. Mais il a refusé. Il ne pensait qu'à vous. Il nous a laissés pour aller vous sauver, Logan.

— Mais… il a tué le prince Aléine. C'est lui qui est le point de départ de toute cette histoire.

— C'est dame Jadwin qui a assassiné Aléine Gunder. Elle a reçu une partie de son domaine en guise de récompense.

C'était trop beau pour être vrai. Logan avait été dépouillé de tout et Natassa lui rendait son meilleur ami. Kylar lui avait tant manqué.

Le jeune homme éclata de rire. C'était peut-être à cause de la fièvre. Peut-être avait-il imaginé ce que Natassa venait de dire parce que c'était ce qu'il voulait entendre plus que tout au monde. Il était si malade que son univers n'était que douleur. Tout était flou, si flou. Logan se demanda s'il n'allait pas se mettre à pleurer comme une petite fille.

— Et Sérah Drake ? Était-elle avec vous, elle aussi ? A-t-elle rejoint la résistance ? Kylar l'a-t-il sauvée ?

Il eut l'impression d'avoir déjà posé ces questions.

— Sérah est morte.

— Est-ce que… Est-ce qu'elle a souffert ?

C'était la première fois qu'il osait le demander.

Natassa baissa les yeux.

Sérah. Elle était encore sa fiancée quelques semaines plus tôt. Elle semblait désormais appartenir à une autre vie, à un autre monde. Il l'avait aimée, jadis. En était-il certain ? Il avait à peine pensé à elle depuis son arrivée ici.

Elle l'avait trahi. Elle avait couché avec son ami, le prince Aléine Gunder. Pourtant, elle n'avait jamais fait l'amour avec lui alors qu'elle prétendait l'aimer. Était-ce à cause de cela ? Avait-il étouffé ses sentiments pour elle à cause de cette infidélité ou n'avait-elle été qu'une passade ?

Au cours de sa nuit de noces, il avait découvert ce qu'était l'amour.

Il savait que tout le monde éprouvait cela au début d'une nouvelle relation, mais il ne parvenait pas à se raisonner. Ces sentiments envers Jénine – cette adolescente de quinze ans qu'il avait jugée trop jeune et trop immature – ressemblaient bel et bien à de l'amour. Était-ce parce qu'elle lui avait été arrachée avant qu'il découvre ses défauts ? Quoi qu'il en soit, Jénine Gunder – Jénine Gyre, sa femme pendant quelques heures tragiques – hantait ses pensées. Il rêvait d'elle avant que le sommeil cède la place à la roche inconfortable, à la puanteur atroce, aux hurlements et à la chaleur du Trou. Il revoyait son grand sourire, ses yeux brillants, ses courbes dorées à la lueur des chandelles. Il la revoyait telle qu'il l'avait vue, si brièvement, avant que les soldats khalidoriens fassent irruption dans la chambre, avant que Roth Ursuul tranche la gorge de la jeune fille.

—Oh ! dieux !

Logan se cacha le visage dans les mains. La douleur explosa en lui. Ses traits se déformèrent et il ne réussit pas à contenir ses larmes. Il l'avait tenue entre ses bras. Il avait senti son corps si menu, si frêle, contre lui tandis qu'elle se vidait de son sang ! Dieux ! tous ces flots de sang ! Il lui avait dit que tout irait bien. Il l'avait apaisée avec ses paroles. C'était toute l'aide qu'il avait pu lui apporter.

Quelqu'un passa un bras autour de lui. C'était Lilly. Dieux ! Puis Natassa le serra contre elle. Cette tendresse ne fit qu'attiser sa douleur. Il sanglota sans pouvoir s'en empêcher. Tout était flou, de plus en plus flou. Il avait retenu son chagrin pendant trop longtemps, il avait atteint ses limites.

« Je te rejoindrai bientôt », avait-il dit à sa jeune épouse. Il allait tenir sa promesse. Il allait mourir ici. Il mourait déjà.

Il regarda le visage de Natassa. Elle pleurait avec lui. La pauvre. Elle avait été capturée, trahie par un membre de la résistance, et jetée au fond du Trou avec ces monstres. Logan ne savait pas si elle avait du chagrin pour lui ou pour elle. Il ne lui en voulait pas. Elle avait compris que les Hurleurs s'occuperaient d'elle quand son cousin serait mort.

Lilly pleurait, elle aussi. Il ne l'en aurait pas crue capable. Pourquoi pleurait-elle ? Craignait-elle qu'on lui préfère Natassa, plus jeune, plus jolie ? Redoutait-elle de perdre son pouvoir, sa position ? d'être tuée ?

Logan regarda la prisonnière et se haït pour avoir eu des pensées si cyniques. Il était resté trop longtemps au fond du Trou. Le visage de Lilly n'exprimait pas de la peur, mais de l'amour. Elle ne pleurait pas pour elle, mais pour lui.

Qui suis-je donc pour mériter cette dévotion ? Je ne suis pas digne de tant d'égards !

—Aidez-moi à me lever, dit-il d'une voix rauque.

Lilly regarda Natassa et cessa de pleurer. Elle hocha la tête.

—Allons-y.

Tous les prisonniers observaient Logan maintenant, certains avec curiosité, d'autres avec appétit. Fin jubilait.

—Très bien, bande de pauvres connards ! lâcha Logan.

C'était la première fois qu'il disait une grossièreté et il s'aperçut que plusieurs personnes l'avaient remarqué. Parfait ! Plus on le penserait fou, mieux ce serait.

—Écoutez-moi ! Je vous ai caché un petit secret parce que j'ignorais que vous étiez tous de braves et honnêtes criminels. Je vous ai caché un petit secret qui pourrait avoir des conséquences importantes…

— Oui, oui, on sait, l'interrompit Fin. Notre petit Roi se prend pour Logan Gyre. Il se prend pour le roi de Cénaria !

— Fin, dit Logan, il y a deux bonnes raisons pour que tu fermes la boîte à merde par laquelle tu parviens à chier quelques mots. D'abord, je suis sur le point de mourir et je n'ai donc plus rien à perdre. Si tu gardes ton trou du cul garni de dents bien serré, je crèverai sans que tu aies à lever le petit doigt. Mais si tu ne la boucles pas, je ferai l'effort d'aller jusqu'à toi et de te tuer. Je suis peut-être affaibli, mais il me reste assez de force pour balancer un pauvre connard comme toi dans le gouffre si je suis prêt à l'accompagner dans la chute. Crois-moi : si on commence de se battre, plusieurs personnes veilleront à ce que nous tombions tous les deux.

— Et la deuxième raison ? demanda Fin d'un ton sifflant.

Il déroula sa corde et ajusta le nœud coulant à une extrémité.

— Si tu ne la fermes pas, ce sera ta faute si je balance ceci dans le gouffre. (Il porta la main à sa ceinture et en tira une clef en fer.) C'est la clef de la grille.

Tous les yeux brillèrent soudain avec avidité.

— Donne-moi ça ! lança quelqu'un.

Les Hurleurs entourèrent Logan et s'approchèrent. Le jeune homme tituba vers le gouffre noir et tendit la clef au-dessus. Il se balança d'avant en arrière et son étourdissement n'était pas entièrement feint.

La menace réduisit les Hurleurs au silence.

— Je ne me sens pas bien, dit Logan. Tout tourne autour de moi. Alors, si vous voulez que cette clef regagne sa petite serrure, là-haut, vous feriez bien de m'écouter avec attention.

— Comment est-ce que t'as pu la garder tout ce temps ? lança Nick Neuf-Doigts. On aurait pu se tirer depuis des mois !

—La ferme, Nick! répliqua quelqu'un.

Logan regarda autour de lui dans l'espoir de repérer le gros duc khalidorien, mais il ne distingua que des visages flous.

—Si nous voulons nous servir de cette clef, nous devons travailler en commun. Vous comprenez? Si l'un de nous commet une erreur, nous mourrons tous. Pis encore, il va falloir qu'on se fasse confiance. Il faudra être trois pour atteindre la serrure. (Les prisonniers murmurèrent, certains pour approuver, d'autres pour protester.) Vos gueules! Nous agirons à ma manière ou je jette la clef! Si on fait comme je veux, tout le monde sortira d'ici. Vous comprenez? Même toi, Fin. Une fois que nous serons dans les tunnels de la Gueule, j'ai un plan qui permettra à la moitié – et peut-être la totalité – d'entre nous de s'échapper. Il y a des travaux à l'autre extrémité de ce niveau et je crois que nous pourrons en profiter à condition de tuer Gorkhy avant qu'il donne l'alerte. Mais il faudra faire tout ce que je vous dis de faire.

—Il est dingue, lâcha Nick.

—C'est notre seule chance, répliqua Tatts. Je marche avec lui.

Les prisonniers stupéfaits se tournèrent vers le Lodricarien couvert de tatouages. C'était la première fois qu'ils entendaient sa voix.

—Bon! reprit Logan. Nous avons besoin de trois personnes pour faire une pyramide et atteindre la serrure. Grincedent sera à la base, je grimperai sur ses épaules et Lilly déverrouillera la grille. Ensuite, il y a deux possibilités et le choix dépend de Fin. (Le visage de celui-ci se fit de plus en plus soupçonneux.) Première solution: tout le monde est assez léger et assez fort pour nous grimper dessus et atteindre la grille. Mais je ne laisserai pas monter Fin. Par conséquent, Grincedent, Fin et moi mourrons ici.

—Si quelqu'un se tire d'ici, j'en suis! s'exclama Fin. Je ne…

—Ta gueule, Fin! lui lança un prisonnier enhardi par la perspective d'une évasion.

—Deuxième solution : Fin donne sa corde à Lilly. Elle l'accroche là-haut et nous sortons d'ici. Fin, c'est ta corde et c'est donc à toi de choisir. Oh! une dernière chose : si je reste au fond du Trou, je ne vous révélerai pas le plan pour s'échapper de la Gueule.

Tous les prisonniers se tournèrent vers Fin. Logan se remit à transpirer sous le coup de la fièvre.

Allez, satanée carcasse! Tiens encore un peu.

—Je veux bien que vous vous serviez de ma corde, dit Fin. Mais à condition que je fasse partie de la pyramide. C'est moi qui ouvrirai la grille.

—Hors de question, répliqua Logan. Personne ne te fait confiance. Si tu sors, tu nous laisseras tous pourrir ici.

Des chuchotements approbateurs montèrent dans la pénombre – y compris de la part de certains membres de la bande de Fin.

—Je refuse de grimper sur cette tronche de requin, dit Fin en montrant Grincedent. Vous aurez pas ma corde si je fais pas partie de la pyramide, point final.

—Parfait, dit Logan.

Il avait deviné depuis longtemps qu'on en arriverait là. Il avait fait la première proposition en sachant que Fin la refuserait. Celui-ci avait maintenant l'impression d'avoir imposé sa volonté.

—Je formerai la base, tu monteras sur mes épaules et Lilly ouvrira la grille. (Logan tendit la clef à la prisonnière et poursuivit d'une voix assez forte pour que tout le monde entende.) Lilly, si Fin essaie de jouer au plus malin, jette la clef dans le gouffre, d'accord?

—Si quelqu'un fait le malin, je jette la clef, dit Lilly. Je le jure par tous les dieux de l'enfer et par toute la misère du Trou.

—On va passer un par un, expliqua Logan. J'appellerai le suivant. (Il tira son couteau et le tendit à Natassa.) Natassa, le premier qui s'approche sans que ce soit son tour, vous le piquez avec ça, compris ? (Une fois de plus, il avait parlé assez fort pour que tout le monde entende.) Natassa sera la première à sortir. Elle attachera la corde quelque part et nous nous hisserons jusqu'en haut. Fin et moi grimperons en dernier et personne ne restera ici. Nous avons payé pour nos crimes.

Fin contourna l'abîme et se débarrassa de la corde qui lui ceignait le corps. Il l'enroula avec une aisance effrayante. Il affirmait avoir étranglé trente personnes avant son arrestation – et il ne comptait ni les Îliens ni les femmes. Sans sa couverture de tendons, il ressemblait à tous les prisonniers de longue date du Trou : il était décharné, émacié et noir de crasse ; il puait et ses gencives saignaient – un symptôme du scorbut qui frappait ceux qui restaient trop longtemps dans cet enfer.

Il fit passer sa langue sur ses lèvres et s'approcha de Logan en aspirant son propre sang entre ses dents.

—Nous réglerons nos affaires plus tard, dit-il.

Il glissa le rouleau de corde autour de son cou.

Logan essuya la sueur qui perlait à son front. Il mourait d'envie de tuer cet homme. S'il attrapait la corde et le poussait en arrière, peut-être que… Peut-être. C'était trop risqué. Il était trop faible et trop lent. Il aurait dû essayer plus tôt. Mais plus tôt, Fin ne se serait jamais laissé approcher si près. Avant de récupérer le couteau, Logan était trop vulnérable pour tenter sa chance. Après, Fin savait qu'il saisirait la première occasion de le tuer.

Logan plaqua les mains contre le mur de pierre et s'accroupit. Fin s'approcha en ricanant et en jurant tout bas. Il posa un pied sur la cuisse de Logan, prit appui sur son dos et se hissa sur ses épaules. Il plaqua lui aussi les mains contre la paroi afin de garder l'équilibre.

Logan se redressa et fut surpris par la légèreté du prisonnier. Il s'estima capable de le soulever. En maintenant les genoux droits et en se penchant vers le mur de pierre, il pouvait réussir. Il ne parviendrait jamais à grimper à la corde pour sortir du Trou, mais ses amis l'aideraient peut-être. S'il était le dernier, il ferait un nœud autour de sa taille et Lilly, Grincedent et Natassa le hisseraient. Si seulement il pouvait cesser de trembler.

—Vite! dit-il.

—Putain! tu es trop grand, dit Lilly. Tu ne peux pas te baisser? (Il secoua la tête.) Merde. Bon! dis à Grincedent de venir m'aider. Il n'y a que toi qu'il écoute.

—Que veux-tu que je lui demande?

Il songea que la réponse était sans doute évidente, mais les pensées s'embrouillaient dans sa tête.

—De me soulever.

—Oh! Grince! attrape Lilly. Non, Grince, pas comme ça.

Il fallut un certain temps pour que Grincedent comprenne enfin ce qu'on attendait de lui. Il s'accroupit près de Logan et Lilly grimpa sur ses épaules. Elle glissa la clef dans sa bouche et entreprit de changer de porteur.

Logan était beaucoup plus grand que Grincedent et l'opération s'avéra difficile. La prisonnière prit appui sur les épaules du jeune homme où Fin se tenait déjà. Le déséquilibre fit vaciller Logan.

—Bouge pas! siffla Fin.

Il lança un long chapelet d'injures à l'adresse du colosse. Natassa s'approcha et posa une main dans le dos de son cousin pour l'encourager.

Une vague glacée s'abattit sur Logan.

—Allez, dit-il. Dépêche-toi.

Le poids de Lilly se porta sur l'épaule gauche, puis se déplaça d'avant en arrière tandis qu'elle et Fin essayaient de trouver un équilibre. Logan était incapable de dire ce qu'ils faisaient. Il ferma les yeux et s'appuya contre la paroi pour tenir bon.

— Vous pouvez y arriver, murmura Natassa. Vous pouvez y arriver.

La répartition de poids changea brutalement et se porta à droite. Les Hurleurs laissèrent échapper un petit hoquet angoissé. Logan commença de fléchir, puis se ressaisit, mais sa jambe droite tremblait d'épuisement.

Son fardeau s'allégea soudain et des soupirs de soulagement montèrent autour du jeune homme. Logan leva la tête en plissant les yeux et distingua Lilly sur le dos de Fin. Elle avait attrapé la grille d'une main pour garder l'équilibre et supporter une partie de son poids.

Ce fut à cet instant que tout le monde entendit le bruit tant redouté. Le frottement du cuir, les cliquetis et les grincements de la cotte de mailles, le flot de jurons et l'épée qui cognait par terre. Gorkhy arrivait.

CHAPITRE 39

L'heure des sorciers était arrivée. Il faisait froid, trop froid pour qu'il neige. Un vent glacial traversait les manteaux et les gants, contractait le cuir des fourreaux autour des lames des épées et faisait frissonner les soldats à leur poste. Il soufflait entre les pics des montagnes et pourchassait les nuages qui ressemblaient à des fantômes se précipitant à travers un champ de bataille et se jetant à l'assaut de murailles. De grands braseros garnis de charbon brûlaient le long des remparts, mais ils ne parvenaient pas à repousser le froid. La chaleur était emportée et avalée par la nuit. Les barbes gelaient et les muscles se raidissaient. Des officiers lançaient des ordres pour que leurs hommes continuent à bouger et à crier afin de se réchauffer et de se défouler. Ces cris puissants qui couvraient le hurlement familier du vent étaient le sujet de plaisanteries mille fois répétées.

On les associait souvent aux dernières conquêtes galantes de l'intéressé – auquel cas ils étaient accompagnés de gestes éloquents. Régnus Gyre les tolérait, estimant qu'ils permettaient à ses hommes de conjurer leur peur. Dans un autre poste militaire, ils auraient été prohibés, car ils auraient pu couvrir l'approche d'éventuels ennemis. Mais, à Vents Hurlants, le moindre bruit était emporté par les rafales sifflantes.

Ce soir-là, pourtant, tout le monde était silencieux. Des cris auraient semblé de mauvais augure. Les soldats n'entendaient presque rien et ne voyaient pas grand-chose. Un flot épais de nuages tourbillonnants cachait la lune et les étoiles et on ne distinguait rien au-delà de soixante-quinze mètres. De toute façon, les bourrasques imprévisibles empêchaient de décocher une flèche avec précision plus loin. Cela avait été le cauchemar de Régnus Gyre. Malgré tous leurs efforts, les soldats n'avaient guère fait de progrès. Un ou deux d'entre eux possédaient un sixième sens et sentaient arriver la rafale suivante. Ils pouvaient toucher une cible de la taille d'un homme à près de cent mètres, mais cette distance restait très inférieure à celle qu'un archer était censé atteindre du haut d'une fortification.

Solon avait pris position sur la première muraille, aussi loin que possible de Vass. Il espérait que, si la situation dégénérait, il pourrait aider les soldats sans être gêné par le lieutenant.

Le jeune officier avait refusé d'écouter le Séthi, mais Solon ne lui en tenait pas rigueur. Les armées étaient pleines de Lehros Vass et celui-ci n'en demeurait pas moins un homme respectable – plus respectable que la plupart des gens. C'était un soldat qui avait besoin d'un chef, mais un machiavélique concours de circonstances l'avait placé à la tête de la garnison. À cause de ce cruel destin, il ne resterait pas dans l'Histoire comme un commandant héroïque, mais comme un imbécile téméraire qui avait conduit ses hommes à l'abattoir.

Il n'existait rien de pire que l'attente. Comme tous les soldats, Solon la détestait. Il était préférable d'être un officier dans un tel cas, car on pouvait s'occuper en encourageant ses hommes. Cela ne laissait pas le temps de s'inquiéter.

Solon crut apercevoir quelque chose entre les nuages tourbillonnants et les ténèbres. Il se contracta, mais c'était une fausse alerte.

—L'heure est arrivée, dit-il aux soldats qui se tenaient près de lui. Rappelez-vous : ne la regardez jamais.

Il sortit les bouchons de cire qu'il malaxait dans sa poche pour les ramollir, en glissa un dans une oreille et s'interrompit.

Il crut distinguer quelque chose une fois de plus. Pas la silhouette d'un homme ou d'un cheval, mais celle d'un énorme cube… Non, il s'était trompé. Près de lui, les soldats plissèrent les yeux et se penchèrent en avant pour scruter les ténèbres.

La peau de Solon se hérissa. Comme la majorité des mages de sexe masculin, le Séthi n'était pas très doué pour les prédictions. En règle générale, il était incapable de Voir une magie autre que la sienne, mais il pouvait la sentir quand elle était proche et, surtout, lorsqu'elle était dirigée contre lui. Il eut soudain l'impression qu'une vague d'humidité l'avait enveloppé. La magie n'était pas intense, mais elle était omniprésente. Elle était très diffuse et, si Dorian ne l'avait pas mis en garde, il ne l'aurait pas remarquée.

—Est-ce que l'un de vous sait faire des nœuds ?

Les soldats échangèrent des regards interrogateurs.

—J'ai grandi sur un bateau de pêche, seigneur, dit enfin l'un d'eux. Je pense que je sais à peu près tout ce qu'il y a à savoir sur les nœuds.

Solon attrapa et trancha la corde du seau qui servait à remplir les citernes au sommet des murailles.

—Attache-moi !

—Seigneur ?

L'homme fixa son regard sur Solon comme s'il avait affaire à un fou.

Est-ce ainsi que je regarde Dorian lorsque je ne le comprends pas ? Je suis désolé, mon ami.

La magie devenait de plus en plus dense.

—Attache-moi à ce mur. Attache-moi de manière que je ne puisse plus bouger. Et prends mes armes.

—Je… Seigneur, je…

—Je suis un mage, nom de Dieu ! Je suis plus vulnérable à ce qu'elle va… Malédiction ! elle arrive !

Les hommes se tournèrent vers lui et le dévisagèrent.

—Ne la regardez pas ! Ne croyez pas ce que vous allez voir ! Par tous les dieux ! mon ami, dépêche-toi de m'attacher ! Vous autres, utilisez vos arcs !

Ce dernier ordre rassura les soldats. Lehros leur reprocherait peut-être d'avoir obéi au Séthi, le lendemain matin, mais il ne leur infligerait pas une punition très grave. Au pis aller, il les enverrait récupérer leurs flèches en bas des murailles.

L'ancien marin passa la corde autour de Solon d'un geste sûr. En quelques instants, il lui immobilisa les chevilles et lui ligota les mains dans le dos. Puis il prit soin de serrer le manteau contre le Séthi pour le protéger du froid. Enfin, il attacha Solon au treuil qui servait à hisser le seau.

—Maintenant, mets-moi un bandeau sur les yeux et glisse l'autre bouchon de cire dans mon oreille.

Le soldat l'avait placé face à l'entrée du col. Solon aurait dû lui dire de l'orienter de façon qu'il ne puisse pas la voir.

—Dépêche-toi !

L'homme ne réagit pas. Il fixait les yeux sur les ténèbres en direction de Khalidor, comme ses camarades.

—Élèna ? dit-il enfin. Elly, c'est toi ?

Il rougit et ses yeux s'écarquillèrent. Puis il se débarrassa de son manteau et se jeta dans le vide.

Il avait parcouru la moitié de la distance qui le séparait du sol quand il reprit ses esprits. Il agita les bras avec frénésie dans l'espoir de se raccrocher à quelque chose. Les rochers le broyèrent sans pitié tandis que les vents emportaient son dernier cri.

Les soldats se rappelèrent l'ordre de Solon et se mirent à décocher des flèches sur tout ce qui leur paraissait inhabituel.

Des traits fusèrent par rafales entières. Puis le brouillard s'éleva en volutes et le Séthi aperçut le gigantesque chariot qui approchait. Il était tiré par six aurochs et entouré de guerriers khalidoriens. Le cœur de Solon bondit dans sa poitrine lorsqu'une dizaine d'entre eux furent fauchés par la première volée de traits. Les aurochs furent touchés également, mais ils continuèrent à avancer comme si de rien n'était.

La pluie de flèches se fit moins dense.

Le long de la muraille, Solon aperçut des hommes qui se jetaient dans le vide. D'autres secouaient la tête en tenant leur arc dans leurs mains flasques, perdus dans des visions intérieures.

Ne regarde pas, Solon! Ne regarde pas!

Mais je ne croirai pas à ce que je verrai. Juste un petit coup...

Une vague de magie le frôla en grondant comme une bourrasque déchaînée.

Le calme revint soudain.

Il cligna des yeux. Il se tenait dans le Hall des esprits. Le grandiose trône de jade luisait d'un éclat aussi vert que les eaux de la baie d'Hokkai. Une femme y était assise. Solon la reconnut à peine. Kaede Wariyamo avait seize ans lorsqu'il avait quitté l'Empire îlien de Seth. Enfants, ils avaient souvent joué ensemble et Solon avait toujours su qu'elle deviendrait une femme ravissante, mais il resta ébahi en la regardant. Jadis, elle lui reprochait de l'éviter, mais il n'avait pas le choix. Il savait qu'un jour il devrait partir sans espoir de retour. Pourtant, il ne s'était jamais préparé à ce qu'il ressentirait s'il la revoyait. Pendant ces douze années de séparation, elle avait gagné en grâce et en assurance. S'il ne l'avait pas connue si bien, il n'aurait jamais remarqué cette petite lueur d'appréhension dans ses yeux: Me trouve-t-il encore jolie?

Comment aurait-il pu en être autrement? Elle n'avait pas changé: sa peau olivâtre et satinée, sa cascade de cheveux noirs autour des épaules, son regard pétillant d'intelligence, de sagesse et de malice. Ils étaient peut-être plus sages et moins malicieux que par le passé, mais ses lèvres dessinaient toujours un sourire aussi radieux. Solon aperçut de minuscules ridules aux coins des yeux et de la bouche. Il les vit comme des marques de distinction : un hommage à une vie bien remplie.

Le regard du Séthi glissa sur le corps couvert d'un nagika en soie bleu pâle. Le vêtement avait été coupé de manière à souligner la perfection de chaque courbe ; il était accroché à une épaule et une étroite ceinture en or le serrait à la taille. Le ventre était plat et musclé, sans vergetures. Kaede ne s'était pas mariée. Le regard de Solon s'attarda sur le sein nu.

Parfaite. Elle était parfaite.

Un éclat de rire interrompit sa contemplation.

— Êtes-vous resté si longtemps à Midcyru que vous avez oublié à quoi ressemble une poitrine, mon prince ?

Solon rougit. Pendant des années, il avait fréquenté des femmes qui, en matière d'anatomie, considéraient les endroits ordinaires comme des endroits érotiques et les endroits érotiques comme des endroits ordinaires. Il ne savait plus trop où il en était.

— Je vous présente mes excuses, Votre Majesté.

Il se rappela qui il était et essaya de s'agenouiller, mais quelque chose l'en empêcha.

C'était sans importance. Seule comptait la femme qui se tenait devant lui. Ses yeux étaient rivés sur elle.

— Il n'a pas été facile de vous retrouver, Solonariwan, dit Kaede.

— Je suis juste… Je suis juste Solon, désormais.

— L'Empire a besoin de vous, Solonariwan. Je ne vous demanderai rien en dehors… en dehors de produire un héritier au trône. Si vous exigez des appartements afin d'accueillir une maîtresse, votre souhait sera exaucé. L'Empire a besoin de vous, Solon. Pas uniquement de votre famille, de vous. J'ai besoin de vous. (Kaede semblait maintenant terriblement fragile, prête à *se briser au premier souffle de vent.) Je vous veux, Solon. Je vous veux tout autant que je vous voulais il y a douze ans et même avant. Mais aujourd'hui, je veux votre force, votre courage, votre compagnie, votre…*

— *Mon amour! l'interrompit Solon. Vous l'avez, Kaede. Je vous aime. Je vous ai toujours aimée.*

Le visage de Kaede s'illumina comme il s'illuminait quand elle était enfant et qu'il lui offrait un petit cadeau.

— *Vous m'avez manqué, dit-elle.*

— *Vous de même, dit-il malgré la boule qui se formait dans sa gorge. Je crains de ne jamais avoir eu l'occasion de vous expliquer les raisons de mon départ…*

Elle s'approcha de lui et posa un doigt sur ses lèvres. Ce simple contact électrisa le Séthi. Son cœur martelait sa poitrine. Le parfum de Kaede le submergea. Les courbes, les rondeurs, les couleurs et les teints ravissants s'enchaînaient à la perfection et les yeux du Séthi ne trouvaient plus d'endroit où se reposer.

Kaede sourit et caressa la joue de Solon.

Oh! dieux! je suis perdu.

Elle avait eu le même regard hésitant le dernier jour, le jour où elle l'avait embrassé. Il avait dû faire un effort surhumain pour ne pas lui arracher ses vêtements. Ses lèvres se posèrent sur celles de Kaede et, soudain, il n'y eut rien d'autre au monde. Elle fut d'abord timide et se contenta de ce contact si doux. Puis elle le fit réagir et elle se déchaîna comme elle l'avait fait ce jour-là, comme si sa passion n'avait fait que croître en l'absence de l'élu de son cœur. Elle pressa son corps contre le sien et le Séthi gémit de plaisir.

Elle s'écarta, pantelante, une lueur farouche dans les yeux.

— *Suivez-moi jusqu'à mes appartements, dit-elle. Je vous jure que, cette fois-ci, ma mère ne nous surprendra pas.*

Elle gravit une haute marche, puis regarda Solon par-dessus son épaule. Elle s'éloigna de quelques pas en balançant les hanches. Elle esquissa un sourire de succube et fit glisser la bretelle du nagika le long de son bras. Solon essaya d'avancer vers elle, mais ses pieds patinèrent et il resta sur place.

Kaede défit la ceinture en or et la laissa tomber avec désinvolture. Solon contracta tous ses muscles pour atteindre cette satanée marche. Quelque chose lui comprimait la poitrine et gênait sa respiration.

—Je viens, dit-il d'une voix sifflante.

Kaede ondula des hanches et le nagika glissa pour former une petite flaque de soie à ses pieds. Son corps était une succession de courbes mordorées sur laquelle cascadait une masse de cheveux noirs et brillants.

Solon toussa. Il ne pouvait plus respirer. Douze ans plus tôt, il avait dû abandonner Kaede, mais, aujourd'hui, tout serait différent. Une nouvelle quinte de toux le secoua et il tomba à genoux.

Kaede était au bout d'un couloir et souriait. La lumière caressait son corps svelte, ses jambes interminables et ses chevilles délicates. Solon se releva et se jeta en avant malgré les cordes qui l'entravaient.

Pourquoi Kaede sourit-elle ? Pourquoi sourit-elle alors que j'étouffe ?

Kaede ne se conduirait jamais ainsi. Elle n'était plus la jeune fille qu'il avait connue. Cette Kaede se comportait pourtant comme l'adolescente qu'elle avait été. Seul le visage semblait plus vieux.

Une femme qui règne depuis dix ans ne se livrerait pas si vite. Celle qui se tenait devant lui était la matérialisation de ses espoirs et de ses fantasmes. Solon songea que la véritable Kaede aurait été furieuse en revoyant l'homme qui l'avait abandonnée.

Tout disparut d'un coup et Solon se retrouva sur le rempart. Il regardait vers le bas et seule la corde l'empêchait de faire un plongeon mortel.

Autour de lui, les soldats agonisaient de manière horrible. Le ventre de l'un d'eux avait triplé de volume et ses bras s'agitaient encore comme s'il portait de la nourriture à sa bouche. Un autre avait le visage cramoisi et criait après un père invisible ; il avait cessé d'articuler ; sa voix n'était plus qu'un souffle rauque et, de temps en temps, il était saisi par une quinte de toux qui lui faisait cracher du sang ; il continuait pourtant à hurler. Un troisième glapissait : « C'est à moi ! à moi ! » Il semblait croire que ses propres mains cherchaient à l'attaquer et il les abattait sur la muraille ; ce n'étaient déjà plus que des masses sanguinolentes, mais l'homme continuait inlassablement à frapper la pierre. Plusieurs soldats gisaient, morts, sans qu'il soit possible de deviner la cause de leur trépas.

Beaucoup d'entre eux s'étaient tués d'une manière ou d'une autre, mais certains avaient été brûlés ou pulvérisés par un sort. La muraille était désormais rouge de sang. Les portes avaient volé en éclats pendant que Solon était en transe. De sombres silhouettes se dirigeaient vers l'entrée en guidant les aurochs qui tiraient le monstrueux chariot.

Le véhicule transportait Khali, Solon en était persuadé.

— Dorian a-t-il enfin sombré dans la folie ? demanda une voix de femme. C'était un petit cadeau de ma part, tu sais.

Solon regarda autour de lui, mais ne vit pas celle qui avait parlé. Quelqu'un avait-il prononcé ces mots ou avaient-ils seulement résonné dans son crâne ?

— Il se trouve qu'il est tout à fait guéri, répondit-il.

L'inconnue éclata de rire – un rire de gorge profond.

— Il est donc en vie.

Solon se traita d'imbécile. Les Khalidoriens avaient cru que Dorian était mort ou, tout du moins, ils ignoraient ce qu'il était devenu.

— Finissons-en ! déclara-t-il.

L'inconnue gloussa.

— Tu as entendu bien des mensonges au cours de ta vie, Solonariwan. On t'a menti pendant ta jeunesse. On t'a menti au Sho'cendi. On t'a dépouillé. Je ne vais pas t'offrir le pouvoir, car, en vérité, je n'en suis pas capable. Le vir n'émane pas de moi. C'est juste un autre mensonge et je le regrette. Le vir est un phénomène naturel et il est infiniment plus puissant que votre pitoyable Don. Le Don de Dorian était insignifiant avant qu'il se serve du vir. Et tu connais l'étendue de ses pouvoirs aujourd'hui.

— Le vir est une drogue. Les meisters ressemblent à des ivrognes en quête d'un nouveau verre de vin.

— Certains sont ainsi, c'est vrai. Il existe des personnes qui ne supportent pas l'alcool, c'est un fait. Mais ils représentent une minorité. Peut-être en fais-tu partie, comme Dorian, mais je suis loin d'en être sûre. En vérité, Dorian a toujours savouré sa petite place au soleil, n'est-ce pas ? Il s'est toujours délecté de l'admiration que tu lui portais, de l'admiration que tout le monde lui portait. Que serait-il devenu sans son pouvoir ? Que serait-il devenu sans les talents qu'il a reçus ? Il serait insignifiant comparé à toi, Solon. Sans le vir, il n'aurait pas de pouvoirs et son Don serait bien moins puissant que le tien. Alors, qu'adviendrait-il de toi si tu te servais du vir ? Même si tu ne le faisais qu'une seule fois, pour découvrir les Dons que tu possèdes sans le savoir ? Que serais-tu capable de faire avec une telle puissance ? Pourrais-tu rentrer à Seth et tout arranger ? Prendrais-tu place sur le trône aux côtés de Kaede ? Entrerais-tu dans l'Histoire ? (Solon eut l'impression que l'inconnue haussait les épaules.) Je l'ignore. Je ne m'en soucie pas. Mais vous autres, mages, êtes pathétiques. Vous n'êtes même pas capables d'employer la magie dans les ténèbres.

— Mensonges ! Tout cela n'est qu'un ramassis de mensonges !

—Vraiment? Dans ce cas, continue de te cramponner à ta faiblesse et à ton humilité. Mais si tu changes d'avis, Solonariwan, voici tout ce que tu auras à faire. Le pouvoir est là et il t'attend.

Et elle lui montra. C'était simple, en effet. Au lieu de puiser dans son glore vyrden, ou dans la lumière, le soleil ou le feu, il lui suffisait de puiser dans Khali. Ce changement infime lui donnerait accès à un océan de puissance sans cesse alimenté par des dizaines de milliers de sources. Solon n'en comprit pas le fonctionnement, mais il en devina le principe. Les Khalidoriens priaient matin et soir et leur prière n'était pas une suite de mots creux. C'était un sortilège qui vidait une partie de leur glore vyrden dans cet océan. Khali distribuait la quantité de pouvoir qu'elle voulait à qui elle voulait et au moment où elle le voulait. Au fond, ce n'était ni plus ni moins qu'un impôt sur la magie.

De nombreuses personnes possédaient un glore vyrden, mais n'avaient pas la capacité ou la technique pour s'en servir. Par conséquent, les protégés de Khali ne manqueraient jamais de pouvoir et les gens ignoraient qu'on les dépouillait de leur essence vitale. Cela n'expliquait pas le vir, mais cela expliquait pourquoi les Khalidoriens employaient toujours la douleur et la torture au cours de leurs cérémonies religieuses. Khali n'avait pas besoin de souffrance, elle avait besoin que ses adorateurs éprouvent des émotions intenses. Ces dernières permettaient aux personnes possédant un Don peu développé d'utiliser leur glore vyrden. La torture était le moyen le plus sûr de produire des émotions de la puissance désirée. Les sentiments du bourreau, de la victime et des spectateurs étaient sans importance. Dégoût, répugnance, peur, haine, perversité ou plaisir, tout était bon pour Khali.

—Mes serviteurs, les féaux de l'âme, vont bientôt te trouver et te tuer, dit Khali. Ton glore vyrden est vide, n'est-ce pas?

—Arrière! lança Solon.

Elle éclata de rire.

—Oh! mais c'est qu'il ne manque pas d'humour. Je crois que je vais te garder comme bouffon.

La voix s'éteignit et seules les cordes empêchèrent Solon de s'effondrer sur les dalles de pierre. Khali était entrée à Cénaria. Les Ursuul allaient produire des féralis et massacrer les rebelles. Tout ce qu'il avait fait n'avait servi à rien. Tout ce qu'il avait appris était inutile. Il aurait dû retourner à Seth, douze ans plus tôt. Il avait échoué.

Il ouvrit les yeux et vit un féal. Les hommes de cette unité spéciale portaient une grande cape couleur sable et leur visage était dissimulé derrière un masque lisse et noir. Ils avançaient entre les corps qui gisaient sur le chemin de ronde. De temps en temps, l'un d'eux s'arrêtait, tirait une épée et achevait un blessé. Il essuyait aussitôt sa lame afin que le sang ne coince pas l'arme dans son fourreau en gelant.

Ils approchaient de Solon et le Séthi ne pouvait rien faire. Il était ligoté et le soleil n'était pas levé. Il était désarmé et sa magie était épuisée. Seul le vir pouvait encore le sauver. C'était peut-être du suicide, mais, au moins, il entraînerait bon nombre de féaux dans la mort.

Pouvait-il duper Khali? Il était hors de question de se laisser égorger par une brute costumée – existait-il une manière plus ridicule de mourir? Il devait survivre et affronter Khali. Elle n'était pas invincible. Ce n'était pas une déesse. Il avait parlé avec elle. Il l'avait comprise. Il pouvait la vaincre. Il avait juste besoin de plus de pouvoir.

Le cœur de Solon martelait sa poitrine. Dorian l'avait mis en garde. Il lui avait dit qu'il serait séduit par cette solution. Le Séthi avait cru qu'il en avait fini avec les tentations, mais il affrontait la dernière d'entre elles. La plus difficile. Dorian avait raison. Il avait toujours eu raison.

Oh! Dieu… Seigneur, si vous m'entendez… Je me méprise pour prier alors que je n'ai plus rien à perdre, mais merde! si vous pouviez me tirer de ce guêpier…

La supplique de Solon fut interrompue lorsqu'un corps en équilibre glissa et s'abattit sur lui. Le Séthi ouvrit la bouche et inspira un grand coup. Il vidait l'air de ses poumons quand il sentit le sang tiède du cadavre se répandre dans sa gorge. Il avait un goût métallique et coagulait déjà.

Solon faillit vomir alors que le liquide poisseux se répandait sur son menton, coulait à travers sa barbe et le long de son cou. Il se figea en entendant le frottement d'une botte sur la pierre tout près de lui.

Le féal tira le cadavre qui était tombé sur le Séthi, mais ne s'éloigna pas.

— Kaav! Viens voir celui-là, dit-il avec un fort accent khalidorien.

— Un autre gueuleur. J'adore quand ils font ça. Il a dû faire chier ses potes, hein? Ç'a dû être un des premiers à devenir maboul pour qu'ils l'attachent comme ça.

Le premier féal s'approcha et se pencha sur Solon. Celui-ci entendit sa respiration sifflante à travers le masque qui lui couvrait le visage. Le soldat se releva et décocha un coup de pied dans les côtes du Séthi.

Une vague de douleur submergea Solon, mais il ne laissa pas échapper un bruit. L'homme le frappa, encore et encore. Le corps du Séthi le trahit et ses muscles se contractèrent. Il avait trop mal pour faire le mort.

— Il est vivant, dit un féal. Achève-le.

Le cœur de Solon se serra. Tout était fini. Il ne lui restait plus qu'à invoquer le vir et à mourir.

Attends!

La pensée fut si calme, si simple, si limpide qu'il eut l'impression qu'elle n'émanait pas de lui.

Il demeura immobile.

À l'instant où je l'entends dégainer, je...

Quoi? Il l'ignorait. Invoquerait-il le vir? Dans ce cas, il deviendrait le jouet de Khali.

Le deuxième féal grogna.

—Merde! mon épée a gelé dans son fourreau. J'aurais juré que je l'avais essuyée.

—Ah! laisse tomber. Entre le froid et ses blessures, ce type ne tiendra pas cinq minutes. S'il avait pu se détacher de ce treuil, il l'aurait déjà fait quand Khali a traversé.

Les deux féaux s'éloignèrent.

Chapitre 40

Lorsque Vi se réveilla, elle était ligotée aux poignets, aux chevilles, aux coudes et aux genoux. Elle aperçut aussitôt la femme d'âge mûr qui l'observait. Elle avait un corps massif, des cheveux bruns fins et grisonnants, un visage rond couvert de rides et des yeux perçants. On devinait à sa posture qu'elle n'avait jamais porté de beaux souliers à talons. Un feu de camp brûlait derrière Vi et la forme recroquevillée toute proche était sans doute Uly. La fillette était ligotée, elle aussi.

— 'A te fai' fout', articula la pisse-culotte.

Un bâillon l'empêchait de parler et il ne s'agissait pas d'un petit mouchoir serré contre sa bouche. C'était du sérieux. Vi eut l'impression qu'une pierre enveloppée de tissu écrasait sa langue. De fines lanières en cuir lui entouraient le bas du visage pour qu'elle ne la crache pas.

— Avant que nous commencions, dit la femme, je voudrais vous dire quelque chose de très important, Vi. Si vous parvenez à m'échapper – ce qui n'arrivera pas –, ne vous enfuyez pas dans la forêt. Avez-vous entendu parler du Chasseur Noir ?

Vi se renfrogna autant qu'il était possible de le faire avec la bouche coincée en position ouverte. Puis elle décida qu'elle n'avait rien à perdre à écouter les explications de la vieille femme. Elle secoua la tête.

—Voilà qui explique pourquoi vous vous précipitiez au-devant de la mort, dit la maja. Je suis sœur Ariel Wyant Sa'fastae. Le Chasseur Noir a été créé il y a environ six cent cinquante ans par un homme du nom d'Ezra – sans doute le mage le plus puissant de tous les temps. Pendant la guerre des Ténèbres, le camp d'Ezra se retrouva en mauvaise posture. Ezra était un des généraux en qui Jorsin Alkestes avait le plus confiance. C'était le genre d'homme capable d'accomplir n'importe quoi et il réussissait ce qu'il entreprenait au-delà de toute attente. Oh! excusez-moi, j'emploie peut-être un langage qui ne vous est pas familier. Lorsque je dis qu'il réussissait ce qu'il entreprenait au-delà de toute attente, cela signifie que quand il faisait quelque chose, il le faisait très bien.

—'A-ais 'ompris, articula Vi.

Ce qui était d'ailleurs faux.

—Pardon? Enfin bref! Ezra créa diverses créatures: les kruls, les férozis, les féralis, les blaemirs et bien d'autres encore. Elles ont aujourd'hui disparu et vous pouvez en remercier les dieux que vos superstitions vous portent à adorer. Mais il se surpassa en créant un être capable de sentir la magie. Le Chasseur Noir était un peu trop parfait et échappait au contrôle de son maître. Il s'enfuyait pendant le sommeil d'Ezra et tuait tous ceux qui possédaient le Don. En fin de compte, la créature et le créateur s'affrontèrent. On ignore ce qui se passa exactement, bien sûr, car il n'y eut pas de témoins. Par la suite, les enfants de Torras Bend qui possédaient le Don cessèrent de disparaître et personne ne revit le Chasseur Noir – ni Ezra. La seule chose dont on est certain, c'est que le mage ne tua pas sa créature. Il se contenta de l'enfermer. Ici. La première barrière se trouve à une quinzaine de mètres de l'endroit où j'ai dû abattre votre cheval. Elle vous marque du sceau de la mort.

» Tout le monde pense être celui ou celle qui parviendra à la déjouer. Mais depuis six cents ans, tous les mages et majas qui ont essayé de pénétrer dans le bois d'Ezra sont morts. Des mages puissants armés de redoutables artefacts s'y sont aventurés, mais ils n'en sont jamais ressortis. Ces artefacts ont attiré la convoitise d'autres mages et ainsi de suite. Quoi qu'il se passe dans ce bois, et même si le Chasseur Noir n'est qu'un mythe, personne n'en revient. (Sœur Ariel fit une pause, puis reprit d'une voix enjouée.) Donc, si vous vous échappez, n'allez pas au nord. (Elle se renfrogna.) Excusez-moi si je ne fais pas les choses dans les règles : c'est la première fois que j'enlève quelqu'un. Je n'ai pas votre expérience en ce domaine.

Merde !

— En effet, Ulyssandra s'est fait une joie de me raconter tout ce qu'elle savait sur vous, pisse-culotte.

Putain de merde !

— D'ailleurs, vous n'êtes pas un pisse-culotte, Vi. Pas plus qu'une pisse-culotte – vous n'auriez pas été la première soit dit en passant. Vous êtes une maja *uxtra kurrukulas,* un mage des bois, un mage naturel…

— 'A'hé 'ou 'air 'outre ! 'a'hé 'ou 'air 'outre !

Vi essaya de se libérer, mais en vain.

— Oh ! vous ne me croyez pas ? Un pisse-culotte, même de sexe féminin, est capable d'utiliser son Don sans parler, Vi. Si j'ai tort, pourquoi ne vous échappez-vous pas ?

S'il existait une chose – une seule chose ! – que Vi ne supportait pas, c'était le sentiment d'impuissance. Elle aurait préféré que Hu lui caresse les cheveux. Elle aurait préféré que le Roi-dieu la baise. Allongée par terre, elle se tortilla violemment et les cordes l'écorchèrent. Elle essaya de hurler, mais un bout de tissu glissa au fond de sa gorge. Elle s'étrangla, toussa et, pendant un moment, crut qu'elle allait mourir. Puis elle recouvra son souffle et resta avachie sur le sol.

Ariel grimaça.

— Je n'aime pas du tout cela. J'espère que vous vous en rendrez compte un jour. Je vais ôter votre bâillon, d'accord ? Vous ne pouvez pas m'échapper, même avec votre Don. Vous devrez le comprendre tôt ou tard, alors autant clarifier la situation tout de suite, cela vous épargnera des souffrances inutiles. Mais avant de m'attaquer, je suppose que vous allez me gratifier de quelques jurons, me mentir ou essayer d'invoquer votre magie. Je voudrais d'abord vous poser une question.

Vi foudroya la maja du regard.

Vieille salope ! Attends un peu d'avoir retiré le bâillon.

— Qui est le vürdmeister de génie qui vous a lancé ce sort ?

Vi oublia ses plans d'évasion. Que racontait cette grosse vache ? Elle essayait de la manœuvrer. Comment aurait-elle pu savoir ?

Daenysos ! Qu'est-ce que cet enfant de pute m'a fait ?

Un putain de sort ! C'était tout à fait le genre de fourberie qu'affectionnait le Roi-dieu. Elle avait ressenti une curieuse impression dans la salle du trône. Et si ce malaise n'avait pas été le fruit de son imagination ?

— Ce sortilège est vraiment incroyable, poursuivit sœur Ariel. Je l'ai étudié pendant les six heures où vous êtes restée inconsciente et j'ignore toujours à quoi il sert. Mais je sais qu'il contient des pièges. Celui qui les a placés – de nombreux indices indiquent que c'est l'œuvre d'un homme – les a enracinés en employant des techniques très intéressantes. Les sœurs me considèrent comme une maja puissante – une des plus puissantes à avoir obtenu les couleurs au cours des cinquante dernières années. Mais je suis pourtant incapable de rompre ce sort, je m'en suis rendu compte tout de suite. Vous comprenez, certaines trames peuvent être défaites, mais d'autres doivent être brisées – comme des nœuds fordaéiens, si vous voulez. Vous connaissez les nœuds fordaéiens ? C'est sans importance ! Le sort qu'on vous a lancé se compose de ces deux types de trames. Les pièges peuvent être défaits, mais le cœur doit être brisé avec beaucoup plus de soin. Même si j'étais capable de le faire, l'opération vous laisserait sans doute des séquelles mentales irréversibles.

— Nnnga.

— Je vous demande pardon ? Oh !

Assise en tailleur, sœur Ariel marmonna quelques paroles. Les liens tombèrent et Vi cracha le mouchoir qu'elle avait dans la bouche. Il contenait bien un caillou. La salope ! La jeune femme respira. Elle n'invoqua pas son Don. Pas tout de suite.

— Et le reste ? demanda-t-elle en agitant ses membres entravés.

— Hmm ? Oh ! je crains que ce soit impossible.

— Il est difficile de parler en étant allongée sur le flanc.

— Vous n'avez pas tort. *Loovaeos !*

Le corps de Vi se souleva dans les airs et recula pour s'appuyer contre un arbre.

— Voilà donc votre appât ! Des conneries à propos d'un prétendu sort qu'on ne pourrait neutraliser qu'au Chantry ? Un endroit d'où il me serait impossible de m'enfuir, comme par hasard.

— C'est cela.

Vi fit la moue. Était-ce son imagination ? Elle eut l'impression qu'un faible halo enveloppait la sœur.

— C'est un appât tentant, reconnut-elle.

— Il est rare que nous nous montrions si généreuses avec les nouvelles recrues.

— Vous en enlevez souvent ?

—Comme je vous l'ai dit, c'est la première fois que cela m'arrive. Nous avons rarement besoin de recourir à cette pratique. Les sœurs chargées du recrutement ont bien d'autres moyens de persuasion. On a estimé que je manquais de tact pour ce genre de travail.

Sans blague ?

—Quel est l'appât habituel ? demanda Vi.

—La perspective de ressembler aux sœurs qui vous proposent de rejoindre l'Ordre. Elles sont en général ravissantes, charmantes et respectées. En outre, et ce n'est pas la moindre de leurs qualités, elles parviennent toujours à leurs fins.

—Et quel est l'hameçon ?

—Oh ! vous filez la métaphore du pêcheur ?

—Hein ?

—Rien. L'hameçon, c'est la servitude et la soumission. C'est une sorte d'apprentissage. Il dure entre sept et dix ans, jusqu'à ce que vous deveniez une sœur à part entière. Puis vous êtes libre.

L'apprentissage, Vi en était dégoûtée pour les dix siècles à venir. Elle esquissa un petit sourire méprisant.

Fais-la parler. Autant en apprendre le plus possible.

—Vous avez dit que je n'étais pas une véritable pisse-culotte, mais je sais faire tout ce qu'un pisse-culotte est capable de faire.

—Vous avez des difficultés avec l'Étreinte des Ténèbres, n'est-ce pas ?

—Hein ?

—Avec l'invisibilité. Vous n'y parvenez pas. Je me trompe ?

Comment pouvait-elle savoir cela ?

—Ce truc n'est qu'une légende. Ça permet de gonfler nos honoraires. Personne ne peut se rendre invisible.

—Je crois que vous allez passer beaucoup de temps à désapprendre ce que vous avez appris. Les véritables pisse-culottes savent se rendre invisibles, les mages en sont incapables. Il faut posséder un Don qui se concentre presque entièrement dans le derme. L'invisibilité requiert une sensibilité corporelle totale, au point de sentir la lumière sur votre peau. Vous n'êtes pas ainsi. Vous êtes quelque chose qui a été interdit par un traité il y a cent trente… cent trente-huit ans. Les Alitaerans seraient… Comment pourrait-on dire? Extrêmement inquiets si vos pouvoirs résultaient de l'enseignement des sœurs. Vous comprenez, il suffirait que vous maîtrisiez quelques techniques de plus pour devenir un mage de guerre. Oh! je suis prête à parier que vous allez causer bien des soucis à l'Oratrice.

—Allez vous faire foutre!

Sœur Ariel se pencha en avant et gifla Vi.

—Je vous prie de parler poliment.

—Allez vous faire foutre, répéta la jeune femme d'une voix atone.

— Dans ce cas, réglons un premier problème tout de suite, dit sœur Ariel en se levant. *Loovaeos uh braeos loovaeos graakos.*

Vi se retrouva sur ses pieds et ses liens disparurent. Une dague jaillit de son sac et se posa devant elle.

La jeune femme ne chercha pas à s'en emparer. Elle n'en prit pas le temps. Elle invoqua son Don en marmonnant des injures, concentra toute sa puissance dans son poing et frappa Ariel au ventre.

La force du coup arracha la sœur du sol. Elle partit en arrière et fut projetée au-dessus du feu. Elle atterrit lourdement et glissa sur plusieurs mètres. Vi resta immobile. Elle n'essaya même pas de s'enfuir. Elle regardait sa main pendante.

On aurait pu croire qu'elle venait de frapper une plaque d'acier : on apercevait les os à travers la chair déchirée, les articulations de ses doigts étaient des masses sanguinolentes et son poignet était fracturé. Le radius et le cubitus du bras droit étaient également cassés. L'un d'entre eux appuyait contre la peau et menaçait de la percer.

Sœur Ariel se releva et secoua sa robe ample. Des nuages de poussière s'en échappèrent. Elle lâcha un grondement méprisant en regardant Vi qui berçait son bras cassé.

— Vous feriez mieux de renforcer vos os avant de porter un coup avec le Don.

— Je l'ai fait, dit la jeune femme.

Elle était en état de choc. Elle s'assit – ou tomba.

— Dans ce cas, vous devriez éviter de frapper une maja protégée. (Ariel tiqua en apercevant la main broyée.) Vous avez plus de pouvoir que de bon sens. Ne vous inquiétez pas, cela arrive souvent. Nous savons pallier ce genre de problème. En vérité, Vi, votre magie corporelle est brute, sauvage. Vous n'êtes pas de taille à vous mesurer à une érudite du Chantry. Vous pourriez devenir bien plus puissante. Savez-vous au moins comment guérir vos blessures ?

Vi tremblait. Elle leva les yeux avec un air hébété.

— Bon ! si vous avez l'intention de vous resservir de cette main, je peux la soigner. Mais cela va vous faire un mal de chien et je suis assez lente. (Vi tendit son bras sans prononcer un mot.) Un instant, je vais lancer un sort sur les oreilles d'Uly, sinon, vos cris la réveilleront.

— Je… Je ne crierai pas, jura Vi.

Elle ne tint pas sa promesse.

Logan se figea. En d'autres circonstances, il aurait demandé à Fin et à Lilly de descendre et ils auraient reformé la pyramide après le départ de Gorkhy. Mais il savait qu'il ne parviendrait jamais à rassembler assez de force pour rééditer la manœuvre.

— Qu'est-ce qui se passe, là-dessous ? cria le garde.

Quoi ? Qu'avait-il entendu ? Personne n'avait fait le moindre bruit.

Logan se plaqua contre la paroi de pierre. Il leva les yeux et constata que Fin faisait de même, tout comme Lilly qui était assise sur ses épaules.

La lueur d'une torche s'infiltra entre les barreaux tandis que Gorkhy avançait vers la grille. Il s'arrêta à moins de un mètre de Lilly. Les bords du Trou étaient irréguliers et la prisonnière resterait dans la pénombre si le garde ne s'approchait pas davantage.

Gorkhy renifla. Il se pencha en avant et la lumière glissa sur les parois de pierre. Il lâcha un chapelet d'insultes à l'intention des Hurleurs.

— Vous n'êtes que des bêtes ! Vous puez encore plus que d'habitude ! (*Dieux ! il sentait Lilly !*) Pourquoi vous vous lavez même pas ?

Le discours pouvait s'éterniser. S'il était dans un mauvais jour, Gorkhy urinerait sur les prisonniers. Logan trembla sous le coup de la rage et de l'épuisement. Ce comportement était aberrant. Cet homme n'avait aucun intérêt à les tourmenter, mais il le faisait quand même – et il adorait cela.

Va-t'en ! Va-t'en !

— Qu'est-ce qui se passe, là-dessous ? répéta le garde. J'ai entendu quelque chose. Qu'est-ce que vous foutez ?

La lumière changea de nouveau et effleura Lilly. Gorkhy fit le tour de la grille en tenant le flambeau au-dessus de sa tête. Il essaya de regarder aussi loin que possible au fond du Trou. Il se déplaçait dans le sens inverse des aiguilles d'une montre et tournait le dos à la pyramide.

Les Hurleurs étaient paralysés. Il n'y avait pas d'insultes, pas de bagarres, pas de conversations, juste le silence. Gorkhy allait comprendre qu'il se passait quelque chose d'anormal. Natassa s'écarta soudain de Logan.

Une flaque de lumière traversa la grille et éclaira la tête de Lilly.

— VA POURRIR EN ENFER, GORKHY ! hurla Natassa.

Le garde se tourna sur-le-champ et Lilly disparut dans les ténèbres.

— Qui… Ah ! c'est ma petite chérie, on dirait.

— Tu vois mon visage, Gorkhy ? demanda Natassa. (Logan admira l'intelligence de sa réaction.) C'est la dernière chose que tu verras, parce que je vais te tuer.

Le garde éclata de rire.

— Tu as une sacrée grande gueule, hein ? Mais tu me l'as déjà montré avant que je te balance ici, pas vrai ?

Il s'esclaffa.

— Va te faire foutre !

— Ça aussi, on l'a fait. Ha ! ha ! tu es la salope la plus bandante que je me suis faite depuis des années. Tu laisses tes petits copains s'en payer une tranche ? Mais j'ai été le premier. On n'oublie jamais le premier. Tu ne m'oublieras jamais, hein ?

Il éclata de rire une fois encore.

Logan fut émerveillé par le courage de la jeune fille. Elle défiait l'homme qui l'avait violée pour détourner son attention.

— Comment Lilly le prend ? Je suis sûr que les gars préfèrent te fourrer toi plutôt que cette vieille pute. Comment ça se passe, Lilly ? Tu as une sacrée concurrence tout d'un coup. Où t'es, Lilly ?

Il se déplaça pour chercher la prisonnière au fond du Trou.

— J'ai balancé cette salope dans le gouffre, lança Natassa.

Logan tremblait tant qu'il avait du mal à rester debout.

— Sans déconner ? Mais t'es une vraie tigresse ! Je suis sûr que tu as même séduit notre chaste petit Roi, hein ? T'as baisé la nouvelle, Roi ? Je sais que Lilly était un peu trop couverte de croûtes à ton goût, mais celle-là, c'est de la viande premier choix, pas vrai ? Hé, Roi ! où t'es ?

De l'autre côté du gouffre, Tatts porta les mains à sa bouche pour étouffer le son de sa voix.

— Va te faire enculer ! lança-t-il en imitant Logan.

Face à tant de présence d'esprit, le jeune homme ressentit une vague de sympathie envers les Hurleurs. Dieux ! ils formaient désormais une équipe. Ils sortiraient tous de là en même temps.

Gorkhy ricana.

— Bon ! on s'est bien amusés, mais faut que j'y aille. Dites-moi quand vous aurez faim. J'ai eu du rab de viande ce soir, je suis tellement plein que je peux plus rien avaler.

Logan était épuisé. Il avait envie d'éclater en sanglots. Il ne sentait même plus qu'il était debout. Il savait juste que s'il essayait de bouger, il s'écroulerait. Il était couvert d'une sueur glacée et sa vue était trouble.

Quelques instants plus tard, il entendit des respirations hachées et des soupirs de soulagement.

— Il est parti, dit quelqu'un.

C'était Natassa. Elle se tenait près de lui et des larmes de rage brillaient dans ses yeux.

— Tenez bon, Logan. Nous y sommes presque.

Quelque chose racla contre la grille.

— Qu'est-ce que tu fous ? siffla Fin. Lilly, qu'est-ce que t'es en train de…

— J'y ai même pas touché ! Je le jure ! s'exclama la prisonnière.

— Descendez ! cria Logan.

Son avertissement arriva trop tard. On entendit des bruits de bottes précipités. Gorkhy apparut au-dessus de la grille et sa torche éclaira Lilly, Fin et Logan. Avec une rapidité animale, le garde frappa Lilly au visage avec la hampe de sa lance. La prisonnière perdit l'équilibre et tomba en entraînant Fin dans sa chute.

Ils s'effondrèrent et écrasèrent Logan. Allongé sur le sol en pente, le jeune homme aperçut la clef – le trésor qu'il protégeait depuis des mois – s'échapper de la main de Lilly. Elle brilla à la lueur de la torche, rebondit par terre et disparut dans le gouffre.

Cette clef représentait tous les espoirs et tous les rêves de Logan. Elle les entraîna avec elle dans l'abîme.

Un fragile instant de paix s'installa tandis que tous les yeux suivaient la course et la disparition du petit bout de métal. Les Hurleurs comprirent les uns après les autres et redevinrent ce qu'ils étaient avant d'apprendre l'existence de la clef. Fin frappa quelqu'un à coups de poing – il devait s'agir de Lilly, car il se redressa avec sa corde dans une main. Il se précipita sur Logan et lui assena un coup au visage.

Le colosse fut incapable de l'en empêcher. Il avait épuisé ses dernières forces et Fin était désormais trop fort pour lui. Il tomba sur le dos comme un sac de sable.

Il entendit alors un grondement inhumain. Une forme percuta Fin, le projeta en arrière et l'envoya rouler au bord du gouffre.

Grincedent s'accroupit au-dessus de Logan et grogna en montrant les dents.

Fin s'enfuit à quatre pattes et se releva avec lenteur quand il vit que Grincedent ne le poursuivait pas.

Logan essaya de s'asseoir, mais son corps refusa de lui obéir. Il était incapable de bouger. Le monde tanguait autour de lui.

— Je m'occupe de la nouvelle pute en premier, déclara Fin.

Dieux miséricordieux !

— Et tu seras le premier à crever, connard ! cria Natassa.

Elle tremblait et tenait le couteau comme si elle ignorait à quoi il servait.

Les Hurleurs – ces maudits animaux ! – l'entourèrent de trois côtés. La jeune fille s'approcha du gouffre en faisant siffler son arme dans le vide.

En haut, Gorkhy riait.

— De la viande fraîche, les gars. Toute fraîche !

— Non, lâcha Logan. Non. Grince, je t'en prie, sauve-la. Sauve-la.

Grincedent ne bougea pas. Il grondait toujours en veillant à ce que personne ne s'approche de Logan.

Natassa s'en aperçut. Personne n'oserait se frotter à Grincedent. Si elle atteignait l'autre côté de l'abîme, elle serait en sécurité près de son cousin. Fin le comprit aussi. Il déroula sa corde pour en faire un lasso.

— Tu peux choisir la manière douce ou la manière forte, dit-il en léchant ses lèvres ensanglantées.

Natassa le regarda, puis contempla le lasso comme si elle avait oublié qu'elle tenait une dague. Elle se tourna vers le gouffre et ses yeux croisèrent ceux de son cousin.

— Je suis désolée, Logan.

Et elle se jeta dans le vide.

Les Hurleurs laissèrent échapper un cri quand elle disparut dans l'abîme.

— La ferme ! Écoutez ! rugit Gorkhy. Des fois, on entend le corps qui s'écrase au fond.

Les salauds, les animaux et les monstres se turent et écoutèrent dans l'espoir d'entendre le bruit de la chair broyée par les rochers. Mais c'était trop tard. Ils grommelèrent comme d'habitude à propos de la viande perdue, puis regardèrent Lilly. Les larmes de Logan étaient aussi brûlantes que son front.

— Eh ! c'est qui ce putain de Logan ? cria Gorkhy. C'est à toi qu'elle parlait, Roi ?

Logan ferma les yeux. Quelle importance, maintenant ?

CHAPITRE 41

— **F**aut y aller, gros lard, dit Ferl Khalius. Il n'est pas assez fou pour nous suivre de l'autre côté.

Les deux hommes se trouvaient sur une pente sur le mont Hezeron, la plus haute montagne de la frontière ceurane. Ils avaient gravi une dénivelée de cinq cents mètres et l'ascension avait été difficile, mais ils avaient rarement progressé à découvert. Pour gagner Ceura, ils avaient le choix entre passer par le col, sur le côté, ou par le versant, droit devant.

En traversant le dernier hameau, Ferl avait failli se battre lorsqu'il avait demandé le chemin que prendrait un homme courageux et pressé. Certains villageois avaient affirmé qu'il était toujours préférable d'éviter le versant, mais qu'à cette période de l'année il fallait être fou pour s'y aventurer. Le moindre flocon ou la moindre pluie verglaçante le transformeraient en piège mortel. D'autres avaient soutenu que c'était le seul chemin pour traverser les montagnes avant les fortes chutes de neige. Le voyageur qui se faisait surprendre par le mauvais temps entre les escarpements et les failles du col du Diable était voué à une mort certaine.

Et de gros nuages lourds approchaient.

Le baron Kirof n'était pas à son aise, loin s'en fallait. Il avait si peur du vide qu'il avait fondu en larmes.

—Si… S'il est assez fou pour nous suivre? Mais alors, c'est nous qui sommes fous?

—Nous sommes prêts à tout pour ne pas mourir. J'ai grandi dans des montagnes plus hautes que celles-ci. (Ferl haussa les épaules.) Suis-moi ou tombe.

—Vous ne pourriez pas me laisser ici?

Le baron Kirof était pathétique. Ferl l'avait emmené parce qu'il ignorait comment se passerait sa fuite. Il avait gardé une monnaie d'échange. C'était peut-être une erreur. Ce gros sac n'avait fait que le ralentir.

—Ils te veulent vivant. Si tu restes ici, ce vürdmeister me pulvérisera pendant que je grimpe. Si tu es avec moi, il n'osera peut-être pas.

—Peut-être pas?

—Dépêche-toi, gros lard!

Ferl Khalius observa les nuages sombres d'un air sévère. Sa tribu, les Iktanas, vivait dans les montagnes. Ferl faisait partie des grimpeurs les plus habiles, mais il n'appréciait guère cet exercice. Il préférait se battre. Au cours d'une bataille, on bouillonnait d'énergie alors que, sur une paroi rocheuse, on était tributaire de l'humeur des dieux. Le membre le plus pieux du clan avait fait une chute mortelle après s'être appuyé sur une pierre qui, quelques instants auparavant, avait supporté le poids de Ferl, pourtant plus lourd. Au cours d'une bataille, on pouvait être tué par une flèche perdue, certes, mais on bougeait, on se battait. La mort rôdait, mais elle ne vous surprenait pas accroché par des doigts glissants à un bout de rocher, terrifié et priant pour qu'une bourrasque ne se lève pas.

Ferl avait connu des endroits plus dangereux que cette corniche. Celle-ci présentait une dénivelée d'une trentaine de mètres et mesurait à peine un mètre de large sur toute sa longueur. Mais un mètre, c'était presque une avenue. C'était l'à-pic qui donnait cette illusion d'exiguïté. Un homme

379

ressentait toujours cette impression quand il savait qu'en cas de glissade il n'avait pas la moindre chance de se raccrocher à quoi que ce soit, que c'était la mort assurée.

Kirof Gros Lard y était particulièrement sensible.

Par malheur, le baron ignorait pourquoi il était si important et, de son côté, Ferl ne l'avait pas découvert. Mais Gros Lard était assez précieux pour que le Roi-dieu lance un vürdmeister à leurs trousses.

— Tu vas passer en premier, gros lard. Je vais porter le sac, mais je ne t'aiderai pas davantage.

Le Khalidorien n'agissait pas ainsi par compassion, mais par esprit pratique. Gros Lard avancerait plus vite sans ce fardeau et, en cas de chute, Ferl ne perdrait pas les provisions.

— Je ne peux pas, gémit Kirof. Je vous en prie.

Des gouttes de sueur roulaient sur son visage rond et sa petite moustache rousse frémissait comme celle d'un lapin.

Ferl tira son épée – l'épée pour laquelle il avait sacrifié tant de choses, l'épée qui ferait de lui le seigneur de guerre de son clan. Un homme de ce rang ne pouvait espérer meilleure arme. Elle était parfaite, jusqu'aux runes qui couvraient la lame – des runes des hautes terres, Ferl les avait reconnues bien qu'il soit incapable de les déchiffrer.

Il agita l'épée et haussa légèrement les épaules.

— Tente ta chance sur le chemin ou tente ta chance avec cette lame.

Le baron s'engagea sur la corniche. Il marmonnait si bas que Ferl ne comprit pas ce qu'il disait. Il s'agissait sans doute d'une prière.

Contre toute attente, Gros Lard avança d'un bon pas. Ferl ne le frappa qu'une fois du plat de sa lame parce que le froid l'avait ralenti. Ils devaient se dépêcher. S'ils n'étaient pas assez loin quand le vürdmeister sortirait des bois, Ferl était mort. Il s'était placé derrière Gros Lard pour le faire avancer, mais cela l'exposait à un éventuel sortilège.

Le sorcier n'hésiterait pas s'il était assez près pour toucher le guerrier sans risque de tuer le baron.

La vue était spectaculaire. Les deux hommes avaient franchi la moitié de la corniche et ils voyaient presque jusqu'au bout du monde. Ferl crut apercevoir Cénaria, très loin au nord-ouest, et eut l'impression qu'ils étaient encore dangereusement proches de la cité. Mais le guerrier ne s'intéressa pas aux vastes horizons sans nuages qui s'étendaient au nord. Son attention se concentra sur la petite piqûre glacée qu'il venait de ressentir sur sa peau. Un flocon de neige.

Il leva les yeux. Une mer de nuages noirs les avait rattrapés.

Gros Lard s'arrêta.

— Le chemin devient de plus en plus étroit, gémit-il.

— Le vürdmeister est à l'orée du bois. On n'a pas le choix.

Le baron déglutit avec peine et se remit à avancer en traînant les pieds, plaqué contre la paroi, les bras largement écartés.

Derrière eux, le sorcier furieux avait posé les poings sur ses hanches.

Ferl regarda devant lui. Il restait une quarantaine de mètres à parcourir, avec un dernier tronçon difficile où le rebord se réduisait à cinquante centimètres de large. Gros Lard s'était figé et respirait entre ses dents.

— Tu peux le faire, dit Ferl. Je sais que tu peux le faire.

Par miracle, le baron repartit. Il avança avec lenteur, mais détermination, comme s'il avait découvert en lui un courage dont il ne se croyait pas capable.

— Je vais le faire ! dit-il.

Et il le fit. Il franchit la partie la plus étroite avec le guerrier sur les talons. Les bottes de celui-ci firent tomber de petites pierres dans le vide et Ferl s'efforça de ne pas les suivre.

Le passage s'élargit pour atteindre un mètre et Gros Lard avança avec assurance. Il éclata de rire.

Une boule verte et floue les frôla et la corniche explosa devant eux.

Tandis que des bourrasques glacées dissipaient la fumée, les nuages se déchirèrent et la neige se mit à tomber en abondance. Les vents entraînèrent les gros flocons dans des tourbillons ou des rafales. Gros Lard et Ferl contemplèrent le vide devant eux.

Le trou mesurait à peine un mètre de long, mais il était impossible de prendre de l'élan pour sauter par-dessus. En outre, l'autre bord ne semblait pas très solide.

— Si tu le fais, je te jure que je ne t'appellerai plus jamais Gros Lard.

— Allez vous faire foutre! lâcha le baron.

Et il sauta.

Il réussit tant bien que mal à prendre pied de l'autre côté de la brèche.

Un deuxième projectile frappa la montagne au-dessus de Ferl. Une pluie d'éclats de pierre s'abattit sur le guerrier en lui éraflant le visage. Il secoua la tête pour chasser les débris de ses yeux, perdit l'équilibre et le recouvra – le tout en un instant. Il recula de deux pas, s'élança et bondit.

L'autre bord s'effondra à l'instant où il atterrit dessus. Le guerrier lança les bras en avant pour se raccrocher à quelque chose.

Une main saisit la sienne. Le baron le hissa sur la corniche.

Plié en deux, Ferl haleta, les coudes posés sur les cuisses.

— Tu m'as sauvé, dit-il enfin. Pourquoi as-tu… Pourquoi?

La réponse de Kirof se perdit dans l'explosion qui fit voler la roche en éclats derrière eux.

Ferl examina le reste du chemin. Si les deux hommes parcouraient une cinquantaine de mètres, ils atteindraient un coude et seraient à l'abri du vürdmeister. La corniche mesurait au moins un mètre cinquante de large et les boules de feu-sorcier ne parviendraient pas à y faire un trou, mais elles pouvaient frapper les deux fuyards. Ferl songea qu'il était hors de question de rester derrière le baron. Il rengaina son épée, saisit Kirof par les épaules et le fit pivoter.

—La seule issue, c'est par là, dit-il.

—D'accord, répondit le Cénarien. Je n'ai pas l'intention de ressauter par-dessus ce trou et, de toute façon, je serais incapable de survivre sans votre aide dans la montagne. Je suis avec vous.

Ils se remirent en marche. Ferl regarda ses pieds, puis le vürdmeister sur l'autre versant. Une boule de feu verte et brillante tournait lentement autour du jeune sorcier. Il avait compris que ses proies allaient lui échapper. La sphère magique accéléra.

Ferl poussa le baron contre la paroi dans un avertissement silencieux.

Le projectile ralentit et les deux hommes virent le vürdmeister articuler des jurons inaudibles. Ferl lui fit un doigt d'honneur en guise de salut muet. Un instant plus tard, Kirof l'imita en éclatant de rire.

Le guerrier voulut reculer, mais une pierre se déroba sous ses pieds. Il perdit l'équilibre et glissa en entraînant Kirof.

Il n'y avait qu'une seule chose à faire : il se jeta en arrière en prenant appui sur le baron qui bascula dans le vide.

Ferl atterrit sur les fesses. Il aperçut les doigts de Kirof au bord de la corniche. Il se rapprocha et vit le noble qui s'agrippait pour ne pas tomber dans le précipice. Ses yeux étaient écarquillés par la peur.

—Au secours ! hurla-t-il.

Ferl resta immobile.

En fin de compte, Gros Lard était vraiment trop gros. Le noble résista un certain temps, mais ses muscles chétifs finirent par céder. La chute dura longtemps, mais Kirof ne cria pas. Ferl et le vürdmeister le regardèrent plonger vers l'océan de pierre qui allait le broyer.

Sur l'autre versant, le sorcier sembla se ratatiner. Le Roi-dieu ne se montrait guère compréhensif avec ceux qui ne remplissaient pas leur mission.

Ferl s'éloigna du bord, se releva et poursuivit son chemin. Il franchit le coude et se félicita de sa présence d'esprit : il avait bien fait de prendre le sac.

Chapitre 42

Lorsque Kylar, Élène et Uly avaient traversé le domaine des Gyre en se rendant à Caernarvon, la région était presque déserte. Il n'y avait plus de seigneur pour protéger les habitants et de nombreux fermiers étaient partis. Si certains étaient restés, c'était uniquement parce que la moisson approchait et parce que les attaques des Ceurans et des Lae'knaughtiens étaient fort rares depuis le début de l'année. Havermere avait beaucoup changé depuis.

Aujourd'hui, le domaine grouillait d'activité et il fallut un moment à Kylar pour en deviner la raison. La résistance s'y était installée. L'endroit n'était qu'à quelques jours de cheval de Cénaria. Le chemin était dur, mais la distance était assez courte pour que les rebelles attaquent des patrouilles ennemies et assez grande pour leur permettre de s'enfuir si le Roi-dieu rassemblait une armée pour les écraser. Le domaine des Gyre était une base idéale : les moissons y étaient abondantes et il offrait de nombreuses ressources – parmi lesquelles plusieurs centaines des meilleurs chevaux du royaume, une armurerie importante et des murailles facilement défendables tant que l'ennemi n'employait pas la magie. Kylar se demanda si les rebelles s'étaient emparés du duché par la force ou si les serviteurs des Gyre les avaient accueillis à bras ouverts.

Le jeune homme s'arrêta en apercevant des silhouettes dans la pénombre de l'aube. Il était capable de passer sans se faire remarquer – enfin, sans s'attirer d'ennuis, du moins. Kylar ne savait pas si les sentinelles prenaient leur travail à cœur ou non, mais il était peu probable qu'elles l'aient repéré. Il faisait encore trop sombre. Il hésita, puis décida de profiter de son passage pour découvrir ce qui se passait à Havermere. Si Logan était en vie et si Kylar parvenait à le sauver, ils se réfugieraient sans doute ici. Il était préférable que Logan sache à quoi s'attendre en regagnant son domaine.

Le jeune homme se concentra et devint Durzo. Il était capable de prendre les traits de deux personnes seulement et le visage de son maître était plus facile à modeler que celui de Kirof. De toute manière, il n'était pas prudent de se promener ici avec la tête du baron : certains rebelles devaient le connaître et mourir d'envie de le tuer. Les gens qui connaissaient Durzo, eux, prendraient soin de le cacher. Seul un fou avouerait connaître un pisse-culotte. De toute façon, Kylar ne voulait pas qu'on voie son véritable visage.

Si Kylar Stern se présentait au quartier général des rebelles, il n'aurait d'autre choix que de se joindre à eux. De plus, le jeune homme ignorait si son identité était sûre. Élène l'avait révélée au seigneur général Agon, mais Kylar ne savait pas si le vieux militaire avait répercuté l'information.

Il resta donc sur son cheval et s'efforça de prendre les traits de Durzo. Il avait passé des jours – voire des semaines – à perfectionner ce déguisement, mais les difficultés étaient nombreuses.

Il fallait d'abord se souvenir du visage dans ses moindres détails. Kylar avait vécu pendant des années en compagnie du pisse-culotte, mais la tâche était plus difficile qu'il l'avait imaginé. Lorsqu'il s'était attaqué à ce projet, il avait consacré des semaines à se rappeler la position et l'inclinaison des ridules au coin des yeux de son maître, les cicatrices de variole qui parsemaient ses joues, la forme de ses sourcils, l'aspect de sa barbe fine. Quand il était parvenu à se souvenir de tous ces détails, il s'était aperçu que ce n'était que le commencement.

Un visage statique n'était pas un bon déguisement. Il fallait ancrer les points mobiles de ce masque sur son propre visage pour qu'ils bougent de conserve – enfin, plus ou moins. Durzo l'avait élevé pendant dix ans et son apprenti avait consacré des années à copier ses habitudes. Kylar n'avait pas les mêmes expressions que son maître et il avait donc établi des correspondances : l'illusion se renfrognait lorsqu'il fronçait les sourcils, ricanait lorsqu'il souriait et devenait méprisante lorsqu'il grimaçait – sans compter des centaines d'autres mimiques que Kylar avait redécouvertes au cours des longues heures passées à esquisser des rictus devant une glace.

Pourtant, le déguisement n'était pas parfait. Durzo avait été grand, Kylar était de taille moyenne. Une fois le masque modelé, le jeune homme le faisait apparaître quinze centimètres au-dessus de son visage. Lorsqu'une personne dévisageait Durzo, elle regardait en fait par-dessus la tête de Kylar. Celui-ci ne devait pas oublier de braquer les yeux sur le cou de son interlocuteur afin que le masque soit incliné selon un angle correct. Il avait essayé de coordonner son regard avec celui de l'illusion, mais il n'y était pas encore parvenu.

En outre, le faux buste du pisse-culotte se volatilisait au moindre contact. Kylar s'était efforcé de le rendre éthéré afin qu'un corps solide puisse le traverser, mais sans succès. Les mailles de l'illusion – s'il s'agissait bien de mailles – avaient une consistance réelle. Si un objet plus dense qu'une goutte de pluie les touchait, elles se rompaient. Kylar avait alors cherché à les renforcer pour leur donner la même consistance que la chair, encore en vain.

En fin de compte, il avait consacré une éternité à concevoir un déguisement médiocre. Il comprenait maintenant pourquoi Durzo préférait se maquiller.

Le jeune homme pressa les talons contre les flancs de sa monture et se dirigea vers Havermere.

Les sentinelles ne furent pas surprises par son arrivée. Contrairement à ce qu'il avait pensé, elles avaient peut-être remarqué son approche.

— Halte! Que venez-vous faire ici? demanda un solide adolescent.

— Je suis cénarien, mais je vis à Caernarvon depuis quelques années. J'ai entendu dire que la situation s'était calmée depuis l'invasion. J'ai encore de la famille à Cénaria et je vais lui rendre visite pour m'assurer qu'elle va bien.

Il avait répondu vite et avait peut-être donné un peu trop de précisions, mais un marchand inquiet aurait sans doute agi ainsi.

— Quelle est votre profession?

— Je suis apothicaire et herboriste. Normalement, j'aurais dû profiter du voyage pour emporter des herbes médicinales, mais des bandits ont attaqué mon précédent chargement. Ces gibiers de potence ont brûlé mon chariot quand ils se sont aperçus qu'il ne transportait pas d'or. Qu'est-ce que ça leur a apporté, je vous le demande? Enfin bref! voyons les choses du bon côté: j'irai plus vite à cheval.

— Êtes-vous armé?

Le jeune garde s'était détendu et Kylar comprit qu'il croyait ses mensonges.

— Bien sûr que je suis armé! Pour qui me prenez-vous? Un fou?

— Euh… Vous avez raison. C'est bon, passez.

Kylar entra dans le camp qui s'étendait devant les portes de Havermere. Il avait été organisé avec soin: certains bâtiments avaient été construits en dur et d'autres pour servir plusieurs années; les allées étaient nettes et régulières, des voies dégagées permettaient aux piétons et aux chevaux de circuler; des toilettes étaient disposées à intervalles réguliers autour des endroits où les repas étaient préparés. Pourtant, tout cela manquait de rigueur militaire. De nombreuses constructions étaient destinées à passer l'hiver, mais les fortifications du campement étaient risibles. Selon toute apparence, les nobles et leurs gardes avaient pris leurs quartiers dans le domaine des Gyre alors que les soldats et les civils qui avaient suivi les rebelles restaient aux portes de la ville et se débrouillaient par leurs propres moyens.

Kylar observait un bâtiment en bois en cherchant à deviner à quoi il servait quand sa monture faillit renverser un homme qui avançait en boitillant, une canne à la main et un lorgnon sur le nez. Le vieillard leva la tête et écarquilla les yeux en apercevant le cavalier.

—Durzo? bredouilla Rimbold Drake. On m'avait dit que tu étais mort.

Kylar se figea. Il était si heureux de revoir le comte en vie qu'il faillit perdre le contrôle de son masque. Le noble avait vieilli et semblait usé. Il boitillait depuis que Kylar le connaissait, mais il n'avait pas besoin de canne par le passé.

—Je préférerais parler dans en endroit plus discret, comte Drake.

Kylar se retint de justesse pour ne pas dire : « seigneur ».

—Certes, bien entendu. Mais pourquoi m'appelles-tu ainsi? Il y a des années que tu n'avais pas employé mon titre de noblesse.

—Euh… ça fait longtemps. Comment vous en êtes-vous tiré?

Le comte l'observa en plissant les yeux et Kylar fixa les siens sur la poitrine du noble en espérant que le regard de Durzo croisait celui de son interlocuteur.

—Est-ce que tu vas bien? demanda le noble.

Kylar descendit de cheval, puis il tendit la main et saisit le poignet de Rimbold Drake. Celui-ci fit de même et le jeune homme sentit que la poigne du comte était aussi solide que jadis. Ce n'était pas un rêve. Sa présence redonna à Kylar le sens de la réalité. Il éprouva soudain le besoin pressant de tout lui raconter, mais aussi un grand sentiment de honte.

S'il révélait la vérité, la situation n'allait-elle pas devenir un peu trop limpide? Certains choix, jusque-là lointains, risquaient de ne plus se poser et une partie de Kylar craignait d'affronter cette épreuve. Si le comte apprenait sa véritable identité, ne cesserait-il pas de l'aimer? Un pisse-culotte n'avait pas d'amis.

Rimbold Drake le conduisit à une tente érigée vers le centre du camp. Il entra et s'assit sur une chaise. Il avait le plus grand mal à plier une jambe.

— C'est un peu venteux, mais, si nous sommes encore ici à l'arrivée de l'hiver, nous consoliderons un peu.

— Nous?

Une lueur de réconfort brilla dans les yeux du vieil homme.

— Ma femme, Iléna et moi. Sérah et Magdalyn ne sont… ne sont pas parvenues à s'échapper. Sérah a été enrôlée comme femme de contentement. Nous avons appris… qu'elle s'était pendue avec les draps de son lit. D'après nos dernières informations, Magdalyn serait femme de contentement, elle aussi, ou concubine du Roi-dieu. (Il s'éclaircit la voix.) Ces dernières ne survivent pas très longtemps en règle générale.

Ainsi, c'était vrai. Kylar n'avait pas imaginé un seul instant que Jarl mentait, mais il n'était pas parvenu à le croire.

— Je suis désolé, dit-il.

Femme de contentement. Quel euphémisme! Soumise à la forme d'esclavage la plus cruelle et la plus déshumanisante que Kylar connaissait. Stérilisée magiquement; prisonnière d'une chambre dans une caserne khalidorienne et devant assouvir les besoins des soldats – des dizaines de fois par jour. Le jeune homme sentit son estomac se retourner.

—Oui, c'est une blessure encore sensible, dit le comte. (Son visage était gris.) Nos frères khalidoriens ont succombé aux pires appétits. Mais entre donc, je t'en prie. Parlons un peu de la guerre qu'il nous faut gagner.

Kylar se glissa sous la tente, le ventre toujours noué. Son malaise empirait. Il aperçut Iléna Drake, la benjamine de la famille. Elle avait aujourd'hui quatorze ans. Le jeune homme sentit une chape de culpabilité le broyer. Dieux! que se passerait-il s'ils la capturaient, elle aussi?

—Pourrais-tu nous faire chauffer un peu d'ootai? demanda le comte à Iléna. (Il se tourna vers Kylar.) Tu te souviens de ma petite dernière?

—Iléna, n'est-ce pas?

Iléna avait toujours été sa préférée. Elle avait le teint clair et les cheveux blond platine de sa mère, mais elle avait aussi hérité du penchant malicieux de son père – un penchant qui, chez le comte, ne s'était pas émoussé malgré les années.

—Je suis ravie de vous rencontrer, dit-elle poliment.

Par tous les dieux! elle devenait une dame. Depuis quand n'était-elle plus une enfant?

Kylar reporta son attention sur le comte.

—Quel est votre... ton titre et ta position, ici?

—Titre? Position? (Le vieil homme sourit et fit tourner sa canne sur la pointe.) Térah Graesin a offert des titres pour impliquer certaines familles dans la rébellion, mais quand il s'agit de faire du concret, elle est heureuse de pouvoir compter sur moi.

—V... Tu plaisantes?

—Je crains que non. C'est la raison pour laquelle nous sommes toujours ici après... Combien de temps s'est-il écoulé depuis l'invasion? Trois mois? Elle a seulement autorisé de petits raids contre des lignes d'approvisionnement et des avant-postes mal défendus. Elle craint qu'en cas de défaite grave les familles nobles se ravisent et retournent à Cénaria pour prêter allégeance au Roi-dieu.

— Ce n'est pas ainsi qu'on gagne une guerre.

— Personne ne sait comment gagner une guerre contre Khalidor. Voilà des dizaines d'années que personne n'a remporté de victoire contre une armée épaulée par des sorciers. Selon certaines informations, les Khalidoriens auraient des ennuis dans la région des Glaces. Térah espère que la plupart de leurs guerriers seront renvoyés chez eux avant que la neige bloque Vents Hurlants.

— Je croyais que Vents Hurlants était toujours entre nos mains.

— C'était le cas il y a peu de temps encore. Mon ami Solon Tofusin m'avait même envoyé un message pour me demander de l'informer quand nous serions prêts à livrer bataille. La garnison de Vents Hurlants se composait des meilleurs soldats du royaume. Rien que des vétérans.

— Et?

— Ils sont tous morts. Ils se sont suicidés ou ils se sont allongés par terre en attendant que quelqu'un vienne leur trancher la gorge. Mes espions affirment qu'il s'agit de l'œuvre de la déesse Khali. La nouvelle n'a pas vraiment stimulé la témérité de la duchesse Graesin.

— Térah Graesin mène ses campagnes en écartant les jambes, grogna Iléna.

— Iléna!

— C'est la vérité. Je passe mes journées avec ses femmes de chambre, dit la jeune fille en se renfrognant.

— Iléna.

— Je suis désolée.

La nouvelle de la perte de Vents Hurlants avait atterré Kylar. C'était impossible! Les dieux relevaient de la superstition et de la folie. Mais quelle superstition pouvait pousser plusieurs centaines de vétérans à se suicider?

Iléna n'avait pas quitté Kylar des yeux depuis son arrivée. Elle l'observait comme si elle s'attendait qu'il dérobe quelque chose.

—Alors, quel est le plan? demanda le jeune homme en prenant une tasse d'ootaï des mains de la jeune fille soupçonneuse. Il réalisa – trop tard – qu'il serait incapable de boire le breuvage: les lèvres de Durzo étaient beaucoup plus haut que les siennes.

—Selon toute apparence, reprit le comte, il n'y en a pas l'ombre d'un. Térah parle d'une grande offensive, mais je crains qu'elle n'ait aucune idée quant à ce qu'elle doit faire. Elle a essayé d'engager des pisse-culottes. Il y avait même un traqueur ymmurien en ville il y a quelques semaines – un personnage inquiétant. Je pense qu'elle agite ses cartes, mais qu'elle n'a aucune intention de disputer une partie. Elle rassemble une armée, mais elle ne sait pas quoi en faire. C'est une politique, pas une guerrière. Il n'y a pas de militaires dans son entourage.

—On dirait que cette rébellion est partie pour être la plus brève de tous les temps.

—Ne me lance pas sur ce sujet, tu veux bien? (Le comte but une gorgée d'ootaï.) Alors, qu'est-ce qui t'amène ici? Pas le travail, j'espère?

—Quelle profession exercez-vous? demanda Iléna.

—Iléna, tais-toi ou va-t'en, la rabroua son père.

La jeune fille prit une mine outrée, puis se renfrogna. Kylar se détourna en toussant pour ne pas éclater de rire.

Quand il regarda Iléna de nouveau, l'expression de celle-ci avait complètement changé. Ses yeux étaient écarquillés et brillants.

—C'est toi! s'exclama-t-elle. Kylar!

Elle se jeta dans ses bras en arrachant la fragile tasse de ses mains. Puis elle l'étreignit et réduisit l'illusion à néant.

Le comte fut si surpris qu'il resta muet. Kylar le regarda d'un air consterné.

—Espèce de gros nigaud! Serre-moi fort! s'écria Iléna.

Kylar éclata de rire et obtempéra. Dieux! c'était si bon, si bon d'être enlacé. La jeune fille l'étreignit comme un naufragé s'agrippe à une épave. Il la souleva dans les airs et fit mine de la broyer contre lui. Iléna le serra plus fort et il implora grâce. Ils rirent tous les deux – ils étaient coutumiers de ce petit jeu par le passé. Kylar reposa enfin la jeune fille.

—Ouah! dit-elle. C'était la classe, ton déguisement! Comment as-tu fait? Tu peux m'apprendre ton truc? S'il te plaît? S'il te plaît?

—Iléna, laisse-le donc respirer, dit son père. (Le comte sourit.) J'aurais dû reconnaître ta voix.

—Ma voix? Oh! mer… malédiction!

Pour changer ses intonations, il lui aurait fallu des dons d'acteurs qu'il ne possédait pas. Il devrait donc avoir recours à davantage de magie et cela exigerait des heures de travail pour chaque déguisement. Quand diable trouverait-il le temps de s'y consacrer?

Le duc chaussa son lorgnon et entreprit de ramasser les débris de la tasse d'ootai.

—Bien! on dirait qu'il nous faut parler. Dois-je faire sortir Iléna?

—Oh! père! Laisse-moi rester!

—Euh… je pense que ce serait préférable, dit Kylar. À tout à l'heure, petit monstre.

—Je veux rester.

Le comte lui lança un regard menaçant et elle céda. Elle trépigna et sortit à grandes enjambées.

—Que t'est-il arrivé, mon fils? demanda le comte avec douceur.

Kylar gratta un ongle ébréché, contempla quelques éclats de tasse par terre et regarda dans tous les coins pour éviter ce regard si tolérant.

— Seigneur, pensez-vous qu'un homme puisse changer ?

— Bien sûr, répondit le noble. Bien sûr. Mais en général, il ne fait que se rapprocher de sa véritable nature. Pourquoi ne me dirais-tu pas ce qui se passe ?

Kylar lui raconta. Il lui raconta ce qui était arrivé depuis la fête au manoir des Jadwin jusqu'au moment où il avait rompu la promesse faite à Élène et Uly. Il lui parla de cette amertume qui lui brûlait l'estomac.

— J'aurais pu tout arrêter, termina-t-il. J'aurais pu arrêter cette guerre avant qu'elle commence. Je suis tellement désolé. Mags et Sérah n'auraient pas souffert si j'avais tué Durzo avant...

Le comte se massa les tempes tandis que des larmes roulaient sur ses joues.

— Non, mon fils. Cesse de dire cela.

— Qu'auriez-vous fait à ma place, seigneur ?

— Si j'avais dû poignarder Durzo dans le dos pour sauver Sérah et Magdalyn ? Je l'aurais poignardé, mon fils. Mais ce n'aurait pas été une conduite respectable. À moins d'être un roi ou un général, la seule vie que tu es en droit de sacrifier pour le bien commun, c'est la tienne. Tu as bien agi. Maintenant, parlons un peu de cette petite promenade à la Gueule. Est-ce que la rumeur concernant Logan est vraie ?

— Le Shinga est venu me la rapporter en personne – et cela lui a coûté la vie.

— Jarl est mort ?

Kylar s'aperçut que cette nouvelle était un coup dur pour le comte.

— Vous étiez au courant à son sujet ?

— Nous avons parlé ensemble. Il préparait un soulèvement pour nous offrir une chance de diviser les forces d'Ursuul. Les gens croyaient en lui. Ils l'aimaient. Même les voleurs et les assassins commençaient à rêver d'une nouvelle vie.

—Seigneur, quand j'aurai sauvé Logan…

—Ne dis rien.

—J'irai chercher Mags.

Le visage du comte redevint gris et désespéré.

—Pars sauver Logan Gyre, vite! Ulana sera désolée de t'avoir manqué, mais tu dois partir tout de suite.

Kylar hocha la tête et prit les traits de Durzo. Le comte le regarda faire et son visage recouvra un peu de couleur.

—Tu sais, tu possèdes des talents qui sont vraiment… classe.

Les deux hommes éclatèrent de rire.

—Une dernière chose, dit Kylar. Avant que Logan réapparaisse, il serait bien que des rumeurs laissent entendre qu'il est encore en vie. Elles donneront espoir aux gens et permettront à Logan de consolider son pouvoir plus facilement quand il se sera évadé. À votre avis, dois-je informer Térah Graesin qu'il est toujours vivant?

—Il est un peu tard pour cela, déclara une voix à l'entrée de la tente.

Térah Graesin était vêtue d'une somptueuse robe verte et d'une cape bordée de vison. Un fin sourire se dessinait sur ses lèvres.

—Tiens donc, Durzo Blint! Voilà une éternité que nous ne nous étions pas vus.

Chapitre 43

En règle générale, Garoth convoquait ses concubines dans ses appartements, mais il aimait parfois les surprendre dans leur chambre. Magdalyn Drake l'amusait depuis un certain temps, mais, comme toujours, son intérêt s'étiolait.

Cette nuit-là, il s'était réveillé vers 3 ou 4 heures avec des démangeaisons infernales, la migraine et une idée. Il se glisserait dans la chambre de la jeune femme et la tirerait brusquement du sommeil. Il adorait ses hurlements. Il la battrait comme plâtre et l'accuserait de comploter contre lui.

Si elle le suppliait et niait ses accusations, il la jetterait par la fenêtre. Si elle l'injuriait, il la baiserait avec une brutalité égale à sa révolte et elle vivrait un jour de plus. Avant de la quitter, il l'étreindrait avec tendresse et lui murmurerait qu'il était désolé, qu'il l'aimait. Les femmes respectables cherchaient toujours une trace de bonté en lui. Il frissonna d'impatience.

Il fit glisser son vir à travers la porte close dans l'espoir d'entendre la respiration régulière de la jeune femme assoupie. La sensation ne fut pas celle à laquelle il s'attendait. Elle était réveillée.

Il entra, mais elle ne le remarqua pas. Elle était assise sur son lit, tournée vers le balcon sans rambarde. Elle ne portait qu'une chemise de nuit, mais ne semblait pas sentir l'air froid qui pénétrait par la porte-fenêtre ouverte. Elle se balançait d'avant en arrière.

Garoth jura à haute voix. Elle ne réagit pas. Il toucha sa peau. Elle était glacée. Elle devait être assise là depuis des heures.

Certaines concubines avaient déjà feint la folie pour échapper à ses visites. Magdalyn Drake avait-elle l'intention de faire de même ? Il la gifla et la violence du coup la projeta à terre. Elle ne cria pas. Garoth saisit une poignée de cheveux noirs et traîna la jeune femme sur le balcon avant de la relever.

Il tendit une main épaisse, attrapa Magdalyn à la gorge et la poussa jusqu'à ce que ses pieds soient au bord du vide. Les doigts faisaient presque le tour de son cou. Le Roi-dieu prit soin de l'étouffer le moins possible, mais s'il la lâchait, elle s'écraserait au pied de la tour.

Les yeux de la jeune femme reprirent vie. L'ombre de la mort rappelait souvent les gens à la réalité.

— Pourquoi ? dit-elle d'une voix triste. Pourquoi faites-vous cela ?

Il la regarda, déconcerté. La réponse était tellement évidente qu'il se demanda s'il avait bien compris la question.

— Parce que cela m'amuse.

Curieusement – mais la jeune femme avait toujours eu un comportement curieux, c'était une des raisons pour lesquelles elle l'attirait –, Magdalyn sourit. Elle tendit les bras et se serra contre lui, mais pas comme une personne qui s'accroche à son seul espoir de survie pour ne pas tomber dans le vide.

Elle pressa ensuite ses lèvres contre les siennes. Si elle jouait la comédie, c'était une actrice remarquable. Si elle avait perdu l'esprit, elle avait sombré dans une étrange folie. Magdalyn Drake l'embrassa et Garoth Ursuul fut certain qu'elle le faisait sans arrière-pensée. Elle se cramponna à lui et ses jambes sveltes et musclées se nouèrent autour de ses hanches. Il sentit le désir monter en lui avec une force qu'il n'avait jamais ressenti.

Il envisagea de la ramener dans la chambre, mais il était incapable de se contenir. Il avait envie de cette femme qui allait peut-être essayer de le tuer. Elle l'embrassa en remontant vers son oreille.

— Je vous ai entendu parler avec Neph, dit-elle en soufflant son haleine chaude contre son lobe.

En règle générale, Garoth exigeait que ses concubines se taisent quand il les baisait – à moins qu'elles l'insultent –, mais il n'avait aucune envie de rompre ce fragile instant de folie.

Magdalyn l'embrassa de nouveau, puis s'écarta de lui. Elle se pencha en arrière, les jambes toujours nouées autour de sa taille. Il la saisit aux hanches pour l'empêcher de tomber. La tête à l'envers, elle regarda le château et la cité en contrebas, puis elle agita les bras et éclata de rire.

Garoth sentit les battements de son cœur résonner à ses oreilles. Qu'importe si on le voyait ainsi ! Il ignorait dans quelle folie elle avait basculé, mais c'était enivrant.

Elle fit rouler ses hanches et murmura quelque chose.

— Quoi ? demanda-t-il.

— Lâchez-moi.

Elle semblait solidement accrochée par les jambes et il obéit. Il se prépara cependant à la rattraper avec son vir si le besoin s'en faisait sentir. Quoi qu'il arrive, il prendrait son plaisir. Il ne la lâcherait pas avant.

La chemise de nuit de Magdalyn était coincée entre ses cuisses et les hanches de Garoth Ursuul. Elle tira dessus pour la dégager et se déshabiller. Elle lâcha le mince vêtement dans le vide et le regarda tourbillonner vers les pavés sans cesser de rire.

Puis elle se redressa et embrassa Garoth en plaquant son jeune corps contre le sien. Elle arracha la robe du Roi-dieu d'un geste brusque et se pressa contre lui. Elle gémit lorsque leurs peaux se touchèrent, chaleur contre chaleur dans l'air froid de la nuit.

Elle blottit son visage dans le creux de son cou.

—Je vous ai entendu parler de l'Ange de la Nuit, dit-elle. De Kylar Stern.

—Mmm…

—Je voulais que vous sachiez quelque chose, murmura-t-elle à son oreille.

Il frissonna. Mais que racontait-elle ?

—Kylar est mon frère. Il va venir me chercher, sale fils de pute. Si je ne te tue pas, il s'en chargera.

Elle enfonça ses dents dans sa gorge et essaya de l'entraîner dans le vide.

Le vir réagit avant Garoth Ursuul et se concentra à hauteur de son cou. Il jaillit de ses membres et le propulsa à l'intérieur de la chambre tandis que Magdalyn Drake tombait en virevoltant.

Il se redressa en tremblant et appela Neph.

Le vürdmeister le trouva sur le balcon, les yeux posés sur le corps de la jeune femme qui s'était écrasé dans la cour.

—Occupe-toi d'elle, Neph. Dis à Trudana qu'elle a intérêt à se surpasser, déclara Garoth Ursuul, très ému. Cette fille était courageuse.

—Dois-je… (Le Lodricarien simula une toux et il ressentit une bouffée de haine envers le Roi-dieu.) Dois-je faire venir une autre concubine ?

Il évita soigneusement de regarder l'entrejambe de Garoth, toujours aussi excité.

—Oui, répondit le Roi-dieu d'une voix laconique.

Oui. Maudite sois-tu, Khali !

—Si vous voulez bien nous excuser, comte Drake, dit Térah Graesin. J'ai besoin de vos quartiers.

Le noble sortit en boitillant, appuyé sur sa canne, tandis que plusieurs gardes prenaient position autour de la tente.

Kylar était encore abasourdi. Térah Graesin avait reconnu Durzo. Il devait donc faire semblant de la connaître, mais il ignorait à peu près tout d'elle. Son maître avait dû la rencontrer pour des raisons professionnelles, ce qui signifiait que la duchesse ou un membre de sa famille l'avait engagé.

— Donc, Logan est vivant, dit-elle. C'est… une excellente nouvelle.

Térah Graesin possédait une voix grave, suave et réputée sensuelle, mais on affirmait qu'elle était la sensualité incarnée. Kylar ne comprit pas pourquoi. Certes, elle était belle. Elle avait une jolie bouche, des lèvres charnues et une silhouette tout à fait exceptionnelle pour une noble – pour la plupart des aristocrates, les exercices les plus éreintants consistaient à donner des ordres aux domestiques. Pourtant, elle était sans doute un peu trop consciente de sa beauté. Son maquillage était appliqué avec talent, subtilité et générosité – beaucoup de générosité ; ses sourcils épilés ne formaient plus que deux lignes minuscules. De toute évidence, elle s'attendait que son interlocuteur reste béat d'admiration devant elle. Une telle suffisance agaça Kylar.

Et ce n'était pas tout ! Pour que le visage de Durzo regarde Térah, Kylar devait fixer les yeux sur sa poitrine qui – il fallait bien l'admettre – était superbe. Le jeune homme sentit la colère monter en lui. Mais pourquoi diable les seins le fascinaient-ils à ce point ?

— Qui vous paie pour sauver Logan Gyre ? demanda Térah.

— Vous ne pensez quand même pas que je vais répondre à une telle question ? dit Kylar.

Blint se montrait souvent direct et parlait rarement de ses contrats. Kylar devait en profiter. Si Térah l'avait rencontré, elle ne serait pas surprise par ce genre de réaction.

—Maître Blint. (Elle semblait avoir pris une décision, mais sa voix dégageait toujours cette sensualité étudiée.) Vous êtes le seul homme que je connaisse à avoir tué deux rois. Combien voulez-vous pour en tuer un troisième?

Quoi?

—Vous voulez que je me charge du Roi-dieu?

—Non. Je veux que vous vous absteniez de sauver Logan Gyre. Je suis prête à vous offrir le double de la somme proposée par votre employeur actuel.

—Pardon? Je ne comprends pas. Vous avez besoin de tous les alliés disponibles dans votre situation. Logan rallierait des milliers de personnes à votre cause.

—Le problème, c'est que... Êtes-vous capable de garder un secret, Durzo?

Elle sourit.

—Est-ce que vous confieriez vos secrets à un assassin?

—J'étais sûre que vous diriez cela! s'exclama-t-elle d'un ton triomphant. (Elle gloussa.) Vous avez fait la même réflexion lors de notre dernière rencontre, vous vous souvenez?

—Ça fait longtemps, dit Kylar en sentant sa gorge se serrer.

—Eh bien! je suis heureuse que vous ne l'ayez pas oubliée avant d'assassiner mon père. (Kylar cligna des yeux.) Dites-moi, l'avez-vous fait avant ou après le meurtre du roi Gunder?

—Je suis payé pour tuer, pas pour raconter ma vie.

Dieux! elle avait fait assassiner son propre père?

—C'est pour cette raison que je peux vous faire confiance. Je vous rappellerai néanmoins que je vous ai versé de l'argent pour ne pas me tuer. Vous ne pouvez donc pas me faire ce que vous avez fait à mon père.

—Bien sûr.

Il fallut quelques secondes à Kylar pour comprendre ce qui s'était probablement passé. Térah Graesin avait rencontré Durzo lorsque celui-ci avait travaillé pour son père, le duc Gordin Graesin. Le duc l'avait-il engagé pour assassiner le roi Davin ? C'était sans doute l'autre souverain auquel Térah avait fait référence, car, en dehors de Gunder, c'était le seul monarque qui était mort au cours de ces dernières années. Gordin avait pensé que Régnus Gyre succéderait à Davin. Grâce à cette manœuvre, sa fille, Catrinna Graesin, l'épouse de Régnus et la mère de Logan, serait devenue reine. Malgré une différence d'âge de vingt ans, Catrinna avait été la demi-sœur de Térah.

— Pourquoi laisser Logan mourir ? demanda Kylar.

— Parce que je garde ce qui m'appartient, Durzo Blint. Vous le savez très bien.

— Vous ne croyez pas que vous devriez d'abord reprendre le trône aux Khalidoriens avant de vous débarrasser de vos alliés ?

— Je n'ai pas besoin de leçons de civisme. Je vous propose de gagner de l'argent pour ne rien faire. Êtes-vous intéressé ou préférez-vous devenir mon ennemi ? Je serai reine, un jour, et vous découvrirez alors que je suis une adversaire implacable.

— Je suis prêt à accepter en échange de sept mille gunders, dit Kylar. Mais comment savoir si je les toucherai ? Les Khalidoriens pourraient vous écraser et il est hors de question que je me fasse repasser d'une telle somme.

Térah sourit.

— Je retrouve le Durzo Blint que je connais. (Elle fit glisser de son doigt une énorme bague sertie d'un rubis plus énorme encore.) Je vous prie de ne pas la vendre. Elle appartenait à mon père. Elle ne vaut pas la moitié des huit mille pièces d'or que je vous verserai quand vous me la rendrez, une fois que je serai reine. Vous toucherez une prime si vous m'apportez la preuve de la mort de Logan.

—Ça me paraît correct, dit Kylar

—Je pense que certains de mes alliés risquent de se montrer... gênants à plus ou moins brève échéance. J'aurai d'autres missions à vous confier – enfin, à condition que vous soyez toujours aussi efficace que par le passé.

—Qu'est-ce que vous voulez dire ?

—Vous n'avez pas répondu à ma convocation, il y a un mois. J'ai dû engager quelqu'un d'autre.

—Vous ne trouverez personne capable de rivaliser avec moi.

Cette réflexion était du Durzo tout craché.

Térah Graesin passa la langue sur ses lèvres et une lueur avide brilla soudain dans ses yeux. Kylar ne savait pas ce qu'elle avait derrière la tête, mais cela ne lui plut pas. La jeune femme sourit.

Qu'est-ce qu'elle attend ? Que je la baise à même le sol ?

Plusieurs secondes s'écoulèrent.

—Bien. Dans ce cas, je vous souhaite une bonne journée, dit Térah.

Son ton ne permit pas à Kylar de deviner si son hypothèse était juste ou non.

Elle s'approcha et fit mine de l'embrasser sur les joues. Kylar se baissa et ses yeux se retrouvèrent à la hauteur des seins de Térah. Il eut cependant de la chance : la jeune femme ne se pencha pas assez pour presser sa poitrine contre son véritable visage ou ses lèvres contre ses joues factices. L'illusion demeura intacte.

Kylar s'enfuit dès qu'elle sortit de la tente. Il sauta sur son cheval et se dirigea vers le nord du camp de crainte que Térah fasse surveiller la sortie ouest. Il modifia son déguisement de manière que le visage de Durzo descende à hauteur du sien. Cela lui permit d'observer l'expression des gardes, mais on le laissa passer sans poser de questions. Il parcourut un bon kilomètre avant de se détendre. Son cœur martelait encore sa poitrine tandis qu'il songeait aux révélations de Térah et à leurs implications pour Logan. S'il le sortait de la Gueule, son ami ne serait pas au bout de ses peines, mais il connaîtrait au moins ses ennemis.

Kylar pénétrait dans un petit bois lorsqu'il entendit un murmure dans sa tête :

Baisse-toi !

— Quoi ? demanda-t-il à haute voix.

La flèche lui perfora la poitrine.

Le choc le renversa sur sa selle, mais sa monture continua à avancer. Le jeune homme toussa et cracha du sang. Il avait commis trop d'erreurs. Durzo ne lui aurait jamais pardonné une telle négligence. Il avait baissé sa garde, conservé son cheval au lieu d'en voler un autre et emprunté la route alors qu'il se savait peut-être en danger. Une seule erreur pouvait se révéler mortelle et Kylar les avait accumulées.

Dieux ! ses poumons le brûlaient.

Je t'avais dit de te baisser.

Une silhouette sombre sortit de derrière un arbre. Elle s'approcha une épée à la main et prit les rênes du cheval de l'autre.

Le pisse-culotte se débarrassa de son manteau d'ombre – qui était loin d'être aussi parfait que celui de Durzo, sans parler de celui de Kylar. Le jeune homme reconnut Caleu le Balafré.

— Nom de Dieu de fils de pute ! lâcha-t-il. Durzo Blint ? Merde !

— Salut, Ben.

Kylar songea qu'il méritait son sort. S'il avait gardé l'intégralité de son déguisement – la taille de Durzo –, le trait de Ben Caleu serait passé au-dessus de son épaule droite.

Il avait de plus en plus de mal à maintenir l'illusion, mais il n'avait pas le choix. Si Térah Graesin pensait avoir éliminé Blint, Kylar pouvait toujours réapparaître. Cela poserait quelques problèmes, mais ce n'était rien en comparaison de ce qui se passerait si on apprenait qu'il était à la fois Kylar Stern, Durzo Blint et immortel par-dessus le marché.

— Putain de merde ! Durzo ! Je ne savais même pas que c'était toi. Cette salope de la haute a juste dit que ce serait un boulot « spécial, facile et payé double ». Mais qu'est-ce que tu foutais sur la route, D ?

— J'ai juste… (Kylar toussa)… commis une erreur.

— Ouais, une seule suffit. Putain ! mon vieux, j'aurais au moins aimé me battre contre toi.

— Je t'aurais tué.

La panique s'empara soudain du jeune homme. Et si c'était sa dernière vie ? Rien ne garantissait qu'il ressusciterait une fois encore. Le Loup n'avait jamais donné d'explication quant au fonctionnement du phénomène. Dieux ! comment avait-il pu accepter de se laisser tuer pour de l'argent ?

— T'as sans doute raison.

Caleu le Balafré jura une fois de plus. Il avait longtemps été esclave et il était un des rares à avoir gagné sa liberté en combattant aux arènes. Son surnom venait des innombrables cicatrices qui lui zébraient le visage. D'après Kylar, il se les était infligées pour satisfaire à certaines coutumes chères à son peuple. Mais s'il était né à Friaku, Caleu était encore un enfant lorsqu'il était arrivé à Cénaria. Il parlait d'ailleurs le cénarien sans le moindre accent. Quels que soient les rituels auxquels il s'adonnait, ils ne faisaient pas partie de son vécu. Il les avait sans doute appris à travers des récits ou des rumeurs sur son pays natal.

— Comment est-ce que je vais pouvoir me vanter de t'avoir fait la peau, Durzo ? Je t'ai juste épinglé avec une putain de flèche. Ce n'est pas une façon de tuer le meilleur pisse-culotte du monde, ça.

—On dirait que si.

—Merde! lâcha Ben d'un air dégoûté.

—Tu n'auras qu'à inventer une histoire, proposa Kylar.

Il toussa et cracha une nouvelle gerbe de sang. Il avait oublié combien mourir était amusant.

—Impossible! dit Caleu. Ce genre de mensonge fait honte aux morts. Ils viennent te hanter quand tu fais un truc pareil.

—Putain! je suis vraiment désolé pour toi.

Ah! merde!

Il glissa de la selle et tomba. Sa nuque frappa le sol avec un bruit sourd, mais le déguisement résista sans que Kylar sache pourquoi.

Ben se renfrogna.

—Attends un peu, dit-il. (Caleu le Balafré n'avait jamais brillé par son intelligence, même auprès des plus sombres crétins.) Tu veux dire… Tu veux dire que tu te sentirais honoré si on pensait que tu es mort au cours d'un combat héroïque? (L'idée lui plut.) Tu me laisserais raconter des mensonges sans venir me tourmenter? Je te jure que je te ferai la part belle.

—Ça dépend, dit Kylar. (Tout devenait blanc autour de lui.) Est-ce que tu vas découper une partie de mon corps?

Ce serait bien sa veine – se réveiller sans tête ou avec un membre en moins. Que se passerait-il? Est-ce qu'il mourrait vraiment si on le décapitait?

—La salope veut que je rapporte une preuve.

—Prends cet anneau. Prends mon cheval, mes vêtements et tout ce que tu veux, mais ne touche pas à mon corps. Si tu acceptes, je te laisserai raconter ce que tu veux. Mais ne touche pas à mon corps…

Kylar perdit le fil de ses pensées. Son esprit s'engourdissait. Il avait l'impression de sentir son cœur ralentir tandis que son sang se répandait sur sa poitrine.

— Tu es prêt, mon vieux ?

Kylar hocha la tête.

Ben Caleu lui planta son épée dans le cœur.

Chapitre 44

—J'ai travaillé sur la toile du sortilège, dit sœur Ariel. Elle est piégée de manière très intéressante. Qui vous l'a lancé, déjà ?

Salope de sorcière ! Ce n'est pas la subtilité qui t'étouffe.

—Je vous le dis et, en échange, vous me laissez partir, dit Vi.

Elles regagnaient la route après avoir fait un large détour pour éviter le camp rebelle. Vi sentait que sœur Ariel aurait préféré le traverser, mais qu'elle craignait que sa prisonnière en profite pour s'échapper.

—Pourquoi va-t-on vers l'ouest ? demanda la jeune femme. Je croyais que le Chantry était au nord-est.

—Il l'est. Mais ma mission n'est pas encore terminée.

—C'est quoi, votre mission ? demanda Uly.

La fillette était assise sur le dossier de la selle, juste derrière Vi. Elles étaient entravées par des liens magiques, sans doute parce que la pisse-culotte avait essayé de s'échapper à maintes reprises – ce qui expliquait pourquoi les deux prisonnières étaient couvertes d'hématomes et de fort méchante humeur.

—Je dois recruter quelqu'un de spécial. J'espérais trouver la femme idéale dans le camp rebelle. Par malheur, la confiance que j'accorde à Vi ne va pas plus loin que ses vols planés quand je dois interrompre ses tentatives d'évasion.

—C'est déjà pas mal, remarqua Uly.

Vi se renfrogna. Lorsqu'elle avait atterri dans les ronces, Ariel avait refusé de guérir ses plaies et, par surcroît, elle lui avait administré une fessée. Le contact de la selle était un véritable cauchemar.

— Je ne suis donc pas quelqu'un de spécial ? demanda-t-elle. Vous avez pourtant dit que je possédais un Don immense, ou quelque chose dans ce genre.

La jeune femme avait parlé d'un ton méprisant, mais elle était curieuse et, bizarrement, un peu vexée de ne pas faire l'affaire.

— Oh ! vous êtes toutes les deux spéciales, mais vos Dons ne correspondent pas à ce que je cherche.

Cette salope adorait prendre des airs mystérieux.

— Qu'est-ce que vous voulez dire par « toutes les deux » ? demanda Vi.

— Je vous emmène toutes les deux au Chantry, mais aucune de vous ne peut…

— Pourquoi est-ce que vous nous emmenez toutes les deux ?

Ariel regarda Vi d'un air intrigué, puis éclata de rire.

— Parce qu'Uly possède le Don.

— Quoi ?

La pisse-culotte était dubitative.

— Oh ! il est rare de trouver des femmes avec le Don, je le reconnais. Mais s'il n'y en a qu'une sur mille qui le possède, cela ne signifie pas qu'on a une chance sur un million d'en découvrir deux ensemble, vous voyez ce que je veux dire ?

— Non, répondit Uly.

Vi ne comprenait pas davantage.

— Les gens qui ont le Don ont tendance à éprouver une certaine attirance les uns pour les autres, même s'ils n'en ont pas conscience. Nous les trouvons souvent en groupe – ce qui nous arrange. Enfin, en règle générale. Tu es peut-être trop jeune pour entendre cela, Ulyssandra, mais cette attirance explique sans doute pourquoi cette meurtrière ne t'a pas ajoutée à la longue liste de ses victimes.

— Vous voulez dire que sinon, elle m'aurait tuée ? C'est vrai, Vi ?

La pisse-culotte fut heureuse que la fillette soit assise derrière elle et qu'elle ne voie pas son expression coupable. Mais pourquoi les sentiments de cette gamine lui importaient-ils tant ?

— Tu peux considérer cela d'un point de vue négatif ou positif, Ulyssandra. Dans le premier cas, elle aurait dû te tuer. Dans le second, elle ne l'a pas fait. Elle a eu souvent l'occasion de changer d'avis, mais elle t'a épargnée. On peut dire que Vi t'aime bien.

— Tu m'aimes bien, Vi ? demanda la fillette.

— Ce que j'aimerais par-dessus tout, c'est te savater la tronche ! répliqua la pisse-culotte.

— Ne le prends pas mal, poursuivit sœur Ariel. Vi a été élevée ainsi. Cette jeune femme est une… Ah ! montrons-nous charitable. Cette jeune femme est une infirme affective. Elle est sans doute incapable de trier la plupart de ses émotions. Elle n'est à l'aise que sous le coup de la rage, de la colère ou de la condescendance, parce qu'elle se sent alors plus forte. En fait, je pense que tu es la première personne pour qui elle éprouve un sentiment amical.

— Ça suffit ! s'exclama Vi.

Ariel la disséquait et se moquait de ce qu'elle découvrait.

— Elle éprouve un sentiment amical, là ? demanda Uly.

— Elle ne craint pas ton contact, Uly. Elle se sent bien quand tu partages la selle avec elle. Si quelqu'un d'autre était à ta place, elle serait toujours sur ses gardes.

— Je tuerai cette petite salope à la première occasion !

— Fanfaronnades, dit Ariel.

— Qu'est-ce que ça veut dire ? demanda Uly.

— Ça veut dire que c'est des conneries, répondit Vi.

—Alors, continue d'être gentille avec elle, Uly, poursuivit Ariel sans prêter attention à la pisse-culotte. Parce que les autres Tyros de votre classe ne l'aimeront sans doute pas beaucoup.

—Notre classe ? demanda Vi. Vous allez me mettre avec des gamins ?

Sœur Ariel eut l'air étonnée.

—Bien sûr. Et vous devriez être gentille avec Ulyssandra. Son Don est plus puissant que le vôtre et elle a de bonnes manières, elle.

—Espèce de putain de salope ! Je sais ce que vous essayez de faire. Vous voulez me briser, mais je vais vous dire une chose : rien ne me brisera. J'ai déjà tout enduré.

Sœur Ariel tourna la tête pour regarder le soleil couchant. Les derniers rayons soulignaient les pointes des arbres d'un bosquet devant les trois cavalières.

—Ma chère, c'est là que vous faites erreur. Vous êtes déjà brisée. On vous a brisée il y a des années de cela et votre psyché s'est ressoudée de travers. Aujourd'hui, vous êtes brisée de nouveau et vous essayez de recoller les morceaux de manière plus terrible encore. Je ne le permettrai pas. S'il le faut, je vous briserai une troisième fois pour que vous redeveniez normale. Mais la guérison ne dépend pas de moi. Et je vous avertis qu'il risque d'y avoir des cicatrices. Mais vous avez l'occasion de devenir meilleure.

—Et de vous ressembler, je suppose ? ricana Vi.

—Oh ! non ! vous êtes encore plus passionnée que moi. Je crains d'être, moi aussi, une sorte d'infirme affective. Je réfléchis trop, m'a-t-on dit. Je me sens trop bien dans ma tête et je n'en sors jamais. Mais moi, je suis née ainsi alors que vous, on vous a fabriquée. Vous avez raison, ce n'est pas moi qui comblerai vos lacunes.

—Vous êtes déjà tombée amoureuse ? voulut savoir Uly.

Vi ignorait pourquoi l'enfant avait demandé cela, mais la question était excellente, car elle frappa sœur Ariel comme un coup de pelle en pleine figure.

— Euh… C'est un sujet… très intéressant, dit la sœur.

— Il vous a quittée pour une femme moins moche et plus chaleureuse, hein ? ricana Vi.

Ariel resta silencieuse pendant un moment.

— Je vois que vous n'êtes pas dépourvue de griffes, dit-elle à voix basse. Mais je n'en attendais pas moins de vous.

Uly enfonça un doigt dans les côtes de Vi pour lui faire part de son mécontentement, mais la pisse-culotte l'ignora.

— Vous n'avez pas répondu à ma question. Pourquoi va-t-on vers l'ouest ?

— Une sœur habite par là. Elle va s'occuper de vous pendant que je fouille dans le camp rebelle à la recherche d'une femme qui satisfait aux impératifs de ma mission.

— Vous cherchez quoi ? demanda Uly.

— Il commence de faire sombre. On dirait que nous n'arriverons pas chez Carissa avant la tombée de la nuit. Nous devrions trouver un endroit où établir notre campement.

— Oh ! s'il vous plaît, répondez-moi, dit Uly. Il ne fait pas encore si sombre que ça et c'est notre seul sujet de conversation.

Sœur Ariel pesa le pour et le contre, puis haussa les épaules.

— Je cherche une femme possédant un Don puissant, ambitieuse, charismatique et docile.

— Ambitieuse et docile ? répéta Vi. Je vous souhaite bonne chance.

— Si elle obéit à l'Oratrice, elle aura une tutrice particulière, des promotions rapides, beaucoup d'attention et de pouvoir. Ce genre de personne serait facile à trouver au Chantry, mais il faut une étrangère pour être sûr qu'elle n'appartient pas à une faction dissidente. Elle doit aussi être mariée. Ce serait parfait si son époux possédait également le Don.

— Et quand vous aurez découvert cette femme mariée, vous allez l'enlever ? demanda Vi. Ce n'est pas un peu risqué ?

— Une autre personne aurait plutôt remarqué que c'était immoral, mais… Enfin bref ! Si nous l'enlevions par la force, elle refuserait de coopérer. En outre, il serait préférable que son mari l'accompagne. S'il fallait la marier ou la remarier pour l'occasion, cela ne fonctionnerait pas. Plus le mariage est stable et solide, mieux c'est.

— Pourquoi vous ne prenez pas Vi ? demanda Uly. De toute façon, elle n'a pas envie de se retrouver dans une classe avec moi et d'autres élèves de douze ans.

Ariel secoua la tête.

— Je t'assure que j'ai pensé à elle, mais elle ne convient pas du tout.

— En tant qu'étudiante ou en tant qu'épouse ? demanda la pisse-culotte.

— Les deux, je le crains. Ne le prenez pas mal, mais j'ai rencontré des hommes mariés à une femme qui ne leur convenait pas. Ils étaient tous malheureux. Je suis certaine que si on vous proposait en mariage, il y aurait de nombreux candidats. Vous êtes très jolie et près d'une jolie femme, les hommes ont tendance à réfléchir avec leur… (Elle regarda Uly et se racla la gorge.) Ils ont tendance à réfléchir de manière irrationnelle. Même si nous pouvions tenter le parfait imbécile, cela ne marcherait pas – et croyez bien que le Chantry n'hésiterait pas à sacrifier le bonheur d'un homme aux intérêts de l'Ordre. Vi n'est pas digne de confiance. Elle n'est pas docile. Elle n'est pas assez intelligente non plus…

— Vous êtes vraiment la reine des salopes ! cracha la pisse-culotte.

La sœur l'ignora.

— … Sans compter qu'elle s'enfuirait sans doute. Sa fugue la rendrait inutile et tous nos efforts n'auraient servi à rien. Non. Comme je viens de le dire, elle ne convient pas du tout.

Vi fixa sur la sœur un regard chargé de haine. Elle savait que cette discussion ne servait qu'un seul but : la rabaisser, lui faire comprendre qu'elle était insignifiante. Pourtant, la remarque sur son intelligence l'avait particulièrement blessée. Elle avait souvent reçu des compliments – les hommes n'en étaient pas avares lorsqu'ils essayaient de se glisser dans son lit, mais ces louanges, poétiques ou vulgaires, ne rendaient hommage qu'à son corps. Merde ! elle avait aussi un cerveau.

Ariel observa la pisse-culotte, puis sembla regarder à l'intérieur de son âme.

— Arrêtez ! s'exclama la sœur.

— Quoi ? demanda la jeune femme.

Sœur Ariel tira maladroitement sur ses rênes et, après quelques tentatives infructueuses, amena sa monture contre celle de Vi. Elle saisit le visage de la pisse-culotte à deux mains.

— Le fils de pute ! lâcha Ariel. Ne laissez personne toucher à ce sortilège, vous m'entendez ? Il… Dieux ! regardez-moi ça ! Si la magie effleure cette toile, des trames de feu se déclencheront autour des principaux vaisseaux sanguins de votre cerveau. Cela ressemble furieusement à… Vous souvenez-vous avoir perdu la maîtrise de votre corps à un moment ou à un autre ?

— La maîtrise de mon corps ? Comme si je m'étais pissé dessus, vous voulez dire ?

— Vous sauriez de quoi je parle si cela vous était arrivé. Il va falloir que je vérifie si sœur Drissa Nile doit rentrer. Elle seule est capable d'ausculter cette toile.

— C'est qui, sœur Nile ? demanda Uly.

— Une guérisseuse. Elle est la meilleure que je connaisse en matière de microtrames. Aux dernières nouvelles, elle avait ouvert une boutique à Cénaria.

— Vous ne voulez pas m'en dire un peu plus sur ce sort qui est censé me tuer? dit Vi.

— Pas tant que vous n'aurez pas révélé le nom de celui qui l'a lancé.

— Allez vous faire…

— Si vous jurez une fois de plus, vous le regretterez.

La dernière punition avait été plutôt désagréable et les insultes n'apportaient qu'une maigre consolation. Vi ravala ses paroles.

Les cavalières traversaient le bosquet lorsque la pisse-culotte repéra quelque chose en partie dissimulé sous les feuilles, au bord du chemin. Quelque chose avec des cheveux noirs qui luisaient dans les derniers rayons du soleil.

Uly suivit son regard.

— Qu'est-ce que c'est? demanda-t-elle.

— Un cadavre, je pense, répondit la jeune femme.

Les cavalières approchèrent pour regarder de plus près et Vi sentit son cœur bondir de joie dans sa poitrine. C'était bel et bien un cadavre. Un cadavre qui lui sauvait la vie, un cadavre qui lui apportait la liberté et une chance de repartir de zéro. Le cadavre de Kylar Stern.

CHAPITRE 45

É lène souffrait le martyre. Au cours des six jours précédents, elle n'était pratiquement pas descendue de cheval, mais elle n'avait pas encore atteint Torras Bend. Elle avait mal aux genoux, elle avait mal au dos et elle avait l'impression que ses cuisses étaient à vif.

Elle avait interrogé tous les voyageurs qu'elle avait croisés pour savoir s'ils avaient aperçu une femme et une enfant chevauchant vers le nord à vive allure. Les personnes qui avaient vu la ravisseuse et la fillette étaient peu nombreuses, mais leurs souvenirs étaient très précis. Élène ne rattrapait pas son retard, au contraire. Elle était pourtant la seule à pouvoir sauver Uly.

La veille, elle avait croisé les gardes de Caernarvon qui s'étaient lancés à la poursuite de la criminelle. Ils lui avaient assuré qu'une femme – surtout ralentie par une enfant – n'aurait pas voyagé plus vite qu'eux. Ils avaient abandonné la traque et regagnaient la cité. Un seul regard avait suffi à convaincre Élène qu'elle ne les ferait pas changer d'avis. Ils étaient fatigués et avaient sans doute reçu l'ordre de ne pas se frotter aux Lae'knaughtiens qui s'aventuraient parfois très loin à l'est. Elle les avait laissés partir. Kylar était plus important. Il avait suivi ce chemin et, à un moment ou à un autre, il avait probablement dépassé Uly et sa ravisseuse parce qu'il ignorait que la fillette avait été enlevée.

Élène approchait de Torras Bend. Le soir, elle découvrirait si l'inconnue se dirigeait vers Cénaria, comme elle le pensait. Mais avant tout, elle prendrait un bain, un repas chaud et elle dormirait dans un lit. Elle songeait au bonheur qui l'attendait lorsqu'elle aperçut les Lae'knaughtiens.

Assis près de leurs montures, ils surveillaient la route qui traversait quelques-uns des plus grands champs de blé du sud de Torras Bend. Si la jeune femme avait voulu les contourner, elle aurait dû faire un détour de plusieurs kilomètres à l'est et pénétrer dans le bois d'Ezra qu'on disait hanté. De toute façon, il était trop tard : les Lae'knaughtiens l'avaient vue. Leurs chevaux étaient sellés et prêts à entamer une poursuite.

Élène continua donc son chemin. Elle prit soudain conscience qu'elle était une femme et qu'elle voyageait seule. Elle allait au-devant de six hommes, tous armés. Tandis qu'elle approchait, ils se levèrent pour l'arrêter. Leurs haubergts étaient recouverts d'un tabar noir avec un blason représentant un soleil doré – la sublime lumière de la raison repoussant les ténèbres de la superstition. Élène n'avait jamais rencontré de Lae'knaughtiens, mais elle savait que Kylar les tenait en piètre estime. Ils affirmaient ne pas croire à la magie, mais cela ne les empêchait pas de haïr tout ce qui s'y rapportait. Kylar disait que ce n'étaient qu'un ramassis de brutes épaisses qui s'amusaient à terroriser les gens sans défense, que s'ils détestaient vraiment les Khalidoriens, ils auraient soutenu Cénaria lors de son invasion. Mais ils avaient préféré se conduire en vautours. Ils avaient profité de l'effondrement du pays pour recruter des réfugiés et écumer le royaume.

Un chevalier avança vers la jeune femme. Il manipulait avec précaution une lance en frêne longue de quatre mètres. Un homme à pied était incapable d'utiliser une telle arme, mais Élène savait que les Lae'knaughtiens la maniaient avec une adresse redoutable quand ils étaient à cheval.

— Halte ! au nom des Hérauts de la Lumière Libératrice ! lança le chevalier.

La jeune femme songea qu'il ne devait pas avoir plus de seize ans. Elle arrêta sa monture et il approcha pour saisir les rênes. Élène se demanda pourquoi ces hommes étaient si nerveux. Elle comprit alors leur raisonnement : une voyageuse isolée était une proie facile et les femmes ne se déplaçaient donc jamais seules. Par conséquent, Élène n'était pas une femme. C'était sans doute une sorcière.

Pourquoi n'y avait-elle pas songé plus tôt ?

Elle sentit son estomac se contracter.

— Quelle joie ! s'exclama-t-elle en poussant un faux soupir de soulagement. (Elle avait failli dire : « Dieu merci », mais elle n'était pas certaine que les Lae'knaughtiens soient croyants.) Pouvez-vous m'aider ?

— De quoi s'agit-il ? Que faites-vous sur cette route, seule ? demanda un des chevaliers les plus âgés.

— Avez-vous vu une jeune femme, peut-être rousse, qui voyage avec une fillette ? Elle a dû traverser cette région il y a deux jours. Non ?

Élène se recroquevilla et un masque de douleur non feint se peignit sur son visage. Après tout ce temps passé à cheval, le moindre mouvement musculaire était une torture.

— Je suppose qu'elle a tout fait pour vous éviter compte tenu de ce qu'elle a fait. Vous êtes certains de n'avoir vu personne ? Quelqu'un qui aurait essayé de vous contourner en se dirigeant vers l'est ?

— De quoi parlez-vous, jeune dame ? Que s'est-il passé ? En quoi pouvons-nous vous aider ?

Le chevalier avait changé de ton et Élène comprit qu'ils ne la considéraient plus comme une menace. Elle les avait bernés en jouant les femmes faibles et sans défense.

— Je viens de Caernarvon, dit-elle. Je suis originaire de Cénaria, mais j'ai fui lorsque le pays a été envahi par ces horribles soldats et ces sorciers… Uly et moi… Uly est le nom de la fillette, ma pupille. Ses parents ont été tués par un de ces maudits meisters… Uly et moi avions émigré à Caernarvon. Nous pensions y être en sécurité, mais elle a été enlevée, seigneurs. Les gardes de la cité se sont lancés aux trousses de la criminelle, mais ils ont rebroussé chemin au bout d'un certain temps. Je suis la seule à pouvoir sauver Uly, mais je crains de ne jamais rattraper sa ravisseuse.

— Maudites sœurs! cracha le chevalier le plus jeune. Enlever un enfant. Voilà qui leur ressemble bien. Cette lettre dit que…

— Marcus! aboya le plus âgé.

Les Lae'knaughtiens s'entre-regardèrent. Élène devina que ses presque vérités avaient rempli leur but, mais elle comprit aussi que ces hommes savaient quelque chose. Les cinq plus âgés s'éloignèrent en laissant la voyageuse sous la surveillance du jeune Marcus. Celui-ci observa les cicatrices d'Élène, mal à l'aise. Il réalisa soudain ce qu'il faisait et toussa dans sa main.

Ses compagnons revinrent quelques minutes plus tard et le plus âgé prit la parole:

— La procédure normale voudrait que nous vous emmenions voir le vassal pour qu'il entende l'histoire de votre bouche, mais je vois bien qu'il faut agir au plus vite. Nous ne demanderions pas mieux que de vous accompagner, mais nous avons ordre de rester au sud de Torras Bend. Des histoires de politique. Pour tout vous dire, nous interceptons la correspondance des sorcières du Chantry et, ce matin, nous avons arrêté un messager. Nous avons fait une copie du pli qu'il transportait. Tenez.

Il tendit une lettre à la jeune femme.

L'écriture était ronde et fluide.

«Élène,

Uly est maintenant en sécurité. Je l'ai délivrée, mais je crains de ne pas pouvoir la renvoyer à Caernarvon. Uly possède le Don et je la conduis au Chantry où elle recevra la meilleure éducation du monde et bénéficiera d'avantages matériels bien supérieurs à ceux que vous pourriez lui offrir. Vous n'avez aucune raison de croire ce que je vous dis dans cette lettre, mais, si vous le désirez, vous êtes libre de vous rendre au Chantry pour rencontrer l'enfant. Vous pourrez même la ramener à Caernarvon si vous le souhaitez toutes les deux. Quoi qu'il en soit, elle vous écrira dès son arrivée là-bas. Je vous présente mes excuses et, si certaines affaires pressantes ne réclamaient pas mon attention, je vous aurais remis ce message en main propre.

Cordialement,

Sœur Ariel Wyant Sa'fastae»

La jeune femme relut la lettre deux fois avant d'en comprendre le sens. Quelqu'un avait délivré Uly? La fillette possédait le Don?

Ce message ne changeait rien à la situation. Élène devait gagner Torras Bend et interroger les villageois. Si cette sœur disait la vérité, la jeune femme irait au nord et se rendrait au Chantry. Dans le cas contraire, elle irait à l'est, en direction de Cénaria. Mais comment la ravisseuse avait-elle appris qu'Élène était à ses trousses? Elle avait plusieurs jours d'avance sur sa poursuivante.

— Maudites sorcières ! lâcha le jeune chevalier. Elles passent leur temps à enlever des fillettes. Elles les détournent de la lumière pour en faire des créatures à leur image.

— Marcus !

Élène ressentit un brusque soulagement. Elle avait eu raison de ne pas mentir à ces hommes. Si son histoire n'avait pas corroboré les informations de la lettre, on ne lui aurait pas proposé de la lire.

— Non. Ce n'est rien, dit-elle. Il faut que je me dépêche si je veux retrouver Uly avant qu'elle tombe entre leurs griffes.

— Soyez prudente, dit le chevalier le plus âgé. Les villageois de Torras Bend ne sont pas tous des serviteurs de la lumière.

— Je vous remercie de votre aide.

Élène se remit en route vers Torras Bend. Elle ne savait plus quoi penser.

Chapitre 46

Ariel se souvenait de tout ce qui la surprenait ou la fascinait. Ce don l'avait beaucoup aidée au cours de ses études, bien entendu, car elle était capable de visualiser des pages entières de parchemin et d'y trouver les informations dont elle avait besoin.

Elle ne se tourna pas vers le corps et eut donc la chance d'observer la réaction de Vi et d'Uly. Leurs expressions se gravèrent dans sa mémoire. Le visage de Vi exprimait une joie intense. Cette jubilation était-elle provoquée par la vue du cadavre? Ariel souhaita que non. Elle espéra que la pisse-culotte avait une bonne raison de se réjouir de la mort de Kylar. Si ce n'était pas le cas, la jeune femme se révélerait sans doute moins utile que prévu. La sœur laissa ces réflexions de côté et reprit ses observations. L'expression d'Uly l'intriguait bien plus que celle de Vi.

Kylar avait été une figure paternelle et Uly était une fillette sensible. Elle n'avait pas grandi dans le Dédale ou dans un endroit où la mort était un spectacle quotidien. La vue du cadavre de son père, en sous-vêtements, au bord de la route, aurait dû provoquer un traumatisme. Uly aurait dû afficher du détachement, de l'incrédulité, mais certainement pas de la curiosité. Ne l'avait-elle pas reconnu? Puis la joie se peignit sur les traits de la fillette. De la joie? C'était impossible. Pourquoi se réjouirait-elle?

Ariel fut arrachée à ses pensées quand elle constata que la mort du jeune homme ne la laissait pas indifférente. Elle essaya d'identifier ses émotions aussi vite que possible pour les classer et reprendre l'étude du problème précédent. Qu'éprouvait-elle ? De la déception, oui : elle avait envisagé un plan subtil pour Kylar, un plan désormais inutile. Un soupçon de regret : elle aurait sans doute apprécié le jeune homme si elle l'avait mieux connu. De la curiosité : comment une personne si exceptionnelle avait-elle pu se laisser tuer ? Un peu de tristesse : Uly serait très affectée par sa mort.

Bon ! ça suffit comme ça !

Une fois ses émotions identifiées, elle les mit de côté.

Uly leva les yeux et s'aperçut qu'Ariel la regardait.

— Il n'est pas mort, dit l'enfant. Il est juste blessé.

— Petite, intervint Vi. J'ai vu pas mal de cadavres dans ma vie et je peux t'assurer que tu en as un devant toi.

— Il va guérir.

À première vue, la fillette refusait d'accepter la réalité – Vi le comprit ainsi –, mais ce n'était pourtant pas le cas.

Sœur Ariel déroula le parchemin de sa mémoire pour réexaminer les expressions qui s'étaient succédé sur le visage d'Uly. Curiosité, puis joie. Curiosité, puis joie. Elle avait compris que Kylar était mort – la peau était si pâle qu'il n'y avait aucun doute possible : le corps était là depuis un certain temps, une journée, peut-être. Pourtant, l'enfant n'avait éprouvé ni surprise ni inquiétude. Pourquoi ? Pensait-elle vraiment qu'il allait revenir à la vie ?

Sœur Ariel projeta son Don pour ausculter Kylar. La vérité s'abattit sur elle comme une averse – ou, plutôt, la gifla comme une déferlante. Le choc lui coupa le souffle et elle hoqueta. La magie qu'elle projetait était aspirée par le cadavre et conduite en cent endroits différents pour participer au processus de guérison.

Cette découverte aurait suffi à la stupéfier, mais il y avait autre chose : la joie de la fillette indiquait qu'elle avait déjà assisté à ce phénomène. Ariel comprit.

Kylar était un être de légendes. Des légendes auxquelles nulle sœur ne croyait plus – jusqu'à aujourd'hui.

— Tu as raison, Uly, murmura Ariel avec douceur. (Elle lança un regard à Vi comme pour lui dire : « Jouons le jeu. ») Que dirais-tu de monter le camp et de préparer le repas pendant que Vi et moi soignons les blessures de Kylar ? Nous sommes plus qualifiées que toi pour ce genre de tâche. Si tu fais la cuisine, tu pourras lui donner à manger quand il se réveillera.

La sœur descendit de cheval et aida la fillette à faire de même.

— Je veux rester ici. Je veux rester à côté de lui.

— Uly, dit Vi. La meilleure façon de te rendre utile, c'est de préparer le dîner. Si tu restes ici, tu ne feras que nous gêner.

— Allons, mon enfant, dit Ariel en emmenant la fillette.

La pisse-culotte mit pied à terre et débarrassa le cadavre des feuilles qui le couvraient. La sœur se tourna vers elle et articula en silence : « Commencez à creuser. » Vi hocha la tête.

Si elle avait eu le temps de réfléchir, Ariel ne se serait pas lancée dans une telle partie avec des cartes si faibles. Mille facteurs étaient en jeu et évoluaient si vite qu'elle était incapable de prévoir quoi que ce soit.

Elle entraîna Uly une trentaine de mètres dans le bois, puis elle la ligota et la bâillonna avec un sortilège. Elle la laissa derrière un arbre de manière qu'elle ne voie pas ce qui allait se passer.

— Je suis désolée, mon enfant. C'est mieux ainsi.

— Mmm ! dit Uly, les yeux écarquillés.

Sa protestation fut à peine audible.

Ariel contourna le tronc juste à temps pour voir Vi sauter sur son cheval et s'éloigner au galop dans la forêt. Ariel cria et lança une boule de lumière. Le projectile frôla la pisse-culotte en sifflant, mais la sœur n'avait pas insufflé de chaleur à l'intérieur. Elle n'allait pas mettre le feu à la forêt dans la seule intention d'effrayer Vi. Et puis, la boule aurait pu toucher la jeune femme.

Les bruits de sabots s'évanouirent quelques secondes plus tard. Ariel secoua la tête. Elle ne se lança pas à la poursuite de Vi.

Le plus simple est fait. C'est maintenant que les difficultés vont commencer. Bonne chance, Vi. Peut-être viendras-tu un jour à nous, décidée à guérir.

Elle espéra qu'elle aurait l'occasion de bavarder avec la jeune femme dans ses appartements du Chantry et qu'elles riraient ensemble des événements de cette journée. C'était peu probable. Pas après ce que la sœur venait de faire. En règle générale, les gens passionnés détestaient les personnes comme Ariel – enfin, ils détestaient surtout qu'on les manipule avec froideur. Mais quel choix Ariel avait-elle eu ?

— Bien ! à ton tour, mon guerrier immortel. Montre-moi un peu tes petits secrets.

— Je ne vous ai pas vu, la dernière fois, dit Kylar. J'ai cru que j'en avais peut-être terminé avec vous.

Le Loup était assis sur son trône de l'Antichambre du Mystère. Il examinait Kylar de ses yeux jaunes et brillants. Des spectres indistincts peuplaient ce monde flou. Ils murmuraient si bas que Kylar ne comprenait pas leurs paroles. Cet endroit le mettait encore mal à l'aise.

Il ne sentait pas le sol sous ses pieds. Il ne voyait pas les fantômes quand il les regardait en face. Il était incapable de dire s'il y avait des murs autour de lui. Il avait la chair de poule, mais il ne savait pas s'il faisait chaud ou froid.

Il ne sentait rien. Il n'entendait que lui. Il avait la vague sensation de percevoir des bruits, des voix et des frottements de pieds au-delà du seuil de perception auditive, mais ce n'était peut-être qu'une impression. Il était désincarné. Il avait conservé certains sens, mais pas tous – de toute manière, il ne pouvait pas leur faire confiance. Seules trois choses ne pouvaient pas être remises en question : le Loup et les deux portes – la première en bois, normale, avec un loquet en fer ; la seconde en or avec des rayons de lumière qui filtraient par les bords.

—J'étais tellement excédé que je n'aurais pas supporté ta vue, déclara le Loup.

Son humeur ne semblait pas s'être améliorée depuis. Kylar resta silencieux. Excédé ? Pourquoi ?

—Acaelus est mort trois fois en cinquante ans. Toi, il ne t'a pas fallu six mois. Tu as même accepté d'être assassiné pour de l'argent. De l'argent ! Tu n'as pas payé ce blasphème assez cher ? Tu n'apprendras donc jamais ?

—De quoi parlez-vous ?

Kylar sentit que les fantômes – ou quelles que soient les créatures éthérées qui hantaient la pièce – s'étaient tus.

—Tu me dégoûtes !

—Je ne…

Le Loup leva un doigt portant la cicatrice d'une brûlure. Le petit homme dégageait une telle autorité que Kylar s'interrompit aussitôt.

—Acaelus a accepté de l'argent, lui aussi, quand sa femme est morte de vieillesse. Je pense qu'il ne croyait pas vraiment à l'immortalité à ce moment-là. Puis il a recommencé et a fait pis encore. Je lui ai montré le prix de ses choix. Je te garantis qu'il a compris le message. Et tu feras comme lui si je t'inflige le même traitement. Si tu continues à mourir pour un oui ou pour un non, je te le ferai regretter chaque jour de ton interminable vie.

Kylar se demanda s'il ne faisait pas un cauchemar. Rien ne manquait : un juge aux sourcils froncés qui l'accusait d'un crime dont il ignorait tout, puis qui le déclarait coupable ; des silhouettes attentives et menaçantes ; les portes du jugement ; la menace d'une vérité insoutenable. S'il avait eu un corps, il se serait pincé pour vérifier s'il ne dormait pas. Mais il se rappelait très bien qu'il avait été assassiné.

— Je ne comprends pas de quoi vous parlez. Qu'est-ce que je suis censé faire ? demanda Kylar d'un ton amer. Quel est mon rôle ?

Un éclair se refléta dans les yeux dorés et sévères du Loup, puis le monde bascula. Les perspectives changèrent et Kylar se sentit soudain différent. Il était assis sur une chaise étroite. Il était gros et maladroit. Il battit des bras et constata que ses doigts étaient courts et boudinés. Sa tête était si lourde qu'il avait le plus grand mal à la garder droite. Il entendit des cris et comprit que c'étaient les siens.

Il avait recouvré un corps, mais ce n'était pas le sien. Il était redevenu un bébé. Devant lui, il aperçut un géant aux cheveux gris.

— Ouvre grand ! chantonna le Loup en approchant une cuillère remplie de gruau.

Kylar referma aussitôt la bouche.

Un nouvel éclair passa et le jeune homme se retrouva dans l'Antichambre du Mystère.

Le Loup lui adressa un sourire carnassier.

— Tu n'es qu'un enfant gras et maladroit dans un monde de géants. Tu fermes la bouche au lieu de manger. Tu parles au lieu d'écouter. Quel est ton rôle ? Tu ne me croirais pas, alors pourquoi perdrais-je mon temps à te répondre ? Tu es encore plus arrogant que ton maître et tu n'as pas une once de sa sagesse. Je suis déçu.

— Qu'est-ce que je suis censé faire ?

— Mieux. Tu dois faire mieux.

Une partie d'Ariel regretta de ne pouvoir ralentir le processus de guérison. Celui-ci arrivait déjà à son terme. La flèche plantée dans la poitrine de Kylar trembla, puis se souleva comme sous l'effet d'une pression interne.

La pointe se libéra avec un bruit flasque de la chair rougeâtre qui s'était refermée autour du fût. Le projectile tomba sur le côté. Ariel l'attrapa et le rangea dans son sac, près de la tablette qu'elle avait eu tant de mal à récupérer. Elle l'examinerait plus tard.

Sur la poitrine de Kylar, à hauteur du cœur, il ne restait qu'une plaie minuscule qui cicatrisait si vite que c'était visible à l'œil nu. Une peau lisse la recouvrit en quelques instants. Sœur Ariel projeta sa magie, mais celle-ci fut absorbée dès qu'elle entra en contact avec le corps de Kylar. Un frisson parcourut le jeune homme et son cœur se remit à battre. Après un long moment, sa poitrine se souleva. Il fut secoué par une violente quinte de toux et cracha les caillots de sang à moitié coagulé qui congestionnaient ses poumons. Puis il se calma. Sœur Ariel essaya de regarder sans intervenir, mais les flux magiques étaient si rapides qu'elle n'avait pas le temps de les analyser. Elle tendit la main vers le jeune homme. Autour de lui, l'air était froid, les brins d'herbe avaient flétri et étaient devenus blancs.

Son corps semblait absorber l'énergie sous toutes ses formes pour guérir ses blessures. Que se passerait-il si on le plaçait dans une pièce glacée et obscure? Le processus serait-il interrompu? Comment diable cette énergie se transformait-elle en magie? Comment le jeune homme accomplissait-il un tel prodige sans même être conscient?

Dieux! en étudiant un tel homme, les sœurs seraient capables d'apprendre ce qui se passait après la mort. Ce champ d'études avait été abandonné depuis longtemps, car on avait jugé toute expérimentation impossible. Kylar pouvait changer tout cela.

Ariel invoqua son pouvoir et fit apparaître une sphère blanche au creux de sa main. Elle l'approcha du corps et observa la magie être aspirée comme de l'eau par un siphon.

Incroyable.

Elle était prête à consacrer le reste de sa vie à l'étude d'un tel phénomène.

Les dernières bribes de magie furent absorbées et Kylar ouvrit les yeux.

Sœur Ariel leva les mains.

—Je n'ai pas l'intention de vous faire de mal, Kylar. Vous vous souvenez de moi ?

Il hocha la tête. Ses yeux explorèrent les alentours en quelques instants, comme ceux d'un animal sauvage.

—Que faites-vous ici ? Que s'est-il passé ? Qu'avez-vous vu ? demanda-t-il.

—J'ai vu votre cadavre. Et vous voilà ressuscité. Qui vous a tué ?

Kylar sembla se ratatiner. Il était trop fatigué ou trop ébranlé pour prendre la peine de nier la vérité.

—Un pisse-culotte. C'est sans importance. C'était juste un contrat.

—Un pisse-culotte comme vous et Vi.

Il se releva comme si ses membres étaient raides. Ariel ne se laissa pas berner. Elle savait qu'il était en parfaite condition physique.

—*Graakos*, murmura-t-elle tout bas pour invoquer une armure magique.

—Que voulez-vous, sorcière ? demanda-t-il.

Les vrilles de magie qu'elle avait projetées vers lui se volatilisèrent. Non, elles ne se volatilisèrent pas vraiment, elles se dissipèrent comme un nuage de fumée par grand vent. Il avait fait cela ? Il avait brisé son sort ? Ses yeux brillaient d'une lueur inquiétante. Était-il capable de neutraliser son bouclier magique avec la même facilité ? Pour la première fois depuis des dizaines d'années, sœur Ariel se sentit en danger devant un homme.

— Je suis prête à vous aider, à condition que votre cause soit juste, dit-elle.

— Vous voulez dire : « à condition que vous m'aidiez en échange » ?

Elle haussa les épaules et s'efforça de se calmer.

— Quelles sont les limites de vos pouvoirs, jeune homme ? Les connaissez-vous seulement ?

— Pourquoi je vous répondrais ?

— Parce que je sais déjà que vous êtes bien Kylar. Vous êtes le tueur qui est tué, le mortel immortel. Qui êtes-vous vraiment ? Comment avez-vous obtenu ce pouvoir ? Êtes-vous né avec ? Que voyez-vous lorsque vous êtes mort ?

— Je n'aurais pas dû vous dire mon nom, hein ? Les grosses têtes dans votre genre, ça me tue. Enfin, ça me fatigue, je veux dire.

Ariel avait observé le processus de guérison et elle savait que l'enveloppe, le corps de ce garçon serait toujours le même dans mille ans. Kylar était peut-être âgé de plusieurs siècles, mais elle ne voyait qu'un jeune homme derrière ces yeux bleus et froids. Tout en lui trahissait la jeunesse : ses fanfaronnades, sa force et sa bêtise qui l'avait déjà poussé à révéler tant de choses.

— Quel âge avez-vous ? demanda-t-elle.

Il haussa les épaules.

— Vingt ou vingt et un ans.

— La confrérie s'est donc trompée ?

— La confrérie ?

Malédiction ! Comment puis-je me montrer si subtile avec Vi et si maladroite avec ce garçon ?

Mais Ariel connaissait la réponse à cette question : elle ignorait à peu près tout des hommes. Elle était restée trop longtemps cloîtrée avec des personnes de son sexe. Elle comprenait les femmes, même si leur comportement défiait parfois toute logique. Elle avait appris à prédire leurs incohérences. Les hommes étaient très différents. Il aurait été… normal qu'elle se sente à l'aise en leur compagnie, mais ce n'était pas le cas. Pourtant, chaque mot de Kylar lui révélait mille choses. Elle sut qu'il ne lui avait pas menti, mais pourquoi ignorait-il son âge exact ? Son incarnation actuelle était-elle si ancienne qu'il avait oublié ? Ariel aurait juré qu'il y avait une autre explication. Cependant, elle avait commis une erreur en parlant de la confrérie. Elle n'avait plus le choix : elle devait lui en dire plus. Si elle gardait ses secrets, il ferait de même.

— « Car voilà, la longue nuit se termine et il renaît. » Voilà la confrérie dont je parle.

Kylar se frotta les yeux comme s'ils le piquaient. Il avait l'air bouleversé. Tant mieux : sœur Ariel n'avait aucune envie de lui expliquer comment elle avait appris l'existence de cette organisation.

— Les membres de la confrérie pensent que vous revenez d'entre les morts et ils espèrent découvrir comment. Il semblerait que leurs croyances soient fondées. Vaincre la mort, que pourrait-on demander de plus ?

— Beaucoup de choses, répliqua Kylar d'un ton acerbe. Je suis immortel, pas invulnérable. Il arrive que mon sort ne soit pas très enviable.

Il était encore désorienté. Il semblait regretter tout ce qu'il avait dit. Ce garçon n'était pas idiot. Téméraire, peut-être, mais pas idiot.

— Alors, ma sœur, qu'est-ce que vous avez l'intention de faire de moi ? Vous allez m'enchaîner et m'emmener au Chantry ?

À ces mots, Ariel se surprit à rêver. Quelle tentation ! Oh ! elle n'essaierait pas de l'entraver avec un sortilège, mais elle avait des cordes mille fois plus solides que la magie. Elle avait Uly. Elle pouvait tisser quelques trames subtiles pour rendre la fillette malade. Elle affirmerait qu'elle était à l'article de la mort et qu'il fallait la conduire au Chantry de toute urgence. Kylar la suivrait de son plein gré. Son existence ne serait pas révélée à l'Ordre. Seule Istariel serait au courant et Ariel serait chargée d'étudier les pouvoirs du jeune homme.

Oh ! quel défi intellectuel passionnant ! L'exploration des profondeurs insondables de la magie. Cette seule idée était enivrante. Ariel prendrait part à un projet grandiose et Kylar ne serait pas malheureux. Tous ses souhaits seraient exaucés : des appartements luxueux, une nourriture raffinée, des leçons d'escrime avec des maîtres-lame, des visites à Uly, tous les divertissements disponibles. En outre, le Chantry lui demanderait sans doute de s'accoupler avec des sœurs afin d'étudier les talents de la progéniture issue d'un tel croisement. On choisirait les femmes les plus séduisantes pour le satisfaire. Ce genre de vie comblerait la plupart des hommes. La seule chose qui lui serait refusée, ce serait la liberté. Mais il était immortel. Que représentaient quelques dizaines d'années à ses yeux ? Un petit siècle dans un cocon avec la certitude que cette luxueuse villégiature changerait le cours de l'Histoire. Il lui suffisait de céder au plaisir pour que sa vie prenne un sens.

Que se passerait-il si l'Ordre – si Ariel – perçait ses secrets ? Les sœurs seraient capables de guérir n'importe quelle blessure sans laisser de cicatrice. Elles dispenseraient l'immortalité ! Le Chantry obtiendrait un pouvoir inimaginable s'il était à même de choisir les bénéficiaires de mille ans de jeunesse.

Que deviendrait le monde ?

Elle, Ariel Wyant, découvrait enfin une énigme digne de son talent. Non, pas une énigme, un mystère. Elle pouvait entrer dans l'Histoire comme celle qui avait offert l'immortalité au genre humain. Cette idée lui coupa le souffle et, au bout d'un trop long moment, la terrifia.

Elle rit sous cape.

— Je comprends pourquoi la confrérie ne s'est pas servie de vous. Il serait trop difficile de résister à la tentation, n'est-ce pas ?

Le jeune homme ne répondit pas. Selon toute apparence, il estimait que la sœur tirerait profit de la moindre de ses paroles. Mais il semblait aussi la croire en possession d'informations intéressantes.

— À Torras Bend, vous avez dit que vous étiez un soldat cénarien, mais vous n'avez pas rejoint les rebelles. À en juger par l'état de votre cadavre quand je l'ai découvert, vous n'avez pas eu le temps de passer à Havermere pour prendre des ordres. Alors, voici ce que je vous propose : vous me dites ce que vous faites vraiment et je vous aiderai. Je vous signale que vous êtes seul, dans les bois, en sous-vêtements, qu'il fait froid, que vous n'avez pas de cheval, pas d'argent et pas d'épée. Je suis sûre que le fait d'être désarmé ne vous inquiète pas, mais le reste…

— Oh ! nous sommes donc devenus amis ? demanda Kylar en haussant un sourcil. C'est curieux, parce que je suis toujours convaincu que si je vous tue, le Chantry n'apprendra jamais mon existence.

— Vous êtes immortel, pas invulnérable, dit Ariel avec un sourire narquois. Si besoin était, je pourrais rapporter votre cadavre au Chantry. Il me suffirait de vous tuer à intervalles réguliers. Mais une succession de sorts offensifs pourrait bouleverser les mécanismes délicats qui vous ramènent à la vie, nous en sommes conscients tous les deux. Personne ne tirerait profit d'un tel malheur, n'est-ce pas ? Bien sûr, je pourrais employer la magie pour vous tuer une première fois et me servir d'une arme par la suite. Il y a aussi la possibilité que ce soit vous qui me tuiez. J'en suis, moi aussi, réduite à faire des paris. Je peux me retrouver avec un cadavre inutile sur les bras. Vous pouvez mourir – définitivement.

— Si vous révélez mon existence au Chantry, les sœurs me traqueront tout au long de ma vie – une très longue vie. Soit je tente ma chance contre vous tant que vous êtes la seule à savoir, soit je me prépare à affronter toutes les jeunes dindes arrivistes décidées à laisser leur nom dans l'Histoire. Le choix me paraît évident.

— Vous m'assassineriez de sang-froid ?

— Appelons cela de l'autodéfense préventive.

Ariel approcha de lui et examina ses yeux bleus et froids. Oui, c'était un tueur. Oui, c'était un pisse-culotte. Mais était-il capable de tuer pour son propre compte ? Le plus triste était qu'il avait raison : si, comme son ou ses prédécesseurs, il tenait à sa liberté et voulait préserver son secret, il devait la réduire au silence. Dès que le Chantry apprendrait son existence, il ferait tout ce qui était en son pouvoir pour le capturer. Un homme tel que Kylar était presque insaisissable, mais qui avait envie d'être traqué sans relâche ? Il échapperait aux recherches pendant cinq ans ou cinquante, mais pas éternellement. Le Chantry n'abandonnerait jamais. Jamais. La capture de Kylar deviendrait le rêve de toute sœur ambitieuse, l'épreuve ultime, la récompense suprême.

Ariel songea à la manière dont Istariel interrogerait cet homme. Ce qu'elle imagina fut si horrible qu'elle en fut choquée. Sa sœur serait prête à tout pour obtenir l'immortalité – pour elle, pas pour le Chantry. Elle ne prendrait pas le temps de suivre un protocole d'expérimentation long et réfléchi. Istariel détestait la vieillesse. Elle détestait l'idée de perdre sa beauté, de voir ses articulations se raidir, de sentir l'odeur de la dégénérescence sur sa peau. À ses yeux, Kylar ne représenterait qu'un obstacle qui la défiait, qui la condamnait à une mort lente en refusant de révéler ses secrets.

Et si les sœurs parvenaient à les lui arracher ? Que feraient-elles de l'immortalité ?

La réponse était désolante. Qui était assez pur et assez sage pour choisir les élus dignes de recevoir la vie éternelle ? Pouvait-on être certain qu'une personne, une fois à l'abri de la mort, ne serait pas tentée d'en profiter ?

— Vous devez être un homme bon, Kylar, dit-elle à voix basse. Ne vous laissez pas corrompre par votre pouvoir. Je ne révélerai pas votre secret au Chantry – enfin, pas avant d'avoir eu l'occasion de vous revoir. Je sais que vous n'avez aucune raison de me faire confiance, alors tenez. (Elle tira un couteau de sa ceinture et le lui tendit.) Si vous devez me tuer, faites-le.

Elle lui tourna le dos.

Rien ne se passa.

Ariel attendit un long moment avant de se retourner vers lui.

— Acceptez-vous mon aide ? demanda-t-elle.

Le jeune homme semblait las.

— Logan Gyre n'est pas mort, dit-il. Il est enfermé au plus profond de la Gueule, dans un endroit qu'on appelle le Trou du Cul de l'Enfer.

— Vous pensez qu'il est en vie ?

— Il l'était il y a un peu plus de trois semaines. S'il a survécu pendant les deux premiers mois, il a affronté le plus dur. Je crois qu'il a tenu le coup.

— Et vous avez l'intention de le faire évader ?

— C'est mon ami.

Ariel s'efforça de respirer avec lenteur et de reprendre son calme. Elle mourait d'envie de tancer ce jeune imbécile. Il risquait de perdre le ka'kari pour sauver un vulgaire roi ?

—Savez-vous ce qui se passera si Garoth Ursuul met la main sur votre ka'kari ? demanda Ariel. Avez-vous une idée de ce que le monde deviendra ?

Ce serait sans doute une catastrophe si le Chantry s'emparait du pouvoir de Kylar, mais ce serait l'apocalypse si les Khalidoriens y parvenaient.

—Logan est mon ami.

Ariel se mordit la langue. Si Istariel découvrait ce qu'elle s'apprêtait à faire, le bannissement du Chantry serait la moindre des punitions.

—Soit. (Elle soupira.) Je vais vous aider. Je pense que je peux faire quelque chose de spécial pour vous. Oui, quelque chose de spécial. Ne demandez jamais à une autre sœur de le refaire. J'en suis capable parce que j'en ai découvert beaucoup à votre sujet. Mais attendez un peu. J'ai besoin que vous portiez une lettre à quelqu'un.

La sœur tira un bout de parchemin et une plume de son sac. Elle griffonna quelques mots avant de sceller le message avec un sort.

—Qu'est-ce que vous faites ? demanda Kylar.

—Faites-moi confiance ou tuez-moi, Kylar. Je vous ai laissé le choix tout à l'heure et vous m'avez épargnée, alors soyez cohérent et faites-moi confiance. (Kylar cligna des yeux, étourdi par ce flot de paroles.) Je peux faire en sorte que vous soyez à Cénaria demain soir, voire demain après-midi.

—Mais il faut trois jours à cheval…

—Vous devez cependant me promettre deux choses : vous commencerez par remettre cette lettre à sa destinataire, puis vous sauverez Logan. Jurez-le.

—Que contient cette lettre ?

—Elle est adressée à une guérisseuse du nom de Drissa Nile et elle ne vous concerne pas. Vous allez déclencher des événements qui vont obliger le Chantry à revoir ses positions. Mes sœurs doivent être prêtes à réagir si vous sauvez Logan Gyre, vous comprenez?

Ce n'était pas vraiment la vérité. Le message faisait partie du plan subtil qu'elle avait conçu à l'intention de Vi, mais elle n'avait aucune intention d'en parler à Kylar.

—Quand vous arriverez en ville, mangez comme un ogre et dormez tant que vous serez fatigué. Vous aurez quand même gagné un jour ou deux.

—Une petite minute, une petite minute, dit Kylar. Je n'ai pas l'intention de laisser Logan pourrir dans son trou plus longtemps que nécessaire, mais pourquoi voulez-vous me faire gagner un jour ou deux?

Ah oui! j'avais oublié. Téméraire, mais pas idiot.

—Vi a de l'avance sur vous. Elle se dirige vers Cénaria.

—La salope! Elle va informer le Roi-dieu qu'elle a rempli son contrat, c'est certain. Attendez un peu! Comment se fait-il que vous sachiez où elle va?

Sœur Ariel grimaça.

—Nous voyagions ensemble.

—Quoi?

—Il faut que vous compreniez, Kylar. Elle possède un Don extraordinaire. Je l'emmenais au Chantry. Elle m'a échappé peu après la découverte de votre corps. Elle vous croit mort. (*Et maintenant, la préparation de l'appât.*) C'est Jarl qui vous a appris que Logan était en vie?

—Oui, pourquoi?

—L'a-t-elle… L'a-t-elle torturé avant de le tuer?

—Non. Elle ne lui a même pas parlé.

Et l'hameçon.

Il fallait laisser le mensonge dériver au gré du courant, sans lui prêter attention. Il ne devait pas paraître trop appétissant.

—Dans ce cas, j'ignore comment elle a obtenu ces informations. Elle a parlé d'un roi et d'un trou. Je pense qu'elle sait que Logan est vivant.

Kylar devint livide. Il était ferré. Il n'allait pas perdre de temps à régler ses comptes avec Vi. Il se précipiterait au secours de Logan.

Sainte Lumière! Ariel avait toujours aimé étudier et elle avait toujours savouré sa vie recluse. Pourtant, elle comprenait aujourd'hui pourquoi certaines sœurs quittaient le Chantry pour affronter le Monde. C'était ainsi qu'elles l'appelaient, «le Monde», parce que le Chantry était un univers radicalement différent. Ariel n'avait jamais prêté attention à ce qui se passait dans le Monde, car elle était persuadée que les livres seraient toujours plus intéressants que les choix futiles d'états insignifiants. Pourtant, à ce moment précis, elle débordait d'énergie et d'enthousiasme. À plus de soixante ans, elle improvisait, elle prenait des paris sur l'avenir et cela la ravissait!

—Elle n'a que quelques minutes d'avance sur moi! dit Kylar. Je peux encore la rattraper! Donnez-moi votre cheval!

—Il fait sombre, Kylar. Vous ne parviendrez jamais à…

Idiote!

Elle avait raisonné comme une sœur et Kylar était un assassin. Elle venait de lui fournir une raison supplémentaire de tuer Vi.

—Je vois dans l'obscurité. Donnez-moi votre cheval!

—Non!

Il voit dans l'obscurité?

L'humeur du jeune homme changea du tout au tout. Un instant plus tôt, il écumait encore de colère; sa détermination le parait d'une aura effrayante bien qu'il soit toujours en sous-vêtements dans le froid. Et, soudain, son corps devint iridescent. Il palpita d'un éclat seulement visible dans un spectre d'ondes magiques et la lueur était si intense qu'Ariel dut cligner des paupières pour chasser ses larmes. Quand sa vue redevint nette, Kylar s'était transformé.

Le jeune homme avait été remplacé par une apparition, un démon. Son visage était caché par un masque de rage ; son corps était couvert d'une pellicule de métal noire et luisante ; ses muscles étaient tétanisés, mais pas son pouvoir. Ariel comprit qu'elle contemplait l'Ange de la Nuit dans toute sa fureur. L'incarnation du châtiment voulait faire justice et elle se mettait en travers de son chemin.

La peur s'abattit sur elle – une peur brutale et non feinte. Ariel recula en titubant et posa une main sur sa monture, autant pour garder l'équilibre que pour empêcher l'animal terrifié de s'enfuir ventre à terre.

—Donnez. Moi. Ce. Cheval, articula Kylar.

Ariel n'avait plus qu'une solution. Elle invoqua sa magie.

Kylar fit aussitôt un bond extraordinaire et disparut dans la forêt. Le sort d'Ariel foudroya sa monture.

C'est la deuxième créature innocente que je tue pour le salut de Vi.

Elle laissa son pouvoir se dissiper et leva les mains tandis que le cheval s'effondrait.

Elle ne distingua aucun mouvement. Kylar se matérialisa soudain devant elle. La pointe de son couteau s'arrêta à deux centimètres de l'œil de la sœur.

Sainte Lumière ! avait-elle vraiment pensé que cette vie aventureuse lui plaisait ? Parier sur l'avenir n'était pas très amusant lorsque la cote du vôtre était au plus bas.

—Pourquoi protégez-vous une meurtrière ? gronda le démon de métal luisant.

—Je crois que je peux aider Vi à se racheter. Je ne vous laisserai pas la tuer tant que je n'aurai pas essayé.

—Elle ne mérite pas une deuxième chance.

—À mon avis, vous êtes la personne la moins qualifiée pour porter un tel jugement, immortel. Vous pouvez avoir toutes les deuxièmes chances que vous désirez.

—C'est différent.

—Je ne vous demande pas de lui accorder une autre chance. Je vous demande de commencer par sauver Logan. Sans mon aide, vous n'arriverez pas à Cénaria avant la fin de la semaine.

Le visage du jeune homme absorba le masque brillant, mais Kylar était toujours furieux.

—Qu'est-ce que je dois faire?

Ariel sourit, mais elle pria pour qu'il ne remarque pas que ses genoux tremblaient.

—Vous allez prendre vos jambes à votre cou.

CHAPITRE 47

K aldrosa Wyn appliqua l'ultime touche de khôl autour de ses yeux et regarda au plus profond du miroir. Elle ne savait pas pourquoi, mais elle voulait être parfaite ce soir-là. Peut-être parce que ce serait sa dernière nuit. Sa dernière nuit de prostituée ou sa dernière nuit tout court.

Son costume était abracadabrant, bien entendu. Une Séthie n'aurait jamais porté un tel vêtement sur le pont d'un navire, mais il convenait à merveille pour la soirée. Le pantalon était si serré qu'elle avait été incapable de l'enfiler. Daydra avait finalement éclaté de rire et lui avait expliqué qu'elle devait retirer sa culotte pour y parvenir.

— Mais… on voit à travers!

— Et?

— Oh!…

Le pantalon ne se contentait pas de dénuder ses chevilles, il laissait aussi ses mollets à nu. Une véritable horreur! Le corsage était étroit, en tissu très fin avec des volants en dentelle aux poignets – ridicule! En outre, le décolleté en V lui descendait jusqu'au nombril. La présence de boutons laissait supposer que le vêtement minuscule se fermait, mais même s'il était parvenu à couvrir sa poitrine – ce qui était impossible, elle avait essayé –, il n'y avait pas de boutonnières le long de la patte.

Mamma K s'était montrée ravie du travail de maître Piccun. Elle disait toujours qu'une femme nue était moins excitante qu'une femme court vêtue. Ce soir-là, Kaldrosa ne voyait pas d'inconvénient à porter un tel habit. Si le besoin s'en faisait sentir, elle pourrait courir plus vite qu'avec une robe.

Elle gagna le salon et les autres filles ne tardèrent pas à la rejoindre. Tout le monde travaillait ce soir-là, à l'exception de Bev qui avait trop peur. Elle affirmait être malade et elle ne quitterait pas sa chambre de la nuit. Kaldrosa céda presque à la panique en voyant ses compagnes : elles étaient superbes. Elles avaient consacré plus de temps que d'habitude à se maquiller, à se coiffer et à s'habiller. Par la lance de Porus ! les Khalidoriens allaient remarquer quelque chose. Ils allaient forcément remarquer quelque chose.

Sa compagne de chambre, Daydra, lui adressa un sourire. La jeune femme avait souvent appelé les cogneurs à la rescousse en entendant Kaldrosa réclamer de l'aide en criant un mot convenu d'avance. Elle lui avait sauvé la vie.

— On n'a rien sans rien, hein ? dit Daydra.

Elle ressemblait à une autre femme. Elle avait à peine dix-sept ans, mais c'était déjà une prostituée renommée avant l'invasion khalidorienne. Ce soir-là, Kaldrosa découvrait enfin les raisons de ce succès. La jeune femme rayonnait. Elle n'avait pas peur de mourir.

— Tu es prête ? demanda Kaldrosa.

Elle songea que c'était une question stupide. Leur étage allait ouvrir aux clients dans quelques minutes.

— Tellement prête que j'ai averti mes amies des autres bordels.

Kaldrosa se figea.

— Tu es devenue folle ? Tu vas toutes nous faire tuer !

Le visage de Daydra s'assombrit.

— Tu n'es pas au courant ? demanda-t-elle à voix basse.

— Au courant de quoi ?

— Les Blafards ont assassiné Jarl.

Kaldrosa eut l'impression que ses poumons se vidaient. Si elle avait nourri un espoir pour l'avenir, c'était grâce à Jarl. À Jarl et à son visage rayonnant. Il avait parlé de chasser les Khalidoriens et de devenir respectable, de construire des centaines de ponts sur la Plith, d'abroger les lois qui cantonnaient les Lapins, les esclaves, les affranchis et les pauvres aux quartiers ouest de la cité. Jarl avait évoqué une société nouvelle et, quand on l'écoutait, tout semblait possible. En entendant ses discours, Kaldrosa s'était sentie plus forte qu'elle l'avait jamais été. Il lui avait offert l'espoir.

Il était mort ?

— Ne pleure pas, dit Daydra. Tu vas faire couler ton maquillage et tout le monde va t'imiter.

— Tu es sûre de ton information ?

— La ville ne parle que de ça, dit Shel.

— J'ai vu la tête de Mamma K, dit Daydra. Ce n'est pas une simple rumeur. Alors tu crois vraiment qu'une pute va nous balancer à ces salauds ? Après qu'ils ont assassiné Jarl ?

La porte de la dernière chambre s'ouvrit et Bev sortit. Elle portait son costume de danseuse de taureau – les couettes dressées comme des cornes, le ventre nu et un pantalon court en guise de vêtement. Son couteau rituel était accroché à sa ceinture, mais la lame ne paraissait pas aussi émoussée que d'habitude. La jeune femme était pâle, mais son visage exprimait une détermination farouche.

— Jarl a toujours été gentil avec moi, dit-elle. Et je ne veux pas entendre leur putain de prière une fois de plus.

— Il était gentil avec moi aussi, hoqueta une prostituée en étouffant ses sanglots.

— Arrêtez ! s'exclama Daydra. Pas de larmes ! Nous allons le faire.

— Pour Jarl ! lança une jeune femme.

— Pour Jarl ! répétèrent ses camarades.

Une cloche tinta. Les premiers clients arrivaient.

— J'en ai parlé à d'autres filles, moi aussi, dit Shel. J'espère que ça ne pose pas de problème. Moi, je me réserve Gros Cul. Il a tué ma première camarade de chambre.

— Je m'occupe de Kherrick, dit Jilean.

Sous son maquillage, son œil droit était encore gonflé et jaunâtre.

— Petite Bite est pour moi !

— Je prends Neddard.

— Je me fous de savoir qui ce sera, gronda Kaldrosa. (Elle contracta les mâchoires si fort que cela lui fit mal.) Mais je vais m'en faire deux. Le premier pour Tomman, le second pour Jarl.

Les autres filles la regardèrent.

— Deux ? demanda Daydra. Comment vas-tu t'en faire deux ?

— Je ferai ce qu'il faut, mais j'en aurai deux.

— Putain ! lâcha Shel. Moi aussi, je vais m'en faire deux. Mais je m'occupe de Gros Cul en premier. Au cas où.

— Moi aussi, dit Jilean. On y va.

Le capitaine Burl Laghar fut le premier à monter l'escalier. Le cœur de Kaldrosa cessa de battre lorsqu'elle l'aperçut. Elle ne l'avait pas vu depuis qu'elle s'était réfugiée au *Dragon Peureux* pour lui échapper. Le soldat s'arrêta devant elle.

— Tiens, tiens ! Mais c'est ma petite pute de pirate, dit Burl.

Kaldrosa était paralysée. Sa langue s'était transformée en barre de plomb.

Le soldat sentit sa peur et bomba le torse.

— Tu vois ? Je te l'avais dit avant même que tu vendes ton cul, que t'étais une pute ! J'ai su que t'aimais ça la première fois que je t'ai baisée devant ton mari. Et te voilà ! (Il sourit, mais il était déçu : aucun de ses flagorneurs n'était avec lui pour rire à sa boutade.) Bon ! tu es heureuse de me voir ?

À la grande surprise de Kaldrosa, la peur s'évanouit. Elle disparut comme par enchantement. La jeune femme esquissa un sourire malicieux.

—Heureuse ? dit-elle en l'attrapant par le pantalon. Oh ! tu n'as pas idée à quel point.

Elle l'entraîna dans sa chambre. Pour Tomman. Et pour Jarl.

Cette nuit-là, un éclopé aux cheveux gris grimpa sur le toit du manoir qui avait jadis appartenu à Roth Ursuul et qui servait désormais de refuge à des centaines de Lapins. Il s'appuya sur sa béquille et hurla au clair de lune.

—Viens, Jarl ! Viens me voir ! Viens m'écouter !

Tandis que les miséreux se rassemblaient pour observer le fou, un vent en provenance de la Plith se leva. Le général entama un poème lyrique plein d'amour et de haine. Dans ses yeux, les larmes brillèrent comme des étoiles. Il chanta une complainte en l'honneur de Jarl, un chant funèbre lui souhaitant une vie meilleure. Ses paroles dansèrent avec les bourrasques et de nombreux témoins eurent l'impression que les vents et l'esprit du Shinga se rassemblaient pour écouter le vieil homme et qu'ils bouillonnaient au rythme de la vengeance.

Le général humilié vociféra et brandit sa béquille comme s'il s'agissait du symbole de l'impuissance et du désespoir des Lapins. Il cria à l'instant où les vents se turent.

Et le Dédale lui répondit. Un hurlement monta. Le hurlement d'un homme.

Les vents se déchaînèrent comme si cette voix avait soudain appelé à la révolte. Des éclairs déchirèrent la nuit autour du château qui se dressait au nord et dessinèrent la silhouette du général sur le ciel. Des nuages noirs cachèrent la lune et une pluie diluvienne s'abattit.

Les Lapins virent le général rire, pleurer, défier le tonnerre et agiter sa béquille en direction des cieux comme s'il dirigeait un orchestre fou de rage.

Cette nuit-là, des cris montèrent du *Dragon Peureux*. Jamais les prostituées n'avaient fait autant de bruit. Celles qui avaient toujours refusé ce service à leurs clients hurlèrent si fort qu'on oublia leur revirement. Le vacarme fut tel que personne n'entendit les grognements, les plaintes, les braillements, les gémissements et les supplications des soldats à l'agonie. Quarante Khalidoriens trouvèrent la mort rien qu'au *Dragon Peureux*.

Mamma K avait conçu le plan pour un seul de ses établissements, car elle prévoyait ensuite de faire sortir les filles de la cité clandestinement. Le massacre avait pour but d'amener les Khalidoriens à réfléchir à deux fois avant de brutaliser une prostituée. Mais la mort de Jarl enflamma les esprits et tout le monde voulut participer. Un tenancier de bordel prétexta une fête et servit de la bière à prix sacrifié pour enivrer ses clients. Il baptisa le prétendu jour férié «Nocta Hemata». «La Nuit de la Passion», affirma-t-il aux soldats khalidoriens avec un large sourire. Un de ses collègues, qui avait travaillé avec Jarl pendant des années, confirma qu'il s'agissait d'une ancienne tradition cénarienne, mais il lui préféra le nom de «Nuit de l'Abandon».

Dans toute la ville, les bordels organisèrent des orgies sans précédent dans une débauche de nourriture droguée et d'alcool. La nuit se remplit de cris, de vociférations et de ululements. Puis montèrent les hurlements de terreur, les appels frénétiques aux représailles et au meurtre, puis les soupirs satisfaits de la vengeance accomplie. Hommes, femmes et rats de guilde – des adultes dans des corps d'enfants – tuèrent avec une rage si terrible qu'elle en devenait incohérente. Tous ceux qui avaient quelqu'un à pleurer se dressèrent au-dessus des cadavres ensanglantés des Khalidoriens et invoquèrent leurs chers disparus pour qu'ils contemplent leur vengeance. Ils appelèrent Jarl pour qu'il contemple le juste châtiment qu'ils avaient infligé à l'ennemi. Les chiens hurlèrent et les chevaux hennirent en sentant les effluves sauvages de sang, de sueur, de peur et de douleur. Des hommes et des femmes envahirent les rues et coururent dans toutes les directions. Il y avait tant de sang que même la pluie battante ne parvenait pas à le faire disparaître. Les caniveaux se teintèrent de rouge.

Des soldats arrivèrent et découvrirent de petits trophées accrochés aux portes des bordels, de petits trophées tranchés entre les jambes des violeurs. Mais il n'y avait plus que des cadavres à l'intérieur. À l'aube, les Khalidoriens drogués qui étaient parvenus à s'échapper des maisons de passe erraient dans les rues en cherchant un moyen de quitter le Dédale. Des maris et des amants furieux les taillèrent en pièces. On envoya des troupes fraîches et bien armées pour enquêter sur les événements de la nuit, mais elles tombèrent dans des embuscades. Des pierres leur furent lancées des toits et des archers décochèrent leurs traits à bonne distance. Dès que les soldats chargeaient, les Lapins disparaissaient – ils avaient passé des mois à s'entraîner à la manœuvre. Les Khalidoriens eurent bientôt l'impression d'être harcelés par des fantômes. Dans chaque ruelle étroite et sinueuse, il y avait un endroit propice à un guet-apens. Les guerriers qui pénétrèrent dans le Dédale n'en ressortirent jamais.

Cette nuit-là, le Roi-dieu perdit six cent vingt et un soldats, soixante-quatorze officiers, trois propriétaires de bordel à sa solde et deux sorciers. Il n'y eut aucune perte à déplorer dans le camp des Lapins.

Par la suite, les Khalidoriens et les Cénariens baptisèrent cette nuit « Nocta Hemata ». La Nuit du Sang.

Logan se réveilla et resta immobile. Il laissa la réalité s'imposer à lui jusqu'à ce qu'il n'y ait plus de doute possible. Il était vivant. C'était incroyable, mais il avait survécu à la perte de conscience et à la fièvre. Là, au fond du Trou.

Il se rappela plus ou moins les rugissements tout proches de Grincedent, le chiffon humide que Lilly lui posait sur le front. D'autres images glissaient entre ces fragments de souvenirs, comme du pus suintant d'une blessure : des cauchemars, des spectres de sa vie précédente, des femmes mortes ainsi que des visages khalidoriens morbides et jubilatoires.

Il bougea et comprit aussitôt qu'il n'était pas tiré d'affaire. Il était aussi faible qu'un chaton. Il ouvrit les yeux et essaya de s'asseoir. Autour du gouffre, il entendit des murmures, comme si tout le monde était aussi étonné que lui. Ici, les malades ne survivaient pas.

Une grosse main le saisit et le redressa en position assise. Grincedent lui adressa son sourire de simplet, puis s'agenouilla et serra Logan si fort que le jeune homme en eut le souffle coupé.

—Doucement, Grince, dit Lilly. Laisse-le respirer.

À la grande surprise de Logan, Grincedent le lâcha aussitôt. Il n'écoutait pourtant personne d'autre que lui.

Lilly sourit à son tour.

—Contente de te revoir parmi nous.

—Je constate que tu t'es fait un nouvel ami, dit Logan.

Il ressentit une pointe de jalousie qui lui fit honte.

Lilly baissa la voix.

—Tu aurais dû le voir, Roi. Il a été magnifique.

Elle grimaça un autre sourire qui révéla ses dents manquantes et tapota le crâne noueux de Grincedent. Le simple d'esprit ferma les yeux et ouvrit la bouche, une expression béate sur le visage.

—Tu as fait du bon boulot, pas vrai, Grince ?

—Ooooui, répondit Grincedent en accentuant curieusement le mot.

Logan faillit tomber à la renverse. C'était la première fois qu'il entendait la voix de l'idiot.

—Tu parles?

Grincedent sourit.

—Hé! la pute! appela Fin de l'autre côté du gouffre.

Il avait déroulé la plus grande partie de sa corde en tendon et il y ajoutait un nouveau bout tressé. Logan vit qu'il ne restait que sept Hurleurs.

—Il est temps que tu te refoutes au boulot!

—T'attendras que j'en aie envie, répliqua Lilly. (Elle se tourna vers Logan.) J'en ai pas laissé un seul tirer son coup depuis que t'es tombé malade.

—Qu'est-ce que c'est que ce bruit? demanda le jeune homme.

Il ne l'avait pas remarqué tout de suite parce qu'il était ininterrompu. Il s'agissait d'une espèce de cliquetis accompagné d'un murmure grave qui se répercutait dans le Trou. Il provenait d'une autre partie de la Gueule.

Logan sentit un étrange courant d'air avant que Lilly ait le temps de répondre. Les Hurleurs s'entre-regardèrent, mais leurs visages restèrent impassibles. Quelque chose avait changé, mais personne ne savait quoi.

Le malaise de Logan empira. Il était de plus en plus faible. L'air se fit plus dense, plus oppressant. Le jeune homme s'était habitué à la puanteur et à la crasse du Trou, mais aujourd'hui, il eut l'impression de les sentir pour la première fois. Il redécouvrit l'enfer dans lequel il vivait. Il était plongé dans la fange et il n'existait aucune échappatoire. Chaque respiration le remplissait de toxines, chaque mouvement déplaçait de la boue et gorgeait les pores de sa peau d'une lie graisseuse. Il avait côtoyé des monstres; il avait laissé les ténèbres le pénétrer, le marquer de manière indélébile, lui apposer le sceau de l'ignominie. Désormais, chaque personne rencontrée découvrirait les horreurs qu'il avait commises, les pensées impures qu'il avait nourries. Mais c'était le prix à payer en échange du simple droit de survivre.

Il percevait à peine les hurlements et les supplications qui résonnaient dans la Gueule. Plus les prisonniers étaient proches du Trou, plus leurs cris étaient forts et désespérés. Malgré ces vagues de plaintes aiguës, Logan entendit de nouveau le cliquetis. Il évoquait un chariot aux roues cerclées de fer avançant sur des pavés.

Autour du gouffre, les criminels endurcis se recroquevillèrent en position fœtale et se blottirent contre la paroi, les mains sur les oreilles. Seuls Tenser et Fin ne bougèrent pas. Le second était extatique. La corde sur les genoux, il contemplait la grille. Tenser remarqua le regard de Logan.

— Khali est arrivée, dit-il.

— Qui est-ce ? demanda le jeune homme.

Il était à peine capable de bouger. Il mourait d'envie de se jeter dans le gouffre pour échapper au désespoir et à l'horreur.

— C'est une déesse. Ici, la pierre suinte de mille ans de souffrance, de haine et de tristesse. La Gueule est un joyau de malfaisance et Khali va s'y installer, au plus profond des ténèbres insondables. (Il se mit à psalmodier encore et encore.) *Khali vas, Khalivos ras en me, Khali mevirtu rapt, recu virtum defite.*

Tatts, qui était juste à côté de lui, le saisit par les épaules.

— Qu'est-ce que tu racontes ? Ferme ta gueule !

Il l'attrapa à la gorge et le tira vers le rebord du gouffre.

Des filets noirs jaillirent des bras de Tenser. Les yeux de Tatts s'écarquillèrent tandis qu'il s'étranglait. Sa bouche s'ouvrit et se ferma sans bruit, puis il laissa échapper quelques hoquets étouffés. Il s'éloigna du gouffre en titubant, lâcha Tenser et tomba à genoux. Son visage était écarlate, les veines de son cou et de son front saillaient, il haletait sans raison apparente.

Il s'effondra en respirant à grands coups.

Tenser sourit.

—Connard de tatoué! Apprends que personne ne porte la main sur un prince de l'Empire.

Nick Neuf-Doigts exprima la stupéfaction de tous ses camarades en même temps que la sienne.

—Qu'est-ce que tu as dit?

—Je suis un Ursuul et mon séjour ici touche à sa fin. Khali est arrivée et je crains qu'elle ait besoin de vous tous. C'est le sens de notre prière: *Khali vas, Khalivos ras en me, Khali mevirtu rapt, recu virtum defite.* Viens, Khali, vis en moi, Khali. Accepte mes offrandes, Khali, la force de ceux qui s'opposent à toi. Aujourd'hui, elle a répondu à cette prière. Khali fait maintenant partie des Hurleurs. Vous allez vivre en sa sainte présence. C'est un grand honneur même si, je dois le reconnaître, on se bat rarement pour l'obtenir.

Le bruit était bel et bien celui d'un chariot. Logan l'entendit atteindre le troisième niveau de la Gueule.

—Qu'est-ce que tu fous ici? demanda Nick à Tenser.

—Cela ne te regarde pas, mais c'est grâce à moi si tout le monde est encore au fond de ce trou.

Tenser sourit comme si cette idée le remplissait de joie.

—Quoi? demanda Nick.

—Espèce d'enculé! lâcha Lilly. C'est à cause de toi que la clef ne tournait pas dans la serrure. C'est à cause de toi qu'elle m'a échappé. C'est à cause de toi que Gorkhy a rappliqué. Fils de pute!

—Oui, oui et oui.

Tenser éclata de rire. Il tendit la main et une boule de lumière rouge en jaillit. Les Hurleurs reculèrent en clignant des yeux: ils vivaient dans l'obscurité depuis des mois. La sphère s'éleva et passa entre les barreaux de la grille.

Au fond du couloir, quelqu'un cria en l'apercevant.

Dans le dos de Tenser, Fin attrapa une boucle de sa corde.

—N'y pense même pas, l'avertit le Khalidorien avec un sourire sinistre. En outre, la présence de Khali ne signifie pas que vous allez tous mourir. Toi, Fin, tu seras peut-être très heureux à son service. Vous feriez bien de prendre modèle sur lui, vous autres.

Un vieillard apparut au-dessus de la grille. Celle-ci s'ouvrit et Logan reconnut Neph Dada. Il se glissa dans la niche étroite avant que le vürdmeister ait le temps de le remarquer.

Tenser s'éleva en douceur dans les airs, porté par la magie du sorcier. Il cessa de rire seulement lorsqu'il arriva en haut.

La grille se ferma dans un grand claquement et Logan sortit la tête de sa cachette. Un faisceau rouge se braqua sur lui et l'aveugla. La surprise le cloua sur place.

—Oh! dit Tenser Ursuul. Ne crois pas que je t'ai oublié, Roi. Je suis impatient d'annoncer à mon père que j'ai retrouvé Logan Gyre au plus profond de sa prison. Il sera fou de joie.

CHAPITRE 48

G aroth Ursuul n'était pas très heureux de revoir son fils.
Neph Dada avait pourtant pris des précautions : il avait
conduit Tenser dans les appartements privés du Roi-dieu
et, grâce à sa magie, il s'était assuré le silence de tous les
domestiques rencontrés en leur arrachant la langue. Mais il
y avait encore trop d'espions au château et, de toute manière,
Garoth Ursuul n'avait pas ordonné la libération de son fils.
Quelqu'un l'avait sûrement vu – des prisonniers quand il
quittait la prison.

Garoth réfléchit et songea que Tenser avait peut-être
perdu toute utilité. Le Roi-dieu n'aimait pas que ses rejetons
prennent des initiatives. Personne ne décidait à sa place.

Tenser lut le mécontentement sur le visage de son père
et se dépêcha d'arriver à la conclusion de son récit.

— Je… Je me suis dit que le sacrifice de Logan célébrerait
à merveille l'arrivée de Khali – que son nom soit vénéré à
jamais – à Cénaria. (Sa voix se mit à trembler.) J'ai pensé que
le baron Kirof avait certainement été capturé…

— Tu as pensé cela ?

— Je me suis trompé ?

— Le baron Kirof a fait une chute mortelle dans un col
de montagne alors qu'il essayait de s'enfuir. Son corps n'a
pas été retrouvé. (La bouche de Tenser s'ouvrit et se ferma
à plusieurs reprises tandis qu'il réalisait les implications
de cette nouvelle.) Ta condamnation est donc définitive.

C'est sans importance. De toute façon, ces Cénariens sont incapables d'apprécier ma générosité. Cela nous servira de leçon lors de nos prochaines conquêtes. J'ai bien peur que tu sois désormais inutile, mon garçon. Les Cénariens n'ont pas été pacifiés. Tu n'as pas réussi ton *uurdthan*.

Tenser tomba à genoux.

— Votre Sainteté, je vous en prie. Je serai votre humble serviteur. Je ferai tout ce que vous voudrez. Je vous obéirai de tout mon cœur. Je le jure. Je ferai tout ce que vous voudrez.

— En effet, dit Garoth.

Tenser n'avait rien d'exceptionnel. Il avait – à peine – survécu à son apprentissage, mais il n'était pas de la même étoffe que Garoth et il ne le serait jamais. Il ne succéderait jamais à son père, mais il l'ignorait et, plus important encore, Moburu l'ignorait également.

— Neph, où est la reine vierge ?

— Elle attend votre bon plaisir dans la tour nord, Votre Sainteté, répondit le vürdmeister rabougri.

— Ah ! oui !

Garoth ne l'avait pas oublié, mais il ne voulait pas que Neph sache à quel point cette jeune fille l'intriguait.

— Je peux demander qu'on la fasse venir sur-le-champ si vous souhaitez la sacrifier, dit le vürdmeister.

— Tenser et elle seraient une offrande de choix pour Khali quand elle prendra ses nouveaux *ras*, n'est-ce pas ? (Mais il avait besoin de Tenser pour occuper Moburu et il était hors de question de perdre Jénine.) Tenser, j'ai… Je place de grands espoirs en toi. Tu n'es pas responsable de la mort du baron Kirof et il me plaît donc de t'accorder une deuxième chance. Va chercher des vêtements dignes d'un fils du Roi-dieu et ramène-moi ce Logan Gyre. Je ne tolérerai pas qu'il s'échappe une fois de plus sous mon nez. Je te donnerai bientôt un nouvel *uurdthan*.

Garoth se tourna vers le vürdmeister Dada dès que les portes se refermèrent sur Tenser.

—Tu le conduiras à la Gueule et tu lui feras construire un férali aux côtés de son frère. Aide-le dans son travail et félicite-le devant Moburu. Ne lésine pas. Et maintenant, fais entrer Hu Gibbet.

—Je ne suis pas certaine que cela fonctionne, dit sœur Ariel. (Seule son aura éclairait les bois plongés dans les ténèbres.) Si je n'ai pas fait d'erreur, vous ne devriez avoir aucune difficulté à vous imprégner de cette forme de magie. Absorbez-en autant que possible.

—Et ensuite ? demanda Kylar.

—Ensuite, courez.

—Je cours ? Je n'ai jamais rien entendu de si ridicule.

Tu parles au lieu d'écouter. Les paroles du Loup résonnèrent dans sa tête. Il grinça des dents.

—Excusez-moi. Vous pouvez m'expliquer ?

—Vous ne vous fatiguerez pas... enfin, je crois. Vous devrez quand même payer le prix de l'utilisation de la magie, mais il sera bien moindre avec celle que je vous fournis. Je suis prête ; et vous ?

Kylar haussa les épaules. Il était plus que prêt. Ses yeux le démangeaient comme ils l'avaient démangé la première fois qu'il avait fusionné avec le ka'kari. Il les massa une fois de plus.

Je deviens de plus en plus puissant.

Cette pensée fut une révélation. Il maîtrisait mieux son Don grâce à ses entraînements sur les toits de Caernarvon, mais ce qu'il ressentait maintenant était différent. C'était différent, mais familier.

Il avait éprouvé la même sensation chaque fois qu'il était mort. Chaque trépas renforçait son Don et altérait sa vue.

Ce processus aurait dû le ravir, mais il sentit les doigts glacés de la peur caresser son dos nu.

Il y avait forcément une contrepartie. Comment aurait-il pu en être autrement ? Oui, bien sûr, ce pouvoir lui avait déjà coûté Élène. Cette pensée raviva une douleur encore intense. Le prix à payer était-il évalué en termes d'êtres chers ?

Kylar était mort pour de l'argent, mais le Loup affirmait que Durzo avait fait pis. S'était-il suicidé ? Oui, Kylar en eut la certitude. L'avait-il fait par curiosité ? Pour augmenter son pouvoir ? S'était-il senti prisonnier ? Mais le suicide était impossible.

L'idée d'être immortel avait sans doute été odieuse à un homme aussi triste et aussi seul que Durzo.

Oh ! maître ! Je suis vraiment désolé. Je n'ai jamais compris.

La blessure – toujours à vif – de sa disparition se rouvrit tout d'un coup. Le temps ne parvenait pas à la guérir. Kylar avait libéré le pisse-culotte d'une existence dont il ne voulait pas, mais cela ne le consolait guère. Il avait assassiné une légende, un homme qui lui avait tout donné. Pis encore, il l'avait fait en proie à la haine. Durzo avait envisagé sa mort comme un sacrifice, mais Kylar ne l'avait pas tué par pitié. Il l'avait tué par vengeance et seulement par vengeance. Il se rappela le goût douceâtre de sa rage et de la haine alimentée par toutes les épreuves que son maître lui avait imposées. Voilà ce qui lui avait donné la force de s'accrocher au sommet du conduit.

Maintenant, Durzo était vraiment mort. Il s'était enfin libéré de son corps. Mais sa disparition laissait une grande douleur et une désagréable impression d'injustice. Blint avait passé sept siècles seul pour servir un but qui lui échappait. Sa récompense aurait dû être tout autre – la révélation de ce but mystérieux, ou une réunion, une communion à la mesure de ses sept cents ans de solitude. Kylar commençait enfin à comprendre son maître, il était prêt à réparer ses erreurs, mais il n'y avait plus personne auprès de qui s'excuser. Durzo avait disparu de sa vie et laissé derrière lui un terrible gouffre que rien ne pouvait combler.

— Je ne peux pas concentrer l'intégralité de mon Don pendant une éternité, jeune homme, remarqua Ariel tandis que des gouttes de sueur coulaient sur son front.

— Oh! excusez-moi.

Une tache de lumière éblouissante apparut dans les mains de la sœur. Kylar tendit le bras et s'efforça d'absorber la magie.

En vain.

Il fit surgir le ka'kari dans sa paume, mais rien ne se passa.

Cet échec était un peu embarrassant.

— Laissez-vous aller, dit sœur Ariel.

Laissez-vous aller. Ce conseil l'agaça au plus haut point. C'était le genre de connerie sentencieuse typique d'un professeur.

Votre corps sait ce qu'il faut faire. Vous réfléchissez trop. Ben voyons!

— Vous pouvez regarder ailleurs pendant un instant? demanda-t-il.

— Sûrement pas!

Il avait déjà absorbé de l'énergie magique lorsque le ka'kari l'enveloppait comme une seconde peau. Il savait que c'était possible.

— Je ne tiendrai pas très longtemps, dit sœur Ariel.

Kylar transforma le ka'kari en boule au creux de sa main, tourna la paume vers le bas et la plaça juste au-dessus de la flaque de magie. Il avait agi si vite que sœur Ariel n'avait sans doute rien remarqué.

— *Allez! s'il te plaît! Il faut que ça marche.*

— *Puisque c'est demandé si gentiment…*

Kylar cligna des yeux, surpris. Qui avait dit cela?

Puis la flaque de magie vacilla comme la flamme d'une bougie par grand vent. Le trouble de Kylar ne dura qu'un instant. Kylar eut l'impression que la sphère métallique s'était transformée en éclair. Il perdit le contrôle de son corps tandis que l'énergie le traversait de part en part, le figeant malgré ses efforts pour se jeter en arrière. Il songea qu'il allait être carbonisé.

Tiretoitiretoitiretoi!

Sœur Ariel recula d'un pas, mais le ka'kari s'étira entre Kylar et elle. Il absorbait l'énergie comme une sangsue boit le sang.

Le jeune homme sentit la magie, le pouvoir, la lumière et la vie se déverser en lui et le submerger. Il vit que les veines de sa main étaient identiques aux nervures des quelques feuilles qui se balançaient encore au-dessus de sa tête. Il vit la vie grouiller partout dans la forêt. Il vit le terrier du renard à travers les herbes. Il vit le nid du pic à travers les sapins. Il sentit la caresse de la lumière des étoiles sur sa peau. Il identifia l'odeur de cent hommes différents dans l'enceinte du camp rebelle – il aurait pu dire ce que chacun avait mangé, combien de temps ils avaient travaillé, lesquels étaient en bonne santé, lesquels étaient malades. Son audition devint si sensible qu'il en resta décontenancé. Il ne parvenait plus à différencier les bruits. Le vent entrechoquait les feuilles comme des cymbales. Tout près de lui, deux – non, trois – animaux de grande taille respiraient si fort qu'ils semblaient rugir. Il devait s'agir de sœur Ariel, de lui-même et d'une autre personne. Les branchages palpitaient. Il entendit les battements de cœur d'un hibou, le choc puissant d'un… genou se posant par terre.

—Assez! Assez! s'écria sœur Ariel.

Elle était à quatre pattes. La magie ruisselait de son corps.

Kylar éloigna le ka'kari et le fit disparaître.

Sœur Ariel s'effondra, mais Kylar ne le remarqua même pas. La lumière, la magie et la vie flamboyaient, se déversaient et explosaient dans chaque pore de sa peau. C'était insupportable. C'était douloureux. Chaque battement de cœur insufflait un peu plus de puissance dans ses veines. Son corps était trop fragile pour résister à une telle énergie.

Sœur Ariel ouvrit la bouche.

—Alllllez...

Elle parlait avec une lenteur ridicule. Kylar attendit que ses lèvres articulent le mot suivant. Un nouveau murmure caverneux résonna :

—Sauuuver...

Sauver ? Sauver quoi ? Pourquoi traînait-elle autant ? Pourquoi tout était-il si lent ? C'était interminable. C'était horripilant. Le jeune homme eut le plus grand mal à se contenir. Il regorgeait de lumière. Son crâne palpitait. Un ventricule de son cœur se contracta tandis qu'il attendait la suite du message.

—Leee...

Sauver le roi, lui souffla une petite voix impatiente.

Il devait sauver le roi. Il devait sauver Logan.

Kylar partit en courant avant que sœur Ariel ait le temps d'articuler la syllabe suivante.

En courant ? Non, le terme ne convenait pas, il était trop... lent. Kylar se déplaçait deux ou trois fois plus vite que l'homme le plus rapide de la planète.

Il éprouva une joie intense. La sensation de vitesse était extraordinaire, unique. Il faisait des pas de côté ou se baissait afin d'éviter des obstacles. Ses yeux brillants regardaient aussi loin que possible.

Il était si rapide que l'air forma une muraille devant lui. Ses pieds n'avaient plus assez d'adhérence pour le faire avancer plus vite. Il était prêt à décoller.

Il aperçut alors un camp, juste sur son chemin. Il bondit et s'envola. Il parcourut deux cents ou trois cents mètres dans les airs et constata qu'il filait droit sur un arbre.

Il projeta son ka'kari en avant et percuta un tronc large de un mètre. Des éclats de bois volèrent dans toutes les directions, mais le choc n'interrompit pas sa course. Il entendit l'arbre grincer et vaciller derrière lui, mais quand il s'abattit, le jeune homme était déjà loin.

Il courut sans s'arrêter. Il projeta le ka'kari devant lui pour se protéger du vent, puis derrière lui pour augmenter son adhérence et aller plus vite encore.

La nuit s'estompa. Le soleil se leva. Kylar courait toujours. Il dévorait les kilomètres avec l'avidité d'un ogre affamé.

Sœur Ariel se dirigea à quatre pattes vers l'arbre derrière lequel Ulyssandra était attachée. Il lui fallut un long moment, mais elle n'avait pas le choix : si elle succombait au sommeil, elle n'était pas certaine de se réveiller. Elle atteignit enfin la fillette. Celle-ci ne dormait pas. Elle avait les yeux rouges et des larmes coulaient le long de ses joues. Elle savait que Kylar avait ressuscité, mais qu'on lui avait caché sa présence. Ariel l'avait trahie.

La sœur ne trouva rien à dire. Ni elle ni l'enfant ne pouvait plus influer sur les événements. Elle avait lâché Vi et Kylar comme des faucons de chasse et il était désormais impossible de les rappeler. Si Uly ne s'échappait pas pendant son sommeil, Ariel la conduirait au Chantry. Le chemin serait long et la fillette aurait l'occasion de réfléchir sur ce qu'elle venait de vivre.

Par tous les dieux ! ce gamin avait bu jusqu'à la dernière goutte de son énergie et cela ne l'avait pas rempli. Il l'avait vidée. Elle ! Une des femmes les plus puissantes du Chantry ! Il était si enthousiaste, si jeune. Si terrifiant.

Ariel dut rassembler toute sa volonté pour libérer Uly. En dénouant les trames, elle eut l'impression de boire de l'alcool alors qu'elle était encore soûle. Elle termina sa tâche et s'effondra.

Chapitre 49

Logan en était arrivé à croire qu'il était différent des autres. On lui avait arraché tout ce à quoi il tenait : ses amis, sa femme, ses espoirs, sa liberté, sa dignité, son innocence… Pourtant, on avait épargné sa vie.

Cet oubli serait vite réparé. Le Roi-dieu ne le laisserait pas pourrir au fond du Trou. Logan était censé avoir péri pendant l'invasion de Cénaria. Maintenant qu'il était ressuscité, Garoth Ursuul ne prendrait pas de risque : il exigerait d'assister à sa mort. Il ne faisait aucun doute que son exécution serait précédée d'une séance de torture, mais le jeune homme n'en avait cure.

Si sa force ne l'avait pas abandonné, il aurait tenté un acte désespéré, mais la fièvre l'avait transformé en coquille vide. Il pouvait toujours se jeter dans le gouffre en entraînant Fin avec lui. Il aurait pu le faire avant que la maladie l'affaiblisse, mais il n'avait pas voulu se sacrifier tant qu'il y avait de l'espoir. Il s'était toujours efforcé de rester en vie et, aujourd'hui, il allait mourir sans en tirer la moindre satisfaction. Ses amis n'en profiteraient même pas.

Logan ruminait dans les ténèbres. Par chance, Khali s'était éloignée et une vague gêne avait remplacé l'angoisse oppressante qui avait accompagné son arrivée. Le jeune homme retrouvait la puanteur, la chaleur, le hurlement du vent, tout ce qui rendait cet endroit insupportable. Des sensations familières à défaut d'être agréables.

— Hé! la pute! viens par ici! lança Fin.

Lilly se leva et tapota l'épaule de Logan. Elle murmura quelque chose à Grincedent – elle lui demanda sans doute de surveiller Logan –, puis rejoignit Fin.

Bien sûr. Logan ne pouvait pas lui en vouloir, même si son comportement l'affligeait et lui laissait une impression de vide. Lilly devait être prosaïque. L'héritier de la maison Gyre avait découvert le romantisme dans les livres qu'il avait tant aimés, mais les grands sentiments ne résistaient pas à l'odeur du Trou. Lilly était taillée pour survivre, Logan mourrait dans une heure ou deux. La vie continuait. Le cœur du jeune homme condamnait peut-être la prisonnière, mais sa raison la comprenait. En d'autres circonstances, il se serait méprisé pour avoir mangé de la chair humaine.

Grincedent se leva et s'éloigna.

Est-ce que j'empeste la mort à ce point? se demanda Logan.

Il n'avait pas le droit d'en vouloir à Grincedent ou à Lilly, mais la colère l'envahit malgré lui. Il éprouva soudain une vague de haine envers le simple d'esprit au corps difforme. Comment pouvait-il l'abandonner? Logan avait tout perdu, mais il avait quand même espéré qu'il lui restait un ou deux amis.

Grincedent ne comprenait sans doute pas que le jeune homme était sur le point de mourir. Il était allé jouer avec une extrémité de la corde en tendon de Fin. Celui-ci était trop occupé à baiser Lilly pour lui prêter attention. Logan observa Grincedent et essaya de le voir avec pitié. Il ignorait quels crimes avaient conduit le simple d'esprit dans le Trou, mais ils étaient sans doute moins graves que les siens. Grincedent ne le trahissait pas, il avait juste l'occasion de s'amuser avec un nouveau jouet. En règle générale, Fin ne laissait personne toucher à son trésor.

Logan sourit en voyant l'idiot s'asseoir et saisir la corde à deux mains. Il la serra très fort et fixa ses yeux dessus avec attention, comme s'il craignait qu'elle lui échappe. Cet homme vivait dans un autre monde.

Logan sentit le regard des Hurleurs se poser sur lui. Il les entendait presque penser. Roi. Il s'était baptisé Roi quand il avait sauté dans le Trou. Ce nom était une plaisanterie grinçante, stupide et absurde, la plaisanterie d'un homme qui vient de voir sa femme se vider de son sang. Les prisonniers avaient encore du mal à accepter sa véritable identité.

Tatts se leva, approcha et s'accroupit à côté de lui. Ses tatouages noirs ressemblaient à des vi̇rs sous la crasse qui couvrait sa peau. Il aspira sa salive et cracha du sang. Le scorbut le minait, lui aussi.

—Ça m'aurait pas déplu, dit-il. (C'était la deuxième fois que Logan entendait sa voix.) Ça m'aurait pas déplu que tu deviennes roi. J'en connais aucun qui ait autant de couilles que toi.

—Ses couilles !

Fin interrompit sa copulation, se redressa sur les mains et éclata de rire. Il était répugnant : trempé de sueur, sale, bavant du sang, une moitié de corde enroulée autour de son corps nu.

—Je te parie qu'elles lui serviront bientôt plus à rien, ses couilles !

Logan détourna les yeux, gêné de voir Lilly faire le nécessaire pour survivre. Cette pudeur faillit lui faire rater la suite.

La prisonnière poussa Fin qui roula vers le gouffre en hurlant. Il s'arrêta tout près du bord et racla le sol pour se raccrocher à quelque chose.

Lilly lui assena alors un violent coup de pied entre les jambes et Fin tomba.

Elle bondit pour échapper à la corde qui se déroulait à toute allure avec des claquements secs. Les rouleaux se dévidaient pour disparaître dans le gouffre, entraînés par le poids de Fin.

Puis la corde ralentit – Fin avait dû heurter le fond.

Lilly laissa échapper un cri de joie. Elle serra Grincedent dans ses bras et l'embrassa.

—Tu as été parfait! parfait! (Elle se tourna vers Logan.) Toi, par contre, on ne peut pas dire que tu te sois décarcassé!

Logan était abasourdi. Il cherchait un moyen de tuer Fin depuis… eh bien! depuis qu'il était arrivé dans cet enfer. Et voilà qu'on se débarrassait de cette ordure sans son aide!

—Bon! écoutez-moi, dit Lilly. Vous tous! On est baisés. On l'a toujours été. On est tous ici pour quelque chose et y en a pas un de nous qui soit digne de confiance. Mais Roi n'est pas comme nous. Lui, on peut lui faire confiance. On a une chance sur mille de s'en sortir, mais pour avoir cette chance, il faut qu'on se serre les coudes.

—Qu'est-ce que t'as derrière la tête? demanda Nick Neuf-Doigts.

—On avait une clef. Maintenant, on a la corde de Fin, mais on n'a pas de temps à perdre. Je dis qu'il faut faire descendre Roi et Grince dans le gouffre. Roi parce qu'on peut lui faire confiance et parce qu'il a vu où la clef est tombée. Grince parce que c'est le seul qui est assez fort pour remonter. Ils descendent, ils jettent un coup d'œil, ils regardent s'il y a un moyen de sortir en bas ou ils trouvent la clef. D'une manière ou d'une autre, ça nous donne une chance de nous tirer d'ici avant le retour des Blafards.

—Pourquoi on descendrait pas tous? demanda Nick.

—Parce qu'il faut quelqu'un pour tenir la corde, connard. Où veux-tu l'accrocher?

—À la grille, proposa Nick.

—Il faudrait faire une pyramide de trois personnes et soulever le poids de Fin qui est toujours à l'autre bout. C'est impossible. On pourra le faire quand Roi sera au fond et qu'il aura détaché le cadavre. À ce moment, on pourra tous descendre. Et s'il n'y a pas d'issue en bas, Roi trouvera peut-être la clef et on pourra essayer de sortir par en haut.

— Il faudra qu'on passe à côté de… cette chose, dit Nick d'une voix terrifiée.

— Personne a dit que ce serait une promenade de santé, lâcha Lilly. Mais si on reste ici, c'est sûr qu'on y laissera notre peau.

Tatts acquiesça. Il suivrait le plan de Lilly.

— Moi je suis d'avis qu'il vaut mieux faire descendre quelqu'un d'autre, dit Nick.

— C'est grâce à moi qu'on a la corde, répliqua la prisonnière. On fait comme je dis ou on fait rien.

— Allez ! Lil…

— Tu nous fais assez confiance pour qu'on te descende au bout d'une corde, Nick ? Il suffirait qu'on lâche tout pour augmenter notre ration de bouffe.

Cette remarque réduisit Nick au silence.

— Et toi, Roi ? Tu nous fais confiance ? demanda Tatts.

— Je vous fais confiance.

Je n'ai plus rien à perdre.

Il fallut plusieurs minutes pour expliquer à Grincedent ce qu'il aurait à faire et Logan n'était pas certain que le simple d'esprit ait tout compris. Les Hurleurs s'alignèrent et ramassèrent la corde. Lilly se plaça devant tout le monde. Elle déclara que, quoi qu'il arrive, elle ne lâcherait pas prise. Si les autres voulaient continuer de la baiser, ils avaient intérêt à tenir bon.

— Je te dois tout, lui dit Logan.

Lilly était loin d'être belle, mais, à cet instant précis, elle rayonnait. Elle était fière d'elle et le jeune homme ne l'avait jamais vue ainsi.

— Non, Roi, c'est moi qui te dois tout. Quand tu es arrivé, je t'ai dit de te cramponner à des souvenirs agréables, mais c'est toi qui m'as montré l'exemple. Quoi que j'aie fait, je vaux mieux que ça. Si je meurs maintenant, c'est pas grave. Je ne suis pas quelqu'un de bon et de généreux, mais toi, si, et je vais t'aider. Personne ne pourra me retirer ça. Promets-moi juste une chose, Roi : quand tu recouvreras ta place et retourneras à tes jolies fêtes, souviens-toi que tu es aussi notre roi, à nous, les criminels.

— Je te le promets. (Il s'approcha au bord du gouffre.) Quel est ton vrai nom ?

— Lilène. Lilène Rauzana.

Logan se redressa.

— Par les pouvoirs qui nous sont conférés et par notre autorité royale, nous décrétons que Lilène Rauzana est absoute de tous les crimes qu'elle a commis par le passé et qu'elle est pardonnée. Lilène Rauzana est désormais innocente à nos yeux. Que les récits de ses fautes disparaissent aussi loin que l'est est distant de l'ouest. Qu'on prenne acte de notre décision et que notre volonté soit faite.

Pouvait-on imaginer plus ridicule que ce discours d'un homme en haillons à une prostituée ? Il exprimait pourtant quelque chose de juste. Logan ne s'était jamais senti aussi puissant qu'à ce moment précis, quand il pardonna les fautes de Lilly. Aucun Hurleur ne se moqua de lui.

Des larmes coulèrent des yeux de Lilène Rauzana.

— Tu ne sais même pas ce que j'ai fait pour être enfermée ici.

— Je n'en ai pas besoin.

— Je veux me racheter. Je ne veux plus être comme j'étais…

— Alors, ne le sois plus. Tu es maintenant lavée de tes crimes.

Sur ces mots, Logan avança et descendit dans le gouffre.

CHAPITRE 50

Il s'avéra que sœur Ariel Wyant Sa'fastae avait séjourné plusieurs semaines à Torras Bend et que les habitants la connaissaient bien. Peu de gens se sentaient à l'aise en compagnie d'une sœur, mais les villageois la décrivaient comme une personne savante, distraite et aimable. Cette description réconforta Élène : la lettre était sans doute authentique.

Élène dut affronter un choix difficile : devait-elle aller vers le nord, vers le Chantry, pour chercher Uly, ou bien vers l'ouest pour rattraper Kylar ?

Elle décida de suivre Uly. Cénaria était une ville dangereuse. Elle ne pouvait rien faire pour aider Kylar, au contraire : sa simple présence ne ferait que compliquer la tâche du jeune homme. Le Chantry était un endroit intimidant, mais sûr. Elle s'assurerait qu'Uly allait bien, et elle essaierait de la ramener à Caernarvon.

Le lendemain matin, elle se dirigea donc vers le nord. La nuit à l'auberge avait englouti la plus grande partie de son maigre pécule, mais elle avait aussi rappelé à son corps à quel point il était courbatu. La jeune femme avançait avec lenteur. Elle serait allée plus vite en menant sa monture au trot ou au galop, mais elle gémit à l'idée d'endurer les soubresauts. La jument dressa les oreilles comme si elle se demandait quelle mouche avait piqué sa cavalière.

Élène aperçut l'homme et son poney à poil long soixante mètres plus loin. Il portait une armure noire, mais pas de casque, pas de bouclier et pas d'épée. Il était avachi sur sa selle et semblait plaquer une main sur une blessure au flanc. Son visage pâle était constellé de gouttes de sang.

Il leva les yeux quand Élène tira sur les rênes de sa monture, à quelques mètres de lui. Il aperçut la jeune femme et ses lèvres bougèrent, mais aucun son n'en sortit. Il essaya de nouveau.

—Aidez-moi. Pitié, articula-t-il d'une voix rauque.

Élène relança sa jument et l'arrêta près de l'inconnu. Il s'agissait d'un jeune homme à peine plus âgé qu'elle, et plutôt beau garçon malgré ses grimaces de douleur.

Elle attrapa sa gourde, puis s'immobilisa. Une outre pleine était accrochée à la selle de l'inconnu. Sa pâleur n'était pas le résultat d'une blessure. C'était un Khalidorien !

Une lueur de triomphe brilla dans les yeux du cavalier quand la jeune femme éperonna sa monture. Il se pencha et saisit les rênes du cheval d'Élène. La jument tourna pour s'écarter, mais le poney n'eut aucun mal à rester contre elle. Élène voulut sauter à terre, mais une de ses jambes resta coincée entre les deux chevaux.

Le guerrier détendit le bras et un gant en mailles de fer la frappa au-dessus de l'oreille. Elle s'effondra.

C'était une descente aux enfers. Logan était encore très faible, mais Grincedent semblait ravi de l'aider. Les mains du simple d'esprit se déplaçaient le long de la corde tandis que les deux hommes s'enfonçaient toujours plus profondément. Logan se contentait de regarder.

Au cours des sept premiers mètres, ils longèrent une paroi identique à celle de leur prison : en verre volcanique, noire et sans la moindre aspérité. Puis le gouffre s'élargit et se transforma en une grotte immense.

Des algues vertes et iridescentes poussaient sur des surfaces lointaines et produisaient assez de lumière pour transformer les ténèbres en pénombre. Logan eut l'impression de découvrir une autre planète. L'odeur d'œuf pourri se fit plus forte et d'épais tourbillons de fumée montèrent vers les deux hommes. Les émanations voilaient les milliers de stalagmites qui hérissaient le sol invisible de la caverne. En haut, les prisonniers étaient silencieux et Logan pria pour qu'ils le restent. La plupart des gens estimaient que le hurlement du Trou était produit par le vent passant entre les rochers, mais, au cours des derniers mois, le jeune homme en était arrivé à douter de cette hypothèse.

La respiration de Grincedent se fit plus bruyante, mais il continua à descendre au même rythme. Le plafond de la grotte était hérissé de stalactites luisantes comme des épées de glace. Des gouttes d'eau se formaient à leur extrémité et on les entendait s'écraser en bas malgré le gémissement du vent qui montait des profondeurs.

Les deux prisonniers descendirent encore pendant deux minutes avant que Logan aperçoive le premier cadavre. Il s'agissait sans doute d'un Hurleur victime d'un accident, d'un assassinat ou d'un suicide. Il s'était empalé sur une stalagmite et le vent chaud avait momifié son corps. Il était là depuis si longtemps qu'une gangue de pierre commençait déjà à l'envelopper.

Puis ils virent les autres. Grincedent dut ralentir à plusieurs reprises pour éviter des stalagmites. Chaque fois, ils aperçurent les restes de prisonniers qui n'avaient pas eu la chance d'avoir une corde. Certains étaient encore plus anciens que le premier. Au cours de leur chute, ils avaient percuté la roche et leur corps était dans un triste état. Certains membres avaient été tranchés par la pierre ou, au fil du temps, étaient devenus trop lourds et étaient tombés. Pourtant, les cadavres avaient été épargnés par les rats, incapables de grimper sur des stalagmites trop lisses, et les vents secs les avaient préservés de la décomposition. Seuls les corps tombés dans les endroits les plus humides, près des parois, étaient non identifiables. Ils avaient été colonisés par les algues et ressemblaient désormais à des spectres verdâtres et luminescents essayant de s'arracher à la pierre.

Logan et Grincedent arrivèrent à la hauteur de plusieurs corniches, mais la plupart étaient trop loin pour qu'ils y prennent pied. Sur l'une d'elles, Logan aperçut un corps appuyé contre la roche. Les os de son squelette desséché étaient intacts. Soit l'homme était descendu à l'aide d'une corde, soit il avait survécu à sa chute par miracle. Il était mort sur cette saillie de pierre. Ses orbites vides semblaient interroger Logan.

Est-ce que tu feras mieux que moi ?

La corde en tendon trembla. Logan leva la tête, mais il ne distingua que les ténèbres. Il était inutile de regarder en dessous : Grincedent lui bloquait la vue.

— Dépêche-toi, Grince ! (Le simple d'esprit protesta avec un bruit inarticulé.) Je sais. Tu t'en tires comme un chef. Tu as été parfait, mais je ne sais pas si Lilly et les autres tiendront longtemps. Tu n'as pas envie de finir comme un de ces pauvres gars, pas vrai ?

Grincedent accéléra.

Logan observa une saillie toute proche et remarqua que, à la base des stalagmites, le sol n'était pas rocailleux. Il semblait couvert d'une épaisse couche de terre. De la terre ? Ici ?

Non, ce n'était pas de la terre. Il s'agissait d'excréments humains. Des générations de prisonniers avaient jeté leurs déjections dans le gouffre. Celles-ci n'avaient pas toutes séché entre les aiguilles de pierre et il régnait dans la caverne une odeur rappelant les champs d'épandage et l'œuf pourri.

Les deux hommes passèrent tout près d'une autre corniche. Logan s'apprêtait à tourner la tête quand il aperçut un reflet.

—Arrête-toi une seconde, Grince.

Il plongea la main dans une couche d'excrément épaisse de quinze centimètres et chercha à tâtons. Rien. Ignorant la substance gluante qui glissait sur sa peau, il enfonça le bras jusqu'au coude. Là !

Il sortit quelque chose du dépôt de matières fécales et l'essuya sur sa manche. C'était une clef.

—Incroyable ! s'exclama-t-il. C'est un miracle. En fin de compte, nous n'allons pas mourir ici. Grince, nous allons enfin réussir à sortir de cet enfer. Descends jusqu'au fond. Nous allons détacher le corps de Fin. Ensuite, nous essaierons de remonter. Peut-être que les autres pourront nous hisser.

Ils n'étaient pas loin du sol de la caverne – ou, du moins, d'une large saillie. En contrebas, un jet de vapeur projetait des tourbillons acides vers les deux hommes. Les algues ne supportaient pas ces émanations et ne poussaient donc pas à proximité. L'absence de lumière conjuguée à la fumée empêcha Logan de voir où il était – à supposer qu'on puisse se poser une telle question en enfer.

Grincedent atteignit la saillie et grogna. Il lâcha la corde et fit un pas en pliant les doigts pour soulager la douleur. Logan posa un pied sur un sol spongieux – la couche d'excréments mesurait une dizaine de centimètres d'épaisseur à cet endroit – et soupira d'aise. Grincedent avait supporté la plus grande partie de leur poids au cours de la descente, mais le jeune homme était quand même épuisé.

À cet instant, il aperçut l'extrémité de la corde. Rien n'y était accroché.

—Grince ! appela Logan, la gorge serrée. Depuis combien de temps la corde n'était plus tendue, en dessous de toi ?

Le simple d'esprit le regarda en clignant des yeux. La question dépassait ses capacités de compréhension.

—Grince, Fin est vivant! Il peut être… Ah!

Quelque chose de pointu s'enfonça dans son dos et il s'effondra.

Fin bondit en avant – ou, pour être plus exact, se laissa tomber sur le jeune homme. Il se déplaçait comme s'il avait une hanche démise. Du sang coulait de son crâne, de sa bouche, de ses épaules et d'une jambe. Dans la main droite, il tenait la pointe ensanglantée d'une stalagmite. Il tenta de poignarder Logan une nouvelle fois en s'abattant sur lui. Il était grièvement blessé et très faible, mais son adversaire était plus faible encore.

Fin balafra la poitrine de Logan, lui lacéra le front tout près de l'oreille et lui entailla l'avant-bras qui s'efforçait de parer les coups. Le jeune homme essaya de le projeter dans le vide, mais il n'en eut pas la force.

Il entendit alors un grognement sauvage par-dessus le sifflement du jet de vapeur en contrebas. Des tourbillons épais et quelques gouttes d'eau bouillante fusèrent un instant avant que Grincedent passe à l'attaque.

Le simple d'esprit renversa Fin sur le dos et lui mordit le nez avant de se redresser, un morceau de chair et de cartilage entre ses dents effilées. Fin laissa échapper un cri entrecoupé de bulles de sang. Grincedent le saisit par sa jambe blessée et l'éloigna de Logan.

Fin poussa un autre hurlement, plus puissant, plus aigu. Il tendit les bras et essaya d'attraper quelque chose pour s'écarter de Grincedent. Son corps glissa alors entre deux stalagmites. Le simple d'esprit ne le remarqua pas ou n'y accorda aucune importance. Il avait décidé d'éloigner Fin de Logan et rien ne l'arrêterait. Ses larges épaules se contractèrent. Il s'arc-bouta et grogna tandis que Fin hurlait de nouveau.

Les tendons et les muscles de la jambe cédèrent avec un bruit rappelant une feuille de parchemin qui se déchire. Emporté par son élan, Grincedent perdit l'équilibre et tomba en avant. Le membre arraché lui échappa des mains et fut projeté dans le vide.

Fin fixa sur Logan des yeux pleins de haine. Il respirait par à-coups. Son visage était blême et le sang jaillissait de la plaie béante à la hanche. Il ne survivrait pas longtemps.

— On se reverra… en enfer, Roi.

— J'ai subi ma peine, répondit Logan. (Il lui montra la clef.) Je vais bientôt sortir.

Le regard de Fin se remplit de rage et d'incrédulité, mais il n'avait déjà plus la force de parler. La haine disparut peu à peu de ses yeux grands ouverts. Il était mort.

— Grince, tu es vraiment incroyable. Merci.

Grincedent sourit avec bonheur, mais avec ses dents effilées et rouges de sang, il n'était guère rassurant.

Logan tremblait. Il saignait beaucoup. Il ne savait pas s'il aurait la force de sortir du Trou et de la Gueule avec les autres, même si tout se passait sans problème. Il n'y avait aucune raison pour que Grince et Lilly meurent avec lui, mais le simple d'esprit refuserait de remonter sans lui, il en était certain.

— D'accord, Grince. Tu es fort, mais est-ce que tu es assez fort pour grimper en haut de cette corde ?

Grincedent hocha la tête et contracta ses muscles. Il adorait qu'on le félicite pour sa force.

— Dans ce cas, tirons-nous de cet enfer.

Il saisit la corde et constata qu'elle était lâche. Quelques secondes plus tard, l'autre extrémité s'abattit près des deux hommes. Ils ne remonteraient pas. La précieuse clef ne servirait à rien. Il n'y aurait pas d'évasion. Les Hurleurs avaient lâché prise.

—Où sont-ils passés, putain? hurla Tenser Ursuul.

Les Hurleurs l'avaient à peine reconnu avec sa belle tunique, son visage rasé et ses cheveux propres.

—À ton avis? demanda Lilly. Ils se sont échappés.

—Échappés? C'est impossible.

—Sans déconner?

Le visage de Tenser devint écarlate: Neph Dada et plusieurs gardes assistaient à la scène.

Une lumière magique éclairait le Trou et tous ceux qui s'y trouvaient. Elle se glissait même dans la saillie sous laquelle Logan s'était si souvent caché. Mais aujourd'hui, elle ne dissimulait personne.

—Logan, Fin et Grincedent, dit Tenser en faisant la liste des prisonniers manquants. Logan et Fin se détestent. Que s'est-il passé?

—Roi voulait…, commença Lilly.

Elle n'eut pas le temps de finir. Quelque chose la frappa au visage et la projeta en arrière.

—La ferme, salope! cracha Tenser. Je n'ai aucune confiance en toi. Tatts, dis-moi ce qui s'est passé.

—Logan voulait faire une autre pyramide. Il voulait attirer Gorkhy pour l'attraper aux jambes et prendre sa clef. Fin n'était pas d'accord. Ils se sont battus et Fin a balancé Logan dans le Trou. Alors, Grincedent s'est jeté sur lui et ils sont tombés tous les deux.

Tenser lâcha un juron.

—Pourquoi tu ne les as pas arrêtés?

—Pour me casser la gueule avec eux? Merci bien! Ceux qui se mêlent des affaires de Fin, de Logan ou de Grince ne font pas de vieux os, mon pote – Votre Altesse. Tu es resté ici assez longtemps pour le savoir.

—Est-il possible qu'ils aient survécu à leur chute? demanda Neph Dada d'une voix glacée.

Un prisonnier de fraîche date poussa un glapissement et tout le monde se tourna vers lui.

—Non, cria-t-il. Pitié!

Une sphère de lumière magique s'était posée sur sa poitrine, une autre sur son dos. Elles le soulevèrent et l'amenèrent au-dessus de l'abîme. Puis l'homme tomba dans le vide.

Tout le monde se rassembla au bord du gouffre et regarda les deux points lumineux s'enfoncer dans les ténèbres.

—Cinq... six... sept, compta Neph.

Les sphères magiques disparurent avant qu'il arrive à huit. Le vürdmeister se tourna vers Tenser.

—La réponse est donc « non ». Eh bien! je crains que votre père soit fort déçu en apprenant la nouvelle.

Tenser poussa un nouveau juron.

—Emmenez-les, Neph. Tuez-les. Faites-en ce que vous voulez, mais faites en sorte que ce soit le plus douloureux possible.

Chapitre 51

Hu Gibbet était accroupi sur le toit d'un entrepôt, au cœur du Dédale. À une époque plus prospère, le bâtiment avait contenu du tissu, puis des marchandises de contrebande. Aujourd'hui, ce n'était plus qu'une ruine croulante qui servait de refuge aux rats de la guilde de l'Homme de Feu.

C'était sans importance. Le pisse-culotte devrait juste tuer le gamin de dix ans qui montait la garde. Mais peut-être était-ce une gamine? C'était difficile à dire. Une seule chose intéressait Hu Gibbet: la dalle de pierre près d'un mur à moitié effondré. Elle devait peser cinq cents kilos et était aussi usée que les autres, mais elle était montée sur des gonds qui lui permettaient de s'ouvrir – un détail que même les rats de l'Homme de Feu ignoraient. C'était l'issue de secours d'un des repaires les plus importants du Sa'kagué.

Si les informations de Hu étaient correctes, environ trois cents prostituées y avaient trouvé refuge et elles disposaient d'assez d'eau et de nourriture pour tenir un mois. Mamma K et son lieutenant, Brant Agon, se trouvaient peut-être avec elles. Hu n'y croyait pas trop, mais il pouvait toujours espérer.

Il avait du mal à exécuter les contrats importants, ceux qui exigeaient une grande maîtrise de soi. Son besoin de tuer compromettait son professionnalisme. Il était facile de se laisser entraîner par une frénésie jubilatoire, de regarder le sang couler, bouillonner ou gicler, d'admirer ses teintes multiples – allant du carmin en jaillissant des poumons au pourpre en jaillissant du foie. Hu avait envie d'égorger tout le monde pour satisfaire Daenysos, mais, lors des missions importantes, il en avait rarement le temps. Il avait alors l'impression de bâcler le travail – sans compter que cela le déprimait.

Au manoir des Gyre, il avait massacré et vidé une trentaine de personnes de leur sang. Il s'était senti apaisé pendant plusieurs semaines. Au cours de l'invasion khalidorienne, il avait assassiné à tour de bras, mais ces meurtres ne l'avaient pas assouvi. Ils l'avaient déçu. Rien ne pouvait égaler la tuerie du domaine des Gyre. Il était encore sur les lieux lorsque le duc était rentré. Hu l'avait observé courir de pièce en pièce, fou de chagrin, et glisser dans les flaques qu'il avait laissées dans chaque couloir en l'honneur de Daenysos. Le spectacle l'avait excité au point qu'il avait été incapable de tuer le duc malgré les ordres du Roi-dieu.

Il s'en était chargé la nuit suivante, bien entendu, mais il n'avait rien ressenti de comparable, loin de là.

Ce contrat ne serait pas trop difficile, même si les premières phases présentaient quelques difficultés. Il devrait d'abord pénétrer dans le repaire. Il tuerait la petite sentinelle s'il n'avait pas d'autre choix. Il fallait se méfier des rats de guilde : ils connaissaient le Dédale dans les moindres recoins et étaient capables de se faufiler dans un trou de souris au mépris des lois élémentaires de la physique. Il était préférable de ne pas leur laisser l'occasion de donner l'alerte.

À l'intérieur du repaire, il y aurait un garde ou deux pour surveiller l'issue de secours. Celle-ci ne servait jamais et l'homme désœuvré est prompt à l'ennui et à la fatigue. Les sentinelles dormiraient sans doute.

Hu tuerait ensuite les gardes de l'entrée principale sans donner l'alerte, puis il bloquerait le passage. À partir de là, la discrétion ne serait plus nécessaire. Il était capable de s'occuper d'une bande de prostituées.

Et après… Eh bien ! le Roi-dieu lui avait donné vingt-quatre heures pour satisfaire à toutes ses envies.

— Hu, avait-il dit, je veux que ce soit un carnage.

Garoth Ursuul avait l'intention de faire visiter le repaire à tous les nobles de la cité une fois le contrat accompli. Quand les cadavres commenceraient à se décomposer, ce serait le tour du reste des Cénariens. Les habitants du Dédale viendraient en dernier. Puis le Roi-dieu organiserait une cérémonie publique. Des personnes seraient tirées au sort parmi les Lapins, les artisans et les nobles. Elles seraient ensuite conduites sur le lieu du massacre et des sorciers scelleraient les issues.

Le Roi-dieu espérait que ces mesures dissuaderaient de futurs actes de rébellion.

Pourtant, Hu n'était pas à son aise. C'était un professionnel. Il était le meilleur pisse-culotte de la cité, le meilleur au monde, le meilleur de tous les temps. Il chérissait ce statut et il n'y avait qu'une seule personne en mesure de lui porter préjudice : lui-même. Il avait pris des risques idiots au manoir des Gyre. Des risques insensés. Tout s'était bien passé, mais il n'en demeurait pas moins vrai qu'il avait perdu la tête.

Il avait vu trop de sang, il avait éprouvé une excitation trop forte. Il s'était promené comme un dieu au milieu d'une orgie à la gloire de la mort. Au cours des heures passées à massacrer les Gyre et leurs domestiques, il avait eu l'impression d'être invulnérable. Il avait pris le temps de disposer les corps à sa guise. Il en avait pendu certains par les pieds et il leur avait tranché la gorge de manière à créer un magnifique lac de sang dans le dernier couloir.

Son travail consistait à tuer et il avait dangereusement outrepassé les bornes. Durzo Blint n'aurait jamais pris le moindre risque. Il aurait opéré avec la froideur et la précision d'un chirurgien. Certaines personnes l'avaient comparé à Hu – à la grande colère de celui-ci. Hu était craint, mais Durzo était respecté. Hu se demandait souvent si Blint avait été son égal. Cette question le rongeait.

N'allait-il pas perdre la tête en massacrant autant de putains ? La bête qui était en lui n'allait pas manquer de se réveiller. Trois cents victimes, c'était peut-être trop.

Non ! Il était Hu Gibbet et rien n'était trop difficile pour Hu Gibbet. Il était le meilleur pisse-culotte du monde. D'un point de vue tactique, ce contrat ne présentait pas de grandes difficultés, mais c'était celui dont on se souviendrait en murmurant son nom. Ce serait la marque qu'il laisserait dans l'Histoire. On se rappellerait cette tuerie dans le monde entier.

Les rats de guilde dormaient, blottis les uns contre les autres pour se protéger du froid. Hu s'apprêtait à se faufiler par un trou du toit lorsque quelque chose attira son attention.

Il crut d'abord que son imagination lui jouait des tours. Tout commença par une brise légère et un nuage de poussière qui s'éparpilla dans un rayon de lune. Mais la poussière ne retomba pas et il n'y avait pas le moindre souffle de vent ce soir-là. Les particules tourbillonnèrent et se rassemblèrent dans un coin de l'entrepôt, tout près des enfants endormis.

L'un d'entre eux ouvrit les yeux et laissa échapper un petit cri. En un instant, tous les rats de guilde furent réveillés.

Le tourbillon se transforma en minuscule tornade bien qu'il n'y ait toujours pas de vent. Quelque chose se dessina à l'intérieur. Des points noirs apparurent et virevoltèrent à une vitesse stupéfiante sur une hauteur de deux mètres. La tornade se mit à briller d'un éclat bleuté et iridescent. Des fragments de lumière volèrent dans tous les sens et dansèrent sur le sol. Les enfants poussèrent des cris d'effroi.

La silhouette d'un homme – ou de quelque chose qui ressemblait à un homme – apparut dans le tourbillon.

Un éclair bleu déchira la pénombre et même Hu n'eut pas le temps de se protéger. Il cligna des paupières et aperçut un être comme il n'en avait jamais vu. Les enfants recroquevillés le contemplaient avec des yeux écarquillés. La créature semblait avoir été taillée dans un bloc de marbre noir et brillant, ou être composée de métal liquide. Elle était mince et svelte ; ses muscles se dessinaient avec netteté du sommet de sa poitrine en V jusqu'aux mollets. La surface du corps était étrange. Elle ressemblait plus à de la peau qu'à un vêtement, mais la créature paraissait avoir des chaussures aux pieds et il était impossible de deviner son sexe. Les rayons de lune s'étaient d'abord reflétés sur cet homme, ce démon ou cette statue comme sur de l'acier poli. Maintenant, seules la bosse de ses biceps et les barres horizontales de ses abdominaux brillaient toujours. Les autres parties perdaient leur éclat et devenaient noir mat.

La tête de la créature était effrayante. Elle était encore moins humaine que le reste de son corps. La bouche était réduite à une fente minuscule ; les pommettes étaient hautes ; les cheveux étaient une masse confuse de pointes noires ; les sourcils étaient proéminents et froncés ; les yeux immenses étaient d'un bleu aussi pâle qu'un froid matin d'hiver et semblaient sortir d'un cauchemar. Ils évoquaient un jugement impitoyable et un châtiment sans remords. Hu aurait juré qu'ils brillaient tandis qu'ils observaient les rats de guilde. Des volutes de fumée s'en échappaient, comme si des brasiers infernaux brûlaient à l'intérieur de ce corps démoniaque.

— N'ayez pas peur, les enfants, déclara le monstre.

Malgré ces paroles rassurantes, des hoquets inquiets montèrent dans la pénombre. Les rats de guilde étaient prêts à prendre leurs jambes à leur cou.

— Je ne vous ferai pas de mal, mais vous n'êtes pas en sécurité ici. Allez voir Gwinvere Kirena, la femme que vous connaissez sous le nom de Mamma K. Restez avec elle et dites-lui que l'Ange de la Nuit est de retour. (Plusieurs enfants hochèrent la tête, les yeux exorbités, mais tous demeurèrent pétrifiés.) Allez!

Il traversa une zone d'ombre qui s'étirait sur le sol de l'entrepôt et il se passa alors quelque chose de terrifiant : l'Ange de la Nuit disparut aux endroits qui n'étaient plus éclairés par la lune. Tandis qu'il avançait, un bras se volatilisa, puis une partie du torse et la tête – à l'exception de deux points brillants qui restèrent suspendus dans le vide à hauteur des yeux.

— Dépêchez-vous! cria l'Ange de la Nuit.

Les enfants détalèrent comme seuls les rats de guilde étaient capables de le faire.

Hu allait tuer l'Ange de la Nuit et le Roi-dieu le récompenserait généreusement. De toute façon, ce démon se tenait devant l'entrée du repaire. Il l'empêchait de remplir son contrat et de jouir de la mort de trois cents putains.

Le pisse-culotte s'aperçut qu'il avait du mal à respirer. Il n'avait pas peur. Non, c'était juste qu'il n'aimait pas travailler pour la gloire. Il tuerait l'Ange de la Nuit, oui, mais plus tard. Si cette créature connaissait l'existence du repaire, il était trop tard pour accomplir la mission. S'il l'ignorait, eh bien, les prostituées ne s'envoleraient pas. Le lendemain, Hu irait voir le Roi-dieu et négocierait un contrat sur la tête de l'Ange de la Nuit, puis il reviendrait s'occuper de lui et des catins. C'était une décision logique. La peur n'avait rien à voir là-dedans.

La créature se tourna et observa Hu Gibbet. Ses yeux passèrent alors d'un bleu ardent à un rouge sauvage et brûlant. Le reste du corps disparut et il ne resta plus que deux points écarlates dans la pénombre.

— Désires-tu recevoir ton jugement ce soir, Hubert Marion? demanda l'Ange de la Nuit.

Hu fut paralysé par une terreur glacée. Hubert Marion. Personne ne l'avait appelé ainsi depuis quinze ans.

La créature avança vers lui. Le pisse-culotte s'apprêtait à s'enfuir à toutes jambes lorsqu'il la vit trébucher. Il s'arrêta, intrigué.

L'éclat des yeux de rubis vacilla et se ternit. L'Ange de la Nuit s'effondra.

Hu se laissa tomber du toit et tira son épée. L'être mystérieux se redressa par un pur effort de volonté, mais le pisse-culotte comprit qu'il était épuisé. Il passa aussitôt à l'attaque.

Le claquement des épées résonna dans la nuit. Hu porta un coup de pied qui traversa la garde de son adversaire et le frappa à la poitrine. L'Ange de la Nuit fut projeté en arrière. Il laissa échapper son arme et atterrit lourdement. Il se mit alors à briller.

En quelques instants, la créature infernale disparut pour laisser place à un homme nu à peine conscient.

Il s'agissait de Kylar Stern, l'apprenti de Durzo. Hu le maudit tandis que sa peur se changeait en indignation. Avait-il été abusé par de vulgaires tours de magie ?

Le pisse-culotte avança d'un pas rageur et frappa le cou exposé de Kylar. Sa lame traversa la chair sans rencontrer de résistance et l'illusion se volatilisa. Une corde se serra autour des chevilles de Hu Gibbet et le fit tomber.

Des doigts écrasèrent les points sensibles de son coude droit et son bras perdit toute force. Une main le saisit par les cheveux et lui martela le visage contre les dalles, encore et encore. Son nez se brisa au premier choc. Au troisième, un caillou lui perça l'œil. Un coup violent l'envoya rouler à plusieurs mètres.

Hu frappa avec toute la puissance de son Don, mais ne toucha rien. On lui ramena soudain les bras dans le dos. Une poussée vers le haut lui démit les deux épaules. Il poussa un hurlement de douleur. Quand il songea à frapper de nouveau, ses poignets et ses chevilles étaient ligotés.

Hu aperçut Kylar de son œil valide. Le jeune homme vacillait, épuisé, mais il eut encore la force de traîner Hu sur le sol de l'entrepôt en le tirant par sa cape. Le pisse-culotte frappa une fois de plus. Il donna des coups de pied dans l'espoir de toucher quelque chose et essaya de se relever. Kylar le poussa sur le dos. Hu hurla quand son poids se porta sur ses épaules démises et ses bras attachés. Kylar se pencha au-dessus de lui.

Si le jeune homme avait employé une illusion pour apparaître avec une peau noire, il n'avait plus assez de pouvoir pour la maintenir. L'apprenti de Durzo était nu, mais son visage était aussi figé que le masque de l'Ange de la Nuit. Hu rassembla son Don pour tenter autre chose.

Il n'en eut pas le temps. Le pied de Kylar s'abattit et lui brisa un tibia. Hu cria tandis qu'une vague de douleur le submergeait et l'emportait aux frontières de l'évanouissement. Quand il rouvrit les yeux, Kylar frappait une dalle du pied. La plaque de pierre pivota sur des gonds invisibles. En dessous, une roue à aubes crénelée tournait, entraînée par les eaux de la Plith. Elle pouvait visiblement s'emboîter dans une série d'engrenages disposés sur le côté, mais, pour le moment, elle était débrayée. Hu comprit qu'elle servait à ouvrir le passage secret conduisant au repaire.

— Daenysos est bien le dieu des Eaux, non ? demanda Kylar.

— Qu'est-ce que tu fous ? hurla Hu, complètement hystérique.

— Prie, dit Kylar d'une voix glacée. Ton dieu te sauvera peut-être.

Il attrapa un bout de la cape de Hu et se tourna. Tout d'abord, rien ne se passa. Puis le vêtement se serra autour du cou du pisse-culotte et l'entraîna vers la roue.

—Daenysos! parvint à crier Hu. Daenysos!

Il tomba dans le petit bassin et, pendant un moment trop court, la cape cessa de lui comprimer la gorge. Hu battit des pieds et regagna la surface. À cet instant, le vêtement l'étrangla de nouveau et le plaqua contre la roue. Celle-ci le hissa hors de l'eau et le fit basculer. Hu retomba dans le canal et cessa de respirer. Puis tout recommença.

Lorsqu'il replongea, il battit des pieds pour atteindre la surface. Il eut le temps d'inspirer une longue goulée d'air avant que la roue l'entraîne de nouveau. Il essaya de se libérer de ses liens, mais ses épaules démises lui faisaient souffrir le martyre dès qu'il bougeait les bras. Il était impossible de remettre les articulations en place, car ses poignets étaient trop serrés. Il chercha un point d'appui avec sa jambe valide, mais elle ne rencontra que de l'eau.

Il hurla quand la roue le tira du canal, mais elle continua de tourner sans prêter attention à ses cris.

Kylar regarda Hu Gibbet tandis que la roue l'entraînait dans sa course monotone. Parfois, le pisse-culotte suppliait ou crachait l'eau infâme de la Plith. Le jeune homme ne ressentit aucun remords. Hu méritait son sort. Kylar le savait. Hu le savait et il savait que son bourreau le savait. Peut-être était-ce aussi simple que cela.

Le jeune homme chercha le système qui commandait l'ouverture de la porte du repaire. Il vacillait. Il n'avait pas feint son épuisement. Il avait eu de la chance de posséder assez d'énergie pour abuser Hu. S'il s'était battu dans les règles, il aurait perdu, il en était persuadé. Mais Durzo lui avait appris que personne ne se battait dans les règles. Hu s'était laissé surprendre parce qu'il se croyait le meilleur. Durzo ne s'était jamais considéré comme le meilleur, il estimait juste que les autres étaient plus mauvais que lui.

À première vue, cela revenait au même, mais les deux philosophies étaient très différentes.

Kylar découvrit enfin ce qu'il cherchait. Il souleva une planche près de la dalle.

La roue glissa sur le côté et ses bords dentés s'emboîtèrent dans les engrenages. L'ensemble grinça pendant quelques secondes, puis s'accorda et tourna de conserve. Le mécanisme impitoyable hissa Hu hors de l'eau. Le pisse-culotte hurla. Sa tête se coinça entre deux engrenages et son cri se fit soudain plus aigu. La roue cessa de tourner.

Le crâne de Hu Gibbet explosa comme un furoncle gorgé de sang. Ses jambes s'agitèrent spasmodiquement ; son corps s'arqua, puis bascula avec mollesse sur le côté. La roue se remit à tourner et l'eau se colora en rouge.

La gigantesque dalle se souleva et dévoila un escalier. Dans les profondeurs du tunnel, une cloche retentit pour donner l'alerte.

Quelques instants plus tard, deux hommes surgirent en haut des marches, une lance à la main.

— Il faut… évacuer, articula Kylar. (Il chancela, mais les gardes ne le retinrent pas.) Le Roi-dieu sait que vous vous cachez ici. Dites-le à Mamma K.

Puis il s'évanouit.

CHAPITRE 52

F eir Cousat s'efforça de se dissimuler derrière le tronc d'un arbre. L'aube se lèverait dans deux heures et la silhouette étendue près du feu n'avait pas bougé depuis un long moment. Dans quelques instants, Feir apprendrait s'il avait eu raison de prendre des risques.

Sa quête de Curoch l'avait conduit à Cénaria, dans des camps de guerriers khalidoriens des hautes terres et sur les montagnes de la frontière ceurane. Pendant des semaines, il n'avait pas découvert la moindre information sur l'épée. Au cours de cette période, il avait alterné crises d'espoir et de désespoir. Si Feir avait suivi la bonne piste, le possesseur de l'artefact ignorait peut-être qu'il avait affaire à une arme très spéciale. Cette hypothèse était amplement préférable à la perspective de reprendre Curoch des mains d'un vürdmeister, car un vürdmeister capable d'utiliser Curoch était capable de tuer Feir de cent manières différentes.

Cependant, il était fort probable que le colosse ait fait fausse route. Il avait fait de nombreuses suppositions en cherchant à limiter son champ d'investigation. Il avait d'abord récupéré un uniforme khalidorien sur lequel il avait cousu des insignes de messager, puis il s'était infiltré dans des camps pour écouter les discussions, le soir, près des feux. Quand il était étudiant, Dorian lui avait appris le khalidorien et il était capable de suivre les conversations, même s'il y avait parfois des termes en langue ancienne.

Les jeunes Khalidoriens étaient tous bilingues, car le Roi-dieu estimait qu'une armée surveillait mieux un territoire conquis lorsque ses soldats comprenaient les conversations de ses habitants.

Si les Khalidoriens avaient découvert Curoch peu après sa perte, des rumeurs en auraient fait état. Feir pensait donc que l'épée avait été récupérée par une seule personne. Il avait retrouvé les hommes qui avaient nettoyé le pont après l'incendie. La plupart étaient des rescapés d'unités décimées au cours des combats. Ils avaient ensuite été rassemblés dans un nouveau peloton qui avait été chargé d'escorter la caravane du butin jusqu'à Khalidor – la caravane que Dorian et Solon avaient suivie.

Dorian l'avait envoyé au sud et Feir en avait donc déduit que Curoch ne se trouvait pas dans le trésor de guerre du Roi-dieu. Il avait enquêté et découvert qu'un des soldats chargés de déblayer le pont n'était pas rentré à Khalidor avec la caravane.

Encore fallait-il retrouver le dénommé Ferl Khalius. Feir n'y était pas parvenu. Il s'était contenté de filer un vürdmeister qui partait vers le sud. Le sorcier avait reçu l'ordre de traquer Ferl Khalius et Feir l'avait suivi jusque sur le mont Hezeron. Il l'avait vu lancer deux boules de feu sur le guerrier khalidorien et son otage, un seigneur cénarien. Le vürdmeister avait abandonné la poursuite lorsque le noble était tombé dans le vide.

Le sorcier avait tiré son bâton-signal pour informer ses supérieurs de son échec. Feir avait profité de sa concentration et de la neige pour s'approcher sans bruit. Le vürdmeister avait envoyé son message et Feir lui avait réglé son compte.

Ce qu'il avait fait ensuite, il s'était juré de ne plus jamais le refaire. Il avait longé la corniche sans attendre la fin de la chute de neige, puis il avait sauté par-dessus une faille longue de deux mètres alors que le sol était aussi glissant d'un côté que de l'autre. Il avait affronté des pentes si raides que ses pieds ne trouvaient pas de point d'appui. Il avait dû employer la magie pour faire fondre la glace et y creuser des marches. Il y était parvenu à grand-peine.

Mais Curoch valait la peine de prendre tant de risques.

Feir tira son épée et avança en adoptant un zshel posto modifié – une garde qui permettait à un guerrier de conserver son équilibre et son agilité sur un sol glissant. Il atteignit la silhouette étendue en quelques pas et plongea son arme dans sa poitrine – une poitrine en neige enveloppée d'une cape.

Feir lâcha un juron et se retourna aussitôt. Ferl Khalius avait surgi du bois et se précipitait vers lui en brandissant Curoch. Le colosse eut à peine le temps de réagir. Le coup de taille faillit le couper en deux, mais il se jeta sur le côté et Curoch lui arracha son épée des mains.

— C'est pas très courageux d'planter un type pendant qu'il roupille, dit Ferl avec un fort accent khalidorien.

— Il est des enjeux devant lesquels le courage s'efface. (Feir aurait pourtant juré que le guerrier n'avait pas remarqué qu'il était suivi.) Donnez-moi l'épée et je vous laisse en vie.

Ferl le regarda comme s'il avait affaire à un fou – ce qui était assez compréhensible de sa part : cet homme était désarmé et il posait des conditions ?

— Vous donner l'épée ? C'est une épée de chef de guerre.

— De chef de guerre ? Cette épée est plus précieuse que tout votre clan et que tous les clans à cent kilomètres à la ronde.

Ferl n'en crut pas un mot et, de toute façon, ces histoires ne l'intéressaient pas.

— Elle est à moi.

Trois points blancs et lumineux gros comme un pouce apparurent devant le colosse et filèrent vers le guerrier khalidorien. Celui-ci était un escrimeur redoutable, mais la vitesse à laquelle on pouvait manier une épée était limitée.

Deux sphères ricochèrent sur la lame de Curoch et disparurent dans la nuit. La troisième passa sous la garde du guerrier et s'enfonça dans son ventre. Feir projeta son pouvoir tant bien que mal – la magie à distance n'avait jamais été son fort. Il guida le projectile incandescent jusqu'au cœur du Khalidorien.

Ferl Khalius posa les yeux sur Feir et s'effondra sur le côté.

Le colosse ramassa Curoch sans joie. Il ne s'était pas trompé. Ses hypothèses s'étaient révélées justes et il avait eu raison de prendre des risques. Si quelqu'un avait vent de cette aventure, les bardes en feraient une légende. Il venait de récupérer un des artefacts magiques les plus puissants de tous les temps.

Alors pourquoi éprouvait-il une impression de vide?

Tout avait été facile cette fois-ci. Long, mais facile. Peut-être que ce Khalidorien avait eu raison. Feir n'avait pas agi avec beaucoup de courage, mais un affrontement honorable était impossible si un des adversaires maniait Curoch.

Cela n'expliquait pas sa morosité. Il avait récupéré l'artefact trois fois – trois fois! Il méritait au moins le titre de «Préposé Officiel au Recouvrement de cette Maudite Épée». Oui, il l'avait retrouvée, mais il serait à jamais incapable de s'en servir. Il n'était qu'un médiocre qui avait commis l'erreur de se lier d'amitié avec des génies.

Solonariwan Tofusin Sa'fasti était un prince de l'Empire séthi et son Don le plaçait parmi les mages les plus puissants de son époque. Dorian était un prince, lui aussi, mais c'était également un vürdmeister et bien d'autres choses. Dorian était un mage comme on en voyait qu'un seul par génération. Feir, lui, était fils de cordonnier. Il possédait un Don convenable et savait se servir d'une épée. Il était apprenti forgeron lorsque son Don avait été remarqué. Il avait suivi des études à l'École des Créateurs, puis avait été engagé comme forgeron et professeur d'escrime au Sho'cendi. Il y avait fait la connaissance de Dorian et de Solon.

Dorian avait renié son père. Officiellement, ni lui ni Solon n'avaient jamais bénéficié du moindre traitement de faveur, mais leurs origines leur avaient conféré certains privilèges, Feir en était conscient. Quoi qu'il arrive, ses deux amis savaient qu'ils étaient des êtres à part, des êtres importants. Feir n'avait jamais eu cette impression. Il était toujours à la deuxième, voire à la troisième place.

Le bâton-signal clignota et Feir le sortit. Le jeune vürdmeister avait conservé la grille de décryptage – c'était sans doute la première fois qu'on lui confiait un tel artefact. Feir traduisit les scintillements, mais le message était codé – et écrit en khalidorien. Feir trouva la solution sans grande difficulté : il suffisait de numéroter les lettres, puis d'ajouter un à la première, deux à la deuxième, trois à la troisième et ainsi de suite. Mais les clignotements étaient rapides et Feir n'avait pas de parchemin pour prendre des notes. En outre, son vocabulaire khalidorien était limité.

Il songea que le Roi-dieu utilisait ces moyens de communication à merveille. Ils lui permettaient de coordonner les mouvements de ses troupes et de ses meisters. C'était simple, mais cela lui procurait un avantage de taille : ses ordres étaient transmis sur-le-champ alors que ceux de ses adversaires mettaient plusieurs heures ou plusieurs jours avant d'arriver à leur destinataire – sans compter que, entre-temps, la situation et les plans pouvaient changer.

Dans ces conditions, il n'était guère surprenant que le Roi-dieu ait anéanti toutes les armées qui s'étaient opposées à lui.

—Rassemblé… au nord… de…

Le bâton-signal cessa alors de scintiller et la lueur bleue vira au rouge. Qu'est-ce que cela pouvait bien signifier ? Feir épela les lettres et, sous le coup d'une intuition, les traduisit en langage commun. « B.O.S.Q.U.E.T.D.E.P.A.V.V.I.L ». Le Bosquet de Pavvil. Les clignotements redevinrent bleus. Ils se succédèrent si vite que Feir n'eut pas le temps de décrypter les signaux, mais un passage fut répété deux fois. « Deux jours. Deux jours. » Puis l'artefact s'éteignit.

Feir laissa échapper un long soupir. Il était passé par le Bosquet de Pavvil en suivant le vürdmeister. Il s'agissait d'une petite ville de bûcherons, une des rares à exploiter des forêts de chênes à Cénaria. Un peu plus au nord, il y avait une plaine où il était possible de livrer bataille. Le Roi-dieu avait sans doute un plan pour écraser l'armée rebelle à cet endroit.

Feir pouvait atteindre le Bosquet de Pavvil en deux jours, mais le soleil ne se lèverait pas avant deux heures. Les Khalidoriens estimaient-ils que la journée commençait à l'aube ou à minuit ? Allaient-ils passer à l'action dans deux jours ou trois jours ?

Le colosse lâcha un juron. Il avait percé un code dans un langage qu'il ne maîtrisait pas, mais il n'était pas fichu de compter jusqu'à trois. Bravo !

Le bâton vira au jaune – il ne l'avait jamais fait auparavant.

« Vürdmeister Lorus au rapport… »

Oh ! oh !

Les scintillements se poursuivirent.

« Pourquoi allez-vous au sud ? »

Feir pâlit. Cet artefact ne servait pas seulement à communiquer, il transmettait aussi sa position. Ce n'était pas une bonne nouvelle.

« Punition… à votre retour. »

Ma punition sera décidée à mon retour ?

« Vous… censé être tout près de… Lantano… remarqué quelque chose ? »

Il était censé être à proximité de quoi ?

L'information devait être importante et Feir était incapable de comprendre le message. Il se serait giflé.

« Vürdmeister ? Lorus ? L'absence de réponse sera… »

Feir jeta l'artefact loin de lui et recula avec précipitation. Une minute s'écoula sans que rien ne se passe. Feir songea qu'il avait agi comme un idiot. À ce moment, le bâton explosa avec une telle puissance que la neige tomba des arbres dans un rayon de cent cinquante mètres.

Eh bien ! j'espère que les voisins ne dormaient pas.

Les voisins ? Feir sentit l'inquiétude le gagner. Et Lantano ? Ce nom ne lui était pas inconnu.

Il escalada une colline rocheuse pour observer les alentours. Il ne fut pas loin de le regretter. Une armée campait à six cents mètres au sud. Il devait y avoir environ dix mille personnes : six mille soldats plus les civils qui accompagnaient toujours une armée en campagne : épouses, forgerons, maréchaux-ferrants, prostituées, cuisiniers, domestiques.

Les étendards représentaient une épée noire à la verticale sur un fond blanc. Les armoiries de Lantano Garuwashi. Feir se souvint. Lantano Garuwashi était un général ceuran qui n'avait jamais connu la défaite, le fils d'un roturier qui avait remporté soixante duels. Si les rumeurs étaient vraies, il affrontait parfois ses adversaires avec une épée en bois, pour pimenter le combat.

Les voisins avaient bel et bien entendu l'explosion. Une dizaine de cavaliers se dirigeait vers Feir. Une bonne centaine les suivait un peu plus loin.

CHAPITRE 53

Kylar ouvrit les yeux. Il se trouvait dans une pièce qu'il ne reconnut pas. Elle était sale et exiguë. La paille du matelas n'avait pas dû être changée depuis vingt ans, car elle empestait. Le cœur du jeune homme accéléra. Où était-il ?

— Détends-toi, dit Mamma K en approchant.

Kylar était sans doute dans un de ses repaires, dans le nord du Dédale à en juger par l'odeur.

— Combien de temps ? croassa-t-il. Combien de temps suis-je resté inconscient ?

— Je suis heureuse de te revoir, moi aussi, dit la courtisane en souriant.

— Un jour et demi, déclara une voix d'homme.

Kylar se redressa et s'assit. La personne qui lui avait répondu était le seigneur général Agon. Quelle surprise !

— Eh bien ! on dirait que les changements ne se limitent pas à l'énorme muraille qui entoure la ville, remarqua Kylar.

— C'est incroyable ce que ces salauds sont capables de faire quand ils entreprennent quelque chose de constructif, non ? grogna Agon.

Il s'appuyait sur une béquille et se déplaçait comme s'il souffrait d'un genou.

— Je suis heureuse de te revoir, Kylar, dit Mamma K. Des rumeurs racontent déjà comment l'Ange de la Nuit a tué Hu Gibbet, mais seuls mes gardes et moi savons qu'il s'agit de toi. Ces deux hommes travaillent pour moi depuis longtemps. Ils ne parleront pas.

Son secret était donc protégé. De toute manière, Kylar ne se serait pas laissé distraire de son but. Il avait voyagé plusieurs jours d'affilée sans prendre de repos, il avait accepté de terribles sacrifices, rien ne l'empêcherait de faire son devoir.

—Que savez-vous à propos de Logan ?

Mamma K et Agon échangèrent un regard.

—Il est mort, dit la courtisane.

—C'est faux, dit Kylar.

—Nous avons reçu des informations très précises sur…

—Il n'est pas mort. Jarl est venu jusqu'à Caernarvon pour m'en informer.

—Kylar, dit Mamma K. Les Khalidoriens ont découvert sa véritable identité hier. D'après ce que nous avons appris, soit il a été tué par un codétenu, soit il s'est jeté dans le gouffre pour échapper au sort que lui aurait réservé le Roi-dieu.

—C'est impossible !

Hier ? Pendant que je dormais ? J'ai donc échoué de quelques heures ?

—Je suis désolée, dit Mamma K.

Kylar se leva. Une tenue de pisse-culotte neuve était posée au pied du lit. Il l'attrapa et entreprit de s'habiller.

—Kylar, dit Mamma K.

Il l'ignora.

—Mon garçon, dit Agon, il est temps que tu ouvres les yeux. La mort de Logan ne réjouit personne. Je le considérais comme un fils. Tu ne peux pas le ramener parmi nous, mais tu peux faire des choses dont personne d'autre n'est capable.

Kylar enfila sa tunique.

—Laissez-moi deviner, dit-il d'une voix amère. Tous les deux, vous avez déjà imaginé le moyen de mettre mon talent à profit ?

— Dans quelques jours, l'armée de Térah Graesin affrontera celle du Roi-dieu au nord du Bosquet de Pavvil. Elle arrivera la première et aura l'avantage du terrain et du nombre, dit Mamma K.

— Quel est le problème, dans ce cas ?

— Le problème, c'est que le Roi-dieu n'a pas l'intention d'éviter cette bataille. Après Nocta Hemata, il aurait dû redoubler de prudence, mais il envoie quand même ses troupes au Bosquet de Pavvil. Nos espions n'ont pas découvert grand-chose, mais je suis certaine que c'est un piège. Térah Graesin n'a pas voulu nous écouter. Elle refusait de combattre tant que le Roi-dieu ne lui offrait pas une bataille gagnée d'avance. Elle a enfin obtenu ce qu'elle attendait et rien ne l'arrêtera. Nous savons seulement qu'Ursuul va employer la magie. Il a prévu quelque chose d'énorme.

— Je ne veux rien savoir, l'interrompit Kylar.

— Nous avons un contrat à te proposer, continua Mamma K. Un contrat digne de l'Ange de la Nuit. Nous voulons que tu assassines le Roi-dieu.

— Vous êtes fous !

— Tu deviendras une légende, dit Agon.

— Je préfère rester en vie.

Kylar frissonna. Que se passait-il donc ? On lui avait proposé la même mission avant son départ pour Caernarvon. Jarl était mort pour lui demander de tuer le Roi-dieu. Ce contrat lui offrait de justifier les souffrances et les sacrifices de son apprentissage. Il épargnerait des milliers de vies. Était-ce son destin ?

— À supposer que Logan soit encore vivant, à quoi servirait-il de le faire évader si tu laisses Garoth Ursuul détruire son royaume ? demanda Agon. S'il a survécu si longtemps, il survivra un ou deux jours de plus. Tue le Roi-dieu, sauve Cénaria et pars à la recherche de notre roi.

Kylar choisit des armes parmi le véritable arsenal que Mamma K avait fait apporter, puis il les dissimula sur lui. Il ne prononça pas un mot.

—Tu nous condamnes tous! s'écria Agon. Je donnerais ma vie pour obtenir tes pouvoirs, et toi, tu refuses de nous aider! Sois maudit!

Il tourna les talons et sortit en claudiquant.

Kylar regarda Mamma K. La courtisane était restée, mais elle ne comprenait pas sa décision, elle non plus.

—Je suis heureux de vous revoir, moi aussi, Mamma K. (Il inspira un grand coup.) Uly est avec Élène. Elles vont bien, toutes les deux. Je leur ai laissé assez d'argent pour qu'elles puissent vivre tranquilles jusqu'à la fin de leurs jours. Élène aime Uly comme sa fille. J'ai fait ce que j'ai pu... Jarl...

Des larmes lui brûlèrent soudain les yeux.

Mamma K posa une main sur son bras. Il baissa la tête.

—Je sais que ça n'a pas de sens, poursuivit-il, mais j'ai juré de quitter la voie des ombres. J'ai renié ma promesse pour sauver Logan et cela m'a coûté l'amour d'Élène et la confiance d'Uly. Je ne les ai pas abandonnées pour assassiner un homme, mais pour en sauver un. Vous comprenez?

—Tu sais à qui tu me fais penser? demanda Mamma K. À Durzo. Quand il était plus jeune, quand il n'avait pas encore cédé au désespoir. Il serait fier de toi, Kylar. Je... Je suis fière de toi, moi aussi. J'aimerais tant croire que le destin n'est pas cruel, que tu n'as pas fait tous ces sacrifices pour découvrir que Logan est mort. Malheureusement, je n'ai pas cette foi. En revanche, je vais te dire en quoi je crois. Je crois en toi.

Elle le serra dans ses bras.

—Vous êtes différente, dit Kylar.

—C'est ta faute. La sénilité me guette.

—Je vous préfère ainsi.

Elle lui caressa la joue et l'embrassa sur le front.

—Va, Kylar. Va. Et par pitié, ne meurs pas.

Logan s'était endormi deux fois en songeant qu'il ne se réveillerait pas. Il n'avait pas mangé – il était hors de question qu'il touche au cadavre de Fin. Il ne sentait plus la lourde odeur acide qui emplissait la caverne. Il ne voyait plus les moues inquiètes de Grincedent. Ses blessures ne saignaient plus, mais c'était trop tard. Il n'avait plus de force.

Lorsque Grincedent l'avait adossé à une stalagmite, Logan avait aperçu un autre corps disloqué dans la pénombre, à trois mètres de lui. C'était celui de Natassa Graesin. Elle ne craignait plus les cris des Hurleurs. Ses membres avaient été broyés, mais son visage était calme. Ses yeux n'exprimaient pas de reproche. Ils n'exprimaient rien du tout.

Logan était si fatigué qu'il ne ressentit que du regret. Il était désolé pour Natassa. Elle ne lui avait même pas expliqué pourquoi elle avait été jetée dans le Trou. Il était désolé pour tout ce qu'il n'aurait pas le temps de faire. Il n'avait jamais voulu monter sur le trône. Il avait toujours pensé que le métier de roi était plus difficile qu'il le paraissait, mais il avait parfois éprouvé du regret : il ne serait jamais un personnage important et l'Histoire ne retiendrait pas son nom.

Maintenant, assis contre une stalagmite qui finirait par le recouvrir et par devenir son cercueil, il aspirait à des choses simples. Il aurait voulu sentir la lumière du soleil, l'odeur de l'herbe, la pluie qui tombe, la peau d'une femme. Il aurait voulu revoir Sérah Drake, pourtant si frivole. Il aurait voulu revoir sa femme. Jénine avait été si jeune, si intelligente, si belle… Il avait découvert un joyau et l'avait perdu à jamais. Il aurait voulu revoir Kylar, son meilleur ami – un autre trésor qui lui avait échappé.

Logan aurait voulu se consacrer à la gestion du domaine des Gyre, être aimé, avoir des enfants. Une vie simple, une grande famille et quelques bons compagnons. Cela lui aurait procuré toute l'immortalité dont il avait besoin.

Pendant un moment, il pria les anciens dieux. Il n'avait rien d'autre à faire et la conversation de Grincedent n'était pas vraiment passionnante. Mais les anciens dieux n'avaient rien à lui dire. Il pria alors le Dieu unique du comte Drake. Il ne savait pas trop comment on s'adressait au père de tous les êtres vivants, mais quelle importance ?

Puis il cessa de prier.

Il s'efforça d'ignorer la douleur.

Il était sur le point de fermer les yeux et de s'endormir – de mourir ? – une fois de plus lorsque Grincedent se mit à hurler. Logan n'avait jamais entendu un cri si perçant et si insupportable.

En contrebas, une fente cracha un jet de fumée âcre. Logan entraperçut une silhouette aussitôt dévorée par le nuage de gaz et l'obscurité. Les émanations se dissipèrent et un démon apparut.

Pour la première fois depuis leur rencontre, Logan vit Grincedent en proie à la terreur. Le simple d'esprit se précipita vers lui et s'accroupit en gémissant. Mais il ne s'enfuit pas plus loin. La loyauté de cet homme ne connaissait aucune limite.

Le démon approcha avec lenteur. Ses yeux bleus et brillants étaient rivés sur Logan. S'agissait-il d'un Hurleur ? La Mort se décidait-elle enfin à venir le chercher ? Le jeune homme n'avait pas peur.

—Putain de merde ! s'écria la Mort d'une voix qui lui était familière. J'ai cru que j'allais devoir grimper jusqu'en haut pour te retrouver.

—Qui êtes-vous ? croassa Logan.

Le visage du démon scintilla et fondit. Kylar apparut. Logan comprit qu'il était enfin devenu fou.

—Désolé, j'avais oublié ce détail. (Kylar esquissa son petit sourire satisfait pour masquer son inquiétude.) Tu... euh... tu ressembles à la partie sud d'un cheval qui va au nord!

C'était une des répliques favorites de Logan du temps – Dieux! – où il n'avait pas encore retenu le dixième des jurons qu'il avait entendus au fond du Trou. Kylar sourit de nouveau.

—Euh... Ce géant est dangereux?

Grincedent tremblait comme une feuille et même Logan aurait été incapable de dire si c'était de peur ou de colère.

—Du calme, Grince. C'est un ami. Il est venu nous aider.

L'expression du simple d'esprit ne changea pas, mais il ne fit pas mine d'attaquer. Logan se tourna vers Kylar.

—C'est vraiment toi?

—Ton sauveur est arrivé!

Logan ne répondit pas et Kylar approcha pour l'examiner. Il esquissa une grimace inquiète.

—Bon! on n'en est plus à un miracle près, pas vrai? On dirait que tu es en pleine forme, marmonna-t-il.

Logan sentit qu'il perdait connaissance tandis que son ami le relevait. Kylar dit quelque chose et Logan comprit qu'il essayait de le garder conscient. Il se concentra sur ces paroles et ignora les appels de la douleur et de la Mort.

— ... parce que c'est quasiment impossible de s'introduire dans la Gueule. C'est plus comme avant. On raconte que quelqu'un ou quelque chose s'y est installé. Tu imagines un peu? Comme si cette putain de prison était un palais ou je ne sais quoi.

—Khali, murmura Logan.

Kylar guida les deux hommes dans les profondeurs du gouffre. Logan trébucha une fois de plus. Il ouvrit les yeux et s'aperçut qu'il était attaché sur le dos de Kylar. C'était impossible. Il avait certes perdu beaucoup de poids, mais son ami ne pouvait pas le porter avec une telle facilité. L'illusion refusa pourtant de disparaître. Kylar continuait à descendre toujours plus bas. Il n'y avait plus de chemin ni de mousses phosphorescentes, mais le jeune homme avançait d'un pas sûr sans cesser de parler. Sa voix chassait la terreur que Logan éprouvait dans l'obscurité.

— … allé aux Faisceaux il y a quelque temps. Je me suis rappelé que les tuyaux plongeaient dans les profondeurs de la terre. Je me suis dit : la Gueule est sous terre, les conduits vont sous terre, la prison est juste à côté de la faille de l'île de Vos. J'ai pensé qu'on pouvait peut-être passer de l'une à l'autre si on descendait assez bas.

» Tu es déjà entré dans un conduit des Faisceaux, Logan ? C'est tout en métal et tu as l'impression qu'ils plongent jusqu'en enfer. L'air chaud monte et fait tourner de grandes roues garnies de pales. Je pouvais prendre le chemin rapide ou le chemin détourné. Tu me connais assez pour deviner lequel j'ai choisi. J'ai trouvé une plaque métallique et j'en ai fait une luge avec des freins à main pour ralentir un peu la descente… Je ne te raconte pas ! Je me suis payé une sacrée glissade. J'arrivais au fond quand j'ai eu un petit problème avec le dernier ventilateur. Je n'aurais pas cru qu'il tournait si lentement. Heureusement que je n'allais pas trop vite lorsque je l'ai percuté. Je ne voudrais pas être à la place du pauvre type qui descendra le réparer. (Il s'arrêta et inspira un grand coup.) Je ne vais pas te mentir, Logan. On est arrivés au passage difficile. Il va falloir passer dans des tunnels inondés. C'est la frontière. La frontière entre la Gueule et les Faisceaux. L'eau est chaude, le boyau est étroit et tu vas avoir l'impression d'être enterré vivant. Je te promets que si tu t'en sors, une nouvelle vie t'attend de l'autre côté. Contente-toi de retenir ton souffle. Je m'occupe de tout.

— Grincedent, souffla Logan.

— Grincedent ? Oh ! tu parles du géant ? Euh… on dirait qu'il n'éprouve pas une grande attirance envers l'eau.

Logan ne voyait pas le simple d'esprit et il se demanda par quel miracle son ami y parvenait. Les ténèbres étaient totales, compactes, épaisses et omniprésentes. Elles étaient chaudes, humides, lourdes, oppressantes et s'infiltraient jusque dans les poumons. Quoi qu'il en soit, il était hors de question d'abandonner Grincedent.

— Est-ce que tu... pourras revenir le chercher ? demanda-t-il.

Il y eut un long silence.

— Oui, mon roi, répondit enfin Kylar.

— Je... Je suis prêt.

— Contente-toi de compter. J'ai traversé en une minute. Il nous faudra sans doute un peu plus longtemps à deux.

Une minute ?

— Logan, avant d'y aller, je voudrais te dire... Je suis désolé. Je suis désolé pour tout ce qui est arrivé. J'en suis en partie responsable. Je suis désolé de ne pas t'avoir dit qui j'étais vraiment. Je suis désolé de ne pas avoir tué Tenser quand j'en avais l'occasion. Je suis... désolé.

Logan resta silencieux. Il ne trouva ni les mots ni la force de récompenser Kylar comme il le méritait.

Le pisse-culotte n'attendait pas de réponse. Il inspira profondément plusieurs fois de suite. Logan l'imita. Ils plongèrent et Logan resta plaqué contre son ami. Il s'efforça de ne pas gêner ses mouvements de bras et de garder un profil aussi hydrodynamique que possible.

L'eau était chaude, très chaude et il était clair que Kylar ne considérait pas cette épreuve comme une partie de plaisir. Logan sentit qu'ils basculaient sur le dos. Puis son ami dut agripper des rochers pour aller plus profond, car ils accélérèrent. Logan n'aurait jamais cru qu'on puisse se déplacer si vite sous l'eau. Il savait que Kylar était fort – il s'était battu et entraîné avec lui –, mais il nageait avec un homme accroché dans le dos.

Dix… Onze…

La pression s'accentua et l'écrasa. Il songea avec admiration que son ami avait parcouru ce chemin dans l'autre sens sans savoir combien de temps il lui faudrait retenir sa respiration, sans savoir si les boyaux menaient quelque part. Les poumons de Logan étaient déjà en feu après quatorze secondes sous l'eau.

Il tint bon. Il essaya de ne pas se cramponner trop fort et de préserver ses forces. Il se répéta que la douleur n'était rien.

Au bout de vingt secondes, il sentit qu'ils avaient cessé de descendre. Ils avançaient désormais à l'horizontale. Son dos racla contre un rocher et il éprouva une sensation inhabituelle, mais il aurait été incapable de dire pourquoi. Ils avaient dû pénétrer dans un boyau très étroit s'il en jugeait par les mouvements de Kylar.

Quarante… Quarante et un…

La douleur devint si forte qu'il ne put l'ignorer plus longtemps. L'air se pressait sans relâche contre sa gorge pour s'échapper de ses poumons. Et s'il lâchait une bouffée ? Juste une petite ?

À cinquante, les deux hommes cessèrent soudain d'avancer. Ils étaient coincés. Cette brusque halte amena Logan à regarder ce qui se passait. Une eau chaude et acide lui brûla les yeux. Il toussa et une grosse bulle d'air – de vie – jaillit de ses poumons.

Kylar tira de toutes ses forces. Logan sentit quelque chose se déchirer, mais il ignorait s'il s'agissait de sa tunique en lambeaux ou de sa propre chair. Les deux hommes repartirent.

Ses poumons n'étaient plus qu'à moitié remplis. Kylar nageait à une vitesse incroyable, mais toujours à l'horizontale.

Logan sentit qu'ils tournaient, mais ils ne remontaient pas. Une lumière magique et bleutée déchira l'obscurité et il aperçut Kylar tirer une épée courte de sa ceinture. Il fut secoué dans tous les sens tandis que son ami frappait une chose aux curieux reflets argentés.

Logan avait atteint les limites de sa résistance. Il sentit que Kylar nageait vers le haut, mais c'était trop tard. Il ne parviendrait jamais à tenir vingt secondes de plus.

À la soixante-septième seconde, il laissa ses poumons se vider.

Ils remontaient si vite que les bulles d'air glissèrent contre son cou tandis qu'ils les dépassaient.

Sa poitrine était en feu. Il céda et respira.

Une eau bouillante envahit sa trachée, aussitôt suivie par une bouffée d'air. Logan toussa et toussa encore. Un liquide chaud et acide lui brûla les sinus avant de jaillir de sa bouche et son nez. Il inspira et un air frais remplit ses poumons.

Kylar le détacha et l'allongea sur le dos avec douceur. Logan se contenta de respirer. Il faisait toujours sombre, mais, au-dessus de lui, au sommet des tuyaux métalliques des Faisceaux, il aperçut les reflets lointains et tremblants de torches. Après son séjour dans des eaux aussi noires que la nuit, il eut l'impression d'arriver dans un royaume de lumière.

— Mon roi, dit Kylar. Il y avait quelque chose dans le boyau. Une sorte de lézard géant m'a attaqué. Si je retourne là-bas, je ne suis pas sûr de revenir et vous n'êtes pas en état de vous en tirer sans aide. Souhaitez-vous toujours que j'aille chercher le simple d'esprit ?

Logan aurait voulu répondre que non. Kylar était plus utile au royaume que Grincedent et Logan avait peur de se retrouver seul. Une nouvelle vie était à portée de main. Il ne voulait pas mourir.

— Je ne peux pas l'abandonner, Kylar. Pardonne-moi.

— Tu aurais besoin qu'on te pardonne si tu avais décidé de le laisser là-bas.

Kylar se tourna et plongea.

Il resta absent pendant cinq minutes interminables. Quand il refit surface, il nageait si vite qu'il jaillit littéralement hors de l'eau pour atterrir sur la berge. Pour traîner Grincedent derrière lui, il avait fabriqué un harnais avec une partie de la corde. Il attrapa celle-ci et tira dessus à toute vitesse.

Grincedent surgit de l'eau comme un poisson au bout d'un fil de pêche. Une fois sur les rochers, il inspira un grand coup et sourit à Logan.

— Retenir respiration longtemps.

Kylar relevait Logan quand une créature énorme creva la surface. Quelque chose frappa le pisse-culotte et les trois hommes furent projetés à terre.

Une lueur bleutée et iridescente illumina la caverne, une lumière qui émanait de Kylar. Le jeune homme se releva et s'élança. Il bondit d'une stalagmite à l'autre en suivant une trajectoire imprévisible. La peur saisit Logan à la gorge. Il ne savait pas quelle créature son ami allait affronter, mais elle était énorme. De gigantesques pattes palmées écrasèrent les stalagmites comme de vulgaires brindilles. Une pluie d'éclats s'abattit et Logan se roula en boule. De grandes bouffées d'air chaud jaillirent d'une gueule qu'on distinguait lorsque l'aura bleutée de Kylar se reflétait sur les crocs et dans les yeux de la créature. Des reflets verts et argentés apparaissaient et disparaissaient dans l'obscurité.

Une bataille faisait rage à quelques mètres de Logan et il était impuissant. Il ne voyait même pas l'affrontement et cela le terrifiait plus que tout. Il entendit un tintement métallique. Il supposa qu'il s'agissait de l'épée de son ami frappant le monstre, mais il n'en était pas sûr. Comment Kylar pouvait-il combattre dans une telle obscurité ? Logan renonça à lui apporter son aide. Il n'était pas en état de le faire. Il ignorait quelle était la taille de la créature. Il ne savait même pas à quoi elle ressemblait.

Il cessa d'apercevoir son ami – ou celui-ci disparut. Le monstre s'immobilisa et grogna. Il renifla tandis que son énorme tête se balançait de gauche et de droite.

Elle approcha soudain de Logan et de Grincedent. Logan tendit les mains en avant pour se protéger. Il sentit quelque chose de gluant frôler ses doigts. Des stalagmites volèrent en éclats tout près de lui. La créature recula et tourna la tête. À cet instant, un trait de lumière aussi froid et argenté qu'un rayon de lune se refléta dans ses yeux de jade.

Un museau gluant frôla la joue de Logan. La créature reniflait dans tous les sens. Les doigts du jeune homme effleurèrent la pointe d'une stalagmite et se refermèrent dessus. Son geste attira l'attention du monstre qui se tourna vers lui. Un œil vert et brillant apparut à quelques centimètres de Logan et l'éclaira comme une torche. Une pupille fendue se braqua sur le jeune homme et l'examina.

Logan abattit l'éclat de pierre et frappa encore et encore. L'humeur vitrée et luminescente de la créature se répandit sur son bras. L'œil disparut comme la flamme d'une bougie soufflée par la tempête. Un cri remplit la caverne et alla se répercuter au loin. Une silhouette indistincte surgit près de Logan et enfonça son arme dans la plaie.

La créature poussa un nouveau hurlement et recula précipitamment. Elle plongea dans l'eau et le silence revint.

—Logan ? (La voix de Kylar tremblait – le contrecoup de sa poussée d'adrénaline.) Est-ce que… Est-ce que c'était Khali ?

—Non. Khali est… différente. Pire. (Logan éclata d'un rire mal assuré.) Ça, ce n'était qu'un simple dragon.

Il continua à s'esclaffer comme un homme qui a perdu la raison.

Tout devint noir.

Quand il se réveilla, il constata que ses deux compagnons et lui portaient des harnais. Kylar les hissait en tirant sur une corde qu'il avait dû fixer à une poulie avant de descendre. Ils remontaient le puits central des Faisceaux, un tuyau métallique large de quarante-cinq mètres. Tous les énormes ventilateurs étaient arrêtés. Comment Kylar avait-il fait ?

L'ascension dura plusieurs minutes. Pendant ce laps de temps, Logan sentit que son bras le brûlait et le démangeait à l'endroit où l'humeur vitrée de la créature avait coulé. Il n'eut pas le courage de regarder.

— Nous avons soudoyé un garde, dit Kylar. Le Sa'kagué est désormais un de vos plus puissants alliés, mon roi – et peut-être même le seul.

Quelques minutes plus tard, ils atteignirent un coude où le conduit partait à l'horizontale. Kylar détacha Logan et Grincedent avec le plus grand soin. Puis il trancha les cordes qui disparurent dans les profondeurs, bientôt suivies par la poulie. Il guida ses compagnons le long d'un tronçon de plus en plus étroit et les trois hommes arrivèrent devant une porte. Kylar frappa trois fois.

Le battant s'ouvrit et Logan se retrouva face à Gorkhy.

— Logan, voici la personne qui m'a aidé, dit Kylar. Gorkhy, ton argent…

— Toi ! s'exclama le garde en voyant l'ancien prisonnier.

Son visage exprimait un dégoût égal à celui du jeune homme.

— Kylar, tue-le ! croassa Logan.

Les yeux de Gorkhy s'écarquillèrent. Il attrapa le sifflet accroché autour de son cou par une lanière. Sa tête quitta ses épaules avant qu'il ait le temps de le porter à ses lèvres. Son corps s'effondra sans un bruit.

C'était si rapide, c'était si facile. Kylar traîna le cadavre au bout du conduit et le jeta dans le vide. Il revint une minute plus tard. Logan venait de commanditer son premier meurtre.

Son ami ne demanda aucune explication. Il venait de se passer quelque chose d'étrange, de stupéfiant et d'horrible. C'était donc cela, le pouvoir. Logan éprouva un sentiment de joie… déconcertant.

— Votre Majesté, dit Kylar. (Il ouvrit la porte qui permettait de sortir du conduit, de sortir de ce cauchemar.) Votre royaume vous attend.

CHAPITRE 54

Lorsque Kaldrosa Wyn et une dizaine de prostituées du *Dragon Peureux* sortirent du repaire de Mamma K, le Dédale avait changé. Un mélange de joie et de nervosité planait dans l'air. Nocta Hemata avait été un triomphe, mais les représailles ne tarderaient pas. Tout le monde le savait. Mamma K leur avait demandé de quitter le refuge souterrain parce que les Khalidoriens avaient été informés de son existence. L'Ange de la Nuit les avait sauvées de Hu Gibbet.

Kaldrosa avait déjà entendu des rumeurs à propos de l'Ange de la Nuit, juste après l'invasion, mais elle n'y avait pas prêté attention. Les prostituées savaient maintenant qu'il ne s'agissait pas d'une légende. Elles avaient vu le corps de Hu Gibbet.

La courtisane leur avait dit qu'elle les ferait sortir de la ville aussi vite que possible, mais il faudrait un certain temps pour évacuer trois cents femmes. On pouvait contourner la nouvelle muraille du Roi-dieu ou passer en dessous, mais ce n'était pas tâche facile. Le groupe de Kaldrosa devait partir ce soir-là. Mamma K leur avait dit que si elles préféraient rester à Cénaria, que si elles avaient un mari, un petit ami ou une famille chez qui se réfugier, il leur suffisait de ne pas venir au rendez-vous.

Les femmes se dirigeaient vers un autre repaire en traversant un Dédale silencieux et un peu inquiet.

Elles portaient encore leurs vêtements bariolés de prostituées, ce qui n'était pas l'idéal pour passer inaperçues. Les créations de maître Piccun avaient quelque chose d'obscène dans les rues de la ville, en plein jour. En outre, certaines étaient maculées de taches brun foncé – du sang séché.

Elles ne rencontrèrent aucun garde et elles comprirent très vite que les Khalidoriens ne se risquaient plus dans le quartier. Les habitants qui les aperçurent les regardèrent de manière curieuse. Les prostituées descendirent une ruelle et se retrouvèrent bloquées par un immeuble qui avait dû s'effondrer au cours de Nocta Hemata. Elles durent faire un détour et traverser le Marché de Durdun.

La place était bondée, mais le silence s'abattit dès que les prostituées firent leur apparition. Tous les regards se tournèrent vers elles. Kaldrosa et ses compagnes serrèrent les dents, prêtes à affronter les moqueries auxquelles leurs vêtements allaient probablement les exposer. Rien ne se passa.

Une robuste poissonnière se pencha au-dessus de son étal et les apostropha :

— Hé ! les filles ! On est fiers de vous !

Le compliment les prit au dépourvu et l'assentiment de la foule les frappa comme une gifle. Ce fut partout la même réaction : les gens hochèrent la tête pour les saluer d'un air amical, y compris les femmes qui, une semaine plus tôt, enviaient leurs beaux habits et leur vie facile, mais les considéraient avec mépris. Les Lapins n'ignoraient pas que le Roi-dieu allait bientôt les écraser, mais les persécutions des Khalidoriens avaient tissé des liens entre eux. Au cours de Nocta Hemata, ils avaient été surpris par la bravoure dont ils avaient fait preuve et, en un sens, les prostituées étaient devenues leurs porte-drapeaux.

Il fallait deux jours à cheval pour regagner Cénaria. Le voyage se déroula sans encombre et Vi ne regretta qu'une chose : elle se sentait seule. Cruellement seule. Il n'y avait plus de sale gamine pour lui porter sur les nerfs, plus de vieille sorcière pour lui donner des ordres, plus de conversations acerbes et plus d'humiliations. La jeune femme en profita pour réfléchir et elle constata très vite que ses plans étaient voués à l'échec.

Elle avait d'abord envisagé d'aller voir le Roi-dieu. L'idée lui avait paru bonne pendant cinq minutes. Elle lui raconterait que Kylar et Jarl étaient morts, puis elle demanderait à toucher sa récompense et elle partirait.

Ben voyons ! Sœur Ariel avait fait des remarques très précises à propos du sortilège dont Vi était victime, trop précises et trop plausibles pour être de vulgaires spéculations. Vi avait une laisse autour du cou. Qu'elle soit longue ou courte, la jeune femme n'en demeurait pas moins prisonnière. Garoth Ursuul avait juré de la briser et il n'était pas homme à oublier ce genre de promesse.

D'ailleurs, Vi se sentait déjà brisée. Son talent de pisse-culotte s'émoussait. Il n'était pas anormal qu'elle éprouve des regrets après le meurtre de Jarl : Jarl l'avait aidée à survivre, il avait été son ami et il n'avait jamais demandé à user de son corps. Jarl n'avait jamais représenté un danger, physique ou sexuel.

Il n'en allait pas de même avec Kylar. Et pourtant. Tandis qu'elle chevauchait avec lenteur dans une rue de Cénaria, une capuche rabattue sur le visage, la jeune femme ne put s'empêcher de penser à lui. Elle regrettait sa mort et elle éprouvait peut-être même une certaine tristesse.

Kylar avait été un sacré pisse-culotte – un des meilleurs. Quel dommage qu'il ait été tué par une flèche, sans doute tirée par un archer en embuscade. Même un pisse-culotte ne pouvait rien contre ce genre de guet-apens.

— C'est ça, dit Vi à voix haute. Ça pouvait arriver à n'importe qui. Ça m'a fait prendre conscience que je peux mourir, moi aussi. Mais quand même, quel dommage !

Elle ne ressentait pas que du regret et elle en était consciente. Kylar avait été plutôt beau garçon – à condition qu'on puisse penser à un beau garçon en éprouvant un mélange d'amusement et de mépris. Il avait eu un certain charme – enfin, pas vraiment, mais il avait fait de son mieux.

Au fond, tout était la faute d'Uly. La fillette n'avait cessé de répéter à quel point Kylar était exceptionnel. Et merde !

Bon ! elle avait peut-être eu un petit faible pour lui. Elle avait peut-être imaginé que c'était le genre d'homme capable de la comprendre. Il avait été pisse-culotte, mais il avait tout abandonné pour devenir honnête. S'il avait réussi, pourquoi pas elle ?

Oui, il avait été pisse-culotte, mais il ne s'était jamais prostitué.

Tu crois qu'il aurait compris ça ? qu'il te l'aurait pardonné ? Ben voyons ! Continue de rêver, Vi. Chiale donc comme une gamine. Vas-y, dis-toi que tu aurais pu être une Élène, que tu aurais pu avoir une petite maison et une petite vie tranquille. Je suis sûre que tu aurais pris ton pied en allaitant des marmots et en tricotant des layettes.

Tu n'as même pas eu le courage de t'avouer que tu avais le béguin pour Kylar. Tu as attendu de ne plus courir de risque, tu as attendu qu'il soit mort.

Vi découvrait en elle ce qu'elle avait toujours détesté chez les autres femmes. Par Daenysos ! voilà même qu'elle s'inquiétait pour Uly, comme si elle était sa putain de mère !

Ah ! ce fut un moment bien agréable. Snif ! Snif ! Tu te sens mieux, maintenant ? Parce que tu as toujours un problème à régler.

Elle arriva devant la boutique de Drissa Nile et resta assise sur sa selle. L'autre pute de sorcière avait dit que les trames étaient dangereuses, mais que Drissa était peut-être capable de la délivrer du sortilège du Roi-dieu. À en juger par la modestie de la maison, Vi songea qu'elle ferait mieux de rester au service de Garoth Ursuul si elle voulait être riche.

Mais le Roi-dieu ferait d'elle une esclave. Drissa Nile la libérerait ou la tuerait.

Vi descendit de sa monture et entra dans la boutique. Elle dut patienter une demi-heure en attendant que Drissa et son époux soignent un garçon qui s'était planté une hache dans le pied en fendant du bois. Quand les parents ramenèrent l'enfant chez lui, Vi annonça qu'elle venait de la part de sœur Ariel. Les Nile se dépêchèrent de fermer la devanture de leur boutique.

Drissa fit asseoir Vi dans une salle d'examen tandis que Trévor ouvrait une partie du toit afin de laisser entrer la lumière du soleil. Le mari et la femme se ressemblaient. Ils étaient petits et replets ; ils avaient des cheveux bruns et grisonnants raides comme des baguettes ; ils portaient des lunettes, des vêtements amples et une seule boucle d'oreille. Ils se déplaçaient avec une harmonie qui trahissait une longue coopération, mais c'était toujours Drissa qui dirigeait les opérations. Ils semblaient tous deux avoir une quarantaine d'années. Trévor ressemblait à un savant dans la lune alors que rien n'échappait à Drissa.

Ils s'assirent de chaque côté de Vi et se tinrent la main dans son dos. Drissa posa l'autre sur le cou de la jeune femme, Trévor faisant de même sur son avant-bras. Vi ressentit un picotement froid sur sa peau.

— Comment avez-vous fait la connaissance d'Ariel ? demanda Drissa.

Ses yeux brillaient derrière les verres de ses lunettes. Trévor semblait plongé dans ses réflexions.

— Elle a tué mon cheval pour m'empêcher d'entrer dans le bois d'Ezra.

Drissa se racla la gorge.

—Je vois…

—Ahhhhh! cria Trévor en se jetant en arrière.

Il tomba de son tabouret et sa nuque cogna contre le bord de la cheminée.

Il se releva aussitôt.

—Ne touche à rien! lança-t-il à Drissa.

Les deux femmes le regardèrent, bouche bée. Il se frotta la nuque.

—Par les Cent! j'ai bien failli nous réduire tous en cendres. (Il se rassit.) Drissa, examine un peu cela.

—Oh! dit Vi. Ariel a dit que la trame était piégée de manière très intéressante.

—Et c'est maintenant que vous me le dites? s'exclama le petit homme. De manière intéressante? Elle trouve cela intéressant?

—Elle a dit que vous étiez les meilleurs en matière de microtrames.

—Vraiment?

L'attitude de Trévor changea du tout au tout.

—Enfin, elle parlait de Drissa.

Trévor leva les bras au plafond.

—Évidemment! Ces maudites femmes refuseront toujours d'admettre qu'un homme peut avoir du talent. Elles préféreraient se faire arracher la langue!

—Trévor, intervint Drissa.

Il se calma sur-le-champ.

—Oui, ma chérie?

—Je ne la vois pas. Pourrais-tu la soulever… (Ses poumons se vidèrent.) Oh! dieux! Oh! dieux! Ça y est! Ne la soulève surtout pas!

Trévor ne dit pas un mot. Vi voulut se tourner et voir sa réaction.

—Restez tranquille, mon enfant, dit Drissa.

Pendant dix minutes, le couple travailla en silence – enfin, Vi supposa qu'il travaillait, car elle ne sentit pas grand-chose. Elle eut juste l'impression qu'une plume lui caressait la colonne vertébrale.

Trévor lâcha un grognement satisfait.

—Vous avez fini? demanda Vi.

—Fini? Nous n'avons même pas commencé. J'examinais les dégâts. Intéressant, a-t-elle dit? Oui, je suis d'accord avec elle. Trois sorts disposés en triangle protègent le sort principal. Je peux m'en occuper, mais la neutralisation du dernier va vous faire souffrir – beaucoup. La bonne nouvelle, c'est que vous êtes venue nous voir. La mauvaise nouvelle, c'est qu'en auscultant la trame je l'ai déréglée. Si je ne parviens pas à la défaire dans un délai, disons, d'une heure, votre tête explosera. Vous auriez dû m'avertir que le sort avait été lancé par un vürdmeister. Il y a autre chose que vous avez oublié de me signaler?

—Quel est le sort principal? demanda Vi en se tournant vers Drissa.

—C'est un sort de contrainte, Vi. Vas-y, Trévor.

Le petit homme soupira et se remit au travail. Il semblait incapable de parler et de faire autre chose à la fois. Drissa n'avait pas ce problème. Ses mains brillèrent et elle reprit la parole:

—Vous n'allez pas tarder à avoir mal, dit-elle. Ce ne sera pas seulement une douleur physique. Nous ne pouvons pas la neutraliser, car il faudrait intervenir sur une zone de votre cerveau qui a été piégée. Normalement, un guérisseur se serait empressé de vous anesthésier, alors le vürdmeister s'est arrangé pour qu'une telle intervention vous soit fatale. Maintenant, ne bougez plus.

Le monde sombra dans un brouillard blanc. Vi devint aveugle.

—Contentez-vous d'écouter ma voix, dit Drissa. Détendez-vous.

La respiration de la jeune femme se fit courte et rapide. Puis elle recouvra l'usage de ses yeux et le brouillard blanc disparut.

—Encore quatre trames et nous aurons réglé le problème du premier sort, dit Drissa. Ce sera peut-être plus facile si vous fermez les yeux.

Vi obtempéra aussitôt.

—Vous avez parlé de, euh… d'un sort de contrainte, dit-elle.

—En effet. La magie de contrainte est très limitée. Pour que le sort reste efficace, le lanceur doit déjà exercer une autorité sur vous. Vous devez avoir l'impression que vous lui devez obéissance. Il est particulièrement puissant quand il est l'œuvre d'un parent, d'un mentor, ou, dans le cas d'un soldat, d'un général.

Ou d'un roi. Ou d'un dieu. Bordel de merde!

—Enfin bref! La bonne nouvelle, c'est qu'il est possible de rejeter la contrainte si vous rejetez l'autorité que le sorcier a sur vous.

—C'est génial! s'exclama Trévor. Tout à fait génial! C'est répugnant, c'est complètement fou, mais c'est génial. Est-ce que tu as vu comment il a ancré les pièges dans son glore vyrden? Il s'est arrangé pour qu'elle alimente elle-même les sorts. Ce n'est pas très efficace, mais…

—Trévor.

—D'accord! D'accord! Je me remets au travail.

Vi sentit les muscles de son ventre se contracter, comme si elle était sur le point de vomir. Puis la sensation disparut.

—Qu'est-ce que vous entendez par «rejeter l'autorité du sorcier»?

—Vous parlez de la contrainte? Eh bien! nous devrions être en mesure de la briser dans l'après-midi. L'opération est néanmoins un peu délicate. Si on se trompe de sens, on ne fera que la renforcer. De toute manière, cela ne vous posera pas de problème.

— Pourquoi est-ce que…

Les contractions de son ventre l'empêchèrent d'aller plus loin.

— Les magae – les femmes mages – n'ont pas le droit d'employer des contraintes, mais nous apprenons à nous en protéger. Sans mon mari et moi, il vous resterait un moyen de neutraliser la vôtre : un signe extérieur de changement intérieur, un symbole témoignant que vous avez juré fidélité à quelqu'un d'autre. Il n'y aura pas de problème de ce côté-là non plus : vous revêtirez bientôt la robe blanche et vous recevrez le pendentif. (Vi lui lança un regard inexpressif.) Quand vous rejoindrez le Chantry. C'est bien votre intention, n'est-ce pas ?

— Je suppose que oui, répondit Vi.

Elle n'avait pas vraiment songé à l'avenir, mais, au Chantry, elle serait à l'abri du Roi-dieu.

— Et de deux ! s'exclama Trévor d'un ton triomphant. Ha ! parle-lui un peu de Pulleta Vikrasin.

— Trévor, cette histoire te plaît parce qu'elle donne une mauvaise image du Chantry.

— Oh, chérie ! Ne lui dévoile pas le meilleur.

Drissa leva les yeux au plafond.

— Pour résumer, il y a deux cents ans, la responsable d'un ordre lançait des contraintes sur ses subordonnées. Personne ne s'en aperçut avant qu'une des magae, Pulleta Vikrasin, épouse un mage. Sa loyauté envers son mari brisa le sort. Le pot aux roses fut découvert et plusieurs sœurs furent châtiées avec sévérité.

— Je n'ai jamais entendu quelqu'un raconter cette histoire si mal, dit Trévor. (Il regarda Vi.) Ce mariage n'a pas seulement sauvé le Chantry, il a aussi prouvé à ces vieilles biques retorses qu'une femme mariée ne pouvait pas être totalement loyale à l'Ordre. Je suis impatient que les Chambrières se réunissent et…

— Trévor. Tu n'as pas terminé. (Le petit homme se reconcentra sur son travail.) Je suis désolée. Vous découvrirez ces querelles internes bien assez tôt. Trévor est encore furieux de la manière dont les sœurs m'ont traitée lorsque nous avons pris l'anneau.

Elle tira sur sa boucle d'oreille.

— Ces bijoux indiquent que vous êtes mariés ?

Pas étonnant qu'elle en ait vu autant en Waeddryn.

— Et que nous avons déboursé quelques milliers de reines pour les acquérir, oui. Les artisans qui les fabriquent affirment aux fiancées que ces anneaux rendront leur mari plus obéissant et aux hommes qu'ils rendront leur promise plus… disons, amoureuse. On prétend que, jadis, celui qui se soumettait à cette cérémonie ne désirait personne d'autre que sa conjointe. Vous comprendrez donc que ces bijoux se vendent comme des petits pains. Mais c'est un mensonge. Il fut un temps où c'était peut-être vrai, mais, aujourd'hui, ils contiennent tout juste assez de magie pour se refermer et rester brillants.

Le message que Kylar avait laissé à Élène devint soudain plus clair. Vi n'avait pas volé un bijou de valeur, elle avait volé le gage d'amour éternel d'un homme à une femme. Elle sentit son estomac se contracter de nouveau. Cette fois-ci, la magie de Trévor n'y était sans doute pour rien.

— Vous êtes prête, Vi ? Celui-ci va vous faire très mal, et pas seulement sur le plan physique. L'exérèse de la contrainte va vous faire revivre vos expériences les plus marquantes vis-à-vis de l'autorité. Je doute que vous trouviez cela agréable.

La prédiction se révéla tout à fait exacte.

Drissa Nile était la seule à pouvoir l'aider. Il n'avait pas été difficile de quitter l'île de Vos, mais le voyage avait été long. Kylar songea que son ami ne tiendrait plus très longtemps. Il avait besoin de soins urgents.

Logan avait été poignardé dans le dos et il était couvert de plaies. Certaines, sur les côtes et les bras, étaient enflammées et purulentes.

Rares étaient les mages qui avaient choisi de s'installer à Cénaria au cours des deux dernières décennies, mais le Chantry semblait décidé à rester implanté dans tout Midcyru. Kylar connaissait une femme qui avait la réputation d'être une excellente guérisseuse. C'était probablement une maja. Il fallait du moins l'espérer, car Logan devait être soigné dans les plus brefs délais. Surtout avec cette… plaie sur le bras.

Kylar ne savait pas de quoi il s'agissait, mais une sorte d'acide avait brûlé la chair en profondeur. Le plus curieux était que le mystérieux liquide ne semblait pas avoir giclé sur la peau comme une gerbe de sang, au hasard. Non, la plaie évoquait un étrange motif. Kylar ne savait pas s'il devait la laver avec de l'eau, la bander ou la traiter d'une manière ou d'une autre. Il craignait d'aggraver la situation.

Quel était ce monstre qu'ils avaient affronté ? En contrepartie des nombreuses entailles qu'il avait reçues, le jeune homme avait récupéré un de ses crocs. Mais s'il avait survécu, il le devait autant à la chance qu'à son habileté. Si la caverne n'avait pas été hérissée de stalagmites, cette créature aurait été si rapide qu'il n'aurait rien pu faire. Même avec la force de son Don, il n'était pas parvenu à percer sa peau. Il avait compris que seuls les yeux étaient vulnérables, mais le monstre était parvenu à éviter trois attaques avant que Logan et Grincedent le distraient. Et dans l'eau ! Cette créature nageait si vite que Kylar avait éprouvé une véritable terreur tandis qu'elle le poursuivait dans les boyaux. Ce souvenir hanterait sans doute ses nuits jusqu'à la fin de sa vie.

Mais avait-il déjà accompli un acte si noble ? Son ami devait être sauvé, il méritait d'être sauvé et Kylar était le seul à pouvoir le sauver. C'était sa vocation. C'était la légitimation de ses sacrifices. C'était pour cette raison qu'il était devenu l'Ange de la Nuit.

Il arriva dans le Dédale et trouva un chariot. Il y déposa le blessé qu'il portait sur le dos et fit signe à Grincedent de s'installer à côté de lui. Puis il se mit en route vers la boutique de Drissa Nile.

Ladite boutique était de taille respectable. Elle était située dans le quartier le plus aisé du Dédale, tout près du pont Vanden. Au-dessus de l'entrée, une enseigne annonçait : « Nile et Nile, médikers ». On y avait aussi peint une baguette de guérisseur pour les clients analphabètes. Kylar avait toujours évité cet endroit, comme son maître avant lui. Il craignait qu'un mage soit capable de percer à jour sa véritable identité. Aujourd'hui, il n'avait pas le choix. Il arrêta le chariot derrière la boutique et attrapa Logan qui était allongé sur le plateau. Grincedent le suivit sans un mot.

La porte de service était fermée.

Une petite invocation de son Don régla le problème. Le bois se fendit et le loquet s'arracha du battant. Kylar porta son ami à l'intérieur.

La boutique se composait de plusieurs pièces disposées autour d'une salle d'attente centrale. Ayant entendu la serrure se briser, un homme sortit d'une salle d'examen. Kylar entraperçut deux femmes avant que le médiker referme derrière lui. Il jeta un rapide coup d'œil vers l'entrée principale et constata que la porte était toujours fermée.

— Qu'est-ce que vous faites ? s'écria le praticien. Vous ne pouvez pas vous introduire ici par effraction !

—Quel genre de médiker ferme boutique au beau milieu de la journée ? demanda Kylar.

Il regarda le petit homme dans les yeux. Ce n'était pas un criminel, mais Kylar distingua une lueur étrange dans son regard, une lumière verte et chaude évoquant une forêt après le passage d'une tempête, lorsque le soleil réapparaît.

—Vous êtes un mage ! s'exclama le pisse-culotte.

Il avait d'abord cru qu'il avait affaire à un simple médiker – un employé dont la présence permettait d'expliquer les guérisons presque miraculeuses de Drissa Nile. Il s'était trompé.

Le petit homme se figea. Le verre droit de ses lunettes était beaucoup plus épais que le gauche et cela donnait l'impression que ses yeux écarquillés n'étaient pas à la même hauteur.

—Je ne comprends pas de quoi vous parlez…, commença-t-il.

Quelque chose effleura Kylar et essaya de le sonder. Le ka'kari le repoussa aussitôt et le mage s'interrompit.

—Vous êtes invisible à mes sens. C'est comme si… vous étiez mort.

Merde !

—Vous êtes un guérisseur, oui ou non ? demanda Kylar. Mon ami agonise.

Le petit homme tourna enfin la tête vers Logan. Kylar avait posé une couverture sur son roi pour le protéger des regards indiscrets.

—Oui, répondit-il. Je suis un guérisseur. Je m'appelle Trévor Nile, à votre service. Je vous en prie, je vous en prie, allongez le patient sur cette table.

Ils pénétrèrent dans une pièce vide. Le guérisseur tira la couverture et gloussa. Kylar avait couché son ami sur le ventre. Trévor Nile découpa la tunique tachée de sang, de crasse et de sueur pour examiner la blessure au dos. Il secoua la tête.

—La plaie est énorme. Je ne sais même pas par où commencer.

—Vous êtes un mage. Commencez par vous servir de votre magie.

—Je ne suis pas…

—Si vous me mentez une fois de plus, je jure que je vous tranche la gorge. Pour quelle raison y aurait-il un foyer si grand dans une pièce si petite ? Pour quelle raison le toit serait-il rétractable ? Parce que vous avez besoin de feu ou de soleil. Je n'en parlerai à personne. Vous devez guérir cet homme. Regardez-le. Vous le reconnaissez ?

Kylar fit rouler Logan sur le côté et arracha les restes de sa tunique.

Trévor Nile laissa échapper un hoquet de surprise, mais il ne regardait pas le visage de son patient, il contemplait la plaie brillante qui s'étalait sur son bras.

—Drissa ! cria-t-il.

Dans la pièce voisine, Kylar entendit deux femmes converser.

—Vous pensez ? Qu'est-ce que vous voulez dire par « je pense » ? Vous l'avez neutralisé oui ou non ?

—Je suis à peu près certaine que oui.

—Drissa !

Une porte s'ouvrit et se referma. Drissa Nile entra – et elle n'était pas de bonne humeur.

Elle ressemblait à son mari : elle était rabougrie alors qu'elle n'avait pas encore cinquante ans, elle semblait très intelligente, elle portait des lunettes et des vêtements amples. Kylar constata aussi que, comme son mari, elle n'était pas corrompue par le mal. Elle dégageait cependant quelque chose de plus puissant que son époux. L'aura de sa magie, sans doute.

Un couple de mages. À Cénaria, c'était très rare. Pour Kylar, c'était une chance inespérée. Si deux guérisseurs ne parvenaient pas à soigner Logan, personne ne le pouvait.

L'irritation de Drissa disparut à l'instant où elle aperçut le blessé. Elle approcha avec des yeux écarquillés. Son regard passait sans cesse du visage de Logan à la plaie fluorescente sur son bras.

—Où a-t-il attrapé cela ?

—Est-ce que vous pouvez l'aider ? demanda Kylar.

Drissa leva les yeux vers son mari. Celui-ci secoua la tête.

—Pas après l'opération que nous venons de réaliser. Je ne crois pas qu'il me reste assez de pouvoir pour m'occuper d'un tel cas.

—Nous allons essayer, dit Drissa.

Trévor acquiesça d'un air soumis. Kylar remarqua alors que les deux guérisseurs portaient un anneau à l'oreille. Deux anneaux en or, identiques. Ils étaient waeddryniens. En d'autres circonstances, il leur aurait demandé si ces foutus bijoux contenaient vraiment un sortilège.

Trévor ouvrit une partie de toit pour laisser entrer les rayons de soleil de cette matinée brumeuse. Drissa toucha les bûches déjà entassées dans l'âtre et elles s'enflammèrent sur-le-champ. Les deux mages se placèrent de chaque côté de Logan et l'air scintilla au-dessus du blessé.

Kylar invoqua le ka'kari sur ses yeux. Il eut alors l'impression d'être myope et d'enfiler une paire de lunettes. Les trames à peine visibles apparurent soudain avec une netteté confondante.

—Vous avez de l'expérience en matière de plantes médicinales ? demanda Drissa. (Le jeune homme acquiesça.) Dans la grande pièce, allez chercher des feuilles de tuntun, de la pommade de grubel, des feuilles-d'argent, de l'herbe à poux ainsi que le cataplasme blanc qui se trouve sur l'étagère du haut.

Kylar revint une minute plus tard avec les ingrédients demandés, plus quelques autres qui lui avaient semblé utiles. Trévor les regarda et hocha la tête, mais il semblait incapable de parler.

—Parfait, parfait, dit Drissa.

Kylar appliqua les plantes et le cataplasme tandis que les deux mages tissaient leurs sortilèges. Le jeune homme les vit glisser une trame aussi épaisse qu'une tapisserie dans le corps de Logan. Ils l'ajustèrent, la sortirent, la modifièrent et la replongèrent dans la chair du blessé. Mais ce qui stupéfia Kylar, ce fut la réaction de certaines plantes.

Il n'avait jamais envisagé que les végétaux puissent réagir à la magie, mais c'était pourtant le cas. Les feuilles-d'argent que le jeune homme avait posées sur la plaie au dos virèrent au noir en quelques secondes. Il n'avait jamais assisté à un tel phénomène.

Kylar admirait un véritable ballet. Trévor et Drissa travaillaient dans une parfaite harmonie, mais le premier fatiguait et, au bout de cinq minutes, il eut du mal à maintenir son rythme. Ses trames devinrent minces et fragiles. Son visage pâlit et se couvrit de sueur. Il se mit à cligner des yeux et à remonter sans cesse ses lunettes sur son long nez. Kylar comprit qu'il était épuisé, mais il ne pouvait rien y faire. Critiquer un danseur était une chose, le remplacer et faire mieux en était une autre. Sans savoir pourquoi, il eut l'impression que Drissa accomplissait des interventions de plus en plus ténues sur Logan. Le blessé était pourtant loin d'être tiré d'affaire. Kylar l'observa à travers la trame de guérison : son corps n'était pas de la bonne couleur. Il le toucha et sentit qu'il était chaud.

Le jeune homme éprouva un grand sentiment d'impuissance. Malgré tout ce qu'il venait d'accomplir, il avait encore du pouvoir à revendre. Il ordonna au ka'kari de réintégrer son corps et s'efforça de lever ses défenses. Il se concentra pour insuffler son énergie à Logan. En vain.

Accepte-la, putain! Guéris!

Logan resta immobile. Kylar ne savait pas utiliser la magie. Il ignorait comment tisser une trame – surtout aussi complexe que celle des Nile.

Trévor lui lança un regard contrit et lui tapota la main.

Lorsque les deux hommes se touchèrent, un flot de lumière envahit la pièce – une lueur qui dépassait le spectre d'ondes magiques pour devenir visible au commun des mortels. Des ombres se dessinèrent sur les murs. Au-dessus de Logan, les trames estompées, affaiblies et tremblotantes flamboyèrent soudain comme des soleils. Une vague de chaleur passa dans la main de Kylar.

Trévor ouvrit la bouche comme une carpe.

— Trévor! lança Drissa. Sers-toi de cette énergie!

Kylar sentit le Don jaillir de son corps, traverser le guérisseur et se déverser en Logan. Le phénomène lui échappait complètement. C'était désormais Trévor qui maîtrisait son pouvoir. Le petit homme n'aurait aucun mal à le tuer s'il retournait ce flot d'énergie contre lui. Kylar ne pourrait rien faire pour l'en empêcher. Il était impuissant.

Des gouttes de sueur roulèrent sur le visage de Drissa et Kylar sentit que les deux mages travaillaient avec frénésie. La magie parcourait Logan comme un peigne glisse dans des cheveux emmêlés. Les guérisseurs effleurèrent la plaie au bras. Elle avait été infligée plusieurs heures auparavant, mais elle brillait toujours. Curieusement, tout semblait normal de ce côté-là. Trévor et Drissa ne parvinrent pas à la guérir. La magie glissait dessus comme une goutte d'eau sur une vitre.

Drissa respira un grand coup et laissa la trame se dissiper. Logan vivrait. En fait, il était sans doute en meilleure santé que le jour où on l'avait conduit à la Gueule.

Trévor garda Kylar sous son emprise. Il se tourna vers lui et le contempla avec des yeux écarquillés.

— Trévor ! lâcha Drissa en guise d'avertissement.

— Qui êtes-vous ? demanda le mage. Un vürdmeister ?

Le jeune homme essaya d'invoquer le ka'kari et de briser le lien, en vain. Il contracta ses muscles avec le Don, sans plus de succès.

— Trévor, répéta Drissa.

— Tu as vu ça ? Est-ce que tu as vu ça ? Jamais je n'avais…

— Trévor, relâche-le.

— Chérie, il serait capable de nous réduire en cendres avec son pouvoir. Il…

— Tu retournerais le Don de ce garçon contre lui alors qu'il te l'a prêté ? Qu'est-ce que les frères penseraient d'un tel acte ? Est-ce que l'homme que j'ai épousé ferait une chose pareille ?

Trévor baissa la tête et libéra le Don de Kylar.

— Je suis désolé.

Kylar frissonna. Il était éreinté, vide. Récupérer son Don était aussi déconcertant que de le prêter. Il avait l'impression de ne pas avoir dormi depuis deux jours. Il eut à peine la force de se réjouir de la guérison de Logan.

— Je pense que nous ferions bien de nous occuper de vous et de votre ami simple d'esprit, dit Drissa. Le traitement de vos blessures présentera moins de difficultés. (Elle baissa la voix.) Le, euh… roi devrait se réveiller dans la soirée. Pourquoi ne m'accompagneriez-vous pas dans une autre pièce ?

Elle ouvrit la porte et Kylar entra dans la salle d'attente. Grincedent dormait, recroquevillé dans un coin, mais l'attention de Kylar se porta tout de suite sur la ravissante jeune femme qui apparut devant lui. Elle avait des formes généreuses et de longs cheveux roux. Elle le dévisageait en pointant une épée sur sa gorge. Vi.

Kylar invoqua son Don, mais celui-ci lui glissa entre les doigts comme du sable. Il était trop fatigué. Il était incapable de rassembler son pouvoir. Il était sans défense.

Vi avait les yeux rouges et gonflés comme si elle venait de traverser une épreuve douloureuse. Kylar se demanda ce qui avait pu lui arriver de si terrible.

Elle garda son épée pointée et observa le jeune homme pendant un moment qui sembla durer une éternité. Ses yeux verts étaient indéchiffrables, mais ils exprimaient quelque chose de terrifiant.

Vi fit soudain trois pas souples et mesurés en arrière – Valdé Docci, le retrait du guerrier. Elle s'agenouilla au centre de la pièce, inclina la tête et glissa sa queue-de-cheval sur le côté. Elle prit son épée à deux mains et la tendit comme une offrande.

—Ma vie t'appartient, Kylar. Je me soumets à ton jugement.

CHAPITRE 55

Sept des onze femmes avaient quitté le repaire en espérant que leur famille les accueillerait. Six étaient revenues, en pleurs. Certaines avaient découvert qu'elles étaient veuves, d'autres avaient été rejetées par leur père, leur mari ou leur petit ami qui ne voyaient en elles que des prostituées, des sujets de honte.

Kaldrosa avait manqué de courage : elle était restée à l'intérieur du repaire. Elle avait affronté la mort, elle avait émasculé Burl Laghar et l'avait regardé se vider de son sang tandis qu'il hurlait dans son bâillon, attaché au lit. Puis elle avait caché le corps, changé les draps et reçu un autre soldat khalidorien. C'était un jeune homme qui commençait par faire l'amour et qui, ensuite, satisfaisait sans enthousiasme aux coups et aux incantations. Il semblait se dégoûter.

— Pourquoi fais-tu ça ? lui avait-elle demandé. Tu n'aimes pas me frapper. Je le vois bien.

Il n'avait pas pu la regarder en face.

— Tu ne sais pas ce que c'est, avait-il répondu. Le Roi-Dieu a des espions partout. Ta propre famille te dénoncerait pour une plaisanterie douteuse. Rien ne lui échappe.

— Mais pourquoi frappez-vous les prostituées ?

— Pas seulement des prostituées. Tout le monde. Nous avons besoin de souffrance. Pour les Étrangers.

— Qu'est-ce que tu veux dire ? Qui sont ces étrangers ?

Mais il avait refusé d'en dire plus. Il avait regardé le lit. Le matelas gorgé de sang avait taché les draps propres. Kaldrosa avait alors poignardé le jeune homme dans l'œil. Il ne s'était pas laissé faire. Il s'était précipité vers elle en rugissant, fou de rage et couvert de sang, mais elle n'avait pas eu peur.

Pourtant, elle n'avait pas le courage d'affronter Tomman. Ils avaient eu une dispute acerbe avant qu'elle parte se réfugier chez Mamma K. Il l'en aurait empêchée par la force s'il l'avait pu, mais les Khalidoriens lui avaient infligé une telle correction qu'il était incapable de sortir du lit. Tomman avait toujours été jaloux. Non, Kaldrosa n'avait pas la force de l'affronter. Elle partirait avec les autres et rejoindrait le camp rebelle. Elle ignorait ce qu'elle ferait là-bas. C'était à l'intérieur des terres, aucune rivière ne passait à proximité et il était donc peu probable qu'elle trouve un emploi de capitaine. D'ailleurs, il était peu probable qu'elle trouve un emploi honnête si elle ne dénichait pas des vêtements décents. Mais lorsqu'on s'était vendue à des Khalidoriens, ce ne devait pas être si terrible de se vendre à des Cénariens.

On frappa à la porte et les femmes se figèrent. Ce n'était pas le signal. Personne ne bougea. Kaldrosa attrapa un tisonnier près de l'âtre.

On frappa de nouveau.

— S'il vous plaît, dit une voix d'homme. Je ne vous veux pas de mal. Je ne suis pas armé. Je vous en prie, laissez-moi entrer.

Le cœur de Kaldrosa bondit dans sa poitrine. Elle avança vers la porte dans un état second.

— Qu'est-ce que tu fais? demanda Daydra.

Kaldrosa ouvrit le judas. Il était là. Tomman la reconnut et son visage s'illumina.

— Tu es en vie! Oh! dieux! Kally, j'ai cru que tu étais morte. Qu'est-ce qui se passe? Laisse-moi entrer.

Le loquet sembla se soulever tout seul. Kaldrosa agissait comme un automate. La porte s'ouvrit brusquement et Tomman la prit dans ses bras.

— Oh! Kally! s'écria-t-il, fou de joie. Je croyais que…

Tomman avait toujours été un peu long à la détente.

Il remarqua enfin les autres femmes rassemblées dans la pièce. Elles le regardaient avec amusement ou jalousie. Écrasée contre son torse, Kaldrosa ne voyait pas son visage, mais elle savait qu'il devait cligner des yeux comme un imbécile en contemplant autant de jolies filles court vêtues. Même la chaste robe de Daydra était érotique. L'étreinte de Tomman se raidit peu à peu. Kaldrosa resta entre ses bras sans réagir, comme une poupée de son.

Il recula d'un pas et la regarda. Ses mains tapotèrent ses épaules avec des gestes mécaniques.

Elle portait vraiment un costume superbe. Kaldrosa avait toujours détesté sa silhouette trop fine. Elle trouvait qu'elle ressemblait à un garçon. Mais lorsqu'elle portait cette tenue, elle n'éprouvait plus cette impression de maigreur ou d'androgynéité, elle se sentait svelte et désirable. La chemise ouverte ne montrait pas seulement qu'elle était bronzée jusqu'à la taille, elle soulignait aussi sa poitrine et découvrait la moitié de ses seins. Le pantalon indécent lui allait comme un gant.

En fait, c'était le genre de tenue que Tomman aurait rêvé de la voir porter à la maison – juste le temps qu'il revienne de sa surprise et qu'il se jette sur elle.

Mais ils n'étaient pas chez eux et ces vêtements ne lui étaient pas destinés. Les yeux de Tomman se remplirent de tristesse et il détourna le regard.

Les prostituées ne faisaient plus un bruit.

— Tu es ravissante, dit-il après un long moment douloureux.

Il s'étrangla et des larmes coulèrent sur ses joues.

—Tomman…

Kaldrosa pleura à son tour et se cacha le visage entre les mains. Quelle ironie amère! Elle se cachait de son mari alors qu'elle s'était dénudée devant des inconnus qu'elle méprisait.

—Avec combien d'hommes as-tu couché? demanda-t-il.

—Ils t'auraient tué…

—Tu penses que je suis incapable de me défendre? aboya-t-il.

Il ne pleurait plus. Il avait toujours été courageux, sauvage. C'était une des raisons pour lesquelles Kaldrosa l'aimait. Il aurait donné sa vie pour lui épargner cette déchéance. Il ne comprenait pas que cela n'aurait servi à rien: il serait mort et elle aurait quand même fini chez Mamma K.

—Ils me frappaient, dit-elle.

—Combien? répéta-t-il d'une voix dure et cassante.

—Je ne sais pas.

Elle comprenait qu'il réagissait comme un chien fou de douleur qui se retourne contre son maître, mais elle était incapable de supporter le dégoût qu'elle lisait sur son visage. C'était elle qui le dégoûtait. Elle céda au désespoir et se figea.

—Beaucoup. Neuf ou dix par jour.

Il grimaça, puis se tourna.

—Tomman, ne me quitte pas. Je t'en prie.

Il s'arrêta un instant, mais ne la regarda pas. Puis il sortit.

Tandis que la porte se refermait sans bruit, Kaldrosa gémit tout bas. Ses compagnes l'entourèrent. Sa tristesse réveillait la leur. Elles savaient qu'elles ne parviendraient pas à consoler leur camarade. Elles la réconfortèrent parce que personne d'autre ne le ferait à leur place.

Chapitre 56

Mamma K entra dans la boutique des médikers au moment où Kylar prenait l'épée. Elle n'eut pas le temps de l'arrêter.

Vi ne bougea pas. Elle resta agenouillée, figée. Elle avait glissé ses cheveux roux et brillants sur le côté afin de présenter son cou au bourreau. L'arme s'abattit… et rebondit. Le choc la fit tinter comme une cloche et l'arracha à la main flasque de Kylar.

—Vous ne tuerez personne dans ma boutique! déclara Drissa Nile.

Sa voix était si intense et ses yeux si brillants que cette petite femme sembla soudain remplir la pièce. Kylar dut baisser la tête pour croiser son regard, mais il fut impressionné.

—Nous avons pratiqué une opération exceptionnelle sur cette patiente et il est hors de question que je vous laisse tout gâcher, poursuivit Drissa.

—Une opération? demanda Kylar.

Vi n'avait toujours pas bougé. Ses yeux étaient rivés sur le sol.

—Elle était victime d'un sort de contrainte, dit Mamma K. Je me trompe?

—Comment le savez-vous? s'exclama Trévor.

—Si quelque chose se passe dans ma cité, je l'apprends. (Mamma K se tourna vers Kylar.) Le Roi-dieu lui a lancé un sortilège qui l'obligeait à exécuter ses ordres directs.

— Ben voyons ! dit Kylar. (Il grimaça pour contenir les larmes qui lui montaient aux yeux.) Je m'en fous ! Elle a tué Jarl ! J'ai essuyé le sang de mon ami sur le sol ! Je l'ai enterré !

Mamma K lui effleura le bras.

— Kylar, Vi et Jarl ont pratiquement grandi ensemble. Jarl l'a protégée. Ils étaient amis. Le genre d'amis qu'on n'oublie jamais. Je suis persuadée que seule la magie pouvait la pousser à lui faire du mal. N'ai-je pas raison, Vi ?

La courtisane glissa une main sous le menton de la jeune femme et lui releva la tête.

Vi ne répondit pas, mais des larmes coulaient sur ses joues.

— Que Durzo t'a-t-il appris, Kylar ? demanda Mamma K. Un pisse-culotte est une arme. Qui est responsable ? L'arme ou la main qui la brandit ?

— Les deux ! Et que Durzo aille se faire foutre ! Ce n'était qu'un sale menteur !

Il passa un doigt sur la lame du poignard accroché à sa ceinture et constata que Drissa l'avait émoussée – il s'en était douté. Elle ignorait cependant qu'il cachait d'autres couteaux dans ses manches et elle ne pouvait pas neutraliser ses mains qui étaient tout aussi mortelles.

Vi remarqua la lueur dans son regard. C'était une pisse-culotte, elle aussi. Elle savait. Il pouvait tirer un poignard et lui trancher la gorge avant que Drissa ait le temps de cligner des paupières. Cette sorcière aurait du mal à guérir une morte ! Les yeux de Vi étaient noirs de culpabilité. C'était un kaléidoscope d'images sombres qu'il fut incapable de déchiffrer. Il crut y distinguer des silhouettes noires qui défilaient à toute allure. Les victimes de la jeune femme ?

Elle a assassiné moins de personnes que toi.

Cette pensée le frappa au plexus comme un coup de poing. Pouvait-il la juger alors qu'il était plus coupable qu'elle ?

Sous ses larmes, le visage de Vi exprimait une détermination farouche. Il n'y avait pas trace d'apitoiement, aucun désaveu de ses crimes. Ses yeux parlaient pour elle : *Je l'ai assassiné. Je mérite la mort. Si tu me tues, tu auras raison.*

— Avant de décider ce que tu vas faire de moi, dit-elle enfin, il y a une chose que tu dois savoir. Tu étais une cible secondaire. Mais après... après Jarl, je n'ai pas pu le faire...

— C'est tout à ton honneur, dit Mamma K.

— ... Alors, j'ai enlevé Uly. Pour être sûre que tu te lancerais à mes trousses.

— Tu as fait quoi ? rugit Kylar.

— J'ai pensé que tu me poursuivrais jusqu'à Cénaria. Le Roi-dieu te veut vivant. Mais sœur Ariel m'a capturée avec Uly. Quand nous t'avons trouvé, j'ai cru que tu étais mort. J'ai cru que j'étais libre. Alors, je me suis enfuie et je suis venue ici.

— Où est Uly ?

— En route pour le Chantry. Elle possède le Don et elle va aller à l'école des majas.

C'était terrible, mais cela ne pouvait pas tomber mieux.

Uly deviendrait sœur. On s'occuperait d'elle, elle recevrait une bonne éducation. Kylar avait imposé la fillette à Élène. La jeune femme n'avait pas choisi d'être la mère d'une enfant en âge d'être sa sœur. Kylar avait été injuste de lui faire porter un tel fardeau. Mais si Uly était prise en charge par le Chantry, Élène n'aurait aucun mal à refaire sa vie avec l'argent qu'il lui avait laissé. Tout s'enchaînait à la perfection.

Le jeune homme se demanda néanmoins si Élène raisonnerait comme lui. Il eut un doute, mais que pouvait-il y faire ? La situation n'était pas aussi désespérée qu'il l'avait cru – enfin, peut-être. Il éprouva une bouffée de soulagement.

Les yeux de Mamma K étincelèrent en apprenant que sa fille était conduite au Chantry. Kylar se demanda si la courtisane était en colère ou ravie à l'idée qu'Uly puisse devenir une personne importante. Mamma K dissimula aussitôt ses émotions. Il ne fallait pas que des étrangers soupçonnent qu'elle était la mère de la fillette.

Si Kylar survivait à ce qui allait suivre, il rendrait visite à Uly. Il ne reprochait pas aux sœurs d'avoir enlevé l'enfant, il leur en était presque reconnaissant. C'était une bonne chose que les fillettes possédant le Don soient éduquées par l'Ordre, car elles couraient de graves dangers en apprenant à maîtriser leur pouvoir sans la tutelle d'un maître. Mais si Uly ne voulait pas rester et si les sœurs essayaient de la retenir, Kylar réduirait le Séraphin Blanc en cendres.

Son inquiétude envers l'enfant l'amena à penser à Élène.

— Pourquoi tenez-vous tant à ce que j'épargne Vi ? demanda-t-il à Mamma K pour échapper au tourbillon d'émotions qui se déchaîna sous son crâne.

— Parce que si tu veux tuer le Roi-dieu, tu auras besoin d'elle.

Il y a un truc à propos de Curoch : les mages se sont trompés.

On ne lui avait pas donné la forme d'une épée pour des motifs purement symboliques. Cette saloperie était aussi tranchante qu'une lame de rasoir.

Feir ne s'en plaignait d'ailleurs pas. Les Sa'ceurais étaient implacables. En jaeran ancien, ce mot signifiait « longue épée » et on ne l'avait pas attribué à ces guerriers sans raison.

Cependant, Feir était un maître-lame du deuxième rang. À l'issue du premier affrontement, trois hommes gisaient dans la neige et le colosse avait récupéré un solide poney.

La taille et le poids de Feir se transformèrent très vite en handicap – comme d'habitude. Sa monture se fatigua et ralentit. Il mit pied à terre dans l'obscurité et chassa l'animal. Par malheur, il s'agissait d'un poney de guerre bien dressé : il s'arrêta et attendit son cavalier. Feir régla le problème en tissant une trame sous la selle. La magie provoquerait des sensations de piqûre à intervalles irréguliers et le cheval courrait sans doute pendant des heures. Avec un peu de chance, les Sa'ceurais le suivraient et perdraient la trace de Feir.

Il eut de la chance.

Le stratagème lui fit gagner plusieurs heures. Il était désormais à pied, mais il parvint au sommet de la montagne. Il tira Curoch et tailla le petit arbre qu'il avait abattu avant de quitter la forêt. Le tranchant de la lame était incroyable, mais Feir ne disposait pas de rabot ou de ciseau à bois et c'était ce genre d'outils dont il aurait eu besoin.

Dorian lui avait un jour parlé d'un sport pratiqué par les clans des hautes terres les plus téméraires. Ils l'avaient baptisé «schluss». Il consistait à fixer de petites luges à ses pieds et à descendre des pentes à des vitesses impressionnantes – en restant debout. Dorian avait affirmé qu'il était possible de freiner, mais Feir se demandait bien comment. Il devait échapper aux Ceurans lancés à ses trousses et il n'avait pas le temps de construire une véritable luge.

Ce qu'il ne parvint pas à faire avec l'épée, il le fit grâce à la magie. Après tout, il avait suivi l'enseignement des Créateurs. Des copeaux de bois fusèrent dans la lumière de l'aube.

Feir s'était installé sur une crête et il était visible à des kilomètres à la ronde. Quel imbécile ! Comment avait-il pu commettre une telle erreur ? Les Sa'ceurais l'aperçurent avant qu'il les repère. Ils avaient mis pied à terre et avançaient sur la neige avec des petites plates-formes en bambou attachées à leurs bottes. Pour garder l'équilibre, ils devaient adopter une posture ridicule, mais Feir la trouva beaucoup moins amusante lorsqu'il se rendit compte de la vitesse à laquelle ils progressaient. Ils couvraient en quelques minutes des distances qu'il avait franchies après une demi-heure d'efforts exténuants dans la neige.

Il se remit au travail et se dépêcha. Il secoua la tête en constatant qu'il n'avait pas recourbé l'extrémité des luges longues et étroites. S'il avait remarqué cette erreur, combien d'autres lui avaient échappé ? Il n'avait pas le temps de fabriquer des lanières. Il tissa une toile magique autour de ses bottes et les colla aux planches. Il se releva.

Il perdit aussitôt l'équilibre et tomba.

Malédiction ! Pourquoi ai-je équarri les bords ?

Il aurait dû les laisser incurvés comme la coque d'un navire.

Il était impossible de tenir debout sur ces bouts de bois. Il maudit les Ceurans qui se rapprochaient. Il était maître-lame du deuxième rang, comment pouvait-il être si maladroit ? Il avait été idiot. S'il avait descendu la pente en courant…

Il roula sur les fesses et parvint à s'accroupir en mettant à profit la longueur des planches. Il se leva et essaya de faire un pas en avant. Les schlusses qu'il avait polis avec soin réagirent comme ils étaient censés réagir : ils glissèrent d'avant en arrière et Feir bougea à peine.

Le colosse regarda par-dessus son épaule. Les Sa'ceurais étaient à moins de cent cinquante mètres. S'ils le rattrapaient, ces maudites planches causeraient sa perte. Il trébucha, écarta un schluss pour garder l'équilibre, vacilla et… se mit à glisser.

Il ressentit une joie aussi intense que le jour où il avait reçu le titre de Créateur de la confrérie. Il tourna les schlusses vers l'extérieur et poussa pour avancer.

Tout se passa bien jusqu'à ce que la déclivité augmente et qu'il commence à glisser plus vite qu'il pouvait marcher. Les jambes de Feir s'écartèrent de plus en plus et le colosse finit par basculer la tête en avant.

La pente était raide et la neige profonde – que les dieux en soient remerciés. Feir roula encore et encore, respirant tant bien que mal dans une nuée de poudre blanche. Il prit vaguement conscience qu'il fallait orienter les schlusses vers l'aval. Il y parvint après six ou sept culbutes.

Feir émergea soudain d'un univers froid et immaculé. Il constata qu'il glissait désormais sur une couche de neige épaisse de un mètre.

Son cœur se mit à marteler sa poitrine : il dévalait la pente à une vitesse incroyable. Il alla bientôt plus vite qu'un cheval au galop et continua à accélérer. Il était impossible de maîtriser deux schlusses et il lança donc un sort pour lier leurs extrémités, mais il laissa une petite marge de manœuvre à chacun.

Il chuta à plusieurs reprises et la neige se révéla parfois cruelle. Puis il découvrit comment freiner. Il contourna un rocher dangereux et regarda pour la première fois en bas de la pente. La blancheur étincelante lui fit plisser les yeux. Il cligna des paupières.

Qu'est-ce que c'est que cette ligne sombre droit devant ?

Il franchit le bord du précipice et, pendant deux secondes, il n'entendit plus le glissement des schlusses sur la neige. Il n'y eut plus que le sifflement de l'air.

Il atterrit et fut englouti par un brouillard blanc. Il roula en agitant les bras et les jambes dans tous les sens et un nouveau miracle se produisit : ses schlusses se remirent dans le sens de la pente. Il jaillit de la neige et repartit à toute allure. Il éclata de rire, le cœur battant.

Il avait Curoch, il était en sécurité. Les Ceurans ne le poursuivraient pas en bas de la montagne de peur de franchir la frontière cénarienne. Il leur avait échappé !

— Incroyable ! dit Lantano Garuwashi.

Il était plus grand que la plupart des gens de son peuple. Il avait des cheveux roux longs et épais parsemés de nombreuses mèches fines de différentes couleurs. À Ceura, on affirmait qu'on pouvait apprendre l'histoire d'un homme en regardant sa chevelure. Lors de l'initiation clanique, un garçon avait le crâne rasé à l'exception d'un toupet. Quand celui-ci atteignait une longueur de trois doigts, on attachait un petit anneau à sa base et on déclarait que l'enfant était désormais adulte. Lorsqu'il tuait son premier guerrier, il devenait un Sa'ceurai et on fixait un nouvel anneau autour de sa mèche. Plus la distance entre les deux était courte, mieux c'était. Ensuite, quand le Sa'ceurai tuait d'autres ennemis, il tranchait leur toupet et l'accrochait au sien.

En voyant Lantano pour la première fois, certains Ceurans pensaient qu'il n'avait qu'un seul anneau, parce qu'ils étaient collés l'un à l'autre. Il avait tué son premier adversaire à treize ans, dix-sept ans plus tôt. Depuis, il avait accroché cinquante-neuf toupets à ses cheveux. S'il avait été de naissance plus noble, tous les Ceurans lui auraient prêté allégeance. Mais l'âme d'un Sa'ceurai était son épée et Lantano était né avec une lame en fer, une arme de paysan. C'était le destin et personne n'y pouvait rien changer. Il était devenu chef de guerre parce que la tradition ceuranne acceptait qu'un homme exceptionnel prenne le commandement d'une armée. Cette coutume était un piège qui s'était refermé sur lui : Lantano perdrait tout pouvoir le jour où il cesserait de combattre. Il avait commencé par servir le régent de Ceura, Hideo Watanabe. Lorsque celui-ci lui avait donné l'ordre de dissoudre son armée, il s'était fait mercenaire. Les désespérés affluaient pour se ranger sous sa bannière, car Lantano ne perdait jamais une bataille.

Le géant disparaissait au loin.

— Maître de guerre, devons-nous le poursuivre ? demanda un homme trapu avec des dizaines de mèches accrochées à ses cheveux clairsemés.

— Nous allons essayer de passer par les cavernes, dit Lantano.

— Jusqu'à Cénaria ?

—Nous n'emmènerons qu'une centaine de Sa'ceurais. L'hiver sera froid. Le récit de la traque et de la mort de ce géant égaiera nos longues soirées.

CHAPITRE 57

Mamma K demanda qu'Agon et ses hommes conduisent Logan au camp rebelle. S'il devait être roi, il avait besoin d'une armée. Kylar refusa de quitter son ami – tant qu'il n'avait pas repris connaissance, du moins. Lorsqu'il s'évanouit, Agon demanda s'il fallait en profiter pour charger Logan sur le chariot. Mamma K jura, pesta, mais répondit que non.

Personne ne sollicita l'opinion de Vi. La jeune femme n'en prit pas ombrage, au contraire. Elle était heureuse. Elle voulait expier ses crimes, mais elle ne voulait pas réfléchir.

Même assise en compagnie de Mamma K, d'Agon et de Kylar, une petite voix la pressait de les tuer. Le Roi-dieu savait se montrer généreux avec ses bons serviteurs. En moins de une minute, elle pouvait éradiquer les principaux dangers qui menaçaient Garoth Ursuul.

Elle n'obéit pas à cette voix. On l'avait reconnue innocente. Elle avait été pardonnée.

Enfin presque. Elle venait de réaliser que de tous les coups qu'elle avait assenés à Kylar, elle avait porté le plus dur sans s'en rendre compte. C'était juste par mépris qu'elle avait volé le message et les deux boucles d'oreilles qu'il avait laissés à Élène.

Drissa et Trévor venaient de lui apprendre avec moult détails que ces bijoux étaient en fait des anneaux de mariage. Vi avait tout pris à Élène.

Mais elle n'avait pas eu le courage de l'avouer à Kylar, n'est-ce pas ?

C'était trop difficile. Elle était prête à mourir de la main du jeune homme, mais elle était incapable d'affronter son mépris. S'il découvrait qui elle était vraiment, comment pourrait-il éprouver autre chose que du dégoût à son égard ? L'amour ne surmonterait jamais un tel obstacle.

L'amour ? Mais qu'est-ce que tu racontes ? Contente-toi de te battre et de baiser, Vi. Tu ne sais rien faire d'autre.

La porte d'une salle d'examen s'ouvrit et Kylar apparut au moment où Logan sortait d'une pièce voisine.

Vi découvrit le sourire de l'apprenti de Durzo. Elle éprouva un sentiment étrange alors qu'il ne la regardait même pas. Il s'inclina avec déférence.

— Votre Majesté.

— Mon ami, dit Logan.

Il n'avait plus que la peau sur les os, mais il ne faisait aucun doute qu'il était en bonne santé. Dans ses beaux habits, il avait recouvré son charme malgré les épreuves qu'il venait de traverser. Il se précipita vers Kylar et le serra dans ses bras.

— Je suis désolé, dit Kylar. Je suis arrivé trop tard la nuit de l'invasion. J'ai découvert du sang dans la chambre et j'ai pensé que… Je suis vraiment désolé.

Logan l'étreignit en silence et respira à grands coups jusqu'à ce que son émotion s'apaise. Puis il recula d'un pas en tenant Kylar par les épaules.

— Tu n'as rien à te reprocher, mon ami. C'est à moi de m'excuser. Je suis désolé d'avoir douté de toi. Un jour, bientôt, il faudra que nous parlions. Quand nous étions au fond de ces cavernes, tu… Tu as fait certaines choses qui… (Logan regarda autour de lui et prit conscience qu'ils n'étaient pas seuls)… qui ont éveillé ma curiosité. Et j'ai des trous de mémoire. Je ne me rappelle pas dans quelles circonstances j'ai hérité de ceci, par exemple.

Vi et Mamma K hoquetèrent quand il remonta la manche de sa tunique. Une espèce de tatouage vert doré et luisant semblait incrustée dans son bras. Logan ne le dévoila pas dans sa totalité, mais la pisse-culotte eut l'impression qu'il s'agissait d'un motif abstrait et stylisé qui n'avait rien d'aléatoire.

— Votre Majesté, dit Drissa Nile. Je… vous conseillerais de ne pas montrer cela.

— Je suis désolée de vous presser, intervint Mamma K, mais nous devons prendre certaines décisions.

— Vous voulez dire que *je* dois prendre certaines décisions, remarqua Logan avec amusement.

— En effet, Votre Majesté. Je vous prie de bien vouloir m'excuser.

Logan s'adressa d'abord à Kylar.

— Tu nous as offert plus que nous étions en droit d'espérer ou d'exiger de toi. Nous ne sommes donc pas en mesure de te donner des ordres, mais nous estimons qu'il serait adéquat…

Son regard se perdit dans le vague et il s'interrompit.

— Votre Majesté ? dit Kylar.

Logan s'arracha à ses pensées.

— Oh ! pardon ! C'est curieux. J'ai proféré des insanités pendant des mois en compagnie des plus horribles prisonniers de la Gueule et voilà que j'en suis revenu à « estimer qu'il serait adéquat » de faire quelque chose. (Il secoua la tête et esquissa un petit sourire contrit.) Kylar, la situation est la suivante : si tu parviens à tuer le Roi-dieu avant que nos armées engagent le combat, nous pourrons peut-être éviter une bataille. Je te demande d'assassiner Garoth Ursuul, mais ce n'est pas un ordre. Tu as déjà fait de terribles sacrifices pour me sauver. Je sais que tu ne fais pas confiance à cette femme, mais si elle peut t'être utile, accepte son aide. Elle s'est rendue au moment où elle aurait pu nous tuer tous. J'estime que cette attitude est un gage de sincérité. Vi est une arme tout autant que toi. Mon arsenal est bien pauvre et je dois employer au mieux ce que j'ai à ma disposition.

— Tu penses que c'est la meilleure chose à faire ? demanda Kylar.

Logan le regarda avec mesure.

— Oui.

— Dans ce cas, j'accepte. Qu'est-ce que tu vas faire ?

— Je vais demander à Térah Graesin de me rendre mon armée. Puis je vais reconquérir notre pays.

— Ce ne sera pas facile, dit Mamma K.

Un faible sourire se dessina sur les lèvres de Logan.

— Ce n'est jamais facile.

Chapitre 58

É lène se réveilla avec une terrible migraine. Elle était incapable de bouger les bras et les jambes. Lorsqu'elle essayait, elle avait l'impression que des milliers d'aiguilles perforaient ses pieds et ses mains. Elle ouvrit les yeux et aperçut trois autres prisonniers avec les poignets et les chevilles attachés, tout comme elle. Ils étaient allongés par terre et les flammes dansantes du feu de camp dessinaient leur silhouette dans l'obscurité. Élène était la plus proche des six inconnus qui riaient et buvaient. Entre les mots qu'elle comprit et ceux dont elle devina le sens, la jeune femme se rendit compte qu'elle avait affaire à des Khalidoriens.

Elle ne bougea pas de peur qu'ils remarquent qu'elle était réveillée. Elle ne voyait que le guerrier qui l'avait capturée. En écoutant la conversation, elle apprit qu'il s'appelait Ghorran. Les autres se moquaient de lui parce qu'il avait laissé une femme le frapper.

Pendant un moment, Élène faillit céder à la panique en comprenant la gravité de la situation. Kylar ignorait où elle était. Tout le monde ignorait où elle était. Personne ne viendrait la sauver. Ces hommes feraient d'elle ce qu'ils voudraient. Elle était à leur merci. Sa poitrine se comprima sous le coup de la peur. Elle fut soudain incapable de réfléchir, incapable de respirer.

Puis elle se rappela que Dieu savait qu'elle était là et elle pria. Dieu la sauverait, c'était facile pour lui. La jeune femme finit par se calmer. Elle remarqua que plusieurs guerriers s'étaient enroulés dans leurs couvertures pour dormir. Seul Ghorran et un homme qu'elle ne voyait pas bavardaient encore en chuchotant.

— Je ne crois pas que le vürdmeister Dada ait informé Sa Sainteté de ce que nous faisons, dit Ghorran. Ce n'est pas sans raison que la Brouette Noire a été décrétée zone interdite. Que va-t-il nous arriver si Sa Sainteté découvre la vérité ?

— Neph Dada est un grand homme et c'est un adorateur zélé de Khali. S'il la sert alors que Sa Sainteté se détourne d'elle, de quel côté préfères-tu être ?

— J'ai entendu dire qu'il voulait construire un titan. C'est de ça que tu parles ?

Son interlocuteur rit tout bas.

— Le vürdmeister veut faire de nombreuses choses. Bien sûr qu'il veut un titan, mais ce n'est pas pour ça qu'il a besoin de jeunes vierges, pas vrai ?

— *Khalivos ras en me*, récita Ghorran, partagé entre la crainte et le respect.

— Tu l'as dit.

— Est-ce que c'est possible ?

— Le vürdmeister estime que oui.

Ghorran lâcha un juron.

— Et le garçon ? À quoi va-t-il servir ?

— Mmm, il n'est pas important. Ils le tueront et verront ce qu'ils peuvent tirer de son corps. Les meisters ont juste besoin d'un cadavre frais.

Élène avait entendu parler de la Brouette Noire. Il s'agissait d'un ancien champ de bataille désertique. De nombreuses rumeurs affirmaient que rien n'y poussait. Mais que racontaient ces hommes ? Élène avait compris qu'un

vürdmeister nommé Neph Dada lui réservait un sort pire
que l'esclavage, mais rien de plus. Elle posa la tête par terre
et vit que le prisonnier allongé près d'elle était réveillé. Il
s'agissait d'un jeune garçon. Il était terrifié.

CHAPITRE 59

C e jour-là, Mamma K sauva la vie de Logan.
La petite armée composée de la courtisane, du seigneur général Agon et de ses chiens entra dans le camp rebelle sous les acclamations. Il n'en serait pas allé de même si Mamma K n'avait pas fait circuler des rumeurs annonçant que Logan revenait après avoir triomphé des pires horreurs de la Gueule. Sans ces précautions en guise de héraut, le petit groupe aurait été considéré comme une unité ennemie et Térah Graesin en aurait profité pour se débarrasser de son rival. Nul doute que, par la suite, elle aurait versé bien des larmes en s'apercevant de sa tragique méprise.

L'ancien Logan, si naïf, n'aurait jamais cru sa cousine capable d'une telle bassesse, mais Logan le Hurleur était un autre homme. Il avait changé. Il était désormais plus réservé, plus sage. Il connaissait trop bien les réactions des gens lorsqu'ils se sentent menacés.

Et Térah Graesin devait le considérer comme une menace. Au cours des trois derniers mois, elle avait rallié de nouveaux soutiens, elle avait survécu à de nombreuses tentatives d'assassinat et perdu plusieurs membres de sa famille. Elle avait rassemblé une armée qu'elle s'apprêtait à lancer dans une bataille. Elle avait fait tout cela pour rester reine.

Le retour de Logan menaçait ses ambitions alors qu'elle était sur le point de triompher. Il était impossible de mettre en doute la légitimité du jeune homme : il était issu d'une des principales familles ducales, le roi Gunder l'avait choisi pour héritier et il avait épousé la princesse Jénine. De nombreux nobles avaient prêté allégeance à Térah Graesin, mais uniquement parce qu'ils se croyaient dégagés de leur serment envers les Gyre.

Dans d'autres circonstances, Logan se serait rendu à Havermere et aurait envoyé un message aux grandes familles du royaume – y compris les Graesin. Il aurait laissé le temps à Térah de comprendre que sa coalition n'était plus viable, puis il lui aurait offert un poste digne de son rang.

Mais c'était impossible. L'armée rebelle était rassemblée à un kilomètre et demi de celle du Roi-dieu. Les Cénariens étaient deux fois plus nombreux que leurs adversaires. Les Khalidoriens disposaient de meisters et de vürdmeisters, mais la victoire semblait acquise.

Pourtant, Logan, Agon et Mamma K étaient persuadés que l'armée cénarienne allait au-devant d'un massacre. Ils avaient donc mené leurs chevaux à bride abattue et pénétré dans le camp rebelle à la tête de leur petite unité de cent hommes.

Logan avait de la chance, car le ciel était couvert. Après trois mois au fond du Trou, il ne supportait plus les lumières trop vives et il était difficile de conserver une prestance royale en plissant les yeux.

Ils approchaient des tentes des nobles lorsqu'une dizaine de cavaliers arrivèrent à leur rencontre. Leur officier tenait un arc alitaeran débandé comme un bâton. Logan et ses compagnons s'arrêtèrent.

— Identifiez-vous ! demanda le sergent Gamble.

Agon répondit assez fort pour être entendu de tous ceux qui assistaient à la scène.

— Voici le roi Logan Gyre, héritier du trône en vertu des lois et des traditions, souverain de notre grand pays. Le roi est mort, longue vie au roi !

C'était une véritable déclaration de guerre. La nouvelle allait se répandre à travers le camp en moins de cinq minutes. Mamma K avait déjà informé le représentant de la famille Gyre qui avait placé ses hommes autour des tentes des nobles. Les soldats de la maison Gyre lancèrent des acclamations.

— La reine va vous recevoir sur-le-champ, seigneur, dit le sergent Gamble.

Logan mit pied à terre devant la tente de Térah Graesin. Lorsque Mamma K et Agon firent mine de le suivre à l'intérieur, les gardes s'interposèrent.

— Seulement vous, seigneur, déclara l'un d'entre eux.

Logan fixa ses yeux sur l'homme en silence. Pendant quelques secondes, il laissa la bête monter en lui. Il avait survécu à l'enfer et ce n'était pas un simple soldat qui allait l'arrêter. Sa détermination se transforma en rage. Il sentit des picotements sur ses avant-bras.

Le garde recula et déglutit avec peine.

— Seigneur, dit-il d'une voix faible. Seuls les nobles ont le droit…

Le regard de Logan se fit plus dur encore et le soldat ne termina pas sa phrase.

Le jeune homme entra sous la tente suivi de Mamma K et du seigneur général Agon.

La tente royale était immense. Il y avait des tables, des cartes et des nobles un peu partout. Parmi ces derniers, certains prêtaient à rire avec leur bedaine engoncée dans une armure qu'ils n'avaient pas enfilée depuis vingt ans. De petits galets blancs et noirs s'entassaient au fond de deux coupes posées sur une table.

Par les dieux ! ils vont choisir le plan de bataille en votant !

À côté de Mamma K, Agon laissa échapper un grognement ulcéré.

La courtisane examina l'intérieur de la tente aussi vite que possible. Elle compta les alliés, les alliés potentiels et les opposants indéniables. Elle manipulait la vérité avec un talent redoutable et elle aurait pu rétablir l'autorité de Logan en deux semaines. Mais ils étaient à la veille d'une bataille capitale contre un adversaire haï de tous et elle devait agir vite. Son seul espoir était qu'un personnage insignifiant s'en prenne à Logan ou à Brant Agon. Elle pourrait alors le ridiculiser et, s'il devenait un ennemi juré du dernier des Gyre, cela n'aurait pas de conséquences trop fâcheuses.

—Tiens! dit Térah Graesin en surgissant de derrière des nobles plus grands qu'elle. Logan Gyre. On dirait que les puissants sont tombés bien bas. (Elle avança sur les tapis luxueux en roulant des hanches.) Qui aurait pu s'attendre à vous voir réapparaître entouré de putains et de vieilles badernes? Ou devrais-je dire de salopes et d'infirmes?

Les nobles rirent sous cape.

—Vous voulez que je vous apprenne le métier en vue de votre reconversion? demanda Mamma K.

Un silence de mort s'abattit. On aurait entendu une plume tomber sur un tapis. La réplique avait choqué l'assemblée, mais Mamma K n'en avait cure. Térah Graesin avait accueilli Logan toutes griffes dehors. Ce n'était pas de bon augure.

Un jeune homme écarta un groupe de nobles et s'avança.

—Si vous vous adressez à ma sœur sur ce ton une fois de plus, je vous tuerai! déclara Luc Graesin.

Il s'agissait du frère de Térah. Il avait dix-sept ans, il était beau garçon et c'était un parfait imbécile.

Oh! Luc! songea Mamma K. *Si tu savais. Je connais ton petit secret. Je pourrais te crucifier sur-le-champ, ici même.*

Mais elle savait que c'était faux. Sous cette tente, personne ne croirait des histoires si terribles sans un minimum de préparation. Térah Graesin ne ferait que se braquer.

— Excusez-moi, dit Mamma K. Les titres de noblesse vont et viennent si vite. J'avais oublié que je parlais à une duchesse.

— À une reine! cria Luc. À votre reine!

Mamma K haussa un sourcil comme si le jeune homme se moquait d'elle. Sa réaction rappela à l'assistance que Térah Graesin s'efforçait d'atteindre bien vite une position bien haute.

— Mais le souverain légitime est ici, remarqua la courtisane. Le roi Gunder en a fait son héritier et tout le monde a salué son choix. Vous lui avez prêté allégeance.

Mamma K savait pourtant que ses efforts étaient voués à l'échec. Le visage de Térah Graesin exprimait une résolution farouche et une haine implacable.

— Cela suffit, Gwinvere, dit Logan.

La courtisane sourit pour acquiescer. Elle recula, tête baissée, soudain docile.

Une voix monta à proximité des cartes étalées.

— Puis-je rappeler à cette noble assemblée que nous affrontons le Roi-dieu et ses sorciers demain?

Le comte Drake. Toujours prêt à calmer les esprits échauffés.

— Nous n'avons aucun besoin de rappel, déclara Térah Graesin. Nous avons une armée, nous avons un champ de bataille, nous avons l'avantage et, dans quelques instants, nous aurons un plan.

— Non! dit Agon.

— Pardon? s'exclama Térah d'un ton indigné.

— Vous n'avez pas d'armée. Vous avez l'armée de Sa Majesté. Seigneurs, bon nombre d'entre vous étaient présents à la fête, le soir de l'invasion. Garret Urwer, votre père est mort à mes côtés dans la tour nord. Tout comme votre oncle, Bran Braeton. Ils ont péri en allant porter secours à notre roi, Logan Gyre. Vous étiez...

— Cela suffit! cria Térah Graesin. Nous avons entendu les divagations de ce fou.

Ainsi, le roi était fou lorsqu'il avait désigné Logan comme héritier. Ce n'était pas un argument très solide, mais il tenait la route. Si elle en avait eu le temps, Mamma K aurait rappelé la date de l'attaque khalidorienne, elle aurait rappelé que l'état de santé mental d'Aléine Gunder n'avait eu aucune incidence sur ses décrets et elle aurait rappelé que Logan avait épousé Jénine. Si elle en avait eu le temps, la courtisane aurait fait monter la pression de tous les côtés et aurait obligé Térah Graesin à renoncer à ses prétentions. Mais elle n'avait aucune preuve matérielle sous la main. Elle en était réduite à attendre l'inévitable.

— Ma dame, dit le duc Havrin Wesseros, ils ne font que répéter ce qu'on entendrait dans les humbles masures et les manoirs du royaume si le temps n'était pas compté. Il me semble que nous avons des décisions à prendre et qu'il faut les prendre au plus vite.

— Je refuse d'écouter leurs mensonges, siffla Térah Graesin.

— Vous ne comprenez pas, poursuivit le duc Wesseros. Si vous refusez de les écouter, Logan partira et il ne partira pas seul. Il emmènera la moitié de notre armée, peut-être davantage. Est-ce que quelqu'un souhaite affronter les Khalidoriens avec cinquante pour cent de nos troupes?

Bonne remarque. Mais ce n'est pas Logan qui risque de partir.

— Ainsi que vous l'avez remarqué, dit Agon, le roi était fou au moment de sa mort. Il a été empoisonné par le Sa'kagué au cours de la fête.

— Empoisonné ? s'écria Garret Urwer. Vous l'avez assassiné, Brant !

— Je l'ai tué, en effet. Je ne vais pas justifier mon acte maintenant. L'important, c'est que les Khalidoriens ont essayé d'éradiquer la famille royale afin de provoquer la situation à laquelle nous sommes confrontés en ce moment. Ils ont voulu diviser la résistance avant même qu'elle se crée. Le roi Gunder avait deviné leurs intentions et c'est pour cette raison qu'il voulait que sa fille Jénine épouse Logan. Il n'a pas pris cette décision la nuit de l'invasion, quand il a été empoisonné. Bon nombre d'entre vous ont prêté serment à dame Graesin, mais ils avaient juré fidélité à Logan Gyre bien avant. Ils sont donc délivrés de leurs devoirs envers la duchesse.

— Je ne délivre personne de ses devoirs envers moi ! hurla Térah Graesin.

Le chaos éclata alors sous la tente. Les nobles s'apostrophèrent en criant ; ils se rassemblèrent en petits groupes pour s'entretenir avec leurs conseillers ou leurs pairs les plus proches ; certains se rapprochèrent de Térah Graesin, d'autres de Logan. Celui-ci observa ce pandémonium avec un visage impassible. Il comprenait.

— Un instant ! lança le duc Wesseros.

Il ressemblait beaucoup à sa sœur Nalia, la dernière reine de Cénaria. Au moment de l'invasion, il était parti recenser les terres occupées par les Lae'knaughtiens dans l'est du pays. Il leva les mains et les nobles se calmèrent peu à peu.

— Le temps presse et une armée nous attend. Que chacun se range du côté de l'homme ou de la femme à qui il souhaite obéir.

— Pourquoi ne pas utiliser ces galets pour voter ? demanda Mamma K. Tout le monde pourrait ainsi choisir le souverain qu'il souhaite servir.

La courtisane regretta aussitôt ses paroles. Elle aurait dû attendre qu'un noble fasse cette suggestion, mais Wesseros était intervenu si vite qu'elle n'avait pas eu le temps de réfléchir. Les discussions étaient inutiles si un vote secret n'était pas organisé.

— Demain, nous devrons nous ranger sur un champ de bataille, déclara Térah Graesin. Je pense que nous aurons aujourd'hui le courage de nous ranger autour de celui ou celle que nous avons choisi.

Cette femme était sans nul doute la dernière des garces, mais ce n'était pas une idiote.

Le silence retomba sous la tente. Puis les nobles s'agitèrent.

Les estimations de Mamma K se révélèrent malheureusement exactes. La plupart des hobereaux préféraient Logan, mais ils n'oseraient pas s'opposer à la volonté de leurs suzerains. C'était pour cette raison que Mamma K avait espéré un vote secret. Térah Graesin avait soudoyé les nobles les plus puissants.

Trois groupes se dessinèrent : les partisans de Térah, les partisans de Logan et ceux qui n'avaient pas encore pris leur décision.

— Je m'y attendais, dit le duc Wesseros. (Il était à la tête des indécis.) Les discussions ont été inutiles. Maintenant que les Gunder ont été assassinés, il ne reste que trois grandes familles dans notre pays et elles sont rassemblées ici. Il me semble que la meilleure solution passe par un compromis. Logan Gyre, Térah Graesin, le sort de vos compatriotes est en jeu, acceptez-vous de renoncer à vos ambitions égoïstes ?

Quel bouffon ! Quel idiot ! Ce n'était qu'une outre gonflée de vent ! Et il se croyait intelligent. S'il n'avait pas créé une troisième faction, Logan aurait obtenu la majorité. Tout espoir n'aurait pas été perdu.

— De quoi parlez-vous ? demanda Térah.

Logan avait déjà compris. Mamma K le vit en observant son visage de pierre.

— Ce soir, à la veille de la bataille qui déterminera l'avenir de notre pays, allez-vous diviser nos forces ou les réunir ? Térah, Logan, acceptez-vous de vous marier ?

Térah lança un rapide coup d'œil circulaire pour estimer le nombre de ses partisans. Ils étaient de moins en moins nombreux. Elle regarda les nobles qui se tenaient d'un air décidé autour de son rival et ceux qui hésitaient autour du duc Wesseros. Puis elle tourna la tête vers Logan. Elle ne lui adressa pas le regard d'une fiancée à son futur mari, mais celui d'un guerrier qui jauge son adversaire.

— Pour la grâce du pays que j'aime, oui, lâcha-t-elle.

— Logan ?

— J'accepte, répondit le jeune homme sans trahir la moindre émotion.

Pauvre de lui !

CHAPITRE 60

Une estrade avait été dressée afin que tous les soldats assistent au mariage. Lorsque la lune se leva, les hommes avaient déjà quitté les feux de camp pour se rassembler et leurs officiers les alignaient pour la cérémonie. En plus des militaires, des milliers de paysans et de civils qui suivaient l'armée se massèrent autour de l'estrade.

— Logan, dit le comte Drake en refermant la tente où le jeune homme se préparait. Tu ne peux pas faire cela.

Logan resta silencieux pendant un long moment. Puis il prit la parole d'une voix basse et dure :

— Que puis-je faire d'autre ?

— Dieu dit qu'il offre une échappatoire à chaque tentation.

— Je ne crois pas en votre Dieu, Drake.

— C'est une vérité qui ne dépend pas de nos croyances.

Logan secoua la tête avec lenteur, comme un ours émergeant d'une longue hibernation.

— Épouser Térah n'est pas une tentation. Mon père s'est marié avec une femme aussi belle que venimeuse et j'ai vu à quel point il en a souffert.

— C'est une leçon que vous feriez bien de méditer. Sans compter que votre mère était loin d'être aussi destructrice que Térah Graesin.

Un éclair passa dans les yeux de Logan et l'ours releva lentement la tête pour dominer son interlocuteur.

— Si vous pouvez m'expliquer comment refuser ce mariage sans conduire le pays à sa perte, n'hésitez pas ! Je n'ai aucune intention d'épouser…

— Je n'ai pas parlé de mariage, mais de tentation.

— Alors, de quoi s'agit-il ?

— De pouvoir ! dit le comte en martelant le sol de sa canne.

— Merde ! Soit j'épouse Térah, soit nous sommes perdus. Vous croyez que je n'ai pas trouvé le moyen de rallier la majorité de ces gens à ma cause ? Vous vous trompez. Je pourrais rassembler les deux tiers d'entre eux et partir. Mais les autres seraient promis à une mort certaine. Vous voulez que je demande à des milliers de personnes de mourir pour éviter un mariage qui me déplaît ?

— Non, Logan.

Le comte Drake se pencha sur sa canne. Il semblait avoir besoin de s'appuyer sur quelque chose.

— Ma question est la suivante : tenez-vous à ce point à régner que vous êtes prêt à accepter Térah comme reine ? Aujourd'hui, vous l'avez prise par surprise. Vous avez profité d'un moment de faiblesse de sa part. Elle ne commettra pas cette erreur deux fois.

— Magnifique ! dit Logan. Merci de me rappeler les jours heureux qui m'attendent ! Maintenant, si vous ne pouvez pas m'aider à m'enfuir, aidez-moi au moins à m'habiller.

— Mon roi, il arrive que grimper ne soit pas la bonne solution pour sortir du trou.

— Dehors !

Le comte s'inclina et quitta la tente d'un air triste.

Logan souleva le bandeau métallique et le posa sur sa tête. Mamma K avait veillé à ce qu'il ressemble à un roi. Un barbier l'avait rasé et lui avait coupé les cheveux. Son corps avait été oint d'huiles parfumées et couvert de fourrures. Il portait une magnifique tunique gris sombre et une cape bordée de samit blanc. Logan avait atteint la majorité juste après le début de l'invasion khalidorienne, mais il avait oublié de se choisir un blason. Il s'aperçut que Mamma K l'avait fait à sa place. Il reprenait les armes de la famille, un gyrefaucon blanc sur fond sable, mais le rapace aux ailes déployées portait des chaînes brisées aux pattes. Autour de l'oiseau, un cercle noir rappelait l'emprisonnement de Logan dans le Trou. C'était superbe. Son père aurait été fier de ces armes.

Que feriez-vous à ma place, père ?

Dans sa jeunesse, Régnus Gyre s'était marié afin de sauver sa famille. L'aurait-il fait s'il avait su ce qui l'attendait ?

La porte de la tente s'ouvrit et Mamma K entra. Elle regarda Logan avec une compassion sobre, mais non feinte. Elle ne comprenait pas. Elle n'avait jamais aimé comme Logan avait aimé. À ses yeux, le choix du jeune homme était sans doute logique. Il fallait épouser Térah et régler les problèmes plus tard. À la place de Logan, la courtisane n'hésiterait pas à agir dans l'ombre et à faire assassiner Térah si cela se révélait nécessaire.

— Il est l'heure, dit-elle.

— Le blason est superbe, merci.

— Avez-vous remarqué les ailes ? Leur pointe s'étend au-delà du cercle, Votre Majesté. Le gyrefaucon sera toujours libre de voler où bon lui semble.

Ils montèrent ensemble sur l'estrade, un disque presque aussi large que le Trou. Elle symbolisait la nature parfaite, éternelle et irréversible du mariage. Des milliers d'yeux suivirent Logan tandis qu'il gravissait les marches. Le jeune homme se plaça au centre – qui, dans sa prison, était synonyme de mort certaine. Son cœur se serra. Il se sentit soudain mal à l'aise, claustrophobe. Il se rappela comment il tendait les bras aussi loin que possible au fond du Trou.

Pourquoi ? Pour attraper un morceau de pain gorgé d'urine qu'il n'aurait pas donné à un animal.

Une fanfare se mit à jouer. Logan vit son morceau de pain gorgé d'urine monter sur l'estrade.

Une partie de Logan avait faim de Térah, comme il avait eu faim pendant son emprisonnement. Au cours des mois précédents, il avait été si faible, il avait eu si faim et il avait consacré tant d'énergie à survivre qu'il avait à peine songé au sexe. Avant d'être emprisonné, ce sujet occupait pourtant la plupart de ses pensées. Aujourd'hui, il s'était échappé et il recouvrait peu à peu ses forces. L'ancien Logan refaisait surface. Térah Graesin était grande et svelte ; son corps était presque androgyne, mais son sourire était affolant. Elle se déplaçait comme une femme qui connaît les désirs des hommes et qui sait les satisfaire. Le Logan égoïste et affamé avait une furieuse envie de la baiser.

Le pain gorgé de pisse était toujours appétissant avant qu'on morde dedans. Pourtant, il remplissait l'estomac, quoi qu'on ressente après l'avoir ingurgité. Logan aurait au moins l'occasion de faire l'amour. Par tous les dieux ! il avait vingt et un ans et il était encore puceau !

Cette pensée ironique lui arracha un sourire amer. Térah le remarqua et sourit à son tour. Elle était superbe. Ses cheveux étaient ramassés en... une coiffure ravissante. Logan se demanda combien de tailleurs s'étaient invectivés pendant deux heures pour transformer cette toilette en robe de mariée. Comme le voulait la tradition, elle était verte, symbole de fertilité et de vie nouvelle ; elle moulait le corps svelte de la jeune femme ; des nœuds décoraient le dos et elle dévoilait la plus grande partie des jambes – cette dernière caractéristique n'était certes pas traditionnelle, mais aucun homme ne s'en plaignit. Une ravissante voilette symbolisant la chasteté couvrait le visage de Térah. Il convenait très bien à la robe, peut-être un peu moins à la mariée.

Bon! si elle mérite sa réputation, je ferai l'amour aussi souvent que j'en ai envie. C'est déjà ça.

Cette remarque lui tomba sur l'estomac comme un morceau de pain gorgé d'urine. Il valait mieux ne pas songer à la réputation de Térah Graesin.

Quels que soient ses sentiments, la jeune femme avait réussi l'impossible : elle était à la fois sensuelle et royale. Pour elle, il n'y avait pas vraiment de différence : tout était une question de pouvoir. Son rang, sa personnalité et son corps n'étaient que des outils destinés à imposer sa volonté.

Le pouvoir. Le comte Drake avait dit que le pouvoir était la tentation.

Térah approcha et lui prit la main avec timidité. Les spectateurs lancèrent des acclamations. Jénine Gunder lui avait pris la main, elle aussi, lorsque son père avait annoncé leur mariage. Le jeune homme sentit une boule dans sa gorge. Jénine avait agi de manière spontanée. Térah avait assisté à la scène, car elle avait fait partie des invités. Elle avait remarqué que ce geste avait suscité une approbation générale et elle le copiait à dessein.

—Du calme, dit-elle. Dans cinq minutes, vous aurez tout ce que vous avez toujours désiré.

Si tu crois cela, tu es la reine des idiotes, Térah.

Logan esquissa un faux sourire et s'efforça de se détendre. Non, il n'aurait pas choisi ce destin, mais ce mariage allait lui permettre de tout changer. Il allait lui donner les moyens de vaincre le roi Ursuul, d'éradiquer le Sa'kagué, d'abolir les lois sur les pauvres. Il pourrait bientôt…

Bien sûr ! C'était cela que le comte Drake avait voulu lui faire comprendre. C'était cela, la tentation du pouvoir. Logan avait caché son ambition à ses propres yeux. *Je ne le fais pas pour moi,* avait-il pensé, *je le fais pour le peuple.* Mais ce n'était pas tout à fait vrai, n'est-ce pas ? Il avait éprouvé du plaisir en ordonnant à Kylar de tuer Gorkhy. Il avait éprouvé du plaisir en congédiant le comte Drake. Logan parlait et ses paroles changeaient le monde. Les gens lui obéissaient. Il était resté trop longtemps impuissant au fond du Trou, il se délectait désormais à l'idée qu'il ne courberait plus l'échine devant personne.

Parfait, comte Drake. Je comprends. Maintenant, où est l'échappatoire?

Il était trop tard. Deux hommes avaient pris place sur l'estrade : un hécatonarque avec son manteau aux cent couleurs en l'honneur des cent dieux et un prêtre du Dieu unique vêtu d'une simple robe brune. Le duc Wesseros prit place au milieu. Térah Graesin avait pris ses précautions : le mariage serait validé en triple exemplaire. Les cris s'amplifièrent tandis que quinze mille personnes acclamaient à tue-tête le couple qui devait les sauver des Khalidoriens.

— Puis-je m'adresser à la foule ? demanda Logan.

— C'est hors de question ! répondit Térah. Quelle manigance préparez-vous ?

— Il ne s'agit pas de manigance. Je souhaite juste parler à ceux qui vont souffrir et mourir pour nous. Je n'ai pas encore eu l'occasion de le faire.

— Vous allez les dresser contre moi.

Le duc Wesseros approcha.

— Et si Logan promet de ne rien dire de désobligeant à votre sujet ? S'il ne respecte pas sa parole, j'interviendrai et je l'arrêterai. Vous êtes d'accord, seigneur ?

— Oui.

— Ma dame ? C'est leur roi.

— Qu'il fasse vite, laissa tomber Térah.

— Logan, vous avez cinq minutes, dit le duc. (Il s'approcha de lui et poursuivit à voix basse.) Puisse l'esprit de Timaeus Rindder vous inspirer.

C'était presque une déclaration de soutien. Timaeus Rindder avait été un orateur si brillant qu'il avait transformé une course de chars perdue en révolution. Son discours avait pourtant été soumis aux obligations que Wesseros avait imposées à Logan. En formulant les conditions en ces termes, le duc avait fait une proposition au jeune homme :

Si vous parvenez à convaincre ces gens, je vous suivrai.

— Mes amis, demain, nous serons plongés dans la violence et le fracas de la bataille.

Logan avait à peine terminé sa première phrase que sa voix doubla, puis redoubla mystérieusement de volume. Il fit une pause et aperçut maître Nile qui se tenait aux premiers rangs, tout sourires. Logan fit semblant de ne pas remarquer l'étrange phénomène acoustique et le reste des spectateurs n'y prêta bientôt plus attention.

— Demain, nous affronterons un ennemi que nous connaissons. Vous avez vu son ombre apparaître dans l'encadrement de vos portes. Vous avez vu ses bottes salir vos maisons. Vous avez vu ses torches incendier vos champs. Vous avez senti ses poings, son fouet et son mépris, mais vous avez refusé de vous y soumettre !

Les craintes et les angoisses de Logan – *Ai-je bien formulé mes paroles ? Ma voix était-elle assez ferme ? Pourquoi est-il si difficile de respirer à fond ?* – fondirent tandis qu'il observait les visages tournés vers lui, qu'il observait ces gens qui allaient devenir ses sujets. Quelques mois plus tôt, il ne savait encore rien du peuple cénarien. Il avait connu et aimé les domestiques de la maison Gyre, mais il partageait alors le mépris distingué des nobles pour la populace pouilleuse. Comme il était facile de demander à une foule anonyme de mourir.

— Mes amis, j'ai passé ces trois derniers mois dans les profondeurs du Trou du Cul de l'Enfer en compagnie de la lie de l'humanité, dans la crasse et la puanteur. J'ai passé trois mois à craindre la mort et un sort pire encore. On m'a dépouillé de mes vêtements. On m'a dépouillé de ma dignité.

J'ai vu le juste souffrir des mains du misérable. J'ai vu une femme se faire violer, une autre se suicider pour ne pas l'être une fois de plus. J'ai vu des hommes, bons et mauvais, passer un pacte avec les ténèbres. J'ai fait comme eux. Je n'avais pas d'autre choix si je voulais survivre.

» Mes amis, j'étais emprisonné sous terre, vous l'étiez à la surface. Vous connaissez les peurs que j'ai ressenties. Vous avez assisté aux mêmes horreurs que moi – et peut-être pis encore. Nous avons vu des amis assassinés. Nous avons compris que résister, c'était s'exposer à la mort. Mes amis, mes sujets, nous avons évalué nos chances de réussite et nous nous sommes aperçus que c'était sans espoir. Nous nous sommes enfuis. Nous nous sommes cachés.

Logan fit une pause. La foule était silencieuse.

— Avez-vous ressenti ce que j'ai ressenti ? reprit Logan. Cette rage ? Cette impuissance ? Avez-vous été confronté au mal sans pouvoir lui résister ? Avez-vous éprouvé cette honte ?

Dans la foule, personne ne détourna la tête de peur qu'on remarque les larmes qui perlaient à ses yeux. Tout le monde acquiesçait. Oui. Oui.

— J'ai eu honte, dit Logan. Laissez-moi vous dire ce que j'ai appris au fond du Trou. J'ai appris que c'est dans la souffrance qu'on trouve la véritable mesure de sa force. J'ai appris qu'un homme pouvait être un lâche aujourd'hui et un héros demain. J'ai appris que je n'étais pas aussi vertueux que je le croyais. Mais avant tout, j'ai appris que j'étais capable de changer au prix de terribles sacrifices. J'ai appris qu'on pouvait réparer ce qui a été brisé. Et qui m'a appris tout cela ? Une prostituée. J'ai découvert l'honneur, le courage et la loyauté dans le cœur d'une femme amère qui avait vendu son corps. Elle m'a montré l'exemple et elle m'a sauvé.

» Aujourd'hui, parmi vous, il y a des femmes qui vous ont appris la même leçon. Vous êtes nombreux à avoir honte de votre mère, de votre femme et de vos filles parce qu'elles ont été violées, parce qu'on les a obligées à se prostituer au château, parce qu'elles se sont vendues à des maisons de passe pour survivre. Vous les avez méprisées. Vous les avez rejetées.

» Je dis moi que ces mères, ces femmes et ces filles nous ont montré comment il fallait se battre. Elles nous ont donné Nocta Hemata. Elles nous ont donné du courage. Elles nous ont indiqué le chemin qui conduit de la honte à l'honneur. Que toutes celles qui ont combattu lors de cette fameuse nuit se présentent devant l'estrade.

Quelques femmes s'avancèrent aussitôt. Encouragées par leur audace, d'autres suivirent. Les hommes s'écartèrent en silence pour les laisser passer. En quelques instants, elles furent trois cents à se rassembler devant Logan. Certaines pleuraient, mais toutes se tenaient droites, la tête haute. Dans la foule, des hommes sanglotaient désormais sans chercher à le cacher. Il ne s'agissait pas seulement des parents ou des amis des femmes appelées par Logan, il y avait aussi des paysans qui avaient sans doute appris que leurs épouses avaient été déshonorées. Tous avaient maintenant honte de les avoir rejetées.

Logan reprit la parole.

—Je crée aujourd'hui l'ordre de la Jarretière et je vous déclare ses premiers membres. La jarretière parce que vous avez changé l'humiliation en honneur. Portez cette décoration avec fierté et n'oubliez pas de raconter à vos petits-enfants le courage dont vous avez fait preuve. Je décrète que les hommes ne recevront cette distinction qu'après avoir accompli un acte de bravoure exceptionnel.

La foule hurla des ovations. Cette idée était la meilleure que Logan ait jamais eue.

Le jeune homme réclama le silence.

—Je crains que vos jarretières ne soient pas encore prêtes. Il semblerait que la matière première nous manque, car, voyez-vous, nous allons les tailler dans des drapeaux

566

khalidoriens. (Une autre salve d'acclamations l'interrompit.) Qu'est-ce que vous en dites, messieurs ? Vous pensez être capables de nous donner un coup de main ? (Nouvelles ovations, plus fortes encore.) Maintenant, mes frères, accueillez vos bien-aimées, elles ont besoin de vous. Et vous, mes sœurs, accueillez ces hommes déshonorés et brisés, ils ont besoin de vous.

» J'ai encore certaines choses à vous dire.

Logan inspira un grand coup. Il avait été plus long que prévu. Il n'avait pas créé l'ordre de la Jarretière pour s'attirer les faveurs de la foule, mais parce qu'il estimait nécessaire de corriger une injustice. Pourtant, il ne vit que des visages remplis d'espoir rassemblés devant lui.

— Il y a quelques mois, je ne voulais pas devenir roi, mais quelque chose m'a changé dans le Trou. Avant mon emprisonnement, je vous voyais comme une masse anonyme. Aujourd'hui, je vous considère comme mes frères et mes sœurs. Je peux vous demander de souffrir et de mourir avec moi. Et je le fais. Demain, nous serons nombreux à verser notre sang et, pour certains d'entre nous, cette journée sera la dernière.

Il regarda le Trou imaginaire au centre duquel il se tenait. *Est-ce là votre échappatoire, comte Drake ? Oh ! père ! Est-ce que tu serais fier de moi si tu me voyais ?*

— Je peux vous demander de souffrir pour vous libérer de vos chaînes, mais je ne peux pas vous demander de souffrir pour satisfaire mes ambitions. (La foule redevint silencieuse.) Au fond du Trou, j'ai appris qu'un homme ou une femme ont un certain pouvoir sur la vie et la mort, mais pas sur l'amour. Mes amis, j'aime ce pays, ses habitants et la liberté que nous allons gagner demain, mais je n'aime pas cette femme. Je n'épouserai pas Térah Graesin, ni aujourd'hui ni jamais.

— Quoi ? hurla Térah Graesin. (Elle s'avança.) Faites-le taire, Havrin !

Mais le duc arrêta la jeune femme et maître Nile n'amplifia pas sa voix.

— Térah, dit Wesseros, si vous l'empêchez de parler, nous allons nous retrouver avec une guerre civile sur les bras.

Un grondement sourd parcourut les spectateurs. Les hommes dégainèrent leur épée et observèrent leurs voisins pour deviner de quel côté ils allaient se ranger.

— Arrêtez ! cria Logan.

Sa voix résonna comme un coup de tonnerre. Le jeune homme leva les mains.

— Je refuse qu'une seule personne périsse pour que je devienne roi – et à plus forte raison un millier. (Il se tourna vers Térah.) Dame Graesin, acceptez-vous de me prêter allégeance ?

Les yeux de Térah flamboyèrent et, cette fois-ci, maître Nile amplifia sa voix.

— Pas même si mon refus devait coûter la vie de un million de personnes !

Logan leva de nouveau les mains pour calmer la colère de la foule.

— Mes amis, nous n'avons aucun espoir de vaincre Khalidor si nous ne sommes pas unis. Aussi… (il se tourna vers Térah Graesin qui était beaucoup moins séduisante avec le visage déformé par la rage)… promettez-moi que vous veillerez à la création de l'ordre de la Jarretière et que vous pardonnerez à mes compagnons de tous leurs crimes jusqu'à ce jour… Accordez-moi cela et je vous jurerai fidélité.

Térah Graesin n'hésita qu'un instant. Elle avait les yeux écarquillés sous le coup de l'incrédulité. Pourtant, elle se ressaisit avant qu'un cri monte de la foule.

— C'est d'accord ! Prêtez-moi serment sur-le-champ !

Logan s'agenouilla et tendit les bras vers le centre de l'estrade où se tenait Térah. Ainsi, il était le parfait opposé du gyrefaucon qui étendait ses ailes au-delà du cercle noir de la soumission et de la captivité. Ses mains étaient tournées vers l'intérieur. Cela faisait toute la différence.

Il arrive que grimper ne soit pas la bonne solution pour sortir du Trou.

Il effleura le pied de Térah en prêtant le serment d'obéissance.

— En reconnaissance de votre valeur, dit la jeune femme d'une voix suintant le fiel, nous vous accordons l'honneur de commander la première charge. Nous sommes persuadée que vos propos mielleux impressionneront grandement les vürdmeisters.

Chapitre 61

Kaldrosa Wyn se tenait devant la foule en compagnie de trois cents autres femmes, toutes dans divers états de choc, d'incrédulité ou de larmes. Elles éprouvaient trop d'émotions pour les contenir. En règle générale, Kaldrosa détestait pleurer, mais elle le faisait maintenant avec soulagement.

Elle avait l'impression que son cœur avait triplé de volume. Le duc Gyre l'avait sidérée. Cet homme venait de rejeter la plus grande ambition du monde par amour. Il avait brisé la carapace d'amertume qui étouffait la jeune femme. Il avait transformé des prostituées en héroïnes. C'était un saint et cette salope de Graesin l'envoyait à une mort certaine.

La foule se referma autour d'elle et des autres femmes. Des amants et des maris s'avancèrent pour chercher la bien-aimée qu'ils avaient rejetée. Près de Kaldrosa, Daydra sanglotait. Un homme d'une quarantaine d'années bâti comme un ours s'approcha d'elle et ses larmes redoublèrent dès qu'elle l'aperçut. C'était sans doute son père. Il pleurait et son épaisse moustache était constellée de morve. Daydra s'évanouit avant qu'il ait le temps de dire un mot. Il l'attrapa *in extremis* et la souleva dans ses bras comme si elle n'était qu'un bébé. À côté, un couple s'embrassait en s'étreignant avec force.

Kaldrosa essaya de museler sa jalousie et de ne pas haïr ses compagnes. Elle se sentait différente, elle avait l'impression de renaître. Le fardeau de la honte glissait de ses épaules, mais Tomman était rentré à Cénaria. Aurait-il été si prompt à lui pardonner ? Aurait-elle encore l'occasion de se pelotonner entre ses bras après avoir fait l'amour, quand tout recommencerait ?

La foule commença de se disperser et les malheureuses qui n'avaient pas retrouvé l'être cher se rassemblèrent. Elles échangèrent des regards et se reconnurent, même si elles se voyaient pour la première fois. Elles étaient sœurs. À cet instant, elles n'étaient pas seules. Les femmes qui n'avaient pas été déshonorées par les Khalidoriens étaient restées au sein de la foule pendant le discours de Logan, mais elles avaient deviné que certaines héroïnes de Nocta Hemata ne connaîtraient pas la joie des retrouvailles. Elles écartèrent les hommes et s'avancèrent pour enlacer et embrasser des prostituées qu'elles voyaient pour la première fois.

Kaldrosa remarqua que Mamma K se tenait un peu à l'écart et observait la scène. Cette femme admirable ne pleurait pas. Elle était droite comme un i, mais elle semblait regretter qu'il n'y ait pas un homme qui fende la foule pour venir la chercher. Kaldrosa se dirigea vers elle, abasourdie par sa propre témérité. Elle voulait réconforter Mamma K ? Ce fut alors qu'elle l'aperçut.

Il portait la tenue des chasseurs de sorciers du général Agon : une armure de cuir bouilli sur une tunique vert sombre rayée de jaune. Il tenait un étrange arc court dans une main et un carquois était accroché dans son dos. Tomman, pourtant si farouche, scrutait la foule avec une expression de crainte sur le visage. Leurs regards se croisèrent.

Il s'effondra à genoux comme une marionnette dont on aurait coupé les fils. Il en oublia son arc qui tomba dans la boue. Il grimaça et tendit les bras, les yeux remplis de larmes. Il n'aurait jamais trouvé les mots pour demander pardon avec autant d'humilité.

Kaldrosa se précipita vers lui.

— Je viens ici si souvent que je devrais peut-être songer à m'y installer définitivement, dit Kylar.

— La ferme, grogna Vi.

Lorsqu'il était parti sauver Logan, Kylar avait volé une yole tout juste assez grande pour transporter trois personnes. L'embarcation était petite, mais très rapide, et il avait donc pu éviter le bateau de patrouille. Mais maintenant, trois navires tournaient autour de l'île de Vos et il était impossible d'échapper à leur surveillance. Les deux pisse-culottes devraient prendre le chemin que Kylar avait emprunté en allant délivrer Élène.

Il suivit la jeune femme. Il passa une jambe par-dessus la corde qui se balançait sous le pont et avança à la force des bras. Le tir de Vi avait été parfait et le filin était donc mieux tendu que lors de son précédent voyage. Quatre mois plus tôt, Kylar n'avait pas fait si bien – loin de là. Son carreau était encore planté dans le bois d'une pile et Vi s'arrêta en passant à sa hauteur.

— Le meilleur pisse-culotte de tout Cénaria ? Une légende, hein ? Mon cul, oui ! marmonna-t-elle.

Cette remarque ramena l'attention de Kylar sur ledit cul – une fois de plus. Le premier adjectif qui lui vint à l'esprit ne fut pas « légendaire », mais le postérieur de Vi était affriolant, joliment galbé et tout à fait digne de la combinaison qui le moulait. À la différence de nombreuses femmes athlétiques, Vi avait des formes. Ses hanches étaient ravissantes et sa poitrine imposait une crainte respectueuse.

Mais pourquoi est-ce que je pense à sa poitrine ?

Kylar se renfrogna et continua à avancer le long de la corde. Il n'avait aucun besoin de ce genre de distraction. Ses yeux se reposèrent sur le postérieur de Vi. Il secoua la tête, puis regarda de nouveau.

Pourquoi ses fesses m'attirent-elles autant ? C'est quand même bizarre. Et d'ailleurs, pourquoi les hommes sont-ils fascinés par les fesses ?

Vi atteignit la muraille du château et déroula une autre corde. Elle murmura quelque chose et un manteau de ténèbres la recouvrit. Le camouflage n'était pas exceptionnel. Il était loin de soutenir la comparaison avec celui de Durzo et, bien entendu, avec celui de Kylar. Les ombres se contentaient de dissimuler la silhouette de Vi. Elle attirait cependant moins l'attention qu'en se promenant avec une tenue de pisse-culotte qui couvrait à peine ses rondeurs généreuses et irrésistibles.

Kylar la suivit et glissa sans perdre de temps le long de la corde. Ils se blottirent à l'ombre d'un rocher tandis que passait un bateau de patrouille.

— Au fait, tu n'as pas fait de remarque à propos de ma tenue de travail, dit Vi.

Kylar haussa un sourcil.

— Pardon ? Tu veux que je te dise si ton pantalon te fait un gros cul ? C'est le cas. Satisfaite ?

— Tu as donc regardé mon cul ? Et comment tu trouves le reste ?

— Tu crois vraiment que c'est l'endroit – et le moment – pour ce genre de conversation ?

Le regard de Kylar se posa – une fois de plus – sur les seins de Vi.

La jeune femme le remarqua.

— Le comportement hautain et détaché est plus crédible quand on ne rougit pas, dit-elle.

— Elle est superbe. (Kylar toussa.) Je parle de ta tenue de travail, pas de ta poitrine. Elle te convient à merveille. Elle est juste à mi-chemin entre l'érotisme et la pornographie.

Vi ne prit pas ombrage de cette remarque.

—Je les hypnotise avec mon corps, puis je les endors définitivement avec mon couteau.

—Tu n'as pas froid en hiver ?

Cette fois-ci, Kylar ne regarda – presque – pas sa poitrine. Malgré les tétons érigés qui évoquaient des cerises sur de volumineux gâteaux.

—Je suis une femme. Je ne choisis pas mes habits en fonction du confort.

Kylar portait lui aussi des vêtements serrés, une vieille tenue de pisse-culotte que Mamma K était allée lui chercher.

—Je n'arrive pas à y croire : je parle chiffons depuis cinq minutes.

—Parce que, selon toi, nous parlons chiffons. Tu n'as pas dû coucher avec beaucoup de filles, hein ?

—Juste une. Et pas très longtemps. Grâce à toi, merci beaucoup.

Cette remarque la réduisit au silence – que les dieux en soient remerciés.

Kylar se leva et longea les rochers.

Les deux pisse-culottes se cachaient dès qu'un bateau de patrouille approchait, Vi pour ne pas être vue, Kylar pour ne pas révéler son don d'invisibilité. Moins on en savait sur ses pouvoirs, moins il était vulnérable.

Ils atteignirent l'entrée de la Gueule une heure après minuit. Aucun garde ne surveillait la rampe qui s'enfonçait sous terre.

Kylar appuya sur la poignée. La porte n'était pas fermée. Il regarda Vi et comprit que la jeune femme trouvait cela aussi louche que lui. D'un autre côté, comment le Roi-dieu aurait-il pu se douter de leur expédition ? Kylar tendit la main pour ouvrir, mais Vi lui saisit le poignet. Elle lui fit signe d'attendre et pointa le doigt sur les gonds rouillés.

Elle les effleura les uns après les autres, puis hocha la tête en direction de son compagnon.

Kylar poussa et la vieille porte s'ouvrit sans un grincement.

—Je n'aurais pas cru que ça marcherait, dit la pisse-culotte. Je pensais que ça servait seulement à réduire les petites filles au silence.

Kylar referma derrière eux et observa la jeune femme.

—Tu devrais l'essayer sur toi, dit-il.

—Je l'ai déjà fait. Plus personne ne m'entend au-delà de deux mètres.

—Ce n'est pas ce que je voulais dire. Enfin bref! Comment peux-tu être si sûre que personne ne t'entend?

—Tu n'as pas réagi quand je t'ai débiné.

—Quoi? Qu'est-ce que tu as raconté sur moi?

—Rien que la vérité, mais je ne suis pas assez conne pour te la répéter.

—Vi, avant d'aller plus loin, il faut que je te demande quelque chose.

—Vas-y.

—Je suis devenu pisse-culotte à cause d'un gamin qui s'appelait le Rat. C'était le fils de Garoth Ursuul. C'est pour faire plaisir à son père qu'il a balafré Élène, violé Jarl et essayé de faire de même avec moi.

—Je l'ignorais, dit Vi. Je suis désolée.

—C'est sans importance, marmonna Kylar d'un ton bourru. Il ne m'a pas eu.

—Tu as eu plus de chance que moi, murmura la jeune femme. (Elle plongea en elle-même et affronta ses anciens cauchemars.) Moi, c'étaient les amants de ma mère. Elle savait ce qu'ils me faisaient, mais elle ne les en a pas empêchés. Elle m'a toujours détestée parce que j'avais gâché sa vie. Est-ce que c'était ma faute si elle s'est laissé baiser par un étranger et si elle a été obligée de s'enfuir de la maison quand elle a été en cloque ? Je ne sais pas si elle voulait me garder ou si elle avait trop peur de boire du thé à la tanaisie ou à l'ergot.

Il n'était pas facile d'avaler un tel breuvage. La quantité nécessaire au déclenchement d'une fausse couche était dangereusement proche de la dose mortelle. Hu Gibbet affirmait que, chaque année, des milliers de jeunes filles et jeunes femmes « mortes de maladie » étaient en fait victimes d'empoisonnement à la tanaisie. D'autres prenaient des doses insuffisantes et donnaient naissance à des enfants difformes.

— Après s'être enfuie de chez elle, elle n'avait que sa beauté pour survivre. Au départ, elle était trop fière pour se prostituer, alors elle se mettait en ménage avec un salaud après l'autre. Elle a toujours été incapable de faire le nécessaire.

— C'est en ça que tu es différente d'elle ?

— Oui, répondit Vi à voix basse.

Elle se ressaisit. Mais que lui était-il passé par la tête ? Elle n'avait jamais raconté sa vie à quiconque. Elle n'avait jamais rencontré quelqu'un qui s'y serait intéressé.

— Excuse-moi. Je n'aurais pas dû te dire tout ça. Tu voulais me demander quelque chose ?

Kylar ne répondit pas. Il observait Vi comme personne ne l'avait jamais fait. C'était le regard qu'une mère adresse à son enfant lorsqu'il est tombé et rentre les genoux en sang. Un regard plein de compassion qui fit voler en éclats l'armure de sarcasmes et de fausse assurance de la jeune femme. Il la transperça comme un carreau d'arbalète. Vi avait cru que son corps n'était plus qu'un amas de chairs mortes et de glace, mais les yeux de Kylar découvrirent un minuscule endroit encore vivant et le baignèrent d'une chaude lumière. Il contemplait les horreurs qu'elle avait toujours cachées et il ne reculait pas avec dégoût comme il aurait dû le faire.

— Hu Gibbet t'a obligée à la tuer, n'est-ce pas ?

Elle baissa la tête, incapable de supporter cette douce chaleur plus longtemps. Elle ne répondit pas de peur que sa voix la trahisse.

— Mais tu ne l'as pas tuée en premier. Tu as commencé par un de ses petits amis ?

Elle acquiesça.

Tout cela était ridicule. Comment pouvaient-ils avoir cette conversation aux portes de la Gueule ?

— Qu'est-ce que tu voulais me demander ? dit-elle enfin.

— Lorsque j'ai essayé d'abandonner le métier, je n'y suis pas arrivé et c'est seulement maintenant que je comprends pourquoi. Quand Jarl s'est présenté à ma porte, j'ai éprouvé un certain soulagement. Je menais la vie dont j'avais toujours rêvé, mais je n'étais pas satisfait. Je connais quelqu'un qui me comprend et qui m'accepte tel que je suis, mais, pour une raison ou une autre, je ne le supporte pas. Tu vois ce que je veux dire ? (Vi déglutit tandis que son cœur se remplissait de désir.) C'est ce genre de personne qu'Élène a été – est – pour moi. Je lui ai promis que je ne tuerais plus, mais je ne serai jamais heureux si je ne vais pas au bout de tout cela. Avant de quitter Caernarvon, je lui ai laissé une paire d'anneaux de mariage pour qu'elle sache que je l'aime toujours et que je veux vivre avec elle jusqu'à la fin de mes jours, mais je suis sûr qu'elle est furieuse contre moi.

Vi eut l'impression que quelque chose la brûlait au fond de sa poche. Elle voulut parler, mais sa langue était en plomb.

— S'il s'agissait d'un autre cadavreux, elle ne me pardonnerait jamais. Mais si je tue Garoth Ursuul, les Khalidoriens perdront la guerre, Logan sera couronné roi, le Dédale ne sera plus jamais le même et Jarl ne sera pas mort en vain. S'il y a un Dieu unique, comme l'affirme Élène, il m'a créé pour que j'accomplisse cette mission.

Jarl ? Comment peut-il me parler de Jarl avec autant de calme ?

— Que voulais-tu me demander ?

Elle avait posé la question d'une voix un peu trop insistante, même à ses propres oreilles.

Jarl ! Dieux !

Elle éprouva un tel maelstrom d'émotions qu'elle ne parvint pas à les identifier. Mais Kylar lui répondit avec gentillesse.

— J'ai besoin de savoir si tu es avec moi sur ce coup-là. Si tu es prête à tout pour tuer le Roi-dieu, y compris à sacrifier ta vie s'il le faut. Mais je crois que tu m'as déjà répondu.

— Je suis avec toi, dit Vi.

Elle le jura de tout son cœur.

— Je sais. Je te fais confiance.

Vi le regarda dans les yeux et comprit qu'il ne mentait pas. Était-il devenu fou ? Comment pouvait-il lui faire confiance après ce qu'elle avait fait ?

Le jeune homme se tourna vers la porte.

— Kylar, dit-elle.

Son cœur martelait sa poitrine. Elle allait commencer par lui parler de Jarl, puis elle lui avouerait qu'elle avait pris la lettre et les boucles d'oreilles. Elle lui raconterait tout, puis elle se jetterait à ses pieds et le mettrait au défi de lui pardonner.

— Je suis désolée. À propos de Jarl… Je n'ai jamais voulu…

— Je sais. Je ne te tiens pas pour responsable de sa mort.

— Quoi ?

— Vi…, murmura-t-il.

Il posa une main sur son épaule et des frissons traversèrent la jeune femme de part en part. Il avança d'un pas et elle regarda ses lèvres se rapprocher. La tête de Vi s'inclina d'elle-même et sa bouche s'entrouvrit. Il était maintenant si près qu'elle sentait sa présence comme une caresse sur sa peau nue. Elle ferma les yeux et il l'embrassa… sur le front.

Vi cligna des paupières.

Kylar écarta la main comme si l'épaule de la jeune femme était devenue brûlante. Une forme noire papillonna à la surface de ses yeux.

—Qu'est-ce que c'est que ce truc? s'exclama Vi.

—Excuse-moi. J'ai failli... Oh! tu parles de mes yeux? Je vérifiais si tu utilisais ton pouvoir de séduction. Enfin, euh... je suis désolé. Je voulais juste... Euh... bon! allons-y, d'accord?

Vi était complètement décontenancée.

Il avait cru qu'elle utilisait son pouvoir de séduction? Mais alors, il avait eu envie de... Il avait failli... Non, non, c'était impossible.

Mais qu'est-ce que tu imaginais, Vi? «Bon! je suis désolée d'avoir tué ton meilleur ami. Et si on baisait maintenant?»

Kylar ouvrit la porte et Vi aperçut le trou béant qui avait donné son nom à la prison. L'entrée ressemblait à la gueule d'un dragon prête à dévorer ceux qui approchaient. Des torches avaient été disposées derrière les yeux de verre rouge pour qu'ils brillent d'une lueur maléfique. La langue qui faisait office de chemin et les crocs saillants avaient été taillés dans du verre volcanique noir. Au-delà, il n'y avait plus de lumière.

Kylar s'arrêta.

—Il y a un problème, dit-il. Quelque chose est différent.

Lorsque Kylar était venu sauver Élène et Uly, la rampe de la Gueule conduisait à un tunnel qui bifurquait quelques mètres plus loin. Les cellules des nobles se trouvaient à droite, celles des roturiers à gauche. Les couloirs et les pièces mesuraient à peine plus de deux mètres de haut et provoquaient un sentiment de claustrophobie.

—Je croyais que tu étais venu ici il y a quelques mois, dit Vi.

—On dirait que les sorciers n'ont pas chômé.

Les deux pisse-culottes pénétrèrent dans une gigantesque salle souterraine. Les cellules des nobles des premier et deuxième niveaux avaient disparu. Naguère encore, la rampe permettait de franchir une dénivelée d'une dizaine de mètres. Aujourd'hui, elle descendait le long des parois d'un immense puits profond de trente mètres et elle était assez large pour que quatre chevaux l'empruntent de front. Un autel en or avait été dressé au fond. Un homme y était attaché et des meisters se tenaient tout autour.

— Merde! lâcha Vi. Il faut passer par là.

Kylar suivit son regard. Elle ne prêtait pas attention au malheureux prisonnier, elle regardait plus au sud, vers l'entrée du tunnel qui conduisait au château.

Il y avait quelque chose d'étrange dans cette salle, mais ce n'était pas l'autel ou les ténèbres. L'odeur du Trou était dense et des volutes de fumée chargée de soufre s'élevaient le long des parois. Elles rappelèrent à Kylar son combat contre Durzo.

Il y avait aussi des effluves plus discrets: des relents de sang séché, la puanteur écœurante de la chair en décomposition.

Quelque chose se cachait au-delà des ténèbres, derrière les étranges incantations des sorciers et les faibles cris de souffrance qui montaient des profondeurs de la prison. Par bonheur, Vi et Kylar n'auraient pas à approcher du Trou.

L'atmosphère était lourde et oppressante. Kylar vivait depuis trop longtemps dans l'obscurité pour avoir peur du noir. C'était du moins ce qu'il avait cru. Pourtant, l'air était empreint de quelque chose d'un autre âge, d'une noirceur et d'une malfaisance qui dépassaient son imagination. Le simple fait de respirer ces miasmes lui rappelait les crimes qu'il avait commis. Il se souvint de la joie abjecte qu'il avait éprouvée lorsque la corde s'était resserrée autour de la cheville du Rat. Il se souvint qu'un jour il avait empoisonné le ragoût d'un sellier, mais que celui-ci avait donné son repas à son fils parce qu'il n'avait pas faim. Il se souvint avec précision du visage violet du garçon qui étouffait tandis que sa gorge enflait. Il se souvint de cent choses qui lui faisaient honte et de cent autres qu'il regrettait de ne pas avoir faites. Il continua à respirer l'air infâme. Il était paralysé.

—Viens, dit Vi.

Une lueur tourmentée brillait dans ses yeux écarquillés, mais elle ne se laissait pas abattre par ses démons.

—Respire par la bouche. Ne pense pas. Contente-toi d'agir.

Kylar cligna des paupières comme un idiot. Il se ressaisit et emboîta le pas à la jeune femme. Khali était là, ainsi que Logan l'avait dit.

Les deux pisse-culottes entreprirent de descendre la rampe. Kylar resta près du bord pour surveiller les sorciers. Tandis qu'il approchait du fond, il comprit qu'ils ne procédaient pas à un sacrifice – enfin, pas dans le sens classique du terme. Leur victime était un Lodricarien couvert de tatouages qui était nu jusqu'à la taille. Sa peau presque translucide semblait trop grande pour son vaste corps ratatiné. Il était allongé sur le ventre et attaché sur la table en or par de lourdes chaînes.

Autour de lui, six meisters psalmodiaient les yeux fermés, assis en tailleur à chaque pointe de l'étoile lodricarienne dorée incrustée dans le sol. Deux autres se trouvaient de chaque côté de l'autel. Le premier tenait quelque chose et le second…

C'était impossible! Kylar atteignit la dernière boucle de la rampe et découvrit que ses yeux ne l'avaient pas trompé. Le meister tenait un marteau et des clous en or, son camarade disposait une colonne vertébrale de cheval sur le coccyx du Lodricarien.

Le premier vürdmeister grinça des dents, plaça un clou de quinze centimètres sur une vertèbre et abattit le marteau dessus. Le Lodricarien tatoué poussa un hurlement et se cabra. Le sorcier frappa trois fois pour enfoncer la pointe métallique jusqu'au bout. Les deux meisters reculèrent et Kylar distingua le prisonnier plus nettement.

Sa peau était étrange. À cause des tatouages, le jeune homme ne remarqua pas tout de suite qu'elle était écarlate. Les vaisseaux sanguins saillaient comme si le Lodricarien produisait un effort physique intense, mais le phénomène n'avait rien de surprenant compte tenu des souffrances qu'il endurait. Non, il y avait autre chose. Les sillons rouges et bleus des veines et des artères principales n'étaient pas à leur place. Ils semblaient sur le point de jaillir du corps. En outre, la peau était criblée de petites marques ressemblant à des cicatrices de variole.

Les deux meisters qui avaient reculé lancèrent un ordre. On amena un autre prisonnier par le tunnel nord et Kylar entraperçut une cellule avec une dizaine de personnes à l'intérieur. On entrava les chevilles et les poignets du malheureux, puis on passa une corde autour de son cou. Une jeune et jolie meister la déroula en évitant avec soin de pénétrer dans le cercle magique qui reliait les six pointes de l'étoile. Elle alla se placer de manière que l'autel se trouve entre elle et le prisonnier qui chevrotait de peur. Le visage du pauvre homme était couvert de sueur glacée et des filets d'urine coulaient le long de ses jambes. Ses yeux étaient rivés sur le Lodricarien enchaîné.

La jeune meister tira sur la corde pour obliger le prisonnier à pénétrer dans le cercle. L'homme trébucha en avant, puis essaya de résister, mais il était déjà trop tard. Il perdit l'équilibre et fit plusieurs pas précipités pour ne pas tomber. Quand il s'aperçut qu'il allait droit sur le Lodricarien, il se jeta sur le côté.

Avec les mains attachées dans le dos, il fut incapable d'amortir sa chute et son visage heurta le sol en verre volcanique.

Les meisters qui étaient debout et qui ne psalmodiaient pas lancèrent des jurons. La femme se replaça et fit passer la corde par-dessus l'autel. Un de ses camarades vint lui prêter main-forte. Ils tirèrent tous les deux le prisonnier étourdi vers le Lodricarien.

Pourquoi ne se contentaient-ils pas de lancer un sortilège ? Kylar regarda à travers le ka'kari et comprit.

La salle regorgeait de magie. Elle s'échappait des meisters sous forme de volutes semblables à celles de la fumée soufrée qui jaillissait du Trou. Elle infiltrait le sol. L'atmosphère en était saturée. Elle était omniprésente, sauf autour de l'autel. À cet endroit, l'air était figé. Les meisters fabriquaient quelque chose qui résisterait à la magie, y compris la leur. Kylar regarda plus attentivement et remarqua que le Lodricarien n'était pourtant pas à l'abri de leurs sortilèges. Au-dessus de l'autel, les incantations des sorciers tissaient une trame ancrée par deux diamants de la taille d'un pouce. Les deux pierres maculées de sang, de crasse et de poils avaient été enfoncées à chaque extrémité de la colonne vertébrale du malheureux. Elles étaient invisibles dans un spectre d'ondes normales mais, sur une fréquence magique, elles flamboyaient comme des soleils. Les sorciers ne pouvaient toucher le Lodricarien que par leur entremise.

Les meisters relevèrent enfin le prisonnier hoquetant et toussant. Kylar sentit Vi tirer sur sa tunique – *Filons vite fait !* –, mais il n'y prêta pas attention. L'homme trébucha de nouveau et tomba sur la table dorée en travers du Lodricarien.

Compte tenu de l'angle de sa chute, il aurait dû glisser, mais il resta collé sur l'autel. Les sorciers lâchèrent la corde et reculèrent précipitamment – presque en courant.

Les incantations gagnèrent en intensité. Le prisonnier poussa un hurlement, mais Kylar ne comprit pas pourquoi. Les muscles du Lodricarien se contractèrent et sa peau devint plus rouge encore. Puis un flot de sang se répandit sur son dos.

Le prisonnier se souleva du sol et se colla contre le Lodricarien. Sa tunique vola en lambeaux et Kylar vit la peau tatouée se torsader. Les milliers de cicatrices de vérole s'ouvrirent et se transformèrent en minuscules gueules garnies de crocs qui entreprirent de dévorer leur proie.

Pendant l'horrible repas, le Lodricarien hurla de douleur avec une intensité égale à celle des cris de sa victime. À travers le ka'kari, Kylar vit des côtes entières arrachées, ingérées par le derme en mouvement et rattachées à la colonne vertébrale de cheval. Puis celle-ci fut recouverte par la peau tatouée qui se dilatait et s'étirait. Kylar devina que les incantations des meisters orchestraient cette opération. Il n'avait jamais entendu parler de la créature couverte de tatouages qui apparaissait sous ses yeux, mais il savait qu'elle n'était pas l'œuvre des sorciers. Ceux-ci se contentaient de lui donner une forme pour combattre.

Dix secondes plus tard, le prisonnier avait disparu – enfin, en un sens, car certaines parties de son corps avaient été assimilées par la chose enchaînée sur l'autel. Le monstre avait récupéré la moitié de la masse de sa victime. La colonne vertébrale de celle-ci était venue renforcer celle déjà existante ; ses côtes avaient allongé le torse ; sa peau avait recouvert les nouvelles excroissances et s'était constellée d'innombrables petites gueules ; ses os avaient été broyés pour augmenter l'épaisseur du crâne.

Le chef des sorciers aboya quelque chose – un compliment, semblait-il – et fit signe qu'on amène le prisonnier suivant.

Vi tira sur la manche de Kylar une fois de plus. Celui-ci se retourna et observa les ténèbres à la hauteur où les yeux de la jeune femme devaient se trouver.

—Passe devant, murmura-t-il. Je te rattraperai.

—Tu ne vas pas faire de conneries, hein?

Kylar esquissa un sourire inquiétant. Vi se contenta de secouer la tête.

CHAPITRE 62

Quand Lantano Garuwashi ressortit des cavernes à la tête de ses hommes, ils étaient couverts de sang et triomphants. Ils avaient emprunté ce chemin pour traverser les montagnes et, dans la dernière salle, ils avaient découvert deux cents Khalidoriens assoupis. Leurs quatre sorciers s'étaient installés dans la partie la plus reculée, pensant sans doute que c'était l'endroit le plus sûr. Ils étaient morts avant que l'alerte soit donnée. Les soldats survivants avaient essayé de résister mais, au milieu du chaos, ils avaient fait autant de victimes dans leurs rangs que dans ceux de l'ennemi.

Les Sa'ceurais émergèrent au sud du Bosquet de Pavvil aux premières lueurs annonciatrices de l'aube. Garuwashi se demanda pourquoi des Khalidoriens s'étaient cachés dans les cavernes. Les Cénariens combattaient sur leur territoire et c'étaient eux qui auraient dû y dissimuler leurs renforts. Ce détachement de guerriers n'était sans doute pas un cas isolé. Le Roi-dieu avait peut-être caché cinq mille soldats capables de se déployer en cinq minutes.

Cette hypothèse faillit pousser Garuwashi à faire demi-tour. Si les Cénariens n'avaient pas un atout dans leur manche, Khalidor allait devenir le voisin permanent de Ceura au nord de Cénaria.

Quoi qu'il en soit, cette bataille serait la dernière de la saison et Garuwashi avait la ferme intention d'y assister. Il voulait savoir si les rebelles parviendraient à se regrouper après l'affrontement ou s'ils se feraient tous massacrer. En outre, il allait découvrir comment les Khalidoriens se battaient. Ce renseignement lui sauverait peut-être la vie dans un avenir plus ou moins proche.

— Dis aux guerriers de se déployer, ordonna-t-il au capitaine Otaru Tomaki – un homme presque chauve.

Il avança jusqu'à l'entrée de la caverne en accrochant quatre mèches de cheveux qu'il avait tranchées avec une adresse témoignant d'une longue habitude.

— Vous n'allez pas croire à notre chance, maître de guerre, dit Tomaki. (Garuwashi haussa un sourcil.) Seigneur, il est là.

Tomaki pointa le doigt.

À travers les arbres, Garuwashi aperçut le géant qui gravissait une colline au pas de course en direction du champ de bataille. Il était à cinq cents mètres et se dirigeait vers le camp des Cénariens. L'homme jeta un bref coup d'œil par-dessus son épaule. Pendant un moment, Garuwashi le perdit de vue à cause des sapins, puis il aperçut quatre cavaliers khalidoriens qui jaillissaient de la forêt pour se lancer à la poursuite du colosse.

Celui-ci comprit qu'il n'atteindrait pas le sommet de la colline. Il s'arrêta et tira son épée.

— Les dieux l'ont conduit au creux de ma main, dit Garuwashi. Quand il aura tué les Khalidoriens, nous verrons s'il est de taille à affronter Lantano Garuwashi.

— Nettoie le tunnel qui mène au château, murmura Kylar. Quand ils me prendront en chasse, il faudra se dépêcher.

— Qu'est-ce que tu vas faire ? souffla Vi.

Les sorciers amenaient un autre prisonnier. Celui-ci les suivait comme un agneau mené à l'abattoir.

— Vas-y, dit Kylar.

— Je ne suis pas ta putain de bonne, lâcha la jeune femme en élevant dangereusement la voix.

— Fais ce que tu dois faire.

Vi le foudroya du regard, mais s'éloigna en direction du tunnel.

Kylar attendit. Les meisters échangèrent quelques mots et déchirèrent les habits du prisonnier pour que la créature le dévore plus facilement. Le jeune homme avait une idée, mais il fallait que tout soit prêt. Vi n'avait pas encore eu le temps de nettoyer le tunnel et il devait donc laisser cet homme mourir.

Cette idée le hérissait, mais il n'avait pas le choix.

Putain, mon gars ! Mais bats-toi ! Ça permettra de gagner le temps nécessaire.

Mais le prisonnier nu se laissa faire. Il était tourné vers l'autel et contemplait la masse grouillante avec des yeux écarquillés d'horreur.

Pourquoi est-ce que tu ne résistes pas ? Au pis aller, ils ne feront que te tuer.

Au dernier moment, l'homme laissa échapper un sanglot étranglé et essaya de se redresser, mais la corde passée autour de son cou l'entraîna en avant. Il fut plaqué contre le monstre et se mit à hurler. Les meisters placés à chaque pointe de l'étoile lodricarienne psalmodièrent plus fort, les autres observèrent le repas de la créature avec des yeux ronds. Le malheureux fut englouti plus vite que son prédécesseur.

Kylar invoqua son manteau d'ombre. Le ka'kari surgit et le recouvrit comme un vêtement bien ajusté. Le jeune homme se précipita vers l'autel et passa tout près d'un sorcier qui ânonnait des incantations.

Dès qu'il pénétra dans le cercle, la puissance de la magie ambiante lui brûla la peau. Le cri de Khali le transperça. Un cri qui exprimait la honte, la corruption, le désespoir, la tentation du suicide.

Il fit un pas de plus et bondit. Il exécuta un salto au-dessus de la créature enchaînée en prenant soin de ne pas poser les mains sur l'autel. Il eut l'impression de sauter dans un nuage d'éclairs : il sentit des milliers d'aiguilles se planter en lui et injecter de l'énergie dans ses veines. Il saisit les deux diamants en passant au-dessus du monstre difforme.

Les deux gemmes ne résistèrent pas plus que si elles avaient été enfoncées dans une plaque de beurre. Kylar atterrit de l'autre côté de l'autel et jeta les pierres comme s'il s'agissait de charbons ardents. Il bondit hors du cercle et se précipita vers la paroi de la caverne couverte de runes et de symboles gravés dans la roche. Il glissa les doigts dans ces anfractuosités et grimpa. Arrivé à une certaine hauteur, il tourna la tête et observa la suite des événements. Il avait eu raison de s'éloigner et de se transformer en spectateur invisible.

Autour de l'étoile, les meisters écarquillèrent les yeux. Le monstre continuait à dévorer le prisonnier, mais la magie resta en suspension dans l'air comme des tentacules de méduse. Il n'y avait plus de réceptacles pour l'absorber.

Les sorciers cessèrent de psalmodier les uns après les autres. Ils se tournèrent vers Kylar et le regardèrent bouche bée comme s'ils contemplaient une créature fantasmagorique.

Ils me voient !

Le jeune homme était accroché à la paroi comme une araignée, les pieds et les mains calés dans des anfractuosités. Il se prépara à la première attaque.

Le silence fut brisé par le claquement d'une chaîne qui se rompt et par un rugissement guttural presque humain. Avec son immense colonne vertébrale, la créature évoquait maintenant un serpent. Elle se secoua et le reste de ses entraves vola en éclats. Plus personne ne prêta attention à Kylar.

Le monstre se souleva sur six bras humains et se rua vers un sorcier qu'il renversa. Ses six mains le déchiquetèrent et récupérèrent ses membres pour les coller sur son corps difforme. Les gueules minuscules étaient plus efficaces que la meilleure des colles. Une boule de feu frappa la créature et glissa sur sa peau épaisse. Le projectile ne ralentit pas, il ne fit aucun dégât, il se contenta de ricocher.

Trois autres suivirent presque aussitôt, mais ils connurent le même sort et allèrent s'écraser contre la paroi ou sur le sol. Les meisters hurlèrent. Une sorcière se précipita vers l'escalier en colimaçon qui menait à la surface. Le monstre se lança à sa poursuite. Au lieu de se diriger vers les premières marches, il traversa la salle circulaire pour intercepter la fuyarde. Celle-ci se jeta contre la paroi pour s'éloigner autant que possible de la main qui cherchait à la saisir.

Elle était assez haut pour être hors de portée. Elle reprit son ascension à quatre pattes. Kylar crut qu'elle allait parvenir à s'échapper, mais le monstre s'affaissa et ses membres devinrent flasques. Sous sa peau, de longs os se déplacèrent et allèrent se greffer au bras tendu. La main se libéra du poignet et glissa en avant tandis que des humérus, des radius et des cubitus s'emboîtaient et se déboîtaient dans un bruit de succion répugnant. La longueur du membre quadrupla en quelques instants et le monstre saisit la sorcière avant de la traîner vers lui. Les cris de la malheureuse se transformèrent en gargouillis étouffés.

La créature broya trois meisters contre la paroi de la caverne et fit une pause tandis que les gueules minuscules mastiquaient chair et vêtements. Un sorcier essaya de dégager une victime en la tirant par un bras. Il posa un pied contre le monstre pour prendre appui. La créature ne lui prêta pas la moindre attention, mais sa peau paraissait douée d'une intelligence propre ou, du moins, d'une faim insatiable. Moins d'une seconde plus tard, le meister écarquilla les yeux sous le coup de la terreur. Il se jeta en arrière, mais sa botte resta collée au monstre. Il tomba sur le dos et poussa un hurlement. Pendant un petit moment, Kylar crut qu'il allait réussir à se libérer en sacrifiant la plante de son pied.

La créature s'ébroua, comme le font parfois les chevaux pour chasser les mouches importunes. Une vague de peau hérissée de dents enveloppa la cheville du meister. Une nouvelle secousse la propulsa à mi-hauteur du mollet. À la troisième, le monstre avait englouti un sorcier de plus.

C'était le moment de répit dont Kylar avait besoin. Il bondit de la paroi, s'engagea dans le tunnel sud et courut en direction du château. En chemin, il croisa les cadavres ensanglantés de quatre meisters. Vi n'avait pas chômé. Il aperçut la pisse-culotte près d'une immense porte en chêne. Elle vidait la bourse du garde qu'elle venait de tuer. Kylar esquissa un sourire bravache et elle le regarda avec de grands yeux.

—Putain! Kylar! t'es brillant!

Le jeune homme oublia qu'il était censé être invisible.

—Je trouve aussi. Je me suis surpassé, là-bas, dit-il.

—Non! Merde! tu brilles vraiment.

Il baissa la tête. On aurait pu croire qu'il était enveloppé de flammes. Sa peau luisait de reflets rouge terne sur une fréquence normale et d'un mélange de pourpre et de vert sur une fréquence magique. Il comprit pourquoi les sorciers l'avaient regardé avec des yeux écarquillés. En traversant la concentration de magie, le ka'kari avait été surchargé. Il régurgitait maintenant l'excédent sous forme de lumière.

Il essaya de l'absorber sans prendre la peine de réfléchir. Il eut l'impression que du plomb fondu coulait dans son glore vyrden.

—Ouille! Ouille!

—Est-ce que tu as tué cette chose?

Kylar regarda la jeune femme comme si elle était devenue folle.

—Hein? Tu as vu ce que ce... Tu as vu ce qu'elle est capable de faire?

—Non. J'ai obéi aux ordres et j'ai nettoyé le tunnel. (Kylar songea que Vi se conduisait parfois comme une gamine.) Ce qui n'a pas servi à grand-chose, d'ailleurs, parce qu'il n'y a pas de clef pour ouvrir la porte. Ils doivent avoir peur de ce... de ce monstre. (Elle imita la créature.) Nous allons devoir rebrousser chemin. Je suggérerais bien de faire dans la discrétion, mais ça me paraît difficile avec un fanal ambulant.

Kylar écarta la jeune femme et posa les mains au bord du battant en chêne, l'une au-dessus de l'autre.

—Qu'est-ce que tu fais? demanda Vi.

Dieux! c'était du solide, mais s'il ne parvenait pas à absorber la magie, il pouvait peut-être projeter la sienne. Il sentit une vague d'énergie jaillir de son corps. Il baissa les yeux: ses mains s'étaient enfoncées à travers les gonds en acier et la plaque de chêne épaisse de trente centimètres.

Il déglutit.

Mais comment est-ce que j'ai fait ça?

Il poussa le battant, mais celui-ci resta immobile. Il invoqua son Don. La porte s'entrouvrit, glissa et s'abattit.

Kylar avança, puis se retourna en constatant que Vi ne le suivait pas. Le visage de la jeune femme, partagé entre une stupéfaction et une incrédulité sans borne, était si éloquent qu'il sut exactement ce qu'elle allait dire.

—Mais qui es-tu, par tous les dieux? Hu ne m'a jamais appris à faire des trucs pareils! Il n'est même pas capable de faire ça!

—Je ne suis qu'un simple pisse-culotte.

—Non, Kylar. Je ne sais pas qui tu es, mais tu n'es pas un simple quoi que ce soit.

CHAPITRE 63

—P ourquoi refusez-vous de me rendre mes vêtements royaux ? demanda la jeune fille.

La princesse portait une robe terne beaucoup trop grande et ses cheveux étaient tirés en une simple queue-de-cheval. Le Roi-dieu ne lui permettait même pas de garder un peigne.

—Croyez-vous au mal, Jénine ?

Garoth était assis au bord du lit de la chambre de la tour nord. Le jour allait bientôt se lever, le jour où son armée allait enfin massacrer la résistance cénarienne. Ce serait une journée agréable et Garoth Ursuul était de bonne humeur.

—Comment pourrait-il en être autrement alors que je suis assise en votre compagnie ? cracha Jénine. Où sont mes affaires ?

—Certains hommes ne peuvent se retenir à la vue d'une jolie femme, damoiselle. Vous ne goûteriez guère d'être prise contre votre gré et il me déplairait de vous briser si vite.

—Parce que vous n'êtes même pas capable de vous faire obéir de vos sujets ? Quel dieu vous faites ! Et quel roi !

—Je ne parlais pas de mes hommes, remarqua Garoth Ursuul à voix basse.

Jénine cligna des yeux.

—Vous m'excitez. Vous possédez ce que nous appelons *yushai*. C'est la vie, le feu, l'acier, l'enthousiasme. Je l'ai déjà étouffé chez mes femmes précédentes. C'est pour cette raison que vous êtes cloîtrée et qu'on vous refuse de beaux habits.

C'est pour cette raison que nous sommes assis avec une de vos dames de compagnie. Pour vous protéger. Vous serez ma reine et vous partagerez ma couche, mais pas tout de suite.

—Jamais!

—Vous voyez? C'est cela, le *yushai*.

—Allez au diable!

—Vous êtes une femme maudite, n'est-ce pas? Une fois que vous m'aurez épousé, vous ferez partie de trois familles royales – mais les deux premières n'ont pas eu beaucoup de chance, il me semble. Le duc Gyre n'a été votre époux que pendant... quoi? une heure?

—Par l'Unique et les Cent! Que votre âme soit précipitée au fond des enfers! Que tous les fruits pourrissent et se gorgent de vers au contact de votre main! Puissent vos enfants se retourner contre vous...

Il la gifla.

Pendant un moment, Jénine se massa la mâchoire et cligna des yeux pour refouler ses larmes.

—Puissent...

Il la gifla de nouveau, plus fort. Il sentit une dangereuse vague de plaisir monter de son bas-ventre. Maudite Khali!

Jénine s'apprêtait à lui cracher dessus quand il la bâillonna avec le vir.

—Ne tentez pas un homme au-delà de ses limites. Vous comprenez?

Elle hocha la tête. Elle fixait ses yeux écarquillés sur l'étrange substance noire qui sillonnait la peau du Roi-dieu.

Le vir la lâcha. Garoth Ursuul laissa échapper un soupir déçu. Au diable les Étrangers! La princesse était terrifiée.

Parfait. Voilà qui lui apprendra peut-être la prudence.

Neph lui avait offert Jénine pour lui faire plaisir et pour s'excuser du chaos qui régnait à Cénaria. Garoth avait tout de suite succombé au charme de la jeune fille. Il avait d'abord ordonné que la princesse fasse partie de la caravane qui rapportait les plus belles pièces du butin à Khalidor, mais il pensait sans cesse à elle et il avait finalement demandé qu'on la ramène à Cénaria. Il prenait un risque énorme : si les Cénariens apprenaient qu'elle était en vie et s'ils parvenaient à la libérer, ils auraient une souveraine légitime. Et Jénine pouvait se révéler une reine redoutable si on lui en laissait l'occasion. Elle était courageuse.

— J'en reviens à ma question, Jénine. Croyez-vous au mal ? demanda le Roi-dieu.

Il valait mieux se concentrer sur un autre sujet, sinon, cette conversation allait mal tourner. S'il cédait à ses envies, la jeune fille serait bientôt en larmes et il n'éprouverait qu'un sentiment de satisfaction frustrée.

— Certaines personnes évoquent le mal lorsque mes soldats frappent à une porte la nuit, lorsqu'ils interrogent l'homme qui leur ouvre pour savoir où est son frère et que, terrifié, il le leur dit. Ou quand une femme garde une bourse qu'elle a trouvée sur la route. Je ne vous demande pas si vous pensez que l'ignorance ou la faiblesse sont sources de souffrance. Je vous demande si vous croyez en un mal qui se repaît de la destruction et de la perversion. Un Mal qui regarderait la Bonté en face et qui lui cracherait au visage.

» Vous voyez, lorsque j'élimine un de mes rejetons, je ne commets pas un acte particulièrement mauvais. Quand j'arrache son cœur encore palpitant, je ne me contente pas de le tuer. J'inspire une telle terreur aux autres que je deviens davantage qu'un simple mortel. Cet acte fait de moi un dieu insondable et incontestable. Il protège mon règne et mon royaume. Lorsque j'attaque une cité, je rassemble les habitants des villages proches et je les place devant mes soldats. Ainsi, si les assiégés veulent se servir de machines de guerre, ils doivent tuer leurs amis et leurs voisins en premier. La méthode est brutale, certes, mais est-elle maléfique ? D'un certain point de vue, elle permet de sauver des vies, car les habitants se rendent sans tarder – surtout si mes catapultes commencent de les bombarder avec leurs compatriotes. Vous seriez surprise de constater à quel point les soldats sont sensibles à un hurlement qui se rapproche de leur muraille et au choc sourd qui l'interrompt – le tout répété toutes les treize minutes. Ils sont impuissants. Ils ne peuvent qu'attendre et se demander : « Est-ce que je connais cette voix ? » Mais je m'éloigne du sujet. À mes yeux, tout cela n'a aucun rapport avec le mal. La société khalidorienne repose sur le Roi-dieu. Si celui-ci ne dispose pas d'un pouvoir absolu, elle s'effondre. Alors arrivent le chaos, la guerre, la famine, les épidémies qui ne font pas de distinction entre les innocents et les coupables. Je garde ces fléaux à distance. Une dose de brutalité nous protège comme le scalpel d'un chirurgien préserve la vie du patient. Ma question est la suivante : Croyez-vous en un mal qui posséderait sa propre pureté ou pensez-vous que chaque action vise à accomplir quelque chose de bon ?

— Pourquoi me demandez-vous cela ? dit Jénine.

Elle avait blêmi. Elle aurait ressemblé à une Khalidorienne s'il n'y avait pas eu cette légère teinte verdâtre.

— Je parle toujours à mes épouses. D'abord parce que seuls les fous ont l'habitude de soliloquer. Ensuite, parce qu'une femme arrive parfois à se montrer perspicace.

Il la provoquait et il fut récompensé de ses efforts lorsqu'elle recouvra un peu de son *yushai*. Elle lui rappelait la mère de Dorian et celle de Moburu.

— Je crois que le mal a ses agents, dit Jénine. Je crois que nous permettons au mal de se servir de nous. Peu lui importe que nous comprenions ou non la nature des actes que nous commettons pour lui. Une fois que nous avons accompli sa volonté, si nous nous sentons coupables, il peut retourner ce sentiment contre nous pour que nous cédions au remords.

Si nous éprouvons du plaisir, il peut immédiatement nous confier une nouvelle tâche.

— Vous êtes une enfant fort étrange, dit Garoth. Je n'avais jamais entendu pareille théorie.

Et cette théorie ne lui plaisait pas du tout. Elle le rabaissait au rang d'instrument. Conscient ou inconscient, il restait un simple exécutant.

— Vous savez, j'ai failli renoncer au trône. J'ai presque rejeté la lignée des dieux.

— Vraiment ?

— Oui. Par deux fois. D'abord quand je n'étais qu'un prétendant, puis quand je suis devenu père. Chaque fois, la force m'a fait changer d'avis. *Non takuulam.* « Je ne servirai pas autrui. » J'ai eu un fils nommé Dorian et je me suis reconnu en lui. Je l'ai vu se détourner du chemin menant à la divinité comme j'avais failli le faire avant lui. (Il fit une pause.) Vous est-il arrivé de vous tenir au bord du vide et de songer à sauter ?

— Oui, répondit Jénine.

— Comme tout le monde. Vous est-il arrivé de vous tenir au bord du vide en compagnie d'une personne et de penser à la pousser ? (Elle secoua la tête d'un air horrifié.) Je ne vous crois pas. Enfin bref, c'est ce que je ressentais avec Dorian. Je pensais à le pousser. Et je l'ai fait. Pas parce que cela m'arrangeait, mais parce que j'en avais le pouvoir. Je lui faisais confiance et il m'avait presque amené à me détourner du chemin de la divinité. Je l'ai donc trahi de la pire manière qui soit. À ce moment, je ressentis le mal à l'état pur.

» Comprenez qu'à mes yeux il n'existe que deux mystères au monde. Le premier est le mal. Le second est l'amour. J'ai connu l'amour en tant qu'outil, l'amour perverti, feint, trahi ou exagéré au point de devenir une parodie de lui-même. L'amour est une chose fragile et facilement corruptible. Pourtant, je l'ai parfois vu générer une énergie étrange et cela me dépasse. L'amour est une faiblesse qui, une fois sur un million, parvient à triompher de la force. C'est ahurissant. Qu'en pensez-vous, Jénine ?

Le visage de la princesse était impassible.

— Je ne connais rien à l'amour.

Il grogna avec mépris.

— Ne le regrettez pas. Vous m'avez offert une idée intéressante et je n'attends pas autant de la plupart de mes femmes. Le pouvoir est une catin. Une fois que vous l'avez sous votre contrôle, vous vous apercevez qu'il courtise déjà tous les hommes qui passent à sa portée.

— À quoi sert tout votre pouvoir ?

Il fronça les sourcils.

— Que voulez-vous dire ?

— C'est là qu'est votre problème.

— Vous parlez enfin avec la perspicacité qu'on est en droit d'attendre d'une femme, à savoir aucune.

— Merci de cet éclaircissement.

Ah ! elle était aussi intelligente qu'on le disait. Il avait hésité lorsqu'il avait appris qu'elle avait demandé des livres. Il était cependant préférable que les femmes s'abstiennent de lire.

— Je vous en prie. Où en étais-je ?

Elle répondit, mais il ne l'entendit pas. Quelque chose venait d'arriver au férali de Tenser. Il le sentit dans les toiles magiques qu'il avait tendues à travers le château. Il ignorait ce qui s'était passé, mais c'était d'une puissance inattendue.

— Je m'aperçois que vous n'êtes pas heureuse, dit-il. Je vais donc vous offrir à Khali. (Il se dirigea vers la porte.) Si vous essayez d'envoyer un message ou de vous enfuir, je rassemblerai vos amis et cent innocents pour les faire exécuter.

Il se retourna. Il s'approcha d'elle à grands pas et l'embrassa goulûment. Les lèvres de Jénine restèrent froides et mortes.

—Au revoir, ma princesse.

Il referma la porte derrière lui et attendit qu'elle éclate en larmes. Il entendit le bruissement des draps quand elle se jeta sur le lit. Elle prononça aussi un nom – «Logan», semblait-il. Il donnerait des ordres à ce sujet. Si Jénine apprenait que son mari était vivant, elle ne céderait jamais. Il devait aller voir ce qui avait causé l'interférence, mais il resta immobile. En général, les larmes d'une femme ne lui faisaient aucun effet, mais aujourd'hui... Il analysa ce qu'il ressentait comme un joaillier examine une pierre sous tous les angles. Était-ce de la culpabilité? du remords? Pourquoi éprouvait-il cette envie stupide d'aller s'excuser?

C'était étrange. Il faudrait qu'il y réfléchisse plus tard, quand Jénine serait à bonne distance.

Il convoqua six guerriers de sa garde personnelle et leur ordonna de conduire la jeune fille à Khalidor sur-le-champ. Puis il descendit vers les tunnels du château.

CHAPITRE 64

D ans la pénombre du crépuscule, Feir sillonna le camp
des rebelles à la recherche de Dorian et de Solon. Il ne
les trouva pas. Lorsqu'il demanda pourquoi la garnison de
Vents Hurlants n'était pas présente, un comte du nom de
Rimbold Drake lui apprit qu'elle avait été décimée. Il lui fit
aussi part de ses inquiétudes : en admettant que Khali soit
responsable du massacre de cette unité de vétérans, que se
passerait-il si les Khalidoriens l'amenaient ici ?

Cette hypothèse ne rassura pas le colosse. Il éperonna sa
monture et continua son chemin. Il transportait l'unique
planche de salut de cette armée qui ignorait ce qui l'attendait.
Pis encore : il n'avait aucun don de prophétie – enfin, pas
en termes de visions exploitables. Il distinguait les trames
magiques proches de lui comme s'il les voyait à travers un
verre grossissant ladéshien, mais un homme aussi puissant
que Solon pouvait passer à soixante-quinze mètres de lui
sans qu'il ressente la moindre vibration.

Après d'inlassables recherches, il découvrit enfin deux
mages. Il s'agissait d'un mari et d'une femme sans grand
pouvoir, mais tous deux étaient des guérisseurs. Ils n'avaient
pas senti de Don puissant au sein de cette armée. Trévor Nile
regarda autour de lui comme s'il cherchait désespérément
quelqu'un. Il se tourna vers sa femme.

—Drissa, dit-il.

Son épouse approcha et lui prit la main. Les deux guérisseurs concentrèrent leur attention sur un contrefort à quelques centaines de mètres de là.

—Prêtez-nous votre pouvoir et nous vous ferons partager ce que nous voyons, dit Drissa Nile à Feir.

Le colosse accepta, mal à l'aise à l'idée de se soumettre alors qu'il transportait Curoch. Le contrefort s'illumina.

Les hommes étaient trop loin pour que Feir les reconnaisse et ils prenaient soin de se tenir en retrait afin que leurs silhouettes ne se découpent pas sur le ciel, mais le Don de chacun d'entre eux rayonnait. Ils dégageaient une aura particulière. Feir les connaissait. Il s'était frotté à eux à plusieurs reprises. Il s'agissait de six mages parmi les plus puissants du Sho'cendi. Le colosse devina ce qu'ils étaient venus chercher.

Ces enfoirés estimaient sans doute que Curoch leur appartenait. Contrairement à Feir, ils pouvaient s'en servir. S'il la leur apportait et proposait de la rendre sous certaines conditions, n'importe lequel d'entre eux serait capable d'incinérer l'armée khalidorienne tout entière. Feir n'avait pas le pouvoir de persuasion de Solon, mais Curoch valait toute la diplomatie du monde.

Il remonta en selle et lança sa monture au galop. Il pria pour atteindre les mages avant le début de la bataille. S'il se dépêchait, Cénaria pouvait remporter la victoire sans perdre un seul soldat.

Le chemin le conduisit au fond d'un ravin, hors de vue des six hommes qu'il voulait rejoindre. Ce fut là qu'il se heurta à une unité d'éclaireurs de l'armée khalidorienne. Un cavalier abattit sa monture d'une flèche et rangea son arc. Il avança vers Feir en compagnie de ses trois camarades, savourant déjà la perspective d'un combat au corps à corps.

Feir tua trois d'entre eux avant de s'apercevoir qu'il n'était pas au bout de ses peines : une troupe de Sa'ceurais venait de surgir derrière les Khalidoriens. Mais que diable faisaient-ils là ? Il tua le dernier cavalier et essaya de gagner une position d'où les mages pourraient le voir. Dieux ! ils étaient à peine à cent cinquante mètres. S'ils apercevaient Feir, celui-ci était sauvé. Mille guerriers ceurans n'empêcheraient pas ces six hommes de mettre la main sur Curoch.

Par malheur, les Ceurans ne le laissèrent pas franchir leurs rangs, ils étaient trop disciplinés pour cela. Ils allaient le juger sur la manière dont il se battait et les Sa'ceurais avaient des critères assez particuliers en la matière.

La voie de l'épée imposait une conduite spécifique lors des combats. Un guerrier devait partir du principe qu'il mourrait au cours de la bataille et que la mort était sans importance tant qu'elle était honorable. Les Ceurans estimaient que la meilleure manière de tuer un ennemi était de le frapper une fraction de seconde avant qu'il porte un coup mortel.

Feir n'avait rien contre cette tactique dès lors que les combattants étaient de niveau à peu près égal, comme c'était le cas entre deux puissants guerriers. Si la peur était trop forte, un escrimeur était incapable de prendre les risques nécessaires pour triompher d'un excellent adversaire. Il flanchait et, s'il flanchait, il mourait. Pis encore aux yeux d'un Ceuran : il était vaincu.

Tuer trois hommes à cheval était un exploit, car un cavalier expérimenté valait dix fantassins. Mais un mage à pied n'était pas un simple fantassin. Feir ne s'était pas gêné pour employer la magie afin de se débarrasser des trois premiers adversaires. Il pouvait vaincre le dernier en se précipitant sur lui, mais quel coup allait-il porter ? Quelle impression voulait-il laisser aux Sa'ceurais ? Les Ceurans estimaient que le combat était une forme de communication.

Un homme pouvait mentir avec des mots, mais son corps disait toujours la vérité.

Feir rengaina Curoch – un autre problème qu'il lui faudrait régler plus tard – et se rua sur le dernier cavalier du côté où il tenait sa lance. Au cours d'une bataille, le Khalidorien aurait laissé son poney des montagnes piétiner le colosse, mais, compte tenu des circonstances, Feir fut certain qu'il allait essayer de l'empaler. Il ne se trompait pas.

Le cavalier se pencha sur le côté et releva la lance de frêne longue de trois mètres. Feir sauta en l'air – un bond somme toute assez modeste, mais le Khalidorien montait un poney de douze paumes, pas un lourd destrier alitaeran de dix-huit. Le pied du colosse passa par-dessus la lance et frappa le soldat au visage.

Feir prit conscience de deux choses au moment de l'impact. Il songea d'abord que les villageois ceurans avaient conçu ce coup de pied sauté pour désarçonner un cavalier, mais pas un cavalier au galop ; il comprit ensuite que le craquement sec ne provenait pas du cou de son adversaire.

Il retomba lourdement et essaya de se relever. Il eut l'impression de recevoir un coup de poignard dans la cheville et une nuée de points noirs lui brouilla la vue. Ce n'était pourtant pas le moment de montrer sa faiblesse – pas devant des Sa'ceurais. Ceux-ci formèrent un cercle autour de lui tandis qu'il se redressait. L'un d'entre eux approcha du Khalidorien immobile et tira un couteau pour l'achever, mais le cavalier était déjà mort.

Feir croisa ses bras monstrueux sur sa poitrine et attendit dans un silence hautain, mais son cœur était pris dans un étau de glace. Seul le dernier virage du ravin le séparait des six mages. S'il parcourait quinze mètres et invoquait son Don, ils le verraient malgré les arbres. Le problème était qu'il ne pouvait pas avancer de quinze mètres. Il ne pouvait même pas avancer de cinq.

Au-delà du cercle d'épées dégainées et de flèches encochées, un homme inspecta les corps des Khalidoriens. Un nombre impressionnant de mèches – de trophées – étaient fixées à ses cheveux. Celles prélevées sur des Ceurans – la majorité – étaient attachées par les deux extrémités ; celles des étrangers, par une seule. Le rempart de lames et de pointes s'écarta et Lantano Garuwashi leva les yeux vers Feir.

— Tu as la stature et l'ardeur d'un nephilim. Pourtant, tu n'as même pas sali ton épée en affrontant ces chiens. Qui es-tu, géant ?

Un nephilim ? Feir se creusa la cervelle pour rassembler toutes ses connaissances sur Ceura. Grâce aux dieux, la plupart des maîtres-lame connaissaient bien cette culture, car une grande partie de leurs professeurs étaient des exilés ceurans – des guerriers qui avaient combattu du mauvais côté au cours d'une de leurs innombrables guerres. Un nephilim ? La voie de l'épée ! Les premiers hommes avaient été créés avec du… fer ? L'épée était l'âme d'un homme…

Je suis incapable de me battre avec une cheville dans cet état ! Lantano Garuwashi m'a vu affronter ces cavaliers et il va vouloir prouver qu'il est meilleur que le « géant ».

C'était ça ! « Les héros et les grands hommes d'antan. » Les nephilims étaient les fruits de l'accouplement des dieux avec des mortelles. Des dieux ou de Dieu ? Ah ! malédiction ! Feir ne se rappela pas si les Ceurans étaient monothéistes ou polythéistes. Bon ! il ne faudrait pas trop insister de ce côté-là.

— N'aie pas peur, déclara Feir.

Le colosse vit la consternation se peindre sur les visages de fer. Qui osait dire à Lantano Garuwashi de ne pas avoir peur ? Feir songea que, quitte à jouer la comédie, autant le faire avec panache.

Et à propos de panache… Il pensa à Curoch. Il était temps de la mettre en scène. Une fraction de sa magie latente lui permettait de prendre la forme de n'importe quelle épée. Certaines parties demeuraient inchangées, mais l'illusion aiderait peut-être Feir à assumer son rôle de messager divin. Il avait lu la description d'un artefact ceuran qui conviendrait à merveille. Il se concentra sur la lame et projeta l'image de cette arme.

Est-ce que je dois faire autre chose ?

Il dégaina avec lenteur et dévisagea Lantano jusqu'à ce qu'il baisse la tête. Autour du colosse, les Sa'ceurais écarquillèrent les yeux, ouvrirent grand la bouche ou poussèrent de petits cris de surprise. Certains d'entre eux étaient pourtant les meilleurs guerriers du puissant seigneur de guerre Lantano Garuwashi.

Feir suivit leurs regards. Curoch avait compris ce qu'il voulait et elle devait connaître le modèle original. Lorsqu'il avait lu la description de l'arme, Feir avait cru que « les feux du ciel le long de la lame » faisaient référence à une forme particulière et raffinée, ou bien à des gravures en forme de flammes. Mais la phrase pouvait aussi se traduire ainsi : « avec le feu du ciel dans le fer ». Curoch avait opté pour cette dernière traduction.

Des dragons jumeaux. Feir n'eut pas besoin de les examiner en détail pour s'en rendre compte. Gravés de chaque côté de la lame, ils ne présentaient que de subtiles différences. Ils crachaient le feu en direction de la pointe, mais il ne s'agissait pas d'une gravure : les flammes étaient à l'intérieur même de la lame. Elles rendaient le métal aussi transparent que du verre et Feir semblait brandir une langue de feu. La longueur de l'arme n'avait pas changé, mais les flammes s'allongeaient ou se contractaient en suivant une logique… que Feir ne comprenait pas. Pour le moment, le souffle ardent des dragons atteignait l'extrémité de la lame, à un mètre vingt de la garde, avant de se dissiper.

Feir avait voulu impressionner les Ceurans, mais le visage des Sa'ceurais exprimait maintenant une véritable vénération. Le colosse eut à peine le temps de dissimuler son propre étonnement avant qu'ils lèvent les yeux vers lui.

Pour la première fois de sa vie, Lantano Garuwashi semblait terrifié. Il se ressaisit et ses guerriers l'imitèrent. La colère se peignit sur les traits du chef de guerre.

—Pourquoi un nephilim porte-t-il Ceur'caelestos?

L'Épée du Ciel. Un doute effleura Feir. Curoch avait pris cette forme un peu trop facilement. Elle avait réagi comme si elle connaissait cette arme légendaire.

Et si ce n'était pas une simple illusion? Et si c'était vraiment Ceur'caelestos? Je ne me suis pas contenté de rendre cette épée plus impressionnante, j'ai invoqué l'artefact le plus sacré de la culture ceurane. Bon! il me reste encore un problème à régler: comment partir avec dignité alors que je ne peux pas faire un pas sans clopiner?

C'était sans importance. De toute manière, il était trop tard pour faire marche arrière.

—Je ne suis qu'un simple serviteur. Je porte un message à ton attention, Lantano Garuwashi, à condition que tu sois un véritable Sa'ceurai et que tu puisses l'accepter. (Feir avait parlé en teintant sa voix de magie, en augmentant sa résonance et sa gravité pour qu'elle convienne à un être divin.) Le chemin est devant toi. Affronte Khalidor et deviens un grand roi.

Ce n'était pas un message très original de la part d'un dieu, mais il était assez bref pour ne pas trahir le manque d'éloquence de Feir. Avec les modifications de ton et de volume, le colosse estima que ses paroles étaient en mesure d'imposer crainte et respect.

Mais Garuwashi ne fut guère impressionné. Il dégaina avec lenteur. Son épée était terne et quelconque. Feir comprit son erreur. Pourquoi avait-il choisi cette prédiction? Il avait annoncé à Garuwashi qu'il serait roi, mais un fils de roturier ne pouvait pas monter sur le trône. Son arme n'était qu'une pauvre lame en fer martelé et s'il la brandissait avec une fierté sauvage, c'était parce qu'il en avait honte.

Une lame en fer ne dirigerait jamais Ceura. Les Sa'ceurais considéraient que l'épée était leur âme et ils n'en changeaient donc jamais. À leurs yeux, il ne s'agissait pas d'un symbole, mais d'un fait.

Cette pauvre barre de métal affûtée était un témoignage amer qui révélait le mensonge de Feir. Les doigts de Garuwashi se contractèrent sur son âme et la pointe de la lame se redressa avec défi. Autour de Feir, les hommes avaient gardé leur arme à la main, mais les arcs n'étaient plus bandés et les épées étaient désormais baissées. Ce moment resterait gravé dans la mémoire des Sa'ceurais. Leur maître de guerre, le plus grand guerrier de tous les temps, se tenait face à un nephilim armé d'une légende et Lantano Garuwashi ne trahissait pas la moindre peur.

—Si je suis un véritable Sa'ceurai ? gronda Garuwashi. Le jour où j'accepterai qu'on se moque de moi, ce sera parce que je suis mort. Je ne laisserai personne – pas même les dieux – me ridiculiser. Si je suis digne de périr par l'Épée du Ciel, je le suis assez pour tuer un messager des dieux.

Il attaqua avec une rapidité stupéfiante. Il n'était pas étonnant que cet homme soit si célèbre.

Feir n'était pas en état de combattre. Affronter un tel adversaire avec une cheville foulée, c'était du suicide. Il bloqua le premier coup, puis invoqua sa magie et attira le Sa'ceurai vers lui.

Garuwashi fut plaqué contre le colosse et leurs épées s'entrecroisèrent. Leurs visages n'étaient qu'à quelques centimètres l'un de l'autre. À cet instant, Curoch – ou Ceur'caelestos – réagit. Les dragons crachèrent des flammes jusqu'à la pointe de la lame.

Feir songea que ses bras étaient plus musclés que ceux de Garuwashi. Au corps à corps, il avait une chance de gagner, mais s'il laissait le Sa'ceurai s'éloigner, il était perdu. La lame de son adversaire s'illumina avant qu'un des deux hommes ait le temps de prendre l'initiative. Le phénomène ne dura qu'une seconde, mais pendant ce bref moment, les combattants oublièrent leurs réflexes de guerriers. Ils essayèrent juste de se déséquilibrer en résistant à l'envie de regarder les lames. Feir n'avait rien fait de particulier. Curoch réagissait-elle à la magie qu'il avait invoquée pour attirer Garuwashi contre lui ? L'épée du Sa'ceurai vira au rouge, au blanc tandis que les deux hommes tentaient de se repousser. Elle devint plus brillante que Curoch et vola en éclats.

L'explosion fut – toutes proportions gardées – modeste, mais irrésistible. Aucun fragment incandescent ne déchira la chair de Feir, mais le colosse fut balayé par le souffle. Il partit en arrière, tournoya en l'air et atterrit face contre terre cinq mètres plus loin. Il essaya de se relever, mais reçut un nouveau coup de poignard à hauteur de la cheville. Il comprit qu'il allait s'évanouir s'il insistait. Il resta à genoux et braqua les yeux vers la colline en absorbant autant d'énergie que possible.

Par tous les dieux ! vas-tu te décider à regarder par ici, Lucius ? Regarde par ici !

Il était toujours caché par les arbres, mais si un prophète tournait la tête vers lui, il le verrait.

Dix mètres plus loin, Lantano Garuwashi se releva. Contre toute attente, il n'avait pas lâché son arme. Non ! ce n'était pas son arme. Celle-ci avait disparu, il n'en restait même pas un petit bout de métal fumant. Éberlué, le maître de guerre s'aperçut qu'il tenait Ceur'caelestos. L'homme et l'artefact formaient une combinaison parfaite, comme si Lantano Garuwashi était né pour porter cette épée et que cette épée avait été forgée pour lui des milliers d'années avant sa naissance.

Les Sa'ceurais, déjà sidérés, ouvrirent la bouche et contemplèrent leur chef comme s'il venait de se transformer en dragon. Ils tombèrent à genoux et se retrouvèrent dans la même position que Feir.

— Les dieux ont donné une nouvelle épée à Lantano Garuwashi, dit l'un d'eux.

Dans sa bouche, cela signifiait que son chef avait reçu une nouvelle âme, une âme de légende, une âme de roi. Feir vit une lueur d'approbation briller dans les yeux des autres guerriers. Ils l'avaient toujours su. Ils connaissaient Lantano Garuwashi. Ils le servaient depuis longtemps. Aujourd'hui il avait affronté et vaincu un nephilim. Aujourd'hui, il avait gagné le droit de devenir roi.

Feir était toujours à genoux. Il était incapable de se relever. Une flamme nouvelle brûlait dans les yeux de Lantano Garuwashi quand il se tourna vers le colosse.

— La volonté des dieux a été faite, déclara Feir. Ceur'caelestos est tienne.

Que pouvait-il dire d'autre ?

Le Ceuran effleura le menton de Feir de la pointe de sa lame.

— Nephilim, messager et serviteur des dieux, tu as le visage d'un Alitaeran, mais tu te bats et tu parles comme seul un Sa'ceurai sait le faire. Je veux que tu me serves.

Ou tu mourras, ajoutèrent ses yeux.

Feir n'avait pas besoin d'un nephilim pour connaître son avenir. Il regarda en direction de la colline, mais personne ne vint à son aide. Il n'en fut pas surpris. Après tout, il avait toujours joué ce rôle. Il serait toujours le personnage secondaire au service du héros. Il resterait dans l'Histoire comme celui qui avait perdu Curoch. Il baissa la tête, vaincu.

— Je… Je te servirai.

Chapitre 65

Agon entendit l'explosion à six cents mètres de distance. Il regarda tout autour de lui pour déterminer d'où elle venait. L'armée ennemie avait établi son camp à l'ouest, mais les lointains guerriers khalidoriens n'avaient pas réagi. Le vieux soldat se tourna vers le capitaine.

— Je vais envoyer un messager au seigneur Graesin, proposa celui-ci.

La reine avait nommé son frère de dix-sept ans, Luc, à la tête des éclaireurs. Elle pensait sans doute qu'il fallait confier quelques responsabilités à ce jeune crétin et que, à ce poste, il ne pourrait pas commettre de bourde. Le garçon avait décrété que ses hommes ne feraient leur rapport à personne d'autre que lui. Les éclaireurs faisaient donc la queue devant sa tente – parfois pendant plus d'une heure – avant d'aller apporter leurs informations aux seigneurs qui en avaient besoin.

Cette aberration n'était pas un cas isolé et les officiers d'Agon pestaient devant tant d'incompétence, mais personne ne faisait part de ses craintes. C'était inutile. Tous les vétérans s'étaient rendu compte qu'ils allaient se battre au sein d'une armée désorganisée – le terme «armée» convenait d'ailleurs à peine. Les unités n'étaient pas entraînées à manœuvrer de conserve ; les commandants avaient choisi des codes différents et, quand les voix seraient couvertes par le fracas de la bataille, il serait impossible de relayer les ordres du général à un officier placé à l'autre extrémité de la ligne de front ou de lui faire comprendre que la situation avait changé. Pour couronner le tout, la reine avait disposé les unités selon des impératifs politiques. Les vétérans grinçaient des dents.

Agon avait de la chance de commander un millier d'hommes. Il le devait à l'insistance du duc Logan Gyre qui avait fait jouer toute son influence pour lui obtenir ce poste – et à l'insistance des soldats qui avaient déjà servi sous les ordres du vieux général et qui avaient menacé de se mutiner s'ils n'étaient pas placés sous ses ordres.

Agon commandait donc un dixième de l'armée cénarienne. La reine l'avait positionné au centre de la ligne de front, en affirmant pourtant que cet honneur revenait au seigneur posté un peu plus loin.

— Inutile, dit-il au capitaine. La bataille sera terminée avant qu'il soit de retour. Comment sont les soldats ?

— Ils sont prêts, seigneur gén… seigneur.

Agon regarda le ciel qui s'éclaircissait. Par une telle journée, la place d'un homme était dans un fauteuil, devant une cheminée, avec une tasse d'ootai – ou d'eau-de-vie. Des nuages noirs obscurcissaient le soleil levant et retardaient la bataille inévitable en prolongeant la nuit. Le terrain – les domaines d'une dizaine de fermes – était plat et morne. Le blé avait été moissonné et les moutons conduits aux pâturages d'hiver. Des murets bas, en pierre, quadrillaient le futur champ de bataille.

Les combats se dérouleraient sur ce terrain inadapté, boueux, et glissant, mais ce n'était peut-être pas un désavantage : sur cette terre humide et sillonnée de muretins, la cavalerie lourde khalidorienne devrait manœuvrer avec lenteur et prudence. Un cavalier et un cheval en armure pouvaient facilement se tuer en sautant par-dessus une barrière. Mais le terrain ralentirait aussi les soldats d'Agon et les meisters disposeraient donc de plus de temps pour lancer leurs flammes et leurs éclairs.

Le vieux militaire conduisit son cheval devant ses fantassins et ses archers. Ses seuls cavaliers étaient les gardes du Sa'kagué et les chasseurs de sorciers.

Après avoir entendu le discours de Logan, la veille, Agon songea que le jeune duc aurait trouvé les mots pour faire comprendre à ces hommes qu'ils se battaient pour une cause juste et honorable. Il leur aurait insufflé le courage des héros. Sous son commandement, ils auraient été prêts à donner leur vie sans une seconde d'hésitation et les survivants, même mutilés, se seraient estimés chanceux et honorés d'avoir servi sous les ordres d'un tel chef. Agon ne possédait pas une telle éloquence.

— Je suis un homme simple, dit-il en s'adressant aux soldats alignés pour affronter la mort et des sortilèges terrifiants. Je vais donc parler simplement. La plupart d'entre vous ont déjà servi sous mes ordres et…

Dieux ! étaient-ce des larmes ?

Il cligna rapidement des yeux.

— Je suis honoré que vous acceptiez de me suivre une fois encore. La bataille sera rude, vous le savez. Mais le mal que nous affrontons ne doit à aucun prix remporter la victoire. C'est à nous qu'il revient de l'arrêter et nous n'aurons pas de deuxième chance.

» Messieurs, si nous gagnons, on me retirera mon commandement. En faisant ce que je vais vous demander de faire, vous risquez donc d'être punis, mais je vous le demande quand même. Le duc Gyre a reçu… l'honneur de conduire la première charge.

Les soldats marmonnèrent. Ils savaient tous ce que la reine espérait. Agon leva une main.

— S'il y survit, je vous demande de le protéger au péril de votre vie.

Agon n'osa pas aller plus loin. S'ils remportaient cette bataille, quelqu'un rapporterait ses paroles à la reine.

Les soldats étaient calmes, concentrés et prêts. Agon regretta de ne pas être le genre de chef capable de déchaîner l'enthousiasme de ses hommes et de faire briller leurs yeux. Mais ceux-là devraient se contenter de ce petit discours.

Il fit tourner sa monture et se dirigea vers les seigneurs en pleine discussion. Il alla chercher ses dernières instructions bien qu'il n'ait aucune intention de les suivre. Il avait longtemps réfléchi sur la stratégie à adopter lorsqu'on chargeait une armée épaulée par des sorciers. Il estimait que le résultat de ses réflexions se révélerait bien plus efficace que les plans de ces paons vaniteux. Non, en fait, il les rejoignait pour côtoyer Logan une dernière fois.

— Seigneur? dit-il.

Logan lui sourit.

— Général.

Il avait fière allure dans l'armure des Gyre, même s'il avait fallu procéder à quelques retouches pour compenser sa perte de poids.

Agon chercha ses mots avec peine.

— Seigneur, vous serez toujours mon roi.

Logan posa la main sur l'épaule du vieil homme et le regarda dans les yeux. Il resta silencieux, mais son visage exprimait tout ce qu'il y avait à dire.

Une Séthie à cheval sortit des rangs. Agon ne la reconnut pas. Elle portait une armure, une épée et une lance.

— Seigneur, dit-elle à Logan. Capitaine Kaldrosa Wyn. Nous sommes à vos ordres.

— Qui êtes-vous? demanda le jeune homme.

Elle leva la main et les soldats s'écartèrent, surpris, tandis qu'une trentaine de femmes s'avançaient. Elles portaient la même armure que Kaldrosa et tenaient un cheval par la bride. Toutes n'étaient pas belles, toutes n'étaient pas jeunes, mais toutes faisaient partie de l'ordre de la Jarretière.

— Mais qu'est-ce que vous faites ? demanda Logan.

— Nous sommes venues nous battre. Nous étions toutes volontaires, mais je n'ai pris que celles qui avaient un peu d'expérience en matière de combat. Vous avez devant vous des pirates, des gardes, des marchands, des guerrières des arènes et des archères. Nous sommes à vos ordres. Vous nous avez offert une nouvelle vie, seigneur, nous ne permettrons pas qu'une usurpatrice sacrifie la vôtre.

— Où vous êtes-vous procuré ces armes et ces armures ?

— Celles qui ne peuvent pas combattre nous ont aidées à les trouver.

— Et ces trente chevaux ?

— Un cadeau de Mamma K, supposa Agon en se renfrognant.

— En effet, lança la courtisane dans le dos des deux hommes. (Grâce aux dieux, elle ne portait ni armes ni armure.) Duc Gyre, votre intendant a découvert de superbes chevaux de guerre que les inspecteurs de la reine avaient... négligés. Je vous assure que ces femmes s'empresseront d'obéir à tous vos ordres tant qu'ils se cantonneront au domaine militaire.

— Ces femmes ne sont pas...

Logan s'interrompit. Il avait failli les insulter. Il baissa la voix.

— Elles vont se faire massacrer.

— Nous ne sommes pas ici parce que Mamma K nous l'a demandé, déclara Kaldrosa Wyn. Elle nous a dit que nous faisions une grosse bêtise, nous n'avons pas changé d'avis. Vous nous avez rendu notre honneur. Il est encore fragile. Je vous en prie, ne nous le reprenez pas.

— Que se passe-t-il ? hurla Térah Graesin. (Elle tira violemment sur les rênes de son cheval et s'arrêta près d'Agon.) Que font ces putains devant mon armée ?

— Elles se battent pour vous, répondit le vieux militaire. Et vous ne pourrez rien y faire.

— Tiens donc ? Je ne pourrai rien y faire ?

— Non, car ils vous en empêcheront, dit Agon en pointant le doigt devant lui.

Dans les premières lueurs brumeuses de l'aube, l'armée khalidorienne venait de se mettre en marche.

Au fur et à mesure que Kylar et Vi remontaient un tunnel de la Gueule en direction de Château Cénaria, la chaude puanteur disparut et même la présence obscène de Khali se fit moins oppressante. Le jeune homme avait utilisé ces passages quatre mois plus tôt. Il avait alors emprunté les couloirs pour aller tuer Roth Ursuul. Cette fois-ci, il avait décidé d'employer une autre tactique.

En quatre mois, les Khalidoriens avaient eu le temps de découvrir tous les passages secrets, faux murs, portes dérobées et judas du château. Il était donc hors de question de suivre les tunnels jusqu'au bout. Pourtant, tant que les deux pisse-culottes n'étaient pas à proximité des appartements royaux et de la salle du trône, il était plus prudent d'emprunter ce chemin, car Vi était incapable de se rendre invisible. Une heure avant l'aube, ils étaient entrés dans un souterrain. Sans un bruit, ils s'étaient glissés dans le dos des innombrables gardes ou étaient passés au-dessus de leur tête.

Kylar estimait que les Khalidoriens ne s'attendaient pas à sa venue. Le déploiement de sécurité était impressionnant, mais le jeune homme espéra qu'il trahissait seulement l'inquiétude du Roi-dieu à l'approche d'une bataille décisive. Le nombre de gardes préoccupait néanmoins le pisse-culotte.

Ursuul aurait dû laisser une garnison squelettique au château pour lancer toutes ses forces contre les rebelles.

Vi et Kylar sortirent d'un tunnel et débouchèrent dans l'aile ouest, dans la chambre déserte d'une servante, au pied des quelques marches menant aux appartements du roi. Kylar entrouvrit la porte.

Le couloir était long et large. Tout au bout, deux guerriers armés d'une lance montaient la garde devant les appartements royaux. Il n'y avait aucun endroit où se cacher en dehors de l'embrasure des nombreuses portes menant aux chambres des domestiques. Cela ne posait pas de problème à Kylar, mais il n'en allait pas de même pour Vi. Avait-il eu raison de l'emmener ? Mamma K avait jugé que la jeune femme lui serait peut-être utile, mais, pour le moment, elle n'avait fait que le ralentir. Il allait devoir s'occuper des deux guerriers tout seul. *A priori*, cela ne posait pas de problème, mais chaque homme se tenait près d'une corde qu'il suffisait de tirer pour donner l'alerte. Kylar pouvait tuer les deux gardes, mais était-il capable de le faire sans leur laisser le temps de réagir ?

Il referma la porte sans bruit et se tourna vers Vi.

— Dis, pourquoi tu n'attendrais pas ici pendant que…

Il n'alla pas plus loin.

Vi, nue jusqu'à la taille, dépliait une robe qu'elle avait sortie de son sac. Kylar laissa échapper un hoquet de surprise et se figea. Quand ses yeux remontèrent enfin, la jeune femme affichait une expression très naturelle. Il détourna la tête en rougissant. Vi lança sa besace qui le frappa le ventre.

— Attrape-moi le corsage, tu veux bien ?

Kylar obéit et lui tendit le vêtement tandis qu'elle se tortillait pour se glisser dans une étroite robe de servante. Elle se pencha en avant et retroussa les jambes de son pantalon afin qu'on ne les voie plus. Elle regarda le jeune homme et celui-ci toussa.

Elle arracha le corsage de ses doigts inertes.

— Dis, Kylar, tu pourrais cesser de jouer les puceaux effarouchés ?

Puceau ! Combien il haïssait ce mot !

— Ce n'est quand même pas la première fois que tu vois une fille toute nue ?

C'était pourtant le cas, mais Kylar aurait préféré mourir – pour de bon – plutôt que de l'avouer. Élène ne lui avait jamais permis de regarder sa poitrine, même si elle avait parfois laissé sa main errer sur ces rondeurs enchantées. Elle avait toujours voulu se préserver pour leur nuit de noces. Kylar avait sapé sa détermination peu à peu – salaud ! – et chaque concession d'Élène avait été un immense et merveilleux cadeau. Pourtant, tous ces efforts avaient provoqué un sentiment de frustration. Il ressentait autre chose en regardant la pisse-culotte lacer son corsage avec dextérité et ajuster son décolleté. Vi n'éprouvait aucune gêne à montrer ses seins, elle ne se détourna même pas lorsqu'elle les souleva pour les mettre en valeur sous son chemisier. Kylar avait toujours pensé que la poitrine d'Élène était parfaite, mais celle de Vi était plus généreuse, plus imposante. Il était impossible de regarder la pisse-culotte sans remarquer ses seins. Ils la paraient d'une sensualité torride et pourtant… et pourtant, Vi les considérait comme de simples outils – des nichons.

Élène ne dégageait pas une telle volupté et, en toute honnêteté, elle était peut-être moins attirante que la pisse-culotte. Pourtant, le comportement de Vi avait quelque chose de factice. Kylar devina qu'elle ne tirait aucun plaisir du sexe. Cette joie lui avait été volée par les amants pervers de sa mère, par Hu Gibbet, par les clients de Mamma K, par l'habitude de faire l'amour sans en avoir envie. L'excitation de Kylar se transforma en compassion.

La jeune femme ramassa un panier en osier et le remplit de vêtements – y compris les siens. Elle glissa une dague sous la dernière tunique.

— Tu me trouves comment?

La tenue avait quelque chose d'étrangement familier. Ce jour-là, le corsage n'avait pas été si échancré, car il avait fallu tenir compte de la pudeur en vigueur au manoir des Drake. C'était bien la robe qu'elle portait lorsqu'elle avait essayé de l'assassiner.

— Putain de merde! lâcha-t-il.

Elle gloussa, tourna sur elle-même et prit une pose.

— Est-ce que ça ne me fait pas un cul trop gros?

— Traîne ton gros cul jusque dans le couloir.

Elle rit et posa le panier contre ses hanches. Elle était provocante, magnifique et séduisante, fallait-il en plus qu'elle se montre drôle? Par tous les dieux! il avait été à deux doigts de l'embrasser à l'entrée de la Gueule! Elle lui aurait sûrement planté un couteau entre les omoplates s'il s'était amusé à cela. Pourtant, pendant un bref instant, il avait eu l'impression qu'elle en avait autant envie que lui.

Vi s'avança dans le couloir en roulant des hanches et les deux Khalidoriens ne la quittèrent plus des yeux. L'un d'entre eux laissa échapper un juron.

— Bonjour, dit Vi en se plantant devant celui de gauche. Je suis nouvelle et je me demandais si…

Son poignard le décapita presque.

Kylar saisit la tête du second garde et la tourna d'un geste sec. La nuque se brisa avec un craquement désagréable.

Vi regarda Kylar – enfin, vers l'endroit où il devait se trouver puisqu'il était invisible.

— Pu-tain de mer-de! (Elle essuya sa dague et la rangea dans le panier.) Bon! tu entres dix secondes après moi ou dès que tu entends ma voix. Si le Roi-dieu se réveille, je le distrais et tu lui règles son compte. S'il continue à dormir, je me charge de lui.

Elle ouvrit la porte avec lenteur et entra sans un bruit.

Elle ressortit quelques instants plus tard. Son visage était verdâtre.

— Il n'est pas là, lâcha-t-elle.

— Qu'est-ce qui se passe?

Kylar voulut entrer, mais elle lui barra le passage.

— Tu n'as aucune envie de voir ce que j'ai vu, fais-moi confiance.

Il l'écarta.

La pièce était remplie de femmes. Elles étaient immobiles. Elles ressemblaient à des statues avec des poses différentes. L'une d'elles était à quatre pattes et on avait posé une plaque en verre sur son dos pour la transformer en table. Une autre – Kylar reconnut une noble, mais il ne se rappela pas son nom – se tenait sur la pointe des pieds et s'étirait avec langueur, un bras et une jambe enroulés autour d'un pilier du gigantesque lit à baldaquin. Chéllène Lo-Gyre était sur une bergère, les jambes croisées dans le fourreau de sa robe. Kylar ne savait rien d'elle sinon qu'elle avait la réputation d'avoir fort mauvais caractère. Cela se lisait sur son visage, dans ses cheveux en bataille et dans ses muscles fins et tendus. La plupart de ces malheureuses étaient nues et les autres ne portaient pas grand-chose. Deux d'entre elles, à genoux, soutenaient une bassine. Deux autres tenaient un grand miroir. Une cinquième était menottée au mur, un foulard autour du cou. Kylar cessa de respirer.

Sérah Drake.

Comme les autres femmes, elle ne *ressemblait* pas à une statue, elle avait été *transformée* en statue. Kylar effleura son visage avec un petit sanglot. Il caressa les lèvres qu'il avait jadis embrassées. Elles étaient aussi souples que de la chair vivante, mais elles étaient froides. Il n'y avait pas la moindre lueur de vie dans ces yeux brillants. Son corps – tous ces corps – avait été figé par un sortilège et déposé dans cette pièce. Comme des œuvres d'art.

Kylar découvrit des traces violettes sous le foulard noué autour du cou. Il détourna les yeux. Il y avait deux façons de mourir par pendaison : soit on tombait assez vite pour que le choc brise la nuque, soit on étouffait peu à peu. Sérah n'avait pas eu droit à la solution miséricordieuse.

Kylar s'éloigna d'elle. Il découvrait de nouvelles horreurs où que ses yeux se posent. Des bracelets cachaient des poignets tailladés. Des chemises dissimulaient des cœurs transpercés. Les rares vêtements servaient à masquer les imperfections de la taxidermie. Ils habillaient des femmes qui s'étaient défenestrées. Leurs corps présentaient encore des déformations témoignant de la violence du choc contre les pavés de la cour.

Kylar tituba comme un homme ivre. Il avait besoin d'air. Il allait vomir. Il se précipita sur le grand balcon du Roi-dieu.

Elle était assise sur la rambarde en pierre, les pieds glissés entre les colonnes pour la maintenir en équilibre. Elle était penchée en arrière, nue. D'une main, elle tenait une chemise de nuit qui claquait dans le vent comme un drapeau. Mags.

Kylar hurla. Le Don suinta à travers sa rage et son cri se répercuta dans tout le château, résonna jusque dans les cours, loin en contrebas. Dans les pièces et les couloirs, gardes et serviteurs se figèrent. Kylar ne se rendit compte de rien. Il ne remarqua pas que le ka'kari recouvrait sa peau. Son visage horrifié disparut sous les traits du Jugement.

Il abattit les mains sur la rambarde en pierre et la pulvérisa à droite et à gauche de Mags. Il souleva la jeune fille et l'emporta dans la chambre. La sensation de sa peau si souple contre la sienne avait quelque chose d'obscène, mais ses membres étaient pétrifiés. Il la déposa sur le lit.

Il arracha les boulons qui maintenaient Sérah Drake contre le mur et l'allongea près de sa sœur. Tandis qu'il les couvrait d'un drap, il s'aperçut qu'une signature énergétique avait été apposée sur leur pied gauche. Comme si ces corps étaient de vulgaires statues. Trudana Jadwin.

Le regard de Vi passait de Kylar à la rambarde en pierre épaisse de quinze centimètres qu'il avait pulvérisée. Ses yeux écarquillés semblaient prêts à jaillir de leurs orbites.

—Putain de bordel de merde! murmura-t-elle. Kylar? C'est toi?

Il hocha la tête avec raideur. Il aurait voulu ôter le masque du Jugement, mais il ne le pouvait pas. Il allait en avoir besoin.

—Je suis allée voir dans les chambres des concubines, dit-elle. Il n'y est pas. Il doit déjà être dans la salle du trône.

Kylar sentit son estomac se retourner. Il tressaillit malgré lui.

—Qu'est-ce qui se passe? demanda Vi.

—De mauvais souvenirs. Qu'ils aillent au diable! Allons-y!

L'aube approchait. En tuant les deux gardes, ils avaient déclenché un compte à rebours. Quelqu'un allait venir pour vérifier que tout allait bien – sans doute au lever du soleil – et découvrirait les cadavres. Pis encore: le temps était aussi compté pour l'armée cénarienne. La bataille allait bientôt commencer et les mauvaises surprises allaient surgir. Si Kylar voulait que Logan devienne roi, il devait lui offrir la victoire. La mort de Garoth Ursuul démoraliserait l'ennemi.

Les deux pisse-culottes descendirent plusieurs couloirs d'un pas vif. Vi portait son uniforme de domestique; Kylar était invisible, mais il se précipitait d'une embrasure de porte à une autre comme s'il ne l'était pas, au cas où ils croiseraient des meisters. En entrant dans le dernier couloir, ils aperçurent six guerriers des hautes terres. Kylar n'en avait jamais vu de si grands. Le jeune homme se glissa derrière une statue et vit qu'ils étaient accompagnés par deux vürdmeisters. Curieux : ces hommes n'escortaient qu'une femme – sans doute une épouse ou une concubine du Roi-dieu. Elle était enveloppée de la tête aux pieds dans des robes et des voiles.

Kylar tira ses couteaux pour les tuer, mais Vi posa la main sur son bras. Il la regarda avec l'œil du Jugement et elle tressaillit. Elle avait pourtant raison. Une escarmouche ne ferait que les distraire de leur objectif et mettrait leur mission en péril. Rien n'empêcherait Kylar de tuer Garoth Ursuul.

Le jeune homme avait l'impression que son estomac se contorsionnait dans son ventre. Il ne ressentit pas le moindre soulagement lorsque le groupe tourna et disparut. Il avait descendu ce couloir avec Élène ct Uly le jour où il était mort pour la première fois.

Il se calma. Garoth Ursuul était plus puissant que son fils, mais Kylar avait développé ses pouvoirs depuis son affrontement avec Roth. Il se sentait plus sûr de lui. À l'époque, il n'était encore qu'un gamin voulant prouver qu'il était un homme. Aujourd'hui, il était adulte, il avait fait un choix en connaissant les risques encourus.

Il esquissa un sourire bravache.

—Alors, Vi. Tu es prête à tuer un dieu ?

CHAPITRE 66

Les six hommes – six mages parmi les plus puissants des Sa'seurans – se tenaient sur la crête d'une colline, au sud du champ de bataille. Il était impossible de deviner leur identité, car ils portaient tous des habits de marchands de leur pays respectif. Quatre étaient natifs d'Alitaera, un de Waeddryn et le dernier de Modaini. Leurs solides chevaux de bât transportaient même une quantité impressionnante d'articles divers et si leurs montures étaient un peu au-dessus de la moyenne, elles n'attiraient cependant pas l'attention. Le déguisement était irréprochable, mais l'allure de ces hommes les trahissait : ils foulaient le sol avec l'assurance de dieux.

— Le spectacle ne va pas être joli, dit le Modinien.

Antonius Wervel était petit et taillé comme un pot à tabac ; il avait un nez bulbeux et rubicond ; une mèche de cheveux bruns était rabattue avec soin sur son crâne chauve. Ainsi que le voulait la tradition de son peuple, il s'était maquillé avec du khôl. Il avait assombri et allongé ses cils, ce qui lui donnait un air sinistre.

— À ton avis, ils vont aligner combien de meisters ? demanda-t-il à un des jumeaux alitaerans.

Caedan, un jeune homme dégingandé, tressaillit. C'était le premier prophète du groupe et il était censé observer le déroulement des événements.

— Désolé, désolé. J'étais en train de… Ce ne seraient pas des femmes, là-bas ?

—Impossible!

—Mais si, dit le seigneur Lucius. (Il était le chef de l'expédition et le deuxième prophète.) Les Khalidoriens ont au moins dix meisters, sans doute vingt. Ils restent ensemble.

—Seigneur Lucius, dit Caedan d'une voix timide. Je crois qu'il y a six vürdmeisters par là, un peu plus loin, au milieu. On dirait qu'ils sont rassemblés autour de quelque chose, mais je ne parviens pas à identifier quoi.

Le pot à tabac laissa échapper un petit grognement méprisant.

—Combien de touchés combattent pour Cénaria ? demanda-t-il pour agacer les Alitaerans.

À Modai, ce terme désignait une personne possédant le Don, mais à Alitaera, c'était un synonyme de «fou».

Caedan répondit d'un air distrait :

—Il y a un homme et une femme dans les rangs cénariens. Ils ont tous deux étudié le Don. Ils sont ensemble. Il y en a d'autres, mais ils n'ont pas reçu de formation.

—Et parmi les pillards ceurans ?

—Je ne les ai pas vus depuis qu'ils ont franchi le coude de cette gorge.

Jaedan était furieux. C'était le jumeau du jeune prophète alitaeran et il avait donc les mêmes traits délicats et les mêmes cheveux noirs et flottants. Pourtant, ses pouvoirs étaient très différents de ceux de son frère.

—Comment peut-on être si idiot ? Nous avons tous vu que l'armée lae'knaughtienne approche par le sud. Cinq mille lanciers qui détestent les Khalidoriens plus que tout au monde ! Pourquoi les Cénariens n'attendent-ils pas leur arrivée ?

—Ils ignorent probablement qu'ils se dirigent par ici, dit le seigneur Lucius.

—Et rien ne prouve que ces lanciers veuillent leur prêter main-forte. Ils ont peut-être l'intention d'affronter le vainqueur de la bataille. Et Térah Graesin ne veut sûrement pas partager les lauriers de la victoire avec quiconque, suggéra Wervel.

Jaedan était révolté.

— On ne va quand même pas rester les bras croisés ? Par la Lumière ! les Cénariens vont se faire massacrer. Vingt meisters ! Nous pouvons nous en charger. Je suis prêt à en prendre trois ou quatre et je sais que chacun de vous peut faire aussi bien, voire mieux.

— Tu oublies notre mission, Childe Jaedan, dit le seigneur Lucius. On ne nous a pas envoyés ici pour participer à une guerre qui n'est pas la nôtre. Les Khalidoriens ne sont pas une menace pour nous…

— Les Khalidoriens sont une menace pour tout le monde ! protesta Jaedan.

— Silence !

Le jeune homme se tut, mais son visage ne se départit pas d'un air de défi.

La ligne de soldats cénariens se mit à avancer au petit pas et l'armée tout entière gagna de la vitesse. Elle faisait penser à une énorme bête.

Caedan tressaillit.

— Est-ce… Est-ce que vous l'avez ressenti ? demanda-t-il.

Wervel le regarda.

— De quoi parles-tu ?

— Je ne sais pas. Je… Je ne sais pas. C'était comme… une explosion ? Puis-je aller voir ce que font les Ceurans, seigneur Lucius ?

— Nous avons besoin que tu surveilles la bataille. Observe et apprends, Caedan. Nous avons une rare occasion de voir comment les Khalidoriens se battent. Observe, toi aussi, Jaedan.

L'armée khalidorienne était disposée en rangs espacés. Des archers se tenaient à côté de chaque guerrier. Ils avaient planté des flèches dans le sol de manière à les attraper très vite. En première ligne, des groupes de deux meisters étaient à cheval. Aux yeux des deux prophètes, ils étaient entourés d'un halo lumineux.

—Que vont-ils faire, Caedan ? demanda le seigneur Lucius.

—Le feu, seigneur ? Puis les éclairs ?

—Et pourquoi ?

—Pour que les Cénariens pissent dans leur froc ? Euh… Je veux dire : pour les démoraliser.

La ligne de soldats cénariens avançait toujours au petit pas. Ils étaient à six cents mètres de leurs adversaires. L'unité du général Agon s'était placée en tête. Quand elle se sépara, ce ne fut pas en deux ou trois groupes. Elle se déploya pour former une ligne fragmentée devant l'armée cénarienne.

—Mais quelle est donc cette tactique ? demanda un Alitaeran.

Les mages restèrent silencieux pendant un long moment. Agon n'espérait sûrement pas briser les rangs khalidoriens avec cette ligne misérable. En outre, sa manœuvre laissait un trou au centre du front cénarien. Le duc Wesseros ordonna à ses hommes de le combler.

—Du pur génie ! s'exclama Wervel. Il minimise ses pertes.

Pendant un certain temps, personne ne posa de question. S'il y avait une chose que les mages détestaient par-dessus tout, c'était de ne pas comprendre alors que quelqu'un avait trouvé la solution et donné un indice.

—Quoi ? demanda enfin Jaedan.

—Réfléchis comme un meister, Childe. Tu as assez de vir pour lancer quoi ? Cinq ? Dix boules de feu ? En règle générale, tu tues entre deux et cinq hommes par projectile, mais avec une ligne si espacée, tu n'en tueras qu'un – à supposer que tu parviennes à toucher quelqu'un. Agon tente un pari. Si la ligne principale tarde à soutenir la sienne, ses soldats vont se faire massacrer. Mais si les renforts interviennent en cinq à dix secondes, il aura épargné des dizaines de vies et annulé, euh… l'effet démoralisateur. On dirait que nous avons trouvé un général qui a compris comment affronter des meisters. En fin de compte, tout espoir n'est peut-être pas perdu pour Cénaria.

Parmi les troupes d'Agon, le groupe de femmes avançait en formant une ligne plus dense. Elles restaient à proximité de l'espèce de géant qui commandait la charge. À trois cents mètres de l'ennemi. Les Cénariens accélérèrent.

Les archers khalidoriens décochèrent leur première volée et deux mille flèches à l'empennage noir prirent leur envol. Pendant une seconde interminable, elles obscurcirent un ciel déjà morne et projetèrent une ombre sinistre sur l'aube naissante. Puis elles amorcèrent leur descente et leurs pointes barbelées s'enfoncèrent dans la terre, dans les armures ou dans la chair des chevaux et des hommes.

Les rangs dispersés sauvèrent des centaines de vies, mais, le long de la ligne cénarienne, de nombreux soldats s'effondrèrent dans les champs accidentés, fauchés en pleine course par la Mort. D'autres, un trait planté dans une jambe ou dans un bras, tombèrent et furent piétinés par leurs camarades et compatriotes. Des montures perdirent leur cavalier et continuèrent à charger pour suivre les autres chevaux. Des cavaliers perdirent leur monture et furent projetés au sol, percutant parfois des fantassins ; d'autres restèrent prisonniers de leurs étriers et furent écrasés par la masse de leur destrier.

L'armée khalidorienne se comporta comme seule une armée de vétérans peut le faire. Les archers décochèrent un maximum de traits en un minimum de temps puis, lorsqu'un drapeau se leva, ils attrapèrent les flèches restantes et se replièrent. Les rangs étaient impeccables et ils se glissèrent sans difficulté derrière les lanciers ou les guerriers qui les protégeraient des combats au corps à corps. Tandis qu'ils reculaient, d'autres soldats vinrent prendre leur place sans qu'il soit nécessaire de donner un ordre supplémentaire. La manœuvre n'avait rien d'original, mais elle fut exécutée avec une rapidité stupéfiante étant donné qu'une armée ennemie chargeait au pas de course.

Les meisters passèrent à l'action. Leur plan avait été déjoué. Certains lancèrent des boules de feu en direction des cavaliers cénariens, mais d'autres, espérant encore démoraliser les rebelles, firent pleuvoir un déluge de flammes sur le champ de bataille. Cette tactique, qui aurait dû briser et désorienter la ligne ennemie quelques secondes avant le choc crucial du corps à corps, ralentit à peine les Cénariens.

Les deux armées se percutèrent avec un bruit que les six mages, pourtant à bonne distance, entendirent distinctement. Des hommes et des chevaux s'empalèrent sur des lances tandis que leur élan les entraînait dans les rangs khalidoriens. D'autres s'écrasèrent contre des boucliers et renversèrent les guerriers qui les tenaient.

Malgré les ordres, les soldats ralentissent toujours une fraction de seconde avant le choc. L'idée de percuter un mur hérissé de lames et de pointes paralyse la plupart des hommes. Mais la première ligne cénarienne était en grande partie composée de vétérans et ceux-ci n'hésitèrent pas l'ombre d'un instant : ils se jetèrent contre les Khalidoriens au pas de course. Le spectacle fut aussi fascinant que terrifiant.

La première ligne cénarienne fut presque engloutie, mais la deuxième percuta l'ennemi à son tour. Le choc fit vibrer le front khalidorien qui recula de trois mètres.

Sur leurs montures, les meisters lançaient des éclairs et des boules de feu. Loin derrière les soldats cénariens, des archers à cheval longeaient la ligne de front. Ils s'arrêtaient parfois le temps de bander leur arc court et de décocher une flèche, puis repartaient aussitôt. À première vue, leurs tirs étaient voués à l'échec : comment pouvaient-ils espérer toucher une cible distante de trois ou quatre cents mètres avec un arc court ? Caedan se concentra sur eux une fois de plus. Aucun d'eux n'avait le Don, il en était certain. Pourtant, le mage eut la surprise de voir les meisters s'abattre les uns après les autres.

La ligne de front oscilla avant de se désintégrer en un millier d'affrontements individuels. Les chevaux se retournaient, piaffaient, ruaient et mordaient. Les meisters faisaient pleuvoir le feu, invoquaient des gourdins ou des épées magiques, tombaient de leurs montures transpercés par une flèche.

En l'espace de cinq minutes, dix-sept d'entre eux furent criblés de traits et la première ligne khalidorienne s'enfonça en son centre. Le géant cénarien qui avait conduit la première charge semblait galvaniser ses troupes. Les Cénariens le suivaient où qu'il aille. Il s'efforçait maintenant de percer la ligne ennemie.

Caedan marmonna un juron.

— Mais d'où viennent-ils, ceux-là ? demanda-t-il.

Les autres mages suivirent son regard. Au moins cinq cents guerriers des hautes terres khalidoriens se rangeaient tout autour du champ de bataille.

— Des cavernes, répondit Wervel. Que font-ils ?

Ils ne chargeaient pas. Cette attente les privait pourtant de l'effet de surprise, mais cela ne semblait pas les déranger. Ils se déployèrent et formèrent une ligne de plus en plus mince comme pour couper toute retraite aux Cénariens.

— Seigneur Lucius, dit Caedan. Je croyais qu'on encerclait l'ennemi seulement quand on disposait d'effectifs supérieurs en nombre.

Le seigneur Lucius était mal à l'aise. Il tourna la tête vers les lignes arrière de l'armée khalidorienne et regarda l'endroit où les sorciers khalidoriens s'étaient rassemblés.

— Quelle est cette chose enchaînée entre les vürdmeisters ?

— Ce ne serait quand même pas un…, commença un mage.

— Non ! C'est impossible ! Il ne s'agit que de légendes et de superstitions.

— Que Dieu ait pitié de nous, lâcha Wervel. Ce n'est ni une légende ni une superstition.

CHAPITRE 67

— Non, dit Vi. Je ne peux pas. (Kylar tourna le visage du Jugement vers elle.) Tu... Tu n'imagines pas comment il est. Tu n'as jamais regardé au fond de ses yeux. Quand tu y aperçois ton reflet, tu contemples ta propre déchéance. Kylar, je t'en prie.

Le jeune homme grinça des dents et tourna la tête. Il sembla faire un grand effort et le masque terrifiant fondit pour laisser place à son visage, mais ses yeux bleus restèrent de glace.

— Tu sais, mon maître s'est trompé à ton sujet. Il était là le jour où Hu Gibbet t'a présentée au Sa'kagué. Il m'a raconté comment tu avais mis une raclée à tes adversaires. Il m'a dit que si je ne faisais pas attention, tu deviendrais le meilleur pisse-culotte de notre génération. Il a dit que tu étais un prodige. Il a dit qu'il n'y avait pas cinq hommes dans tout le royaume capables de te battre. Mais personne n'a à te battre. Tu t'en es chargée toute seule. Durzo avait tort. Tu ne m'arrives même pas à la cheville.

— Va te faire foutre! Tu ne sais pas...

— Vi! C'est maintenant que tout se joue. Tu es avec moi ou pas, le reste n'est qu'un tissu de conneries.

Les yeux du jeune homme se rivèrent sur elle et elle se sentit changer. Elle éprouva de la colère envers elle, envers lui, et de nouveau envers elle. Elle n'avait jamais laissé quelqu'un ou quelque chose prendre le pas sur elle, mais elle ne pouvait pas abandonner Kylar. À cause de cet amour stupide et borné, elle était prête à sacrifier sa vie pour gagner son respect.

Elle n'avait pas le choix et cela l'agaçait d'autant plus. Pourtant, sa faiblesse à l'égard de Kylar lui donnait la force d'affronter celui qu'elle aurait dû craindre plus que tout au monde. Daenysos ! elle ne savait plus où elle en était.

— Soit ! cracha-t-elle. Tourne-toi !

— Tu veux me planter une dague dans le dos ? demanda-t-il en obéissant.

— Ta gueule ! espèce de sale connard de fils de pute !

Oh ! magnifique, Vi ! Tu as compris que tu l'aimais alors tu l'insultes. Parce qu'il t'a aidée à recouvrer ton courage.

Elle ôta sa robe de servante et enfila sa tunique de pisse-culotte. Voilà qu'elle se comportait comme une vraie midinette. Aaahhhh ! elle venait de ressentir huit émotions différentes en l'espace de trois secondes.

— Tu peux te retourner, dit-elle. Je suis désolée de… m'être déshabillée devant toi tout à l'heure. Je voulais juste…

Qu'avait-elle voulu faire ? L'impressionner ? Le séduire ? Voir le désir briller dans ses yeux froids ?

— … te choquer.

— Euh… Tu as réussi.

— Je sais. (Elle ne put retenir un sourire.) Tu ne ressembles à aucun des hommes que j'ai connus, Kylar. Tu as cette… cette innocence en toi. (Il se renfrogna.) Quand tu es avec moi, c'est vraiment… agréable. Je ne savais pas qu'un homme pouvait se conduire comme toi.

Mais qu'est-ce qu'elle racontait maintenant ?

— Tu me connais à peine, dit Kylar.

— Je… Merde ! je n'essaie pas de dresser une liste objective des raisons pour lesquelles tu es différent. J'ai juste cette impression.

Elle était énervée. Faisait-il exprès de ne pas comprendre ?

—Ah! et puis merde! laissa-t-elle tomber. Tu crois que ça pourrait marcher entre nous deux?

—*Quoi?*

Le ton de sa voix aurait dû la dissuader d'insister.

—Tu sais bien. Toi et moi. Nous deux.

L'incrédulité se peignit sur les traits du jeune homme et son expression confirma les craintes de Vi.

—Non, répondit-il. Je ne crois pas.

Non. Il la considérait comme une traînée.

Elle se tut.

—D'accord, dit-elle enfin. (*Putain un jour, putain toujours.*) D'accord. Bon! on a du pain sur la planche. J'ai un plan.

Kylar semblait vouloir dire quelque chose. Elle l'avait pris au dépourvu. Merde! qu'est-ce qu'elle avait espéré?

Daenysos! Il a regardé tes nibards, et alors? Il est gentil avec toi, et alors? Tu es toujours celle qui a tué son meilleur ami, celle qui a enlevé sa fille et qui a foutu sa famille en l'air. Putain! Vi, mais tu pensais à quoi?

—D'accord, répéta-t-elle avant qu'il puisse prendre la parole. Si nous passons par là, ils comprendront que c'est une attaque. Nous ne savons pas s'il y a des guerriers ou des sorciers à l'intérieur. Si je rentre seule pour annoncer, eh bien… ta mort, ils ne soupçonneront rien. En entrant par la porte des domestiques, tu pourras frapper quand bon te semblera. Dès que je verrai des Blafards s'effondrer – je préférerais autant que tu commences par Ursuul –, j'attaquerai à mon tour. Ça marche?

—Ton plan n'est pas terrible, mais je n'ai pas mieux à proposer. Juste une chose…

Il n'alla pas plus loin.

—Quoi?

Elle était impatiente de passer à l'action. Elle voulait mettre fin à cette conversation. Elle en avait assez de commettre bourde sur bourde.

—Vi, si Ursuul me tue… sors mon cadavre d'ici. Il ne faut pas qu'il tombe entre ses mains.

—Qu'est-ce que ça peut te faire ?

—Fais-le.

—POURQUOI ?

Elle passait ses nerfs sur lui maintenant. Parfait !

—Parce que je reviendrai d'entre les morts.

—Tu es malade.

Il fit apparaître une petite boule noire et brillante qui fondit et s'enroula autour de sa main qui disparut. Elle réapparut un moment plus tard et la sphère se reforma.

—Si Garoth Ursuul récupère ça, il s'empare de mes pouvoirs. De tous mes pouvoirs.

La jeune femme se renfrogna.

—Si nous en sortons vivants, tu vas avoir pas mal de questions auxquelles il te faudra répondre.

—D'accord, dit Kylar. Vi ? Je suis content de travailler avec toi.

Il n'attendit pas sa réponse. Il comprima la boule et disparut.

Vi se tourna vers l'autre extrémité du couloir et reprit son chemin. Elle ne rencontra aucune patrouille avant d'arriver devant les quatre soldats qui gardaient la salle du trône. Les Khalidoriens la dévorèrent des yeux, subjugués. Ils en oublièrent leurs armes et leurs regards s'attardèrent là où ils étaient censés s'attarder.

—Dites au Roi-dieu que Vi Sovari est venue chercher sa récompense.

—Le Roi-dieu ne doit pas être dérangé sauf cas…

—Je fais partie de ce cas, siffla Vi.

Elle se pencha en avant jusqu'à ce que les yeux de l'homme qui avait parlé plongent dans son corsage, puis elle lui souleva le menton avec la lame qui avait surgi dans sa main. Le garde déglutit avec peine.

— Bien, ma dame.

Il ouvrit les doubles portes.

— Dieu, notre dieu des royaumes des cieux, Votre Sainteté, Vi Sovari implore d'être reçue.

Il s'écarta et fit signe d'entrer à la jeune femme.

— Bonne chance, murmura-t-il avec un sourire contrit.

Le fils de pute! Et il ose se prétendre humain?

Dans le couloir, Kylar invoqua le ka'kari sur ses yeux. Il ne repéra aucun système d'alarme magique. Invisible, il s'avança vers la porte des domestiques. Les gonds étaient bien huilés.

Il entendit la voix du Roi-dieu:

— Entre, Viridiana. Cela faisait longtemps. Je craignais de devoir savourer seul la mort de dix mille rebelles.

Kylar entrouvrit le battant et se faufila à l'intérieur tout en admirant Vi dans sa tenue de pisse-culotte. Il se glissa derrière un énorme pilier qui soutenait le plafond. La porte par laquelle il était entré s'ouvrait à proximité de l'escalier de quatorze marches menant au trône. Ursuul était assis sur le siège royal taillé dans un bloc de verre volcanique noir.

Au centre de la gigantesque pièce, de petites silhouettes s'agitaient et se déplaçaient de conserve sur une plaine encadrée de montagnes. Kylar s'aperçut qu'il s'agissait de soldats miniatures qui s'alignaient aux lueurs de l'aube. Ce n'était pas une peinture ou une tapisserie, c'était une véritable bataille qui se préparait sous ses yeux. Le jeune homme parvint même à identifier les oriflammes des différents nobles. Quinze mille soldats minuscules suivaient…

Logan? Logan allait conduire la charge? C'était de la folie! Comment Agon pouvait-il laisser cette tâche au roi?

Les grandes portes se refermèrent derrière Vi et le Roi-dieu lui fit signe d'approcher. Kylar n'avait jamais vu Garoth Ursuul de près et il n'avait jamais entendu la description du monarque khalidorien. Il s'était attendu à découvrir un homme vieux et décrépit, boursouflé ou miné par une vie consacrée au mal, mais le Roi-dieu était en excellente santé. Il avait une cinquantaine d'années et en paraissait dix de moins; il avait le corps massif et la peau froide des Khalidoriens des hautes terres; ses bras étaient ceux d'un guerrier; son visage était lisse, avec une barbe noire et huilée; son crâne rasé brillait comme un diamant. Il ressemblait à un homme prêt à vous saluer de bon cœur, un homme avec une poigne ferme et des cals aux mains.

—Ne fais pas attention à la bataille, dit Garoth Ursuul. Tu peux passer à travers, cela ne perturbera pas la magie, mais fais vite. Les rebelles sont sur le point de charger. C'est le moment que j'attendais avec impatience.

Mais le Roi-dieu était bien différent à travers le ka'kari. Il ressemblait à un miasme. Un brouillard peuplé de visages déformés et hurlants flottait derrière lui. Il était entouré d'une aura de meurtre si épaisse qu'il devenait impossible de distinguer ses traits. Des lambeaux de traîtrises, de viols et de tortures perpétrés avec désinvolture s'enroulaient autour de ses membres. Le vir l'enveloppait comme un nuage de fumée verdâtre et toxique. Il était si puissant qu'il s'infiltrait dans les moindres recoins de la salle. Il se nourrissait des ténèbres tout en les alimentant.

Derrière le pilier, Kylar remarqua un petit groupe de personnages minuscules qui s'affrontaient à un mètre de lui. À l'écart du champ de bataille, quatre cavaliers khalidoriens chargeaient un colosse.

Mais le géant ne se laissa pas faire et il tua trois de ses adversaires en quelques secondes. Kylar lui trouva quelque chose de familier.

Feir Cousat!

Au lieu de chercher un moyen de se déplacer en toute discrétion, le jeune homme resta hypnotisé par la scène silencieuse qui se déroulait à quelques centimètres de lui. Le chef d'un groupe de Ceurans bondit en avant. Feir tira une épée qui ressemblait à un ruban de flammes. Les guerriers étaient abasourdis. Feir et son adversaire luttèrent pendant une demi-seconde. Leurs armes se croisèrent et il y eut un éclair aveuglant. Le Ceuran réapparut avec l'épée de feu.

— Qu'est-ce que c'est que ça? s'exclama le Roi-dieu.

— Quoi? demanda Vi.

— Écarte-toi, femme!

Feir s'agenouilla devant le Ceuran.

Feir? S'agenouiller devant quelqu'un?

La scène pivota et les lignes khalidoriennes se retrouvèrent au pied de l'escalier menant au trône, les lignes cénariennes près des grandes portes.

Garoth grogna.

— De simples pillards.

Kylar rassembla un fragment du ka'kari au bout de ses doigts et le transforma en griffes. Il les essaya contre le pilier. Elles s'enfoncèrent dans la pierre comme dans une motte de beurre. Il limita l'afflux de magie afin d'émousser une partie de leur tranchant. Il allait s'amuser.

Il secoua la tête. Selon toute apparence, le Dévoreur ne connaissait aucune limite et Kylar était d'autant plus conscient des siennes.

Il concentra une parcelle du Dévoreur dans ses pieds et entreprit d'escalader le pilier. Une minuscule volute de fumée apparaissait dans un sifflement ténu dès que le ka'kari entrait en contact avec la pierre, mais il grimpa aussi facilement que sur une échelle. Il atteignit le sommet, quinze mètres plus haut, en quelques secondes.

Il consacra un certain temps à reconfigurer ses griffes et resta accroché au plafond comme une araignée. Son cœur se serra. Il avança pour se placer au-dessus du trône. Son corps était protégé par une arche et seule sa tête aurait été repérable si elle n'avait pas été invisible.

Le Roi-dieu poursuivit ses commentaires à l'intention de Vi.

— Non, dit-il, je ne sais pas pourquoi les Cénariens adoptent cette formation. Ils me paraissent bien vulnérables ainsi.

Kylar observa le champ de bataille la tête en bas. La première ligne cénarienne se jeta sur les Khalidoriens. Elle était très espacée et le jeune homme se demanda si c'était le fait des archers ennemis. Par chance, la deuxième vague d'assaut vint la renforcer quelques secondes plus tard.

Le Roi-dieu lâcha un juron.

— Maudits soient-ils! Une manœuvre brillante! très brillante!

— Que se passe-t-il? demanda Vi.

— Sais-tu pourquoi j'ai organisé tout ceci, Vi?

Le cœur battant, Kylar lâcha le plafond et resta suspendu par les pieds, comme une chauve-souris. Il tira ses dagues. Garoth Ursuul se plaça juste en dessous de lui.

Le jeune homme ne ressentait pas de peur, il était calme et sûr de lui. Il se laissa tomber.

Dans le brouillard qui entourait le Roi-dieu, un visage déformé se retourna et hurla. Des pointes de vir vert-noir jaillirent dans toutes les directions. Elles explosèrent dès que Kylar en frappa une.

La déflagration dévia le jeune homme de sa course. Il manqua sa réception et roula en bas des deux volées de marches. Il s'immobilisa au pied de la première, la tête résonnant comme un tambour. Il essaya de se relever et retomba aussitôt.

— Je l'ai organisé parce qu'il faut bien qu'un dieu s'amuse, lui aussi. N'est-ce pas, Kylar?

Un sourire carnassier se dessina sur les lèvres de Garoth Ursuul. L'apparition de Kylar ne l'avait pas surpris.

— Tu as donc fait ce que tu avais promis de faire, Vi. Tu as tué Jarl et tu m'as ramené Kylar.

Comment Kylar avait-il pu lui faire confiance? Comment avait-il pu être si idiot? C'était la seconde fois qu'il entrait dans cette salle pour se jeter dans un piège. Curieusement, il se sentait calme. Il avait l'impression d'être un prédateur prêt à fondre sur sa proie. Il n'avait pas parcouru tout ce chemin pour échouer. Son destin était de tuer Garoth Ursuul.

— Je ne t'ai pas trahi, Kylar, lâcha Vi d'une petite voix désespérée.

— Sans blague? Il t'a lancé un sort pour t'y obliger? Je t'ai accordé une chance, Vi. Tu avais l'occasion de changer.

— Elle ne t'a pas trahi, déclara le Roi-dieu. Tu t'es trahi tout seul.

Il sortit deux diamants de la taille de l'ongle du pouce : les pierres placées à chaque extrémité de la colonne vertébrale du monstre de la caverne.

— Qui aurait la force et la rapidité pour arracher cela, sinon un pisse-culotte? Et qui aurait pu survivre à la magie, sinon le porteur du ka'kari noir? Je sais depuis une heure que tu es dans ces murs.

— Et quelle sera la récompense de Vi?

— Pourquoi? Tu veux que je la tue, elle aussi?

Kylar se renfrogna.

— J'en avais envie, jusqu'à ce que vous éclaircissiez ma lanterne.

Le Roi-dieu éclata de rire.

— Tu es orphelin, n'est-ce pas, Kylar?

—Non.

Le jeune homme se releva. Il recouvrait peu à peu ses esprits et il avait l'impression que ses hématomes se résorbaient.

—Oh! oui. Les Drake. Magdalyn m'a raconté. Elle croyait que tu la sauverais. Quelle tristesse! Tu as tué Hu Gibbet et cela m'a tellement agacé que j'ai tué cette malheureuse.

—Menteur.

—Tu as tué Hu? s'écria Vi.

Elle était abasourdie.

—T'es-tu déjà demandé qui était ton véritable père, Kylar?

—Non.

Le jeune homme essaya de bouger, mais de puissants liens magiques l'immobilisaient. Il les examina : ils étaient identiques et de conception fort simple. Le ka'kari n'aurait aucun mal à les dévorer.

Vas-y! continue à sourire, espèce d'enculé!

Garoth esquissa un rictus amusé.

—Ce n'est pas par hasard que je savais que tu viendrais. Ce n'est pas par hasard que tu possèdes un Don extraordinaire. Je suis ton père.

—Quoi?

—Ha! je plaisantais. (Le Roi-dieu rit de nouveau.) Mais je manque à tous mes devoirs d'hôte. Tu es venu ici pour livrer un combat de légende, n'est-ce pas?

—Je crois bien

Garoth semblait ravi.

—Je ferais peut-être bien de m'échauffer, moi aussi. Alors Kylar, que dirais-tu d'affronter un férali?

—Est-ce que j'ai le choix?

—Non.

—Eh bien! eh bien! mais c'est une excellente idée! J'ai toujours rêvé d'affronter un férali, mon vieux Garo!

—Garo, répéta le Roi-dieu. Voilà bien trente ans que personne ne m'avait appelé ainsi. Mais avant de commencer… (Il se tourna.) Il est temps de faire un choix, Vi. Si tu me sers de ton plein gré, je te récompenserai. J'aimerais qu'il en soit ainsi, mais, de toute manière, tu m'obéiras. Tu es enchaînée à moi. La contrainte t'interdira de me faire le moindre mal et elle t'obligera à me défendre jusqu'à ton dernier souffle.

—Je ne vous obéirai jamais!

—Comme tu veux. Tu devrais peut-être t'éloigner un peu. Laisse aux hommes le soin de se battre.

—Allez vous faire foutre!

—J'ai plutôt l'impression que ce sera le contraire, ma petite.

Garoth fit un geste. Une porte s'ouvrit derrière lui.

—Tatts, viens donc te joindre à nous.

Le férali entra en traînant les pieds. Il avait désormais la forme d'un géant et les tatouages étaient encore visibles sur sa peau grumeleuse. Malgré sa taille – au moins trois mètres – et l'épaisseur de ses membres, il n'était plus aussi imposant qu'une heure plus tôt. Le visage du monstre était trop humain. On y lisait de la honte.

—Cela ira mieux dans un petit instant, dit le Roi-dieu.

Il posa les diamants sur la colonne vertébrale du férali. La créature laissa échapper un cri qui n'avait plus rien d'humain, mais elle resta immobile. Garoth ne lui prêta plus attention. Il se tourna vers Kylar.

—Sais-tu pourquoi tu n'as jamais entendu parler des féralis? Parce qu'ils reviennent très cher. D'abord, il faut des diamants pour les contrôler – mais tu t'en étais déjà rendu compte, n'est-ce pas? Ensuite, il est indispensable de torturer un homme jusqu'à ce qu'il ne soit plus qu'une boule de haine.

Il faut généralement sacrifier plusieurs centaines de victimes avant de trouver la personne idéale. Mais ce n'est pas tout. La magie nécessaire à la création d'une telle créature dépasse celle que peut fournir un Roi-dieu. Il faut l'intervention directe de Khali et cette intervention a un prix.

— Quelque chose m'échappe, dit Kylar.

Il examina le monstre. Sa masse était énorme et il était capable de changer de forme très vite. Il ne faudrait pas l'oublier pendant le combat.

— Moburu et Tenser étaient dans ton cas, mais ils ont compris maintenant. Je leur ai fait payer le prix. Khali se nourrit de souffrances et nous lui dédions donc les cruautés que nous imaginons. En échange, elle nous donne le vir. Pour obtenir plus de pouvoir, il faut lui offrir davantage.

» Lorsque je me battais contre mes frères, elle a proposé de m'aider à créer un férali si j'acceptais d'accueillir un Étranger. Est-ce que tu en as déjà entendu parler ? Mon premier se nommait Fierté. Le prix demandé était somme toute assez modeste pour accéder au rang de dieu. Par malheur, Khali ne m'avait pas averti qu'un férali s'autodévore lorsqu'on ne lui donne pas à manger. Je n'en ai pas créé d'autre avant la trahison de mon fils, Dorian. Désir se révéla un compagnon encore plus odieux que son prédécesseur. Ainsi que Vi en a fait l'expérience, les appétits d'une personne deviennent de plus en plus… exotiques. Un moment, je te prie. On dirait que cette ligne est mal en point, non ? (Sur le champ de bataille miniature, Logan s'enfonçait dans les rangs khalidoriens qui menaçaient de céder.) Hmm ! c'est plus rapide que je m'y attendais.

Il attrapa un bâton qui clignota dans sa main. De chaque côté du champ de bataille, des milliers de guerriers khalidoriens surgirent de cavernes et se rassemblèrent sur les flancs de l'armée cénarienne. D'autres allèrent renforcer les lignes qui menaçaient de céder.

Garoth n'essayait pas de remporter cette bataille. Il voulait juste encercler les Cénariens pour que le férali de Moburu les massacre. Kylar sentit la nausée monter en lui. À quoi ressemblerait la créature après avoir fait des milliers de victimes ?

— Il faudra quelques minutes avant que tout le monde soit en place, dit Garoth. Où en étais-je ?

— Au combat à mort, il me semble, répondit Kylar.

— Oh ! non, non, non !

Garoth monta l'escalier et s'assit sur le trône en verre volcanique. Kylar le vit placer des barrières magiques autour de lui.

— Laissés à eux-mêmes, les féralis sont des créatures presque idiotes, mais il est possible de les posséder – c'est la beauté de la chose. Dis-moi, cela ne t'amuse pas ?

— Ça m'amuserait beaucoup plus si je pouvais bouger, répondit le jeune homme.

— Sais-tu pourquoi je me suis donné tant de mal pour t'amener ici ?

— Pour savourer mes fines reparties ?

— Ton Dévoreur a un autre nom. On l'appelle parfois le Pourvoyeur. Il guérit n'importe quelle blessure tant que son propriétaire n'est pas mort, n'est-ce pas ?

— Il ne vous servira à rien.

— Oh ! que si ! Je sais comment briser le lien qui vous unit. Il y a une tumeur qui grossit sur mon cerveau et elle me tue à petit feu. Tu m'as apporté le seul remède qui peut encore me sauver.

— Ah ! le ka'kari pourrait sans doute guérir la tumeur, mais question orgueil, je crois qu'il n'y a plus d'espoir.

Les yeux du Roi-dieu brillèrent.

— Comme c'est amusant! Approche donc. L'Ange de la Nuit ne sera bientôt plus qu'un souvenir.

— Un souvenir? dit Kylar. Je n'ai même pas commencé de m'échauffer.

CHAPITRE 68

Les entraves magiques se volatilisèrent et Vi commença de se battre. Elle jurait à voix basse pour invoquer son Don, mais elle n'était pas en colère. Elle s'était toujours considérée comme une putain froide et sans cœur. Elle s'était approprié cette identité pour avoir la force d'affronter le vide de la nuit et pour supporter son âme meurtrie. Elle souffrait depuis si longtemps qu'elle ne se rappelait pas avoir déjà éprouvé du bien-être. Lorsqu'elle avait déclaré – avec un peu trop d'emphase, peut-être – qu'elle n'obéirait jamais au Roi-dieu, elle avait eu l'impression de poser la première pierre de sa nouvelle personnalité.

Elle se battait maintenant pour quelque chose. Non, pour quelqu'un. C'était la première fois qu'elle agissait sans espoir de récompense ni arrière-pensée.

Le férali se voûta et ses os se déplacèrent sous sa peau. Le temps que Vi invoque son bouclier magique, il s'était transformé en créature avec un corps de puma, un torse et une tête d'homme. Il était plus petit, ses quatre pattes le rendaient plus mobile et ses membres humains lui permettaient d'utiliser une arme. Il attrapa une lance et chargea Kylar qui se précipita derrière un pilier.

Vi grimpa les marches quatre à quatre pour attaquer le Roi-dieu. Il allait bientôt comprendre que la contrainte avait été dissoute. Que Kylar affronte le monstre ! Elle allait s'occuper de son maître.

Elle s'apprêtait à frapper lorsqu'elle heurta la barrière qui entourait Garoth Ursuul comme une bulle large de six mètres. Elle eut l'impression de percuter un mur. Elle fut sans doute propulsée en arrière, car elle se retrouva soudain étendue au milieu des marches. Elle avait le nez en sang et sa tête résonnait comme une cloche. Elle regarda Kylar en clignant des yeux.

Le jeune homme était un combattant exceptionnel. Le férali leva son arme et chargea. Kylar attendit le dernier moment avant de se jeter en avant. Ses couteaux étincelèrent lorsqu'il bondit par-dessus le monstre. La pointe de la lance le frôla, mais ne le toucha pas. Kylar ne se contenta pas d'esquiver. Il ne toucha même pas terre, il tendit le bras et ses doigts s'enfoncèrent dans un pilier avec un petit nuage de fumée. Son élan lui fit faire le tour de la colonne de pierre et il repassa au-dessus du férali qui se tournait pour attaquer de nouveau. Ses lames étincelèrent une fois de plus.

Kylar atterrit en position accroupie, une main par terre, l'autre sur la poignée de l'épée accrochée dans son dos. Le férali s'immobilisa. De larges plaies zébraient un avant-bras, une épaule et les hanches de puma. Le sang jaillissait à flots, trop rouge, trop humain. Mais Vi remarqua que les blessures cicatrisaient déjà. Le férali lança son arme en direction de son adversaire. Le jeune homme la para d'un geste alors que le monstre chargeait une fois de plus.

Le bras du férali s'abattit tandis que Kylar bondissait vers un mur. En une fraction de seconde, le membre s'allongea au fur et à mesure que de nouveaux os venaient se mettre en place. Une énorme griffe en forme de lame de faux fendit l'air. Kylar prit appui sur la paroi et se précipita au-devant du coup. Le choc le projeta à terre.

La faux se détacha du bras et fila vers le pisse-culotte en rebondissant sur les dalles. Vi songea que le jeune homme était certainement mort, mais Kylar tira son épée et bloqua la griffe. Le férali semblait abasourdi. Sa patte avant gauche pendait, toute molle. Il n'y avait plus d'os pour la soutenir. La créature se ratatina sur elle-même et se transforma en énorme chat.

La jeune femme se ressaisit. Elle hurla et se rua sur le monstre avant qu'il reparte à l'attaque. Le félin se tourna vers elle. Vi virevolta à la limite de griffes aussi solides que des lames en acier. Kylar se releva, mais il était encore étourdi et chancelait. Le férali s'écarta soudain de Vi et son ventre se posa sur la faux qui gisait par terre.

Elle fut absorbée en une seconde. La morphologie de la créature changea et le férali se redressa sur les pattes arrière pour prendre l'apparence d'un géant musclé avec des épées en os à la place des bras. Il sembla trouver cette forme plus confortable. Il était désormais plus rapide qu'un être humain et sa peau était couverte de plaques cartilagineuses.

Les deux pisse-culottes attaquèrent en même temps. Kylar accomplit des acrobaties aériennes que Vi ne parvenait même pas à suivre. Il bondissait entre les piliers et les murs tandis que ses griffes creusaient de profonds sillons dans la chair du férali. Il retombait toujours sur ses pieds, comme un chat. La jeune femme était moins forte que lui, même en invoquant son Don, mais elle était rapide. Le monstre changea de forme une fois de plus et se transforma en petit homme tenant une longue chaîne vivante. L'appendice fouetta l'air et fila vers les piliers. Le férali espérait que les gueules minuscules parviendraient à saisir un des deux pisse-culottes. Un maillon accrocha la manche de Kylar au milieu d'un de ses bonds. Le jeune homme perdit l'équilibre et heurta le sol avec violence. Le férali le tira vers lui. Vi abattit son épée. La lame frôla le bras de Kylar et trancha le tissu. Le pisse-culotte ne prit pas le temps de souffler. Il se releva et repartit à l'attaque.

Le férali avait maintenant l'aspect d'un géant. Il maniait un gigantesque marteau d'armes qu'il abattait autour de lui en faisant voler les dalles de marbre en éclats. Kylar et Vi traversèrent le champ de bataille miniature en se battant avec la même énergie que les minuscules soldats.

Petit à petit, ils cessèrent de combattre côte à côte pour combattre ensemble. En découvrant les talents de Kylar, Vi apprit à compter sur son soutien. Ils étaient des guerriers, ils étaient des pisse-culottes, ils se comprenaient. Pour Vi, qui avait toujours eu du mal à s'exprimer, il n'y avait pas de place pour le mensonge pendant une bataille.

Les deux jeunes gens combattirent comme les deux mains d'une même personne. Ils bondissaient, se croisaient en plein vol et se poussaient pour changer de direction avant que le monstre ait le temps de réagir. Ils se protégeaient l'un l'autre et se sauvèrent la vie à plusieurs reprises. Kylar trancha l'extrémité d'une massue en os que Vi n'aurait pas pu éviter.

— *Graakos*, lança la jeune femme.

Pour elle, ce fut un moment divin. Elle n'avait jamais communié avec quelqu'un, elle n'avait jamais accordé une telle confiance à personne. Un million de mots n'auraient pas suffi à exprimer tout ce qu'elle avait appris sur Kylar pendant cette bataille, à travers cette bataille. Seul un miracle pouvait expliquer le naturel de cette parfaite harmonie.

Pourtant, Vi sentit le désespoir monter en elle. Ils avaient infligé cent, deux cents blessures au férali ; ils avaient frappé aux yeux, à la bouche ; ils avaient tranché plusieurs parties de son corps et fait couler des litres de sang ; ils avaient réduit la masse de la créature de plusieurs kilos… sans résultat. Ils frappaient et le férali guérissait. Eux, par contre, ne pouvaient pas se permettre la moindre erreur. Si la peau constellée de gueules les effleurait, ils étaient morts.

Je peux aussi trancher.

Kylar atterrit à côté d'un pilier et s'arrêta. Il regarda les runes bleutées que le ka'kari venait de tracer sur son bras.

—Tu quoi? demanda-t-il.

—Je n'ai rien dit, répliqua Vi sans tourner la tête.

Elle avait les yeux braqués sur l'énorme araignée qui crachait devant elle.

—Mais que je suis con! s'exclama Kylar en tombant à genoux. A-t-on déjà vu pareil crétin?

—*S'agit-il d'une question rhétorique?*

Dans la main du jeune homme, le ka'kari se transforma en liquide noir et glissa le long de la lame de Kylar avant de se solidifier en une mince pellicule. Kylar porta un coup de taille et les pattes de l'araignée s'envolèrent. Il eut l'impression de frapper un corps dépourvu d'os, de trancher une motte de beurre.

Il bondit en arrière tandis que le férali récupérait ses membres. Pourtant, cette fois-ci, aucune nouvelle patte ne poussa sur les moignons qui saignaient et fumaient. Le monstre se retransforma en géant avec des lames en guise de bras, mais les blessures s'étalaient maintenant sur son torse. Elles saignaient et fumaient toujours. Le férali rugit et se jeta sur Kylar.

Le jeune homme trancha ses deux bras-épées, puis porta un coup d'estoc et enfonça sa lame dans la poitrine de la créature. D'un geste sec, il fendit la chair jusqu'à l'aine. Des tourbillons de fumée et des flots de sang jaillirent. Kylar libéra son arme en élargissant la plaie.

Il remarqua – mais trop tard – que la peau du monstre s'écartait de la lame, comme la surface d'un étang quand une pierre s'y enfonce. Sa chair se propulsa en avant et engloutit la main du pisse-culotte.

Kylar se jeta en arrière. Le férali, affaibli, tituba et tomba vers son adversaire sans le lâcher. De nouvelles volutes de fumée s'échappèrent tandis que le jeune homme frappait sans relâche avec son épée, mais son bras resta prisonnier de la gangue de chair.

Il voulut attraper une dague, mais il les avait toutes lancées au cours de la bataille.

— Vi ! cria-t-il. Coupe-moi la main ! (Elle hésita.) Je te dis de la couper !

Mais la jeune femme en était incapable.

La peau s'étira de nouveau et remonta le long du bras.

Kylar poussa un cri et se tortilla. Il fit apparaître une lame sur le tranchant de sa main gauche et il se coupa la main droite. Libéré du férali à l'agonie, il s'effondra en arrière.

Il étreignit son moignon sanglant. Un instant plus tard, du métal noir brilla dans chacune de ses veines et l'hémorragie cessa. Une croûte sombre recouvrit la plaie et le jeune homme regarda Vi d'un air abasourdi.

Trois mètres plus loin, le corps du férali se liquéfiait et se décomposait tandis que les trames magiques se dénouaient. La peau garnie de gueules ondula et s'évapora. Il ne resta bientôt plus que des lambeaux puants de chair, des tendons et des os.

— Très impressionnant, Kylar, dit le Roi-dieu. Tu m'as montré certains pouvoirs du ka'kari que j'ignorais. Ce fut très instructif. Quant à toi, Vi, tu feras un serviteur dévoué – et pas seulement au lit.

Quelque chose se brisa dans l'esprit de la jeune femme. Elle avait beaucoup changé au cours des deux jours précédents. Une nouvelle Vi se battait pour obtenir le droit de naître. Pourtant, le Roi-dieu venait d'affirmer que tout resterait comme par le passé. La nouvelle Vi serait mort-née. Elle redeviendrait une catin. Elle redeviendrait une salope dure et impitoyable. Elle avait supporté l'insupportable parce qu'elle avait toujours cru que c'était son destin, mais elle avait découvert qu'elle pouvait devenir quelqu'un qu'elle ne détestait pas. Il était hors de question de revenir en arrière.

— Mets-toi une bonne chose dans ton crâne pourri, Garo, dit-elle en sentant les liens magiques se serrer autour d'elle et de Kylar. Je ne t'obéirai plus jamais.

Garoth Ursuul sourit avec la compassion d'un dieu.

— Les filles fougueuses me font toujours bander.

— Kylar ! dit Vi. Reprends-toi ! Il faut que tu m'aides à tuer ce malade !

Le Roi-dieu éclata de rire.

— La force des contraintes varie selon la cible, Vi, et les soins des Nile auraient pu dissiper la plupart d'entre elles. Laisse-moi te raconter une histoire. Il y a dix-neuf ans, j'ai séduit une traînée ceurane au cours d'un voyage diplomatique. J'ai envoyé des hommes la chercher lorsque j'ai découvert qu'elle était enceinte, mais elle s'est enfuie avant leur arrivée. Quand j'ai appris qu'elle n'avait pas donné naissance à un garçon, je l'ai oubliée. En général, je demande à mes fils de noyer leurs sœurs – c'est un bon exercice pour les endurcir. Mais je n'allais pas me donner tant de mal pour retrouver une fille. Les contraintes, Vi, ne fonctionnent que sur un membre de la famille – et pas toujours sur les garçons. Tu…

— Vous n'êtes pas mon père ! s'écria Vi. Vous n'êtes qu'un malade qui va bientôt crever ! Kylar !

— Allons, Vi, ne versons pas dans le mélodramatique, poursuivit Garoth Ursuul. À mes yeux, tu ne représentes que cinq minutes de plaisir et quelques gouttes de sperme. Non ! En fait, ce n'est pas vrai. Tu es une pisse-culotte en qui je peux avoir confiance. Tu ne me désobéiras jamais, tu ne me trahiras jamais.

La terreur étreignit la jeune femme plus fort que les liens magiques. Elle voyait ses options disparaître les unes après les autres.

Kylar s'agita et ses yeux redevinrent brillants. Il regarda Vi et haussa les sourcils plusieurs fois de suite comme s'il cherchait à l'amuser et à la séduire. Cette sollicitude ridicule brisa la paralysie de Vi.

Ensemble ? demandèrent les yeux bleus du jeune homme.

Ceux de Vi lui répondirent avec une joie féroce et désespérée qui se passait de traduction.

— Occupe-le, souffla Kylar. Je me charge de lui.

Il sourit et Vi sentit ses derniers lambeaux de peur se volatiliser. Elle avait vu un véritable sourire, sans la moindre trace de désespoir. Les yeux du jeune homme n'exprimaient aucun doute. Tous les obstacles qui apparaîtraient sur son chemin – liens magiques ou perte d'un membre – ne feraient que pimenter sa victoire. Son destin était d'abattre le Roi-dieu.

— Tu ne me laisses pas le choix, déclara Garoth Ursuul. (Il fit la moue.) Tue-le, ma fille !

Le ka'kari s'ouvrit et dévora les entraves qui retenaient les deux pisse-culottes. Vi exécuta aussitôt une figure de gymnastique impressionnante.

Et tout s'arrêta…

Sa volonté fut annihilée. Elle se vit bondir en l'air et s'envoler vers le Roi-dieu. Elle vit sa lame s'abattre sur lui tandis que son visage se tordait de peur. Ses barrières de protection magiques avaient disparu. Vi comprit qu'elle avait vaincu la contrainte…

Mais c'était juste son imagination.

L'impact arrêta son bras. Son poignet se plia pour que le coup de taille horizontal lacère la chair jusqu'au cœur. Tout disparut. Elle se retrouva dans le brouillard.

Elle recouvra enfin le contrôle de son corps et reprit conscience. Ses doigts se détendirent peu à peu sur la poignée de sa dague préférée. Kylar s'effondra avec une lenteur insupportable. L'arme de Vi était plantée dans son dos.

Les cheveux noirs du jeune homme ondulèrent dans l'air tandis que sa tête partait en arrière sous la violence du coup. Ce fut seulement lorsqu'il heurta le sol que Vi comprit qu'il était mort. Elle venait de le tuer.

— Ma fille, déclara Garoth Ursuul, tu sais maintenant ce qu'est une contrainte.

Chapitre 69

Kylar traversa le brouillard en courant. Un étrange instant passa, comme si le temps s'écoulait sur un rythme différent, et il se retrouva dans la pièce floue. Devant lui se tenait l'homme qui ressemblait à un loup, avec ses cheveux gris et sa mèche blanche sur une tempe.

—Deux jours, c'est trop long, dit Kylar. Il faut que je revienne à la vie tout de suite.

—Impertinent la dernière fois, exigeant aujourd'hui, lâcha le Loup.

Il inclina la tête comme s'il écoutait quelque chose. Le jeune homme sentit la présence des êtres mystérieux. Il ne les voyait pas, mais il était certain qu'ils étaient là. Ne distinguait-il pas quelque chose aujourd'hui?

—Oui, oui, dit le Loup en s'adressant à quelqu'un d'invisible.

—Qui sont-ils? demanda le jeune homme.

—L'immortalité est un royaume solitaire, Kylar. La folie ne l'est pas nécessairement.

—La folie?

—Je te présente les innombrables produits de mon imagination, des êtres inspirés par les grands personnages que j'ai rencontrés au cours des années. Ce ne sont pas des fantômes, juste des imitations, j'en ai peur.

Il hocha la tête et gloussa.

— S'ils ne sont pas réels, pourquoi parlez-vous avec eux et non pas avec moi ?

Kylar était furieux. Cette fois-ci, il ne se contenterait pas de réprimandes et de propos obscurs.

— J'ai besoin de votre aide. Maintenant.

— Au cours des siècles à venir, tu t'apercevras que le sentiment d'urgence est très relatif.

— Ça sera difficile si Garoth Ursuul s'empare de mon immortalité.

Le Loup joignit les doigts.

— Pauvre Garoth ! Il se prend pour un dieu. Cela causera sa perte, comme cela a causé la mienne.

— Encore une chose, dit Kylar. Je veux récupérer mon bras.

— J'ai remarqué que tu étais parvenu à le perdre. Tu as extrait le ka'kari de toutes les cellules de ce membre avant de le trancher, était-ce intentionnel ?

— Je ne voulais pas que le férali en récupère une partie.

Des cellules ?

— C'était une bonne idée, mais tu n'aurais pas dû le faire. As-tu oublié comment on surnomme ton ka'kari ?

— Le Dévoreur. Et alors ? (Le Loup fit la moue et attendit.) Vous plaisantez ?

Kylar sentit la nausée monter en lui.

— Je crains que non. Tu n'avais pas besoin de te battre. Ce que le Dévoreur a fait en recouvrant la lame de ton épée, il aurait pu le faire en recouvrant ton corps. Il te suffisait de traverser le férali.

— Comme ça ?

— Comme ça. Mais tu as tranché ton bras – et tu en as extrait le ka'kari avant. Je crains qu'il ne repousse pas. Désolé. J'espère que tu sais te battre de la main gauche.

— Allez vous faire foutre ! Je dois retourner là-bas ou Ursuul va gagner.

Le Loup esquissa un sourire carnassier comme si cette histoire l'amusait au plus haut point.

— Si je te renvoyais sans attendre, cela aurait un prix. (Il leva les yeux.) Cela me coûterait trois ans et vingt-sept jours de ma vie. Tu joues les riches qui dépouillent les pauvres, tu ne crois pas, immortel ? (Il leva son moignon brûlé avant que Kylar ait le temps de l'insulter.) J'accéderai à ta requête si tu me fais une promesse. Il existe une épée du nom de Curoch. Je te mentirais si je te cachais que de nombreuses et puissantes factions cherchent à s'en emparer. As-tu entendu parler de Torras Bend ?

— Torras Bend ?

— C'est ça. Récupère l'épée et rends-toi là-bas. Entre dans le bois et traverse le bosquet de chênes. Arrête-toi à une cinquantaine de mètres de l'orée de la vieille forêt et jette Curoch.

— Est-ce que c'est l'endroit où vous vivez ?

— Oh ! pas moi ! Mais une créature vit là-bas, en effet. Elle protégera Curoch de la convoitise des hommes. Si tu acceptes, je te renverrai sur-le-champ et je régénérerai ton bras une fois cette tâche accomplie.

— Qui êtes-vous ?

— Je suis un des gentils – enfin, dans la mesure du possible. (Ses yeux dorés semblaient danser.) Mais je veux que tu comprennes une chose qu'Acaelus n'a jamais comprise : je ne suis pas un homme…

Il s'interrompit et sourit. Kylar se demanda quelle quantité d'humanité se cachait derrière ces yeux de prédateur.

— … qu'on peut contrarier à la légère.

— J'avais cru deviner.

— Et ce marché ? Tu es d'accord ?

— C'est curieux, dit le Roi-dieu. (Il s'approcha et se pencha au-dessus du cadavre de Kylar.) Où est le ka'kari ? Je sens… Dans son corps ?

— Oui, dit Vi sans pouvoir s'en empêcher.

— Fascinant. Je suppose que tu ignores quels sont ses autres pouvoirs ?

À sa profonde horreur, la jeune femme répondit. La question n'était pas directe et elle tergiversa autant que possible.

— Non. Je sais que Kylar peut se rendre invisible avec.

Malgré ses efforts, elle n'avait pas la force de parler du jeune homme au passé. Elle espéra que le Roi-dieu ne l'avait pas remarqué.

— Bien. Quoi qu'il en soit, ton amant devra attendre. Je dois assister à un massacre.

Vi poussa un hurlement et saisit l'épée de Kylar. Garoth la regarda avec curiosité. L'arme décrivit un arc de cercle – et se figea. La jeune femme avait interrompu son geste. Elle était incapable de frapper le Roi-dieu.

— C'est surprenant, n'est-ce pas ? dit Garoth. Le plus drôle, c'est que j'ai appris à tisser des contraintes en observant un de ces rituels de mariage typique du Sud – la cérémonie des anneaux. Vous ne comprenez rien à son véritable pouvoir. Enfin bref ! Regarde la bataille si tu en as envie. Et cesse ces grognements ! C'est inconvenant.

Les yeux de Garoth Ursuul perdirent soudain leur éclat. Vi essaya d'abattre l'épée, mais en vain. La contrainte était insurmontable.

Elle s'assit sur les marches menant au trône et observa les sorciers lâcher le férali. Le carnage qui s'ensuivit ne parvint pas à accaparer son attention.

Elle aurait dû abandonner depuis longtemps. Ses efforts avaient été ridicules. Elle avait fait tout ce que le Roi-dieu avait voulu. Elle avait tué Jarl, puis elle avait tué Kylar.

Au cours des années à venir, il était probable qu'elle tuerait encore des centaines de personnes, voire des milliers. C'était sans importance. Personne ne pouvait être aussi important que Jarl et Kylar. Jarl, son seul ami, mort de sa main. Kylar, un homme qui avait éveillé… quoi ? De la passion ? Peut-être juste un peu de chaleur dans un cœur froid et insensible. Un homme qui aurait pu devenir… davantage.

Elle détestait tous les hommes qu'elle avait rencontrés. Leur nature les poussait à tuer, à détruire, à déchirer. Les femmes, elles, donnaient la vie et élevaient les enfants. Pourtant, Kylar…

Kylar était un colosse qui piétinait les certitudes de Vi. Kylar, le pisse-culotte de légende, l'homme qui devait être la quintessence de la destruction, avait secouru une fillette et l'avait adoptée. Il avait sauvé une femme ainsi que des nobles qui ne méritaient pas de survivre. Il avait essayé d'abandonner son amer métier.

Et il y serait parvenu si je l'avais laissé en paix.

Sans Vi, Kylar serait resté à Caernarvon et aurait eu une vie normale, une vie qu'elle n'était même pas capable d'imaginer. Pourquoi tenait-il tant à cette Élène ? Il aurait pu avoir toutes les femmes qu'il désirait, mais il en avait choisi une avec le visage balafré. Vi savait par expérience que les hommes optent toujours pour la plus jolie fille qu'ils peuvent baiser. Si elle était bien roulée, ils se foutaient que ce soit une salope. Kylar était différent.

Vi eut une terrible révélation. Elle vit Élène – une personne qu'elle n'avait jamais rencontrée – comme sa jumelle et son opposé. Élène avait des cicatrices profondes, mais, en dessous, elle n'était que grâce, charme et amour. Vi avait un corps de déesse, mais cette beauté cachait la laideur enfouie dessous. L'amour de Kylar pour cette femme s'expliquait enfin. Que représentaient quelques balafres pour un homme capable de pardonner le meurtre de son meilleur ami ? Il aimait Élène, bien entendu. Ou plutôt, il l'avait aimée avant que Vi le tue.

Il avait affirmé qu'il ressusciterait, mais il s'était trompé. Le Roi-dieu avait gagné.

Vi libéra sa dague et retourna le jeune homme sur le dos. Il avait les yeux ouverts, vides, morts. Elle les ferma pour échapper à son regard accusateur. Elle glissa la tête de Kylar sur ses cuisses et se tourna pour observer les armées du Roi-dieu anéantir le dernier espoir de Cénaria.

CHAPITRE 70

Les mages n'affichaient plus cette désinvolture propre aux érudits. Ils s'étaient d'abord efforcés de distinguer le férali, car la créature était entrée dans la bataille en passant presque inaperçue.

—McHalkin ne mentait pas, dit quelqu'un au bout d'une minute. Je croyais pourtant qu'il avait tout inventé.

—Nous l'avons tous cru. Est-ce que cela signifie que les autres créatures auxquelles il fait référence dans ses écrits sont réelles, elles aussi ?

—Dieux ! tout se passe exactement comme il l'a décrit. Le férali est possédé et contrôlé.

Sur le champ de bataille, on commença de remarquer la présence du monstre. Celui-ci avait pris l'aspect d'un gigantesque taureau qui labourait les lignes cénariennes. Quelles que soient les blessures que les soldats lui infligeaient, elles se refermaient en quelques minutes. La créature grandissait sans cesse.

Les cris de rage ou de douleur, les clameurs des combats et le fracas du métal parvenaient déjà au promontoire. Les hurlements de terreur s'ajoutèrent bientôt à la liste.

L'énorme taureau avança d'un pas lourd vers une ligne khalidorienne. Cinq ou six hommes – dont certains encore vivants – étaient collés sur son dos et ses flancs. Le férali s'arrêta, prit le temps de digérer ses victimes et en profita pour changer de forme. Il se roula en boule et des plaques métalliques apparurent sur son corps. Puis il se déplia et se leva.

Il avait maintenant l'aspect d'un troll. Il mesurait près de six mètres de haut et sa peau avait l'apparence d'une armure ou d'une cotte de mailles couverte de petites bouches ouvertes. Son dos était hérissé des épées et des lances des soldats qu'il avait tués.

Les Cénariens chargèrent la créature avec un héroïsme inattendu.

Leur geste était courageux, mais inutile. Le férali s'enfonça dans leurs rangs en s'assurant de ne pas aller trop vite pour que les guerriers khalidoriens puissent le suivre. Dès qu'il frappait, un de ses quatre membres s'emparait du cadavre ou du blessé pour le coller contre sa peau ou pour l'empaler sur une pointe de son dos. Les gueules minuscules les dévoraient les uns après les autres.

Les mages auraient été incapables de dire si les Cénariens étaient parvenus à le blesser. La créature continua à pulvériser les rangs cénariens sans ralentir.

Face à cette inexorable machine à tuer, le général Agon rassembla ses hommes et concentra son attaque sur un point précis de la ligne khalidorienne. Par chance, ou grâce à ses talents de chef, des centaines de soldats lui emboîtèrent le pas et chargèrent l'ennemi pour échapper au monstre. Le front ennemi fléchit et faillit se rompre, mais l'intervention de la cavalerie du prince Moburu lui permit de tenir jusqu'à l'arrivée du férali.

L'attaque s'interrompit soudain et les généraux cénariens essayèrent de s'éloigner avec leurs unités. En vain. Les soldats étaient incapables d'obéir aux ordres, ils étaient trop terrifiés par le monstre polymorphe et trop abasourdis par le fracas des combats. En outre, ils se demandaient avec inquiétude pourquoi des troupes khalidoriennes cernaient le champ de bataille sans intervenir.

Ils se battaient avec l'énergie du désespoir et ils étaient prêts à céder à la panique.

— Nous devons les aider, dit Jaedan. (Ses compagnons le regardèrent comme s'il était devenu fou.) Quoi? Nous sommes les mages les plus puissants du monde! Si nous ne les aidons pas, ils vont tous mourir. Si nous ne nous opposons pas à Khalidor maintenant, il sera trop tard.

— Jaedan, dit Wervel à voix basse, le férali est censé être invulnérable à la magie – et je parle de la magie des Anciens. Il est déjà trop tard.

Le seigneur Lucius n'était pas d'humeur à apaiser les craintes du jeune homme.

— Notre mission est de trouver l'épée ou d'obtenir des informations à son sujet. Si Curoch est ici, nous le saurons bientôt, je peux te l'assurer, Jaedan. Si les Cénariens l'ont récupérée, ils ne vont pas tarder à l'utiliser. Les membres du Conseil…

— Les membres du Conseil ne sont pas ici! s'exclama Jaedan. Je crois que…

— Ce que tu crois est sans importance! Nous ne nous battrons pas, point final! C'est compris?

Jaedan contracta les mâchoires pour contenir des paroles qu'on lui ferait regretter d'avoir prononcées. Il tourna la tête vers les soldats qui mouraient parce que le petit groupe du seigneur Lucius avait décidé de ne pas intervenir.

— C'est compris, seigneur.

Après son séjour au fond du Trou, Logan avait cru que plus rien ne pourrait le choquer. Il s'était trompé. Il avait perdu le compte des hommes qu'il avait vus mourir pendant sa détention – combien y en avait-il eu? Douze? Quinze? Quel que soit leur nombre, il était ridicule en comparaison de celui des victimes de la seule première charge. Dans les récits de batailles que le petit Logan Gyre avait tant aimés, il n'y avait jamais de référence aux odeurs. Logan sentait portant un étrange effluve, un mélange d'excitation, de peur, de pluie et de boue. Il l'avait à peine remarqué, car c'était un détail insignifiant comparé aux couleurs de l'acier, aux montures altières et aux visages farouches des femmes qui chevauchaient à ses côtés.

Les Khalidoriens les avaient cernés. Sans drapeaux ni code pour communiquer avec les commandants qui se battaient plus loin, ils ne parviendraient jamais à s'échapper. Si les soldats étaient trop peu, la charge serait inutile. S'ils étaient trop nombreux, ils se feraient massacrer par l'arrière. L'armée cénarienne était paralysée et de nouveaux guerriers khalidoriens apparaissaient sans cesse – mais d'où venaient-ils donc? Pourquoi ne les avait-on pas repérés plus tôt? Luc Graesin avait-il bâclé sa mission ou trahi son camp? C'était sans importance. Maintenant, il fallait juste éviter un massacre. La puanteur du champ de bataille envahit les narines de Logan.

C'était l'odeur des hommes collés les uns aux autres, l'odeur de leur transpiration et de leur peur qui se mêlait à celle des chevaux affolés. Le champ de bataille était devenu un égout où s'entassaient les excréments, l'urine des morts et des soldats terrifiés qui ne contrôlaient plus leur vessie et leurs sphincters; les sucs gastriques des estomacs déchirés; des morceaux d'intestins tranchés; les chevaux à l'agonie qui hennissaient tandis que leurs jambes raclaient la terre. Il y avait tant de sang qu'il formait des flaques en se mélangeant à l'eau de pluie. Dans l'air, on reconnaissait aussi l'odeur plus douce de la transpiration des femmes – leur nombre diminuait, mais elles faisaient preuve d'un courage égal à celui de Logan.

Les soldats cénariens se ralliaient à lui partout où il allait. Il n'y avait pas que sa présence, il y avait aussi ces guerrières magnifiques et couvertes de sang qui juraient comme des charretiers. Les Khalidoriens restaient ébahis lorsqu'ils les apercevaient.

Si les membres de l'ordre de la Jarretière n'avaient pas été là, Logan serait mort au cours de la première charge. Elles se battaient avec une frénésie suicidaire pour le protéger et elles en payaient le prix. Sur les trente femmes qui s'étaient jointes à lui, il n'en restait que dix. Avec une garde personnelle si réduite, le jeune homme aurait vite été submergé, mais il avait été rejoint par une centaine de soldats dans les premières minutes qui avaient suivi la charge. Les chiens d'Agon. Logan leur avait offert des mots, en retour, ils lui offraient leur vie.

Le jeune homme aurait été incapable de dire depuis combien de temps ils se battaient. Une nouvelle odeur montait des rangs. Elle était piquante et cela était très étrange. Le soir, des centaines de cadavres joncheraient le champ de bataille, mais la décomposition ne commencerait pas avant plusieurs heures. Il sentit et entendit ses compatriotes réagir bien avant de découvrir la source de leur terreur. Il entrevit quelque chose filer dans son dos. Un taureau ? Un taureau grand comme un destrier qui enfonçait les lignes en traînant des hommes derrière lui.

Lorsque la créature revint, elle était différente. Elle ressemblait à un troll à la peau grumeleuse et grisâtre avec quatre bras, quatre yeux et un dos hérissé de lames. Logan n'éprouva aucune crainte et cela l'étonna. La peur était totalement absente de son esprit.

La bataille se simplifia lorsqu'il arriva à la conclusion suivante : la créature tuait ses hommes. Il devait tuer la créature.

Le général Agon conduisit une nouvelle charge. Ses soldats s'écrasèrent contre les cavaliers comme un marteau en balsa sur une enclume. Il n'avait pas d'autre solution pour échapper au harcèlement de la cavalerie khalidorienne.

Le commandant ennemi avait la peau sombre des Ladéshiens, mais son cheval et ses vêtements étaient alitaerans.

Logan se précipita sur le monstre. Celui-ci semblait maintenant plus gros et un de ses bras s'était transformé en faux. Il frappait de taille un mètre au-dessus du sol. Il fauchait les hommes comme un paysan fauche les blés. Il était presque impossible d'éviter de tels coups. Des soldats sautaient par-dessus la lame, d'autres se jetaient à terre, mais la plupart étaient coupés en deux. Le troll avançait et ses autres bras attrapaient les cadavres pour les empaler sur les pointes métalliques de son corps.

Les Cénariens fuyaient le monstre et le champ de bataille se vida autour du férali. Le destrier blanc de Logan eut davantage de place pour manœuvrer, mais il avait peur.

Le troll s'arrêta, observa Logan et poussa un rugissement indistinct. Le cheval faillit céder à la panique, puis se ressaisit. Une tête humaine jaillit du ventre du monstre.

— Logan, dit-elle avec une pointe d'accent khalidorien.

Un cou poussa et elle s'approcha du jeune homme.

— Ursuul, siffla Logan.

— Il y a quelque chose que je dois te dire à propos de Jénine.

Logan n'était pas au mieux de sa forme lorsque la bataille avait commencé. Des mois de privations l'avaient laissé amaigri et affaibli. S'il était encore vivant, il ne le devait pas à sa force ou à son habileté, mais à la chance ainsi qu'à la férocité des membres de l'ordre de la Jarretière et des chiens d'Agon. Pourtant, lorsque cette bouche immonde prononça le nom de Jénine, il sentit une rage vertueuse l'envahir et le galvaniser.

— Ta jolie femme est toujours vi…

L'épée de Logan s'abattit. La tête explosa dans une pluie de fragments d'os et de chair en décomposition.

Le troll demeura immobile, figé. Au bout de quelques secondes, les Cénariens lancèrent des acclamations en pensant que Logan était parvenu à le tuer.

Le monstre leva alors ses quatre bras vers le ciel et poussa un rugissement qui ébranla la terre. Deux de ses yeux se posèrent sur Logan et il ramena la gigantesque faux en arrière.

CHAPITRE 71

Vi caressa les cheveux de Kylar pour les ramener en arrière. Devant elle, le férali s'était transformé en troll et il écumait les lignes cénariennes. Elle le vit à peine. Elle avait les yeux fixés sur le visage du cadavre. Elle remarqua pour la première fois combien il avait l'air jeune. Il paraissait serein, presque heureux. Elle l'avait assassiné. Elle avait offert l'immortalité au Roi-dieu.

Quelque chose s'écrasa sur la joue de Kylar. Vi cligna des yeux. Que se passait-il ? La goutte glissa sur la tempe du jeune homme et coula vers l'oreille. Vi cligna des yeux de nouveau, plus vite. Elle ne pouvait pas pleurer, c'était impossible. Qu'avait dit sœur Ariel ? Ne l'avait-elle pas décrite comme une infirme affective ? Elle regarda sa larme qui brillait près du lobe, puis elle l'essuya.

Cette salope de sorcière me prenait pour une idiote.

Et elle avait raison.

Les doigts de la jeune femme se raidirent.

Elle eut l'impression d'être percutée par un destrier lancé au triple galop. Elle n'avait pas échappé à sœur Ariel, loin de là.

Elle suffoqua en comprenant le piège de la sœur. Celle-ci l'avait tendu grâce à chaque mot qu'elle avait prononcé. Vi connaissait désormais l'appât et les conséquences de ses choix. Ce n'était pas la liberté, mais c'était le moyen d'échapper au Roi-dieu.

Pour cela, la jeune femme devait infliger à Kylar quelque chose que Hu Gibbet lui-même n'avait pas fait subir à son apprentie. Elle plongea une main tremblante dans sa poche et ses doigts se refermèrent sur la boîte. Elle l'ouvrit et regarda les deux anneaux de mariage waeddryniens.

Elle était sur le point de commettre un véritable viol – et elle savait de quoi elle parlait.

Il n'y avait pourtant pas d'autre solution. Sœur Ariel avait demandé aux Nile de lui fournir toutes les informations dont elle aurait besoin. Les deux guérisseurs lui avaient dit que le seul moyen de briser une contrainte était de montrer le signe extérieur d'un changement intérieur, un symbole témoignant qu'elle avait prêté allégeance à un autre. Ils avaient parlé de la puissante magie des anneaux anciens et du sort qu'ils contenaient. Et cette vieille peau de sorcière lui avait fait miroiter un avenir radieux au Chantry : un avancement rapide, des cours particuliers, des responsabilités.

Vi se fichait de tout cela. Elle n'allait pas agir dans son intérêt, mais pour empêcher le Roi-dieu d'accéder à l'immortalité. Elle ne voulait pas devenir l'assassin servile de Garoth Ursuul, un fléau qui frapperait tous ceux qui s'opposeraient à lui. Elle allait le faire pour ces malheureux qui se faisaient dévorer vivants sur le champ de bataille. Elle allait le faire, car sinon, Kylar mourrait pour de bon.

Mais il ne le lui pardonnerait jamais.

Elle caressa les cheveux du jeune homme. Son visage immobile et froid semblait la juger. Vi s'en tirerait, elle changerait, mais Kylar et Élène en paieraient le prix.

L'anneau perça l'oreille gauche de la pisse-culotte et se referma sans laisser la moindre trace. La douleur fut telle que des larmes lui montèrent aux yeux. Elle approcha l'autre bijou du lobe de Kylar en pleurant.

Une vague de chaleur l'envahit et la contrainte se flétrit avant de voler en éclats. Ce ne fut rien comparé au désir qui s'empara soudain d'elle. Elle hoqueta. Elle sentait Kylar jusque dans sa peau, dans son ventre et dans sa colonne vertébrale. Il guérissait, mais ses blessures étaient si graves qu'une vague de douleur monta en elle. Ses doigts la picotèrent quand elle effleura le visage du jeune homme. Il était plus beau que jamais. Elle voulait qu'il sache qui elle était. Elle voulait lui avouer la vérité et entendre son pardon. Elle voulait qu'il l'aime comme elle l'aimait. Elle voulait qu'il la prenne dans ses bras, qu'il effleure sa joue, qu'il caresse ses cheveux et…

Cette dernière image ébranla la jeune femme au plus profond d'elle-même. Elle avait envie qu'il lui *caresse les cheveux*? Vi repoussa la tête de Kylar sans ménagement et se leva tant bien que mal. L'émotion était trop forte, trop intense et trop étrange pour qu'elle la comprenne. Pourtant, elle semblait familière. Elle était authentique. Vi eut l'impression que son amour était purifié, qu'on soufflait sur ses braises pour en attiser la flamme. Elle haleta. Elle n'osait plus regarder Kylar, mais elle était libre. La contrainte avait disparu.

Libre! Libre de la domination du Roi-dieu. Sur les dalles de marbre, un cavalier faisait face à l'énorme troll. Vi attrapa sa dague et se dirigea vers son père. Elle releva le corps de Garoth Ursuul et le secoua.

—Père! *Père!*

Quelqu'un criait. Mais qui donc pouvait appeler son père au milieu d'un champ de bataille? Garoth comprit un instant plus tard et il ramena sa conscience dans la salle du trône. Logan attendrait quelques secondes. Il ne voulait pas apprendre que Jénine était vivante? Eh bien, qu'il aille au diable!

—Père. Pouvez-vous me dire quelque chose?

Selon toute apparence, la jeune femme avait assumé la contrainte, car elle acceptait enfin de le toucher.

— « Père » ? Tu ne vois donc pas que je suis occupé ?

— Est-ce que vous m'avez obligée à tuer Jarl ? L'ai-je fait à cause de votre sortilège ?

Il sourit et le mensonge lui vint naturellement à la bouche.

— Non, Moulina. Tu as pris cette décision toute seule.

— Oh !

La syllabe éclata entre ses lèvres comme une petite bulle de salive.

Satisfait, Garoth projeta de nouveau sa conscience dans le férali. Il rugit vers le ciel et ramena son bras-faux en arrière. Logan chargea le monstre, mais sa monture fit un écart. Le jeune homme l'éperonna et tira sur les rênes, mais elle refusa de lui obéir. Folle de terreur, elle tourna en rond et finit par trébucher sur un cadavre. La gigantesque lame s'abattit pour couper Logan en deux. À cet instant, un cheval et son cavalier surgirent des rangs de soldats qui se tenaient aussi loin que possible du monstre. Le chasseur de sorciers bondit de sa selle et se jeta sur Logan. La faux trancha la tête des deux montures qui s'effondrèrent dans des geysers de sang.

Logan roula à terre et se releva. À côté de lui, le chasseur de sorciers bandait déjà son arc. Le trait perça un œil du Roi-dieu. L'homme tira de nouveau et en creva un autre. Garoth cligna des paupières et de nouveaux yeux poussèrent à la place des anciens. Ces blessures étaient sans importance. Logan était debout et se tenait dans une posture de défi, mais il était impuissant. Le coup suivant le couperait en deux…

Le Roi-dieu sentit quelque chose de chaud s'enfoncer dans son dos. Une fois, deux fois, trois fois… Il leva les mains du férali et les porta au creux de ses reins. Qu'est-ce qui avait bien pu percer le cuir épais de la créature ? Pourquoi ses yeux n'avaient-ils pas vu l'attaque ? Il ne trouva ni flèche ni lance plantées dans sa chair.

Le férali devint flou. Tandis que Logan chargeait pour le frapper au ventre, Garoth réalisa alors que ce n'était pas le monstre qui saignait.

C'était lui.

Il entendit des sanglots et il se retrouva dans la salle du trône.

Vi le serrait contre sa poitrine tout en le poignardant encore et encore, comme si elle voulait que la dague traverse sa victime pour s'enfoncer dans son propre cœur.

Garoth ordonna à ses membres de bouger, mais ce n'étaient plus que des masses de viande sans vie. Son corps mourait. Il mourait! Sa vision s'obscurcit. Il sombra peu à peu dans les ténèbres…

Il lança le sort de mort. Il prenait un risque terrible. Il allait projeter sa conscience dans une nouvelle enveloppe charnelle. Si Khali lui permettait de réussir, elle exigerait une rétribution énorme, mais il n'avait plus rien à perdre.

Le vir s'arracha de ses bras et enveloppa Vi. Une jungle de lianes noires la plaqua contre lui.

Il y était presque. Le sort fonctionnait! Il le sentait!

Une lame iridescente passa entre Garoth Ursuul et sa fille et trancha le vir. Séparés de leur source d'énergie, les serpents noirs se figèrent, se craquelèrent, puis s'évaporèrent dans une fumée sombre. Garoth tourna la tête et vit l'invraisemblable.

Kylar était vivant. Le Jugement marquait chaque trait de son visage et le ka'kari noir s'était transformé en lame dans le poing du jeune homme. Garoth comprit et la vérité le frappa comme une déferlante.

Le Dévoreur dévorait la vie, le Pourvoyeur la perpétuait. Le ka'kari ne se contentait pas d'augmenter la longévité et de guérir les blessures. Il offrait vraiment l'immortalité. Garoth aurait pu devenir un véritable dieu, mais il avait laissé sa chance lui glisser entre les doigts. Une rage impuissante le balaya.

Kylar leva la lame de ka'kari et l'abattit sur la tête du Roi-dieu.

Logan plongea son épée dans le ventre du troll et la créature tituba en arrière. Elle tomba à genoux comme si elle avait soudain perdu toute coordination. Le jeune homme bondit pour ne pas être écrasé. Il ne comprenait pas très bien ce qui se passait mais, selon toute apparence, le monstre ne réagissait pas normalement. Il avait pourtant reçu des blessures beaucoup plus graves sans sourciller.

Les soldats des deux armées avaient les yeux rivés sur Logan et la créature. Le jeune homme frappa une deuxième, puis une troisième fois, mais les plaies se refermèrent à peine la lame ressortie.

Le troll resta pourtant à genoux. Les plaques qui protégeaient la plus grande partie de son ventre glissèrent sur le côté avec un étrange bruit spongieux – comme le craquement interminable d'un nez qui se brise. Quelque chose se pressa alors contre la peau à hauteur de l'estomac. La forme se dilata avec des gargouillis, puis se stabilisa. Une femme se dessina en bas-relief sur le ventre du troll. Son visage s'anima et une bouche apparut.

— Je ne peux plus lutter, Roi. J'ai si faim. C'est comme dans le Trou. Je ne peux pas m'arrêter, Roi. Regarde ce qu'ils ont fait de moi. Ça ne veut pas me laisser mourir. J'ai si faim. Leur chair ressemble à du pain. Si faim.

— Lilly ? demanda Logan. J'ai cru que c'était Garoth.

— Il est parti. Il est mort. Dis-moi ce que je dois faire, Roi. Je ne peux pas me contrôler. Ma faim me dévore.

Logan réalisa que la masse du troll avait diminué depuis l'apparition du visage de Garoth Ursuul. Le monstre s'autodévorait. Il n'y avait pas une minute à perdre. Il était impossible de tuer le férali, car ses blessures guérissaient naturellement. La silhouette de Lilly devint indistincte.

— Lilly, dit Logan. Lilly, écoute-moi !

L'ancienne prostituée se ressaisit et son visage se redessina contre le ventre de la créature, mais aucune bouche n'apparut.

— Lilly, mange les Khalidoriens. Mange-les tous et enfuis-toi dans les montagnes, d'accord ?

Lilly avait déjà disparu. Les plaques revinrent en place et le troll se releva tant bien que mal. Il posa les yeux sur Logan et leva sa faux. Lilly avait complètement disparu.

Logan s'avança vers le monstre.

— Tu voulais racheter tes fautes, Lilly ? Tu te souviens, Lilly ? (Logan espérait la réveiller en répétant son prénom.) Tu voulais mériter mon pardon, Lilly ! Est-ce que je suis ton roi, oui ou non ?

Le férali cligna des paupières et s'immobilisa. Jamais la voix de Logan n'avait exprimé une telle autorité. Il pointa le doigt vers les Khalidoriens et lança :

— Va ! tue-les ! je te l'ordonne !

Le férali cligna des paupières pendant plusieurs secondes. Puis il réagit avec une rapidité surnaturelle que Garoth Ursuul n'était jamais parvenu à lui insuffler. Son bras faucha les Khalidoriens qui se trouvaient dans son dos. Logan se tourna et vit que des milliers d'yeux incrédules étaient braqués sur lui.

Logan Gyre, l'homme qui avait ordonné à un férali de s'arrêter et qui avait été obéi.

La bataille était au point mort. Cénariens et Khalidoriens étaient au corps à corps, mais ils ne se battaient plus. Tout le monde contemplait la créature immobile désormais haute de dix mètres. Elle devint floue pendant un bref instant et réapparut tournée dans l'autre sens. Vers les Khalidoriens.

Un meister lança une boule de feu qui décrivit un arc de cercle avant de ricocher sans dommage sur le férali.

Dix autres suivirent sans plus d'effet. Un éclair le frappa, mais ne laissa qu'une trace noire sur sa peau. Le monstre s'accroupit et contracta tous les muscles de son corps. Les armes et les armures que Garoth Ursuul lui avait fait ingurgiter jaillirent dans toutes les directions. Des plastrons, des cottes de mailles, des lances, des épées, des massues, des dagues et des centaines de flèches tombèrent avec fracas tout autour de lui.

Une chimère blanche et brillante émergea des lignes khalidoriennes et se colla contre le férali. Entre la petite créature et le vürdmeister qui l'avait invoquée, l'air sembla onduler comme sous l'effet d'un brouillard de chaleur. Un bouillonnement apparut et se précipita vers le férali.

À quinze mètres du monstre, la distorsion éclata et un bouquet de flammes rouges en surgit. Le ver des profondeurs frappa, mais sa gueule de lamproie se referma dans le vide. Le férali s'était déplacé avec la rapidité de l'éclair. Le ver se retourna. Son corps noir et rougeoyant se glissa un peu plus dans la réalité. Dix mètres, quinze mètres, vingt mètres – il semblait être sans fin.

Logan entendit des bruits métalliques tout autour de lui. Subjugués par l'affrontement des deux titans, les soldats laissaient échapper leurs armes.

La bataille ne dura que le temps d'une nouvelle attaque. Le ver des profondeurs manqua sa cible, pas le férali. Un gigantesque poing pulvérisa la tête du ver. Le corps démesuré balaya les soldats khalidoriens qui se trouvaient en dessous. Il n'y eut pas de gerbes de sang. La créature se brisa en fragments noir et rouge qui grésillèrent sur le sol comme des gouttes d'eau sur un poêle brûlant. Ils se transformèrent en fumée verdâtre et disparurent.

Le férali se tourna vers les lignes khalidoriennes. Une dizaine de bras jaillirent de son corps et il commença de récolter les soldats comme un enfant impatient choisit des bonbons dans une confiserie.

Les guerriers des deux camps se rappelèrent où ils étaient. Les Cénariens recouvrèrent l'usage de leurs armes, les Khalidoriens celui de leurs jambes. Les soldats du Roi-dieu abandonnèrent épées et boucliers pour courir plus vite.

Un cri monta tandis que le férali enfonçait les lignes khalidoriennes. Logan ne parvenait pas à y croire. C'était trop incroyable.

—Qui préférez-vous prendre en chasse ? demanda le général Agon.

Il avait surgi de nulle part en compagnie du duc Wesseros qui était couvert de sang.

—Personne. Elle est incapable de faire la différence entre ennemis et amis. La bataille est terminée en ce qui nous concerne.

—Elle ? demanda le duc Wesseros.

—Ne posez pas de questions.

Agon s'éloigna sur son cheval afin de donner des ordres. Logan se tourna vers l'homme qui s'était jeté sur lui pour le protéger. Il ne le connaissait pas.

—Tu m'as sauvé la vie, dit-il. Qui es-tu ?

La Séthie qui était restée à ses côtés tout au long de la bataille, Kaldrosa Wyn, s'avança.

—Seigneur, cet homme est mon mari, Tomman, déclara-t-elle avec fierté.

—Tu es un brave, Tomman, et c'est encore peu dire. Comment puis-je te récompenser ?

Le chasseur de sorciers leva la tête et ses yeux brillèrent d'un éclat presque surnaturel.

—Vous m'avez déjà offert plus que ce que je méritais, seigneur. Vous m'avez rendu celle que j'aime. Qu'y a-t-il de plus précieux ?

Il tendit la main et sa femme la prit.

Les généraux cénariens ordonnèrent à leurs hommes de former un carré aussi serré que possible et l'armée cénarienne observa le massacre des Khalidoriens. Il ne s'agissait pas d'une retraite, mais d'une déroute. Les troupes qui encerclaient le champ de bataille s'égaillèrent dans toutes les directions. Le férali les pourchassa. Il avait pris la forme d'un serpent et son corps broyait des rangées entières de soldats. Des hommes hurlaient, collés à ses écailles. Puis il se transforma en dragon avec des dizaines de bras. Il était toujours aussi rapide et aussi impitoyable. Des cris horribles montaient un peu partout et les guerriers khalidoriens se battaient entre eux pour s'échapper plus vite. Certains s'étaient accroupis derrière des murets de pierre ou des rochers, d'autres avaient grimpé à des arbres à la périphérie du champ de bataille. Mais le férali procédait avec une sauvagerie méticuleuse. Les vivants, les cadavres, les blessés, ceux qui faisaient semblant d'être morts, ceux qui se cachaient et ceux qui se battaient… Il les trouvait et les dévorait tous.

Certains Khalidoriens ne s'enfuirent pas. Ils firent face au monstre et l'affrontèrent, seuls ou à plusieurs, avec un courage qui impressionna les Cénariens – un courage peut-être plus grand que celui dont ils venaient de faire preuve. Mais face à une telle créature, le courage était de bien peu d'utilité. Braves ou lâches, bons ou mauvais, respectables ou méprisables, tous connurent le même destin. Les Cénariens observaient le massacre, bouche bée, en se rappelant qu'ils auraient dû en être les victimes. Quelques-uns lancèrent des acclamations, mais elles ne furent pas reprises. Le férali allait et venait. Il ne rattrapa pas tous les fuyards, mais peu lui échappèrent. Il s'éloignait de plus en plus des soldats cénariens, comme s'il craignait de succomber à la tentation de les attaquer.

Quand il eut dévoré le dernier groupe digne d'intérêt, il disparut dans les montagnes. Il se dirigea vers une région où il n'y avait pas le moindre village sur cent cinquante kilomètres. Les Cénariens étaient le peuple le plus chanceux de Midcyru ou les dieux avaient décidé de leur accorder leur protection – à moins que Lilly ait maîtrisé le monstre au-delà des espoirs de Logan.

Puis un cri de joie – un seul – résonna dans un lourd silence. À cheval sur la nouvelle monture qu'on lui avait amenée, Logan se tourna et s'aperçut que des milliers d'yeux étaient braqués sur lui. Pourquoi tout le monde le regardait-il ?

Puis quelqu'un poussa un autre cri de joie et le jeune homme prit peu à peu conscience de ce qui s'était passé : ils avaient gagné. Contre toute attente, ils avaient gagné.

Pour la première fois depuis des mois, Logan sentit ses lèvres se retrousser pour esquisser un sourire. Ce fut comme un signal. Tout le monde se mit à rire, à crier, à se taper dans le dos. Peu importait la bannière du noble sous laquelle les soldats avaient combattu. Des chiens d'Agon – d'anciens voleurs pour la plupart – étreignaient des hommes qui avaient fait partie des gardes de Cénaria ; des paysans embrassaient des barons ; tout le monde criait en chœur. L'unité brisée du pays se reformait tandis que Logan observait ces hommes serrés les uns contre les autres. Ils avaient gagné. Le prix de la victoire avait été terrible. Ils avaient affronté un monstre terrifiant et la magie d'un dieu, mais ils avaient gagné.

Un nouveau cri monta. Il fut repris et accompagné par le fracas des épées et des lances qui s'abattaient en rythme sur les boucliers.

— Que disent-ils ? cria Logan en direction d'Agon.

Puis il entendit les mots scandés par les soldats chaque fois qu'ils frappaient leur écu de leur arme.

— Roi Gyre ! roi Gyre ! roi Gyre !

C'était courageux. C'était de la trahison. C'était magnifique. Logan scruta la foule à la recherche de Térah Graesin. Il ne la trouva pas. Il esquissa alors un grand sourire.

CHAPITRE 72

Le cadavre du dieu s'effondra comme une masse. Vi tremblait, mais le vir qui s'était enroulé autour d'elle ne semblait pas l'avoir blessée. Incrédule, Kylar fixa les yeux sur le corps de Garoth Ursuul.

La raison de vivre du jeune homme gisait, mort, sur les dalles de la salle du trône, mais ce n'était pas Kylar qui l'avait tué.

Le Loup avait rempli sa part du marché : il était vivant. Pourtant, il y avait quelque chose d'étrange. Il leva les yeux. Vi le dévisageait. Elle était encore agitée de frissons et ses joues étaient trempées de larmes tièdes. Son corps exprimait le choc, la peur et peut-être un soupçon d'espoir.

Qu'est-ce qui se passe ? Depuis quand est-ce que je suis capable de deviner les sentiments d'une femme ?

Vi était couverte du sang du Roi-dieu. Les taches étaient invisibles sur sa tenue sombre de pisse-culotte, mais les éclaboussures rouges qui maculaient son décolleté avaient quelque chose de terrible.

Kylar la regarda. Elle était si désespérée qu'il eut envie de la prendre dans ses bras. Elle avait besoin qu'il l'aime, qu'il la guide hors de la vallée de la mort, loin de la voie des ombres. Il connaissait le chemin, maintenant. C'était celui de l'amour. Ils l'emprunteraient main dans la main et quand ils auraient retrouvé Uly…

Main dans la main ?

Les yeux de la jeune femme étaient écarquillés par la peur et le remords. Elle pleurait. Pendant une fraction de seconde, Kylar voulut comprendre, puis sa main glissa à son oreille. Quelque chose y était accroché. Un anneau parfaitement lisse, sans fermoir d'aucune sorte. Le bijou dégageait une magie si puissante que Kylar la sentit au bout de ses doigts.

— Je suis désolée, sanglota Vi en reculant. Je suis désolée. C'était le seul moyen.

Elle tourna la tête et Kylar aperçut son dernier cadeau à Élène – la déclaration d'amour pour laquelle il avait vendu son héritage – accroché à l'oreille de la jeune femme.

— Qu'est-ce que tu as fait ? rugit-il.

Sa rage, amplifiée par l'anneau, frappa Vi de plein fouet. Il sentit alors ses regrets, sa terreur, sa confusion, son désespoir, le mépris qu'elle éprouvait pour elle-même et…

Merde ! Son amour ? De l'amour ! Comment osait-elle l'aimer ?

La jeune femme s'enfuit.

Il ne la suivit pas. Qu'aurait-il fait en la rattrapant ?

Elle ouvrit les grandes portes de la salle du trône et passa en courant devant les gardes médusés.

Ces derniers se tournèrent et virent Kylar. Le cadavre du Roi-dieu gisait à ses pieds.

Un concert de coups de sifflet et de cris d'alarme se déclencha. Des guerriers des hautes terres chargèrent, des meisters lancèrent des incantations. La bataille plongea Kylar dans un état second. Il en fut heureux. Il en oublia qu'Élène avait disparu de sa vie. Il mobilisa toute son attention. Il avait décidé de tuer ses adversaires d'une seule main.

Lantano Garuwashi ne pouvait pas s'empêcher de caresser l'Épée du Ciel – à travers son fourreau, bien entendu. Un Sa'ceurai ne rengainait jamais son épée sans avoir versé le sang. La nuit tombait et ses hommes couvrirent l'entrée de la grotte de manière que leurs feux ne soient pas repérés par les Cénariens victorieux. Après s'être entretenu avec l'espion qui revenait de leur camp, Garuwashi monta sur une saillie.

À la lueur des flammes, les yeux de ses guerriers reflétaient l'espoir d'un destin glorieux. Ils avaient assisté à un miracle qui avait été refusé à leurs pères et à leurs grands-pères. L'Épée du Ciel était de retour.

Comme à son habitude, Garuwashi entra aussitôt dans le vif du sujet.

— Les Cénariens n'ont pas remporté cette bataille. Le monstre l'a gagnée pour eux. Ce soir, ils boivent pour fêter la victoire. Demain, ils pourchasseront les Khalidoriens qui ont survécu au massacre. Savez-vous ce que nous allons faire pendant que ces corniauds écrasent des moucherons ?

Les guerriers hochèrent la tête. Ils détenaient l'Épée du Ciel. Ils suivraient Garuwashi. Ils étaient invincibles.

— Ce soir, nous allons récupérer des uniformes khalidoriens sur les cadavres. À l'aube, nous attaquerons les Cénariens et nous leur infligerons assez de pertes pour qu'ils étouffent de rage. Nous attirerons leurs troupes à l'est en glissant entre leurs doigts. Dans trois jours, le reste de notre armée sera ici. Dans cinq jours, elle s'emparera de la cité de Cénaria qui n'est plus défendue. Dans un mois, ce pays sera à nous. Au début de l'été, nous retournerons à Ceura et un nouveau roi prendra le pouvoir. Qu'est-ce que vous en dites ?

Tout le monde lança des acclamations à l'exception d'un homme. Feir Cousat resta assis, impassible. Son visage était un masque de marbre.

CHAPITRE 73

Un martèlement de sabots résonna derrière Dorian lorsqu'il arriva au sommet de la dernière côte et aperçut Khaliras. Il se rangea sur le côté et attendit avec patience, subjugué par la vue qui s'offrait à lui. La cité était encore à deux jours de marche, mais de larges plaines s'étendaient entre la chaîne de Faltier et le mont de la Fascination. La ville et le château se dressaient avec la montagne – une flèche isolée plantée dans un océan de pâturages. Dorian avait jadis vécu là.

Un groupe de cavaliers montés sur de superbes chevaux passa à côté de lui. Le prophète s'agenouilla et fit le signe d'obéissance des paysans. Il ne s'agissait pas d'une patrouille d'éclaireurs normale. Ils portaient l'armure classique des troupes khalidoriennes, mais ce n'étaient pas de simples soldats. Leurs armes et leurs montures les trahissaient. Les six colosses étaient des membres de la garde personnelle du Roi-dieu. À en juger par leur odeur, les meisters qui les accompagnaient étaient en fait des vürdmeisters bien que leurs capes soient courtes. Ils ne pouvaient venir que de Cénaria. Les coffres qu'ils convoyaient contenaient sans doute des richesses inestimables.

Dorian les observa à la dérobée et aperçut soudain le véritable trésor. Une femme chevauchait en compagnie des vürdmeisters. Elle portait une longue robe et son visage était voilé. Dorian songea que sa posture avait quelque chose de familier, et puis il vit ses yeux.

Il s'agissait de la femme de ses visions. Il s'agissait de sa femme. Un frisson le traversa et il se rappela des fragments de ses anciennes prophéties – depuis qu'il avait neutralisé son pouvoir, quelque chose l'empêchait de se souvenir de ses prédictions.

Quand il se ressaisit, il était encore à genoux. Il avait des crampes aux jambes et le soleil était bas sur l'horizon. Le groupe de cavaliers avait parcouru plusieurs kilomètres et traversait maintenant des pâturages. Il était resté inconscient pendant une demi-journée.

Solon, où es-tu ? J'ai besoin de toi.

Mais il connaissait la réponse. Si son ami avait survécu au passage de Khali à Vents Hurlants, il avait sans doute embarqué sur un navire et faisait route vers Seth pour affronter son amour perdu. Cette femme, aujourd'hui l'impératrice Kaede Wariyamo, serait furieuse contre lui. À cause des visions de Dorian, Solon avait abandonné sa patrie au moment où elle avait grand besoin de lui. Le prophète espéra que Solon connaîtrait un destin moins solitaire que le sien.

Même sans son pouvoir, Dorian se savait promis à l'isolement et aux ténèbres. Il savait que ses souffrances seraient terribles. Il était presque heureux d'avoir perdu son don de prophétie.

Il se releva en tremblant de peur. Il regarda devant, puis derrière lui. D'un côté, la route qui conduisait à Khaliras et à la femme – Jénine ! Elle s'appelait Jénine ! De l'autre, la route qui le réunirait avec ses amis. D'un côté, l'amour et la mort ; de l'autre, la vie et la solitude. Dorian eut l'impression que Dieu était à l'autre bout de l'univers.

Le visage résolu, il se redressa et reprit sa longue marche vers Khaliras.

Ghorran observait toujours Élène d'un regard sombre et intense. Le premier jour, cela n'avait pas gêné la jeune femme, car elle n'avait pas éprouvé le besoin de se soulager. Il n'en était pas allé de même le lendemain. Élène l'avait suivi sur quelques mètres à l'intérieur d'un bois, puis s'était glissée derrière un buisson pour avoir un peu d'intimité. Il avait attendu qu'elle s'accroupisse et qu'elle soulève sa jupe, puis il s'était approché dans la seule intention de lui faire honte. À ce moment-là, il était trop tard pour se retenir.

À la tombée de la nuit, les Khalidoriens prièrent comme ils le faisaient chaque soir et chaque matin.

— *Khali vas, Khalivos ras en me, Khali mevirtu rapt, recu virtum defite.*

Ghorran poussa Élène à terre et l'enfourcha. Tandis qu'il récitait sa litanie, il enfonça ses doigts dans des centres nerveux, derrière les oreilles. La jeune femme hurla et sentit une chaleur humide se répandre entre ses cuisses. Elle avait perdu le contrôle de sa vessie.

Quand la prière fut terminée, Ghorran se leva et lui administra une gifle sur la tempe.

— Espèce de sale putain dégueulasse!

Ils ne la laissèrent pas se laver lorsqu'ils franchirent un petit ruisseau de montagne. Le soir, Ghorran l'emmena à l'écart. Élène souleva sa jupe et se soulagea devant lui. Il n'y prit pas vraiment de plaisir avant que la jeune femme rougisse et détourne les yeux.

— Demain, lâcha-t-il, je te couvrirai le visage avec ta merde! La tienne ou celle de quelqu'un d'autre. Comme tu veux.

— Pourquoi est-ce que vous faites cela? demanda-t-elle. Il n'y a donc rien de bon en vous?

Le matin suivant, les guerriers se réveillèrent plus tôt que d'habitude et se mirent en route sans perdre de temps.

Les prisonniers étaient attachés les uns aux autres et avançaient en ligne derrière les Khalidoriens. Élène était en sixième position – la dernière. Herrald, le garçon, marchait devant elle. Les guerriers les battaient dès qu'ils parlaient et la jeune femme mit un certain temps à découvrir la raison de leur inquiétude.

Ils n'étaient plus que cinq.

Ghorran semblait avoir oublié sa menace de la veille. Quand il emmena Élène à l'écart pour qu'elle se soulage, il ne quitta pas le camp des yeux. La jeune femme s'accroupit entre les mélèzes qui perdaient leurs épines dorées à l'approche de l'automne. Elle fit comme si la présence du guerrier ne la dérangeait pas.

—Les meisters nous rejoindront peut-être demain, dit le Khalidorien sans tourner la tête. Ils vous emmèneront. Cet enfoiré d'Haavin s'est sûrement enfui parce qu'il avait la trouille.

Élène se releva et aperçut alors un homme appuyé contre un tronc. Il se tenait à une quinzaine de mètres de Ghorran qui ne l'avait pas remarqué. L'inconnu portait une multitude de capes, de vestes, de tuniques à poches et de sacs de toutes tailles. Tous ces vêtements étaient en cuir de cheval et, à en juger par leur couleur marron foncé et leur patine soyeuse, ils étaient anciens. Deux khukuris identiques, avec leur lame incurvée vers l'avant, étaient glissés à la ceinture de l'homme ; la branche d'un arc orné de gravures complexes apparaissait au-dessus de son épaule et plusieurs carquois de différentes tailles étaient accrochés dans son dos. L'inconnu avait un visage affable, un peu malicieux, des yeux bruns en amande, des cheveux noirs et plats qui n'étaient pas attachés. Un traqueur ymmurien.

Il glissa un doigt sur ses lèvres.

Ghorran se tourna vers elle.

—T'as fini ? demanda-t-il.

—Oui, répondit la jeune femme en tournant aussitôt la tête vers lui.

Elle jeta un bref regard vers l'Ymmurien, mais il avait disparu.

Les Khalidoriens établirent le camp à l'orée du bois afin de profiter de l'abri des arbres. Une dispute éclata : certains affirmaient qu'une menace rôdait dans les ténèbres, d'autres qu'Haavin étaient un lâche qui s'était enfui. La nuit fut courte et, lorsque Ghorran réveilla Élène, il faisait encore sombre.

Il l'accompagna en silence dans le bois. Elle souleva sa jupe et il ne vint pas l'importuner.

—Comment avez-vous reçu cette blessure à la poitrine ? demanda la jeune femme.

—Une salope m'a planté avec une fourche après que j'ai tué son mari et éventré ses gosses.

Il haussa les épaules comme si la cicatrice ne trahissait rien d'autre qu'un moment d'inattention – c'était embarrassant, mais sans grande importance.

Pour lui, éviscérer des enfants n'avait rien d'extra-ordinaire. Il avait frappé et humilié Élène, mais elle pouvait le lui pardonner. En revanche, le petit haussement d'épaules dédaigneux remplit la jeune femme d'une rage implacable. Elle n'avait pas ressenti de haine envers un être humain depuis la mort du Rat.

Ghorran entreprit de plier son arc pour le bander.

—Aujourd'hui, nous atteindrons le camp, dit-il. Neph Dada te fera subir des choses terribles. (Il humecta ses lèvres sèches.) Je peux te sauver.

—Me sauver ?

—Il ne devrait pas faire ce qu'il fait. Ce sont des abominations lodricariennes. Si tu t'enfuis maintenant, je te tirerai une flèche dans le dos. Ça t'épargnera bien des souffrances.

Ce geste de pitié était si inattendu que la haine d'Élène se volatilisa.

Un éclair jaillit du camp, moins de cent mètres derrière eux, et la lueur projeta des ombres sur les arbres. On entendit alors un cri et des chevaux au galop.

Élène se tourna et aperçut une dizaine de cavaliers khalidoriens. Ils avaient surgi au nord et se dirigeaient sur le campement. Ils étaient venus au-devant des soldats pour récupérer les esclaves.

Un cri monta :

— Cours !

Comment un homme pouvait-il crier si fort ?

Élène aperçut le traqueur ymmurien entre les troncs. Il affrontait les Khalidoriens. Il en abattit deux d'un seul coup d'épée. Un cavalier lança une boule de feu, mais il l'esquiva.

Ghorran encocha une flèche et banda son arc, mais il y avait trop d'arbres et trop de Khalidoriens entre lui et l'Ymmurien. À ce moment, le jeune Herrald jaillit du bois et s'enfuit.

Ghorran se tourna et suivit sa nouvelle cible de la pointe de son trait.

Non ! pensa Élène.

Elle tira la dague glissée à la ceinture du Khalidorien et la lui planta dans la gorge. Un spasme secoua le guerrier. Son trait partit en sifflant et passa largement au-dessus de la tête du garçon.

Ghorran lâcha son arc et se tourna vers Élène. Il avait les yeux écarquillés par la surprise. L'arme s'était enfoncée au milieu du cou et la large lame bloquait la trachée. Il expira, sa poitrine se contracta et l'air siffla. Il porta une main à sa gorge et sentit la dague. Il ne parvenait pas à y croire.

Il essaya d'inspirer. Son torse s'agita comme un soufflet, mais l'air n'arriva pas à ses poumons. Il tomba à genoux. Élène était pétrifiée.

Il arracha le couteau et hoqueta. Le hoquet se transforma en gargouillis et il cracha une gerbe écarlate qui éclaboussa la jeune femme.

Il s'efforça de respirer tandis que ses poumons se remplissaient de sang. Au bout de quelques instants, il s'effondra.

Malgré les taches pourpres qui maculaient son visage, sa robe et ses mains, malgré l'expression pitoyable de Ghorran et malgré l'horreur qu'elle ressentait devant un homme à l'agonie, Élène ne regretta pas son geste. Elle avait détesté cet homme une minute avant de le frapper, mais elle ne l'avait pas tué par haine. Elle n'avait pas eu d'autre choix. Si elle avait pu revenir en arrière, elle n'aurait pas hésité à le poignarder une fois de plus. Ce fut à cet instant qu'elle comprit.

— Mon Dieu! comment ai-je pu être si idiote! s'exclama-t-elle à haute voix. Oh! Kylar! pardonne-moi!

Elle s'enfuit en courant. Derrière elle, des traits magiques fusaient et enflammaient les arbres.

Dans le nord de l'île de Vos, dans la pénombre pluvieuse d'un jour d'automne, Kylar fixait les yeux sur le cairn anonyme qu'il avait lui-même érigé. La tombe de Durzo.

Le jeune homme était couvert de sang. Sa tenue de pisse-culotte était déchirée et roussie par des sortilèges. Aveuglé par la rage, il s'était battu pendant des heures. Il avait tué tous les soldats khalidoriens et tous les meisters qu'il avait aperçus.

Sur les dalles de la salle du trône, le champ de bataille miniature disparaissait peu à peu. Kylar avait vu Logan défier le monstre; il avait vu le férali se détourner de lui; il avait vu l'armée khalidorienne se faire massacrer; il avait vu comment les soldats cénariens regardaient Logan. Ils étaient minuscules, mais leurs sentiments se lisaient dans leurs attitudes.

Logan rentrerait à la tête de son armée et quand il arriverait à Cénaria, dans deux jours, il découvrirait son château vide de Khalidoriens – à l'exception de Khali, mais Kylar n'avait aucune intention de l'approcher. Il laissait au roi Gyre le soin de rassembler quelques mages pour régler ce problème.

— Je suppose que nous avons gagné, dit-il à la tombe de Durzo.

Il savait qu'il était inutile de se plaindre. Il était l'Ange de la Nuit et personne ne viendrait le féliciter. Durzo l'avait mis en garde : il serait toujours seul.

— *C'est vraiment difficile d'être immortel*, dit le ka'kari.

Kylar était trop épuisé pour éprouver de la surprise ou de l'indignation. Il se rappela d'ailleurs que ce n'était pas la première fois que le Dévoreur prenait la parole. Il l'avait déjà fait pour lui sauver la vie.

— Donc, tu parles.

Le ka'kari se rassembla dans le creux de sa main et se transforma en petit visage stylisé. Il sourit et adressa un clin d'œil au jeune homme. Kylar soupira et l'aspira en lui.

Il regarda son moignon. Il avait perdu un bras pour rien. Il avait fait une promesse au Loup pour rien. Il avait appris toutes ces leçons et traversé toutes ces épreuves pour découvrir que son destin était de tuer Garoth Ursuul. Garoth était responsable de tous les malheurs qui avaient frappé Jarl, Élène et Kylar. Le jeune homme était devenu pisse-culotte à cause de lui, il était donc normal qu'Ursuul soit son dernier cadavreux. Sans lui, il n'y aurait pas eu Roth. Sans Roth, Élène n'aurait pas été balafrée, Jarl serait vivant et Kylar serait… Que serait-il ? Pas un pisse-culotte en tout cas.

Le comte Drake lui avait dit qu'il existait un être divin qui instillait la beauté dans notre vie sordide. C'était un mensonge. La vie de Kylar était un mensonge. C'était peut-être pour cette raison que le jeune homme éprouvait une telle amertume : parce qu'il avait cru en cet équilibre dont parlait Élène. Il n'avait pas fait que perdre la femme qu'il aimait, celle qui avait toujours fait partie de lui, celle qui l'avait amené à croire qu'il y avait quelque chose de bon en lui. Il avait aussi perdu son destin. Si Kylar avait un destin, il avait un but : trouver le bonheur malgré le mal qu'il avait infligé et qu'il avait subi. S'il avait été créé dans une intention, il existait peut-être un Créateur. S'il existait un Créateur, il se nommait peut-être Dieu. Ce Dieu était peut-être la passerelle entre le saint et l'assassin, entre Élène et lui. Mais il n'y avait pas de passerelle, pas de Dieu, pas de Créateur, pas de but, pas de destin et pas de bonheur. Il n'y avait pas moyen de revenir en arrière. On l'avait floué d'un coup d'un seul de la justice, de la vengeance, de l'amour et de son but.

Il avait cru qu'il pouvait changer, qu'il pouvait acheter la paix en vendant son épée. Châtiment n'était qu'un instrument ; ce n'était pas elle, mais Kylar qui avait soif de justice. Aujourd'hui, il avait tué des dizaines d'hommes et il ne le regrettait pas. C'était le prix à payer lorsqu'on était l'Ange de la Nuit. Une personne meilleure que lui aurait peut-être été capable de rejeter la violence. Kylar n'en avait pas la force, même si cela devait lui coûter la femme de sa vie.

Chaque fois qu'il songeait à Élène, le visage de celle-ci se fondait dans celui de Vi. Chaque fois qu'il songeait à Vi, il rêvait de la punir, mais ses pensées l'entraînaient très vite vers des rêves d'une tout autre nature.

— Maître, dit-il au cairn. Je ne sais plus ce que je dois faire.

Termine le travail.

Il savait exactement comment Durzo aurait prononcé cette phrase, d'un ton exaspéré, mais ferme.

Et c'était la vérité. Le Loup avait rempli sa part du contrat : Kylar avait ressuscité sans attendre deux jours. Le jeune homme aurait mieux fait de ne rien lui demander, mais un marché était un marché. Il volerait Curoch et s'en débarrasserait à Torras Bend pour récupérer son bras. *A priori*, l'affaire ne présentait pas de difficulté. Il n'était pas difficile de s'emparer de quelque chose lorsqu'on pouvait se rendre invisible. Il avait hâte d'en avoir terminé : son moignon le faisait souffrir et, à sa grande surprise, il s'était aperçu que cette amputation avait modifié son sens de l'équilibre.

Tu n'es pas ici parce que tu ne sais plus quoi faire, mon garçon. Tu as toujours su ce que tu devais faire.

C'était vrai, cela aussi. Kylar accomplirait sa tâche, puis il trouverait Vi et la tuerait.

— *Tu ne la tueras pas*, dit le ka'kari.

— Te voilà bien bavard tout d'un coup, dit Kylar.

Le Dévoreur resta silencieux. Il avait cependant raison. Kylar n'était pas venu là pour trouver une réponse. Enfin, pas vraiment. Il était venu parce que son maître lui manquait. C'était la première fois qu'il se rendait sur sa tombe depuis qu'il l'avait creusée.

Des larmes roulèrent sur ses joues. Il comprit qu'il pleurait ce qu'il avait perdu : son maître, la femme qu'il avait sauvée en trahissant son maître, la fille de son maître et peut-être son unique chance de mener une vie tranquille. Une vie de petit herboriste discret. Cette perspective lui avait plu, même si tout cela n'avait été qu'un rêve. Kylar était seul et il en avait assez de cette solitude.

Un ragondin avait creusé un trou au pied du cairn. Durzo n'aurait pas voulu passer l'éternité en compagnie d'une bande de rongeurs se faisant les dents sur son squelette. Kylar observa le terrier d'un air agacé. Il était profond et une personne normale n'y aurait vu qu'un trou sombre, mais le jeune homme distingua un éclat métallique au fond.

Il s'agenouilla et posa son moignon sur le sol – ouille ! Il s'appuya sur le coude – c'était mieux ! – et glissa son bras dans l'orifice. Il se releva en tenant une petite boîte en métal scellée. Un mot était gravé dessus : « Azoth ».

Un frisson le parcourut. Combien de personnes connaissaient ce nom ? Il ouvrit tant bien que mal – son moignon ne lui facilitait pas la tâche – et découvrit une lettre.

Une lettre de la main de Durzo.

« Salut,

Ce coup-là, j'ai bien cru que j'allais définitivement y rester, moi aussi. Mais il a dit que j'avais droit à un petit tour supplémentaire, en souvenir du bon vieux temps… »

Les yeux de Kylar se remplirent de larmes. Il n'arrivait pas à y croire. Le message se poursuivait, mais le regard du jeune homme se posa sur la dernière ligne.

« NE PASSE JAMAIS UN MARCHÉ AVEC LE LOUP ! »

Kylar regarda la date. La lettre avait été écrite un mois après la mort de son maître.

Durzo Blint était vivant.

Découvrez un extrait de la suite
de *L'Ange de la Nuit* :

AU-DELÀ DES OMBRES

Traduit de l'anglais (États-Unis) par Olivier Debernard

Chapitre premier

Logan Gyre était assis dans le sang et la boue du champ de bataille du Bosquet de Pavvil lorsque Térah Graesin approcha, seule. Une heure plus tôt, l'armée khalidorienne avait été défaite après que le monstrueux férali se fut retourné contre ses maîtres au lieu de dévorer les soldats cénariens, ainsi qu'il était censé le faire. Après la bataille, Logan avait donné les ordres indispensables avant de laisser les hommes se joindre à la fête qui battait son plein.

Il s'était installé sur un petit rocher aplati sans se soucier de la boue. De toute manière, ses beaux habits étaient bons à jeter : ils étaient couverts de taches de sang, ou pis encore. En comparaison, les vêtements de Térah étaient propres et seul le bas de sa robe était sale. Ses souliers à talon ne parvenaient pas à la protéger entièrement de la boue gluante. Elle s'arrêta devant Logan. Le jeune homme ne se leva pas.

Elle fit semblant de ne pas remarquer ce manquement à l'étiquette. Il fit semblant de ne pas remarquer ses gardes du corps – qui n'avaient pas participé à la bataille – cachés derrière des arbres une centaine de mètres plus loin. Térah Graesin était là dans un seul dessein : elle voulait savoir s'il la considérait toujours comme la reine de Cénaria.

Si Logan n'avait pas été éreinté, cette démarche l'aurait amusé. Térah était venue seule pour montrer sa vulnérabilité ou son courage.

— Vous vous êtes comporté en héros aujourd'hui, dit-elle. Vous avez arrêté la créature du Roi-dieu. On raconte que vous l'avez tuée.

Logan secoua la tête. Ce n'était pas lui qui avait infligé les blessures les plus terribles au férali, mais c'était après ses coups que le Roi-dieu avait cessé de contrôler le monstre. Ce n'était pas lui qui avait arrêté Garoth Ursuul.

— Vous lui avez ordonné de détruire nos ennemis et elle vous a écouté. Vous avez sauvé Cénaria.

Logan haussa les épaules. Tout cela lui semblait si loin. Térah Graesin poursuivit :

— Je suppose qu'il faut maintenant se demander si vous avez sauvé Cénaria à votre profit ou au profit de tous.

Logan cracha aux pieds de la jeune femme.

— Arrêtez votre baratin, Térah ! Vous croyez pouvoir me manipuler ? Vous n'avez rien à m'offrir et vous n'êtes pas en mesure de me menacer. Si vous voulez savoir quelque chose, faites preuve d'un peu de respect et posez votre putain de question !

Térah se raidit et releva la tête. Sa main hésita, mais demeura immobile.

Logan remarqua ce frémissement. Si elle était allée au bout de son geste, ses gardes du corps seraient-ils passés à l'attaque ? Logan observa la lisière des bois derrière la jeune femme, mais il ne vit que ses propres hommes. Les chiens d'Agon – dont deux chasseurs de sorciers, des archers exceptionnels armés d'arcs ymmuriens – avaient discrètement encerclé les sbires de Térah.

Les deux chasseurs de sorciers avaient encoché une flèche, mais ils n'avaient pas bandé leur arme. Ils s'étaient placés de manière que Logan les voie alors que leurs camarades étaient à peine visibles. Les yeux du premier allaient et venaient entre le jeune duc et le bois. Logan suivit son regard et aperçut l'archer de Térah Graesin dissimulé par la végétation. L'homme le visait en attendant un signal de sa maîtresse. Le deuxième chasseur de sorciers avait les yeux rivés sur le dos de Térah, prêt à y planter une flèche si Logan le lui ordonnait. Le jeune duc aurait dû s'en douter : ses partisans étaient trop intelligents pour le laisser seul en compagnie de Térah Graesin.

Il observa la femme qui se tenait devant lui. Elle était svelte et jolie ; ses yeux verts et autoritaires lui rappelaient ceux de sa mère. Elle ignorait encore qu'il avait repéré ses hommes cachés dans la forêt. Elle se croyait en position de force à l'insu de Logan.

— Ce matin, vous m'avez juré fidélité dans des circonstances un peu particulières. Allez-vous respecter votre parole ou avez-vous l'intention de vous faire couronner roi ?

Elle pensait maîtriser la situation, mais elle n'avait même pas le courage de lui poser la question franchement. Elle ne ferait jamais une bonne souveraine.

Logan avait cru sa décision irrévocable, mais il se surprit à hésiter. Il se rappela son impuissance au fond du Trou, son impuissance lorsque Jénine, la jeune fille qu'il venait d'épouser, avait été assassinée. Il se souvint du sentiment étrange et merveilleux qu'il avait ressenti en ordonnant à Kylar de tuer Gorkhy – et en voyant son ordre exécuté. Il se demanda s'il éprouverait un plaisir comparable en assistant à la mort de Térah. Il lui suffisait de hocher la tête en direction d'un chasseur de sorciers pour le découvrir. Pour ne plus obéir à personne.

Son père lui avait dit : « On juge un homme à ses serments. »

Logan savait ce qui arrivait lorsqu'il faisait ce qu'il estimait juste – y compris des gestes qui paraissaient stupides sur le moment. Cette philosophie lui avait permis de rassembler les Hurleurs. Elle lui avait sauvé la vie alors qu'il était terrassé par la fièvre et à peine conscient.

Elle avait donné à Lilly – transformée en férali par les sorciers khalidoriens – la force de se retourner contre ses tortionnaires. En fin de compte, c'était cette philosophie qui avait conduit Logan à sauver Cénaria. Son père, Régnus Gyre, avait toujours respecté ses serments et, pour toute récompense, il avait épousé une femme qu'il n'aimait pas et servi un roi aussi méchant qu'insignifiant. Régnus grinçait des dents toute la journée, mais dormait du sommeil du juste pendant la nuit. Logan se demanda s'il avait le courage de suivre ce chemin. Il ne s'en sentait pas capable.

Il hésita. Si Térah levait la main pour ordonner à son archer de le tuer, elle briserait le contrat unissant un vassal à son suzerain. Logan serait alors libre d'agir à sa guise.

— Nos soldats m'ont proclamé roi, dit-il sur un ton neutre.

Énerve-toi, Térah. Ordonne à tes sbires de me tuer. Signe ton propre arrêt de mort.

Les yeux de Térah étincelèrent, mais sa main ne bougea pas et elle reprit la parole d'une voix ferme :

— Les hommes disent bien des choses lorsqu'ils sont enivrés par la victoire. Je suis prête à pardonner ce manque de respect.

Est-ce que c'est pour en arriver là que Kylar m'a tiré du Trou ?

Non, mais je suis ainsi fait. Je suis le fils de mon père.

Il se leva sans hâte pour ne pas alarmer les archers des deux camps. Il s'agenouilla tout aussi lentement et effleura le pied de Térah Graesin en signe de soumission.

Tard dans la nuit, un groupe de Khalidoriens attaqua le campement cénarien et massacra plusieurs dizaines de soldats ivres avant de s'évanouir dans l'obscurité. Au petit matin, Térah Graesin envoya Logan Gyre et mille de ses hommes à leur poursuite.